U0068417

中國文學的真實觀念

姜飛——著

目次

導論

真實是人類的一種必要的想像。

離開真實，人類的一切表達、從而整個人類文化，都可能意義全消。

文學作為人類對自身精神與境遇的審美表達，同樣應該直面「真」相或者腳踏「實」地。文學當以真實為基座，舍此基座，便可能流於漂浮的游談，喪盡其精神和根據，而所謂的審美追求也將一腳踏空；真實亦當如旗桿，文學之旗在風中自由似夢的捲舒不應離開旗桿的真實挺立，否則，文學這面風中之旗勢將隨風飄逝。在文學敘述中，「真實」可能是經驗之真，質地可以觸摸，也可能是真理之真，給人方向、節制與思索。然而，文學中所謂的「真實」並非一種不言而喻的當然之物，它有時也可能僅僅是一種宣稱，而在所宣稱的「真實」背後還另有真實──於是，真實的也許是崇高的社會理想，或者是堅硬的現實功利，甚至，「真實」可能是鬥爭的口號和工具，是權力的修辭。實際上，在穿過文化規範、權力操縱、功利打算、主觀判斷和語言構造之後，「真實」所呈現的，只能是斑駁的投影，或者說，人類所把握到的「真實」，包括「文學真實」，往往只是一種有根據的想像。

真實、文學真實，乃是一個直逼文學本源的重要論域。這個論域在不同的時代和不同的文化中呈現出不同的景致，各有傳承和新變、增益和減損、發掘和重塑，有進有退，有改道，有折中，遺下豐富的學術資料，以及理論智慧。同時，從古至今的中外文論和批評，有關文學真實的觀念紛然雜陳，不可勝計，有時甚至顯得恍惚不明，讓人困惑未已。

面對這個資源豐富而又令人困惑的重要論域，一般性地建構學者自己的體系誠能揭示一些在學者個人的視點上發現的幽微學理，但更有說服力的探尋應當首先注目於歷史過程，應當首先縱向追索文學真實觀念的歷史，然後方能有根據地橫向建構文學真實的理論體系。實際上，倘若回到具體的語境，在文學真實觀念的演進歷程之中，其暗藏的內在機制和結構將從幽暗的歷史煙雲深處清晰現身。

這裏要做的，就是在歷史清理之中實現學理建構，即對中國從先秦到1949年的文學真實觀念展開一次全面的歷史清理，並在清理過程中勾畫出中國文學真實觀念的內在結構。從二十世紀以前的誠論到二十世紀的文學真實論，在此將做貫通之理解。

1.「真」的意義區劃：經驗與真理

問題出現了：何謂真實？何謂文學真實？

夷考其實，「文學真實」一語並不見諸中國傳統文論表述。作為西方文論概念，「文學真實」在二十世紀全面置換了中國文學真實論域固有的「誠」、「修辭立其誠」、「性情之真」，以及「仁義禮智」所代表的「人倫真理」，並在中國化的同時承擔了近一個世紀以來批評和闡釋中國文學真實的責任。細辨之，「文學真實」顯然不是以「文學」一詞對「真實」一詞作簡單限定，「文學」的「真實」與一般意義上的「真實」相去甚遠。但要回答「文學真實」諸問題，卻應該首先厘清一般所謂「真實」的內蘊。在古代漢語中，「真實」的一個重要的意義指涉是「相符」，即名與實、內與外、言與行、德與位、能與事等的「相符」[1]，唯能「相符」，方可謂之真實。而在現代漢語中，「真實」也以「相符」為意義基礎，所謂「思維內容與客體相符」[2]，亦即觀念、表達符合於客觀事實。顯然，對「文學真實」來說，「相符」的理解模式未可拋卻。不過，僅以所謂「相符」理解「文學真實」似嫌不足，應該進一步探討。

實際上，現代漢語的「真實」一詞乃是源於古代漢語的「真」。而就意義的普遍性觀之，「真」最重要的意義，一是「真實、真誠」，一是所謂「本原、自身」[3]。細考之，可以發現古代漢語的「真」、現代漢語的「真實」確實以此

---

[1] 荀悅《前漢紀》卷第二十二：「平直真實者，正之主也。故德必核其真，然後授其位；能必核其真，然後授其事……」據涵芬樓四部叢刊影印本。

[2] 《哲學大辭典》（修訂本）下冊，上海辭書出版社，2001年，第1940頁。

[3] 漢語中的「真」，其一般意項大致被確定為以下幾種：真實、真誠；本原、自身；實職；「真書」，指漢語的正楷；肖像；姓。在此六義之中，「真實、真誠」與「本原、自身」為最普遍使用的意義。參閱《辭海》，上海辭書出版社，1989年，第367頁。

二義為主，即：一是通過感知和表像所直接把握到的人與世界的真切相遇，或者人的誠而不偽的內心狀態——此為經驗意義上的「真實、真誠」，即經驗之真，或曰經驗性真實；一是通過思維的歸納或演繹，或者徑直通過直覺把握到的宇內萬物抽象的運行規律或者隱藏於其後的內在結構、秩序與動因——此為所謂的「真理」，即潛藏於現象背後的「本原、自身」，是為真理之真。直指本質的「真理」乃與「謬誤」、「錯誤」相對，而經驗意義上的「真實、真誠」則與「虛偽」、「虛假」相對。經驗意義上的「真實、真誠」與直指本質的「真理」構成了漢語之中「真實」一詞的兩個主要意義區劃[4]。實際上，在二十世紀的中國文論語境中，「文學真實」一語之中的「真實」也有這兩個意義區劃，即：

---

[4] 其實，漢語之「真」的主要意義可以分別為經驗性的「真實、真誠」和真理性的「本原、自身」兩個意義區劃，同時，此意義區劃從20世紀國人對西文truth的漢譯亦可看出。truth大抵有如下義項：真實性（the quality or state of being true）；真實或者真相（that which is true）；真理（fact,belief,etc accepted as true）；誠意、真摯（sincerity,honesty）（參見《朗文現代英漢雙解詞典》，現代出版社、朗文出版有限公司，1988年，第1525頁；*The Concise Oxford Dictionary* ，Oxford University Press,1995,p.1499 ；*Webster's Ninth New Collegiate Dictionary*，世界圖書出版公司，1988年，p.1268.）。對這些義項再作歸類，即為兩個意義區劃：宣示本質之「真理」，以及傳遞經驗之「真實」（此經驗之「真實」包含於「真相」、「真實性」、「誠意」、「真摯」諸解釋之中）。關於對truth的漢譯問題，可以參見王路《論「真」與「真理」》（載《中國社會科學》1996年第6期）。王路認為truth（wahrheit）不宜譯為「真理」，而應當「以『真』來重新翻譯和理解西方經典著作中的『truth』（或『Wahrheit』）」。但是20世紀truth（wahrheit）之漢譯確為「真理」與「真實」兩大意義區劃。在此，依據漢語中確實存在的「真理」與「真實」的區劃而進入理論結構的勾勒和理論歷史的清理。

「文學真實」或者偏於總體性、抽象性的本質真理的揭示，或者趨近個體性、直接性的經驗真實的抒寫。此意義區劃，不僅呈現出了對「文學真實」可能存在的兩種字面解釋，更重要的是，由此而劃分出了兩種文學真實話語：真理話語和經驗話語。二十世紀中國的「文學真實」，從具體的寫作技術層面看，所謂真理之真與所謂經驗之真有時呈互補之勢。而在話語層面上，真理話語與經驗話語歧異判然，它們之間實際上一直存在著緊張關係，這種緊張關係的表現即為真理話語與經驗話語在文學真實論域持續展開的話語權競逐。正是這種話語權競逐使得二十世紀中國的「文學真實」忽而偏執於真理話語，忽而傾向於經驗話語，也正是這種話語權競逐引發了中國二十世紀文學真實論域不休的甚至殘酷的爭訟和無盡的至今無解的問題。而放眼望去，其實中西文學真實觀念的整個歷史也是因為這種話語權競逐而顯得問題叢生、撲朔迷離。當然，話語權的競逐也常在某些歷史時期歸於穩定的和平共處狀態——即兼重經驗之真和真理之真的狀態。於是，「真實」、「文學真實」的意義區劃，以及真理話語和經驗話語的話語權競逐與共處，遂成為此間探討「文學真實」的下手之處。

2.「真理」與文學真實

且說「真理」。漢語中的「真理」一詞初見於南朝《梁昭明太子文集》之中，其後唐三藏的《大唐西域記》、釋道宣的《廣弘明集》等書屢見「真理」[5]，而白居易[6]、宋之問[7]等人的詩中亦每稱「真理」。然考其所指，悉為佛教的教義、正理，不涉文學。唯《法苑珠林》所謂「浮言翳真理，為此沉惡趣」[8]，旁涉「言」與「真」的關係，或可向文學真實觀念稍作引申。

唐以後言及「真理」並以之指稱佛理者亦夥。當然也有以「真理」指稱他事者，譬如王若虛云：「古之詩人，雖趣尚不同，體制不一，要皆出於自得」，「魯直開口論句法，此便是不及古人處，而門徒親黨以衣缽相傳，號稱法嗣，豈詩之真理也哉」[9]。此處所言的「真理」，大抵是為詩之道。通觀古代中國所謂「真理」一詞，殆與現代漢語之中的「真理」含義頗不相類。

到了二十世紀，「真理」一詞在漢語中主要不再指稱佛理或者詩文之道，這個詞的所指逐漸寬泛，並逐漸與西方的「真理」含義合流。而在西方，所謂的「真理」曾有強烈的超驗色彩，從古希臘的柏拉圖到中世紀，從神秘的「理念」到宗教的「太一」，超驗的真理享有不容違拗的權威。不

---

[5] 蕭統《梁昭明太子文集》卷第五：「真理虛寂，惑心不解，雖不解真，何妨解俗？」玄奘《大唐西域記》卷第二：「唯談異論，不究真理。」釋道宣《廣弘明集》卷第二十一：「真理寂然，無起動相。」均據涵芬樓四部叢刊影印本。

[6] 白居易《自到潯陽，生三女子，因詮真理，用遣妄懷》，見於《白氏長慶集》卷十七。據涵芬樓四部叢刊影印本。

[7] 宋之問《題鑒上人房》（之二），見於《宋之問集》（下）。據涵芬樓四部叢刊影印本。

[8] 釋道世《法苑珠林》卷九十四。據涵芬樓四部叢刊影印本。

[9] 王若虛《滹南遺老集》卷四十。據涵芬樓四部叢刊影印本。

過，與之同時，另一種真理觀、即所謂「符合說」的真理觀或曰真理的符合論（correspondence theory of truth）亦在古希臘開其端緒，其後，尤其是進入近代以後，由於「教會的威信衰落下去，科學的威信逐步上升」[10]，一般意義上的真理遂成為「主觀判斷與客觀對象相符合」的人間「真理」，顯得科學而理性。這種「符合說」的真理觀被後世描述為：「1.真理的『處所』是命題（判斷）。2.真理的本質在於判斷同它的對象相『符合』。3.亞理士多德這位邏輯之父既把判斷認作真理的源始處所，又率先把真理定義為『符合』。」[11]在海德格爾的「去蔽說」之前，「符合說」幾乎是常識性的真理觀。產生於19世紀的馬克思主義哲學的真理觀也屬於「符合說」——這也是二十世紀中國主流的真理觀。在二十世紀，對現代漢語中「真理」一詞的通行理解正是基於馬克思主義哲學的「符合說」，即，「真理」是「認識主體對存在於意識之外、並且不以意志為轉移的客觀實在的規律性的正確反映」[12]。顯然，這裏的真理亦屬認識論範疇，在主客二分的哲學框架下，如果客觀事物與主觀判斷相符合，或者認識符合於事物之本然，那麼認識主體就把握了真理。然而，這種「符合」、「真理」可能是基於認識主體的經驗性實踐和

---

[10]（英）羅素《西方哲學史》（下冊），馬元德譯，商務印書館，1976年，第3頁。

[11]（德）海德格爾《存在與時間》，陳嘉映、王慶節譯，三聯書店，1999年，第247頁。按：此處所引是海德格爾對「傳統真理概念」的描述，雖然其圖謀是確立存在論真理觀（所謂「去蔽說」之真理觀），但他的描述基本準確。

[12]《中國大百科全書・哲學卷》（下），中國大百科全書出版社，1988年，第1151頁。

理論性總結，也可能是為了社會進步、為了建構人間秩序或者為了某一群體的利益而被指明的「符合」、被宣稱的「真理」，這種被指明、被宣稱的真理具有工具主義性質，或者說其基礎是一種實用的真理觀（pragmatic theory of truth），這種真理之所以被指明、宣稱和確定，其出發點不是認識論的，而是效果論的——雖然這種著眼於效果的「真理」總是朝著認識論或者說符合論的方向而獲得論證。真理作為真理，一旦被指明和確定，它就可能獲得某種正當性甚至權威性。事實上，在二十世紀的中國語境中，真理往往是超越於個體經驗之外的「宏大敘事」。因為這種真理被指明為符合社會歷史的客觀本質、符合偉大的現實需要，又因為這種指明本身所意味著的某種應當接受的必然性、決定性、客觀性以及進步的、革命的、政治意識形態的意義，於是，被指明、被確定下來的這種真理往往相似於崇高的超驗真理，享有不可質疑的權威，成為「時代共名」和「權力話語」。中國文論在二十世紀的百年風雲顯示，這種真理觀念對中國的文學真實理論確曾起過結構性的作用。

作為一種具有普遍性、總體性、全面性的抽象之物[13]，

---

[13] 關於這一點，可以參閱在20世紀中國關於真實、真理的哲學和文學論文中常常徵引的列寧的表述：「反映物質過程的全面性及其統一的靈活性，就是辯證法，就是世界的永恆發展的正確反映。」「單個的存在（對象、現象等等）（僅僅）是觀念（真理）的一個方面。真理還需要現實的其他方面，這些方面也只是好像獨立的和單個的（獨自存在著的）。真理只是在它們的總和中以及在它們的關係中才會實現。」「真理就是由現實、現象的一切方面的總和以及它們的（相互）關係構成的。」「真理是全面的。」（蘇）列寧《哲學筆記》，人民出版社，1961年，第112、209、210、212頁。

「真理」塑造了二十世紀的中國文學真實觀。在有關文學真實的一系列爭論中頻頻出現的「歷史真實」、「社會生活本質」、「整體真實」、「本質真實」甚至「理想真實」，等等，均屬於甚為抽象的「真理」話語，這樣的「真理」話語一度覆蓋了文學的經驗性，成為檢驗文學表達是否真實的普遍標準。自然，「真理」不是由單個的文學寫作主體自行建構的，對於單個的文學寫作主體而言，「真理」是既定的、前定的、權威的，應該接受之、反映之、表現之。「真理」話語使得文學敘述獲得了一個位於表達主體之外的視點，這個視點更崇高、更正確、更正當。執著於表現「真理」的觀念導致對「文學真實」的追求在很長時期一直偏向目的性、工具性、集體性和正確性，而偏離個體性、審美性，偏離直接的經驗、切身的體驗[14]。在此情形之下，「文學真實」所指者何？其所指乃是以文學形式宣示的社會生活和歷史進程的「本質」、「真理」，一種對於文學寫作主體而言被「給予」的「本質」、「真理」。在文學寫作之中，居於本位的便是「本質」、「真理」，於是，文學的一切鋪陳和所有刻劃，都成為圍繞、服務此「本質」、「真理」的修辭行為，成為一種工具性存在，而對其自身的目的性和規律性的考慮則常被無限延遲。

其實，如果將視野擴大到整個中國文學真實觀念的演化歷史，更可以看到：儒家的人倫真理或者「天之道」、「人之道」，或者「社會本質」、「本質真實」等真理性範疇不

[14] 有關「真理」的控制性力量及其對個體性、經驗性所能產生的作用諸問題，可以參考黃裕生《真理與自由》，江蘇人民出版社，2002年，第57頁。

但對二十世紀的中國文學，亦對整個中國文學表達、尤其是經驗性的表達都有過建構、支配、節制和遮蔽的作用，而且從古至今，一以貫之。

3.「經驗」與文學真實

在此，與人倫真理、社會本質、本質真實等真理之真相對應的是經驗之真。如果不避表達的簡單化，則可以說，本質、真理賦予文學敘述以理性的意義和現實的功用，而經驗真實則使文學敘述有血有肉，使之盡呈豐盈之態。離開經驗真實，單純的本質、真理斷難獨力撐起任何文學作品。在中國文論表述中，有所謂「根情、苗言、華聲、實義」之論[15]——花木自不可無根，而「義」、或曰「真理」之「實」，亦未可離卻「情」之根本（「感人心者，莫先乎情」）。此「情」此「根」，乃屬經驗範疇。倘無真「根」，則「花」無所依；倘無經驗性的真「情」，則真理之「義」何以立？鮑姆嘉通以為美就是「被稱為真理的那種屬性在感覺中的表現」[16]，如無「感覺」的真實、經驗的真實，文學之中所謂的「真理」以及所謂的「美」何處可尋？在黑格爾那裏，也有所謂「美是理念的感性顯現」，「美就是理念，所以從一方面看，美與真是一回事」，「這就是說，美本身必須是真的」，「但是這理念也要在外在世界實現自己，得到確定的現前的存在，即自然的或心靈的客觀

[15] 白居易《與元九書》，見於《白氏長慶集》卷第二十八。
[16] （英）鮑桑葵《美學史》，張今譯，商務印書館，1985年，第242頁。

存在」[17]。在此，理念即真、即真理，而美是理念，故美亦真，此暫不論；且注目於作為真理的理念所由實現的「外在世界」、「自然的或心靈的客觀存在」——倘離卻經驗，則此外物與心靈何由把握與呈現？倘此把握與呈現並無經驗的真實，則作為真理的理念亦何由實現？可知在作為審美形式的文學中，本質、真理對於經驗性的真實未可暫離。不過，鮑姆嘉通、黑格爾都是以「真理」、「理念」為本位而對經驗性真實作必要的垂顧，這僅是文學表達的一條路徑。文學表達的另一條路徑、也是最重要的路徑乃是以傳遞經驗真實為本位，而一切人間真諦與精神品格自然包蘊於經驗真實的傳遞中。然則不管是為宣示真理之真而反求經驗，還是以傳遞經驗真實而令真諦自明，經驗真實都是文學表達的第一要義。王國維也曾說，「惟美術之特質，貴具體而不貴抽象」[18]——倘無經驗性的真實，無真切的感受與體驗，則所謂「具體」何由實現？

似乎所謂經驗性真實就是指情感之真、感受之真、體驗之真；然而文學表達之中的經驗真實到底應當如何準確地界定？

實際上，問題的實質是：何謂文學表達論域中的「經驗」？由於經驗必然是身歷的、心歷的、實有的、真實的，否則便不可謂之「經驗」，也就談不上所謂「經驗真實」，所以，這裏所謂的「經驗真實」乃是「經驗性的真實」；之

---

[17] （德）黑格爾，美學，第一卷，朱光潛譯，商務印書館，1979年，第142頁。

[18] 王國維《〈紅樓夢〉研究》，參見《王國維論學集》，中國社會科學出版社，1997年，第367頁。王國維所謂「美術」，主要指稱文學。

所以用「經驗」一詞修飾、限定「真實」一詞，只因要與「真理性的真實」相區別，非謂「經驗」之中有「真實」亦有「虛造」者也。既為「經驗」，當然真實。

然而「經驗」為何物？「經驗」是指人所感覺和知覺的、「生物的或社會的閱歷」。而在文學論域，「經驗」大致可以分為兩種，「一種是純經歷性的」，另一種則是「不但有過這個經歷，而且在這經歷中見出深刻的意義和詩意的情感，那麼這經驗就成為一種體驗了」，「體驗是經驗中的一種特殊形態」，「是經驗中見出深義、詩意與個性色彩的那一種形態」[19]。顯然，「體驗」對文學表達有直接的重要性。但是，「純經歷性」的經驗的重要也是顯而易見的：因為舍此「經歷」，「體驗」無由萌生。在這裏，所謂「經驗」、所謂「經驗真實」，兼含「經歷」與「體驗」二義。

經過感覺、知覺、表像[20]，尤其是經過所謂「自覺的表像運動」[21]，經驗真實或者說體驗遂在文學寫作之中發生實質性的建構作用，形成文學情感、文學形象以及文學化了的各種人生情境。在文學寫作的心理過程中，表像是從心到文的

[19] 童慶炳《經驗、體驗與文學》，載《北京師範大學學報》（人文社會科學版）2000年第1期。

[20] 所謂「表像」，乃是在感覺和知覺的基礎上形成的具有一定概括性的感性形象，是「先前獲得過的客觀事物形象在人的大腦中的再現」，是「對記憶中保存的感覺和知覺的回憶或改造」，「是感性認識的高級階段」。參見馮契主編《哲學大辭典·馬克思主義哲學卷》，上海辭書出版社，1990年，第547頁。

[21] 金開誠認為，藝術活動需要「自覺表像運動」，即在表像之基礎上「自覺進行的，不僅有一定的目的，有時還需要意志的配合」、「有意的、主動的心理活動」。金開誠《文藝心理學論稿》，北京大學出版社，1982年，第17－39頁。

關鍵步驟，因為對於文學寫作主體而言，「美感」、一定的創造性等都形成於表像階段[22]，並且，表像的一端繫連著感覺、知覺到的一切經驗，另一端繫連著被表達的文學情感、文學形象及各種人生情境。表像是經驗性的，從而文學表像的真實即是文學寫作主體的經驗真實。而表像的真實又直接決定文學表達的真實——不但決定文學敘事主幹的真實性、深刻性，尤其決定文學敘事質地的真實感、真切感，因為表像是「最具體的、最主觀的和最豐富的」[23]，而這種具體、主觀和豐富的「表像」只能來自真實、真切的感覺和知覺（感覺、知覺具有顯而易見的生動性、豐富性和直接性[24]），來自經驗真實。文學寫作主體也許可以基於已有的經驗而推論未知的「經驗」[25]，但是卻斷難憑空虛造。魯迅有云：「藝術的真實……只要逼真，不必實有其事也」[26]——「不必實有其事」乃謂不必有某一表達所嚴格對應的具體的確鑿的經驗真實，可以虛設表達之物，只要「逼真」即可；然而，倘無真切的相關經驗以供推論、揣度和移用，何能「逼真」？因此，對於文學寫作、文學真實而言，表像的真實、從而經驗

---

[22] 陳新漢《審美認識機制論》，華東師範大學出版社，2002年，第129頁。

[23] （蘇）列寧《哲學筆記》，前引書，第250頁。

[24] 馮契主編《哲學大辭典・馬克思主義哲學卷》，前引書，第595頁。

[25] 有記憶表像和想像表像兩種表像。作為「對記憶中保存的感覺和知覺的回憶或改造」，表像的「回憶」部分可謂記憶表像，而「改造」部分則可謂想像表像——想像表像是由記憶表像或現有知覺形象改造成的新形象，是由已有的經驗推知、構造的新「經驗」，具有創造性。此處引用部分可以參考《哲學大辭典》（修訂本）上冊，前引書，第97頁。

[26] 魯迅《致徐懋庸》，見於《魯迅書信集》，人民文學出版社，1976年，第465頁。

的真實，乃是決定性的。

應該承認，文學寫作對主體的經驗資源有選擇性，文學敘述並不必然是真實存在和發生的具體事物，而常常表現為凌空蹈虛的虛構和想像，文學的審美性質將這種選擇、虛構和想像判定為合法。同時，作為文學敘述媒介、作為文學表達的全部現實的語言，其與外在世界、與人的體受在物理上是異質的，文學表達不可能、也不必要特別地製造出與外在世界、與人的體受同質同構的另一個物理性「真實」。文學寫作主體所建構的必然是一個「虛構的世界、想像的世界」[27]。然而，文學的這種虛構性、想像性卻並不是拒絕文學真實、尤其是拒絕經驗真實的依據。文學史上有許多文學表達具有觸目驚心、出人意表的想像性、虛構性甚至荒誕感，而所謂經驗、所謂真實，似乎將要在這想像、虛構和荒誕之中流失殆盡，但是，閱讀的經驗表明，「當故事變得越來越不可思議的時候，故事本身的真實性不僅沒有削弱，反而增強」，整體形式雖然荒誕，但是「所有的事物被展示時都有著現實的觸摸感和親切感」，寫作主體「認真地和現實地刻劃每一個細節」，精細捕捉「具體事物的真實」[28]。整體表達的虛構、荒誕無礙其局部、細節、敘述質地的可觸可摸的經驗感、真切感，是為此類文學表達能夠長驅直入文學閱讀主體的內心並引出廣闊思索的關鍵。而閱讀主體所獲得的經驗感、真切感，當然源於寫作主體不可須臾失手的經驗真實。

---

[27] （美）韋勒克、沃倫《文學理論》，劉象愚等譯，三聯書店，1984年，第13頁。

[28] 余華《內心之死》，華藝出版社，2000年，第5－9頁。

4.真理話語與經驗話語

在真理、經驗以及它們與文學真實的關係被勾畫出來之後，文學真實似乎便獲得了大致的規定——所謂文學真實，即是在文學敘述之中以文學的形式傳達出來的真理性或者經驗性。這條規定應該是準確的，但是過分簡略，未能展現文學表達之中真理與經驗各自的功能及其相互之間的關係，亦未區分在文學表達中真理話語與經驗話語的深刻歧異。

從浮現於文本表層的關係看，「真理」與「經驗」是互補的。在探討文學真實的時候，強調經驗真實的重要性，乃是為了遠離一味從「真理」的認識論方向去要求、超拔、凸顯「文學真實」之際所可能導致的概念化、工具化、反文學的寫作路向，也就是說，經驗真實可祛真理真實的空泛之病。另一方面，經驗真實雖則易於一舉步入審美之域並且可以有效地造成文學敘述質地的經驗感、逼真感（sense of verisimilitude），但是，倘若放縱經驗真實的表達而拒絕真理（尤其是作為人倫真理的道德理性）的制約，則易流於以氾濫為真、以癰潰為美。在此，真理的價值內涵與理性本色有助於節制經驗寫作的流蕩無度。統言之，文學表達若純任真理之真，則失於概念；若盡信經驗之真，則失於恣縱。不離經驗的真實，則真理的宣示方美；不離真理的節制，則經驗的傳遞方善。

然而，「互補」的關係也僅止於文本的技術表層而已。如果縱覽文學真實理論的歷史行程，則可以發現，「真理」與「經驗」其實各有淵源、各有規則、各有所從屬的學科、信仰和「權力」體系，並非總是在文本的技術表層所顯示的那般「互補」。實際上，更深入的研究必須超越文本的技術表層而在話語層面展開，必須在文學真實論域勾勒出真理話語和經驗話語的大致輪廓，並且指明它們之間的關係。

需要先對「真理話語」和「經驗話語」中的話語一詞略作說明。此處所謂的話語概念來自福柯（Michel Foucault,1926-1984），但是對它的解釋不可避免地有為我所用的取捨和變通。在福柯那裏，追問話語（discourse）為何物並不十分恰當，因為對於反本質主義的福柯而言，話語不宜被明確地定義。不過，福柯的觀念在一定程度上又是「系統而嚴格的」（systematic and rigid）[29]，其話語有某種「框架」、「圖式」和「秩序」[30]，因此也可以對他所徵用的話語一詞做出具有一定的有效性的描述。一般地說，福柯的這個用語指的是「知識考古學中各研究領域或各種學科的結構」，「各學科有不同的話語，它們都由許多具體的陳述組成」，「陳述不來源於作者的思考，不涉及個別的主體，也不具有先驗的主體性，而是一種匿名的領域，是一種無意識的結構」，「一個時期的話語的共同特徵即知識型，因而在不同知識型下的同一概念或同一陳述有不同的意義，在不同話語下的相同概念也有不同的意義。」[31]這種對話語的理解，對於「真理話

[29] L.H.Martin, *Truth, Power, Self: An Interview with Michel Foucault*，from *Technologies of the Self: A Seminar with Michel Foucault*. London: Tavistock,1988, P.15.

[30] （德）曼弗雷德・弗蘭克《論福柯的話語概念》，陳永國譯，見於汪民安等編《福柯的面孔》，文化藝術出版社，2001年，第97、99頁。

[31] 《哲學大辭典》（修訂本）上冊，前引書，第553頁。

語」和「經驗話語」而言，其關鍵在於揭示了話語、知識型以及概念、陳述的關係。話語的基本單位是陳述[32]，陳述的具體性和知識型的時代性（所謂「大寫的主體，思想的模本和時代的精神走向」[33]）決定了話語本身的具體性、非連續性和實踐性。在此情形下，當把概念納入視野的時候，問題便出現了：話語「是概念出現的地點」[34]，構成話語的一系列陳述離不開、甚至必須大量使用概念；而概念（譬如「真理」之類）在穿過了漫長的歷史和人類主體的經驗之後，一般說來，其內涵具有一定程度的穩定性、一致性、連續性和經驗性，相對「靜止」的、「理想性」的概念（如果有的話）或者主體直接的、「經驗性」的概念（如果有的話）必然與陳述、話語的具體性、非主體性和非連續性之間產生齟齬。於是，在話語中出現的概念不論是內涵還是外延都必然被徵用它的話語「格式化」，不是「讓陳述的多樣性服從於概念的一致性」[35]，而是相反。對於概念被話語「格式化」的問題，哈耶克（Friedrich Hayek，1899－1992）的一些論述可謂佳例：哈耶克曾論及極權主義制度對「自由」、「真理」等「一切普遍應用的道德和政治方面的名詞」的詞義的竄改，這種竄改使得「全部語言的意義逐漸被剝奪而文字則變成了空殼，

---

[32] （法）福柯《知識考古學》，謝強、馬月譯，三聯書店，1998年，第149－150頁。福柯指出：「陳述屬於話語形成就像句子屬於本文，命題屬於演繹整體一樣。」

[33] 季國清《話語實踐——哲學研究的新領域、新視角、新方法》，載《學海》2000年第4期。

[34] （法）福柯《知識考古學》，前引書，第77頁。

[35] （法）福柯《知識考古學》，前引書，第77頁。

失去了任何具體的內容；它們既可以表示一件事物的正面，又可以表示它的反面」[36]。用福柯的理論，這種竄改的實質便是在極權主義的知識型之下，話語對於概念的「格式化」。實際上，這種「格式化」是必然的，因為概念必然是在陳述、在話語之中形成的，也是以此之故，福柯認為「分析概念的形成，既不應把它們歸結於理想性的範圍，也不應歸結於觀念的經驗性發展」[37]，譬如分析「精神病」這個概念的形成，便既不能根據一個靜止的「定義」，也不能根據個體的經驗，而應該像福柯的《瘋癲與文明》那樣在話語的考察中去發現其在不同的「時代精神」之下、在不同的知識型之下的具體所指。而在文學真實論域，所謂的真實，所謂的真理之真、經驗之真，也應當在話語的層面上作「考古學」的研究即歷史清理，方能洞見其幽微的真相和具體的所指，而對文學真實的探討顯然也可以在真理話語和經驗話語的框架下展開。

福柯著力於揭示潛藏於各科知識、社會文化諸般表像之下的深層結構和控制規則，而所謂「話語」便是為此目的而提出和使用的。「話語」直通人類知識的生產、傳播與使用的內在秘密，即權力，福柯「指出了一個容易為人們所忽略的事實，那就是任何時代的任何話語都不是個人的創造和想像力的成果，也不是自然而然延續的結果，而是權力的產物，權力通過一系列複雜的程序和隱蔽的手段，來控制、選

---

[36] （英）哈耶克《通往奴役之路》，王明毅、馮元興等譯，中國社會科學出版社，1997年，第150－152頁。

[37] （法）福柯《知識考古學》，前引書，第79頁。

擇、組織和傳播作為話語形式的知識，無論科學、法律、人文科學甚至醫學，莫不如此。」[38]在將所謂的「權力」同文學真實觀念聯繫起來的時候，應當注意的是：此處的「權力」並不固執地指向政治權力，它是廣義的權力，它將顯示的是話語背後結構性的力量和控制性的關係。所謂的文學真實便深陷於這種力量和關係之中，並劃分為真理話語和經驗話語。

如果更進一步，則可以看出，真理話語似乎與福柯所謂的「求知意志」（will to knowledge）或者「求真意志」（will to truth）相繫，而經驗話語則似乎與出現於「文的自覺」以後的文學學科共識密不可分。而不論是「求知意志」、「求真意志」，還是文學的學科共識，都代表著結構性的力量和控制性的關係，即，都代表著某種權力。

真理話語所關涉到的「求知意志」並不單純是知識追求，「求知意志」也「有賴於體制的支持與流通，它傾向於實施某種壓力，實施一種對其他話語形式的限制權力。」[39]「求知」是通向「求真」的，「求知意志」實際上就是「求真意志」，這是西方文化中追求真理的理性原則。在文學真實論域，真理話語的實質就是所謂「求真意志」或者「求知意志」，真理話語貫徹於對文學真實的理解之後，其他有關文學真實的理解，譬如所謂經驗真實，便作為一種「其他話語形式」而面臨被具體、特定的真理話語限制、壓制甚至取

---

[38] 周憲《20世紀西方美學》，南京大學出版社，1999年，第399－400頁。

[39] Michael Foucault,*The Discourse on Language*,see in *Critical Theory Since 1965*(edited by H.Adams and L.Searle),Tallahassee:Florida State University Press,1986,p.151.

消的處境。真理話語的核心是權力：「在我們這樣的社會以及其他社會中，有多樣的權力關係滲透到社會的機體中去，構成社會機體的特徵，如果沒有話語的生產、積累、流通和發揮功能的話，這些權力關係自身就不能建立起來和得到鞏固。我們受真理的生產的支配，如果不是通過對真理的生產，我們就不能實施權力。」[40]對此，哈耶克有相似的說法：「真理這個詞本身已失去了它原有的意義……它成了要由當權者規定的東西，某種為了有組織的一致行動的利益必須加以信任的東西，並且是在有組織的行動有迫切需要的關頭又必須加以更改的東西。」[41]齊格蒙・鮑曼（Zygmunt Bauman，1926－）也一語中的：「真理觀念屬於權力的修辭學。」[42]真理話語執行的是個體並不自覺的權力規則，它本身就是權力的產物，它是社會對個體實施權力的媒介，並且也是維繫權力關係的工具。在此，必須指出，文學真實理論中的真理話語作為一種權力話語，它貫穿於文學理論之中，依靠從古至今形態不同但是內在相通的政治、倫理、道德、科學、風俗等「體制」持續對文學「實施某種壓力」，按照權力規則和實用規則操縱文學表達。文學寫作主體（包括批評主體）處於真理話語的權力鏈條的不同環節上，他們或者是自覺不自覺地依據權力規則解釋、闡述「真理」，或者接受、表現「真理」，而在解釋、闡述或者接受、表現之中，權力的眼

---

[40] 包亞明主編《權力的眼睛——福柯訪談錄》，嚴鋒譯，上海人民出版社，1997年，第228頁。

[41] （英）哈耶克《通往奴役之路》，前引書，第155頁。

[42] （英）齊格蒙・鮑曼《後現代性及其缺憾》，郇建立、李靜韜譯，學林出版社，2002年，第136頁。

睛無處不在。

與經驗話語相連的文學學科的內在規則或者說學科共識也是一種權力形式。當然，文學學科的內在規則與真理話語背後的權力規則有很大差異：對於文學這一學科而言，尤其是對於現代的、充分強調自身的獨立自足的文學學科而言，真理話語所實施的權力控制是外在的，屬於「外部聯繫」，而文學這一學科的所謂「本質屬性」則是一切「內在規則」的集合，這是一種深刻的內部權力。就文學真實論域觀之，文學學科「內在規則」的最要緊處，乃是經驗話語。先秦的國人把「詩」與真實的、經驗性的「志」聯繫起來[43]，古代希臘人把逼真的「摹仿」與「痛感」、「快感」之類的經驗聯繫起來[44]，這表明，不論中西，經驗話語當然的學科合法性都在文學真實觀念的源頭暗示出來了。但是直到近世，在文學真實觀念中，經驗話語的學科合法性才真正確立，而一旦確立，它就代表了一種學科建制的結構性特徵，一種權力。在二十世紀中國，從胡適所謂「詩的經驗主義」（poetic empiricism）[45]到成仿吾所謂「文藝是以經驗為基礎的創造」[46]，再到袁可嘉所謂詩「是經驗的傳達」[47]，展示了在二十世紀前半期的工具主義氛圍中，經驗話語企圖以自

---

[43] 《尚書・堯典》：「詩言志。」據阮元編《十三經注疏》，中華書局影印本。

[44] （古希臘）亞理士多德《詩學》，羅念生譯，人民文學出版社，1962年，第11頁。

[45] 胡適《嘗試集》，安徽教育出版社，1999年，第91頁。

[46] 鄭振鐸編選《中國新文學大系・文學論爭集》，上海良友圖書印刷公司，1935年，第183頁。

[47] 袁可嘉《詩與民主》，載天津《大公報》1948年10月30日。

己的力量搭建文學學科構架、確定學科內在規則的不懈努力。不過，這種努力很快就在新的歷史語境裏中斷了，直到近二十來年才逐漸恢復並顯示出文學的學科權力，才有人明確指出「詩的第一要素就是真，不真無詩，矯飾情感者乃偽詩」[48]。近世西人一直強調經驗話語在文學學科中的地位，在H.派克的體系中，感覺、感情、審美經驗中的「觀念或意義」、「來自各種感官」的「形象」這四類藝術經驗具有重大意義[49]；而貫穿琳賽・沃特斯《美學權威主義批判》一書的聲音則是「你體驗過了嗎」，他批判了自笛卡爾以來「對於體驗的空前的不信任」的現象，認為當「正確性成為藝術存在的前提條件」以後，「我們用教養來對抗體驗並且讓教養占統治地位」，於是，「我們」便「被精緻的思想觀念敗壞了」，而「我們」本不應如此，因為「我們的目標應該是體驗而不是認識」[50]。實際上沃特斯是以經驗話語「批判」真理話語，而這種批判所昭示的恰是經驗話語的學科權力。在此，應該重申，經驗不等於經驗話語，經驗具有個體性、直接性，而經驗話語則是在經驗的概念背後糾結的學科權力結構，這個結構是在與真理話語的對峙之中形成的，它主要捍衛的是文學學科的屬性而非經驗的重要性。

[48] 吳戰壘《中國詩學》，東方出版社，1991年，第5頁。

[49] （美）H.派克《美學原理》，張今譯，廣西師範大學出版社，2001年，第47－48頁。

[50] （美）琳賽・沃特斯《美學權威主義批判》，昂智慧譯，北京大學出版社，2000年，第1、24、33、34、162頁。實際上，琳賽・沃特斯這本著作的副標題便是Towards a Poetics of Experience。

在話語層面，「真理」與「經驗」從來就是對峙、競爭的關係。真理話語與經驗話語可能顯得「和諧」（此「和諧」的實質是某一時代的文學真實觀念取了中道，意味著兩種話語在對峙之中呈現出一種均勢），但更可能是一方壓倒另一方。它們載沉載浮、此消彼漲，使文學真實觀念的歷史從來就是一場真理話語同經驗話語共處一室而又不斷競逐話語權的歷史。不過，應當看到，在文學真實論域，兩種話語中的任何一種都不可能絕對壓倒另一種。真理話語和經驗話語可以視為一條線段的兩個端點，在真理話語和經驗話語的共同作用下，一個時代的文學真實觀念所處的確切位置永遠在真理話語和經驗話語這兩個端點之間滑動，不同時代的文學真實觀念在這條線段上處於不同的位置。

至此，「文學真實」似乎只能被這樣界定：

在文學寫作之中所傳達的經驗性真實或者真理性真實，便是所謂的「文學真實」。而關於文學真實的理論表述之中則存在著一個對立而又統一的結構，一個關於「經驗之真－真理之真」、「經驗話語－真理話語」的雙重結構。

5.「修辭立其誠」與誠論

在勾勒出文學真實論域「經驗之真－真理之真」、「經驗話語－真理話語」兩重區劃的結構輪廓之後，關於中國文學真實觀念的研究便獲得了一個解釋機制。其實，這個解釋機制並非憑空虛設，並非僅僅來源於上文的語義分析和話語區隔，其更重要的來源是在檢閱中國文學真實觀念之後的觀察報告。

以「經驗之真－真理之真」、「經驗話語－真理話語」的兩重區劃作為入思之途，這裏將要清理先秦以降的中國文學真實觀念——也就是說，「經驗之真－真理之真」、「經驗話語－真理話語」的兩重區劃不僅來源於資料檢閱，而且將要求證於歷史清理。在研究中，此兩重區劃的大框架將不會導致研究和敘述的機械性，這不僅是因為此框架不是憑空搭建而是文學真實觀念的歷史本身所提供，同時也因為這種區劃不是機械的二元對立，而是由「真理」和「經驗」、「真理話語」和「經驗話語」形成的一個具有豐富可能性的場域，任何一個歷史段落的中國文學真實觀念都能在這個場域之中找到合適的位置，而不會被拋入一個機械的、非此即彼的模子，不會被勉強對待和削足適履。

應當強調的是，對傳統中國的文學真實觀念，不能以一般所謂的「文學真實論」或者「藝術真實論」視之，因為，從二十世紀初年開始，中國文學真實觀念已經發生了變遷，此前是作者所命名的誠論，此後才是「文學真實論」、「藝術真實論」。古典中國的誠論與西方文學真實理論，儘管面對過相似的問題情境，呈現過相似的理論結構，然而細讀文獻，可以發現：不論是歷史過程、理論重心還是基本概念，它們之間都歧異迥然。從學理上看，西方的文學真實論、藝術真實論未可涵蓋和置換古典中國的誠論，因而，在研究誠論之時，不可一味寄身於西方文學真實理論的屋簷之下，不可自囚於西方文學真實理論的術語和格局，否則，誠論的源與流、獨特的問題和獨特的智慧都有可能被遮罩於無形。

誠論何謂？

在此，誠論即為中國固有的[51]文學真實理論。誠論的稱謂，源於先秦的短語「修辭立其誠」[52]。誠論的旨趣，也可概括為「修辭立其誠」。

在有關中國文論的敘述之中，「修辭立其誠」的含義似乎已經不言而喻了。但是，當它的含義不明不白地變得「不言而喻」的時候，其精要之處已然被人們為我所用地簡化，甚至遮蔽。在對「修辭立其誠」的「不言而喻」的理解中，最顯著的是：言辭、文辭應當表達內心之真、情感之真，認為「所謂『修辭立其誠』」，「就是主張詩歌要表達真實誠摯之情」，「誠即真也」，「修辭立其誠」事實上「提出了另一種意義上的藝術真實，即創作主體的真情實感」[53]。這種表述當然是有道理的。但是，如果將「修辭立其誠」徑作如此理解，則多少有些簡單化、甚至是曲解和想當然。實際上，「修辭立其誠」的含義遠非如此簡約和「現代」。當我們在文論表述中注視「修辭立其誠」的時候，不妨回歸其本來語境，推求其本來指涉，這樣我們的表述也許會更為圓通和貼切。尤其是當我們在中國文學真實觀念的歷史敘述中論及「修辭立其誠」的時候，對它作尋本探源的考察才是謹慎和負責的，也才能夠有所發現。

---

[51] 「中國固有的」一語，義襲錢鍾書《中國固有的文學批評的一個特點》，為的是既要「撇開」中國文學真實觀念中「近來所吸收的西洋成分」，又要表明此處所謂古典中國的誠論之精神在20世紀中國的文論話語中「多少還保留著」。參閱《錢鍾書散文》，浙江文藝出版社，1997年，第388頁。

[52] 《周易・乾卦・文言》，參見阮元編《十三經注疏》。

[53] 朱立元、王文英《真的感悟》，上海文藝出版社，2001年，第76頁。

饒宗頤談及「修辭立其誠」時曾說：「辭是屬於外表的事情，能修辭是能有美的辭令，但必要出於『誠』。誠是內在的，必須內在充實，才能言之有物。美的辭令必須建築在誠之上，修辭屬於『美』，『誠』包括了『真』和『善』，有『真』和『善』才有『美』之可言，有真和善然後可以立誠。」[54]顯然，在饒宗頤看來，「修辭立其誠」統合了真善美諸價值，而非止於真和美。他的表述是概括性的，也是粗線條的，且有未盡之處，但至少表明：「立誠」並非簡單指涉對「創作主體的真情實感」的書寫，而是既包括一般所謂的真情實感，也包括儒家求善的道德考慮——何況「修辭立其誠」本就出自儒家經典《周易・乾卦・文言》：

> 九三曰：「君子終日乾乾，夕惕若，厲，無咎。」何謂也？子曰：「君子進德修業。忠信，所以進德也。修辭立其誠，所以居業也。知至至之，可與幾也。知終終之，可與存義也。」

實際上，這裏的「誠」既包括了「真」而又絕不止於「真」。中國語境中的「誠」以內心真誠、德性、良知以及充分內化的宇宙人生之道為內容，故不能僅僅以「真情實感」一語完成對「誠」甚至對「修辭立其誠」的理解。如果將「修辭立其誠」作為中國文論歷史鏈條中的一環，也必須充分注意其對真情實感和儒家道德的富有張力的雙重指涉。

---

[54] 饒宗頤《澄心論粹》，上海文藝出版社，1996年，第116頁。

這種指涉不單是體現於「立誠」，也體現於「修辭」，並且也體現於「修辭」與「立誠」的關係。

「修辭立其誠」中的所謂「修辭」，歷來解釋甚多，要而言之，主要有以下幾種：

一為「修理文教」。這是孔穎達的正義所主張的，屬於政治教化的傳統解讀模式，即所謂「辭謂文教」，「外則修理文教」[55]。而據許慎《說文解字》，「修，飾也」，「辭，說也」。據《廣韻》，「修，理也」，「辭，訟也」（《廣韻》同時也引用了《說文》的解釋）。據《玉篇》，「修，治也，飾也」，「辭，理獄爭訟也」。基於這些訓釋，連綴「修」、「辭」而解作「修理文教」，顯得牽強、生硬。

二為「修飾言辭」。從古至今，持此說者甚眾。劉勰云：「若夫楚辭招魂，可謂祝辭之組麗也」，又云「修辭必甘。」[56]由此約略可知，劉勰傾向於視「修辭」為「修飾言辭」之意——不過，這裏的言辭乃是供「祝」、「盟」之用。周策縱亦訓「修辭」為「修飾言辭」，同時，他對孔穎達關於「修辭」二字的解釋並不贊同：「其實『修辭』的意義並不難瞭解，應是指修飾言辭，辭可以包括口語和書寫的文字。孔穎達等人把『辭』說成是『文教』，倒不免有『增字解經』的毛病，弄得越不明白。『文教』一詞，可作各種解釋，如文化教育等等，含義決不與『辭』完全相等。」[57]

---

55 孔穎達《周易正義‧乾卦‧文言》，見於阮元編《十三經注疏》。
56 劉勰《文心雕龍‧祝盟》。據涵芬樓四部叢刊影印本。
57 周策縱《棄園文粹》，上海文藝出版社，1997年，第421－422頁。

三為「修省言辭」。「修飾」與「修省」是迥然不同的。《周易・震・象》曰：「洊雷震，君子以恐懼修省。」[58] 此處「修省」是省察內心，亦即孔穎達正義所謂「修身省察己過」，而非「修飾」其表。宋代的理學家對「修飾」甚為敏感和警惕，他們似乎有這樣的疑慮：倘若「修飾言辭」一說成立，那麼，內心的「誠實」會否因為言辭的修飾巧扮而不再是「誠實」，或者說，是否應對言辭多做「省察」之功以防其流於虛飾？基於這個困惑，理學家一般不主張將「修辭」釋為「修飾言辭」，而是訓為「修省言辭」，譬如程顥即云「能修省言辭，便是要立誠，若只是修飾言辭為心，只是為偽也」[59]，朱熹亦稱「修省言辭，誠所以立也；修飾言辭，偽所以增也。」[60] 這裏的「修省」當源於《周易・震・象》之所謂「修省」，亦是修省己過，從而所謂「修省言辭」在宋儒那裏自然也不是對言辭的修飾。

四為「立言」、「作文」。譬如王陽明、王夫之在談及「修辭立誠」時，「修辭」往往意指「作文」[61]。《周易尚氏學》云：「修辭者，立言也。」[62]郭紹虞亦釋「修辭」為「立

---

[58] 阮元編《十三經注疏・周易正義》。

[59] 參見李光地等編撰之《禦纂周易折中》卷十六《文言傳》。據文淵閣四庫全書影印本。

[60] 朱熹《答呂子約》，見於《晦庵先生朱文公文集》卷四十七。據涵芬樓四部叢刊影印本。

[61] 即如王陽明《與汪節夫書》、《傳習錄》等皆是這樣，見四部叢刊本《王文成公全書》；王夫之《夕堂永日緒論外編》之「填砌最陋」項下，參見《姜齋詩文集》，涵芬樓四部叢刊影印本。

[62] 尚秉和《周易尚氏學》，中華書局，1980年，第24頁。

言」[63]。其實今日也有人用「修辭」指稱作文、立言之事[64]。實際上，直接釋「修辭」為「立言」乃是以簡化或者說模糊的手法避免了「修飾言辭」與「修省言辭」的爭執，有可取之處。

此外，也有不少修辭學家視「修辭立其誠」為中國先秦的修辭原則，在他們那裏，修辭基本等同於Rhetoric。中國第一部現代修辭學著作是陳望道完成於1932年的《修辭學發凡》，該書一開篇就引用了「修辭立其誠」，並將「修辭」區分為廣狹二義：其狹義為「修飾文辭」，廣義則為「調整或適用語辭」[65]。在陳望道那裏，「修辭」與Rhetoric之間的界限是模糊的。後有不少修辭學者也踵武陳望道舊轍，視「修辭立其誠」的「修辭」為修辭學的「修辭」。其實，倘若視「修辭立其誠」的「修辭」為修辭學的「修辭」，則此「修辭學」乃為「中國修辭學」，它與Rhetoric是不同的，這裏的「修辭」不局限於、甚至主要不是表達技巧問題，而帶有哲學、倫理、意識形態意味，是話語（discourse）——恰如饒宗頤所言，這種「修辭學」，「內之在於立誠，外之在於知人知言，不是徒然講『辭形』『辭式』，而是講文德的，所以和西洋的修辭學截然不同」，「以『立誠』為本，是『有本之學』，所以不是單純的語意學，而是混合了道德哲學。」[66]

---

[63] 轉引自周策縱《棄園文粹》，前引書，第415頁。
[64] 王一川《文學呼喚與辭》，載《南方文壇》2003年第3期。
[65] 陳望道《修辭學發凡》，上海教育出版社，1979年，第1頁。
[66] 饒宗頤《澄心論粹》，前引書，第120頁。

此刻的問題是，在探討誠論之時，「修辭立其誠」的「修辭」是什麼意義？

按前引許慎《說文解字》的解釋，「辭，說也」，則「辭」為口頭的言辭。但是，按《周易》中有「卦辭」、「爻辭」，並非口頭的言辭，那麼同屬一書的「修辭立其誠」的「辭」大抵也不是口頭的言辭；而劉勰《文心雕龍・祝盟》的表述乃承接《周易》而來，一篇之中，前有「祝史陳信，資乎文辭」，後有「修辭立誠」，則劉勰主張「辭」為「文辭」當更無疑。何況，倘為口頭的言辭，則斯人口頭對答，語沫疾飛，豈有如許工夫去「修」其「辭」哉？因此，在探討誠論之時，「辭」取「文辭」之意為當。而「修辭」也就以「立言」、「作文」的含義為當，這樣的理解可以包括修省文詞和修飾文辭的兩種含義，相對中性。

與「修辭」一樣，「立誠」一詞也有豐富的語義。所謂「立誠」的問題實際上就是「誠」的問題。對於中國哲學、文論以及俗世人生而言，「誠」是一個核心範疇，地位尊崇。

《爾雅》訓「誠」為「信」，邢昺進一步釋「誠」、「信」為「誠實不欺」[67]。許慎《說文解字》云：「誠，信也。」又云：「信，誠也。」誠、信，按其本義，都可以釋為現代漢語的真、真實、誠篤。「誠」，既指人類的表達與外在世界之間的一致，更指表達、行為與內心意向的一致——這裏所謂的一致，意味著表達的真實，或者表達、行為的真誠。在此，「誠」的意義似乎鎖定為一般性的「真

[67] 參閱《爾雅・釋詁》。據阮元編《十三經注疏》。

實」、「真誠」。

但是，「誠」並不如此簡單。「誠」還有一個重要語義：虔誠。「誠」可以釋為「信」，也可以釋為「敬」。在「虔誠」一詞中，「虔」、「誠」與「敬」同意（「誠，敬也」[68]；「虔，敬也」[69]）。「誠」的「虔誠」、「敬」等語義在古典中國的語境之中常常帶有顯而易見的宗教色彩，譬如在「偽古文尚書」中所謂「至誠感神」[70]，所謂「鬼神無常享，享於克誠」[71]，此間的「誠」，均為具有原始宗教意味的內心誠敬，而在先秦，這種誠敬甚且成為「禮」的要求和精神，尤其體現在祈禱、祭祀「以帝為中心的天神」、「以社

---

[68] 《廣韻》卷二：「誠，審也，敬也，信也。」據涵芬樓四部叢刊影印本。

[69] 段玉裁《說文解字注》，前引書，第209頁。

[70] 《尚書・虞書・大禹謨》。據阮元編《十三經注疏》。

[71] 《尚書・商書・太甲下》。按照清人閻若璩等人的考據，《虞書・大禹謨》和三篇《商書・太甲》都是東晉梅賾所偽託。但是，在將「偽古文尚書」視為中國古代文論資料的時候，其是否偽託只是書寫時間之差異，而無改其作為中國古代文化、思想、文論的基本屬性——況，晉人梅賾「鬼神無常享，享於克誠」一語背後的觀念豈是晉時方滋？豈非來自既往甚至來自先秦？ 另外， 關於此處的「至言咸感神」與「至誠感神」的問題，亦有必要一辨。《虞書・大禹謨》通常的版本均作「至言咸感神」而非「至誠感神」。雖然十三經注疏本稱漢代孔安國將其中的「言咸」字釋為「和」（實際上，《虞書・大禹謨》既是晉人偽託，故對「言咸」的這個解釋當然不是來自孔安國），唐人孔穎達亦秉此說，但是上下通讀，卻牽強、費解。其實，「言咸」乃是「誠」的形近之訛。宋人蔡沈的《書經集傳》便直接將「言咸」解作「誠」，他將「至誠感神」釋為「推極至誠之道，以為神明亦且感格」（蔡沈《書經集傳》，中國書店，1994年橫排本，第23－24頁）。臺灣學者吳怡在《中庸誠字的研究》中也將「至言咸感神」作為「至誠感神」（吳怡《中庸誠字的研究》，華岡出版部，中華民國六十一年，第12頁）。在此亦視「言咸」為「誠」。

為中心的地示」以及「祖先」之際[72]，這類表達在周代的文獻之中甚多，譬如《春秋左傳》所謂「祝史正辭，信也」[73]，所謂「祝史陳信於鬼神」[74]，等等；或如《禮記》所謂「禱祠祭祀，供給鬼神，非禮不誠不莊」[75]，「天子賜之禮大牢，貴誠之意也」、「牲用騂，尚赤也；用犢，貴誠也」[76]，等等。凡此「誠」、「信」，皆取「虔誠」、「誠敬」之義。重視祭祀的「虔誠」乃是中國先秦文化的重要精神，甚至是一種必須貫徹的精神——以「禮」對其作出具體的規定就表明了這種「必須」。在祭祀等儀式之中強調內心的「虔誠」，而其目的乃是以此「虔誠」收穫「上天的眷顧、鬼神的福佑」[77]。細究之，這種「虔誠」之中含有不得不如此的畏懼感、向上仰視的卑微感，以及深刻的功利期待（所謂「爾克敬，天惟畀矜爾」[78]），這種「虔誠」是基於當時的認知水平而體現出的「實踐理性」。在中國先民那裏，「虔誠」並不是純粹和唯美的內心狀態，而潛存著深刻的實用化、工具化精神，這種精神也貫注於作為文論話語的誠論之中，並在一定程度上牽制著審美意義上的經驗「真誠」。

---

72 關於商周祭祀問題，可以參見陳來《古代宗教與倫理——儒家思想的根源》，三聯書店，1996年，第117－135頁。

73《春秋左傳・桓公六年》。孔穎達釋此為「誠信於神」。據阮元編《十三經注疏》。

74《春秋左傳・襄公二十七年》。

75《禮記・曲禮上》。據阮元編《十三經注疏》。

76《禮記・郊特牲》。

77 陳來《古代宗教與倫理——儒家思想的根源》，前引書，第166頁。

78《尚書・周書・多士》。

綜觀「誠」的「信」、「真實無妄」、「真誠」、「虔誠」諸義可知，此皆經驗性的「誠」，而行為、表達以及內心的真實、真誠和虔誠諸原則，實際上悉歸前文曾言及的經驗話語統攝。

與經驗性的「誠」相對應的是真理性的「誠」，「誠」在經驗性諸義之外，還有揭示宇宙人生本質的真理含義。但是，古典中國的誠論從未將「誠」的真理含義與經驗含義截然兩分，因此，作為真理的「誠」，雖然在很大程度上是超驗的（transcendental），卻也並非僅僅繫乎玄思，而是依稀帶有一定的經驗性或者人間性。「誠」既是天地的本質，又是人間的常道，它溝通天人，兼涉超驗與經驗。當然，此番對於作為宇宙自然之本質的「誠」的探討，更偏重於其真理性。

《中庸》云：「誠者天之道也，誠之者人之道也。」孟子亦云：「誠者天之道也，思誠者人之道也。」[79]朱熹釋「誠」曰：「誠者，真實無妄之謂也，天理之本然也。」[80]在此，「誠」是「天」的「本然」、本質，是宇宙自然的內在真理、客觀規律[81]。而作為「人之道」的所謂「誠之」、「思誠」，乃言效仿作為「天之道」的「誠」。「天之道」信實無欺、真實無妄，故「人之道」也當信實無欺、真實無妄。孟子又云「反身而誠，樂莫大焉」[82]，這也是強調反省

---

79 《孟子・離婁上》。據涵芬樓四部叢刊影印本。

80 朱熹《四書章句集注》，中華書局，1983年，第31頁。

81 關於「誠」作為宇宙自然之規律性的問題，可以參閱張岱年《中國古典哲學概念範疇要論》，中國社會科學出版社，1987年，第100－104頁，以及第233頁。

82 《孟子・盡心上》。

自身，以求人道之誠仿效、符合天道之誠。荀子云：「天不言而人推高焉，地不言而人推厚焉，四時不言而百姓期焉，夫此有常以至其誠者也。」又云：「天地為大矣，不誠則不能化萬物；聖人為至矣，不誠則不能化萬民；父子為親矣，不誠則疏；君上為尊矣，不誠則卑。夫誠者，君子之所守也，而政事之本也。」[83]誠者，信也，故《呂氏春秋》亦云：「天行不信，不能成歲；地行不信，草木不大……天地之大，四時之化，而猶不能以不信成物，又況乎人事？」[84]此處的「誠」、「信」，繫連天人，既是天道之常，又是人道之則。「誠」既超越於日常人生之外，又規範、限定和引領人間生活。先秦哲人從天地運行、四時輪轉之中看到了宇宙自然的規律性、週期性、必然性，是為真理、常則、天道之「誠」；依循中國傳統的「天人合一」邏輯，對於人間秩序而言，此天道之「誠」遂成為人倫道德的堅實根據——既然天地運轉、四時更迭以信以誠，那麼人間的交往與對待、心與言、言與動豈可不信不誠？此間應當留心的還有，「誠」不單是從天道「克隆」得來的人間法則，而且，從另一方面觀之，「誠」本身即構成人的本質、本性，由人之「誠」可以推及宇宙自然之「誠」，《中庸》云：「唯天下至誠，為能盡其性；能盡其性，則能盡人之性；能盡人之性，則能盡物之性；能盡物之性，則可以贊天地之化育；可以贊天地之化育，則可以與天地參也。」由此，「誠」遂在以天證人、以人合天的思維和表述過程中愈益牢固地確立了真理

---

[83] 《荀子・不苟》。據涵芬樓四部叢刊影印本。

[84] 《呂氏春秋・離俗覽・貴信》。

性，千載而下，「誠」即真理，這已經無可置疑，恰如傳統所謂「道」即是真理一般。事實上，古典中國的「道」與「誠」在「真理」的意義上確為一物，不論《中庸》、《孟子》還是後學所述，「誠」的釋義都與「道」寸步不離，即如朱熹的又一個釋義：「天地之道，可一言而盡，不過曰誠而已。」[85]清儒郭嵩濤也說：「誠，天行也，天道也。」[86]由此，「誠」的真理性一面往往與「道」相近、相通甚至相等，故作為中國文學真實理論的所謂誠論一旦涉及真理性語義之時，通常亦即「道」論，譬如所謂「文道」、所謂「文以明道」、「文以載道」云云。中國古人論文，強調「原道」，如《文心雕龍》的首篇，即為《原道》，此「道」即為誠論的真理性一面，《原道》一篇，其對中國文學真實理論中「文」與「真理」的關係深有洞見。「誠」的真理性一面，或者說作為真理話語的誠論，不但對二十世紀以前中國的文學真實觀念有塑造之功，而且對二十世紀中國文學真實理論中的「真理」內蘊，也有不可小覷的潛在影響。

以上辨析，初涉「誠」的兩端：經驗性的「誠」與真理性的「誠」，亦即感性的真實、真誠、虔誠與抽象的宇宙自然、人倫秩序的「誠」。就文學真實觀念而言，「誠」的兩端，一是歸於文學的審美屬性，敘述自我、體認自身，偏於抒情、言志的經驗性真實；一是引領文學仰望、融入天地人間的真理、達道，並以此為理據，強調兼濟天下、致君堯

---

85 朱熹《四書章句集注》，前引書，第34頁。

86 言出《清儒學案・養知學案》，轉引自王志躍《先秦儒學史概論》，臺灣文津出版社，1994年，第271頁。

舜，偏於以擔當責任、持守和傳承道統、恢復和捍衛人間秩序為現實標的的真理性真實。簡而言之，經驗的「誠」重一己之真，真理的「誠」重天下之實。

在將「誠」的一般含義約略敘述之後，所謂「修辭立其誠」中的「誠」便獲得了理解的方便。在《周易》中，「誠」凡兩見，除「修辭立其誠」之外，還有「閑邪存其誠」——

九二曰：「見龍在田，利見大人。」何謂也？子曰：「龍德而正中者也。庸言之信，庸行之謹，閑邪存其誠，善世而不伐，德博而化。《易》曰『見龍在田，利見大人』，君德也。」[87]

對此二「誠」，孔穎達一併釋之為「誠實」[88]，細考之，其釋義都是指稱內心的情狀，大抵屬於經驗之真而非真理之真。《周易》二「誠」皆出於「文言」對乾卦「九二」、「九三」兩條卦辭的釋義，在其各自的與共同的語境之中，應當可以斷定二「誠」含義相同。所謂「信」、「謹」、「忠信」等都在上下文中暗示或者表明「誠」關涉儒家之道，所謂「信」、「忠信」都是儒家的道德訓示。而「誠」既然兼涉天之道與人之道，那麼至少在儒家那裏，所謂真實無妄、誠信、忠信就必然是宇宙、人間的真理，也就是說，在《周易・乾卦》中，「誠」並非純屬經驗性的「誠」，而

87 《周易・乾・文言》。

88 見於孔穎達之《周易正義》，在所謂「防閑邪惡，當自存其誠實也」（「閑邪存其誠」），以及「誠謂誠實也」、「內則立其誠實」（「修辭立其誠」）中，「誠」皆釋義為「誠實」。

更是儒家之道的「忠信」，是真理性的「誠」，文天祥就將「誠」視為「忠信」[89]。

不過，宋儒在將一般意義上的「誠」作天理、人道等的真理性理解之際，卻又將「修辭立其誠」中的「誠」與內心的「真誠」接上關係：程頤解「修辭立其誠」為「擇言篤志」[90]，其言「篤志」，除了一定的儒家之道的意味之外，也無可否定其間蘊含著對內心的經驗性真誠的指涉；程顥則云「修其言辭，正為立己之誠意」，並將「誠」與「偽」相對[91]，朱熹也將「誠」解作「偽」的反義[92]——既是主張「誠」與「偽」相反而非「誠」與「謬」相反，可知此「誠」所指乃是內心的真誠。考其實，之所以今人常常直接將「修辭立其誠」中的「誠」解作「真情實感」，或者說「所謂立誠，就是情感合其真實」[93]，甚至這裏的「誠」譯為英文，也多為偏重於指稱內心真誠的sincerity[94]，此殆與宋儒的解釋大有關聯。但是，當敘說先秦文論中的「修辭立其誠」的時候，作如此理解卻並不適當，因為這種理解取消了或者近似於取消了「誠」的天之道、人之道的真理性含義。

---

[89] 文天祥《西澗書院釋菜講義（知瑞州目）》，見於《文山先生全集》卷十一。據涵芬樓四部叢刊影印本。

[90] 程頤《伊川易傳》，上海古籍出版社，1989年，第7頁。

[91] 參閱《御纂周易折中》卷十六《文言傳》。

[92] 朱熹《答呂子約》。

[93] 游志誠《周易與文學》，載《古典文學》第七集上冊，臺灣學生書局，中華民國七十四年，第35頁。

[94] 參見 James Legge,*I Ching* ,New York:New American Liberary,1971,p.421. 施友忠亦將「修辭立誠」中的「誠」英譯為sincerity（參見施友忠譯，文心雕龍（中英文對照本），臺灣中華書局，1970年，第78頁）。

當然，當代也有一些學者將此處的「誠」解作真理的「誠」：譬如饒宗頤所謂「拿《易經》和《中庸》互相印證，誠字可以概括『真』『善』」[95]。既是以主要闡說真理的「誠」的《中庸》「印證」《周易》的「誠」，則《周易》的「誠」顯然只能解釋為真理的誠。饒宗頤所言「誠」的二端，「真」當屬天道之誠（即客觀真理），「善」當屬人道之誠（即人倫真理）。也有學者將「誠」解作「法則」[96]，實際上就是宇宙人生的法則，是兼涉天道之誠與人道之誠的真理。而漢學家如衛禮賢（Richard Wilhelm），在譯「修辭立其誠」時，將「誠」譯作「真」而非「真誠」，這種譯法在真理之誠與經驗之誠之間取模糊態度，而細考之，又有很大程度的真理語義，與純粹的「真誠」譯法到底不同[97]。

檢閱古今對「誠」、對「修辭立其誠」中的「誠」的理解之後，可以確定的是，「誠」確有真理之誠與經驗之誠兩種語義，對於古代中國的文學真實理論而言，這兩種語義及其背後的權力結構將分別形成中國文學真實觀念中的真理話語和經驗話語。

釐清「修辭」與「誠」各自的含義，並不意味著實現了對「修辭立其誠」的最終理解，因為在「修辭立其誠」

---

[95] 饒宗頤《澄心論粹》，前引書，第116頁。

[96] 尚秉和《周易尚氏學》，第24頁。

[97] Richard Wilhelm的譯本是德文，在Cary F. Baynes的英文轉譯中，「修辭立其誠」譯作「By working on his words,so that they rest firmly on truth」。此處將「誠」譯作truth而非其他一些學者所譯的sincerity，當是有其用心的。Richard Wilhelm,*I Ging*,Jena:E. Diederichs,1924;English translation by Cary F. Baynes,*The I Ching or Book of Changes*,Princeton University Press,1955,pp.380－381.

中，「修辭」與「立誠」之間的真實關係並不明朗，而就古典中國的誠論言之，辨析這個關係具有重要意義。在一定程度上，這個關係的實質就是：「修辭立其誠」是一個單句還是兩個單句？顯然，這裏的差異不可漠然置之：倘「修辭立其誠」是一個單句，即「修辭」為主語，「立」為謂語，「誠」為賓語，揆諸句意，則「修辭」與「立誠」實為一事，「修辭」是手段和路徑，而「立誠」是目的和歸宿；倘「修辭立其誠」是兩個單句，即「修辭」和「立其誠」並列為動賓結構的兩個單句，亦即「修辭，立其誠」，則「修辭」自是「修辭」，「立誠」自是「立誠」，「修辭」自是文字的連綴和琢磨，「立誠」自是內心的「明」和「思」，亦即「修辭」與「立誠」為平行的兩件事，各有宗旨。

然而在「修辭立其誠」中，「修辭」與「立誠」到底是一件事還是兩件事？

且回到孔穎達對《周易・乾・文言》「九三」的相關理解：「『忠信所以進德』者，……推忠於人，以信待物，人則尊而親之，其德日進，是『進德』也。『修辭立其誠，所以居業』者，辭謂文教，誠謂誠實也。外則修理文教，內則立其誠實，內外相成，則有功業可居，故云『居業』也。」

依據孔穎達正義的上下文，可以看出，所謂「外則修理文教，內則立其誠實，內外相成，則有功業可居」，並非以「修辭」為能事的文人行徑，而是胸懷天下者以內心修煉為本、以教化天下為事的「內聖外王」之道。以內聖外王之道而言，孔穎達將「修辭立其誠」分為「外則修理文教」與「內則立其誠實」的兩件事，是有道理的。僅就「修辭」

與「立誠」的關係而論，周策縱也贊同孔說，並且顯然傾向於將《周易》的「修辭立其誠」譯為「refining language and establishing one's sincerity」[98]。然而孔、周之說，是歟？非歟？對此問題，僅在《周易・乾・文言》之中逡巡，答案難覓。應當視野更張，在更大的空間裏探究「修辭立其誠」確切的內部關係。

饒宗頤援引《中庸》的「仁」、「知」之說[99]，指出「自己心中具備『誠』是仁，由此而推及一切事物便是『知』。修辭是知，立誠是仁」。「美的辭令必要內在誠篤始有價值。所謂『有德者必有言』，就是說立誠能兼修辭，做到了內外一致、仁知相兼的地步。反之，『有言者不必有德』，是謂修辭而不立誠，徒有諸外而無其內，有『知』而沒有『仁』的……由此可見修辭必要與立誠合一，必要做到內外一致，言行相符，然後才可成為『文質彬彬』的君子。」[100]顯然，對於「修辭」與「立誠」的關係，饒宗頤是主張「合一」之論的，與孔穎達對此關係的並列之論截然異趣。饒宗頤的理解，前有權威的先秦其他文獻作支撐，後有劉勰《文心雕龍・祝盟》等的呼應，且合於傳統「情動於中而形於言」、「文以明道」的主流觀念，故當更為真切和圓通。

---

[98] 參閱周策縱《棄園文粹》，前引書，第414－429頁。

[99] 即《中庸》所謂「誠者，物之終始。不誠無物。是故君子誠之為貴。誠者，非自成己而已也，所以成物也。成己，仁也；成物，知也。性之德，合內外之道也。故時措之宜也。」饒宗頤將「成物」解為「格物」，「即隨處體認天理。天理是誠。所謂『唯天下至誠為能盡其性』。」參見饒宗頤《澄心論粹》，前引書，第116頁。

[100] 饒宗頤《澄心論粹》，前引書，第117頁。

在傳統的總體傾向和先秦其他文獻組成的大視野中看《周易》的「修辭立其誠」，可以確定「修辭」與「立其誠」不是並列關係，而是「合一」的關係，即「修辭立其誠」是一個單句而非兩個單句，是一事而非並列的二事。而在確斷為「合一」關係的同時，從饒宗頤、傳統觀念以及先秦其他文獻還可以看出，在「誠」與「辭」的關係中，是「辭」從屬於「誠」而非「誠」從屬於「辭」，亦即「辭」以「誠」存（fine words rest on one's sincerity），相通於所謂「君子……恥有其辭而無其德」[101]，或者「不見其誠己而發,每發而不當」[102]。

饒宗頤的「誠」乃是「真」、「善」，是天道之誠（「真」）、人道之誠（「善」），是真理之誠；然而在具體闡說中，饒宗頤又並未忽略「誠」的經驗性一面（譬如他所提及的「情欲信，辭欲巧」的問題[103]），故而他的「誠」也是經驗之誠。而「修辭立其誠」中的「誠」，作為文論話語，可能是真理之誠，也可能是經驗之誠。

在大致清理了「修辭」與「立誠」各自的語義及其關係之後，以「修辭立其誠」概括的古典中國的誠論所要涉及的內容已然明瞭：「誠」的真理性與經驗性、「誠」的名目下的真理話語與經驗話語、「道」與「真」之間複雜錯落、此消彼漲的關係，以及「誠」與「辭」、「意」與「言」、修飾與修省的關係，等等。對「修辭立其誠」的理解不能回

---

[101]《禮記・表記》。

[102]《莊子・庚桑楚》。

[103]饒宗頤《澄心論粹》，前引書，第117頁。

避這些纏繞如藤的關係。要而言之，在中國文論話語中，對「修辭立其誠」的理解應當是這樣：

所謂「修辭」，乃存在著修省與修飾兩個維度，或者說存在著偏重於反求內心的真善與傾向於追逐外飾之美的兩條路徑；所謂「立誠」，就是要確立或者呈現內心的經驗性真實（所謂「真情實感」云云），或者宇宙、人間的普遍真理（所謂「天之道」、「人之道」、「真實無妄」、「忠信」、「誠敬」，等等）；所謂「修辭立其誠」，就是以文辭的修飾或者修省而實現對內心的經驗之真或者宇宙、人間的真理之真的表達。

所謂誠論，作為中國固有的文學真實觀念，完全可用「修辭立其誠」概括其內蘊。誠論強調寫作與內心之間的對應和一致，也強調真理、秩序。而「修辭立其誠」所涉及的內心經驗之真和宇宙、人間的真理之真，正好對應文學真實觀念中「經驗之真－真理之真」、「經驗話語－真理話語」結構，從而不僅可以概括誠論，而在結構上也可以概括文學真實論。

附帶說明一下，在文學真實論域，之所以用誠論而不用「真論」，那是因為：「誠」包括「真」而又不止於「真」，中國語境中的「誠」以內心真誠、德性、良知及充分內化的宇宙人生之道為內容，故 「真」不可取代「誠」，其理甚明。而且，與用誠論相較，用「真論」容易使這裏所考察對象的特殊性在望文生義的一般性理解中流失或者淡化。在探討古典中國的文學真實觀念之時，以「誠」命名比以「真」命名更為合適，故取誠論而非「真論」。

6.從誠論到文學真實論，以及相關問題

誠論作為中國文論話語，既通乎西方文學真實觀念的某些內容，更自有其特別的概念、結構和歷史。從先秦的「誠」以迄晚清的「真」，誠論與世推移、因時遞嬗，不絕如縷二千餘年。對這一理論存在，有必要探究其概念的真切意蘊，探究其萌生、演進、沉落、革新和潛隱的歷史過程，並在尊重歷史本然的學術清理之中，考察其在具體歷史情境中的必然取向及其相對的變通、折中與理想、智慧，同時探討誠論的某些精神和原則是否可能成為重建中國文學真實理論之時應當承續的歷史資源。

對今日的中國文學真實理論而言，古典中國的誠論應當有大裨益存焉。然而，誠論的價值也不可「過蒙拔擢」，因為誠論的「誠」並不透明、單純，誠論繫連著傳統中國文化方方面面的神經，有其特別的歷史根據、特殊的政治設置和特定的道德規約，而這些歷史根據、政治設置和道德規約未必、甚至很難與二十一世紀中國文論的期待視野融合，譬如儒家人倫真理中的某些具體內容，實際上已經背離了二十世紀以降中國人的主要價值取向。故，誠論只能部分地鑲嵌或者融化在此後的文論敘述之中，作為整體，誠論不可能超越歷史的翻覆、規定和選擇而永遠輻射出大光輝。實際上，誠論是有限度的理論存在，在一個民族的文化「轉軌」或曰「換頻」的時候，這種有限性尤其顯著。譬如，在風起雲湧的二十世紀，在新文化運動中，古典中國的誠論遭逢二千年未有之大變革，雖有曾經維繫二千載的強韌，卻於轉瞬之間

變得脆弱不堪，至少在概念層面上，誠論已然無以自存，於是，誠論隨著整個傳統文論的覆巢一道從文論、批評實踐的視野中消失了。誠論啞然沈默，儘管沈默的誠論似有某些精神在二十世紀中國的文學真實觀念中若隱若浮，包括其「經驗之真－真理之真」的對立統一的結構。眾所周知的真實情況是：在二十世紀中國大多數文學批評家的文論工具箱裏，有西方的文學真實理論、術語，但沒有古典中國的誠論。

進入二十世紀之後的中國文學真實論域，最引人注目的景觀乃是概念的西化，進入文學真實論域並且取代中國傳統誠論一系列概念的是舶來的「真理」、「真實」、「典型」、「本質」等語詞。不過，「文學真實論」、「藝術真實論」可以替換中國誠論的概念和諸多觀念，卻並不能夠真正打破中國誠論的結構，這就是「真理之真－經驗之真」、「真理話語－經驗話語」的雙重結構。概念在遞嬗，觀念在演化，但是結構卻依然在延伸、貫通。

此刻，重讀泛黃的文論資料，需要研究和思考一些問題：誠論是如何沈默和失語的？誠論失語之後，二十世紀中國的文學真實觀念、「文學真實論」、「藝術真實論」在多大程度上移用了西方文學真實理論？其所借重的主要是西方的哪一些有關文學真實觀念的理論資源？二十世紀的中國文學真實觀念有何相對於西方的特殊形態和結構？古典中國的誠論是如何漸次消隱於二十世紀中國文學真實觀念的地平線的？誠論曾否在二十世紀留下某些正面負面的潛在影響？今日的中國文學真實觀念有何問題存焉？如今重提誠論有何意義？凡此等等，不一而足。而要回答這些問題，首要的工作應是細緻地展開歷史清理，應當深入研閱、發掘與呈現，而這裏將要所著重敘述的，則是從先秦到晚清的中國誠論的漫長歷史，以及二十世紀前半葉的中國文學真實觀念的複雜行程，並以敘述中國文學真實觀念的歷史為基礎，勾勒中國文學真實觀念的結構。

在方法上，應當尊重歷史而非主觀構想，所有的觀念描述都應當依據傳世的文獻資源。在清理中國文學真實觀念的歷史之際，鑒於此間提出的「經驗之真－真理之真」、「經驗話語－真理話語」結構所指涉的遠非純粹的文論問題，故在敘述之際不可避免地會突破一般的文論資料，而涉及政治、哲學、倫理等領域，試圖從更廣闊的視野裏實現對文學真實觀念的全面、深入和恰當的理解。另外，對中國文學真實觀念的清理和描述，既屬於歷史研究，也屬於比較詩學研究，因為對中國固有的誠論與觀念體系來源於西方的文學真實論、藝術真實論的同與異、新變與傳承、結構與概念的描述和論證，本身就是在文學真實觀念的歷史鏈條上直面中西比較詩學。

在歷史清理的基礎上所提出的「經驗之真－真理之真」、「經驗話語－真理話語」結構不但有歷史、文獻、觀念的依據，也有其現實價值。對中國當代文學的基本觀念、文學真實觀念而言，此處提出的概念和結構具有批判和矯正功能。實際上，中國當代文學中的「真實」一直被政治意識形態或者市場規則編輯、修飾甚至歪曲、顛覆，如果從新的理論視野深入探討文學真實觀念問題，將會有助於批判性地理解中國當代文學真實觀念的歷史。因此，對中國文學真實觀念整個演義歷程的清理就不是純知識性的爬梳，而是具有問題意識和目的性的學理探詢。

同時，應當承認，二十世紀、以及今日的中國文學真實觀念之所以出現並繼續存在著一系列重大問題，既關乎歷史情境的規定，又關乎傳統痼疾的「遺澤」，還關乎學術資源的局限。歷史情境無法改變，二十一世紀的中國學者無以校正往世的偏頗，今日的藥石無以祛除歷史深處的傳統痼疾；但是，對中國文學真實觀念的歷史情境和傳統痼疾卻必須深入清理、研究，正本清源，指陳問題。這是因為，文學真實觀念的問題既是歷史的，也是現實的。這不僅由於文學真實論域的現實問題與歷史問題之間有生生不息的血脈因緣，也由於文學真實問題總是要面對古今一律的矛盾情境：「真」與「假」、「誠」與「偽」、「真理」與「訛誤」、「至道」與「謬說」，等等。於是，在文學真實論域，對歷史行程的深入追蹤，也是對現實問題的反覆考辨，在文學真實觀念的歷史上，所有解決問題的方式都成為於今之世可資參考的資源。

但是，問題絕非如此簡單。實際上，正是文學真實觀念諸多重大問題的存在，導致了對中外古今有關文學真實觀念的學術資源的搜求，搜求的目的自然是企圖從既往的智慧中獲得解決現實問題的方便法門。同時，如果沒有更為豐富的學理資源所提供的廣闊視野，而欲發現此刻文學真實觀念的問題，這本身就是一個問題。在文學真實論域，解決問題和發現問題均離不開傳統學術資源，故有必要深入清理從古至今關乎中國文學真實觀念的歷史文獻。

1 人倫之真與經驗之真的最初表述——先秦誠論

古典中國的誠論，源於對宇宙萬物之道的觀照、猜想、領悟和信仰，源於對人間秩序的洞察和設計，源於對人性本然的推究，對詩文本質的揣度。其原始則在先秦，其大別則分儒道，其要義則存於禮義的真理[1]與心性的真誠。

有學者斷言：「中國文化中的藝術精神，窮究到底，只有由孔子和莊子顯出的兩個典型」，「由孔子所顯出的是仁與音樂合一的典型，這是道德與藝術在窮極之地的統一，可以作萬古的標程」，而「由莊子所顯出的典型，徹底是純藝術精神的性格」[2]。大抵而言，這個判斷也可用於誠論，即，古典中國的誠論，也是由以孔、孟、荀為代表的儒家和

---

1 《管子・心術上》云：「禮者，因人之情，緣義之理，而為之節文者也。故禮者，謂有理也。理也者，明分，以諭義之意也。故禮出乎義，義出乎理，理因乎宜者也。」可知，禮義涉及人間的「宜」、「理」與秩序，歸屬於真理話語，故稱之為所謂「禮義的真理」。《管子》，據涵芬樓四部叢刊影印本。另，王陽明亦認為「禮也者，理也」（參閱《王陽明全集・悟真錄》，紅旗出版社，1996年，第874頁）。按：在此以及此後的敘述中，先秦以降的仁義禮智信的觀念性宣示以及三綱五常、君君臣臣父父子子的制度性規定，將被一併視為中國古人為建構其所理想的人間秩序或者統治者為建構其政治秩序而確定的「人倫之真」、「人倫真理」。

2 徐復觀《中國藝術精神》，華東師範大學出版社，2001年，第4頁。

以老、莊為代表的道家「顯出的兩個典型」。誠論在儒家，是以涵括真善的「誠」為核心，以道德建設、人際和諧為的彀；誠論在道家，則是以內心的「精誠」與自然為核心，以反樸歸真為旨趣。儒道兩家的誠論，一者主「益」，強調仁義禮智對經驗之誠的建構和矯飾，強調真善統一、平和中正；一者主「損」，重視自然、天真以及心性自由，至少在理論上棄絕禮義的附麗和修辭。當然，在儒道二家之外，其他關乎先秦誠論的文獻也將有所涉及和論列。

第一節　先秦儒家誠論

儒家文論在很大程度上是一種「實用理論」（Pragmatic Theory），是「以文學為手段以達到政治、社會、道德或教育目的」的理論[3]。作為文論話語，先秦儒家誠論也有「實用理論」色彩，但並不偏頗。先秦儒家兼重內心經驗的抒寫和倫理秩序的規範。強調內心經驗的抒寫，是由於人類需要表達個體的性情；強調倫理秩序的規範，則是由於人類的性情表達需要依循人類群體的「理」。在先秦儒家誠論之中，已然約略可見經驗的真誠與倫理[4]的真理之間最初的依存和最早的

[3] James J.Y. Liu, *Chinese Theories of Literature*, Chicago:University of Chicago Press,1975,p.106.

[4] 倫，亦即理、道。《說文解字》云：「倫，……一曰道也。」段玉裁注曰：「《小雅》：『有倫有脊。』傳曰：『倫道脊理也。』《論語》：『言中倫。』包注：『倫，道也，理也。』按：粗言之曰道，精言之曰理。凡注家訓倫為理者，皆與訓道者無二」（段玉裁《說文解字注》，

對峙。

1.儒家誠論與「詩言志」

按照近人的理解，中國詩學有兩個「綱領」：「『詩言志』是開山的綱領，接著是漢代提出的『詩教』。」[5]「詩言志」的要義在於抒發內心的情志[6]，而「詩教」的要義則在於規範這種抒發，並藉規範之「詩」行教化之功。不過，「詩言志」一條，單獨視之，雖然意指抒發內心情志[7]，但若置諸其所自出的語境而論，則又兼涉情志的抒發與情志的節制兩重語義，目的是使「詩」的「言」與「詩」的所言（即「志」）中正平和、不偏頗、不極端，這本身即是「詩教」的正源，並且表明，「詩教」的精神無待漢人「提出」，已然肇於先秦。且重閱《尚書・堯典》：

前引書，第372頁）。故，此間的倫理，也是指涉關乎人間秩序與群類和諧的真理。

[5] 朱自清《詩言志辨・序》，見於《朱自清說詩》，上海古籍出版社，1998年，第4頁。

[6] 《說文解字》：「詩，志也」；又，「志，意也」，「意，志也」；又，「言，直言曰言」，段玉裁注中引《禖記》復云「言，言己事」。《廣雅・釋言》：「詩，意也。」《左傳・昭公二十五年》之「是故審則宜類，以制六志」條下，孔穎達正義解「六志」為「六情」，曰：「在己為情，情動為志，情志一也。」而對《尚書・舜典》中的「詩言志」，孔穎達正義曰：「詩言人之志意」，「作詩者自言己志……」綜合如上訓釋，可知所謂「詩言志」，大抵是指作「詩」以「言」一己之「志」、一己之「意」、一己之「情」。而獨觀「詩言志」一語，其指稱既為抒發一己之內心、情志，則「詩言志」所涉之「情」、「志」乃屬於誠論中的經驗之真，明矣。

[7] 倘不在具體的上下文中精細考校，則所謂「詩言志」與先秦的其他相近表述，譬如「詩以道志」（《莊子・天下》）、「詩言是其志也」（《荀子・儒效》）等一樣，應該都是意指抒發內心情志。

帝曰：夔！命女典樂，教胄子，直而溫，寬而栗，剛而無虐，簡而無傲。詩言志，歌永言，聲依永，律和聲，八音克諧，無相奪倫，神人以和。

這段文獻指明了樂的教育功能，也揭櫫了先秦詩樂合一的藝術事實[8]。既然詩樂合一，則樂教的旨歸也必然是詩教的要義，否則兩相參差，怎能「合一」？夔受命「典樂」，乃是以「樂德」[9]教「胄子」，塑造「胄子」的完美人格；顯然，詩教的功能也是如此。人格之中，「直失於不溫，寬失於不栗，故教之使溫、栗也」，「剛強之失，入於苛虐，故令人剛而無虐，簡易之失，入於傲慢，故令簡而無傲」——其間，「直」、「寬」、「剛」、「簡」乃為人的「本性」，樂教以「溫」、「栗」、「無虐」、「無傲」濟之，目的是使人格居於中正而不失於偏頗[10]。在此，依循中國藝術所謂「反省性的反映」[11]的邏輯，可以接受的推理是：既然

[8] 亦即朱自清所謂「詩樂不分家」。朱自清《詩言志辨》，見於《朱自清說詩》，前引書，第6頁。

[9] 《周禮・大司樂》云：「以樂德教國子，中、和、祗、庸、孝、友。」據十三經注疏本。此間「樂德」的一大關鍵或者說原則實際上是「中和」，中正不偏。

[10] 此間關於樂教對「胄子」人格的塑造，及對「直而溫」等條目的釋義，參見《尚書・堯典》的孔穎達正義。另，關於中正不偏的理想人格，《尚書・皋陶謨》亦有相近的記載：「寬而栗，柔而立，願而恭，亂而敬，擾而毅，直而溫，簡而廉，剛而塞，強而義。彰厥有常，吉哉！」據阮元編《十三經注疏》。

[11] 所謂「反省性的反映」邏輯，可以參考徐復觀《中國藝術精神》，前引書，第5頁。此處援用，乃是指稱中國藝術的正向邏輯，強調反映的正面誘導和價值提升作用，讓人「猶如在炎暑中喝下一杯清涼的飲料」，以此濟現實（包括外部現實和內心現實）之窮與偏，而不是像所謂「順承

樂教是為了塑造「直而溫，寬而栗，剛而無虐，簡而無傲」的完美人格，則負擔人格塑造大任的樂本身也當具備「直而溫，寬而栗，剛而無虐，簡而無傲」的正面引導性質（即所謂「樂德」），中正不偏；否則何以達成塑造之功，又何得「八音克諧，無相奪倫，神人以和」？而以詩樂合一的事實衡量，既然樂德是中正不偏、「直而溫，寬而栗，剛而無虐，簡而無傲」，則作為「樂語」的詩又豈可不然？顯然，在這段文字中，「詩言志」的意義受到了影響和制約，即以此具體語境而論，「詩言志」並非絕對的一己情志的真切抒發，而是規範的「志」、規範的「言」，中正不偏，益於教化。

基於上述理解，在文學真實論域（在此即為誠論），「詩言志」[12]本身已然包含著內在的緊張關係，即在「直言」一己的情志與所言的情志必須中正不偏之間，有張力存焉。「直言」一己的情志，屬於經驗之誠，其旨趣在於真實無偽；而令所言的情志中正不偏，又使「詩言志」的「言」與「志」歸屬真理之誠，其實質在於符合人倫教化的期待，服

性的反映」那般「對現實猶如火上澆油」，使人的內心愈益偏激而失其中正。

[12] 應當指出，此間「詩言志」中的「詩」乃是泛稱詩歌，而非具體指稱《詩經》或《詩》。有論者斷定「詩言志」非關創作，而指稱外交場合的「稱詩以諭其志」，從而「詩言志」的「詩」為《詩》，「志」則非作詩者的「志」而是用詩者的「志」（譬如孫家富《先秦兩漢詩學》，湖南人民出版社，2000年，第3－15頁）。這有道理，因為先秦文獻中的「詩」字，確有不少指稱《詩》；然而，並無實據證明《尚書・舜典》的「詩言志」確為「以《詩》言志」、「稱詩以諭其志」。實際上，先秦的「詩」應作泛稱解者夥矣，未可一律視之。

從人間的秩序和真理。一己之「志」雖則可能止於「直」、「寬」、「剛」、「簡」，可能偏頗失正、無補善教，但畢竟真而無偽；而「詩教」的「志」雖則「直而溫，寬而栗，剛而無虐，簡而無傲」，追求中正不偏，但也可能因道德倫理的規範而斫真傷誠。於是，在「詩言志」內部，在「直言」與「規範」之間，展開了中國誠論兩端（即真理之誠與經驗之誠）的最早博弈，或曰誠論兩端的話語權競逐，博弈或者競逐的目的是求「和」——審美表達與倫理期待之「和」，既要表達內心，又要使表達合度，即所謂「自持性情，使喜怒哀樂，合度中節，異乎探喉肆口，直吐快心」[13]。

《尚書・堯典》作為儒家的經典文字，其所展示的中正無偏的詩教觀念是典型的儒家觀念；而「詩言志」作為「開山的綱領」，其所展示的誠論內部的真相，也是最早的儒家誠論的真相。當然，儒家誠論殊非「詩言志」一語那般簡約，其豐富和矛盾處，則見於下文對孔、孟、荀諸說的分別梳理。

2.誠論之在孔子

孔子（前551－前479）誠論，抑或誠論之在孔子[14]，並無

---

[13] 錢鍾書，《管錐編》，第一冊，中華書局，1986年，第57頁。

[14] 誠論，是此間對古典中國文學真實理論的總稱，而孔子、孟子等人的相關理論表述只能被視為誠論這一總體在他們那裏依稀不全的體現，故名之曰「『誠論』之在孔子」、「『誠論』之在孟子」，等等。然則如此命名雖則準確，卻不簡潔，故在行文之時，往往徑作「孔子『誠論』」、「孟子『誠論』」。在這裏，所謂「孔子『誠論』」、「孟子『誠論』」是指孔孟關於誠論的表述乃分別為誠論總體的一部分，並非孔子有一個誠論，而孟子則另有一個，云云。餘皆例此。

文論細目，徒有日常言談間所蘊含的一般性原則；不過，其看似與文論關涉不著的原則，對中國誠論的建構而言，卻有重要意義，未可忽焉。

在孔子的觀念中，內心的「仁」、「義」、「道」、「德」、「敬」以及「忠信」，乃為根本、為體；其見於外者，如「文」，如「言」，如「色」，如孝養、「禮」、「樂」，凡此等等，皆為枝葉、為用。體用相形而不可相離，內外相成而不可相失。若無內心的誠篤和真實，則外在的行事、言貌和儀禮皆不足為訓——

譬如，「子曰：今之孝者，是謂能養。至於犬馬，皆能有養，不敬，何以別乎？」[15]「敬」為孝養的樞機，如「不敬」於內心，則外在的孝養虛偽不誠。

又如，「祭如在，祭神如神在。子曰：吾不與祭，如不祭。」[16]在此，朱熹以為，「祭先主於孝，祭神主於敬」，「當祭之時，或有故不得與，而使他人攝之，則不得致其如在之誠」，「故雖已祭，而此心缺然，如未嘗祭也。」朱熹更引「范氏」言曰：「有其誠則有其神，無其誠則無其神」，「誠為實，禮為虛也」[17]。可知，即便是祭禮，如無內心真誠，也不過徒有虛文而已。

孔子其他言述，亦同此理，如所謂「人而不仁，如禮何？人而不仁，如樂何？」[18]——若無對「仁」的真誠信仰，

---

15 《論語・為政》。據涵芬樓四部叢刊影印本。

16 《論語・八佾》。

17 朱熹《四書章句集注・論語章句》，中華書局，1983年，第64－65頁。

18 《論語・八佾》。

則所謂禮樂之類僅為無心的空殼，了無意義。

在孔子那裏，「仁」、「義」、「道」、「德」都是作為「君子」的內心依據，是「君子」人格的質地（即所謂「君子義以為質」[19]），至於「文」、「藝」之類，已屬第二義，故曰「志於道，據於德，依於仁，游於藝」（《論語‧述而》）——「志」（「心之所之」）、「據」（「執守」）、「依」（「不違」）[20]三個動詞表明，在孔子的觀念中，「道」、「德」、「仁」居於決定性和本原性的地位。實際上，所謂「仁」、「義」、「道」、「德」，是關乎人間秩序、正義與和諧的真理。在孔子的思想中，「仁」、「義」、「道」、「德」作為內在的依據、人格的質地和人倫的真理，是表達和行為不可暫離的基礎，尤其是其中被視為「一切德性的總和」的「仁」[21]，偶一拋撇，即可能使人的言行顛倒本末、滑離正途——孔子在《論語》中三度指斥「巧言令色」[22]，便是由於所謂「巧言令色」不是從真誠的「仁」心出發（即所謂「鮮矣仁」），而流於「好其言，善其色，致飾於外，務以悅人」[23]，亡內而飾外，「言」、「色」雖云「巧」、「令」，終亦「無所取材」。內外相失，即是不誠，對此，孔子的態度是「恥之」[24]。

---

19 《論語‧衛靈公》。

20 此處對「志」、「據」、「依」的理解依據朱熹集注。參見《四書章句集注‧論語章句》，前引書，第94頁。

21 馮友蘭《中國哲學簡史》，北京大學出版社，1996年，第38頁。

22 參見《論語》之《學而》、《陽貨》、《公冶長》。

23 朱熹《四書章句集注‧論語章句》，前引書，第48頁。

24 《論語‧公冶長》。

由以上考論可知，孔子的言述中存在一個誠論結構，而細加分析，結構有兩層：一是內心所把握到的作為人倫真理的「仁」、「義」、「道」、「德」，是為「體」；一是服從於「仁」、「義」、「道」、「德」的絕對命令後，內心的真實外現（包括「言」），是為「用」。簡言之，孔子誠論的一般結構為：

內發為外，用不違體；先誠於內，後見於外。

雖有內外、體用、先後之別，但在孔子那裏，「文」、「辭」的重要性畢竟未被棄之不顧。如果確保了「仁」心誠篤於內，則孔子也主張言辭修飾於外，因為這不僅無損反而有補於內在的「仁」與「質」，此即所謂「文質彬彬，然後君子」[25]，或者所謂「為命，裨諶草創之，世叔討論之，行人子羽修飾之，東裏子產潤色之」[26]——於此可見，孔子不避在功用之上加諸文飾，也不在「立誠」之外拒絕「修辭」。

然而孔子又講：「辭達而已矣。」[27]在此，「達」是排斥修辭抑或相反？朱熹解為「辭取達意而止，不以富麗為工」[28]，似只取了一個「達意」的低標準，言外之意似對文辭的修飾不以為然；而蘇軾則以為「夫言止於達意，即疑若

---

[25]《論語・雍也》。

[26]《論語・憲問》。

[27]《論語・衛靈公》。

[28] 朱熹《四書章句集注・論語章句》，前引書，第48頁。

不文，是大不然」，「辭至於能達，則文不可勝用矣」[29]，章學誠也認為「夫子曰『辭達而已矣』，曾子曰『出辭氣，斯遠鄙倍矣』，聖賢教人忠信，何嘗不言修辭之功哉？」[30]其實，孔子強調的「達」是否修飾文辭先可存疑，關鍵的問題是「辭」所「達」者為何物。蘇軾以為「求物之妙，如繫風捕影，能使是物了然於心者，蓋千萬人而不一遇也，而況能了然於口與手者乎？是之謂辭達」[31]——這是令高妙的文辭「達」內心所捕捉到的「物」、「物之妙」，近於「達」經驗之真。不過，孔子的「達」所直指的對象，也可能是真理之真，即「達」人倫真理，「達」所謂的「仁」、「義」、「道」、「德」，「達」章學誠所言的「忠信」。而不論是「達」個人經驗之真還是「達」人倫真理之真，其所「達」者皆應為真、為誠，恰如程廷祚所云：「為文之道，本之以誠，施之以序，終之以達」，「以誠為本，以達為用，蓋聖人之論文，盡於是也。」[32]只要本之於內在的「誠」，尤其是本之於人倫的真理，「達」作修飾文辭理解亦屬必然，這也是孔子所謂「《志》有之，『言以足志，文以足言』」，「不言，誰知其志？言之無文，行而不遠」[33]。當然，「志有之」居首，而言辭之「文」居末，這正是孔子誠論的特徵，

---

[29] 蘇軾《答謝民師書》，見於《經進東坡文集事略》卷第四十六。據涵芬樓四部叢刊影印本。

[30] 章學誠《與朱少白論文》，見於《章氏遺書・外集》二。

[31] 蘇軾《答謝民師書》，見於《經進東坡文集事略》卷第四十六。

[32] 程廷祚《覆家魚門論古文書》，見於《青溪集》卷第十。上海書店出版社，1994 影印本。

[33] 《春秋左傳・襄公二十五年》。

所謂「先誠於內，後見於外」。

孔子強調表達的「誠」，其至為顯著的表述當是所謂「修辭立其誠」。然而《周易・乾卦・文言》中的「修辭立其誠」雖稱「子曰」，但是否孔子的話卻委實難斷[34]。不過，與「修辭立其誠」結構相類的觀念，孔子則有之：「情欲信，辭欲巧。」[35]

從意義結構看，「情欲信」對應於「立其誠」，「辭欲巧」對應於「修辭」，而辭巧情信，大抵相當於修辭立誠。辭不礙於情，巧不傷及信。而較之修辭立誠，情信辭巧之說似更為重視對內心情志的表達，以及表達的技藝。此外，孔子也有所謂「詩可以怨」[36]，所謂「詩亡（毋）離

[34] 關於《文言》的作者問題，歧見如麻。梁啟超以為《文言》出於「孟子之後」（《梁啟超國學講錄二種》，中國社會科學出版社，1997年，第203頁），馮友蘭以為，《文言》甚至整個《易傳》的作者可能皆非孔子（參見馮友蘭《新原道》，《中國現代學術經典・馮友蘭卷》，河北教育出版社，1996年，第733頁）。張岱年認為《易傳》乃為「戰國中期至戰國晚期的著作」——亦即不認為春秋時的孔子是《易傳》的作者（參見張岱年《論〈易大傳〉的著作年代與哲學思想》，《當代學者自選文集・張岱年卷》，安徽教育出版社，1998年，第117頁）。但是，即便《易傳》（亦即所謂「十翼」）整體上不是孔子所作，《文言》中的「閑邪存其誠」和「修辭立其誠」依然可能出自孔子，吳怡即認為「《文言》即使是後儒所作，但其中引述孔子的話，還是可以看作孔子的，就同《論語》雖為孔門弟子所編，但其中所記載的，仍然是孔子的話」，「所以除非有事實證明那段話是後人捏造的，否則我們仍然按照現有的資料，承認這兩個誠字是出於孔子」（吳怡《中庸誠字的研究》，前引書，第14頁）。

[35] 《禮記・表記》。

[36] 《論語・陽貨》。

志，樂亡（毋）離情」[37]，顯然更是認為情志（包括所謂「怨」）關乎詩樂的本質，當須與「亡（毋）離」。但是，作為主張「克己復禮」[38]、嚮往美善之政的大儒，孔子對情感的「信」是心存警惕的，不可能默許詩中的「怨」一瀉如注而沒有節制，不可能放任「情」、「志」的縱筆直遂甚至氾濫成災。為此，孔子在「情欲信」、「詩可以怨」、「詩亡（毋）離志」之上更設人倫、理性的規範，使情志的真實表達也成為有限度的、中和的表達，使之合度中節，即所謂「非禮勿言」[39]，所謂「樂而不淫，哀而不傷」[40]，或所謂「詩三百，一言以蔽之，曰『思無邪』」[41]。先秦的「怨而不怒」[42]亦同此理。「情」、「樂」、「哀」、「怨」的真實抒發，是人性的自然要求，而孔子加諸其上的「無邪」、「不

---

[37] 此為上海博物館收藏的戰國楚竹簡《孔子詩論》中的內容，「詩亡（毋）離志，樂亡（毋）離情，文亡（毋）離言」依據的是馬承源主編之《戰國楚竹書（一）》（上海古籍出版社2001年版，第1號簡）。對於該簡，李學勤的解讀則為「詩亡隱志，樂亡隱情，文亡隱意」（李學勤《談〈詩論〉「詩亡隱志」章》，載《文藝研究》2002年第2期）。

[38] 《論語・顏淵》。

[39] 《論語・顏淵》。

[40] 《論語・八佾》。

[41] 《論語・為政》。按：關於「思無邪」，朱熹以為乃是「得其性情之正」（朱熹《四書章句集注・論語章句》，前引書，第53頁），朱注引程頤之言曰「『思無邪』，誠也」（朱熹《四書章句集注・論語章句》，前引書，第54頁），明人木訥亦云「夫思無邪者，誠也」（此語出自木訥為瞿佑《歸田詩話》所作的「序」，見於丁福保編《歷代詩話續編》下冊，中華書局，1983年，第1232頁），等等。而不論是指「正」性情，還是指「誠」，「思無邪」皆以政教之善為鵠的，況所謂「誠」者，本有「善」義。

[42] 《國語・周語上》，據四部叢刊本。按：此雖非孔子之言，然同孔子之理，故此徵引，以「制約」「詩可以怨」。

淫」、「不傷」，則是要以人為的干預確保人間的秩序、人倫的真理，這顯示了孔子的「詩教」用心，與前述「詩言志」的「詩教」意識，大抵一致。故孔子誠論可以進一步概括為：內發為外，用不違體；先誠於內，後見於外；情信辭巧，中正無邪。

但是，這裏產生了一個問題：如果以「仁」、「義」、「道」、「德」為本，並對內心情感的表達作「不淫」、「不傷」、「無邪」的規範和限定，不以情志的真實為准而以人倫的真理為衡，那麼，會否使真實詩情的抒寫在「詩教」之路上步履維艱，甚至使其走向修辭立偽、虛而不實、不信不誠？

這種可能是存在的。

不過，最能揭示這一問題的不是孔子一般的道德表述和情辭結構，而是「《春秋》筆法」。在一定意義上，所謂「《春秋》筆法」是以「道」馭「真」的顯例。當然，所謂「《春秋》筆法」，屬史學畛域；但是，以中國古代文史不分的知識傳統而論，至少在真實觀念上，其與誠論之間不僅「道」相通，而且「弊」也相通，故可在分析作為史法的「《春秋》筆法」之際，更深入地把握作為文論話語的孔子誠論的「道」與「弊」。

作為史家，孔子對於歷史記事的真實性原則非無認知，在評論直書史事的董狐之時，孔子說：「董狐，古之良史也，書法不隱。」[43]「書法不隱」誠為記史的要義，然而考

---

[43] 《春秋左傳・宣公二年》。

諸孔子親撰的《春秋》，雖不廢直書其事，但並非處處如董狐那般「書法不隱」。孔子在《春秋》的「微言」之中寓有「大義」，「別嫌疑，明是非，定猶豫，善善惡惡，賢賢賤不肖」[44]，並且「為尊者諱，為親者諱，為賢者諱」[45]。關於孔子的史法，司馬遷概括為「約其文辭而指博」，「故吳楚之君自稱王，而《春秋》貶之曰『子』；踐土之會實召周天子，而《春秋》諱之曰『天王狩於河陽』」，「推此類以繩當世。」[46]這就是「《春秋》筆法」。孔子的「《春秋》筆法」，可注意兩點：一是對政治、倫理之道的執著，一是為尊親者諱。這兩點固然維護了史家內心所服膺的道德價值和人間「真理」，然而會否以道德功利的訴求而傷及記事的真實性？且以「天王狩於河陽」為例：魯僖公二十八年，晉文公會盟諸侯，自恃強大，以臣屬而「召」周天子——此乃違倫悖禮、「譎而不正之事」[47]。對此，孔子僅書「天王狩於河陽」。考孔子《春秋》，實據「舊史」而作[48]，「舊史」是「依實而書，言晉侯召王，且使王狩」，而所謂「天王狩於河陽」的記載則為「仲尼新意，非舊文也……聖人作法，所以貽訓後世，以臣召君，不可以為教訓，故改正舊史」[49]。孔子的「改正舊史」，誠可彰明道德，並為被臣所「召」的周

---

[44] 司馬遷《史記‧太史公自序》，中華書局，1959年，第3297頁。

[45] 《春秋公羊傳‧閔西元年》。據涵芬樓四部叢刊影印本。

[46] 司馬遷《史記‧孔子世家》，前引書，第1943頁。

[47] 是為《春秋左傳正義‧僖公二十八年》之杜預注。據阮元編《十三經注疏》。

[48] 王充云：「孔子得《史記》（即魯史）以作《春秋》」。王充《論衡‧超奇》。據涵芬樓四部叢刊影印本。

[49] 是為孔穎達語，見於《春秋左傳正義‧僖公二十八年》。

襄王和「以臣召君」的晉文公二「尊者」「諱」[50]，然他對舊史的「改正」，顯然已經傷及記事的真實性——董仲舒所謂「《春秋》之書事，時詭其實，以有避也」，「其書人，時易其名，以有諱也」[51]，正是指此。不過，孔子念茲在茲的是「道」的真理性，孔子憂慮「吾道不行矣，吾何以自見於後世哉」[52]，於是作《春秋》以見「道」於後世。孔子如此汲汲於「道」的是非與褒貶，以及「為尊者諱恥，為賢者諱過，為親者諱疾」[53]，其對史事的記載當然不能徹底做到秉筆實錄。

「《春秋》筆法」並不獨見於孔子，後世史家大抵承其統緒。關於曲筆、諱書，即便是力倡「直筆」的劉知幾也認為：「史氏有事涉君親，必言多隱諱，雖直道不足，而名教存焉。」[54]可知曲筆之所以「曲」，諱書之所以「諱」，確是為了綱常大道、人間「真理」。「直書」寫實，「曲筆」存理。在記史之域，同樣存在著人倫真理之真與事實記載之真的博弈，這在學理結構上相似於作為文論話語的誠論，可與誠論相互發明。

---

[50] 在子貢對「天王狩於河陽」提出疑問時，孔子的回答是，「以臣召君，不可以訓，亦書其率諸侯事天子而已」（見於《孔子家語》卷十，據涵芬樓四部叢刊影印本。）。此回答一則以道訓世，一則為尊者諱。

[51] 董仲舒《春秋繁露・玉英》。據涵芬樓四部叢刊影印本。

[52] 司馬遷《史記・孔子世家》，前引書，第1943頁。

[53] 《春秋穀梁傳・成公九年》。據涵芬樓四部叢刊影印本。

[54] 劉知幾《史通》卷七的《曲筆》。據涵芬樓四部叢刊影印本。

3.誠論之在孟子

在誠論之域，孔子的言述已經涉及問題的諸端，並對孟子（約前372－前289）和荀子（約前313－前238）深有影響。但孔子誠論並無學理上的清晰論證和建構。對「誠」以及誠論的深入理解和精細論證「是隨著心性問題的成熟而逐漸發展的」[55]；由於不言「性與天道」[56]，對誠論背後的心性問題未詳作推究，孔子僅止步於誠論之「然」而不曾顧及其「所以然」。孔子之後，《中庸》[57]探討了心性問題、探討了誠論之「所以然」的問題，這成為孟子誠論的理論資源，使孟子能夠從心性問題有邏輯地切入誠論，而不是像孔子那樣僅在「仁」、「義」、「道」、「德」的表層對誠論做出規定。

《中庸》首章曰，「天命之謂性，率性之謂道，修道之謂教」，天道、人性和教化由此貫通：天生萬物，則萬物之性以及人性乃是源於天、受命於天，天人合一，天之性亦即人之性；而既然性為天所賦予，天的正當性便決定了性的正當性，從而，理論地看，言行的順性而發便應當合於或者

---

55 吳怡《中庸誠字的研究》，前引書，第15頁。

56《論語・公冶長》。

57《中庸》成書何時，乃為懸疑。徐復觀以為《中庸》成書的時間當晚於孔子而早於孟子（徐復觀《中國人性論史・先秦篇》，上海三聯書店，2001年，第91－94頁）；清人崔東壁則以為其書出於孟子之後（崔東壁《洙泗考信錄》），梁啟超仍之（《梁啟超國學講錄二種》，前引書，第14頁），李澤厚信之（李澤厚《中國古代思想史論》，安徽文藝出版社，1994年，第131頁）。在此，依據徐復觀的考論和吳怡的相關推論（參見吳怡《中庸誠字的研究》，前引書，第1－7頁），相信「子思作《中庸》」（司馬遷《史記・孔子世家》）的記載不誣。子思，即孔子之孫孔伋（前483－前402）。

同於道，即合於或者同於天之道、中庸之道；但是，現實地看，人的順性而發「不能無過不及之差」，未必盡合於道，於是，「聖人因人物之當行者而品節之，以為法於天下，則謂之教」[58]。統言之，「人之所以為人，道之所以為道，聖人之所以為教，原其所自，無一不本於天而備於我」[59]。以《中庸》論，「本於天而備於我」的天人之道則為「誠」，即所謂「誠者，天之道也，誠之者，人之道也」：天理是「真實無妄」的「誠」，而人的心性由天所「命」，也是一個「誠」；但是，現實地看，人的心性每有所蔽、每有所偏，未必總是處於「誠」的狀態，因而順性而發的言、行、情等未必合道、合度；而要使言、行、情等歸於「誠」、合於道、順於性，人應反求並固守天所賦予的一念之「誠」。《中庸》教人「慎獨」、教人「反身求誠」、教人「擇善而固執之」、教人「博學之、審問之、慎思之、明辨之、篤行之」，而凡此等等，均是教人「誠之」。若能去心性之偏（即所謂「致曲」）而「有誠」，此合於天道的至誠心性必發於外而又顯明動人，即所謂「誠則形，形則著，著則明，明則動，動則變，變則化，唯天下至誠為能化」。

對於作為文論話語的誠論而言，「誠則形」一語可謂言簡意賅[60]。《中庸》復言：「喜怒哀樂之未發，謂之中，

---

58 朱熹《四書章句集注・中庸章句》，前引書，第17頁。對「修道之謂教」，孔穎達的正義是「人君在上修行此道，以教於下」（《禮記正義・中庸》，據阮元編《十三經注疏》）。

59 朱熹《四書章句集注・中庸章句》，前引書，第17頁。

60 朱熹釋「誠則形」曰：「積中而外發。」朱熹《四書章句集注・中庸章句》，前引書，第33頁。

發而皆中節，謂之和。」喜怒哀樂之情何以能夠「未發」而「中」（中和），又何以能夠發而「中節」？有解者以為「喜怒哀樂緣事而生，未發之時，澹然虛靜，心無所慮而當於理，故『謂之中』」，「不能寂靜而有喜怒哀樂之情，雖復動發，皆中節限，猶如鹽梅相得、性行和諧，故云『謂之和』」[61]。這有道理，但並未解決何以能夠發而「中節」的問題；而且，一味的「澹然虛靜，心無所慮」其實也無所謂「當於理」。凡此紐結，也需以誠論解之：人苟能「誠之」，時時「反身」求誠，於內心深處用功，拂其所蔽，其心性之上的經驗性積塵便會被拭去，而天理至誠的真理性就會昭昭然而重居主導，即其心性便會重新得正、得誠，則喜怒哀樂之情，未萌之時，便已為此仁義之善性、誠篤之善心所制導，故無偏而當理；而喜怒哀樂之髮露，遂亦不出於仁心善性之外在軌範，而是本於內在的「誠」而「形」之於外，故能率性合道、「得情之正，無所乖戾」[62]、順乎人間真理。這就是作為文論話語的《中庸》誠論。

但是，《中庸》首章有一個邏輯環節未被指明，從而在理論推導中出現了跳躍：性既稟受於天，率性既合於道，則所謂「修道」、所謂「教」在邏輯上已經失去必要、沒了著落；那麼，《中庸》何故在此垂訓曰「修道之謂教」？同樣，「誠」既是「天之道」，人受命於天，則性固有此「誠」，又何須致力於求「誠」（「誠之」）？前文雖以「現實地看」一語模糊這個問題，使語義連貫，但是所謂

[61] 孔穎達《禮記正義・中庸》。
[62] 朱熹《四書章句集注・中庸章句》，前引書，第18頁。

「現實地看」究竟不能將邏輯環節的缺失敷衍過去；至於前文所謂「每有所蔽、每有所偏」云云，也含糊，是蔽於何物、偏向何方？

孟子提出人禽之辨，乃彌合了《中庸》跳躍性的邏輯缺失。「人之所以異於禽獸者，幾希。庶民去之，君子存之。」[63]孟子此言，意味著人受稟於天的性乃有二義：一是人與禽獸大體相類的性（譬如渴則飲、饑則食、生殖繁衍等生理本質和欲求），一是人區別於禽獸的人性，這在人所稟受於天的性中只占極小的比例（故曰「人之所以異於禽獸者，幾希」）。但人所稟有的這種比例極小的「幾希」之性非常重要，它決定了人之所以為人的本質。「幾希」之性即為倡揚性善的孟子所注意到的人之善性，即「仁義禮智」四端。「庶民」離此「幾希」的四端而為「庶民」，「君子」存此四端並發揚之而為「君子」。《中庸》的邏輯「跳躍」，由此獲得了解決：「率性之謂道」中的性當是「幾希」的、「人之所以為人」的德性，即仁義禮智四端；而「修道之謂教」也因此有了著落，即，人應以「修道」、以「教」而存養、擴充其「幾希」的德性，使人成為「君子」而不致淪為「禽獸」。「仁義禮智」雖為「我固有之」，但是依然應該反求，因為「求則得之，舍則失之」[64]，由此，孟子的言述便以葆有此「幾希」之性、求存此善性為旨。那麼，孟子如何葆有、存養善性並使之無蔽？從人的善心入手。由於所謂仁義禮智的善性有堅實的、經驗性的內心依

63 《孟子・離婁下》。
64 《孟子・告子上》。

據，即「人皆有不忍人之心」，人皆有「惻隱之心」、「羞惡之心」、「恭敬之心」、「是非之心」[65]，由善心的經驗性修持和存養可以使善性不蔽，故而孟子孜孜以求的便是轉向內心之善，轉向「誠」，「反求諸己」[66]，「思誠」、「以仁存心，以禮存心」[67]，「求其放心」[68]，以「盡心」而「知性」、「反身而誠」[69]。

心性既存養於內，也必有言、行、情、政之類緣心率性而發於外，對此，《中庸》言「誠則形」，而孟子也規定發的原則為「誠」、為善、為仁義、為正：即所謂「仁者如射，射者正已而後發」[70]；或者所謂「由仁義行」，方能「明於庶物，察於人倫」[71]；或者所謂「有不忍人之心」，方能發而為「不忍人之政」[72]；或者所謂「胸中正，則眸子瞭焉；胸中不正，則眸子眊焉」[73]；等等。

誠己而發、正己而發、以仁義之性而發、以不忍之心而發、存心而發於外、誠內而見於表，凡此，勾畫出孟子誠論的結構，這是從孟子的心性推究中概括出來的結構：以仁義心性的存養為根本，將作為「天之道」的真理之誠內化為「人之道」的心性之誠。與《中庸》的「誠則形」同理同構。

---

65 《孟子・告子上》。
66 《孟子・公孫丑上》。
67 《孟子・離婁下》。
68 《孟子・告子上》。
69 《孟子・盡心上》。
70 《孟子・公孫丑上》。
71 《孟子・離婁下》。
72 《孟子・公孫丑上》。
73 《孟子・離婁上》。

思孟[74]率性合道、「由仁義行」、發而中節的誠論觀念顯然承續了「詩言志」的中正無偏和孔子誠論的「思無邪」，雖然思孟誠論是在心性探討的基礎上圓通地展開，但從誠論的基本結構言之，究竟並非獨標新意。不過，孟子誠論對內在充實和外在光輝的表述耀人眼目：「可欲之謂善，有諸己之謂信，充實之謂美，充實而有光輝之謂大，大而化之之謂聖，聖而不可知之之謂神」[75]。這一表述兼含「誠」的善（「可欲」[76]是也）和真（「有諸己」是也），並以真與善在內心的充實為動能，帶著詩意和神秘主義氣息開出重重境界。這不僅是仁心善性的境界，更是以善和真為基礎並躍升為美的道德境界，同時也可視為文論意義上的孟子誠論的境界。「充實之謂美，充實而有光輝之謂大」，就是「誠」的內在充盈和外在發揚，就是「和順積中，而英華發外」[77]，其間仁心善性的人格目標早已抵達，「誠」的背後屬於道德情感、道德美感的充實而神秘之物已然噴薄而出、華光四射。這與孟子的其他表述，譬如所謂「浩然之氣」，所謂「至大至剛，以直養而無害，則塞於天地之間」[78]，以及所謂「流水之為物也，不盈科不行，君子之志於道也，不成章不達」[79]，

---

[74] 《中庸》出於子思，故此謹按傳統，合稱《中庸》、孟子為思孟。

[75] 《孟子・盡心下》。

[76] 朱熹釋云：「天下之理，其善者必可欲，其惡者必可惡。其為人也，可欲而不可惡，則可謂善人也。」見於朱熹《四書章句集注・孟子章句》，前引書，第370頁。

[77] 朱熹引用《禮記・樂記》語。見於朱熹《四書章句集注・孟子章句》，前引書，第370頁。

[78] 《孟子・公孫丑上》。

[79] 《孟子・盡心上》。

等等，都顯示了孟子誠論充盈於內而不可遏抑、剛於中而應乎外、不得不發的特徵，相似於《周易・大畜》的彖辭：「剛健、篤實、輝光，日新其德」[80]。同時，孟子誠論也與後來的「發憤抒情」一說有相似之處，都是基於一種真實無妄的情感或者「氣」，都有一種沖決而出的力道；但區別是，孟子誠論的充實而不可抑制之物是至誠剛大、「配義與道」[81]的道德情感、光被四表的道德美感，而非鬱結、充塞於內心的一腔幽憤。

孟子誠論充實為美的特點，也可在與孔子誠論的比較中看出究竟：孔子在「情信」之外也主「辭巧」、在「志有」之外也主「言文」，而孟子則一味突出內在充實——只要內有充實不可抑的「至誠」，其外發則當然「美」且「光輝」，何待巧辭飾之哉？

要而言之，將仁義禮智內化為心性本然，反求諸己而又充實外發，出於仁心善性而合度中節，從而能天然地感動人心[82]，是為孟子、亦可謂「思孟」一系的誠論，深刻影響了千載而下作為文論話語的中國誠論。

---

80 「大畜」卦是乾下艮上，而對「大畜」的彖辭「剛健、篤實、輝光，日新其德」，程頤的釋義為：「乾體剛健，艮體篤實，人之才剛健篤實，則所畜能大充實而有輝光，畜之不已則其德日新也。」程頤《伊川易傳》，上海古籍出版社，1989年，第99頁。另，關於內在的充實、剛健義，《周易》的彖辭尚有所謂「柔在內而剛得中」（《中孚》）、「剛中而應」（《臨》），等等。

81 《孟子・公孫丑上》。

82 《孟子・離婁》：「至誠而不動者，未之有也。不誠未有能動者也。」趙岐注曰：「至誠則動金石，不誠則鳥獸不可親狎。」據涵芬樓四部叢刊影印本。

此外，孟子的其他言述雖與一般意義上的誠論關涉不顯，但也不可輕輕放過，此處謹略涉孟子的「知言」：「詖辭知其所蔽，淫辭知其所陷，邪辭知其所離，遁辭知其所窮。」[83]倘深入辨析，可知此處的「知其所蔽」並非知道某一「詖辭」所掩飾、遮蔽的（即「所蔽」者）具體為何事何物，只是由「詖辭」的表達作風而知其「定有所蔽」而已。同樣，所謂「淫辭」、「邪辭」、「遁辭」也當是從表達作風上言之，孟子「知言」也不過知其「定有所陷」、「定有所離」、「定有所窮」而已，並非聖明到知其具體內容、知其「所陷」、「所離」、「所窮」的具體事物。這相近於《周易・繫辭》的「將叛者其辭慚，中心疑者其辭枝，吉人之辭寡，躁人之辭多，誣善之人其辭游，失其守者其辭屈」。所謂「將叛者」、「中心疑者」、「吉人」、「躁人」、「誣善之人」、「失其守者」，皆指稱言者的內在真相，但此真相並非具體內容，而是由「辭慚」、「辭枝」、「辭寡」、「辭多」、「辭游」、「辭屈」的表達作風看出來的一般心性特徵。將孟子的「知言」與《周易・繫辭》的相關論說統合以觀，可知，十種所謂的「辭」與其說是在指稱具體的事、具體的情的表達，不如說是由表達所展示出來的「詖」、「淫」、「邪」、「遁」、「慚」、「枝」、「寡」、「多」、「游」、「屈」等言說特徵、習慣、作風或者格調；而「蔽」、「陷」、「離」、「窮」、「叛」、「疑」、「吉」、「躁」、「誣善」、「失守」，凡此所

83 《孟子・公孫丑上》。

指，大抵也不是具體之物，不是具體之事，不是具體之情，不是具體的任何細節或意緒，而是由其表達作風所顯示出來的心性大略、人格的真實特徵[84]。由此不妨設想：若誠論的「誠」不僅包括真理之誠、經驗之誠，而且包括人格之真，則此處所列十項「知言」之論也可歸入誠論之域。於是，此間「文學真實」乃增一義：以個人的「辭」達個人的「性」、以文本的作風而呈現人格的真相。實際上，這種「文學真實」是立於幽微的風格體會之上，不易把握，但這種文學真實觀念卻又並非玄虛難通，也非一無價值。錢鍾書嘗言：「所言之物，可以飾偽」；但是，對於作文者而言，「其言之格調，則往往流露本相」，「狷急人之作風，不能盡變為澄澹，豪邁人之筆性，不能盡變為謹嚴」，「文如其人，在此不在彼也」[85]。那麼，「文學真實」的「真」，誠論的「誠」，除了在「彼」（真理之誠、經驗之誠），其亦可在「此」（以文本之作風而呈現人格之真相）乎？倘若視所謂「知言」為孟子誠論的另一端，也有理可陳。

4.誠論之在荀子

孟子誠論大抵是基於其「人性善」的理論陳述，而荀

[84] 朱熹云：「人之有言，皆本於心」，「其心明乎正理而無蔽，然後其言平正通達而無病；苟為不然，則必有……病矣。」其論心性見諸文者，明矣。然其見諸文者，乃為一般心性而非具體事、情，亦明矣。朱熹《四書章句集注‧孟子章句》，前引書，第233頁。

[85] 錢鍾書《談藝錄》，中華書局，1984年，第163頁。

子誠論的特徵，則繫於其「人性惡」的理論假定[86]。唯「人性善」，故可「率性」，可誠中形外，光輝且美；唯「人性惡」，故需「人為」，需化性起偽、以道制欲。孟子誠論誠有個性存焉，而荀子誠論亦然。

可以假定荀子誠論的基石為「人之性惡，其善者偽也」[87]。「性惡」，是指人「生而好利」、「生而疾惡[88]」、「生而有耳目之欲」。倘若「從人之性，順人之情」，亦即倘若「率」此惡性，則必生「爭奪」、「殘賊」、「淫亂」，而必失「辭讓」、「忠信」、「禮義」。正是基於「性惡」的假定，荀子又說：「古者聖王以人之性惡，以為偏險而不正，悖亂而不治，是以為之起禮義、制法度，以矯飾人之情性而正之，以擾化人之情性而導之也，使皆出於治、合於道者也。」[89]這就是「化性起偽」。既然荀子斷定「性惡」，則其思想的關鍵當然在於「矯飾」人性；而荀子用以行「矯飾」、「擾化」或者「起偽」之功的，即是禮義

[86] 關於孟荀性善性惡之別，章太炎曰：「荀子隆禮樂而殺《詩》、《書》，孟子則長於《詩》、《書》。孟子由《詩》入，荀子由禮入。詩以道性情，故云人性本善。禮以立節制，故云人性本惡。又孟子鄒人，鄒魯之間，儒者所居，人習禮讓，所見無非善人，故云『性善』。荀子趙人，燕趙之俗，杯酒失意，白刃相仇，人習兇暴，所見無非惡人，故云『性惡』……」章氏所見似有道理，然屬揣測，且有倒果為因之嫌（如所謂「禮以立節制，故云人性本惡」），此謹姑備一說。章太炎《國學略說》，上海文藝出版社，2001年，第150頁。

[87] 《荀子‧性惡》。據四部叢刊本。按：此處的「偽」，即是「人為」，非貶義。唐人楊倞注曰：「偽，為也，矯也，矯其本性也。凡非天性，而人作為之者，皆謂之偽。故偽字人傍為，亦會意字也。」據四部叢刊本。

[88] 此處「疾惡」，乃謂「憎惡」，是為「恨」的本性而非「仁」的心性。

[89] 《荀子‧性惡》。

法度。荀子承認人欲的必然性，同時更認定禮義的正當性、真理性，力主以禮義「養」性並使之得到矯正，「性偽合」（「無性則偽之無所加，無偽則性不能自美」[90]）。「性」是惡的力量；而禮義之「偽」則可以修正「性」的方向並使之轉變成善的力量。不過這種轉變殊非易事，需要「禮」的制約（「禮者，所以正身也」）、「師」的指引（「師者，所以正禮也」）[91]，更需要強大的意志力量（「鍥而不捨」、「真積力久」）[92]——於是，如同孟子誠論的「充實為美」顯示出一種力量感那般，以「性惡」為理論基礎的荀子誠論也顯示了一種強大的力量感，但是這種力量是人自外而內加諸自身的意志力量，是以禮義法度對內心實施強力壓迫和強制重組，迫使所有自內而外的表達悉歸於善。這與孟子誠論恰成對照，因為孟子強調的是本身即善的內心力量、內在真誠的充實鼓蕩及其沖決而出、光輝盛大。但是，孟荀誠論的相同處也是顯而易見的：他們都重視善、重視人倫禮義的真理價值，在他們的觀念中，儒家道德的真理亹亹高踞，而經驗性的表達則由於此崇高真理的監控和塑造而入於誠篤、歸於中正。

思孟以「誠則形」為其個性，而荀子則以「形而道[93]之」為其樞機。《荀子・樂論》云：「夫樂者，樂也，人情之所必不免也⋯⋯故人不能不樂，樂則不能無形，形而不為道，

---

[90]《荀子・禮論》。

[91]《荀子・修身》。

[92]《荀子・勸學》。

[93]「道」，即「導」。

則不能無亂。先王惡其亂也，故制雅頌之聲以道之，使其聲足以樂而不流，使其文足以辨而不諰，使其曲直、繁省、廉肉、節奏足以感動人之善心，使夫邪污之氣無由得接焉。」又云：「樂者，樂也。君子樂得其道，小人樂得其欲。以道制欲，則樂而不亂；以欲忘道，則惑而不樂。」在此，樂（lè）為「人情之所必不能免」，「人不能不樂，樂則必發於聲音，形於動靜」——這是「情」、「性」、「形」。由於作為「情」、「性」的「樂」（lè）並非以內在的善為構成原則，沒有秩序感（「亂」），故聖人「制雅頌之聲以道之」，使歸中正，使避「邪污」，使之「中平」、「肅莊」，使之發出的「樂」（yuè）成為「正聲」而益於世道人心——這是「偽」。「偽」即是「道」，即是人為的引導，引導的對象是「情」、「性」及其外發之「形」，而引導的依據是儒家的「禮」，儒家的「道」[94]。「樂」（lè）為內在的情性，「形」為外在的表達，而不論是「樂」還是「形」，由於人性的天然缺陷或者說天然的「惡」，乃易流為人欲的氾濫呈現，並損及人間秩序：「樂（yuè）姚冶以險，則民流慢鄙賤矣，流慢則亂，鄙賤則爭。」[95]故，對於「樂」（lè）、「樂」（yuè）、「文」[96]而言，不可「形而不為道」，而應「以道制欲」，實現「兩得」：既抒發「必不免」的「人情」，又使這樣的抒發不害禮義、感動善心。

---

[94] 《荀子・強國》云：「道也者何也？曰：禮義辭讓忠信是也。」
[95] 《荀子・樂論》。
[96] 此「文」即為「使其文足以辨而不諰」（《荀子・樂論》）的「文」，指稱「樂」的辭章，亦可泛指文辭。

故，「形而道之」、「以道制欲」，即為荀子誠論的基本結構。在「性惡」的框架中，荀子承認了心性表達的必然性（「不能無形」），但是對其合理性則漠然，荀子所強調人間倫理、禮法的真理性，其「以道制欲」的主張警惕地監視和矯正著任何對人的心性的直接性、經驗性表達——因為在「性惡」的理論邏輯中，心性直接的、經驗性的表達天然地帶有「惡」、「流」與「亂」的非法色彩。於是，在荀子誠論中，也有經驗之真（心、性、情）與真理之真（禮、法、道）的博弈，這是內外之爭，即外在真理強制性地壓迫內在心性的直接表達，而且這種壓迫必須以外在真理對心性表達的徹底覆蓋和全面矯飾為最後現實，否則，一切表達都可能淪為「以欲忘道」的「小人」之「形」。

思孟誠論重心性（即仁心善性），而按照「性善」的邏輯，仁心善性亦即人間道德倫理的真理性，於是仁心善性的充實外發本身即是合法的、值得信任的，不需對之高度警惕和另加矯飾，從而使心性外發的直接性、經驗性色彩較荀子誠論為著。不過，在思孟誠論的結構中，由於經驗之真（心、性、情）與真理之真（仁義禮智）不可能總是完美地重合為一體，故而現實地看，它們之間也必然存在著一定程度的內在緊張，雖然這種緊張潛藏於內心深處，幽而不顯。實際上，思孟誠論的實質依然是真理之真的絕對主導，只是主導之物在思孟誠論中是安裝於內心深處的指南針，不似在荀子誠論中那般作為翦除邪亂之思的利劍而高懸身外。但在終極意義上，思孟誠論與荀子誠論殊途同歸，同歸於儒家誠論的最高要求，同歸於以儒家人倫的真理之真建構人間秩序。

　　前文敘述荀子誠論，用了「可以假定荀子『誠論』的基石乃是所謂『人之性惡，其善者偽也』」、「在『性惡』的框架中」等限定語，這樣的限定是必要的，因為就誠論而言，荀子的「性惡」實際上無以包舉他的所有理論表述。譬如，《荀子・不苟》云：「君子養心莫善於誠，致誠則無它事矣。唯仁之為守，唯義之為行。誠心守仁則形，形則神，神則能化矣。誠心行義則理，理則明，明則能變矣。」這與荀子的其他表述有些參差。雖然荀子對思孟持反對、批評的態度[97]，但其言「誠」近於《中庸》，其言「仁」、「義」近於孟子，其言「誠心守仁則形，形則神，神則能化矣」猶近於「誠則形」、「和順積中而英華發外」的思孟誠論。從學理結構視之，這與其說是以「性惡」為理論基礎，毋寧說更似「性善」的邏輯推演。其他如所謂「夫此順命以慎其獨者也」、「誠信生神」[98]等表述也跡近《中庸》。當然，荀子思想本身即有深刻的內在矛盾[99]。荀子誠論中，心性一端本「惡」，故需要作為人倫真理的「禮義」覆蓋和矯飾之；

[97] 參見《荀子》的《非十二子》、《解蔽》、《性惡》等篇。

[98] 「慎獨」當是取自《中庸》，所謂「故君子慎其獨也」。而「誠信如神」亦當源於《中庸》，恰如楊倞注所顯示的那般：「誠信至則通於神明，《中庸》曰『至誠如神』。」據涵芬樓四部叢刊影印本。

[99] 李澤厚以為，既然人性的自然本惡，善是改造（「偽」）而得，那麼「惡的自然（『性』）又如何可能接受改造呢？王國維曾問『荀子云人之性惡，其善者偽也，然使之能偽者，又何也？』荀子認為這是由於人有心知，再積以學的原故，是由於『心』『知』禮義，才能節制情欲。那麼，『心』又如何可能知『禮義』呢？」李澤厚《中國古代思想史論》，前引書，第118頁。

然而作為人倫真理的「禮義」以及對此「禮義」的自覺顯然又必須反歸人的心性方能覓得原因和動力[100]，於是，荀子雖大抵以人性之「惡」、禮義之「偽」和「性偽合」結構其誠論，但是也不自覺地採用了「誠則形」的思孟主張。當然，若論主旨，則荀子誠論依然是化性起偽、以道制欲。

此外，如果躍出心性問題的纏繞，在一般意義上，荀子誠論的散珠碎玉尚多見於《荀子》一書，譬如反對「說之難持者」、「非禮義之中也」[101]，反對「飾邪說，文奸言，為倚事，陶誕突盜」[102]，主張「文而致實」[103]、「言有節，稽其實」[104]、「文貌情用，相為內外表裏」[105]，等等，自有價值存焉；然而大抵是各家共認的常識，非關荀子誠論的獨有特徵。

5.先秦儒家誠論的總結，以及其他

先秦儒家誠論，大抵以「詩言志」為綱，復又分為孔、孟、荀，而三者的大略分別是：孔論本乎仁義、情信辭巧；孟論反身而誠、充實為美；荀論化性起偽、以道制欲。相形之下，孔孟誠論更重內心的真誠，荀子誠論則更重外在的禮義。三者相通之處，即是儒家「實用理論」的邏輯必然：以

100《荀子・性惡》云：「凡禮義者，是生於聖人之偽，非故生於人之性也。」——然則，聖人又如何能「生」出「禮義」？聖人之性非「人之性」耶？

101《荀子・不苟》。

102《荀子・榮辱》。

103《荀子・非相》。

104《荀子・成相》。

105《荀子・大略》。

誠論的「善」駕馭誠論的「真」。「善」屬於人倫的真理性，「真」則指稱個體的經驗性。「喜怒哀樂」是經驗性的，「仁義禮智」是真理性的，先秦儒家誠論就是在這兩者之間尋求表達的「中道」，這是先秦儒家誠論的根本追求和主要特徵。不過，如何得此「中道」？孔子主張「樂而不淫，哀而不傷」，即不扭轉「樂」、「哀」的表達方向，但是削減其表達的強度和力度，使之不趨極端偏頗，使之「無邪」，使「樂」、「哀」的經驗性表達被控制於人倫秩序所允許的閾限之內，從而實現「詩言志」的「和」；孟子則誠中形外，充實為美，依據性善的理論設想，使心性真實與人倫真理重合為一、「和順積中」[106]，由此確保「誠則形」既是經驗性的，也是真理性的，確保合度中節；荀子則在「以道制欲」的強制之下實現「性偽合」，「以道制欲」不是「以道去欲」，而是在承認情性表達的必然性之際，以作為人倫真理的禮義扭轉作為經驗之真的情性的表達方向，使之偏離情性的「惡」而朝向禮義的「善」[107]，從而發為「中聲」[108]。

然而，實質性的問題是：為何必須得此「中道」、「中聲」？更進一步，為何必須以人倫的真理限制、統合或者扭

[106]《孟子・告子上》云：「仁義禮智，非由外鑠我也，我固有之也。」

[107]《荀子・禮論》云：「一之於禮義，則兩得之矣；一之於情性，則兩喪之矣。」楊倞注云：「專一於禮義，則禮義情性兩得；專一於情性，則禮義情性兩喪也。」可知荀子在此乃以禮義之真理性為杼軸，而以情性的經驗性屬之。據涵芬樓四部叢刊影印本。

[108]《荀子・勸學》：「詩者，中聲之所止也。」楊倞注云：「詩謂樂章，所以節聲音至乎中而止，不使流淫也。」

轉經驗的真實？在此，必須注意到儒家文論的功利規定。以詩（或者《詩》）的功能言之，孔子的主張是「興觀群怨」，是「邇之事父，遠之事君」、「多識於鳥獸草木之名」[109]，是為了「授之以政」、「使於四方」[110]，其功能之大者乃是「事父」、「事君」，參與建構「君君、臣臣、父父、子子」[111]的人間秩序。關於詩的功能，孟子不曾明確道出，但其融「仁言」、「仁聲」於「與民同樂」[112]的王道大業的主張則多少透露了個中消息，來自仁心善性並可以感動仁心善性的詩樂的「善」、「信」、「充實」、「美」、「大」，實際上也有助於建構理想的人間秩序，即所謂「大而化之」[113]。荀子對樂的功能有最清晰的論述，而就先秦詩樂合一的事實觀之，荀子所論的樂的功能同時也當是詩的功能：「人生而有欲，欲而不得，則不能無求，求而無度量分界，則不能不爭，爭則亂，亂則窮」[114]，「夫民有好惡之情而無喜怒之應，則亂，先王惡其亂也，故修其行，正其樂，而天下順焉」，「樂者，聖人之所樂也，而可以善民心，其感人深，其移風易俗，故先王導之以禮樂，而民和睦」[115]。可知荀子也主張以符合禮義的正聲雅樂祛除「亂」象、感動人心、「移風易俗」，通過禮樂的共同體實現人間的「順」

[109]《論語・陽貨》。
[110]《論語・子路》。
[111]《論語・顏淵》。
[112]《孟子・梁惠王下》。
[113]《孟子・盡心下》。
[114]《荀子・禮論》。
[115]《荀子・樂論》。

與「和睦」，建構「君君、臣臣、父父、子子、兄兄、弟弟」和「農農、士士、工工、商商」[116]的人間秩序。統言之，儘管孔孟荀對人倫道德諸範疇各有側重，儘管他們對禮義是反求於內（思孟）還是約制於外（荀子）持論不同，但就詩樂的功能言之，都傾向於建構人間的秩序與和諧。而用以建構人間秩序與和諧的，則是具有人倫真理性的仁義禮智之類。與此同時，儒家對人的經驗之物如情、性、志、心、欲等的表達持論謹慎，既允許不違人性的「發」，更強調儒家人倫道德的「節」，從而在事實上確立了人倫真理高於個體經驗的地位，而這一切，也都是為了人間秩序的和諧不「亂」。梁漱溟以為「儒家最顯著與人不同的態度」就是「不計較利害」[117]，其實是就儒家個體的心胸廣大、不拘拘於小我功利而論，而就儒家的整體觀念和理想觀之，則儒家是「計較利害」的，是功利主義的，只是儒家追求的功利是大功利，是維護人間秩序，是王道，仁政。在儒家追求大功利的過程中，詩樂、從而詩樂表達的真實性俱被工具化了，儒家的功利之心與崇高理想使人倫的真理性壓倒了個體經驗的真實性，這就是儒家誠論追求「中和」、「不淫」「不傷」、「誠則形」的根本原因。

簡言之：儒家誠論以建構人間秩序的大功利為的彀，在不拒絕心志抒發、情性表達的經驗真實性的同時，更強調「仁義禮智」的人倫真理性的結構和主導作用。儒家誠論兼重真善，而以善為本。這種以真理性主導和結構經驗性、以

---

[116]《荀子・王制》。

[117]梁漱溟《東西文化及其哲學》，商務印書館，1999年，第136頁。

善的功用主導和結構真的抒發的誠論精神，將對此後中國的文學真實觀念持續發生重大影響，甚至對二十世紀的中國文學真實觀念也有未可小視的結構性作用。

第二節　先秦道家誠論

先秦道家誠論，拒絕認同仁義禮智及其是非判斷，拒絕以儒家的人倫真理矯飾經驗真實，而是將人的經驗性引向「天」、引向自然，並由此而使自由、靈動的感性之門神秘地開啟。從老子到莊子（約前369－前289），先秦道家誠論展示了文學真實的另一條路徑，以及另一重境界。

1.誠論之在老子

關於誠論，老子所言幽微不著。然而，倘追溯古典中國誠論的根源，則斷難繞過老子的觀念。實際上，對老子所言只需稍加推究、引申和發揚，即可在誠論之域展開蔚為壯觀的景致。

老子誠論繫於老子之「道」，及其「道」的功能和特徵：

> 有物混成，先天地生，寂兮寥兮，獨立不改，周行不殆，可以為天下母。吾不知其名，字之曰「道」，強為之名曰「大」。大曰逝，逝曰遠，遠曰反。故道大，天大，地大，人亦大。域中有四大，而人居其一

> 焉。人法地，地法天，天法道，道法自然。[118]

「道」是創生天地萬物的最終動力，「先天地生」且「可以為天下母」。而就老子誠論言之，這裏的關鍵則是「道法自然」。所謂「道法自然」，非謂「道」之上還盤踞著名為「自然」的存在，即「並不是自然生道」，而是說「道的精神表現，便是自然」[119]，亦即河上公所謂的「道性自然，無所法也」[120]。既然「道性自然」，而「天法道」，則天之性也當是自然；「地法天」、「人法地」，則地之性、從而人之性也當是自然——這都是從「法」的角度視之。再從「生」的角度視之：「道」為「天下母」，「道生一，一生二，二生三，三生萬物」[121]，而「道」生萬物，則萬物之性、從而人之性，也便是「道」之性，即自然。此外，從「道」與「德」的關係視之，也可推知「道」性與人性貫通為一，俱為自然：

> 道生之，德畜之，物形之，勢成之。是以萬物莫不尊道而貴德。道之尊，德之貴，夫莫之命而常自然。故

118《老子》第二十五章，按：此段引文依據許嘯天編著《老子》（成都古籍書店「據上海群學社1934年2月再版本排印」，1990年印刷，第90頁）。引文中的「而人居其一焉」，在朱謙之的《老子校釋》中作「而王處一」（朱謙之《老子校釋》，中華書局，1984年，第102－103頁）。但是，倘作「而王處一」，則與前面的「人亦大」（朱謙之正文雖作「王大」，然其注文則傾向於「人亦大」）不相符稱，且於理不通。

119許嘯天編著《老子》，前引書，第93頁。

120《老子道德經・象元》，河上公注。據涵芬樓四部叢刊影印本。

121《老子・第四十二章》。

> 道生之，德畜之，長之育之，成之熟之，養之覆之。生而不有，為而不恃，長而不宰，是謂玄德。[122]

在此，老子的「道」固是創生天地萬物的最終動力、「萬物之所然也，萬理之所稽也」[123]，然而老子的「德」，又為何物？管子云：「德者道之舍，物得以生，生得以職道之精。故德者，得也。得也者，其謂所得以然也。以無為之謂道，舍之之謂德。故道之與德無間，故言之者不別也。」[124]「道」化生萬物，而「道」在其所化生的萬物之中的體現，或者說萬物「得」於「道」的性質，則是所謂「德」（故有所謂「德者道之舍」，「德者，得也」，云云）。「道」如九天之月，是總；而「德」則似千江之月，是分。「道」寓於萬物之中（故曰「舍」，或者「道生之，德畜之」），散而為萬物之「德」。而就實質言之，「道」與「德」乃「無間」、「不別」，「道之尊，德之貴」都是所謂「常自然」。「常」者，恒也。而「自然」者，即所謂「莫之命」也，順其所化、無為而為、自然而然。老子的「道」，既是「常自然」，也是「常無為」[125]，而「常自

---

[122]《老子》第五十一章，按：此段引文依據朱謙之《老子校釋》，前引書，第203－205頁。

[123]《韓非子・解老》。據涵芬樓四部叢刊影印本。

[124]《管子・心術上》，據四部叢刊本。關於「德」為何物？其與「道」之間有何關係，或者「道生之，德畜之」何謂？老子的言說玄之又玄，而《管子・心術》多申道家之論，表達清晰而近其旨，故此引以為用。

[125]《老子》第三十七章：「道常無為，而無不為。」王弼注「無為」云：「順自然也。」許嘯天注云：「無為便是自然，任自然不以主觀的態度去有為。」俱見許嘯天編著《老子》，前引書，第126頁。

然」就是「常無為」。但是「道常無為」不是講「道」無所作為，因為「道」生萬物，「長之育之，成之熟之，養之覆之」，都是有為的。「道」的無為體現為「生而不有，為而不恃，長而不宰，是謂玄德」[126]，即「道」創生萬物「並非出於意志，亦不含有目的，只是不知其然而然的創造」[127]，是無為而為、自然而然。「道」如此，「德」亦如此，即所謂「凡德者以無為集，以無欲成，以不思安，以不用固」[128]，「德」與任何主觀的宰制、欲求和圖謀杳不相涉。因此，不論是最終之「道」，還是萬物之「德」，俱是無為而為、自然而然。

統言之，「道」是老子的最高範疇，「道」的功能是創生萬物，「道」的特徵是無為而為、自然而然；萬物之「德」由「道」所賦予，也是自然而然。這是老子的宇宙論，也是老子的人性論：從根本的意義上說，人法「道」，人生於「道」，人之「德」來源於「道」，則人之「德」或者說人之「性」[129]也當同於「道」之「性」（「道性自然」），人之「為」也當同於「道」之「為」（「無為而無不為」），

---

[126]宋人范應元注云：「道生之而不以為己有，為之而不自恃其能，長之而不為之主，是謂玄遠之德也。」近人張之純云：「玄德，不言之教，無為之化，言自然也。」參見許嘯天編著《老子》，前引書，第181－182頁。

[127]徐復觀《中國人性論史・先秦篇》，前引書，第299頁。

[128]《韓非子・解老》。

[129]《中庸》所謂「天命之謂性」乃與《老子》所謂「道生之，德畜之」有著結構性的相似（此可參閱徐復觀《中國人性論史・先秦篇》，前引書，第298頁）。人之「性」得於天之命（《中庸》），人之「德」源於「道」之生（《老子》），故儒家的人之「性」相似於道家的人之「德」，明矣。

即順乎所化、不假人為、無為而為、自然而然。

「道」將人之「德」確定為無為而為、自然而然，這對於老子誠論而言具有關鍵的意義。無為而為、自然而然，構成老子誠論的基礎。自然而然，則必然導致反思甚至拒絕人間的禮義真理；無為而為，則必然導致主張「順應」人之「德」而拒絕「矯飾」之。然而細考之，無為與自然，其樞機實為一個「真」字。此「真」不同於儒家的「誠」——儒家的「誠」兼涉真善，其功用是建構儒家理想的人間秩序；老子的「真」[130]則與人倫無關，乃是一種本真，是「道」所賦予的「德」，此「德」拒絕知識、慾望、倫理以及一切文明的矯飾。

最能揭示老子拒絕人文矯飾觀念的，乃是所謂「嬰兒」、「赤子」，因為「嬰兒」、「赤子」最近於老子理想之「道」、「德」，最近於老子無欲、無飾、無為、自然以及真實的境界，所謂「我獨怕兮其未兆，如嬰兒之未孩」[131]，「常德不離，復歸於嬰兒」[132]，以及「含德之厚，

---

[130]《老子》第二十一章：「其精甚真。」河上公注：「言存精氣，其妙甚真，非有飾也。」《老子》第四十一章：「質真若渝。」河上公注：「質樸之人，若五色有渝，淺不明。」可知老子的「真」，有原始的質樸，無文明的外飾。此間河上公注文，依據涵芬樓四部叢刊影印本的《老子道德經》。

[131]《老子・第二十章》。《說文解字》：「怕，無為也。」「我獨怕兮其未兆」，河上公注云：「我獨怕然安靜，未有情欲之形兆也。」據涵芬樓四部叢刊影印本。

[132]《老子・第二十八章》。王弼注云：「嬰兒不用智，而合自然之智。」許嘯天注云：「最高的德，不離身體，事事出於自然，與天道合而為一……和嬰兒一般。」俱見許嘯天編著《老子》，前引書，第101頁。

比於赤子」[133]，等等。以「嬰兒」、「赤子」為「道」、「德」的完美象徵，這是老子誠論的重要一環，它將深刻影響此後的中國文學真實觀念，並在二千載以後依然激起巨大的回聲。

老子所謂「道」與「德」，所謂自然、無為，所謂「嬰兒」、「赤子」，與儒家的仁義禮智無涉。仁義禮智是人倫真理，對於孔、孟、荀而言，具有正面、崇高、關鍵的價值，然揆諸老子，則儒家的真理恰是謬說：

> 失道而後德，失德而後仁，失仁而後義，失義而後禮。夫禮者，忠信之薄，而亂之首。前識者，道之華，而愚之始。是以大丈夫處其厚，不居其薄；處其實，不居其華。故去彼存此。[134]

在老子的觀念中，仁義禮智居於「道」、「德」之下，矯飾而不自然，華而不實，偽而不真。仁義禮智所指向的崇高人格和偉大理想，俱是失「道」背「德」的修飾，迂腐不切的人偽，無從治療天下擾攘、禮崩樂壞、人欲橫流的時代痼疾。老子逆儒家而動，倡言「絕聖棄智，民利百倍」，

---

[133]《老子・第五十五章》。宋范應元云：「含德者，其德不形」，「赤子者，嬰兒未孩之時，以譬一毫無私欲偽情也。」近人張之純云：「赤子，嬰兒也。天真未鑿，無施無為，故以為比。」參閱許嘯天編著《老子》，前引書，第191頁。

[134]《老子》第三十八章。

「絕仁棄義，民復孝慈」，「絕巧棄利，盜賊無有」[135]，「見素抱樸，少私寡欲」[136]，即反對一切人倫與文明的裝飾、藉口與勉強，主張退守「嬰兒」、「赤子」未被人倫和文明薰染的狀態，無知無欲，存「道」「德」之實而去「禮」「義」之華，得自然之「真」而棄人倫之「偽」，「復歸於樸」[137]，「無為自化，清靜自正」[138]，相對於儒家，以「損」為法：

> 為學日益，為道日損。損之又損，以至於無為。無為而無不為矣。[139]

儒家走「益」的路子，道家走「損」的路子。道家的一般理解是，「益」之所「益」者，即為儒家強加於人的心性之上的「政教禮樂」，必然導致「情欲文飾」的氾濫；而「損」則離情斷慾，回歸「道」「德」，無知無慾無為，復

[135] 此處的引文，在郭店楚簡《老子》中作「絕智棄辯，民利百倍」，「絕巧棄利，盜賊亡有」，「絕偽棄慮，民復孝慈」。有學者以為此似表明「老子本人並未否定和擯棄儒家的『聖智』、『仁義』諸概念，而所謂『絕聖棄智』、『絕仁棄義』顯然為後來道家者流所改」，「這一事實從根本上推翻了延續二千年之久的老孔對立或老子反儒的學案，進一步凸現了中國傳統文化的源始的統一性」，云云。參閱侯才編著《郭店楚墓竹簡〈老子〉校讀》，大連出版社，1999年，第4、6頁。此且姑備一說。

[136]《老子・第十九章》。

[137]《老子・第二十八章》。河上公注云：「復當歸身於質樸，不復為文飾。」見於河上公注《老子道德經・反樸》。

[138] 司馬遷《史記・老子韓非列傳》，前引書，第2143頁。

[139]《老子》第四十八章。

如「嬰兒」[140]。從老子暗含的邏輯中，可以推知老子的言外之意是：「益」則近偽，「損」則趨真。

對這一點，所謂「信言不美，美言不信」[141]有更為明白的揭示：「美言」即是「益」，「益」則偽而傷真，故曰「不信」；「損」除「美言」，則可存真去偽，成為「信言」。「美言」不只是說表層的語詞修飾，也指稱儒家仁義禮智的價值附益，在老子看來，語詞的美化和價值的附益都遠離「道」「德」，不涉本真。

當然，在企圖將儒家的精心設想和崇高追求引向理論困境之際，老子的立論明顯有極端和勉強之處。但重要的是，老子在否定了儒家誠論的關鍵，亦即否定了仁義禮智的真理屬性及其對建構人間秩序的有效性之際，勾畫出了以「道」、「德」、無為、自然、真、樸、「嬰兒」、「赤子」、「信言不美」、「損」等語詞搭建起來的道家誠論話語結構，與儒家誠論迥然異趣。

老子的理論話語以某種貫通宇宙和人生的真理（如所謂「道」、「德」、自然、無為，等等）作為邏輯框架，因而，從根本上說，老子誠論的主導因素似乎也應該是真理之真而非經驗之真。但是，老子的理論不會僅僅作為反樸歸真

---

[140]河上公云：「『學』謂政教禮樂之學也，『日益』者，情欲文飾日以益多」，「『道』謂自然之道也，『日損』者，情欲文飾日以消損」，「損情欲，又損之」，「當恬惔如嬰兒，無所造為，情欲斷絕，德與道合，則無所不施、無所不為也」。見於河上公注《老子道德經・忘知》。

[141]《老子・第八十一章》。劉勰云：「老子疾偽，故稱『美言不信』」（《文心雕龍・情采》）。河上公注「信言不美」曰：「信者，如其實；不美者，樸且質也。」注「美言不信」曰：「滋美之言者，孳孳華詞；不信者，飾偽多空虛也。」見於河上公注《老子道德經・忘知》。

的修身號召和無為而治的政治指南而存在，其自然、無為的「真理」及其「損」的策略完全可能在人類實踐中被確立為文學的言說方式[142]，而一旦這樣的文學言說方式被確立起來，便可能使受其影響的文學抒發和文論表達擺脫儒家的理性和人倫真理，使之在越過儒家人倫話語的高牆深池之後，在「復歸於樸」的途中，以「嬰兒」、「赤子」看待和把握世界的方式，實現對心性之真、情志之誠的經驗性把握和透明而真切的、「自然而然」的書寫。誠然，老子誠論並未明確地致力於建構經驗之真，但是老子的表述自有其通往經驗之真的邏輯——不過，這是僅僅局促於老子那八十一章玄妙言說中所不可能發現的邏輯。這種邏輯只能在道家誠論與儒家誠論的實際對峙中才能發現。

儒家誠論偏重仁義禮智的真理性，而老子反對之；老子反對儒家的人倫，也反對一切人為的矯飾，主張「復歸於樸」，即復歸於真[143]；當然，老子所欲復歸的真並不直接就是誠論中的經驗之真，而是與人倫是非、人間秩序無關的本真，具有一定的絕對性。可以確認的是，儘管老子反對人為，從而邏輯地看，屬於人為的表達行為也在老子的反對之列；但是，老子與儒家的對峙和辯難顯然都只能在「人為」的表達中展開，表達是儒家和老子都必須立足於其上的基礎。文論是一種表達，如果老子在文論方面保持沈默或者說

[142]其實，倘推極老子「損」的策略，則所謂「文學」不可期矣——文學乃非「自然」而是「人偽」，本來就在被「損」之列。但是，若令其「損」的策略在文學之域展開，而不是「損」掉文學本身，則其對誠論乃有重要價值。

[143]王弼云：「樸，真也。」參閱許嘯天編著《老子》，前引書，第103頁。

堅持「無為」，則文論、誠論之域就不會存在老子與儒家的對峙；但是，如果老子與儒家在文論、誠論之域形成對峙，那麼，這種對峙的實質當然就是以人倫真理為軸心的儒家誠論與老子拒絕儒家人倫、歸於真、樸、自然、無為的主張之間的對峙。不過，既然是在文論、誠論之域與儒家對峙，則老子的真、樸、自然和無為只能是相對的（因為，如果是絕對的，則只能沈默不言，沈默不言則無所謂對峙）；關鍵是，這種相對的、與儒家的人倫真理對峙的真、樸、自然和無為主要是傾向於人倫真理意義上的「中節」還是個體經驗意義上的「率爾」？如果是前者，則即便是相對的真、樸、自然和無為也是不能成立的。故在誠論之域，老子的真、朴、自然和無為，老子的誠論，主要是指向個體經驗的「率爾」，即主要是個體經驗的相對自然的抒寫。故，在老子誠論與儒家誠論的實際對峙中，老子誠論的主導因素只可能是經驗之真。在中國誠論後來的歷史展開中，這一點將獲得證明。

　　應當承認，前文對所謂老子誠論的敘述似乎主要是糾纏於哲學問題，而且實質性的部分基本屬於邏輯推導——這也是迫不得已，因為老子主要是在妙論玄理，而對純粹的文論問題則所涉不多、所言不明。但是，古典中國誠論的歷史行程卻使得老子誠論「不得不存在」，因為後世關於誠論的不少表述都是遠祧老子的觀念。在《老子》一書中，其精到的哲學表述，其「損」與「自然而然」的邏輯，甚至其「嬰兒」、「赤子」等理論意象，都使得古典中國誠論的重要一翼、即重視經驗之真的一翼獲得了堅實的理論據點。縱目中國誠論的整個歷史，即使老子的誠論僅僅處於「引而未發」的狀態，其勢也已經「躍如也」。

2.誠論之在莊子

《老子》與《莊子》，孰先孰後？莊子與老子，孰傳孰承？一般以為，先秦道家，老子與《老子》開其先河，而莊子與《莊子》揚其巨波；但也有學者以為《莊子》成書於前，而莊子是「中國道家思想之開山大宗師」[144]。孰是孰非，未可輕斷。然從誠論的統緒觀之，則指莊學源於老學，應無大謬。實際上老子之學往往展示為一種從宇宙論到人性論和政治論[145]的智慧，而其誠論觀念則甚為混沌；莊子似對老子的智慧有所發揚和昇華，使之在揭櫫政治之道[146]的同時亦稍「向內收」，「成為人生一種內在的精神境界」[147]，使之更具超越性，在客觀效果上也更切近藝術的精神，且似乎在老子誠論的混沌中透入了些許明朗的意味。如果說老子誠論尚幽暗不明地存在於邏輯狀態、宇宙論狀態、人性論狀態，需要從嗣後的歷史反觀之，需要推導之、引申之，方能勾畫出大致的輪廓，那麼，相對而言，莊子誠論已有甚為清晰的思路，從哲學到文論，推論與引申雖同樣難免，然檢閱

---

[144]錢穆《莊老通辨》，三聯書店，2002年，第3、22－101頁。

[145]譬如《老子》第五十七章：「我無為而民自化，我好靜而民自正，我無事而民自富，我無欲而民自樸。」這種「無為」、「無欲」實即政治論域的「無不為」、「大欲」。

[146]譬如《莊子・在宥》。按：此間引用《莊子》，依據的版本是郭象注《南華真經》（涵芬樓四部叢刊影印本）和郭慶藩《莊子集釋》（中華書局，1961年）。

[147]徐復觀《中國人性論史・先秦篇》，前引書，第322頁。

《老子》與《莊子》可知，莊子誠論已遠不似老子誠論那般縹緲幽深、那般不易捕獲。倘老子誠論居於莊子誠論之後，則學理的發展過程乃為愈形幽微隱約而非漸次朗暢易明，此甚費解。故，這裏以老子誠論居前而以莊子誠論隨之。

老子誠論以「道」、「德」、「自然」、「無為」、「樸」等概念作為支撐，由此而在古典中國的歷史語境中悄然導出文學真實觀念的經驗真實一翼。莊子承其說，亦每在大致相同的意義上措用「道」、「德」、「自然」、「無為」、「樸」等概念。而在誠論之域，莊子更常使用的則為「天」、「真」，這是莊子誠論的根柢和標誌。莊子的「天」、「真」是萬物的本性，任此本性而「勿攖」，便是「自然」。「天」、「真」與「人」（人為）正相反對：

北海若曰：「……天在內，人在外，德在乎天。……」（河伯）曰：「何謂天？何謂人？」北海若曰：「牛馬四足，是謂天；落馬首，穿牛鼻，是謂人。故曰：無以人滅天，無以故滅命，無以得殉名，謹守而勿失，是謂反其真。」[148]

「天」是物之「德」、「性」，內在於萬物，使萬物自然自足。「人」則是基於功利打算而在自然之「德」、「性」、「天」之上強作人為的改造，即所謂「落（絡）馬首，穿牛鼻」。莊子站在道家任自然、黜人為的立場上批判「人」對於「天」的違逆，主張順自然而「反其真」，「反本還源，復於真性」[149]。只有循「天」去「人」，方能全性

[148]《莊子・秋水》。

[149]郭慶藩《莊子集釋》，前引書，第591頁。

保真，「不失其性命之情」[150]，也只有「順萬物之性」，方能無所「待」而任逍遙[151]。莊子之所以主張「刳心」、「無為為之」[152]，之所以鼓吹「墮肢體，黜聰明，離形去知，同於大通」的「坐忘」境界[153]，目的無非是確保人偽不起而「天」「真」不失。

倘窮究莊子捍衛「天」「真」的邏輯，則文學表達顯然應在被革除之列，因為，言、從而「五采」之言、從而今人所謂的「文學」，乃屬於「人」（人為）而不屬於「天」（自然），並且言之所言，不及於道，故莊子主張「不言」、「去言」，即所謂「滅文章，散五采」[154]，「意之所隨者，不可以言傳也」、「知者不言」[155]，「天地有大美而不言」、「至言去言」[156]，「狗不以善吠為良，人不以善言為賢」[157]。

不過，雖然莊子在理論上主張「不言」、「去言」，但「言」卻是不得不然之事，故莊子又對「言」多有正面立論，譬如，承接老子的「美言不信」，乃有所謂「道隱於

150《莊子・駢拇》。

151參閱郭慶藩對《逍遙遊》相關部分的釋義。郭慶藩《莊子集釋》，前引書，第20頁。

152郭象注「刳心」云：「有心則累其自然，故當刳而去之。」參見郭象注《南華真經・天地》。

153《莊子・大宗師》。

154《莊子・胠篋》。

155《莊子・天道》。

156《莊子・知北遊》。

157《莊子・徐无鬼》。

小成，言隱於榮華」[158]；相似於孔子拒斥「鮮矣仁」的「巧言令色」，莊子也反對「巧言偏辭」[159]。凡此，從表達角度看，似皆關乎莊子誠論。但是，莊子誠論的格局並非如此狹小。莊子在摒棄儒家的「仁義」規範[160]之時，似亦暗自同意於言有所本，在傾向於言必率爾之際，似亦不廢求「真」求「誠」。這正是莊子的誠論。

桑雽又曰：「舜之將死，真泠禹曰：『汝戒之哉！形莫若緣，情莫若率。』緣則不離，率則不勞。不離不勞，則不求文以待形。不求文以待形，固不待物。」[161]

「形莫若緣，情莫若率」可以引申為莊子誠論在表達方面的原則，所謂「緣」，即是「順」，「形莫若緣」即是「形必順物」[162]，似可引申為敘述之時順應事物的外在真實，不為虛文巧飾。所謂「率」，也是順而不矯之意，「情莫若率」即是「情必率中」[163]，似亦可引申為對人的性情本然的經驗性呈露，不矯以仁義之類。「緣」、「率」二

---

[158]《莊子・齊物論》。郭慶藩疏云：「小成者，謂仁義五德」，「世薄時澆，唯行仁義，不能行於大道，故言道隱於小成」，「榮華者，謂浮辯之辭，華美之言也。只為止於華辯，所以蔽隱至言。」參見郭慶藩《莊子集釋》，前引書，第64頁。

[159]即「忿設無由，巧言偏辭」，郭象注云：「夫忿怒之作，無他由也，常由巧言過實，偏辭失當耳。」參見郭象注《南華真經・人間世》。

[160]莊子以為儒家人為的、外在的「仁義」傷「樸」，且毀棄「道」「德」，故云「夫殘樸以為器，工匠之罪也；毀道德以為仁義，聖人之過也」，復云「夫仁義之行，唯且無誠」。分別參見《莊子》的《馬蹄》、《徐旡鬼》。

[161]《莊子・山木》。

[162]郭慶藩《莊子集釋》，前引書，第686頁。

[163]郭慶藩《莊子集釋》，前引書，第686頁。

義，皆可引申為以自然的法則追求表達的真切，「樸素而足」[164]。

不見其誠己而發，每發而不當；業入而不舍，每更為失。[165]

修胸中之誠，以應天地之情而勿攖。[166]

其書雖瑰瑋，而連犿無傷也；其辭雖參差，而諔詭可觀。彼其充實不可以已。[167]

——在此，「誠」凡二見，其中「不見其誠己而發」中的「誠己」相似於儒家的「思誠」，不過內涵到底不同，這裏的「誠己」是直呈情性之本然，近於習常所謂「誠實」，而統合上下，意為「發而不由己誠，何由而當」、「發由己誠，乃為得也」[168]。「修胸中之誠」，本指為政，但這個「誠」也是內在的「誠實」[169]，引申為屬文之道，未為不可——「誠」發為文與「誠」發為政，原本結構一律。要而言之，此間二「誠」，可以引申為莊子誠論要義：發為文者，須表達「胸中」的真誠。而「胸中」的真誠若「充實不可以已」，自可抵達立言的妙境[170]。

---

[164]郭象注《南華真經・山木》。

[165]《莊子・庚桑楚》。

[166]《莊子・徐無鬼》。

[167]《莊子・天下》。

[168]郭象注《南華真經・庚桑楚》。

[169]參閱郭慶藩《莊子集釋》，前引書，第830頁。

[170]徐復觀云：「按《天下篇》在莊子自述的這一段中『彼其充實不可以已』的這句話，從來都把它屬下讀」，而實際上「應當屬上讀，以說明上文所述之『其書』『其辭』，都是由『彼其充實不可以已』而來，這才文從義順。」徐復觀《中國藝術精神》，前引書，第84頁。

細考之，此間莊子誠論似與思孟誠論的相關內容甚為相近，譬如，莊子的「真」、「誠」，相似於思孟的「誠」、「有諸已」，莊子的「緣」、「率」，相似於思孟的率性合道，莊子的「充實不可以已」，相似於思孟的「充實為美」。不過，這種相似甚為表面，且無以淹沒其精神相違的實情：莊子的「緣」、「率」乃是隨性因情，剔除人偽，而思孟所率的「性」則為仁義禮智的善性，所合的「道」亦是人倫之道而非自然無為之道。思孟的「充實」乃是儒家道德情感的充實，而莊子的「充實」則首先「以虛靜為體」[171]，二者相去甚遠。思孟誠論的「誠」雖也有經驗性成分，但是以儒家的仁義禮智四端構成本性，且以之為「誠」中的主導因素，而莊子誠論的「真」則在理論上摒棄儒家的人倫道德因素，而近於天然的「純粹經驗」[172]，且指向超越的「遊」的境界，而不同於儒家仁義的「誠」直指天下事務、人間秩序。

簡言之，莊子誠論以「真」為抒寫的對象，以「緣」、「率」（實即「天」、「自然」）為抒寫的原則。「真」由於相對地剔除了人偽、人倫，故實為經驗之真，而「緣」、「率」、「天」、「自然」的抒寫原則確保了「真」的實現。莊子誠論經驗之「真」大別於思孟誠論倫理之「誠」，莊子誠論的「無為言之」[173]（解為「自然言之」亦未嘗不

---

[171] 徐復觀對此有深入論述，茲不欲詳作論列。參見徐復觀《中國藝術精神》，前引書，第70－71頁。

[172] 參閱馮友蘭論莊子時所謂的「純粹經驗（pure experience）」。馮友蘭《中國哲學史》（上），華東師範大學出版社，2000年，第184頁。

[173] 《莊子・天地》。

可）也迥異於荀子誠論的「化性起偽」。莊子誠論，承老子的學理，以經驗之真為旨，與人倫真理無涉。

3.先秦道家誠論的總結，以及其他

《莊子》一書中有《漁父》一篇，此篇言「真」、「誠」及其相關問題，頗為詳切。然《漁父》的作者恐非莊子，而為莊子後學[174]，故若徑將其納入莊子誠論以作參較，似甚冒險。不過，即便《漁父》誠為偽託之篇，亦不妨其精神屬於道家，故考道家誠論，亦不便棄之不顧——「孔子愀然曰：『請問何謂真？』客曰：『真者，精誠之至也。不精不誠，不能動人。故強哭者雖悲不哀，強怒者雖嚴不威，強親者雖笑不和。真悲無聲而哀，真怒未發而威，真親未笑而和。真在內者，神動於外，是所以貴真也。其用於人理也，事親則慈孝，事君則忠貞，飲酒則歡樂，處喪則悲哀。忠貞以功為主，飲酒以樂為主，處喪以哀為主，事親以適為主。功成之美，無一其跡矣；事親以適，不論所以矣；飲酒以樂，不選其具矣；處喪以哀，無問其禮矣。禮者，世俗之所為也；真者，所以受於天也，自然不可易也。故聖人法天貴真，不拘於俗；愚者反此。不能法天而恤於人，不知貴真，祿祿而受變於俗，故不足。惜哉，子之蚤湛於偽而晚聞大道

---

[174]蘇軾以為後人將《莊子》一書中本為一章的《寓言》和《列禦寇》列為今之兩章，並在其間加入偽託的《讓王》、《盜蹠》、《說劍》、《漁父》四篇（參見《東坡前集》卷三十二之《莊子祠堂記》）。章學誠云：《漁父》等篇「蘇氏謂之偽託」，「非偽託也，為莊氏之學者所附益耳」。參見章學誠《文史通義校注・言公上》，中華書局，1994年，第170頁。

也！』」[175]

雖語涉「真」「誠」，然此「真」為道家之「真」，此「誠」為「精誠」之「誠」，義歸老莊一路，殊非儒家之言。「真」意指「精誠之至」，所謂「真者不偽，精者不雜，誠者不矯也」[176]。考「強哭者雖悲不哀，強怒者雖嚴不威，強親者雖笑不和」、「真悲無聲而哀，真怒未發而威，真親未笑而和」諸語，可知此「真」也可指涉情志心性之真，倘無情志心性之真，勉力為之，矯揉偽飾，則未免「雖悲不哀」、「雖嚴不威」、「雖笑不和」，一言以蔽之，曰「不精不誠，不能動人」。此處「精誠」「動人」之義，相似於思孟誠論的「至誠而不動者，未之有也，不誠未有能動者也」[177]，但也只是貌似，實質迥然有別。另外，這段引文所謂「真」也涉及人倫事務（所謂「人理」）之用，如「事親」、「事君」、「飲酒」、「處喪」之類，似乎與道家的超然和逍遙頗為不諧，但此處既托言為「客」（即「漁父」）教誨孔子，語涉孔子習常所務的「人理」並以之作為譬喻也屬自然，況此「客」所強調的乃是道家之「真」而非儒家之「禮」。此「客」主張去「俗」之「禮」而存「天」之「真」，主張「法天貴真，不拘於俗」，實即以道家「大道」之「真」破儒家之「俗」與「偽」。此處所謂「真」對立於儒家人倫之「偽」，這是情志心性之真，經驗之真，這是先秦道家誠論的核心。

---

[175]《莊子・漁父》。

[176]郭慶藩《莊子集釋》，前引書，第1032頁。

[177]《孟子・離婁》。

倘若僅止於確認道家誠論的經驗性歸宿，則此番推求終嫌浮泛，因為尚有未盡之義存焉，而此未盡之義可能更為根本。故，不妨將問題引向深入：先秦道家以閃耀著真理色彩的「道」「德」為其立論基點，但其誠論的要義卻轉而為經驗之真，這是何故？

前文曾將這個問題置於老子誠論與儒家誠論的對峙之中考較推求，以為恰是老子自身的邏輯與歷史語境的結合使得老子誠論走向了經驗性。但是，同樣的推求未必適用於整個道家誠論，未必適用於莊子誠論。當然，關鍵問題不在老莊之間，而在儒道之間：作為儒家誠論核心的仁義禮智、人倫真理何以會同道家誠論由真、樸、自然和無為導出的經驗真實對峙？

不妨考察一下「用」與「無用」的問題。在人倫真理與經驗真實的博弈之中，儒家兼重二者，但視人倫真理為主導。之所以如此，乃是因為儒家雖然承認情動於中而發於外的必然性，但卻對人類情志、慾望的自發狀態充滿警惕和戒心。在儒家的理論系統中，這種警惕和戒心是必要的，因為，若縱容人的經驗性，使人類的情志、慾望氾濫無節，必然會導致禮崩樂壞、導致「亂」與「爭」、導致社會失序。故，儒家誠論以仁義禮智為主導，並以之規範「性之動」和喜怒哀樂之「發」，通過規範之「發」而歸於「和」，從而使人間秩序走向和諧。儒家持守這種誠論模式，只因這種模式有用，有維護和重建理想的人間秩序之用。孔孟荀儘管誠論各有特徵，但以功用為的彀則是三人一律。

道家在功用觀念上則並不一律，老莊之間有顯著差別。老子的哲學尚「無」，而老子之用則是無之用，是以無為用，是「無之以為用」[178]。而「無之」，自然也就「無」掉了儒家的仁義禮智、人倫真理——老子的功用觀念由此而異於儒家。老子以無為用，儒家以仁義禮智為用，這意味著：面對人的情志慾望，儒家能以仁義禮智制之導之，而老子則無以制導。儘管老子主張「無欲」，但是一旦「欲」生，一旦人類的表達面對著經驗性的「欲」、「情」、「志」，由於無以制導，並且老子又有「自然」「無為」的原則，那麼，自然而然的經驗性寫作就可能實現。儒家以仁義禮智為用，這使其誠論具有了理性的、節制的色彩；而老子以無為用，遂令其誠論通往經驗性的後門被悄然打開。

儘管對仁義禮智的態度不同，但是儒家和老子都熱衷於現實之用則是顯而易見的。因此，泛泛討論道家的非功利性並不適當。在一般哲學和誠論問題上，在非功利性的路上，真正走得遠一些的是莊子。莊子超越了老子的「無之以為用」，而主張以無用為用，與俗世之用保持盡可能巨大的距離：「今子有大樹，患其無用，何不樹之於無何有之鄉、廣莫之野，彷徨乎無為其側，逍遙乎寢臥其下？不夭斤斧，物無害者，無所可用，安所困苦哉！」[179]

只有無用、「不材」，方能全性保真、成為「神人」[180]；而全性保真至於「神人」，乃是無用之大用，是與俗世無關的、超然無羈的內心之用。俗世的無用與否，顯然是外在

---

[178]《老子》第十一章：「三十輻共一轂，當其無有車之用。埏埴以為器，當其無有器之用。鑿戶牖以為室，當其無，有室之用。故有之以為利，無之以為用。」

[179]《莊子・逍遙遊》。

[180]《莊子・人間世》：「嗟乎，神人以此不材！」

的判斷而非內在的體驗，是被俗世的價值規則衡量而非內心的「天」、「真」、「自然」，是「物於物」而非「物物」[181]，是「累」於俗世之中而非逍遙於「無何有之鄉、廣莫之野」。這顯示了莊子與儒家、與老子的不同：莊子並不關注外在的現實功用，而是收視反聽，注重內在的「天」「真」。在此情形下，如果形之於外，則其經驗性表達便獲得了雙重保障：第一，如同老子一樣，莊子拒絕仁義禮智，按照前面的邏輯推論，則在表達中，經驗性的「發」將無有節制、不受羈勒；第二，莊子的視點不在外在的俗世而在一己的「天」「真」，從而也不受外在世界的「用」的束縛，而能直面和表達內在的「真」。

在人倫真理問題上，儒家誠論與道家誠論異途而趨，前者以外在的價值、真理為制導系統，而後者以經驗的真實為「意外」的表達結果；在功用問題上，儒家誠論以人倫真理為用，從而走向對經驗的節制，老子誠論「無之以為用」，從而在客觀效果上解放了經驗，而莊子以無用為用，這使莊子誠論的經驗性比老子誠論更為徹底。

第三節　誠論之在墨韓詩騷

先秦誠論，儒道二家居其要，並且衍為此後中國誠論的主流。不過，先秦文獻中關乎表達的真實性、從而可引申為

[181]《莊子・山木》：「物物而不物於物，則胡可得而累邪？」

誠論者非獨儒道二家而已，故未可僅涉儒道而不及其餘。下文且略言墨子（約前468－前376）、韓非（約前280－前233）二家的相關言述，並且略涉《詩經》和《楚辭》。

墨子以功利立學，而衍為墨家。但其功利較之儒家，則別為一種。儒家的功利是企圖建立和諧的人間秩序，儒家、尤其是孔孟是懷著理想主義精神而追求人間秩序的大功利，他們的功利追求與儒家的道義理想融合為一，輻射著人類理想主義精神的耀眼光芒。而墨子的功利則為實利，其兼愛非攻、尚儉節用的哲學所注目的「天下之大利」[182]，實為「偏重民生」[183]、「注重算賬」的功利主義，認為「凡能使人民富庶之事物，皆為有用，否則皆為無益或有害」[184]。循此實利哲學的邏輯，墨子誠論既不像儒家那樣在人倫真理的主導之下兼顧文與心、志與言、立誠與修辭、情信與辭巧，也不像道家那樣在走向「天」「真」的途中充滿超越性、精神性。在墨子誠論之中，真實的唯有實利。墨子崇尚信實，「言合於意」[185]，主張言「無務為多」、「無務為文」[186]，正如荀子所謂「墨子蔽於用而不知文」[187]。其實，墨子並非「不知文」，只是不屑為文，凡以民生和實利為重者，大抵視文飾修辭為輕。但墨子誠論最重要的是言之「三表」、「三法」：「凡出言談，由文學之為道也，則不可而不先立

182《墨子・兼愛下》。據涵芬樓四部叢刊影印本。
183錢穆《國學概論》，商務印書館，1997年，第59頁。
184馮友蘭《中國哲學史》（上冊），前引書，第73頁。
185《墨子・經上》：「信，言合於意也。」
186《墨子・修身》。
187《荀子・解蔽》。

義法。若言而無義，譬猶立朝夕於運鈞之上也，則雖有巧工必不能得正焉。然今天下之情偽，未可得而識也，故使言有三法。三法者何也？有本之者，有原之者，有用之者。」[188]「於何本之？上本之於古者聖王之事。於何原之？下原察百姓耳目之實。於何用之？廢以為刑政，觀其中國家百姓人民之利。」[189]

言之為言，不在於「文」、不在於「巧」，而在於「義法」。「義法」即是判斷言之真偽（即「情偽」）的標準，也就是所謂「三表」、「三法」。「三表」、「三法」以真為基礎，以利為主旨；真是言之本原，而利是言之的彀。真包括「古者聖王之事」所賦予的歷史真理性，以及「百姓耳目之實」所給定的經驗真實性。利則是強調言之的彀、效果，強調言必中「國家百姓人民之利」。而就崇尚實利的墨子論之，在「三表」、「三法」之中，所謂「用」、所謂「廢（發）」、所謂「國家百姓人民之利」乃為主導。在墨子誠論中，唯一真實的只能是非關文飾、真切可觸的實利，而不是內心真誠的經驗性直抒，也不是人倫真理的一般性表述。

韓非之學集法家「三派之大成」[190]，以「法」、「術」、「勢」為要，而其本質也是熱衷於國家政治的大功利。韓非稱賞墨子的「言多不辯」、不「以文害用」[191]，反

---

[188]《墨子・非命中》。

[189]《墨子・非命上》。按：言有「三表」出於《墨子・非命上》、言有「三法」出於《墨子・非命中》，此處在不失原意的前提下從「三表」、「三法」中各取一部並重作組接。

[190]馮友蘭《中國哲學史》（上冊），前引書，第239頁。

[191]《韓非子・外儲說左上》。據涵芬樓四部叢刊影印本。

對「好辯說而不求其用，濫於文麗而不顧其功」[192]，可知法家在表達上也傾向於質實無文。在誠論之域，韓非與老子心有戚戚：「禮為情貌者也，文為質飾者也。夫君子取情而去貌，好質而惡飾。夫恃貌而論情者，其情惡也；須飾而論質者，其質衰也。何以論之？和氏之璧，不飾以五采；隋侯之珠，不飾以銀黃。其質至美，物不足以飾之。夫物之待飾而後行者，其質不美也。」[193]韓非解釋《老子》第三十八章，同時也自陳觀點。韓非唯重情實，不務文飾，遠離孔門的文質彬彬，而近於老聃所謂「信言不美，美言不信」、「處其實，不居其華」。但在誠論之域，韓非與老子也有區別。老子之學可能導向對經驗之真的抒寫，而韓非之論則很難。因為，在韓非以及前述墨子的理論中，並無老子哲學「自然」「無為」的觀念，因而不會尊重內在心性的本然，即便其輕視、否定文飾也不是因為文飾威脅到了心性本然，只是強調須以質實為要而已。實際上，以質實為要就是以功利為旨，而以功利、以實利為旨，就意味著直接的經驗性與一般的真理性都可能被義正詞嚴地拒絕和遮蔽。在後文將要述及的二十世紀的中國文學真實觀念中，以現實的功利、以政治的實利為出發點（或曰「立場」）而漠視、遮蔽和歪曲經驗之真與真理之真的情形，就是墨子韓非觀念的回聲。因此，即便韓非、墨子沒有誠論的表述，僅就其對於文學真實的影響而論，也當有所討論。

192《韓非子・亡徵》。
193《韓非子・解老》。

以上所論，皆為諸子。先秦誠論雖以儒道與百家的表述為主，但也略見於《詩經》與《楚辭》。對於作為文論話語的誠論而言，詩騷點滴之語，雖無理論系統，但也自有其不可替代的親切和深刻。

《詩經》與《楚辭》大抵以抒情為主，故其文學真實就是情感的真實。《詩經》之中，主要指稱情感的「心」字凡168見，故稱「《詩》言心」也可。《詩經》中所謂「心之憂矣，我歌且謠」[194]，所謂「君子作歌，維以告哀」[195]都顯示了「《詩》言心」、「《詩》言情」的結構，這是至為樸素和本色的誠論結構。以內心情志的真實為「歌」與「謠」的內在依據，摯切而直接，天真而無飾。故《詩經》非無誠論的表述，因為「心之憂矣，我歌且謠」昭然可睹。

如果說「心之憂矣，我歌且謠」是一種搖曳有致的誠論表述，那麼《楚辭》關於誠論的表述則充滿力量，譬如：「惜誦以致愍兮，發憤以抒情，所作忠而言之兮，指蒼天以為正」，「心郁邑余侘傺兮，又莫察余之中情，固煩言不可結詒兮，願陳志而無路」，「恐情質之不信兮，故重著以自明」[196]；「道思作頌，聊以自救兮」[197]；「介眇志之所惑兮，竊賦詩之所明」[198]。

情志鬱結，侘傺而憂憤，故集聚了巨大的心理能量，而這樣的能量在現實之中無以釋放（所謂「願陳志而無路」），

194《詩經・魏風・園有桃》。據涵芬樓四部叢刊影印本。
195《詩經・小雅・四月》。
196《楚辭・九章・惜誦》。據涵芬樓四部叢刊影印本。
197《楚辭・九章・抽思》。
198《楚辭・九章・悲回風》。

故見於詩中，「自明」其「情志」、「發憤以抒情」、「道思作頌」。「發憤以抒情」是中國誠論的重要表述，不是一般性的情志抒寫，而是強烈憂憤的沛然傾訴，飽含人間的悲愴與不平，蓄滿震撼人心的情感力量。「發憤以抒情」的誠論觀念關涉著文學最深切的經驗性本質，故從屈原到史遷，以至近世，從未斷絕。屈子言辭瑰麗奇幻，而劉勰謂之「酌奇而不失其真，翫華而不墜其實。」[199]，其所謂「真」、「實」，正是屈子「發憤以抒情」的「真」「實」情感。故《詩經》則「心之憂矣，我歌且謠」，《楚辭》則「發憤以抒憂」，是為詩騷的誠論。

此外，先秦其他文獻尚有一些涉及誠論的表述，如《左傳》、《呂氏春秋》，然皆不出儒家誠論框範，譬如所謂「志以發言，言以出信，信以立志，參以定之」[200]，譬如所謂「聖人修節以止欲，故不過行其情也」[201]，所謂「言者以諭意也」[202]，所謂「凡言者以諭心也」[203]，所謂「信立則虛言可以賞（鑒別）也」，「信之所及，盡制之矣」[204]，凡此，都可在儒家誠論之中找到立足之處。

先秦誠論的內容，大略如此。先秦誠論雖未道盡中國誠論的所有方面，但已規定了大致走向。先秦誠論是源，討得此源，則中國誠論之流盡收眼底。

---

[199]劉勰《文心雕龍・辨騷》。
[200]《春秋左傳・襄公二十七年》。
[201]《呂氏春秋・仲春紀・情欲》。
[202]《呂氏春秋・審應覽・離謂》。
[203]《呂氏春秋・審應覽・淫辭》。
[204]《呂氏春秋・離俗覽・貴信》。

2 經驗之真與儒家之道（一）——兩漢誠論

先秦誠論，見於諸子，儒道各成大端；殆及兩漢，順乎時勢，道儒遞相通變。兩漢誠論，大致分三個時期：西漢前期以道家誠論的經驗之真為主流，推尊「憤於中而形於外」的抒情原則，但儒家發而中節的精神隱約可睹；在西漢後期，儒家誠論的精神逐漸回歸，但尚未獨尊，而與其他文學真實觀念構成「雜語共生」的過渡性格局；東漢時期則以儒家誠論的人倫之真為主流，偏重毛詩的止乎禮義，著意考慮政治與人間秩序，成為在文學真實論域獨尊的意識形態，同時又有王充疾偽崇真的經驗性議論。大抵而論，兩漢誠論在經驗之真與人倫之真兩端之間呈現為均衡態勢。

第一節　西漢前期誠論

秦漢之交，天下擾攘，毀亂已甚，國衰民疲。及至漢興，瘡痍未復，故行道家休息之政，尚自然無為之學。於是，在西漢前期，彌漫著濃重的道家文化氛圍[1]，道家誠論成為當時文學真實觀念的主流。道家自然無為的觀念使道家誠論潛藏著通向經驗之真的幽微路徑，而循此路徑，偏於經驗之真的文學真實觀念遂在西漢前期彰明昭著。

當然，對擁有廣土眾民的大一統帝國而言，道家的無為而治、「在宥天下」不可能成為根本和長遠的政治策略。欲使天下長治久安，既需要儒家的禮義規範治世，也需要儒家的教化和理性治心，所以，即便在西漢前期，儒家的觀念雖非主流，但也從未失落。於是，西漢前期、乃至整個西漢的文學真實觀念，以道家誠論為主，而不廢儒家誠論旨趣。

1.《淮南子》的「憤於中而形於外」

西漢初年，誠論已有零星表述，且旨近儒家。陸賈嘗言：「是以君子居亂世則合道德，採微善，絕纖惡，修父子之禮，以及君臣之序，乃天地之通道，聖人之所不失也。故隱之則為道，布之則為文。詩在心為志，出口為辭，矯以雅僻，砥礪鈍才。雕琢文邪，抑定狐疑，通塞理順，分別然否。而情得以利，而性得以治，綿綿漠漠，以道制之。」[2]陸賈推尊儒家仁義之教[3]，故其所謂「道」是儒家的人倫真

[1] 西漢末年桓譚云：「昔老聃著虛無之言兩篇，薄仁義，非禮學，然後世好之者尚以為過於《五經》，自漢文、景之君及司馬遷皆有是言。」於此可知，道家思想在西漢前期確曾盛行一時。參見班固《漢書・揚雄傳贊》，中華書局，1962年，第3585頁。

[2] 陸賈《新語・慎微》。據涵芬樓四部叢刊影印本。

[3] 陸賈《新語・道基》云：「君以仁治，臣以義平」，「《鹿鳴》以仁求其群，《關雎》以義鳴其雄」，「《春秋》以仁義貶絕，《詩》以仁義存亡」。

理，注重建構人間秩序，而表達的本源正是真理性的儒家之「道」。「詩在心為志，出口為辭」的經驗性必須接受儒家人倫的真理性矯飾、「砥礪」、「雕琢」，即「以道制之」。陸賈的觀念，賈誼承之，有所謂「先王為天下設教」，「道人之情，以之為真」[4]，所謂「道者聖王之行也，文者聖王之辭也」[5]，這也是以儒家的人倫真理主宰內心經驗的法式。陸賈、賈誼的表述與先秦儒家誠論大抵相類，殊少新意，而且主要是在申說治道之時偶爾涉及，零星無統，也非主流。當時居誠論主流的，是道家一派，譬如《文子》[6]、《淮南子》，等等。

《文子》動輒稱述「老子曰」，而其誠論也的確本諸道家，尚無為，絕仁義，貴精誠，棄詐偽。《文子》主張「言有宗，事有本」[7]，強調言的內在的、真實的依據，即所謂「施而仁，言而信，怒而威，是以精誠為之者也」[8]。同時，《文子》否定儒家的禮制、人偽：「為禮者雕琢人性，矯拂其情」，「禮樂飾則生詐偽」[9]。

在《文子》之後，對道家誠論有所發揚的是《淮南子》。《淮南子》是西漢淮南王劉安召集門人賓客所著，時在武帝獨尊儒術之前。《淮南子》的主導思想屬於道家，其

4 賈誼《新書・六術》。據涵芬樓四部叢刊影印本。

5 賈誼《新書・大政上》。

6 關於《文子》成書的時間，王利器略有考論，嘗言「然則《文子》之成書，其在漢惠帝之時乎」。王利器《文子疏義》，中華書局，2000年，第6頁。

7 王利器《文子疏義・精誠》，前引書，第100頁。

8 王利器《文子疏義・上仁》，前引書，第438頁。

9 王利器《文子疏義・上禮》，前引書，第520、524頁。

理論表述也多有襲取《文子》者，但也兼採儒說。

先秦道家誠論以自然無為、棄絕仁義禮智為要旨，以傳遞經驗之真為結穴。但是，其間也有一個邏輯缺環：既是自然無為，豈有經驗之真的傳遞？如前文嘗言，道家與儒家之間的對峙和辯難只能在人為的表達中展開，而道家欲在文學表達上與儒家形成對峙，也必須形諸文辭，以誠論觀之，則道家之形諸文辭者，大抵並非仁義禮智的真理之真，而是對經驗之真的自然傳遞。這樣的論斷所依據的是實際發生的情形，而從邏輯上看，則並未彌合自然無為與傳遞經驗這兩者之間的鴻溝——限於老莊對此問題的忽略抑或回避，敘述先秦道家的誠論實際上也只能從儒道對峙的實際情形出發。到了西漢，方有《文子》、《淮南子》等著作彌合無為與無不為、自然無為與傳遞經驗之間的邏輯鴻溝。在此問題上，《淮南子》多襲《文子》之言[10]，而其論說則猶為顯明通達：「故自天子以下，至於庶人，四肢不動，思慮不用，事治求贍者，未之聞也。夫地勢水東流，人必事焉，然後水潦得穀行。禾稼春生，人必加功焉，故五穀得遂長。聽其自流，待其自生，則鯀禹之功不立，而後稷之智不用。若吾所謂無為者，私志不得入公道，嗜欲不得枉正術，循理而舉事，因資而立權，自然之勢而曲故不得容者。……若夫以火

[10] 譬如《文子・道原》曰：「故天下之事，不可為也，因其自然而推之」，「所謂無為者，不先物為也」，「無治者，不易自然也」，「無不治者，因物之相然也」，而《淮南子・原道訓》亦言「是故天下之事，不可為也，因其自然而推之」，「所謂無為者，不先物為也」，「所謂無不為者，因物之所為」。王利器《文子疏義・道原》，前引書，第11－13頁；《淮南子・原道訓》，據涵芬樓四部叢刊影印本。

熯井，以淮灌山，此用己而背自然，故謂之有為。[11]

這裏已然明示所謂「無為」並非「四肢不動，思慮不用」的「無為」，而是「循理而舉事，因資而立權」，是順「自然之勢」而不「背自然」，是在有所作為之際遵循自然之理。在誠論之域，循《淮南子》的邏輯視之，則自然無為非謂默然不語，而是令表述自然流貫、不假雕琢與矯飾。道家誠論由此圓通了邏輯。更進一步，經驗之真的表述也依循經驗的本然而「不以人易天」、「不以人滑天」[12]，不似儒家以人倫真理制之導之。

從自然無為的角度觀之，《淮南子》固然在邏輯上完善了先秦道家誠論，但同時，《淮南子》的誠論也因其有所作為而與儒家的經典表述接近，即《易傳》所謂的「順天而動」[13]。推原其本，《淮南子》的誠論屬於道家，主張「與道沈浮俛仰」[14]，「返性於初」、歸於質樸，而對儒家的人偽、儒家的仁義、儒家的人倫真理保持道家固有的距離之感甚至拒絕之意，以為「仁義不布，而萬物蕃殖，賞罰不施，而天下賓服，其道可以大美興，而難以算計舉也」[15]；然而，《淮南子》同時也承認儒家人倫真理在一定程度上的有效性，即所謂「仁者，所以救真也」，「義者，所以救失也」，「禮者，所以救淫也」，「樂者，所以救憂也」[16]。另外，《淮南

[11] 《淮南子・修務訓》。

[12] 《淮南子・原道訓》。

[13] 李澤厚《中國古代思想史論》，前引書，第143頁。

[14] 《淮南子・原道訓》。

[15] 《淮南子・俶真訓》。

[16] 《淮南子・本經訓》。

子》一方面秉承先秦道家誠論重質輕文、文飾損真的理論統緒，認為「飾其外者傷其內」，「見其文者蔽其質」，「羽翼美者傷骨骸，枝葉美者害根莖」[17]，但是另一方面又並不拒絕表達、拒絕「文」，而如同儒家一樣強調「必有其質，乃為之文」[18]。矛盾駁雜，只因兼採儒道之學所致。

《淮南子》的誠論表述以道家誠論經驗性的真誠、自然、質樸為主：「精神形於內而外諭哀於人心，此不傳之道」[19]；「古之為金石管弦者，所以宣樂也，兵革斧鉞者，所以飾怒也，觴酌俎豆酬酢之禮，所以效善也，衰絰菅屨，辟踊哭泣，所以諭哀也，此皆有充於內而成像於外」[20]；「心哀而歌不樂，心樂而哭不哀」，「文者所以接物也，情繫於中而欲發於外者也」[21]；「且喜怒哀樂，有感而自然者也，故哭之發於口，涕之出於目，此皆憤於中而形於外者也，譬若水之下流，煙之上尋也」，「故強哭者，雖病不哀，強親者，雖笑不和，情發於中而聲應於外」[22]；「譬猶不知音者之歌也，濁之則鬱而無轉，清之則燋而不謳，及至韓娥、秦青、薛談之謳，侯同曼聲之歌，憤於志，積於內，盈而發音，則莫不比於律而和於人心」[23]；「夫歌者，樂之徵也，哭者，悲之效也。憤於中則應於外，故在所以感」[24]。

---

[17]《淮南子・詮言訓》。
[18]《淮南子・本經訓》。
[19]《淮南子・覽冥訓》。
[20]《淮南子・主術訓》。
[21]《淮南子・繆稱訓》。
[22]《淮南子・齊俗訓》。
[23]《淮南子・氾論訓》。
[24]《淮南子・修務訓》。

繁瑣徵引，只為指陳《淮南子》的誠論要義：所謂「哀」、「樂」、「怒」、「悲」、「喜」，所謂「心」、「情」、「志」、「感」、「積」，都作為表達的對象或者表達的心理過程而繫連著人類表達的內在經驗性，都關涉經驗之真，而偏於經驗正是道家誠論的性質。然而《淮南子》並不只是聚焦經驗而已。此間徵引的觀念，大約可以「憤於中而形於外」一言以蔽之。這與先秦道家誠論的「貴真」題旨遙相呼應，即與《莊子・漁父》的「不精不誠，不能動人」、「強哭者雖悲不哀，強怒者雖嚴不威，強親者雖笑不和」如出一轍。「憤於中而形於外」，不但從情感抒寫的角度強調了道家誠論的經驗性，同時，也在這一併無人倫真理制約的表述之中、在《淮南子》循理舉事、棄絕人偽而又有所作為的邏輯之中，暗示了自然而然的抒寫旨趣，而正是自然而然的寫作，方能確保內在經驗的真切呈現與傳遞。當然，「憤於中而形於外」也與先秦儒家誠論的誠中形外有相似的結構，譬如《中庸》所謂「誠則形」，《禮記・樂記》所謂「和順積中而英華發外」，依據「誠則形」與「憤於中而形於外」之間的結構性相似，認為《淮南子》誠論對先秦儒家誠論的觀念有所採擷，大約並非無稽。但是，先秦儒家的「誠」，其意義除了經驗之真以外，也指涉真理之真，尤其是指涉儒家的人倫真理，故所謂「誠則形」並非經驗之真的自然抒寫，也涉及真理之真的人為牽制。「誠則形」與「憤於中而形於外」在相似的結構之下隱藏著的深刻差異，也就是儒道誠論的根本差異，而由此斷定《淮南子》誠論大抵應當隸屬道家，無甚疑義。

《淮南子》的誠論要義即是經驗之真與自然而然，「憤於中而形於外」。細思之，「憤於中而形於外」除了經驗之真與自然而然兩重意義之外，還有別一重意味：「憤」絕非一般性的情感經驗，而是如同屈原的「發憤以抒情」一般，是壓抑、不平、激憤的巨大情感力量，其表達常如江水之決堤，或如熔岩之噴湧。在文學真實論域，「憤於中而形於外」抒寫的是富於力量感的經驗真實。

2.司馬遷的「發憤」

在西漢，除了《淮南子》以外，傾向於充滿力量的「憤於中而形於外」的誠論主張者，還有司馬遷（前135－？），其所謂「賢聖發憤之所為作」，「此人皆意有所鬱結，不得通其道，故述往事，思來者」，「退論書策以舒其憤」[25]，皆同於《淮南子》的「憤於中而形於外」，強調文字背後的情感、經驗的真實，鬱結不通、憤而垂文的遒勁的真實，如班固所說的「幽而發憤，書亦信矣」[26]，或如劉勰言及「史遷之報任安」時所謂的「杼軸乎尺素，抑揚乎寸心」[27]。司馬遷鬱結不通、憤而垂文的文學真實觀念，也見於《史記・太史公自序》和《史記・屈原賈生列傳》。司馬遷稱述屈原「憂愁幽思而作《離騷》」、「屈原之作《離騷》，蓋自怨生也」[28]，其實也是司馬遷的自況。司馬遷在自況之際道出的

---

[25] 司馬遷《報任安書》，見於班固《漢書・司馬遷傳》，前引書，第2735頁。
[26] 班固《漢書・司馬遷傳》，前引書，第2735頁。
[27] 劉勰《文心雕龍・書記》。
[28] 司馬遷《史記・屈原賈生列傳》，前引書，2482頁。

發憤而作、蓋自怨生的文學真實觀念，不僅承接儒家的「詩可以怨」、屈原的「發憤以抒情」、《淮南子》的「憤於中而形於外」，而且，這種傾向於經驗之真的誠論觀念本身也帶著司馬遷個人深刻的經驗性。

儒家「詩可以怨」的經驗性必受「怨而不怒」的人倫理性的制約，司馬遷發憤而作的文學真實觀念似乎也在一定程度上向儒家中正無偏的人倫理性妥協，即司馬遷所稱許的「《國風》好色而不淫，《小雅》怨誹而不亂，若《離騷》者，可謂兼之矣」[29]。好色不淫、怨誹不亂乃與樂而不淫、怨而不怒的儒家教義同出一轍。由此可知，在文學真實觀念上，尤其在對內心經驗的表述方面，司馬遷兼跨儒道誠論。

除了內心經驗性以外，司馬遷對外在經驗性也甚為重視，主張「以實際生活體驗和考察作為寫作的源泉和基礎」[30]，其自述便顯示了這一點：「遷生龍門，耕牧河山之陽，年十歲則誦古文，二十而南游江淮，上會稽，探禹穴，闚九疑，浮於沅湘，北涉汶泗，講業齊魯之都，觀孔子之遺風，鄉射鄒、嶧，戹困鄱、薛、彭城，過梁、楚以歸」，「於是遷仕為郎中，奉使西征巴蜀以南，南略邛、笮、昆明，還報命」[31]。

可見，司馬遷的文學真實觀念，內外的經驗性並重，而尤以發憤而作、蓋自怨生為突出特徵。或者可以說，司馬

---

[29] 司馬遷《史記・屈原賈生列傳》。按：此論可能出自劉安（參閱張少康、劉三富《中國文學理論批評發展史》，上冊，北京大學出版社，1995年，第104頁），然則司馬遷既鄭重引用之，殆亦深許劉安之論。

[30] 曹順慶主編《兩漢文論譯注》，北京出版社，1988年，第61頁。

[31] 司馬遷《史記・太史公自序》，前引書，第3293頁。

遷的文學真實觀念，亦儒亦道，而又對道家誠論有所偏倚，這與司馬遷的哲學取向有關，正所謂「是非頗謬於聖人」、「論大道則先黃老而後六經」[32]。

綜上所述，從陸賈、賈誼、《文子》，到《淮南子》、司馬遷，西漢前期的文學真實觀念雖統攝儒道，終究以道家誠論為主流。這與西漢後期的情形有所不同，當然更迴異於東漢。

第二節　西漢後期誠論

「自武帝初立，魏其、武安侯為相而隆儒矣」，「及仲舒對冊，推明孔氏，抑黜百家」，「諸不在六藝之科孔子之術者，皆絕其道，勿使並進」[33]。漢武帝、魏其侯、武安侯、董仲舒之所以熱衷於「隆儒」，憑藉國家權力「推明孔氏，抑黜百家」，是因為儒家之學有助於建立「大一統」的社會秩序，鞏固帝國的皇權專制。尊儒學而黜百家，思想領域的歷史遂進入了西漢後期。在此時期，就對政治觀念的影響而論，道家之學滑向邊緣，漸趨式微。然而儒學「取得國家意識形態的地位」乃是「一個漫長的過程」，「直到東漢光武帝、明帝、章帝」之時，儒家之學方成為「國教」[34]。這就意味著，在西漢後期，儒學並不因政治性的提倡和尊崇

[32] 班固《漢書・司馬遷傳》，前引書，第2737－2738頁。
[33] 班固《漢書・董仲舒傳》，前引書，第2525頁。
[34] 葛兆光《中國思想史》，第一卷，復旦大學出版社，2000年，第388頁。

而在各個領域立刻獨尊。實際上，至少在文學真實論域，儒家誠論不因武帝對儒學的「推明」而獨霸話語，其他文學真實觀念也不因其各自所在的思想體系被武帝「抑黜」而頃刻消弭。尚未獨尊的儒家誠論與其他重要的文學真實觀念形成了「雜語共生」的共存格局。

1.董仲舒的「詩道志，故長於質；禮制節，故長於文」

西漢後期的誠論，以董仲舒（約前179－約前104）為起點。實際上，董仲舒與《淮南子》的召集人劉安（前179－前122）同齡，為司馬遷的「前輩」[35]。但在文學真實論域，董仲舒下開後世的風氣，這與《淮南子》和司馬遷的觀念頗異其趣，故將《淮南子》和司馬遷的文學真實觀念劃歸西漢前期誠論，而將董仲舒視為造成西漢後期誠論格局的重要學者。

董仲舒「混合」先秦儒家之學與陰陽之學，「把主要源於陰陽家的形上學的根據，與主要是儒家的政治、社會哲學結合起來」，「為當時政治、社會新秩序提供理論的根據」[36]。而在誠論之域，董仲舒在其雜糅各家的理論框架中所涉及的，大抵是先秦儒家誠論的基本問題[37]。不過，世易時

---

[35] 董仲舒與劉安皆生於西元前179年，司馬遷則大約生於西元前145年或者西元前135年。參閱《辭海・哲學分冊》，上海辭書出版社，1980年，第172－173頁。

[36] 馮友蘭《中國哲學簡史》，前引書，第165－166頁。

[37] 實際上，董仲舒雖學兼陰陽與儒家，但在誠論之域的具體表達則似乎不甚有陰陽之學的旨趣。真正在誠論問題上取天人感應的態度、兼採陰陽與儒學的是後來的翼奉。翼奉云：「人氣內逆，則感動天地，天變見於星氣日蝕，地變見於奇物震動」（荀悅《前漢紀・孝元皇帝紀》），「詩之為學，情性而已」，「觀性以歷，觀情以律」，「性中仁義，情

移，董仲舒在這些問題上的逡巡徘徊，已有了與先秦儒家略有不同的主張和迴乎不同的意義。

董仲舒論說的基礎也是儒家的「道」、儒家的「仁義禮樂」、儒家的教化與節制：「道者，所繇適於治之路也，仁義禮樂皆其具也」[38]。對文辭而言，「道」的目標、「仁義禮樂」的用途，悉為宰制經驗性的表達，使之出離於質樸之「性」而俯首於教化之「治」：「天令之謂命，命非聖人不行；質樸之謂性，性非教化不成；人欲之謂情，情非度制不節。是故王者上謹於承天意，以順命也；下務明教化民，以成性也；正法度之宜，別上下之序，以防欲也；修此三者，而大本舉矣。」[39]。從儒家誠論的角度觀察，董仲舒的表述與先秦儒家思孟一流所謂的「天命之謂性，率性之謂道，修道之謂教」之間存在著微妙的不同，也與荀子的「形而不為道，則不能無亂」之間深有歧異：思孟主張性善、主張恢復心性所固有的仁義禮智，但是其「率性」、「誠則形」的表達主張畢竟在很大程度上給了經驗之真以表達的合法性；荀子雖主性惡，但是對於心性的經驗性表達，並不是阻遏，而是以儒家的禮義引導之；然而董仲舒對內在的經驗性雖按照儒家的傳統而主張施行教化與節制，但是其建構專制秩序的

得公正貞廉，百年之精歲也」（班固《漢書・翼奉傳》）。詩主性情，這是翼奉強調經驗性的一面；「性中仁義，情得公正貞廉」，這是強調儒家人倫真理的一面；而性情繫連於陰陽、律曆、天地，這是受陰陽之學影響的一面。

[38] 此語出自董仲舒的「天人三策」。參見班固《漢書・董仲舒傳》，前引書，第2499頁。

[39] 班固《漢書・董仲舒傳》，第2515－2516頁。

用心則似乎有將儒家的節制進一步引向防堵的趨勢，即所謂「正法度之宜，別上下之序，以防欲也」，而「防欲」即是「防情」，因為「人欲之謂情」。由於「防欲」、「防情」，相對於先秦儒家誠論，經驗之真、尤其是內心經驗之真在表達上所剩下的空間似已更加局促，儒家人倫真理的決定性意義也比先秦儒家誠論更為突出，譬如在對「仁」的規定中，乃有所謂「無慼愁之欲」[40]——然而既然「慼」、「愁」已經不合於「仁」，則先秦儒家的「詩可以怨」（即便是「怨而不怒」）的經驗性表達自然也不合於「仁」。可知在董仲舒的理論框範之中，真理之真攻城掠地，而經驗之真城陷地削。

董仲舒重視「性情」，但是「性」、「情」被視為「質樸」而「不善」者，需要「王教」的矯正和統馭：「性待漸於教訓而後能為善」，「善，教訓之所然也，非質樸之所能至也」[41]。從而在表達上，「性情」的經驗之真是第二義的，而儒家「王教」、「教訓」所意味著的倫理之真則是第一義的。董仲舒以此使西漢前期道家誠論重視「憤於中而形於外」所意味著的自然、質樸、經驗之真的表達路徑不再暢行無礙於新的時代。

值得注意的是董仲舒對「志」的關注，譬如所謂「春秋之論事，莫重於志」、「春秋之好微與，其貴志也」[42]，等等。但此「志」似非「詩言志」的「志」，因為它幾乎

---

[40] 董仲舒《春秋繁露・必仁且智》。據涵芬樓四部叢刊影印本。

[41] 董仲舒《春秋繁露・實性》。

[42] 董仲舒《春秋繁露・玉杯》。

排除了內心經驗的含義，而純為儒家的倫理用心。董仲舒的「志」不關真實，而涉真理，故有所謂「春秋之書事，時詭其實，以有避也；其書人，時易其名，以有諱也」[43]。在這一點上，治《春秋公羊傳》的董仲舒與始行「《春秋》筆法」的孔子有相近之處：他們的重心都不是史事記載的真實性，而是儒家之道對於建構人間秩序而言的真理性。

董仲舒對「文」與「質」的關係也有議論，但是他的議論不同於先秦儒家誠論中的「文」、「質」觀念。董仲舒云：「志為質」，「文著於質，質不居文，文安施質；質文兩備，然後其禮成」，「俱不能備，而偏行之，寧有質而無文」，「詩道志，故長於質；禮制節，故長於文」[44]。既然董仲舒的「志」、從而「質」是倫理的用心、儒家之道，同時「文」是行節制之功的儒家之「禮」，也就是說，關涉表達的「文」與「質」兩大因素悉為儒家倫理之真所佔據，那麼經驗之真的表述將置於何處？

綜合以上推論可知，董仲舒在倫理之真與經驗之真的關係問題上，有比先秦儒家誠論更為偏頗的主張。當然，在誠論之域，董仲舒的意義並不僅限於此。當西漢前期「憤於中而形於外」、發憤而作、蓋自怨生的道家特徵一變而為董仲舒引啟的防欲防情、無感無愁、重視「道」、「禮」與「王教」的儒家風尚的時候，其理論姿態意味深長。在誠論之域，董仲舒改變了歷史，也創造了歷史。

---

[43] 董仲舒《春秋繁露・玉英》。

[44] 董仲舒《春秋繁露・玉杯》。

2.桓寬、劉向、揚雄：儒家誠論的一條線索

董仲舒之後，漢昭帝始元年間，「詔郡國舉賢良文學之士，問以民所疾苦，教化之要」，「皆對願罷鹽、鐵、酒榷均輸官，毋與天下爭利，視以儉節，然後教化可興」[45]，而御史大夫桑弘羊、丞相田千秋與之辯難，是為「鹽鐵會議」。「至宣帝時，汝南桓寬……推衍鹽鐵之議，增廣條目，極其論難，著數萬言，亦欲以究治亂，成一家之法焉」[46]，是為《鹽鐵論》。西漢後期誠論雜語共生的特徵在桓寬整理和推衍的《鹽鐵論》中昭然可睹。「賢良文學」在誠論之域大抵是崇倫理之真、申教化之要的儒家誠論，而「大夫」、「丞相」之論則旨近法家，並有道家遺風。自政見觀之，兩派針鋒相對，譬如「文學」以為「治人之道，防淫佚之原，廣道德之端，抑末利而開仁義，毋示以利，然後教化可興而風俗可移也」[47]（重儒家之倫理），而「大夫」的立場則是「安國家、利人民，不苟文繁眾辭而已」[48]（申法家之實利），同時也以為「至美素樸，物莫能飾也」、「至賢保真，偽文莫能增也」[49]。但在表達與真實的問題上，「賢良文學」與「大夫」、「丞相」則有相似的立足點，皆主「誠」、「實」而棄虛辭：譬如「大夫」以為「曾子倚山而吟，山鳥下翔，師

---

[45] 班固《漢書・食貨志》，前引書，第1176頁。
[46] 班固《漢書・公孫劉田王楊蔡陳鄭傳贊》，前引書，第2903頁。
[47] 桓寬《鹽鐵論・本議》。據涵芬樓四部叢刊影印本。
[48] 桓寬《鹽鐵論・相刺》。
[49] 桓寬《鹽鐵論・殊路》。

曠鼓琴，百獸率舞，未有善而不合，誠而不應者也」[50]，而「文學」也以為「誠信著乎天下，醇德流乎四海，則近者歌謳而樂之，遠者執禽而朝之」[51]；「丞相」言「虛禮無益」、「文實配行」，「孝在於質實，不在於飾貌」，而「文學」也稱「言而不誠，期而不信，臨難不勇，事君不忠，不孝之大者也」[52]。不過，這種對真實、真誠的共同強調並不意味著「賢良文學」與「大夫」、「丞相」有共同的誠論基礎。實際上，「賢良文學」的誠論基礎是儒家的倫理之真，即所謂「救偽以質，防失以禮」[53]、「德教廢而詐偽行，禮義壞而奸邪興，言無仁義也」[54]；而「大夫」、「丞相」的論議基礎則主要是法家的法令，即所謂「令者所以教民也，法者所以督奸也」[55]，同時也兼有道家與法家去文而尚真的理論傳統，即所謂「論者不期於麗辭而務在事實」[56]。《鹽鐵論》展現了在西漢後期的誠論之域，儒家思想系統與其他思想系統之間的對峙，也揭示了各家文學真實觀念並存的「雜語共生」的理論格局。

「鹽鐵會議」以漢昭帝對「賢良文學」的支持而結束，其後，儒家道德、倫理與價值觀念日益尊崇[57]，而文學真實觀念也日益從雜糅走向純粹，走向愈趨獨尊的儒家誠論，譬如

---

[50] 桓寬《鹽鐵論・相刺》。
[51] 桓寬《鹽鐵論・世務》。
[52] 桓寬《鹽鐵論・孝養》。
[53] 桓寬《鹽鐵論・錯幣》。
[54] 桓寬《鹽鐵論・刑德》。
[55] 桓寬《鹽鐵論・刑德》。
[56] 桓寬《鹽鐵論・相刺》。
[57] 參閱葛兆光《中國思想史》，第一卷，前引書，第386－387頁。

劉向（約前77－前6）的重申，以及揚雄（前53－後18）的推進。

劉向的思想，大抵以儒學為宗，故其在文學真實論域的表述，不出儒家誠論。劉向述稱孔子之言，「鐘鼓之聲，怒而擊之則武，憂而擊之則悲，喜而擊之則樂，其志變，其聲亦變，其志誠通乎金石，而況人乎」[58]；又引鍾子期與擊磬聲者的對話而云，「悲在心也，非在手也，非木非石也，悲於心而木石應之，以至誠故也」[59]；「見其誠心，而金石為之開，況人心乎，唱而不和，動而不隨，中必有不全者矣」[60]。凡此皆為重申先秦儒家、尤其是思孟一流「誠中形外」的誠論觀念，雖也主張儒家之「和」，但是內心的經驗之真畢竟獲得了足夠的重視，這是劉向與董仲舒的重要區別。此外，劉向復云「夫言者，所以抒其胸而發其情者也」[61]，亦云：「召公述職，當桑蠶之時，不欲變民事，故不入邑中，舍於甘棠之下，而聽斷焉。陝間之人，皆得其所。是故後世思而歌詠之。善之，故言之；言之不足，故嗟歎之；嗟歎之不足，故詠歌之。夫詩，思然後積，積然後滿，滿然後發，發由其道而致其位焉。」[62]劉向重申了先秦儒家誠論的「詩言志」觀念，同時也對孟子所謂「充實之謂美」有所發揚。約略相似於西漢前期道家誠論的「憤於中而形於外」，但區別還是存在的：「憤於中而形於外」固然與所謂「思然後積，

[58] 劉向《說苑・修文》。據涵芬樓四部叢刊影印本。
[59] 劉向《新序・雜事第四》。據涵芬樓四部叢刊影印本。
[60] 劉向《新序・雜事第四》。
[61] 劉向《說苑・尊賢》。
[62] 劉向《說苑・貴德》。

積然後滿，滿然後發」一樣，都對內心的經驗之真甚為重視，但是前者並未強調人倫的羈縻而一任經驗之真的自然抒寫，而後者之「思」則是對儒家聖人（召公）之「思」（思念），此「思」帶著濃重的儒家倫理色彩（所謂「善之」便透露了個中消息），同時，後者還有「發由其道」的附加規定，即「思」之「發」必中儒家之「道」。應該說明的是，劉向的論議，可能在語言層面上襲取了此前王褒的相近表述：「詩人感而後思，思而後積，積而後滿，滿而後作。言之不足，故嗟歎之，嗟歎之不足，故詠歌之，詠歌之不厭，不知手之舞之、足之蹈之也。」而王褒此言，亦主「思」之「作」合於儒家之道，所謂「中和感發，是以作歌而詠之也」[63]。

如果將劉向與揚雄略作比較，可以看出，劉向的文學真實觀念隸屬儒家，且近於樸素、正統的先秦儒家誠論；而揚雄雖以先秦儒家誠論為其文學真實觀念的主體，但又出入於道家、陰陽家之間。

揚雄既重真實「不妄」，也重傳遞「心聲」，譬如《法言》：「君子之言，幽必有驗乎明，遠必有驗乎近，大必有驗乎小，微必有驗乎著。無驗而言之謂妄。君子妄乎？不妄。言不能達其心，書不能達其言，難矣哉！……面相之辭相適於中心之所欲，通諸人之嚍嚍者莫如言。彌綸天下之事，記久明遠，著古昔之㫚㫚，傳千里之忞忞者，莫如書。故言，心聲也；書，心畫也。聲畫形，君子小人見矣。聲畫

[63] 王褒《四子講德論》，見於《六臣注文選》。據涵芬樓四部叢刊影印本。

者，君子小人之所以動情乎？」[64]揚雄所謂「有驗」，是基於「符合說」的真實觀念，強調表達的真實無妄，包括理之真實（所謂「幽必有驗乎明」、「微必有驗乎著」者，言理之「驗」也）、事之真實（所謂「彌綸天下之事」也）、心之真實（所謂「言不能達其心，……難矣哉」，所謂「言，心聲也」）。心之真實，即是儒家所謂的「誠」；但揚雄的「誠」，尤其指稱內在的「情」，故有所謂「聲畫者，君子小人之所以動情乎」。內在情志的真實無妄，是揚雄文學真實觀念的經驗性基礎。這種言為心聲的經驗之真，自揚雄而後，曾被兩千年來的學者不斷推重，譬如陸九淵云：「『言，心聲也』，不可托之以立詞之不善，當知是本根之病。能於此有感，則自可觸類而長矣。」[65]又如劉克莊云：「揚子雲曰『言，心聲也』。不得於心，有言焉者，否也。蓋心者，言之本根；言者，心之枝葉。……文詞得失，率此心為之。」[66]

然而作為以儒家思想為主的學者[67]，揚雄不可能在言為心聲的主張中放任「心聲」自由地滑行，而是與先秦儒家一樣，要求「心聲」中正不淫，即所謂「中正則雅」、「中正

[64] 揚雄《法言・問神》。李軌注云：「嚧嚧，猶憒憒也」，「昏昏，目所不見」，「忞忞，心所不了」。參閱李軌注《揚子法言・問神》。據涵芬樓四部叢刊影印本。

[65] 陸九淵《與包詳道》，見於《象山先生全集》卷第六。據涵芬樓四部叢刊影印本。

[66] 劉克莊《奉議郎太常博士夏錫初謚議》，見於《後村先生大全集》卷第一百九十六。據涵芬樓四部叢刊影印本。

[67] 馮友蘭云：「揚雄之學終以儒家為主，以孔子為宗。」馮友蘭《中國哲學史》，下冊，華東師範大學出版社，2000年，第63頁。

以平之」[68]。但是，如何保證「心聲」的中正不淫？揚雄主張原儒家之道，徵儒家之聖，宗儒家之經，以此防範和制約經驗之真的氾濫流蕩：

> 萬物紛錯，則懸諸天[69]；眾言淆亂，則折諸聖。
>
> 好書而不要諸仲尼，書肆也；好說而不要諸仲尼，說鈴也。君子言也無擇，聽也無淫。擇則亂，淫則辟。
>
> 詩人之賦麗以則，辭人之賦麗以淫。（《法言・吾子》）

揚雄突出了儒家之學在表達之域的重要地位，儒家的「道」、「聖」、「經」構成了一個不容置疑的真理系統，唯有在此真理系統的統馭之下，「言」、「說」、「賦」乃至所有的表達方能「無淫」且「則」，符合儒家的規範，而不至於落入荒誕「不經」[70]的境地。「心聲」的傳遞必須經過儒家之「道」、「聖」、「經」的重重攔截與過濾，而在攔截與過濾之後，作為經驗之真的「心聲」方能「發必中矣」[71]。當然，儒家之「道」、「聖」、「經」的攔截與過濾，當不致消滅「心聲」動人的力量，相反，「心聲」當會

---

[68] 揚雄《法言・吾子》。

[69] 揚雄《法言・學行》云：「天之道不在仲尼乎？」故「懸諸天」即是驗之以孔子之道、儒家之道。

[70] 揚雄《法言・問神》。

[71] 揚雄《法言・修身》云：「修身以為弓，矯思以為矢，立義以為的。奠而後發，發必中矣。」

由此而獲得一種純正的道德感，爆發出耀眼的道德光華：「或問，『君子言則成文，動則成德，何以也』，曰，『以其弸中而彪外也』。」[72]揚雄的「弸中彪外」承接孟子「充實為美」的誠論傳統，富於經驗與道德的雙重力量。「弸」於中者，是充滿經驗感的人倫之真，也是充滿道德感的經驗之真。

此外，揚雄與其前輩一樣，其文學真實觀念也體現於他對文質關係的思索：「夫作者貴其有循而體自然也。其所循也大，則其體也壯；其所循也小，則其體也瘠；其所循也直，則其體也渾；其所循也曲，則其體也散。故不攡所有，不強所無，譬諸身，增則贅，而割則虧[73]。故質幹在乎自然，華藻在乎人事。」[74]

在揚雄的文學真實觀念之中，儒道兩種思想資源的矛盾依稀可睹：揚雄推重儒家的「道」、「聖」、「經」，導致他在表達之中強調人為的制約，強調「道」、「聖」、「經」構成的真理系統的宰制地位；然而此間所謂貴有循而體自然，卻分明視自然的「質幹」為第一義，而將徒為「華藻」的「人事」視為第二義，由此又強調了人為未施的經驗之真、自然之真。這種矛盾也就是在誠論之域真切存在的「雜語共生」的話語現象。對揚雄而言，「雜語共生」並不

[72] 揚雄《法言・君子》。李軌注云：「弸，滿也。彪，文也。積行內滿，文辭外發。」參閱李軌注《揚子法言・君子》。

[73] 范望「解贊」云：「攡，去也，言述而不作，有則循而言之，無則不遷所益。猶人身體，不可損益也。」參見范望「解贊」的《太玄經・玄瑩》。據涵芬樓四部叢刊影印本。

[74] 揚雄《太玄經・玄瑩》。

僅僅體現為儒家、道家思想在其文學真實觀念之中的共存和對峙，也含有陰陽家思想的參與和建構，即便孔子的「文質彬彬」，也在揚雄那裏陷身於陰陽之學[75]，即所謂「陰斂其質，陽散其文，文質班班，萬物粲然」[76]。

大抵而言，西漢後期文學真實觀念的主要動向是儒家誠論在時風鼓蕩之下重振精神，雖暫與其他類型的觀念鼎立一時，而終有獨居主流的趨勢。

第三節　東漢誠論

儒家誠論經過西漢後期的振作，在東漢成為文學真實觀念的主流，甚至，它已不僅是文學真實觀念，而是體現於文論之域的政治意識形態。如果說先秦儒家誠論還是一種有關文學真實的觀念集合，那麼東漢的儒家誠論則最終成了文學真實論域的權力話語。

1.《毛詩序》與班固：「發乎情止乎禮義」的誠論結構

《毛詩序》和班固（32－92）是東漢誠論的重要標本，承續並發展了儒家誠論正統的幾乎所有特徵。

關於《毛詩序》的作者和時代問題，群言紛披。這裏

[75] 揚雄「辟陰陽家之言，使儒家之學與之分離」，但是「終未能完全脫陰陽家之見解」。參閱馮友蘭《中國哲學史》，下冊，前引書，第65、62頁。

[76] 揚雄《太玄經・文》。對於此間所引，范望「解贊」云：「行屬於火，謂之文者，言是時陰氣斂其形質，陽氣發而散之，華實彪炳，奐文章，故謂之文。」

採《後漢書》之說，認為《毛詩序》出於東漢光武帝時的衛宏，即所謂「初，九江謝曼卿善《毛詩》，乃為其訓」，「宏從曼卿受學，因作《毛詩序》，善得《風雅》之旨，於今傳於世」[77]。《毛詩序》延續了先秦儒家誠論的根本精神，使東漢的儒家誠論獨尊並且定型。

《毛詩序》對詩之為詩作了經驗性的規定[78]：

> 詩者，志之所之也，在心為志，發言為詩。情動於中而形於言，言之不足故嗟歎之，嗟歎之不足故永歌之，永歌之不足，不知手之舞之，足之蹈之也。

這是承接先秦儒家「詩言志」的表述，同時也強調了「情」的本原性地位。從結構上看，「情動於中而形於言」相似於西漢道家誠論的「憤於中而形於外」。但是，這裏的「情」比西漢的「憤」更有概括性，並且不似西漢道家誠論的「憤」那般一任經驗之真的噴湧而不施加人倫真理的羈勒，《毛詩序》力主在「情動於中而形於言」的同時，「發」而有所「止」：

> 故變風發乎情，止乎禮義。發乎情，民之性也；止乎禮義，先王之澤也。

[77] 范曄《後漢書・儒林傳》，中華書局，1965年，第2575頁。
[78] 此處引用的《毛詩序》依據阮元編《十三經注疏・毛詩正義》。

「變風」產生於「王道衰，禮義廢，政教失，國異政，家殊俗」的亂世，但是其所抒之情卻並不流於個體性怨憤之一發而不可收拾，而是在「傷人倫之廢，哀刑政之苛」之際，「吟詠情性以風其上」，使所謂「上」得以從「變風」的諷諭之中獲得「改惡為善」[79]的契機。因此，《毛詩序》是從人間秩序的建設性出發，執著於「發」的政教效果而不是「發」的情感根由。如果注目於「發」的政教效果，那麼，按照儒家的理想和先秦既有的誠論模式，作為人倫真理的儒家「禮義」必然凌駕於經驗真實之上，居於主導地位。「發乎情，止乎禮義」是《毛詩序》文學真實觀念的核心表述。其間，「發」是必然性的（所謂「民之性」者，便強調了這種不得不「發」的必然性），也是經驗性的；而所謂「止」，即是所謂「持」[80]，是藝術性的[81]，更是真理性的（所謂「先王」之遺澤，乃是締造儒家理想往世的和諧秩序的人倫真理，以及對此真理的繼承和認同）。「發乎情，止乎禮義」以內心經驗為本原，以人倫真理為制約，兼顧審美與道德價值，其間，對道德和人間秩序的關切主導著經驗性的審美表達：「先王以是經夫婦，成孝敬，厚人倫，美教化，移風俗。」只要儒家走「厚人倫，美教化」之路，則

[79] 孔穎達《毛詩正義・關雎》。

[80] 錢鍾書以為，「《詩緯含神霧》云：『詩者，持也』，即『止乎禮義』之『止』」，「陸龜蒙《自遣詩三十首・序》云：『詩者，持也，持其性情，使不暴去』；『暴去』者，『淫』、『傷』、『亂』、『怨』之謂，過度不中節也。」錢鍾書《管錐編》，第一冊，前引書，第57頁。

[81] 錢鍾書云：「『發』而能『止』，『之』而能『持』，則抒情通乎造藝，而非徒以宣洩為快有如西人所嘲『靈魂之便溺』矣。」錢鍾書《管錐編》，第一冊，前引書，第58頁。

儒家的人倫真理就必然主導、節制內心經驗的表達，從而弱化「情動於中而形於言」的經驗性，強化「發乎情，止乎禮義」的真理性。由此可知，在文學真實論域，《毛詩序》所涉及的經驗之真（所謂「情」是也）、真理之真（所謂「禮義」是也）、政教之用（所謂「厚人倫，美教化」是也）是三位一體的：政教之用心必然籲求對人倫真理的借重；而在誠論之域，人倫真理當然是作用於詩的表達；而詩的表達則斷乎不能離開經驗之真。

「發乎情，止乎禮義」是儒家誠論的經典概括。《毛詩序》如此，班固也不乖其精神。

班固是一個寫作有素的學者，重視經驗之真，並對此有直覺的把握，這從他對《詩經》的零星解讀可以探知一二，譬如：

> 《詩》曰：「四之日舉止，同我婦子，饁彼南畝。」又曰：「十月蟋蟀，入我床下，嗟我婦子，聿為改歲，入此室處。」……男女有不得其所者，因相與歌詠，各言其傷。[82]

相似於何休的「男女有所怨恨，相從而歌」，「饑者歌其食，勞者歌其事」[83]，班固所謂「男女有不得其所者，因相與歌詠，各言其傷」，也是有關經驗之真的表述。男女「相與歌詠，各言其傷」，便是班固對《詩經・豳風・七

[82] 班固《漢書・食貨志》，前引書，第1121頁。
[83] 何休《春秋公羊傳・宣公十五年解詁》。據阮元編《十三經注疏》。

月》的整體理解。聯繫此詩的其他部分，如「春日遲遲，采蘩祁祁，女心傷悲，殆及公子同歸」，可知班固的判斷是經驗性的，也是準確的。與班固的判斷大異其趣的是《毛詩・豳風・七月》的小序：「《七月》，陳王業也。周公遭變，故陳後稷先公風化之所由，致王業之艱難也。」[84]兩相比較，可以看出，《毛詩》小序是依附儒家之道的政治性解說，而班固的理解則基於個體的經驗之真。「各言其傷」是對《詩經・豳風・七月》的理解，同時也傳達出班固重視文學表達的經驗之真的觀念：「哀樂之心感，而歌詠之聲發」，「感於哀樂，緣事而發」，都是以經驗之真為本的文學真實觀念，是班固所謂「感物造耑」[85]。不論是心內的「哀樂」，還是心外的「事」，都有直接的經驗性，以此經驗性為基礎，「感」之、「緣」之、「發」之，方為真誠的寫作。

但是，班固畢竟是正統儒家人物的標本，他的文學真實觀念不脫儒家楷式。班固「各言其傷」、「緣事而發」的經驗性主張並不是沒有制約的憑虛飛揚之物，經驗之真在班固那裏必然落入儒家政治和倫理的規範之中，所以，緊隨這種經驗性觀念出現的是儒家的政教關切，即所謂「王者所以觀風俗，知得失，自考正也」[86]、「亦可以觀風俗，知薄厚云」[87]。班固的「觀風俗，知薄厚」，乃是繫連於《毛詩序》「厚人倫，美教化，移風俗」的儒家道德理想，而所謂

---

[84] 《毛詩・豳風・七月》。
[85] 班固《漢書・藝文志》，前引書，第1755頁。
[86] 班固《漢書・藝文志》，前引書，第1707頁。
[87] 班固《漢書・藝文志》，前引書，第1756頁。

「知得失，自考正」則繫連於儒家的政治理想。由此，詩歌已非單純的個體經驗的審美傳遞，而成為「王者」教化天下的感性情報，成為「王者」治理國家的民情參考，一種「有補於世」[88]的工具性存在。不過，既然「採詩之官」所採得的「代趙之謳，秦楚之風」是「王者」為了治天下化萬民而徵用的參考資料，是工具性存在，那麼，在工具化眼光的打量之下，詩歌的經驗之真處於什麼位置？實際上，儘管詩歌所反映的「風俗」、「薄厚」、政治「得失」的普遍意義從來就離不開詩歌的具體抒情，但只要視詩歌為政教的參考資料，其間的個體經驗性真實便不再矚目，甚至可能成為議論的盲區。班固的觀念重心顯然落在了「觀風俗，知得失，自考正」的工具性範疇，而非作為經驗之真的「哀樂」之情。

與既往的儒家學者一樣，班固主張以儒家之禮成節制之功，以儒家之樂收中和之效：「《六經》之道同歸，而《禮》、《樂》之用為急。治身者斯須忘禮，則暴嫚入之矣；為國者一朝失禮，則荒亂及之矣。人函天、地、陰、陽之氣，有喜、怒、哀、樂之情。天稟其性而不能節也，聖人能為之節而不能絕也，故象天、地而制禮、樂，所以通神明、立人倫、正情性、節萬事者也。」[89]儒家禮樂之用，是為了建構符合儒家理想的人間秩序，作為禮義核心的「三綱六紀」[90]，是主導人間萬事的人倫真理。自然，文學表達中

---

[88] 班固《漢書・楚元王傳贊》，前引書，第1972頁。

[89] 班固《漢書・禮樂志》，前引書，第1027頁。

[90] 班固纂集《白虎通德論・三綱六紀》云：「故君為臣綱，夫為妻綱。又曰，敬諸父兄。六紀道行，諸舅有義，族人有序，昆弟有親，師長有尊，朋友有舊。何謂綱紀？綱者，張也。紀者，理也。……所以強理上

的經驗之真應當接受儒家綱紀的節度，未可不假羈勒、憤而抒情。甚至，表達本身也不是以經驗之真為本原，而是以儒家道德為根由，即所謂「神明生道德，道德生文章」[91]。

班固在文學真實觀念上的儒家立場也體現於對屈原的評論：

> 今若屈原，露才揚己，競乎危國群小之間，以離讒賊。然責數懷王，怨惡椒蘭，愁神苦思，強非其人，忿懟不容，沈江而死，亦貶絜狂狷景行之士。多稱昆侖冥婚宓妃虛無之語，皆非法度之政、經義所載。[92]

既然「三綱六紀」是被規定的儒家人倫真理，既然「君為臣綱」，則屈原的「露才揚己」、「責數懷王」、「強非其人」等等皆乖儒家之道，不合倫理之真。在班固所處的時代，揚雄主張的原道、徵聖、宗經顯然已經成為新的正統觀念，於是，屈原非「法」、非「經」的「昆侖冥婚宓妃虛無之語」在與世界的物理性真實不相符合的同時，也不符合儒家真理。故，屈原在「昆侖冥婚宓妃虛無之語」的背面所積蓄的真誠的滿腔憂憤已被班固忽略不計，而屈原「發憤抒情」的文學真實觀念在此也幾乎被否定。

下，整齊人道也。」作為禮義的核心內容，「三綱六紀」顯然也是被確定的儒家人倫真理。

[91] 班固纂集《白虎通德論・天地》。

[92] 班固《離騷序》，見於涵芬樓四部叢刊影印本《楚辭》卷一。

班固的文學真實觀念本來並不排斥經驗之真，但是在班固的表述中更佔優勢的是儒家綱紀和道統的真理性，在此情形之下，內心的經驗之真只能被壓縮、節制甚至放逐。

2.王充的「實誠在胸臆，文墨著竹帛」

東漢時期，讖緯之學盛行。光武帝劉秀即是因應所謂《赤伏符》的讖語而起兵於亂世[93]。其後，圖讖、符瑞更在皇權的護衛之下成為俗世景觀[94]，虛偽不實之風寖成流俗，「虛妄顯於真，實誠亂於偽」[95]，「偽書俗文，多不實誠」[96]。在讖緯神學的「俗」、「偽」與經驗性「實誠」的對峙和緊張之中，東漢桓譚等學者疾偽崇真的論議應運而生，而王充也「以為俗儒守文，多失其真，乃閉門潛思」，「著《論衡》八十五篇」，「釋物類同異，正時俗嫌疑」[97]。王充云：「詩三百，一言以蔽之，曰：思無邪。《論衡》篇以十數，亦一言也，曰：疾虛妄。」[98]王充的文學真實觀念便潛

[93] 范曄《後漢書・光武帝紀》載：「行至鄗，光武先在長安時同舍生彊華自關中奉《赤伏符》，曰：『劉秀發兵捕不道，四夷雲集龍鬥野，四七之際火為主。』群臣因覆奏曰：『受命之符，人應為大，萬里合信，不議同情，周之白魚，曷足比焉？今上無天子，海內淆亂，符瑞之應，昭然著聞，宜答天神，以塞群望。』光武於是命有司設壇場於鄗南千秋亭五成陌。」范曄《後漢書・光武帝紀》，前引書，第21－22頁。

[94] 范曄《後漢書・桓譚列傳》載：「有詔會議靈台所處，帝謂譚曰：『吾欲以讖決之，何如？』譚默然良久，曰：『臣不讀讖。』帝問其故，譚複極言讖之非經。帝大怒曰：『桓譚非聖無法，將下斬之！』譚叩頭流血，良久乃得解。」范曄《後漢書・桓譚列傳》，前引書，第961頁。

[95] 王充《論衡・對作》。據涵芬樓四部叢刊影印本。

[96] 王充《論衡・自紀》。

[97] 范曄《後漢書・王充傳》，前引書，第1629頁。

[98] 王充《論衡・佚文》。

存於《論衡》「疾虛妄」的主張之中：「是故《論衡》之造也，起眾書並失實，虛妄之言勝真美也。故虛妄之語不黜，則華文不見息；華文放流，則實事不見用。故《論衡》者，所以銓輕重之言，立真偽之平；非苟調文飾辭，為奇偉之觀也。其本皆起人間有非，故盡思極心，以譏世俗。世俗之性，好奇怪之語，說虛妄之文。何則？實事不能快意，而華虛驚耳動心也。是故才能之士，好談論者，增益實事，為美盛之語；用筆墨者，造生空文，為虛妄之傳……冀悟迷惑之心，使知虛實之分，實虛之分定，而華偽之文滅；華偽之文滅，則純誠之化日以孳矣。」[99]

王充力主「純誠」和「真美」，棄絕「虛妄」和「華偽」。在此，「誠」與「真」乃為事體的真實，也就是說，王充用以擊破世俗的「虛妄」與「華偽」的，不是儒家抽象的人倫真理，而是經驗性的「實事」，甚至是身歷目見的「實事」，帶著樸素的色彩，並在一定程度上近於道家的「自然主義」[100]。王充的文學真實觀念是走經驗之真一路，而非當時正統儒家以人倫之真為主導的「發乎情止乎禮義」。但是，在經驗之真的路上，王充的步伐顯得機械，尤其是關於「增」的論議。「增」即誇飾。關於誇飾之用，王充認為：「言審莫過聖人，經藝萬世不易，猶或出溢，增過其實；增過其實，皆有事為，不妄亂誤，以少為多也。」[101]承認「增過其事，皆有事為」，可見王充對「增」、對誇飾

[99] 王充《論衡・對作》。
[100] 馮友蘭《中國哲學史》，下冊，前引書，第65－66頁。
[101] 王充《論衡・藝增》。

的目的並非不知，而且知道此「增」乃是「不妄亂誤，以少為多」，即在言辭表層的「增」與「妄」的背後，有更深刻的真實用心。但是，在《語增》、《藝增》和《儒增》各篇之中，王充的逐條解說則忽略了「增」所指向的目的和用心，而是在以「實」為「本」[102]的原則之下機械地糾纏於《尚書》、《詩經》等的文字細節與具體的生活經驗之間的差異，在一次又一次對「增」的判定中，雖其推論切於身歷目見之「實」，但卻與文學真實遙隔山河[103]。「增」或者說誇飾與文學真實之間的尺度，須到齊梁之間的劉勰方有確當的把握，即所謂「誇而有節，飾而不誣」[104]。

王充重視對實「理」的表達，重視「心」對「理」的把握：

> 選士以射，心平體正，執弓矢審固，然後射中。論說之出，猶弓矢之發也。論之應理，猶矢之中的。夫射以矢中效巧，論以文墨驗奇。奇巧俱發於心，其實一也。[105]
>
> 《論衡》細說微論，解釋世俗之疑，辨照是非之理……論者考之於心，效之以事，浮虛之事，輒立證

[102] 王充《論衡・藝增》。

[103] 即如王充《論衡・語增》云：「傳語曰：『聖人憂世，深思事勤，愁擾精神，感動形體，故稱堯若臘，舜若腒；桀紂之君，垂腴尺餘。』夫言聖人憂世念人，身體羸惡不能、身體肥澤可也，言堯舜若臘與腒，桀紂垂腴尺餘，增之也。」然則堯舜若臘若腒，雖「增」，卻使得其憂世勤政之風昭然；而桀紂身肥，「垂腴尺餘」，無非凸現其逸豫荒殆、不憂不勤。此為誇飾，不違文學真實，王充將此「增」視同虛妄，蓋亦偏矣。

[104] 劉勰《文心雕龍・誇飾》。

[105] 王充《論衡・超奇》。

驗。[106]

論貴是而不務華，事尚然而不高合。論說辯然否，安得不譎常心，逆俗耳？眾心非而不從，故喪黜其偽而存定其真。[107]

孟子曾謂「仁者如射，射者正已而後發」，王充取相近之喻而稱「心平體正，執弓矢審固，然後射中」、「論之應理，猶矢之中的」。孟子與王充都看到了「發」之中否與「心」、與「理」的關係。然而孟、王二者的差異也是顯而易見的：孟子之「發」，強調的是「心」對儒家真理「仁」的自覺，而王充之「發」，強調的是「心」對經驗所及之「理」、自然之「理」的把握。王充的「真」和「理」帶有身歷目見的特點，而孟子內心之「仁」則只是儒家的人倫真理。王充的「真」、「理」與「虛妄」相對，屬於虛實範疇；孟子的真理則屬於道德範疇。

不過，在誠論之域，王充更重要的貢獻是所謂「文由胸中而出，心以文為表」，「情見於辭，意驗於言」，「精誠由中，故其文語感動人深」[108]——不但接續了自先秦以降的文學真實觀念中的經驗之真一翼，而且有所發明。

有根株於下，有榮葉於上，有實核於內，有皮殼於外。文墨辭說，士之榮葉皮殼也。實誠在胸臆，文墨著竹帛，外

[106] 王充《論衡・對作》。
[107] 王充《論衡・自紀》。
[108] 王充《論衡・超奇》。

內表裏，自相副稱，意奮而筆縱，故文見而實露也。[109]

雖未明言，但王充「根株」、「榮葉」、「實核」、「皮殼」之論，大抵揭櫫了這樣一種文學真實觀念：以真誠的內心為「根株」或「實核」，以對真誠內心的抒寫、即「文墨辭說」為「榮葉」或「皮殼」，這也就是「實誠在胸臆，文墨著竹帛，外內表裏，自相副稱」的確切所指，與「修辭立其誠」有相同的結構。王充之言，也有唐代白居易所謂「根情苗言」的比喻和論議與之遙相呼應。這是一種強調內心真誠的文學真實觀念，而在強調內心真誠之際，並未同時強調儒家人倫真理的主導和節制。

到了王充的時代，兩漢誠論大抵已經完成，此後則為餘緒，無足觀。

[109] 王充《論衡・超奇》。

3 經驗之真（一）——魏晉南北朝誠論

魏晉時代，尤其是南朝，儒家的人倫真理已不再主導經驗之真，誠論格局再變，主題輾轉陵替。魏晉及南朝誠論以「情感」和「自然」為關鍵字，注目於個體的、本然的經驗之真，而儒家著眼於群類的人倫真理則漸次淡乎無跡，個體的內心經驗已經突破了儒家禮義的制導，雖衍出了「采濫忽真」之弊，終究有「情靈搖盪」之真。當然，南朝後期的文論經典，譬如劉勰的《文心雕龍》、鍾嶸的《詩品》，在文學真實方面的立論則與當時的綺靡文風相疏離，沉穩合度，至今閃光。另外，北朝以顏之推為代表的誠論表述則多少承襲了儒家的精神。

第一節　魏晉誠論

魏晉誠論源於漢魏之交的文學和文化觀念。建安之前的「兩漢之世，戶習七經，雖及子家，必緣經術」，遂使文學真實觀念終以儒家誠論為正統和主流，及至「魏武治國，頗雜刑名，文體因之，漸趨清峻」，「建武以還，士民秉禮，迨及建安，漸尚通脫，脫則侈陳哀樂，通則漸藻玄思」[1]。在此，通脫即「隨便」，即魯迅所謂「想說甚麼便說甚麼」[2]。通脫之風穿越了儒家的人倫制導，突出了文學表達的經驗之真、內心之真，這在內容之維確保了文學表達原初和直接的經驗性。而清峻，則為一種「簡約嚴明」的作風，與浮華和矯飾正相反對，這在形式之維也確保了文學表達的實而不虛。於是，魏晉誠論似與清峻、通脫的文風相聯相屬。

但是，漢魏之際的文學真實觀念並未因清峻通脫的文風而賡即棄絕儒家的人倫之真，徑以經驗之真為習尚。漢魏誠論有兩條發展線索，其一是在清峻通脫之中顯示的道家誠論趣味，其二則仍然偏執儒家的人倫真理，儒家的禮義、中正與教化，恰如王粲所謂「夫文學者，人倫之守，大教之本也」[3]。當然，其時重人倫之真的儒家誠論確呈式微之勢，而重經驗之真的道家誠論則愈趨主導。

1.漢魏誠論之在徐幹、曹丕

漢魏之交，劉劭曾謂，「凡人之質，量中和最貴矣」。「中和」大抵是儒家主張。劉劭同時也以為，「人物之本，出乎情性」，「剛柔明暢貞固之徵，著乎形容，見乎聲色，發乎情味，各如其象」，按照劉昞的理解，即「自然之理，神動形色，誠發於中，德輝外耀」。內有其德而發於形色，

---

[1] 劉師培《劉師培中古文學論集》，中國社會科學出版社，1997年，第8頁。

[2] 魯迅《魏晉風度及文章與藥及酒之關係》，見於《魯迅全集》，第1冊，新疆人民出版社，1995年，第784頁。

[3] 王粲《荊州文學記官志》，見於《全上古三代秦漢三國六朝文·全後漢文》，中華書局，1965年，第965頁。

因內而符外。雖則其間隱含的「自然之理」多少有些道家誠論的旨趣，但是劉劭的基本傾向還是儒家，以儒家的「仁」、「勇」、「智」為尚：「誠仁必有溫柔之色，誠勇必有矜奮之色，誠智必有明達之色」[4]。

在漢魏誠論之域，徐幹（171－218）的論議也以儒家的價值為主，認為「藝者，德之枝葉也，德者，人之根幹也」，「木無枝葉則不能豐其根幹，故謂之瘣，人無藝則不能成其德，故謂之野，若欲為夫君子，必兼之乎」，「既修其質，且加其文，文質著然後體全」，「故君子非仁不立，非義不行，非藝不治，非容不莊」。他所偏重的是儒家的文質彬彬，以及以「仁」、「義」為核心的人倫真理的主導作用，即以「仁」、「義」之「德」為表達的「根幹」。徐幹也有所謂「故言貌稱乎心志，藝能度乎德行，美在其中而暢於四支，純粹內實，光輝外著」，「故寶玉之山，土木必潤，盛德之士，文藝必眾」，這是對先秦儒家思孟一派「誠中形外」、「充實為美」的繼承，也是對荀子「玉在山而草木潤，淵生珠而崖不枯」[5]的沿襲。在突出內在「心志」作為「言貌」的決定性本原之時，也強調「德」、「盛德」，強調「度」與節制、中正不偏，即所謂「禮樂之本也者，其德音乎」，「故恭恪廉讓，藝之情也；中和平直，藝之實也」，「藝者，心之使也，仁之聲也，義之象也」[6]。徐幹的基本價值目標是喚起儒家人倫真理的充實與主導。

---

[4] 劉劭《人物志・九征》，劉昞注。據涵芬樓四部叢刊影印本。
[5] 《荀子・勸學》。
[6] 徐幹《中論・藝紀》。據涵芬樓四部叢刊影印本。

在呼喚儒家誠論的人倫真理之際，徐幹反對名實不符的「仁」、「義」打扮，特別關切內外一致的真實性。徐幹強調名實一致，在維護內心真誠、維護儒家道德的正當性的同時，強烈批判虛飾之風：「仲尼之沒於今，數百年矣。其間聖人不作，唐虞之法微，三代之教息；大道陵遲，人倫之中不定。於是惑世盜名之徒，因夫民之離聖教日久也，生邪端，造異術，假先王之遺訓，以緣飾之。文同而實違，貌合而情遠。」[7]漢魏之際的時風已漸次遠離了儒家的人倫真理，早已「人倫之中不定」，但由於儒家觀念在漢代的正統性和真理性，儘管許多士人的內心早已背棄儒道，而其言貌卻依然以儒家的人倫真理相標榜，遂致「緣飾」成風，文同實違，貌合情遠。徐幹以為，舉凡「飾非而言好，無倫而辭察」、「文辭聲氣足以飾之」、「欲而如讓，躁而如靜，幽而如明，跛而如正」諸端，「考其所由來，則非堯舜之律也，核其所自出，又非仲尼之門也」，「夫仁禮勇，道之美者也，然行之不以其正，則不免乎大惡」[8]。

「名」與「實」的問題，實為言與心的問題，此中辨析，深切關乎文學真實觀念。徐幹認為，「名者，所以名實也」，「實立而名從之，非名立而實從之也」，重視作為表達本原的「實」，承襲了儒家一貫的思路。然而在徐幹深入考論名實問題之際，他也沿用了道家的邏輯：「夫名之繫於實也，猶物之繫於時也。物者，春也吐華，夏也布葉，秋也雕零，冬也成實，斯無為而自成者也，若強為之則傷

---

[7] 徐幹《中論・考偽》。
[8] 徐幹《中論・考偽》。

其性矣。名亦如之。故偽名者，皆欲傷之者也。」[9]當徐幹將「名」與「實」的關係轉換成、或者說類比為「物」與「時」的關係的時候，儒家「名不正則言不順」的邏輯便轉換成了道家安時處順、自然無為的邏輯。於是，由「實」到「名」、由心到言的過程在此遂遵循道家自然而然、不傷其性的規定，而不是受制於儒家誠論的人倫真理。

漢魏因革，天下紛亂，曹操（155－220）用人，乃「唯才所宜」、「推誠心不為虛美」[10]，主張名實相符，實而不虛。而在文學真實論域，曹操雖無詳贍議論，但其詩章《步出夏門行・觀滄海》所謂「歌以詠志」，則多少顯示了對內心情志的重視。曹植（192－232）也有所謂「憒憒俗間，不辨偽真，願欲披心自說」[11]。曹丕對文學真實觀念也有零星表述，所謂「裁書敘心」[12]，「見意於篇籍」[13]。主張以詩文表達「志」、「心」、「意」，表明三曹對於經驗真實的抒寫乃共同屬意焉。但在曹丕（187－226）那裏，最有價值的文學真實觀念則潛存於別處，譬如所謂「銘誄尚實，詩賦欲麗」，「文以氣為主，氣之清濁有體，不可力強而致」。

關於「銘」、「誄」。漢魏之際，「讚頌銘誄之文，漸事虛辭，頗背立誠之旨」，「文而無實」[14]。在此情形下，

[9] 徐幹《中論・考偽》。

[10] 陳壽《三國志・魏書・荀彧傳》，中華書局，1959年，第313頁。

[11] 曹植《當牆欲高行》，見於《曹子建集》卷第六。據涵芬樓四部叢刊影印本。

[12] 曹丕《與吳質書》，見於《六臣注文選》。據涵芬樓四部叢刊影印本。

[13] 曹丕《典論・論文》，見於《六臣注文選》。

[14] 劉師培《劉師培中古文學論集》，前引書，第19－20頁。

曹丕提出「銘誄尚實」，其意義在於重新確立相關表述的真實性。其時曹植也有所謂「誄尚及哀」[15]，強調了「誄」文基於內心真實（即「哀」）的本原性。而桓範也批評了當時寫作銘誄的虛飾不實之風：「夫渝世富貴，乘時要世，爵以賂至，官以賄成。而門生故吏，合集財貨，刊石紀功，稱述勳德，高邈伊、周，下陵管、晏，遠追豹、產，近逾黃、邵；勢重者稱美，財富者文麗，欺耀當時，疑誤後世。」[16]此間曹丕、曹植對「銘」、「誄」寫作的真實性的倡導和桓範對「銘」、「誄」的虛浮寫作的指斥，顯示了求真棄偽的寫作原則。而這種寫作原則當然並不僅僅屬於「銘」、「誄」兩種文體。

關於「詩」、「賦」。在儒家誠論的大背景下思考曹丕的「詩賦欲麗」，可以探知漢魏之交文學真實觀念通向個體性和經驗性的幽微路徑。揚雄曾謂「詩人之賦麗以則，辭人之賦麗以淫」，其間「麗以則」顯示的是華麗寫作對儒家人倫真理的歸順，而「麗以淫」則顯示了華麗寫作對儒家人倫真理的棄絕。當曹丕主張「詩賦欲麗」的時候，實際上儒家的人倫真理已經處於其視野之外。當儒家的人倫真理被超越或者漠視之後，剩下的除了為華麗而華麗的寫作之外，自然是在華麗文辭背後沒有儒家「禮義」節制的經驗性。

關於「氣」。曹丕所謂「文以氣為主」勾勒了文章作風與人格特徵之間的關聯，繼承了先秦誠論在「文」與「人」

---

15 曹植《上卞太后誄表》，見於《曹子建集》卷第八。

16 桓範《世要論・銘誄》，見於《全上古三代秦漢三國六朝文・全三國文》，前引書，第1263頁。

之間建立的對應關係，譬如孟子所謂「詖辭知其所蔽，淫辭知其所陷，邪辭知其所離，遁辭知其所窮」，或者《周易·繫辭》所謂「將叛者其辭慚，中心疑者其辭枝，吉人之辭寡，躁人之辭多，誣善之人其辭遊，失其守者其辭屈」。然而，曹丕之言具有特別的時代意義。當他說到「氣之清濁有體，不可力強而致」、「雖在父兄，不能以移子弟」的時候，他實際上突出了寫作的個體性而非群類的整體性。在儒家誠論漸趨式微而道家誠論走向復興的過程中，對個體性的強調就是對經驗性的強調，就是對寫作之中經驗之真的特意重視和對儒家人倫真理的有意忽略，對「發乎情」的偏重和對「止乎禮義」的超越。六朝文學便證明了這一點。

曹丕的觀念依託帝王的「飛馳之勢」，影響了魏晉誠論的進程，以及特徵。

2.魏晉誠論之在阮籍、嵇康和陸機

如果說徐幹是以儒家的道統為主體、以道家的邏輯為旁支，那麼，到了曹丕那裏，儒家誠論的色彩已幾乎淡而無痕。降及阮籍（210－263），則是在哲學與處世的觀念上以道家之說為主，在文學真實論域，兼用儒道。

近人述及魏晉之世，嘗謂「道家之學既盛，人之行事，亦多以放達不守禮教為高」[17]。阮籍的基本思想傾向屬於道家，尚自然無為，「不守禮教」，正如史籍所謂「阮籍負才

[17] 馮友蘭《中國哲學史》，下冊，前引書，第81頁。

放誕，居喪無禮」[18]，「任性不羈」，「博覽群籍，尤好莊老」[19]，「時俗放蕩，不尊儒術，何晏、阮籍素有高名於世，口談浮虛，不遵禮法」[20]，「籍又能為青白眼，見禮俗之士，以白眼對之」，「著《達莊論》，敘無為之貴」[21]。阮籍信奉道家的自然無為，故對於儒家的人倫之真大抵持不信任甚至否定的態度，認為「汝君子之禮法，誠天下殘賊亂危死亡之術耳，而乃目以為美行不易之道，不亦過乎」，「不通於自然者，不足以言道」[22]。

不過，阮籍對儒家及儒家的人格、觀念似並無貶損之意，而每有贊佩之心，嘗謂儒家云：「儒者通六藝，立志不可幹」，「違禮不為動，非法不肯言」，「通道守詩書，義不受一餐」，「烈烈褒貶辭，老氏用長歎」[23]。

可知，阮籍面對儒家的態度實際上有些矛盾。而在藝術觀念上，尤其是文學真實觀念上，這種徘徊於儒道之間的矛盾尤為顯著。

阮籍曾經以儒家觀念考論「樂」的問題，表現了對於儒家人倫之真的歸附，主張「立調適之音，建平和之聲」，「下不思上之聲，君不欲臣之色，上下不爭而忠義成」，認為「正樂者，所以屏淫聲也」，「清廟之歌，詠成功之績，賓饗之詩，稱禮讓之則，百姓化其善，異俗服其德」，「此

[18] 房玄齡等《晉書・何曾傳》，中華書局，1974年，第995頁。
[19] 房玄齡等《晉書・阮籍傳》，前引書，第1359頁。
[20] 房玄齡等《晉書・裴頠傳》，前引書，第1044頁。
[21] 房玄齡等《晉書・阮籍傳》，前引書，第1361頁。
[22] 阮籍《大人先生傳》，見於《阮籍集》，上海古籍出版社，1978年。
[23] 阮籍《詠懷詩八十二首之六十》，見於《阮籍集》。

淫聲之所以薄，正樂之所以貴也」[24]，凡此論議，皆是以儒家的人倫真理為尺規。

而在詩歌寫作方面，阮籍有《詠懷詩》四言十三首、五言八十二首。總題「詠懷」，殆已表明阮籍認同以詩歌抒寫內心真實的觀念，認同經驗性的「詩言志」、「情動於中而形於言」。阮籍之詩，偏於直抒心志、自然無偽一路，其「徘徊將何見，憂思獨傷心」[25]一類的表達顯示了內心經驗之真在其寫作中的建構功能。但同樣在阮籍的詩中，儒家誠論的精神顯而易見：「感往悼來，懷古傷今。生年有命，時過慮深。何用寫思，嘯歌長吟。誰能秉志，如玉如金。處哀不傷，在樂不淫。恭承明訓，以慰我心。」[26]

對刻骨的憂傷意緒的抒寫可謂無遮無掩、自然而然，同時也表述了儒家發而有節的誠論原則，即「處哀不傷，在樂不淫」，這與先秦儒家「樂而不淫，哀而不傷」之說並無太大差異，都是對經驗之真的限定和規範。而此處必須「恭承」的「明訓」，正是儒家誠論的不淫不傷、中正平和的信條。可知，在文學真實論域，阮籍確為儒道並用，在表達內心之真的時候，既注重真實、自然、無偽，也注重合度中節。這種誠論觀念可能矛盾，但矛盾的兩端也可能互補。

[24] 阮籍《樂論》，見於《全上古三代秦漢三國六朝文・全三國文》，前引書，第1313－1314頁。

[25] 阮籍《詠懷詩八十二首之一》，見於《阮籍集》。

[26] 阮籍《詠懷詩》十三首之四，見於《阮籍集》。

與阮籍近似，嵇康（224－263）也「長好老莊」[27]，「志在守樸，養素全真」[28]，「越名教而任自然」[29]。嵇康的基本觀念與儒家人倫對峙，歸屬道家誠論。

雖然嵇康的《聲無哀樂論》認為音樂與人的喜怒哀樂並無必然關聯，即「心之與聲，明為二物」，但是嵇康卻承認詩歌與內心之間存在的深切聯繫，即「勞者歌其事」，「夫內有悲痛之心，則激切哀言，言比成詩」[30]，這與先秦兩漢的「發憤抒情」並無本質差異。與此同時，嵇康對儒家和法家的禮法持否定態度，認為「刑教爭施，天性喪真」[31]。嵇康秉承先秦道家的邏輯，拒絕儒家的人倫真理，倡揚自然、無為、天真，棄禮學而行放縱：「六經以抑引為主，人性以縱欲為歡，抑引則違其願，縱慾則得自然。然則自然之得，不由抑引之六經；全性之本，不須犯情之禮律。固之仁義務於禮偽，非養真之要術，廉讓生於爭奪，非自然之所出也。」[32]

在魏晉的道家思想氛圍中，對於嵇康之後的文學真實觀念而言，棄絕儒家的「仁義禮偽」，走向道家的自然無為，求得內心經驗的真實表達乃為必然之勢。儒家維護人間秩序的仁義道德已逐漸喪失了對社會、對人心、對文學表達中的經驗真實的制導功能，儒家的人倫真理逐漸由權力話語變成觀念領域的一種邊緣存在。在魏晉的世風和文學表達中，經

[27] 房玄齡等《晉書・嵇康傳》，前引書，第1369頁。
[28] 嵇康《幽憤詩》，見於《嵇中散集》卷一。據涵芬樓四部叢刊影印本。
[29] 嵇康《釋私論》，見於《嵇中散集》卷六。
[30] 嵇康《聲無哀樂論》，見於《嵇中散集》卷五。
[31] 嵇康《太師箴》，見於《嵇中散集》卷十。
[32] 嵇康《難自然好學論》，見於《嵇中散集》卷七。

驗性的放縱已經成為無可遏阻的時代洪流。

實際上，魏晉時代的思想主潮確實已將儒家的節制和規範遠拋身後。成書於當時的《列子・楊朱》[33]就棄絕儒家禮義，力主「貴生愛身」、放情肆志：「人之生也，奚為哉？奚樂哉？為美厚爾，為聲色爾」，「故從心而動，不違自然所好」；「晏平仲問養生於管夷吾，管夷吾曰，『肆之而已，勿壅勿閼』」；「欲尊禮義以誇人，矯情性以招名，吾以此為弗若死矣」[34]。

「從心而動，不違自然」，執迷於「美厚」、「聲色」且「勿壅勿閼」，否定作為儒家人倫真理的「禮義」以順情任性，這就是《列子・楊朱》的基本觀念，不像儒家那樣節制個體慾望、節制對個體欲望的表達，不把維護人間秩序置於表達個體情性之上，不把人倫真理置於個體經驗真實之上，申說了放情肆志的合法性。放情肆志是魏晉時代的現實，放情肆志的觀念浸潤於魏晉之世並影響和結構其後的文學真實觀念。擺脫儒家人倫真理制約的情感之真、欲求之真、經驗之真，將在文學表達之中獲得前所未有的闊大空間，而顯示這種文學真實觀念的理論表述，則如陸機（261－303）的《文賦》。

---

[33] 馮友蘭云：「《列子》一書，為魏晉時代人之作品。」馮友蘭《中國哲學史》，下冊，前引書，第85頁。

[34] 《列子・楊朱》。據涵芬樓四部叢刊影印本。

晉人陸機深探為文之道，雖然史稱「伏膺儒術，非禮不動」[35]，然其論議，往往忽略儒教而歸宗道家。在《文賦》之中，陸機較其前人更突出經驗性的觸動：「遵四時以歎逝，瞻萬物而思紛；悲落葉於勁秋，喜柔條於芳春。」人在面對四時更迭、萬物榮枯的時候，很容易思涉乎自身，很容易移情而有感，內外相應，隨悲隨喜。倘將這種對於時序和萬物的感發與觸動發為文辭，自然會突出內心之真、情感之真，並使文學表達與內心經驗貫通，內外一致：「信情貌之不差，故每變而在顏；思涉樂其必笑，方言哀而已歎。」

陸機對文體特徵的論列，也體現了對經驗之真、情感之真的崇尚：

詩緣情而綺靡。

李善注曰：「詩以言志，故曰『緣情』。」李周翰注曰：「詩言志，故『緣情』。」[36]李善與李周翰大抵是將詩之「言志」與詩之「緣情」視同一義，但於理未辨。「詩言志」有特定的儒家詩教內涵，包含著儒家人倫真理的考慮，主張對真實心志有所規範、有所制約，使其中正平和而不偏頗失度。將「言志」與「緣情」簡單等同，殊乖本然。清人紀昀的看法庶幾近之：「知發乎情而不必止乎禮義，自陸平原『緣情』一語引入歧途，其究乃至於繪畫橫陳，不誠已甚

[35] 房玄齡等《晉書・陸機傳》，前引書，第1467頁。

[36] 陸機《文賦》，見於《六臣注文選》卷十七。

與？」[37]顯然，在紀昀看來，陸機「緣情」之說擺脫了儒家人倫的束縛（即「不必止乎禮義」），任情而寫（只重「發乎情」的經驗真實[38]）。近人朱自清對此也深有洞見，以為陸機之時「『緣情』的五言詩發達了，『言志』以外迫切的需要一個新標目，於是陸機《文賦》第一次鑄成『詩緣情而綺靡』這個新語」[39]。「緣情」這個「新標目」意味著儒家人倫真理對經驗真實的主導和鉗制在六朝時期的結束。「緣情」一說在文學方面也有不良影響，即導致「重抒情者，流於淫放」[40]，多情感真實而少倫理節制。在情感真實的宣示無節上，陸機復云：

誄纏綿而悽愴。

李善注云：「誄以陳哀，故纏綿悽愴。」呂延濟注云：「誄敘哀情，故纏綿意密而悽愴悲心也。」[41]相對於曹丕的「銘誄尚實」，陸機的「纏綿而悽愴」所顯示的已非一般的「實」，在「纏綿悽愴」的哀情抒寫之中透露了摯切無節的個中消息。雖然陸機又有所謂「雖區分之在茲，亦禁邪而制放」的規定，但是並非以人倫之真去「禁邪」、「制放」，

---

[37] 紀昀《雲林詩鈔序》，見於《四庫全書總目》，中華書局影印本。

[38] 至於紀昀所謂「不誠已甚」，乃非謂「發乎情」為不真也，此間的「誠」，誠如前文曾經辨析過的，指稱儒家的「人倫之真」，故紀昀所謂「不誠」乃言不合儒家的人倫真理。

[39] 朱自清《詩言志辨》，見於《朱自清說詩》，前引書，第35頁。

[40] 劉大杰《中國文學批評史》，上冊，上海古籍出版社，1979年，第104頁。

[41] 陸機《文賦》，見於《六臣注文選》卷十七。

而是別有他意[42]。

如果說詩之「緣情」、誄之「纏綿悽愴」是宣示內心的真實，那麼陸機所謂「體物」則意在描摹外在世界的真實：

> 賦體物而瀏亮。

關於「體物」，李善注云：「賦以陳事，故曰『體物』。」李周翰注云：「賦象事，故『體物』。」[43]究其實，乃言賦體當以體察物情、真實刻寫為旨。「緣情」近於表現，「體物」近於再現。不過，「體物」其實不僅是描摹外在事物的真實，也關涉內心，從而晉人「體物」在一定意義上也有「緣情」的功能。「謝靈運在《山居賦》裏也說『援紙握管，……詩以言志』；他從山水的賞悟中歌詠自己的窮通出處——詩卻以『體物』著」[44]。反過來，也是以「體物」的真實而曲寫內心的真實、「歌詠自己的窮通出處」。

在文學真實論域，陸機的「緣情」標誌著不受儒家禮義教條、人倫真理節制的經驗抒寫、情感抒寫的全面開始。魏晉時期，文學自覺[45]，誠論也完成了從儒家的人倫真理話語到道家的經驗真實話語的轉換，完成了從作為政教話語的人倫之真到作為文學的學科話語的經驗之真的轉換。

---

[42] 關於「禁邪而制放」，唐人劉良注云：「『禁邪』，謂禁浮豔；『制放』，謂制抑疏遺。」陸機《文賦》，劉良注，見於《六臣注文選》卷十七。

[43] 陸機《文賦》，見於《六臣注文選》卷十七。

[44] 朱自清《詩言志辨》，見於《朱自清說詩》，前引書，第36頁。

[45] 魯迅《魏晉風度及文章與藥及酒之關係》，見於《魯迅全集》，第1冊，前引書，第785頁。

第二節　南北朝誠論

南朝誠論以梁代劉勰（約465－約532）、鍾嶸（？－約518）的表述為標誌。而在梁代以前，包括宋、齊，南方的文學寫作已經在很大程度上偏離了真實、真誠，對此，劉勰的概括是：「後之作者，採濫忽真，遠棄風雅，近師辭賦，故體情之制日疏，逐文之篇愈盛。故有志深軒冕，而泛詠皋壤。心纏幾務，而虛述人外。真宰弗存，翩其反矣。」[46]面對這種「採濫忽真」、「真宰弗存」的寫作情狀，劉勰、鍾嶸在誠論之域重申或者提出了一系列穩健的主張，企圖在文學寫作之中重現真實、誠篤、剛健、自然之風。他們的文學真實觀念不但在當時有糾偏之效，而且對後來文學真實理論的建構也有恆久的價值。

1.誠論之在劉勰：「綴文者情動而辭發」

梁代之人對文學表達的真實、真誠有清醒的認識，譬如蕭統即謂「睹物興情，更向篇什」[47]，重申「詩者，志之所之也，情動於中而形於言」[48]，偏向寫作之中「情」、「志」的經驗性真實。但這都是零散之語，至於大量論列，

---

[46] 劉勰《文心雕龍・情采》。

[47] 蕭統《答晉安王書》，見於《全上古三代秦漢三國六朝文・全梁文》，前引書，第3064頁。

[48] 蕭統《文選序》，見於《全上古三代秦漢三國六朝文・全梁文》，前引書，第3067頁。

則首推劉勰的《文心雕龍》。

劉勰的「真」，一是真理之真，一是經驗之真，二者為「立文之本源」：

> 情者文之經，辭者理之緯；經正而後緯成，理定而後辭暢——此立文之本源也。（《情采》）

情為真情，理為真理。一篇之中，文、辭是緯，為次；而情、理是經，為主。情、理之真不但在文章的構成中位居主導，而且也決定文辭之美，誠所謂「經正而後緯成，理定而後辭暢」。

劉勰的「理」，即是「道」或者「太極」。作為宇宙本體的「道」，形於自然，即是所謂「日月疊璧」、「山川煥綺」；行於人間，則為人倫真理，故謂「人文之元，肇自太極」（《原道》）。顯然，劉勰將道儒二家融會一體，兼用了二家的概念和觀念。同時，劉勰之「道」似乎也與佛理相關，就劉勰的學術構成而言，佛理佔有一定位置[49]，況《原道》一篇也有「道心惟微，神理設教」之說，「神理」即佛理。但是，文學寫作畢竟處乎人文之域、關乎人間秩序，所以，文學之道、文學寫作之中的真理之真，在劉勰那裏似乎更傾向於儒家的仁義道德，並在其主張節制的表述之中體現了儒家人倫的制導功能：「光采元聖，炳耀仁孝」（《原

---

[49] 《梁書・劉勰傳》云：「家貧不婚娶，依沙門僧祐，與之居處，積十餘年，遂博通經論，因區別部類，錄而序之。」姚思廉《梁書・劉勰傳》，中華書局，1973年，第710頁。

道》）；「詩者，持也，持人情性，三百之蔽，義歸『無邪』，持之為訓，有符焉爾」（《明詩》）；「夫樂本心術，故響浹肌髓，先王慎焉，務塞淫濫，敷訓胄子，必歌九德，故能情感七始，化動八風」，「故知詩為樂心，聲為樂體，樂體在聲，瞽師務調其器，樂心在詩，君子宜正其文」（《樂府》）。

所謂「仁孝」、「持人性情」與「無邪」、「務塞淫濫」與「化動八風」、「正」，都是注目於儒家人倫。其實，劉勰本就傾心儒家，曾在《序志》篇中自稱「齒在踰立，則嘗夜夢執丹漆之禮器，隨仲尼而南行」。

在真理之真這一維度之外，劉勰實際上更強調的是真誠的寫作，強調對真實心志、真實情感的真切表達。劉勰雖然尊「道」，但真正深究文理，體現文學自覺的，則是對經驗之真的強調，在他的論列中，經驗之真的份量超過真理之真：「然則志足而言文，情信而辭巧，乃含章之玉牒，秉文之金科矣」（《徵聖》）；「故文能宗經，體有六義，一則情深而不詭」，「三則事信而不誕」（《宗經》）；「大舜云，『詩言志，歌永言』，聖謨所析，義已明矣，是以『在心為志，發言為詩』，舒文載實，其在茲乎」，「人稟七情，應物斯感，感物吟志，莫非自然」（《明詩》）；「然懇惻者辭為心使，浮侈者情為文屈」，「子貢云『心以制之，言以結之』，蓋一辭意也」（《章表》）；「夫情動而言形，理發而文見，蓋沿隱以至顯，因內而符外者也」，「氣以實志，志以定言，吐納英華，莫非情性」，「辭為肌膚，志實骨髓」（《體性》）；「昔詩人什篇，為情而造文，辭人賦頌，為文而造情」，「蓋風雅之興，志思蓄憤，而吟詠情性，以諷其上，此為情而造文也」，「諸子之徒，心非鬱陶，苟馳誇飾，鬻聲釣世，此為文而造情也」，「故為情者要約而寫真，為文者淫麗而煩濫」，「夫桃李不言而成蹊，有實存也，男子樹蘭而不芳，無其情也，夫以草木之微，依情待實，況乎文章，述志為本，言與志反，文豈足徵」，「心術既形，英華乃贍」，「繁采寡情，味之必厭」（《情采》）；「夫才量學文，宜正體制，必以情志為神明，事義為骨髓，辭采為肌膚，宮商為聲氣」（《附會》）；「春秋代序，陰陽慘舒，物色之動，心亦搖焉」，「歲有其物，物有其容，情以物遷，辭以情發」，「寫氣圖貌，既隨物以宛轉，屬采附聲，亦與心而徘徊」（《物色》）；「夫綴文者情動而辭發」（《知音》）。

凡此，都是傾向於在文學寫作之中以心、志、情的經驗性為核心。然而從志足言文、情信辭巧到與心徘徊、情動辭發，嚴格地說，悉軌前修，並無突出的創見，因為從先秦到魏晉，發憤抒情、言志緣情已經成為強大的理論傳統，對經驗之真的論述，劉勰確已沒有太大的創新空間。但是，劉勰對經驗之真的大規模論列，畢竟前所未有地突出了其在文學寫作之中的關鍵地位。這不但是劉勰個人的主張，也是南朝誠論必然會有的時代特徵。在晉人陸機提出「緣情」一說以後，文學寫作本已不再可能對情感之真漠然以待。這是魏晉六朝的道家誠論對漢代儒家誠論的反撥，也是經驗之真對人倫之真的反撥。不過，劉勰的清醒之處在於，他並不贊同在情感之真、經驗之真的抒寫之中迷失方向、流蕩忘歸，而是主張「情深而不詭」、「事信而不誕」，始終以心的樸素、真誠與事的真實、「不誕」相尚，以「宗經」的正統品格抵禦時代的浮華作風。

在詩文之外，劉勰還主張「祝盟」之作以「立誠」為貴[50]，這也是對內心真誠的強調。而在「史傳」的寫作方面，劉勰既同意「尼父」褒貶善惡、「尊賢隱諱」的「《春秋》筆法」，也不廢「南董」的「良史之直筆」，也就是說，既贊成真理之真（以儒家之道以行褒貶、隱諱，主張歸於儒家所認可的「正」，「若任情失正，文其殆哉」[51]），也贊成經驗之真（注重記事的真實，直筆以書）。

2.鍾嶸的「直尋」與「真美」

清人章學誠論及劉勰的《文心雕龍》，嘗謂其「體大而慮周」、「籠罩群言」，正因為如此，故在文學真實論域，劉勰乃能採擷前人相關言述之大要，且兼顧儒道；鍾嶸的《詩品》則「思深而意遠」，「深從六藝溯流別」，「進窺天地之純、古人之大體」[52]，然後總結陳詞，遂以「直尋」一條標舉新意。

當然，鍾嶸文學真實觀念的立論根據依然是六朝之時顯著的情感之真、經驗之真。故相似於陸機的「悲落葉於勁秋，喜柔條於芳春」，相似於劉勰的「物色之動，心亦搖

[50] 劉勰云：「凡群言發華，而降神務實，修辭立誠，在於無愧。」復云：「立誠在肅，修辭必甘。」劉勰《文心雕龍・祝盟》。

[51] 劉勰《文心雕龍・史傳》。

[52] 章學誠《文史通義校注》，上冊，中華書局，1994年，第559頁。

焉」、「人稟七情，應物斯感，感物吟志，莫非自然」，鍾嶸乃有所謂「氣之動物，物之感人，故搖盪性情，行諸舞詠」[53]——人從外在事物那裏受到的經驗性感動，而這種經驗性感動又在文學寫作之中展示為情感真實。情感真實成為鍾嶸文學真實觀念的基礎。「春風春鳥，秋月秋蟬，夏雲暑雨，冬月祁寒」，「斯四候之感諸詩者也」，同時，嘉會、離群、征戰、死亡等人間事務也觸動詩情，「凡斯種種，感蕩心靈，非陳詩何以展其義，非長歌何以騁其情」[54]。

鍾嶸所見，儘是經驗之真對於詩歌寫作、對於詩人本身的意義。所謂陳詩展義、長歌騁情，正是應物斯感、情動言形的意思；而鍾嶸所謂「使窮賤易安，幽居靡悶，莫尚於詩矣」，則顯示了詩宣導詩人內心鬱積的功能，而這種宣導情感鬱積的詩歌正是痛苦詩人的「止痛藥和安神劑」[55]。倘所寫的情感不真不誠，則詩歌又如何能夠「止痛」和「安神」？

鍾嶸重視經驗表達、情感表達的純粹、直接，在追求「自然」和「真美」的途中，拒絕典故的矯飾：「至乎吟詠情性，亦何貴於用事？『思君如流水』，既是即目。『高臺多悲風』，亦惟所見。『清晨登隴首』，羌無故實。『明月照積雪』，詎出經史。觀古今勝語，多非補假，皆由直尋。顏延、謝莊，尤為繁密，於時化之。故大明、泰始中，文章

[53] 鍾嶸《詩品・序》，見於何文煥《歷代詩話》，上冊，中華書局，1981年，第2頁。
[54] 鍾嶸《詩品・序》，見於何文煥《歷代詩話》，上冊，前引書，第3頁。
[55] 錢鍾書《詩可以怨》，見於《錢鍾書散文》，前引書，第318頁。

殆同書抄。近任昉、王元長等，詞不貴奇，競須新事，爾來作者，浸以成俗。遂乃句無虛語，語無虛字，拘攣補衲，蠹文已甚。但自然英旨，罕值其人。」同樣，為實現真實無拘的經驗抒寫，鍾嶸也抵制聲韻的誘惑：「昔曹、劉殆文章之聖，陸、謝為體貳之才，銳精研思，千百年中，而不聞宮商之辨，四聲之論」，「王元長創其首謝、沈約揚其波。三賢或貴公子孫，幼有文辯，於是士流景慕，務為精密。襞積細微，專相凌架。故使文多拘忌，傷其真美。」[56]

在「吟詠情性」之中，在「即目」、「所見」的直接經驗性之中，鍾嶸所稱許的是風格自然的表達，是「自然英旨」，是「芙蓉出水」的自然性而非「錯彩鏤金」[57]的裝飾性。而寫作風格的自然，本身就意味著對未加矯飾的經驗真實的最高尊重。自然的前提就是經驗性和真實性。為了確保文學表達的「自然英旨」，鍾嶸提出「直尋」的概念，即對事物、經驗的直接注視，發於文辭，則是經驗之真的宛然呈露，而無須任何人為的典故裝修和聲律苛求。「句無虛語，語無虛字」的典故執迷，必會造成「拘攣補衲，蠹文已甚」的不堪結果，而過分的「宮商之辨，四聲之論」則會導致「文多拘忌，傷其真美」。「真美」即是真實本身所意味著的美，是經驗之真所呈現出來的美。

---

[56] 鍾嶸《詩品・序》，見於何文煥《歷代詩話》，上冊，前引書，第4－5頁。

[57] 鍾嶸《詩品・宋光祿大夫顏延之》，見於何文煥《歷代詩話》，上冊，前引書，第14頁。

3.蘇綽、顏之推與北朝誠論

南朝人偏重情感、經驗的真實性，而北朝人則相對推重儒家的倫理之真。北朝誠論的代表，有蘇綽（498－546）和顏之推（約531－590）。

蘇綽反對「江左」浮豔華靡的文風[58]，主張以儒家的人倫真理作為君臣共守的內在精神：「故為人君者，必心如清水，形如白玉，躬行仁義，躬行孝悌，躬行忠信，躬行禮讓」，「使百姓亹亹，日遷於善，邪偽之心，嗜欲之性，潛以消化，而不知其所以然，此之謂化也，然後教之以孝悌，使人慈愛，教之以仁順，使人和睦，教之以禮義，使人敬讓。」[59]在儒家仁義道德的教化之下，文學表達自然也須「一乎三代之彝典」（恰若「宗經」），「歸於道德仁義」（如同「原道」），在儒家人倫真理的框範內實現「捐厥華，即厥實，背厥偽，崇厥誠」[60]的理想。這裏所推重的「實」與「誠」並非南朝的經驗性真實，而是儒家質直、樸素的精神和仁義道德的混合物。

顏之推的基本觀念歸屬儒家[61]，而他在誠論之域的主張也不逾越此前的儒家園囿，偏重符合儒家之道的真誠，並且相

---

58 令狐德棻《周書・柳慶傳》載：「尚書蘇綽謂慶曰：『近代以來，文章華靡，逮於江左，彌復輕薄。』」中華書局，1971年，第370頁。

59 李延壽《北史・蘇綽傳》，中華書局，1974年，第2231－2232頁。

60 李延壽《北史・蘇綽傳》，前引書，第2241頁。

61 李延壽《北史・顏之推傳》云：「之推年十二，遇梁湘東王自講《莊》、《老》，之推便預門徒。虛談非其所好，還習《禮》、《傳》。」李延壽《北史・顏之推傳》，前引書，第2794頁。

似於劉勰的「因內而符外」，乃有所謂「名之與實，猶形之與影也」，「德藝周厚，則名必善焉，容色姝麗，則影必美焉」，「虙子賤云，『誠於此者形於彼』，人之虛實真偽在乎心，無不見乎跡」，「巧偽不如拙誠」[62]。

輾轉於儒家陳說之間，顏之推亦主「宗經」，以為「文章者，原出《五經》：詔命策檄，生於《書》者也，序述論議，生於《易》者也，歌詠賦頌，生於《詩》者也，祭祀哀誄，生於《禮》者也，書奏箴銘，生於《春秋》者也」[63]。既然「宗經」，則儒家的人倫真理自然成為其所有表達的主宰，也是其評判文學的標準。在顏之推對屈原、宋玉、司馬遷、揚雄以迄陸機、潘岳、謝靈運等人的評論中，經驗真實無一道及，而儒家道德則為準繩。

顏之推主張以儒家的節制應對經驗之真、性靈之真，他以為「自昔天子而有才華者，唯漢武、魏太祖、文帝、明帝、宋孝武帝，皆負世議，非懿德之君也」，「自子游、子夏、荀況、孟軻、枚乘、賈誼、蘇武、張衡、左思之儔，有盛名而免過患者，時復聞之，但其損敗居多耳」。原因何在？曰：「每嘗思之，原其所積，文章之體，標舉興會，發引性靈，使人矜伐，故忽於持操，果於進取。」即是說，「性靈」在文章之中被「發引」出來，即便真實無偽，也因「忽於持操」、缺乏儒家道德的節制而至於「損敗」。顯然，顏之推主張的節制，不但是針對浮豔文風，也針對經驗真實在寫作之中的「放逸」、「流宕」：「凡為文章，猶人

[62] 顏之推《顏氏家訓・名實》。據涵芬樓四部叢刊影印本。
[63] 顏之推《顏氏家訓・文章》。

乘騏驥，雖有逸氣，當以銜勒制之，勿使流亂軌躅，放意填坑岸也」；「文章當以理致為心腎」；「吾家世文章，甚為典正，不從流俗，梁孝元在蕃邸時，撰《西府新文》，訖無一篇見錄者，亦以不偶於世，無鄭、衛之音故也」[64]。

顏之推重視儒家的「理致」，節制內心的「逸氣」，津津樂道「吾家世文章」「無鄭衛之音」，其間，儒家倫理之真的宰制地位，判然已明。

[64] 顏之推《顏氏家訓・文章》。

4 經驗之真與儒家之道（二）——隋唐宋金元誠論

古典中國的誠論，在魏晉南北朝時期的主導傾向是偏於經驗性真實、尤其是偏於內心真實，而到了隋唐宋金元時期，則大體兼顧了文學真實的經驗性與真理性，雖則有時更為強調儒家倫理道德的真理性，有時又更為強調個體經驗的真實性，但是從隋至元，兩類主張，遞相起伏而又大致平衡。隋唐宋金元時期的誠論，既是對兩漢六朝誠論的全面繼承，又是卓有成效的超越；既體現了治世的必然要求和文學領域高尚的士大夫品格、體現了儒家理性在中國文學真實論域不可輕易撼動的地位，又體現了對經驗性真實的尊重。從學理邏輯觀之，隋唐宋金元時期的誠論較之此前幾無令人矚目的創新；但是，此期人倫之真與經驗之真在政治和文學的雙重反思的基礎上實現了大抵健康的平衡，是從古至今中國文學真實觀念的標本性段落。

第一節　隋唐誠論

隋唐主流的文學真實觀念走過了這樣一段路程：始則繼

承北朝誠論重視質實不虛、重視儒家倫理之真的觀念統緒，反對南朝文學偏於經驗之真卻又常常流蕩忘歸、淫濫無節的傾向；繼則強調文學表達的經驗性和自然風度；到中唐之際又偏重儒家人倫的真理性；降及晚唐，復又偏於經驗真實。整體觀之，人倫之真與經驗之真在隋唐時期的表述大致均勢。

1.隋與初唐、盛唐的誠論

隋朝立國，政統是繼承北周[1]，而其文化、文學觀念，也以北朝的觀念為宗；後煬帝雖「染受了南方文學風氣之薰陶」[2]，但其本人的詩文卻「歸於典制」、「詞無浮蕩」，在其影響之下，「當時綴文之士遂得依而取正焉」[3]。在文學真實論域，隋代學者承襲北朝蘇綽、顏之推等人的舊論，崇尚儒家的倫理之真，譬如李諤，王通。

隋文帝時，李諤認為「屬文之家，體尚輕薄，遞相師效，流宕忘反」，於是上書直陳魏晉以降的文學表達乃是「連篇累牘，不出月露之形，積案盈箱，唯是風雲之狀」，「以傲誕為清虛，以緣情為勳績，指儒素為古拙，用詞賦為君子」，「文筆日繁，其政日亂，良由棄大聖之軌模，構無用以為用也」，「損本逐末，流遍華壤，遞相師祖，久而愈扇。」[4]李諤對前代、尤其是對六朝文風的指控，其要義無

---

[1] 錢穆云：「隋制多沿於周。」錢穆《國史大綱》，上冊，商務印書館，1996年，第377頁。

[2] 錢穆《國史大綱》，上冊，前引書，第382頁。

[3] 魏徵等《隋書・文學傳》，中華書局，1973年，第1730頁。

[4] 李諤《上書正文體》，見於《全上古三代秦漢三國六朝文・全三國文》，前引書，第4135頁。

非是要回歸儒家的質實和理性，重新尊重儒家「大聖之軌模」，重視「文」的切實之「用」而非感性之「美」。易成就人間秩序的儒家人倫真理為「本」，而易流於恣縱無度的「緣情」的經驗之真則為「末」。李諤傾向於以「聖道」為歸依，「摒黜輕浮，遏止華偽」，「公私文翰，並宜實錄」。而其所主張的文學「政策」則是「自非懷經抱質，志道依仁，不得引預搢紳，參廁纓冕」，即利用仕途進退的宏觀調控來「鑽仰墳索，棄絕華綺」，以儒家倫理道德的真理性取代華偽綺靡的南朝經驗。在此，李諤的觀念表述是有偏頗的：公文的質實本與私人表達的經驗性並不矛盾，二者的功能不同，前者需要切於世用，重視其對人間秩序的價值，故強調儒家的人倫之真，而後者的功用在於審美，在於抒寫、宣洩性情，其對經驗性的尊重乃是內心的必然要求，也是審美文字的必然取向，不應以公文簡牘的質實無華覆蓋、拒絕私人抒情的自由度和經驗性。

實際上，李諤的主張乃有前人「宗經」的基因存焉，在文學真實論域，其觀念就是以儒家倫理的真理性為宗。王通（約584－618）紹其學統，雖主張「詩者民之性情也」[5]，強調心性之「誠」[6]，但他並不像「緣情」一說那般重視文學表述的經驗性，其觀念的結穴、其跟進的斷語乃是「惟有道者能之」，即「有儒道者能如此」[7]。王通在誠論之域的主張偏於儒家倫理之真，誠所謂「夫子之論詩」，「上達

[5] 王通《中說・關朗篇》。據涵芬樓四部叢刊影印本。
[6] 王通云：「推之以誠，則不言而信。」王通《中說・周公篇》。
[7] 是為王通《中說・周公篇》阮逸的注解。據涵芬樓四部叢刊影印本。

三綱，下達五常，於是徵存亡，辯得失，故小人歌之以貢其俗，君子賦之以見其志，聖人採之以觀其變」。在儒家建構人間秩序的功利用心支配之下，王通主張學術必須「貫乎道」，而在文學方面也主張「文者苟作云乎哉，必也濟乎義」[8]。所「貫」者無非儒家之「道」，所「濟」者無非儒家之「義」。王通批評了謝靈運、沈約、鮑照、江淹以迄謝朓、江總等六朝文人，以為其文或「傲」或「冶」，或「急以怨」或「怪以怒」，或「碎」或「誕」，或「淫」或「繁」，或「捷」或「虛」，皆失儒家道義之「正」；王通表彰顏延之、王儉、任昉，謂之「有君子之心焉，其文約以則」[9]，合於儒家法度，是「約以則」而非「淫無節」。所謂「則」，既是儒家的倫理道德法則，也是儒家的詩文表達原則。

暨乎初唐，隋人的學術主張依然有效，處帝王之尊者如李世民（598－649），也崇尚儒家倫理道德的真理性，反對「文體浮華，無益勸誡」的兩漢大賦[10]，甚至根本就輕視「文章」（即文學的華采，以為「凡人主惟在德行，何必要事文章耶」[11]，「君天下者，惟須正身修德而已，此外虛事，不足在懷」[12]。自然，六朝時代的「緣情」主張、經驗性真實由於非關「正身修德」的儒家事業，也落在了「何必要事」之列。李世民曾經賦詩自警，「恣情昏主多，克己明君鮮」，

---

8 王通《中說・天地篇》。

9 王通《中說・事君篇》。

10 參閱吳兢編《貞觀政要・論文史》。據涵芬樓四部叢刊影印本。

11 吳兢編《貞觀政要・論文史》。

12 吳兢編《貞觀政要・慎所好》。

稱讚魏徵「未嘗不約我以禮」[13]，於此可知，李世民傾向於以儒家之道節制情感。其時王勃（650－676）也持守正統的儒家誠論，稱「聖人以開物成務，君子以立言見志」，主張為文應當「顯明大義，矯正末流，俗化資以興衰，家國繇其輕重」[14]，這顯然也是為儒家誠論的真理性張目。

實際上，在文學真實論域，初唐學者大抵熱衷於儒家的人倫真理，強調功用，顯示了整肅人間秩序的治世用心，譬如魏征等人。

魏徵（580－643）不是單純的舞文弄墨之徒，而是政治人物，儒家學者，其言述重心，並非經驗性的「緣情」和文學性的「綺靡」，而是著眼於建構人間秩序的需要，主張以儒家之道填充於文學表述之中，認為文章所由，無非儒家的人倫真理而已，「夫仁義禮智，所以治國也」，而文章經籍「實仁義之陶鈞，誠道德之槖籥也」[15]。在充實了儒家倫理以後，文章方能發揚治世的功能，方能「經天地，緯陰陽，正紀綱，弘道德，顯仁足以利物，藏用足以獨善」，「樹風聲，流顯號，美教化，移風俗」[16]，或亦所謂「文章乃政化之黼黻」[17]，「文之為用，其大矣哉，上所以敷德教於下，下所以達情志於上，大則經緯天地，作訓垂範，次則風謠歌

---

[13] 尤袤《全唐詩話》，見於何文煥輯《歷代詩話》，上冊，前引書，第64頁。

[14] 王勃《上吏部裴侍郎啟》，見於《王子安集》卷第八。據涵芬樓四部叢刊影印本。

[15] 魏徵等《隋書・經籍志》，前引書，第903頁。

[16] 魏徵等《隋書・經籍志》，前引書，第903頁。

[17] 魏徵等《隋書・經籍志》，前引書，第909頁。

頌，匡主和民」[18]。既然魏徵的目光注視著儒家之道的真理性及其建構人間秩序的效用，那麼，文學寫作就不可能一任經驗真實的率意表達，而會取漢人「發」而有所「止」的抒寫方式，以儒家人倫制約經驗真實。這也是魏征重申「溫柔敦厚」、主張「先王設教，以防人欲，必本於人事，折之中道」[19]的緣由。

當然，作為一個素有文學眼光和寫作心得的學者，魏征也對經驗真實有所顧盼：「詩者，所以導達心靈，歌詠情志者也」，「上古人淳俗樸，情志未惑，其後君尊於上，臣卑於下，面稱為諂，目諫為謗，故誦美譏惡，以諷刺之」[20]；「或離讒放逐之臣，途窮後門之士，道轗軻而未遇，志鬱抑而不申，憤激委約之中，飛文魏闕之下，奮迅泥滓，自致青雲，振沈溺於一朝，流風聲於千載，往往而有。是以凡百君子，莫不用心焉」[21]。

凡此都是複述和肯定前人在經驗真實之域的相關論說，雖然這種肯定由於儒家人倫真理的制約而相當有限[22]（特別

---

[18] 魏徵等《隋書・文學傳序》，前引書，第1729頁。

[19] 魏徵等《隋書・經籍志》，前引書，第947－948頁。

[20] 魏徵等《隋書・經籍志》，前引書，第918頁。

[21] 魏徵等《隋書・文學傳序》，前引書，第1729頁。

[22] 譬如，在《隋書・經籍志》裏，魏征以為詩歌之作，「初但歌詠而已，後之君子，因被管弦，以存勸戒。……周氏始自後稷，而公劉克篤前烈，太王肇基王跡，文王光昭前緒，武王克平殷亂，成王、周公化至太平，誦美盛德，踵武相繼。幽、厲板蕩，怨刺並興。」這從詩的功用的角度表明魏徵對經驗之真的重視必然落在儒家建構人間秩序的框範之內，經驗之真不可能被率意表達，而必須服從於儒家「勸戒」、「誦美」和「怨刺」的政治需要，從而成為有限的真實性。魏徵等《隋書・經籍志》，前引書，第918頁。

是相對於「緣情」之說而言，其有限性更為顯著），但在初唐，卻很重要。

其時，令狐德棻（583－566）也在儒家立場上關心經驗之真，稱許屈原「作《離騷》以敘志，宏才豔發，有惻隱之美」，以為「文章之作，本乎性情，覃思則變化無形，形言則條流遂廣」，「雖詩賦與奏議異軫，銘誄與疏論殊途，而撮其指要，舉其大抵，莫若以氣為主，以文傳意」[23]。雖然令狐德棻也重視文章之作「其理也貴當」，即應當合乎儒家之道，但是其對經驗之真的關心畢竟昭示了文學以抒寫性情為基礎而走向繁榮的可能。他所謂「形言」，也就是前人提出的「情動於中而形於言」。與之相類，李百藥（565－648）雖在「人有六情，稟五常之秀，情感六氣，順四時之序」的表述中暗寓了天地之序、儒家之道（所謂「五常」云云）的重要性，但也認定「文之所起，情發於中」[24]，這同樣是重申經驗真實、內心真實的重要性。姚思廉（557－637）雖引述魏文帝曹丕之言以為「古之文人鮮能以名節自全」，「易邈等夷，必興矜露」，「大則凌慢侯王，小則傲蔑朋黨，速忌離訧，啟自此作」，易遭「恃才之禍」，但也承認「夫文者妙發性靈，獨抒懷抱」[25]，重視了經驗之真。

初唐的魏徵、令狐德棻、李百藥、姚思廉輩，都是史家，在述史之時，略涉誠論。降及盛唐，則有劉知幾（661－721），其《史通》對歷史寫作中的真實觀念多有指點，引

[23] 令狐德棻《周書·王褒庾信傳論》，前引書，第743－745頁。
[24] 李百藥《北齊書·文苑傳序》，中華書局，1972年，第602頁。
[25] 姚思廉《梁書·文學傳》，前引書，第727－728頁。

申之，則為他的文學真實觀念。劉知幾持守正統儒家立場，以為「文之為用，遠矣大矣」，如同李世民一般批評司馬相如、揚雄、班固等人的賦誦「喻過其體，詞沒其義，繁華而失實，流宕而忘返，無裨勸奬，有長奸詐」，主張「撥浮華、採真實」，使文章成為「禁淫之堤防，持雅之管轄」[26]。顯然，劉知幾是以儒家的人倫真理為理論根據。劉知幾尚真實、直書，傾向於「直書其事，不掩其瑕」[27]，但其最根本的主張，則是以建構人間秩序為的彀而推重儒家的人倫真理：「肇有人倫，是稱家國，父父、子子、君君、臣臣，親疏既辨，等差有別。蓋子為父隱，直在其中，《論語》之順也。略外別內，掩惡揚善，《春秋》之義也。自茲已降，率由舊章，史氏有事涉君親，必言多隱諱，雖直道不足，而名教存焉。其有舞詞弄札，飾非文過，若王隱、虞預，毀辱相凌，子野、休文，釋紛相謝，用舍由乎臆說，威福行於筆端，斯乃作者之醜行，人倫所同疾也。」[28]

雖然嚴格地講，《春秋》的「掩惡揚善」、「言多隱諱」與王隱以至沈約的「舞詞弄札，飾非文過」同樣殊乖真實之義，但劉知幾只是指斥後者而肯定前者。究其緣由，無非是後者「乃作者之醜行，人倫所同疾」，而前者「雖直道不足，而名教存焉」。前者雖小失歷史、經驗的真實性，卻大得儒家人倫的真理性。劉知幾至為關切的，並非歷史的、經驗的真實。既然劉知幾以人倫真理為要義，則文章製作當

---

[26] 劉知幾《史通・載文》。
[27] 劉知幾《史通・直書》。
[28] 劉知幾《史通・曲筆》。

然會瞄準治世的目標，服務於政教的需要。

不過，盛唐年間誠論的真理性一翼並不曾壓倒其經驗性一翼。陳子昂（659－700）的簡約論議就隱含著對經驗性真實的照顧：「文章道弊五百年矣，漢魏風骨，晉宋莫傳……仆嘗暇時觀齊梁間詩，彩麗競繁，而興寄都絕，每以永歎。」[29]「風骨」和「興寄」其實通乎經驗之真，誠如郭紹虞論及陳子昂時所云：「必須有內容的言，才能有骨」，「必須一往情深，蘊結於中非吐不可，才能有風」，「興寄是要暴露現實的」[30]。可知陳子昂的主張兼涉現實之真與內心之真，統言之，則為經驗之真。

李白（701－762）也重視詩歌寫作中的經驗性維度，他的觀念帶有道家哲學的色彩：「聖代復元古，垂衣貴清真」[31]；「醜女來效顰，還家驚四鄰，壽陵失本步，笑殺邯鄲人，一曲斐然子，雕蟲喪天真」[32]；「清水出芙蓉，天然去雕飾」[33]；「樸散不向古，時訛皆失真」[34]；「粉為造化，筆寫天真」[35]。李白所謂「真」、「天真」、「天然」、「真情」

[29] 陳子昂《與東方左史虯修竹篇序》，見於《陳伯玉文集》卷一。據涵芬樓四部叢刊影印本。

[30] 郭紹虞《中國文學批評史》，新文藝出版社，1955年，第99頁。

[31] 李白《古風》五十九（其一），見於《分類補注李太白詩》卷二。據涵芬樓四部叢刊影印本。

[32] 李白《古風》五十九（其三十五），見於《分類補注李太白詩》卷二。

[33] 李白《經亂離後天恩流夜郎憶舊遊書懷贈江夏韋太守良宰》，見於《分類補注李太白詩》卷十一。

[34] 李白《酬王補闕惠翼莊廟宋丞泚贈別》，見於《分類補注李太白詩》卷十九。

[35] 李白《金陵名僧頵公粉圖慈親贊》，見於《分類補注李太白詩》卷二十。

等並非一般意義上的經驗之真、內心之真，而是一種剝離了包括儒家信條在內的一切世俗用心的原初、天然、自然、道家的狀態。但是，既然尊重內在經驗的天真與本然，那麼，儒道之間的學理扞格終究不能阻遏經驗之真的伸張。實際上，但凡偏重天真、自然，其意味著的經驗真實就必然在寫作之中躍然而出。

盛唐詩人王昌齡（約698－756）的相關論議也在尊崇自然無為之道的思路上直逼個體隨性而發的經驗之真。他雖稱述所謂「皇道」、「名教」、「天理」，然考究其本意，也屬率性之道、無為之教、自然之理，與內心原初的經驗性真實相關相涉，而與儒家的人倫真理若即若離：「夫文字起於皇道……先君傳之，不言而天下自理，不教而天下自然，此謂皇道。道合氣性，性合天理，於是萬物稟焉，蒼生理焉。堯行之，舜則之，淳樸之教，人不知有君也。後人知識漸下，聖人知之，所以畫八卦，垂淺教，令後人依焉。是知一生名，名生教，然後名教生焉。以名教為宗，則文章起於皇道，興乎《國風》耳。自古文章，起於無作，興於自然，感激而成，都無飾練，發言以當，應物便是。」[36]王昌齡言道、言教、言理，並語涉《國風》，實為表述其「興於無作，感激而成」的寫作觀念。「無作」就是自然而發，略過了儒家人倫真理的工具意識，而近於道家的「情莫若率」；

[36] 王昌齡《詩格》，見於張伯偉編撰之《全唐五代詩格彙考》，江蘇古籍出版社，2002年，第159－160頁。按：《詩格》乃「舊題王昌齡撰」，其作者問題尚有爭論，然據張伯偉考證，《文鏡秘府論》所徵引的《詩格》「當出於王氏」（《全唐五代詩格彙考》，第147頁），其說可信。

而「感激」，亦無非指涉內心情感豐盈而不可遏制，遂髮露「而成」。研閱王昌齡的表述，斷言其主張率意自然地抒寫內心的經驗性真實，當無差池。王昌齡又沿襲漢人的觀念而重申「詩本志也，在心為志，發言為詩，情動於中而形於言，然後書之於紙也」[37]，其所指向，也不過是經驗之真。

此外，王昌齡的「詩有三境」說，其重心也落在個體的經驗性真實：「詩有三境：一曰物境，二曰情境，三曰意境。物境一。欲為山水詩，則張泉石雲峰之境，極麗絕秀者，神之於心。處身於境，視境於心，瑩然掌中，然後用思，了然境象，故得形似。情境二。娛樂愁怨，皆張於意而處於身，然後馳思，深得其情。意境三。亦張之於意，而思之於心，則得其真矣。」[38]

王昌齡所謂「真」，既是物境之真（所謂「形似」也），也是情意之真（所謂「深得其情」、「張之於意而思之於心」也），更是高於二者的經驗之真。王昌齡的詩境，無非是物與心而徘徊、心隨物以宛轉的真實情境、真實心境，是心物相遇之時的經驗性真實。

其時殷璠對經驗真實也有所注意，譬如其「興象」之中便有經驗性含義，誠所謂「夫文有神來、氣來、情來」[39]是也。發於詩文的「神」、「氣」與「情」所呈現的，正是寫作主體的經驗。

---

[37] 王昌齡《詩格》，見於張伯偉編撰之《全唐五代詩格彙考》，前引書，第161頁。

[38] 王昌齡《詩格》，見於張伯偉編撰之《全唐五代詩格彙考》，前引書，第172－173頁。

[39] 殷璠《河岳英靈集・敘》。據涵芬樓四部叢刊影印本。

2.白居易、韓愈與中唐誠論

開元、天寶之後，大唐帝國由盛轉衰，胸懷天下計程車人和學者遂有振作的志向。由於直接導致帝國由盛轉衰的「安史之亂非肇於外寇入侵，而始於內患積澱，既然在時人心目中，作亂者屬於亂臣賊子之性質，則復興防患之道，便不能不在重振倫理風化」[40]。這體現於文學真實論域，則是學者持論開始稍稍偏重於政教之用，以及儒家之道的真理性，企圖以此重建人間秩序，力挽帝國文風。同時，在盛唐與中唐之交「富裕而寬鬆的社會環境中，那種純粹的、正統的儒學卻失去了堤防，而在士人和民眾中，它與佛道從二世紀以來的衝突、協調與適應過程似乎越來越快」，「特別是一些儒者以外的宗教人士被極度寵倖，無形中成了時尚的象徵，引導著信仰世界的轉變」，「唐朝初期官方努力建構起來的知識、思想與信仰世界的邊界，在無形中變得越來越模糊」[41]。佛老思想的影響愈形顯著，儒學門中敏銳忠誠的學者遂以儒家之道力矯時弊，故而中唐誠論雖關切經驗之真，而其重心，則落在了功用，落在了儒家倫理的真理性。

中唐詩僧皎然秉承前人對經驗之真的重視，在論及所謂「文章宗旨」時嘗云：「康樂公早歲能文，性穎神徹。及通內典，心地更精，故所作詩，發皆造極。得非空王之道助邪？夫文章，天下之公器，安敢私焉？曩者嘗與諸公論康樂

---

[40] 韓經太《理學文化與文學思潮》，中華書局，1997年，第5頁。

[41] 葛兆光《中國思想史》，第二卷，復旦大學出版社，2000年，第95－96頁。

為文，直於性情，尚於作用，不顧詞彩，而風流自然。」[42]皎然道出了受佛學影響的誠論邏輯：在佛學薰染之下（即如謝靈運那樣通乎內典），詩人心地空明澄澈，倘觸遇世界而宣乎文章，自可做到隨性而動，減少了其他事項的掛礙與阻隔（譬如關於儒家人倫真理的考慮和關於詞彩的用心），「但見性情，不睹文字」[43]。如同道家自然無為之論可以導向文學真實論域的自然而然、直截了當的經驗之真一樣，佛學的「空王之道」也可以實現經驗之真的直接表達。在誠論之域，皎然詩論必然通向經驗之真。

關於經驗之真，中唐詩人白居易（772－846）嘗有精到論議，然而白居易的論說，相當程度上也受到儒家教條的牽制，切於時用，這與皎然的經驗之真大異其趣。在白居易那裏，詩以「情」為先導和根本，而以「義」為結果和旨歸，誠所謂「感人心者，莫先乎情，莫始乎言，莫切乎聲，莫深乎義」，「詩者，根情，苗言，華聲，實義」。其間的「情」自然關乎經驗之真，而其間的「義」則並非一般的「思想」，而是儒家的教義。考上下文可知，「義」本就必須置於儒家文論的框範之中才能獲得恰當的解釋。此「義」通乎《毛詩序》所謂「六義」，尤其通乎「風」與「變風變雅」，通乎「上以風化下，下以風刺上」的儒家之道的功利性，也通乎「發乎情止乎禮義」的儒家詩教的真理性。白居

---

[42] 皎然《詩式・文章宗旨》，見於何文煥輯《歷代詩話》，上冊，前引書，第29－30頁。

[43] 皎然《詩式・重意詩例》，見於何文煥輯《歷代詩話》，上冊，前引書，第31頁。

易既陳說「蘇李騷人，皆不遇者，各繫其志，發而為文」，也認定「大丈夫所守者道」[44]，前者指向個人寫作的經驗性，而後者指向儒家之道的真理性。

實際上，白居易兼顧了真理之真與經驗之真，而經驗之真的「根」在本質上又服務於真理之真的「實」與「用」：「惟歌生民病，願得天子知」[45]；「其事核而實，使采之者傳信也」，「總而言之，為君、為臣、為民、為物、為事而作，不為文而作也」[46]；「文章合為時而著，歌詩合為事而作」，「啟奏之外，有可以救濟人病，裨補時闕，而難於指言者，則詠歌之，欲稍稍遞進聞於上」[47]；「且古之為文者，上以紐王教、繫國風，下以存炯戒、通諷諭，故懲勸善惡之柄，執於文士褒貶之際焉，補察得失之端，操於詩人美刺之間焉」[48]。凡斯論議，皆是持守、確信儒家之道的真理性而將文學寫作付諸重振帝國江山、重建人間秩序的宏偉理想之中。白居易認可「感於事」、「動於情」、「興於嗟歎，發於吟詠，而形於歌詩」[49]的經驗性真實，但是這種宣付詩中的經驗性真實不是審美之資，而是觀風之具，在「救濟人病，裨補時闕」、「紐王教、繫國風」的功利作為之中顯示出了

[44] 白居易《與元九書》，見於《白氏長慶集》卷第二十八。據涵芬樓四部叢刊影印本。
[45] 白居易《寄唐生詩》，見於《白氏長慶集》卷第一。
[46] 白居易《新樂府序》，見於《白氏長慶集》卷第三。
[47] 白居易《與元九書》，見於《白氏長慶集》卷第二十八。
[48] 白居易《策林六十八議文章碑碣詞賦》，見於《白氏長慶集》卷第四十八。
[49] 白居易《策林六十九采詩以補察時政》，見於《白氏長慶集》卷第四十八。

儒家之道的真理性，顯示出了儒家人倫真理的宰制力量。

白居易所謂的「為文者必當尚質抑淫，著誠去偽」[50]，在追求「誠」的經驗性真實的時候自動歸附於儒家中正平和、溫柔敦厚、「尚質抑淫」、有所節制的詩教，完全是「發」而有所「止」的漢代詩學翻版。同時白居易又有所謂「至於諷諭者，意激而言切」[51]、「其言直而切，欲聞之者深誡也」[52]，這又表明他在一定意義上並不主張中正平和、溫柔敦厚，因為「激」、「直」、「切」均不意味著節制和回收。這是白居易誠論的矛盾之處。

當然，白居易本人的寫作多有「吟玩情性」、「事物牽於外，情理動於內，隨感遇而形於歎詠」[53]的較為純粹的經驗性成份，這是存在於「閒適詩」、「感傷詩」之中的經驗之真，一種在追求儒家之道的真理性而不遂不達之後「獨善其身」的經驗寫照，但並非白居易誠論觀念的主要方面。

檢閱中唐的文論史料可知，誠論的真理性一翼在「古文運動」中也被著意關照。在韓愈（768－824）之前，蕭穎士（708－759）的陳述頗有漢人「宗經」的遺風，故云「有識以來，寡於嗜好，經術之外，略不嬰心」[54]。李華（約715－約774）則謂，「夫子之文章，偃、商傳焉，偃、商歿而孔

50 白居易《策林六十八議文章碑碣詞賦》，見於《白氏長慶集》卷第四十八。

51 白居易《與元九書》，見於《白氏長慶集》卷第二十八。

52 白居易《新樂府序》。

53 白居易《與元九書》，見於《白氏長慶集》卷第二十八。

54 蕭穎士《贈韋司業書》，見於《全唐文》，卷第三百二十三，中華書局，1983年，第3277頁。

伋、孟軻作，蓋六經之遺也」，「屈平、宋玉哀而傷，靡而不返，六經之道遁矣」[55]。此皆指陳儒家經典、人倫真理在寫作之中的主導性。其時，獨孤及（725－777）亦云，「君子修誠則物應，克己則名彰」[56]，復云，「氣和於中，而博之以文，好惡嗜欲，發皆中節」[57]，棄絕「屈宋」抒寫內心經驗時的「侈而怨」，而主張歸於儒家的「中道」，「言中彝倫」[58]，其文論旨歸也是儒家的倫理之真，故梁肅（753－793）對他的評說是「操道德為根本，總禮樂為冠帶」，「每申之話言，必先道德而後文學，且曰後世雖有作者，六籍其不可及已」[59]。梁肅主張「粹氣積中，暢於四肢，發為斯文，鬱鬱耀輝」[60]。「粹氣」顯然是兼綜道德性與經驗性的孟子「浩然之氣」，其誠論觀念有思孟氣息，「和順積中，而英華發外」。

在韓愈以前的古文理論表述中，儒家人倫真理已經得到充分的尊崇，韓愈的出現則使之更有哲學的力量。唐時佛老之風大行，韓愈標舉儒家真理，企圖以儒家風骨振作士風，重建人間秩序，支撐帝國江山。在《原道》的哲學表述中，

---

[55] 李華《贈禮部尚書清河孝公崔沔集序》，見於《全唐文》，卷第三百十五，前引書，第3196頁。

[56] 獨孤及《送弟恤之京序》，見於《毘陵集》卷第十四。據涵芬樓四部叢刊影印本。

[57] 獨孤及《唐故吏部郎中贈給事中韋公墓誌銘並序》，見於《毘陵集》卷第十一。

[58] 獨孤及《唐故殿中侍御史贈考功郎中蕭府君文章集錄序》，見於《毘陵集》卷第十三。

[59] 梁肅《毗陵集後序》，見於《唐文粹》卷第九十三。據涵芬樓四部叢刊影印本。

[60] 梁肅《為常州獨孤使君祭李員外文》，見於《唐文粹》卷第三十三下。

韓愈清晰說明了儒家的人倫真理：「博愛之謂仁，行而宜之之謂義，由是而之焉之謂道，足乎已無待於外之謂德。」更進一步，韓愈比較了其所倡言的儒家之道與其所排斥的道家之道的根本差異：「凡吾所謂道德云者，合仁與義言之也，天下之公言也」，「老子之所謂道德云者，去仁與義言之也，一人之私言也」[61]。儒家之道「合仁與義」，乃是關乎人間秩序的人倫真理，道家「去仁與義」，故其要義繫乎個體的經驗性。此外，韓愈也批駁了佛說，認為佛家教義「自後漢始入中國」，其後帝王「事佛求福」者，「乃更得禍」，「由此觀之，佛不足信，亦可知矣」，「佛本夷狄之人，與中國言語不通，衣服殊制；口不道先王之法言，身不服先王之法服，不知君臣之義、父子之情」[62]，即是說，信奉佛家之說並不能致福，且與儒家的人倫真理背離，故韓愈置生死於度外，以儒家教義力排佛說[63]。韓愈既在儒家的立場上排拒佛家、道家之學，那麼循其邏輯以度之，其在文學真實論域大抵也將以人倫真理凌駕於經驗真實之上。

韓愈也重性情，但其所謂性情已與直接的經驗性隔了一層，而成為儒家真理所建構的性情。韓愈認為「其所以為性者五，曰仁、曰禮、曰信、曰義、曰智」，這是以儒家的人倫真理作為「性」的質地、「性」的構成。「性」之「接於物而生」者，即為「情」，而「其所以為情者七，曰喜、曰

---

[61] 韓愈《原道》，見於《朱文公校昌黎先生文集》卷第十一。

[62] 韓愈《論佛骨表》，見於《朱文公校昌黎先生文集》卷第三十九。

[63] 韓愈因向唐憲宗進《論佛骨表》而被目為「狂妄」，「將抵以死」、「固不可赦」，後雖免死，亦坐貶潮州。事見歐陽修、宋祁等撰《新唐書・韓愈傳》，中華書局，1975年，第5259－5261頁。

怒、曰哀、曰懼、曰愛、曰惡、曰欲」。七「情」固然是經驗性的，但值得推重的「上焉者」，則「動而處其中」[64]——「中」即是儒家的法度，「情」動而處「中」，乃是追求「情」的中正平和、溫柔敦厚，是「發乎情止乎禮義」。

大抵言之，韓愈不惟尊崇儒家的人倫真理，亦且遵循儒家的傳統方式，將經驗性的性情納入儒家之道的真理性結構，或者說，在性情的經驗之真裏面植入儒家之道的真理性旨趣，這反映了韓愈對儒家真理和經驗真實的基本思考。

韓愈的基本文學真實觀念近於孟子，營求內在道德情感的充實，由此而在形之於文的時候，兼得經驗之真與真理之真：「夫所謂文者，必有諸其中，是故君子慎其實。實之美惡，其發也不掩。本深而末茂，形大而聲宏，行峻而言厲，心醇而氣和，昭晰者無疑，優遊者有餘」[65]；「養其根而俟其實，加其膏而希其光，根之茂者其實遂，膏之沃者其光曄，仁義之人，其言藹如也」[66]；「雖然，不可以不養也。行之乎仁義之途，遊之乎詩書之源，無迷其途，無絕其源，終吾身而已矣。氣，水也；言，浮物也。水大而物之浮者大小畢浮。氣之與言，猶是也。氣盛則言之短長與聲之高下者皆宜」[67]。

文章不是外在的文飾和虛造，而必須有真實和充實的內心依據。「有諸其中」、本深末茂、形大聲宏、氣盛言宜，

---

[64] 關於性情方面的論議，參閱韓愈《原性》，見於《朱文公校昌黎先生文集》卷第十一。

[65] 韓愈《答尉遲生書》，見於《朱文公校昌黎先生文集》卷第十五。

[66] 韓愈《答李翊書》，見於《朱文公校昌黎先生文集》卷第十六。

[67] 韓愈《答李翊書》，見於《朱文公校昌黎先生文集》卷第十六。

不過是強調內在的經驗性真實對文章寫作的決定性作用，但是這種經驗性並非道家那種與物相交之際的直接經驗性，而是被儒家的觀念所浸潤、改造、結構的經驗性。這種經驗性必須符合儒家「君子」人格的要求，必須以仁義為內在樞機，必須「行之乎仁義之途，遊之乎詩書之源」，在原道和宗經的基礎上，在仁義的結構中，儒家的經驗性已經成為真理性建構，一種兼含經驗性和真理性，而又以儒家的真理性為主導的文學真實觀念。

韓愈對儒家真理性的強調還見於他處——「又問曰：文宜易？宜難？必謹對曰：無難易，惟其是爾。」[68]所謂「惟其是爾」，到底是強調儒家之道的真理性在文學寫作中的核心地位，還是推重如其所是的經驗性真實？劉熙載指陳，「昌黎論文曰，『惟其是爾』，余謂『是』字注腳有二，曰正，曰真。」[69]在此，劉熙載看到了韓愈的「是」乃有儒家真理性和經驗性兩重含義：所謂「正」，乃言合乎儒家的教義，中正合道而不偏倚、不邪曲；而所謂「真」，大抵是指「作家個性感情」[70]，即是作家的經驗性真實。實際上，在韓愈的觀念系統中，文是用來「明道」[71]的，文章之中經驗性真實本身的意義繫於儒家之道的真理性，經驗性真實常常不能擺脫儒

68 韓愈《答劉正夫書》，見於《朱文公校昌黎先生文集》卷第十八。

69 劉熙載《藝概・文概》，上海古籍出版社，1978年，第21頁。

70 錢競、王飆《中國20世紀文藝學學術史》，第一部，上海文藝出版社，2001年，第349頁。

71 韓愈云：「君子居其位則思死其官，未得位則思修其辭以明其道，我將以明道也。」參閱韓愈《爭臣論》，見於《朱文公校昌黎先生文集》卷第十四。

家之道的真理性、功利性而獲得審美性和獨立性。

不過，韓愈對經驗性真實的強調有時也能達到較為直切有力的程度，譬如其「不平則鳴」的主張就是對強有力的經驗性真實的推重：「大凡物不得其平則鳴」，「人之於言也亦然，有不得已者而後言，其歌也有思，其哭也有懷」[72]；「樂也者，郁於中而泄於外者也，擇其善鳴者而假之鳴」[73]。「不平則鳴」源於先秦的「發憤以抒情」和漢代的「憤於中而形於言」，是鬱積內心、忿忿不平、不得不發的經驗性真實。但是，這種經驗性真實在韓愈那裏也必須受到儒家之道的約束。當韓愈回溯文學史的時候，當他批評魏晉南朝經驗性寫作「其辭淫以哀，其志弛以肆」[74]的時候，也曾約略顯示了儒家人倫真理的宰制作用。韓愈在主張「不平則鳴」的經驗性之時，又強調內心經驗的表述不能「淫以哀」、「弛以肆」，這依稀呈現了漢人「發」而有所「止」的理論表達模式。

另一個古文家柳宗元（773－819）也重視儒家之道在文章寫作中的主導作用，嘗云「及長，乃知文者以明道，是固不苟為炳炳烺烺、務采色、誇聲音而以為能也」[75]，「文以行為本，在先誠其中」，「其外者當先讀六經，次《論語》、

[72] 韓愈《送孟東野序》，見於《朱文公校昌黎先生文集》卷第十九。
[73] 韓愈《送孟東野序》，見於《朱文公校昌黎先生文集》卷第十九。
[74] 韓愈《送孟東野序》，見於《朱文公校昌黎先生文集》卷第十九。
[75] 柳宗元《答韋中立論師道書》，見於《增廣注釋音辯唐柳先生集》卷第三十四。據涵芬樓四部叢刊影印本。

孟軻書，皆經言」[76]，「聖人之言，期以明道，學者務求諸道而遺其辭」[77]。柳宗元的「道」自然是儒家的人倫真理，而其「誠」，大抵也是由儒家之道、儒家之經所建構，兼有真理性與經驗性。

此外，韓愈的門生李翱（772－841）也偏向文章寫作之中儒家之道的真理性，重儒家之道，而輕藝文雕琢，故以為文「能到古人者，則仁義之辭也，惡得以一藝而名之哉」，「夫性於仁義者，未見其無文也；有文而能到者，吾未見其不力於仁義也」[78]，這都是崇尚儒家仁義道德的真理性。

大抵而言，中唐文學真實觀念確以儒家之道的功利性和真理性為主，而個體經驗性真實則由其羈勒。

3.從杜牧到司空圖的晚唐五代誠論

晚唐以降，國勢益微，士大夫兼濟天下重振帝國的理想付之東流。於是，文學寫作也從堅持儒家真理、胸懷人間秩序退而為表述個體心性之真。在文學真實論域，中唐時代對儒家之道真理性的執著乃漸次轉變為晚唐五代對個體經驗性真實的偏重。

晚唐文士，如杜牧（803－852）、李商隱（約813－約858）等人的文學真實觀念已經開始偏於經驗之真。杜牧嘗

[76] 柳宗元《報袁君陳秀才避師名書》，見於《增廣注釋音辯唐柳先生集》卷第三十四。

[77] 柳宗元《報崔黯秀才書》，見於《增廣注釋音辯唐柳先生集》卷第三十四。

[78] 李翱《寄從弟正辭書》，見於《李文公集》卷第八。據涵芬樓四部叢刊影印本。

云，「凡為文以意為主，氣為輔，以辭彩章句為之兵衛」[79]。杜牧將「意」視為文章製作的核心旨趣，視為「主」，而不是像中唐士人那樣推尊儒家之道。杜牧的「意」絕非儒家之道的統一性，而必然是作者之「意」，必然帶有作者的個體性、經驗性。而個體性、經驗性的「意」與個體性、經驗性的「氣」並用而為「主」與「輔」，這隱約表明，中唐偏於儒家之道的真理性已經滑向晚唐偏於個體經驗的真實性。

李商隱進一步走出儒家之道的真理性藩籬，以經驗性的「真」取代人倫真理和「道」而成為文章要義。在為元結的文集所作的序言中，李商隱先表彰了元結為文的經驗性特徵，即所謂「其將兵不得授，作官不得達，母老不得盡其養，母喪不得終其哀，間二十年，其文危苦激切，悲憂酸傷於性命之際」[80]云云，而這種經驗真實乃是一種內心之真，是內心情志的鬱結，並非儒家的真理。實際上，李商隱在經驗真實的抒寫方面，觀念近於道家而非儒學，故其稱元結之文，「其綿遠長大，以自然為祖，元氣為根」[81]，即尊重內心的本然，不假儒道之修飾而自然出之。不僅如此，李商隱甚且引用元結之言，以頗具經驗性色彩的「真」而非以儒家之「道」作為度量行為、裁判文章的標準：「孔氏於道德仁義外有何物」，「三皇用真而恥聖」[82]。倘儒家的「道德仁義」

---

[79] 杜牧《答莊充書》，見於《樊川文集》卷第十三。據涵芬樓四部叢刊影印本。

[80] 李商隱《唐容州經略使元結文集後序》，見於《李義山文集》卷第四。據涵芬樓四部叢刊影印本。

[81] 李商隱《唐容州經略使元結文集後序》，見於《李義山文集》卷第四。

[82] 李商隱《唐容州經略使元結文集後序》，見於《李義山文集》卷第四。

的真理性不再是文章製作的標準和權衡，經驗性真實自然會捲土重來，故李商隱復云，「屬詞之工，言志為最」[83]，其所謂「志」，近於另一則論議之中的「情」：「人稟五行之氣，秀備七情之動，必有詠歎，以通性靈。故陰慘陽舒，其途不一；安樂哀思，厥源數千。」[84]

晚唐司空圖（837－908）的《二十四詩品》對經驗之真也甚關注。司空圖的觀念與道家有著更為密切的理論聯繫。雖然其所謂「大用外腓，真體內充」[85]頗有先秦儒家誠論「剛健、篤實、輝光」的意味，強調內心之真的強大驅動力，但其文學真實觀念之大略，則主要由道家的自然主張生長出來。司空圖的「真」，近於先秦道家的「真」，直接、天真、自然無為，棄絕儒家人倫真理的干擾，甚至有鍾嶸「直尋」的意味，如所謂「畸人乘真，手把芙蓉」[86]，「飲真茹強，蓄素守中」[87]，「真與不奪，強得易貧」[88]，「若其天放，如是得之」[89]，「遇之自天，泠然希音」[90]，等等。

---

[83] 李商隱《獻侍郎鉅鹿公啟》，見於《李義山文集》卷第三。
[84] 李商隱《獻相國京兆公啟》，見於《李義山文集》卷第三。
[85] 司空圖《二十四詩品・雄渾》，見於何文煥輯《歷代詩話》，上冊，前引書，第38頁。
[86] 司空圖《二十四詩品・高古》，見於何文煥輯《歷代詩話》，上冊，前引書，第39頁。
[87] 司空圖《二十四詩品・勁健》，見於何文煥輯《歷代詩話》，上冊，前引書，第40頁。
[88] 司空圖《二十四詩品・自然》，見於何文煥輯《歷代詩話》，上冊，前引書，第40頁。
[89] 司空圖《二十四詩品・疏野》，見於何文煥輯《歷代詩話》，上冊，前引書，第42頁。
[90] 司空圖《二十四詩品・實境》，見於何文煥輯《歷代詩話》，上冊，前引書，第43頁。

司空圖的「真」具有顯而易見的經驗性，只是這種經驗性帶有道家超脫俗世人生的色彩，但在自然無為、瀟灑出塵的旨趣之中，其對性情之真的重視，對體驗深刻性的強調，畢竟有普遍性價值，譬如所謂「情性所至，妙不自尋」[91]即是對經驗性真實的重視，而所謂「遇之匪深，即之愈希，脫有形似，握手已違」[92]、「乘之愈往，識之愈真」[93]，則是對經驗深刻性的強調。此外，晚唐五代重視經驗性真實的詩論尚有王玄的《詩中旨格》、桂林僧景淳的《詩評》以及「舊題賈島撰」的《二南密旨》[94]等，不過大抵是依仍前賢。

總之，晚唐五代，遭逢末世與亂世，匡扶國家、拯救天下既非文士所能為之，而身為文士者乃以抒情言志、發露內在的經驗之真為事，不亦宜乎？

---

[91] 司空圖《二十四詩品・實境》，見於何文煥輯《歷代詩話》，上冊，前引書，第43頁。

[92] 司空圖《二十四詩品・沖淡》，見於何文煥輯《歷代詩話》，上冊，前引書，第38頁。

[93] 司空圖《二十四詩品・纖穠》，見於何文煥輯《歷代詩話》，上冊，前引書，第38頁。

[94] 參閱張伯偉編撰之《全唐五代詩格彙考》，前引書。

第二節　宋金元誠論

晚唐五代的亂局既往矣，而「在不堪言狀的分裂與墮落之後」，中國統一於宋；但是宋代卻「始終擺脫不掉貧弱的命運」[95]，而「貧弱」和長期的內外交困以及揮之不去的危機感，導致「在士大夫社會中漸漸萌出」使命感，而士大夫在宋代受到崇高的禮遇，於是「覺到他們應該起來擔負著天下的重任」，「他們重新抬出孔子儒學來矯正現實」[96]。與此相應，在文學真實論域，士大夫、理學家也以整頓河山、重建人間秩序為潛在的內心追求，主張鼓蕩士氣、刷新文風，將儒家的倫理之真再次置於個體的經驗真實之上，並最終使儒家之道的真理偏執成為宋代文學真實觀念的重要特徵，甚至為此前各代所不及。

另外，金與宋長期對峙，金人雖在文學真實論域議論不多，但其有限的表述卻大抵與宋人誠論的主流迥然不同，似乎更為偏重經驗性真實。元人也在經驗性真實方面有所關注，譬如陳繹曾等人。自宋而元，考文學真實論域的遞相通變，實際上經驗之真與人倫之真的表述依然呈現出一定程度的平衡。

[95] 錢穆《國史大綱》，下冊，前引書，第523頁。
[96] 錢穆《國史大綱》，下冊，前引書，第558－560頁。

1.歐、蘇、二程與北宋誠論

宋興，「以道德仁義根乎政」[97]，而宋代誠論一開篇就首重教化，力倡儒家之道的真理性，即田錫（940－1003）所謂「夫人之有文，經緯大道」，「得其道，則持政於教化，失其道，則忘返於靡漫」[98]，而經驗性的性情表述則應當「合於」儒道的真理性方能取得合法席位，故復云：「稟於天而工拙者，性也，感於物而馳騖者，情也」，而「援毫之際，屬思之時」，應當「以情合於性，以性合於道」[99]。柳開（947－1000）亦謂「古之教民，以道德仁義，今之教民，亦以道德仁義」，「吾之道，孔子、孟軻、揚雄、韓愈之道，吾之文，孔子、孟軻、揚雄、韓愈之文也」[100]，即是說，文章之道即是儒家之道。時值宋初，楊億、劉筠、錢惟演諸人推重晚唐的李商隱，詩文尚西昆，不關世用。而宋代負擔天下大任的士大夫則大抵以儒家之道作為文章精神，傾向於將文章彙入建構人間秩序的宏偉功業之中，這類士大夫除了柳開，尚有反對西昆體的石介（1005－1045）。石介批評宋初文風，以為「雕鎪篆刻傷其本，浮華緣飾喪其真，於教化仁義禮樂刑政，則缺然無彷彿者」，文章「必本於教化仁義，根於禮樂刑政，而後為之辭」[101]，「兩儀，文之體也」，

[97] 姚鉉《唐文粹序》，見於《唐文粹》。據涵芬樓四部叢刊影印本。
[98] 田錫《貽陳季和書》，見於《咸平集》。據文淵閣四庫全書影印本。
[99] 田錫《貽宋小著書》，見於《咸平集》。
[100] 柳開《應責》，見於《河東先生集》卷第一。據涵芬樓四部叢刊影印本。
[101] 石介《上趙先生書》，見於《徂徠集》卷第十二。據文淵閣四庫全書影印本。

「三綱，文之象也」，「五常，文之質也」，「道德，文之本也」，使「尊卑有法，上下有紀，貴賤不亂，內外不瀆，風俗歸厚，人倫既正，而王道成焉」[102]，以儒家真理作為文章的「根」、「本」，試圖建構理想的人間秩序。

宋初智圓甚至以僧人的身份而推尊儒家之道，嘗謂，「夫所謂古文者，宗古道而立言，言必明乎古道也」，「要其所歸，無越仁義五常也，仁義五常謂之古道也」，倘不「根仁柢義」，「何益於教化哉」？[103]

其時，王禹偁（954－1001）主張「修辭立誠、守道行己」[104]，而他所謂「誠」並非一己的內心真誠，而是儒家之道，故語人曰「夫文，傳道而明心也」，「今為文而舍六經，又何法焉」，「其為文不背經旨，甚可嘉也」[105]。

歐陽修（1007－1072）深通文章製作，故知經驗之真的重要，嘗謂「失志之人，窮居隱約，苦心危慮，而極於精思，與其有所感激發憤，惟無所施於世者，皆一寓於文辭」，「其於文章，氣質純深而勁正，蓋發於其志」[106]。但是，歐陽修的經驗之真並非流蕩無節，而是主張以道的真理性濟乎文章，主張「志於道」，以為「道勝者文不難而自

[102]石介《上蔡副樞書》，見於《徂徠集》卷第十三。

[103]智圓《送庶幾序》，見於《宋金元文論選》，人民文學出版社，1984年，第16－17頁。

[104]王禹偁《小畜集序》，見於《小畜集》。據涵芬樓四部叢刊影印本。

[105]王禹偁《答張扶書》，見於《小畜集》卷第十八。

[106]歐陽修《薛簡肅公文集序》，見於《歐陽文忠公文集居士集》卷第四十四。據涵芬樓四部叢刊影印本。

至」[107]。歐陽修認為作者當師法儒家之「經」，以得其意，「意得則心定，心定則道純，道純則充於中者實，中充實則發為文者輝光」[108]。與之相近的則如呂南公，突出「言以道為主」，「蓋古人之於文，知由道以充其氣，充氣然後資之言」[109]，儒家真理為文之內核。此外，如王安石（1021－1086）所謂「文者，禮教治政云爾」[110]，孫復（992－1057）所謂「文者，道之用也」[111]，司馬光（1019－1086）所謂「求道之真」、「以孔子為的」[112]，都是主張以儒家之道的真理性貫徹於文章製作之中。

至於蘇軾（1037－1101），似亦屢屢表露出對儒家之道的尊重，譬如在論及范仲淹之時：「其於仁義禮樂，忠信孝悌，蓋如饑渴之於飲食，欲須臾忘而不可得。如火之熱，如水之濕，蓋其天性有不得不然者。雖弄翰戲語，率然而作，必歸於此。」[113]「仁義禮樂」、「忠信孝悌」作為儒家的人倫真理，貫徹於范仲淹的文章，故蘇軾稱許之。不獨論文，

---

[107]歐陽修《答吳充秀才書》，見於《歐陽文忠公文集居士集》卷第四十七。

[108]歐陽修《答祖擇之書》，見於《歐陽文忠公文集外集》卷第十八。據涵芬樓四部叢刊影印本。

[109]呂南公《與汪秘校論文書》，見於《灌園集》卷第十一。據文淵閣四庫全書影印本。

[110]王安石《上人書》，見於《臨川先生文集》卷第七十七。據涵芬樓四部叢刊影印本。

[111]孫復《答張洞書》，見於《孫明復小集》卷第二。據文淵閣四庫全書影印本。

[112]司馬光《答陳充秘校書》，見於《溫國文正司馬公文集》卷第五十九。據涵芬樓四部叢刊影印本。

[113]蘇軾《范文正公集敘》，見於《經進東坡文集事略》卷第五十六。據涵芬樓四部叢刊影印本。

蘇軾論詩也尊重儒家對經驗之真的節制：「太史公論詩，以為『國風好色而不淫，小雅怨悱而不亂』。以餘觀之，是特識變風變雅爾，烏睹詩之正乎？昔先王之澤衰，然後變風發乎情；雖衰而未竭，是以猶止於禮義，以為賢於無所止者而已。若夫發於性，止於忠者，其詩豈可同日而語哉！古今詩人眾矣，而杜子美為首，豈非以其流落饑寒、終身不用而一飯未嘗忘君也歟？」[114]

本來，蘇軾是主張「本於禮義，合於人情」[115]的，持論穩妥，兼重儒家之道的真理性和個體經驗的真實性。但是，蘇軾在這篇為他人撰寫的「詩敘」中已經更進一步，以至於超越了「發乎情止乎禮義」的漢代詩學，而主張所謂「發乎性止乎忠」，這比溫柔敦厚的表述更為激進，其潛在的意義乃在於忽略「憤於中而形於言」的對於經驗之真的直切抒寫，而在效法杜甫「流落饑寒、終身不用而一飯未嘗忘君」的論議之中向狹窄的以「忠」為核心的儒家之道妥協。

當然，作為觀念之中多佛老成份的學者，蘇軾也在儒家之道的真理性之外多言自然與經驗之真，重視言所傳遞的內心真誠及其不假外飾而直入人心的力量，恰若其述及宋太祖時所謂「去苛禮而務至誠」，「天下稱其言至今，非有文采緣飾，而開心見誠，有以入人之深者」[116]，「詩從肺腑出，出輒愁肺腑」[117]。

---

[114] 蘇軾《王定國詩敘》，見於《經進東坡文集事略》卷第五十六。

[115] 蘇軾《樂全先生文集敘》，見於《經進東坡文集事略》卷第五十六。

[116] 蘇軾《策略五》，見於《經進東坡文集事略》卷第十五。

[117] 蘇軾《讀孟郊詩二首》（之二），見於《集注分類東坡先生詩》卷第二十五。據涵芬樓四部叢刊影印本。

蘇軾的主張並非一貫，有時似乎又將儒家之道置於一旁，而徑以對內心經驗的直接、自然的抒寫為高，頗有道家文學真實觀念的風度，譬如所謂「吾文如萬斛泉源，不擇地而出」[118]，又譬如，「夫昔之為文者，非能為之為工，乃不能不為之為工也，山川之有雲霧，草木之有華實，充滿勃鬱而見於外，夫雖欲無有，其可得耶」，「雜然有觸於中而發於詠歎」[119]。凡此，已經遠離了對儒家人倫真理的考慮，而尊重此時此地的內心真實，主張在不違、不強的原則下對內心經驗的徑情直書。在儒家之道的真理性和內心經驗的真實性之間，蘇軾的主張存在著明顯的矛盾。當然，蘇軾的思想本就複雜，「既表現為儒、佛、道思想因素同時貫穿他的一生，又表現為這三種思想因素經常互相自我否定」[120]，蘇軾在文學真實論域的矛盾也是其儒釋道觀念相雜而矛盾叢集的體現。從某種意義上講，文論之域的蘇軾更像道家而非儒家，其對自然抒寫的傾心、對經驗之真的重視顯然是出於寫作經驗的總結，相關的理論表述深刻且帶著熱情，而其對儒家之道真理性的強調則多少有些應景和勉強的意味。

另一詩家黃庭堅（1045－1105）深知經驗之真的重要性，但同時也主張節制經驗之真，而取溫柔敦厚之義，由此亦可見出儒家之道的制約：「詩者，人之情性也，非強諫爭於廷，怨忿詬於道，怒鄰罵坐之為也。其人忠信篤敬，抱道

[118] 蘇軾《文說》，見於《經進東坡文集事略》卷第五十七。
[119] 蘇軾《江行唱和集敘》（即《南行詩敘》），見於《經進東坡文集事略》卷第五十六。
[120] 王水照《蘇軾選集・序》，見於《蘇軾選集》，上海古籍出版社，1984年。

而居，與時乖逢，遇物悲喜，同床而不察，並世而不聞；情之所不能堪，因發於呻吟調笑之聲，胸次釋然，而聞者亦有所勸勉，比律呂而可歌，列干羽而可舞，是詩之美也。其發為訕謗侵陵，引頸以承戈，披襟而受矢，以快一朝之忿者，人皆以為詩之禍，是失詩之旨，非詩之過也。」[121]黃庭堅並不主張內心經驗性真實的肆口而發，而以儒家的「忠信篤敬」為尚，以節制為美。其潛在的邏輯依然是儒家之道的真理性。關於文章學問，黃庭堅的觀念正是：「孝友忠信是此物之根本，極當加意，養以敦厚醇粹，使根深蒂固，然後枝葉茂爾。」[122]

北宋道學家如周敦頤、邵雍、二程在誠論之域也有不可忽略的表述。當然，他們大抵偏重儒家之道的真理性而非個體經驗的真實性。

周敦頤（1017－1073）明確提出「文所以載道也」，認為「文辭，藝也」，「道德，實也」，「聖人之道，入乎耳，存乎心，蘊之為德行，行之為事實，彼以文辭而已者，陋矣」[123]，這都是突出儒家之道的決定性意義。周敦頤主「誠」，但他的「誠」並非內在的經驗性真誠，而是思孟之「誠」，是儒家關乎宇宙人生的真理。周敦頤嘗謂「誠者，聖人之本」[124]，「聖，誠而已矣」，「誠，五常之本，百行

---

[121]黃庭堅《書王知載朐山雜詠後》，見於《豫章黃先生集》卷第二十六。據涵芬樓四部叢刊影印本。

[122]黃庭堅《與洪甥駒父書》，見於《豫章黃先生集》卷第十九。

[123]朱熹、呂祖謙編《近思錄．為學》。據文淵閣四庫全書影印本。

[124]周敦頤《通書．誠上》。

之源也」[125]。「誠」既是「百行之源」，自然也是文章之源。文章以「誠」為本原而非流於「文辭」之「藝」，周敦頤傾向於以儒家仁義道德的真理性貫注於文章製作之中的用心。周敦頤「文以載道」的觀念顯然來自於梁代劉勰的「原道」，以及中唐韓愈的「明道」。

在道學家中，邵雍（1011－1077）似乎甚為重視經驗真實，有詩云：「人之耳所聞，不若目親照。耳聞有異同，目照無多少。並棄耳目官，專用舌口較。不成天下功，止成天下笑。」[126]在此，邵雍所注意的正是耳目經驗的真實。同時，邵雍也強調內心之真誠，故其詩中復云：「何故謂之詩？詩者言其志。既用言成章，遂道心中事。」[127]「詩者人之志，非詩志莫傳。」[128]「詩畫善狀物，長於運丹誠。丹誠入秀句，萬物無遁情。詩者人之志，言者心之聲。志因言以發，聲因律而成。」[129]邵雍主張存真去華，讚賞「詩史」：「史筆善記事，長於炫其文。文勝則實喪，徒憎口云云。詩史善記事，長於造其真。真勝則華去，非如目紛紛。」[130]要之，邵雍似乎是以經驗之真的書寫為其誠論的內核。但事實並非如此，因為邵雍在經驗之真背後有更高的儒家理想，而其理想顯然秉承了傳統的儒家觀念，在儒家真理的指導下

---

[125]周敦頤《通書・誠下》。

[126]邵雍《觀物吟四首》（之四），見於《伊川擊壤集》卷第十五。據涵芬樓四部叢刊影印本。

[127]邵雍《論詩吟》，見於《伊川擊壤集》卷第十一。

[128]邵雍《談詩吟》，見於《伊川擊壤集》卷第十八。

[129]邵雍《詩畫吟》，見於《伊川擊壤集》卷第十八。

[130]邵雍《詩史吟》，見於《伊川擊壤集》卷第十八。

企圖建構嚴整的人間秩序，認為真實的詩歌寫作「可以移風俗，可以厚人倫，可以美教化，可以和踈親，可以正夫婦，可以明君臣，可以贊天地，可以感鬼神」[131]，「感之以人心，告之以神明，人神之胥悅，此所謂和美」[132]。邵雍並不讚賞「溺於情好」[133]的寫作，並不主張流連徜徉於情感、經驗的真實性之中不思收束、樂而忘返，而是主張對經驗之真、情感之真持超然、客觀和節制的態度，嘗自稱其寫作云：「不限聲律，不沿愛惡，不立固必，不希名譽，如鑒之應形，如鍾之應聲。其或經道之餘，因閒觀時，因靜照物，因時起志，因物寓言，因志發詠，因言成詩，因詠成聲，因詩成音，是故哀而未嘗傷，樂而未嘗淫，雖曰吟詠情性，曾何累於性情哉？」[134]在邵雍那裏，「性」與「情」截然兩分，「情」固然繫於經驗之真，而「性」則與儒家之道相連，所謂「性者，道之形體也」[135]。由於「情」能溺「性」、傷「性」，而「性傷則道亦從之矣」[136]，故邵雍在理論上是站在正統儒家的立場上，主張「任性」而非「任情」[137]。在詩文寫作中，如此主張的實質就是對「情」的抒寫持節制甚至反對的態度，也就是以儒家之道的真理性宰制甚至取消個體經驗的真實性。

---

[131]邵雍《詩史吟》，見於《伊川擊壤集》卷第十八。
[132]邵雍《詩畫吟》，見於《伊川擊壤集》卷第十八。
[133]邵雍《伊川擊壤集序》。
[134]邵雍《伊川擊壤集序》。
[135]邵雍《伊川擊壤集序》。
[136]邵雍《伊川擊壤集序》。
[137]邵雍詩云：「君子任性，小人任情。任性則近，任情則遠。」邵雍《性情吟》，見於《伊川擊壤集》卷第十八。

程顥（1032－1085）、程頤（1033－1107）「二人之學，開此後宋明道學中所謂程朱陸王之二派，亦可稱為理學心學之二派」，「程伊川為程朱，即理學，一派之先驅，而程明道則陸王，即心學一派之先驅也」[138]。程顥論「修辭立其誠」云：「言能修省言辭，便是要立誠。若只是修飾言辭為心，只是為偽也。若修其言辭，正為立己之誠意，乃是體當自家『敬以直內，義以方外』之實事。道之浩浩，何處下手？惟立誠才有可居之處。有可居之處，則可以修業也。終日乾乾，大小大事，卻只是忠信所以進德，為實下手處。修辭立其誠，為實修業處。」[139]其實，心在儒家忠信的訓示中轉圜，「但明乎善，惟進誠心，其文章雖不中，不遠矣」[140]。經驗性的心終在人倫真理的管轄之下，發為「文章」，則「中」。

程頤似比程顥激進，認為「作文害道」，「凡為文不專意則不工」，「若專意」，則「玩物喪志」，「古之學者，惟務養性情，其他則不學」。但程頤的斷言似乎陷入了困境：「古之學者」也是「作文」的，比如「六經」。對此，程頤辯道：「人見六經，便以為聖人亦作文，不知聖人亦抒發胸中所蘊，自成文耳，所謂有德者必有言也。」[141]其實，在程頤的觀念系統中，並無困境：專意作文，以修辭為事，易玩物喪志，其邏輯實與程顥無異；而涵養性情，使歸儒

[138]馮友蘭《中國哲學史》，下冊，華東師範大學出版社，2000年，第238頁。

[139]朱熹、呂祖謙編《近思錄‧為學》。引文中的「大小大事」乃是文淵閣四庫全書影印本之原文，其為「大小之事」乎？

[140]朱熹、呂祖謙編《近思錄‧為學》。

[141]朱熹、呂祖謙編《近思錄‧為學》。

道，外發則不期為文而自成文，其做工夫的方向乃與專意為文不同。

「抒發胸中所蘊」的聖人寫作，實際上也是「和順集中而英華發外」的寫作。「胸中」所「蘊」者，即是儒家的人倫真理。程頤嘗言，「性即是理」，「在天為命，在義為理，在人為性」[142]。「性」的本質是善，倘將內在的仁心善性發而為文，則文自然也合於儒家的人倫真理。但人的「性」並非不養而善，主觀的「性」、「心」應該由客觀的「理」轄制和涵養，使歸於善，「仁義忠信不離乎心，造次必於是，顛沛必於是，出處語默必於是，久而弗失則居之安，動容周旋中禮，而邪僻之心無自生矣」[143]。性情的經驗性在「養」的過程中將被儒家之道的真理性克服，此後剩下的「胸中所蘊」，發而為文，才會閃射儒家人倫的真理光輝，同時，也不再有經驗的幽微和傳奇，其實，已非文學之文。

北宋末年，張耒持論與二程不同，這也是文人與學者之別。張耒傾向於直接表達內心，近於道家的自然而偏於經驗的真實，嘗謂「文章之於人，有滿心而發，肆口而成，不待思慮而工，不待雕琢而麗者，皆天理之自然，而情性之道也」，「世之言雄暴趉武者，莫如劉季、項籍，此兩人者，豈有兒女之情哉」，「至其過故鄉而感慨，別美人而涕泣，情發於言，流為歌詞，含思淒婉，聞者動心焉」，「此兩人

[142] 朱熹編《二程遺書》，卷第十八。據文淵閣四庫全書影印本。
[143] 朱熹、呂祖謙編《近思錄・為學》。

者，豈其費心而得之哉，直寄其意耳！」[144]在此，儒家之道的主導地位並不被注意，而在「滿心而發，肆口而成」的狀態下，經驗性的性情乃如劉項之歌詠，直寄言表，真切而自然。

2.從朱熹到張戒的南宋誠論

降及南宋，誠論之域的情形似與北宋相差不遠。大抵是文士較重經驗之真，而學者、尤其是正統的儒家學者則對儒家之道的真理性更為偏重。

朱熹（1130－1200）推尊儒家之道的真理性：「道者，文之根本；文者，道之枝葉。惟其根本乎道，所以發之於文，皆道也。三代聖賢文章，皆從此心寫出。文便是道。」[145]

既然文章製作的「根本」是「道」，無「道」自然也就無所謂「文」，因此儒家之道的真理性也就成了「文」的本質。朱熹不由分說地將儒家真理確定為「文」中最本原的、最高的存在。然而，既然「文」的「根本」或本原是「道」，那麼「文」所無可回避的經驗性真實又居於何種地位？關於儒家之道的真理性和個體經驗的真實性，朱熹的集中論議見於《詩集傳序》[146]，朱熹認為，存在兩種經驗性真實：一種是不以儒家之道、聖人之教作為最高取捨標準的經

[144]張耒《賀方回樂府序》，見於《張右史文集》卷第。據涵芬樓四部叢刊影印本。

[145]朱熹《朱子語錄》。

[146]朱熹《詩集傳序》，見於《晦庵先生朱文公文集》卷第七十六。據涵芬樓四部叢刊影印本。

驗之真，故其「心之所感有邪正」，「言之所形有是非」，如「風」，「其所感而發者有邪正、是非之不齊」。這種經驗之真往往是直接的、原初的，未必「合度」，未必「出於正」。一種是以儒家之道為「根本」、為感發標準的經驗之真，實際上這是被儒家之道、聖人之教所「化」的經驗，不是直接的、原初的，在儒家之道的系統中，感無不「正」，言足以「教」，「樂而不過於淫，哀而不及於傷」。對這兩種經驗性真實，朱熹當然以後者為尊而對前者持謹慎態度，由於前者在內心經驗上有「邪」有「正」，在經驗的表達上有「是」有「非」，而不論「邪」與「正」，「是」與「非」，朱熹均不一概否定其價值，正所謂「凡詩之言，善者可以感發人之善心，惡者可以懲創人之逸志，其用歸於使人得其性情之正而已」[147]。朱熹誠然以儒家之道的真理性作為其論詩衡文的第一要義，但比漢代《毛詩》各序有更為通達的姿態，承認「凡詩之所謂『風』者，多出於裏巷歌謠之作，所謂男女相與詠歌，各言其情者也」。承認作為儒家經典的《詩》有此類直書內心之真、經驗之真的作品，實際上也就無以根本否定在詩文寫作中抒寫這種未經儒家之道過濾的經驗性真實。因此，儘管朱熹強調「道」的真理性，但卻在經驗之真的問題上潛藏著些許理學家中不常見的通達之風。

詩人陸游（1125－1210）觀念中的經驗之真也有二義，但與理學家朱熹不同：一是人生經歷，一是內心情感。關於

[147]朱熹《四書章句集注．論語章句》，前引書，第53頁。

人生經歷的重要，陸游嘗言，「汝果欲學詩，工夫在詩外」（《示子遹》），復云，「君詩妙處吾能識，正在山程水驛中」（《題蕭彥毓詩卷後》）。然而陸遊對內心情感之真更有側重：「詩首國風，無非變者。雖周公之豳，亦變也。蓋人之情，悲憤積於中而無言，始發為詩，不然無詩矣。蘇武、李陵、陶潛、謝靈運、杜甫、李白，激於不能自已，故其詩為百代法。國朝林逋、魏野以布衣死，梅堯臣、石延年棄不用，蘇舜欽、黃庭堅以廢絀死，近時江西名家者，例以黨籍禁錮，乃有才名。蓋詩之興本如是。紹興間秦丞相檜用事，動以語言罪士大夫，士氣抑而不伸，大抵竊寓於詩，亦多不免。」[148]這是強調「憤於中而形於言」的內心經驗。不過，陸遊在經驗之真的路上並非一往無前，也在隱約之間主張節制，甚至主張對經驗之真做「沖淡」的處理，讚賞「不矜不挫，不誣不懟，發為文辭，沖淡簡遠」[149]的風格，這已是對內心銳利的、鬱積的情感的消解，約略帶有儒家溫柔敦厚的意味，此為宋代風度歟？

關於文章製作，楊萬里（1127－1206）主「誠」，而其「誠」同樣關乎儒家的人倫真理，譬如所謂「夫學文者，孝悌之餘力也」，「修辭者，立誠之宅里也」[150]。其時魏了翁也主立誠：一方面主張內心真誠，乃謂「蓋辭，心聲也」，「易曰『修辭立其誠』，辭非易能，所以立誠也」，另一

[148]陸游《淡齋居士詩序》，見於《渭南文集》卷第十五。據涵芬樓四部叢刊影印本。

[149]陸游《曾裘父詩集序》，見於《渭南文集》卷第十五。

[150]楊萬里《秀溪書院記》，見於《誠齋集》卷第七十六。據涵芬樓四部叢刊影印本。

方面又以體現儒家之道的真理性為最終旨趣，故曰「辭雖末伎，然根於性、命於氣、發於情、止於道，非無本者能之」[151]。

南宋張戒的《歲寒堂詩話》最能體現一代之文學真實觀念。張戒論詩，原是以經驗之真入手：「建安陶阮以前詩，專以言志」，「其情真，其味長，其氣盛，視三百篇幾於無愧」[152]；「然詩者，志之所之也，情動於中而形於言，豈專意於詠物哉」，「子建『明月照高樓，流光正徘徊』，本以言婦人清夜獨居愁思之切，非以詠月也，而後人詠月之句，雖極其工巧，終莫能及」[153]；「子建李杜皆情意有餘，洶湧而後發者也」[154]。言志的旨趣在於內心真誠，在於「其情真」，情真方有內心經驗的真實與充沛可言。

不過，張戒的詩人、詩歌評論對儒家人倫之真更為重視：「楊太真事，唐人吟詠至多，然類皆無禮。太真配至尊，豈可以兒女語黷之耶」，杜子美《哀江頭》，「其詞婉而雅，其意微而有禮，真可謂得詩人之旨者」，白樂天《長恨歌》，「其敘楊妃進見專寵行樂事，皆穢褻之語」，

---

[151]魏了翁《楊少逸不欺集序》，見於《鶴山先生大全文集》卷第五十五。據涵芬樓四部叢刊影印本。

[152]張戒《歲寒堂詩話》，見於丁福保輯《歷代詩話續編》，上冊，中華書局，1983年，第450頁。

[153]張戒《歲寒堂詩話》，見於丁福保輯《歷代詩話續編》，上冊，前引書，第452頁。

[154]張戒《歲寒堂詩話》，見於丁福保輯《歷代詩話續編》，上冊，前引書，第456頁。

「此固無禮之甚」[155]；「詩文字畫，大抵從胸臆中出，子美篤於忠義，深於經術，故其詩雄而正」[156]；「劉夢得《扶風歌》、白樂天《長恨歌》及庭筠此詩[157]，皆無禮於其君者」，「豈可以瀆至尊耶」[158]；「自建安七子、六朝、有唐及近世諸人，思無邪者，惟陶淵明、杜子美耳，餘皆不免落邪思也」，「子美詩讀之使人凜然興起，肅然生敬，《詩序》所謂『經夫婦，成孝敬，厚人倫，美教化，移風俗』者也」[159]；「觀子美此篇，古今詩人，焉得不伏下風乎？忠義之氣，愛君憂國之心，造次必於是，顛沛必於是，言之不足，嗟歎之，嗟歎之不足，故其詞氣能如此，恨世無孔子，不列於《國風》、《雅》、《頌》爾」[160]。凡此，無非強調在經驗真實之外，更為重要的是儒家的「禮」、儒家的為尊者諱、「忠義」與「經術」、中正無邪、人倫教化、「愛君憂國」。張戒作為典型的宋代士大夫，儒家學者，在批評白居易、劉禹錫、溫庭筠和推尊杜甫的時候，其所持奉的標準有二，一是內心經驗之真，一是儒家人倫真理之真。在這兩

[155] 張戒《歲寒堂詩話》，見於丁福保輯《歷代詩話續編》，上冊，前引書，第457－458頁。

[156] 張戒《歲寒堂詩話》，見於丁福保輯《歷代詩話續編》，上冊，前引書，第458－459頁。

[157] 此指溫庭筠詩《過華清宮二十二韻》，見於《溫庭筠詩集》卷第六。據涵芬樓四部叢刊影印本。

[158] 張戒《歲寒堂詩話》，見於丁福保輯《歷代詩話續編》，上冊，前引書，第461－462頁。

[159] 張戒《歲寒堂詩話》，見於丁福保輯《歷代詩話續編》，上冊，前引書，第465頁。

[160] 張戒《歲寒堂詩話》，見於丁福保輯《歷代詩話續編》，上冊，前引書，第474－475頁。

個標準中，前者關乎詩藝、審美，關乎詩之本原，而後者關乎教化、功用，關乎人間秩序。張戒兼重二者，而又以後者為甚。儒家的人倫之真高於個體的經驗之真，這種文學真實觀念體現了真正的儒家學者的必然選擇，也體現了在一個積貧積弱的時代士大夫勇於擔當的精神和堅執不易的信念。當然，張戒以儒家的人倫真理為標準的詩歌評論每有略顯機械之處；同時，對於其所處的時代而言，像張戒那樣呼喚建構儒家學理所意味著的尊卑秩序是無濟於事的，因為宋朝的問題並非內部的禮崩樂壞，而是國家體制的積重難返和持續不斷的外部威脅。

3.從王若虛到陳繹曾的金元誠論

宋與金南北對峙，而宋金文學真實觀念的主流似乎也是南北異趣。南宋士大夫能夠時時感覺到國家的風雨飄搖，每思挺立，故常歸附儒家之道的真理性；金人居北，北人在經驗之真的流蕩與儒家人倫之真的質實二者之間，似乎應當更為偏重後者[161]，但實際上金人文學真實觀念的主流乃是主張自然天真，強調經驗性真實。與南北朝時代南方重經驗之真而北方重儒家人倫之真相比，宋金似乎恰好將誠論之域的格局倒轉。不過，這種倒轉是有限的，因為至少元好問對經驗之真的重視是有限的——且待後文分疏。

---

[161] 關於南北差異的論述，可參閱魏徵等《隋書・文學傳序》，前引書，第1730頁。

金人在誠論之域有所表述的學者主要是王若虛、元好問。

王若虛（1174－1243）主張自然真率，反對為文而文，嘗謂陶淵明的「《歸去來辭》本自一篇自然真率文字，後人摸擬已自不宜，況可次其韻乎？次韻則牽合而不類矣」[162]。在王若虛看來，不論是「類比」還是「次其韻」之作，皆非出於內心，失其真旨。作文如此，為詩亦然，王若虛認為，「詩道至宋人，已自衰弊，而又專以此相尚，才識如東坡，亦不免波蕩而從之，集中次韻者幾三之一，雖窮極伎巧，傾動一時，而害於天全多矣」[163]。「天全」即是天真，是「自然真率」，是興到神來、志思蓄憤、不得不發，是在內心經驗之真的盈科激蕩之下，真實無偽、棄絕矯揉造作的抒情樣式。但是文士相與、酬唱應答的「次其韻」之作卻把工夫倒做，本末倒置，不是「為情而造文」、不是「情動於中而形於言」的不得不發，而是「為文而造情」，已屬牽於人際接遇的應景寫作，與自然真率的抒情本旨、與情動於中的天籟之響遙隔萬里，故「不復有真詩矣」。

北方的王若虛在倡導真率自然的寫作之際，也對南方以黃庭堅為領袖的「江西詩派」深所知悉，並對其「無一字無來處」的學問鋪排、在古人的方圓之中規行矩步的寫作模式及其「斤斧準繩」、「高談句律，旁出樣度」[164]的拘泥姿態深不以為然，以為黃庭堅輩在人為的拘執之中已然喪盡了天真：「郊寒白俗，詩人類鄙薄之，然鄭厚評詩，荊公、

---

[162] 王若虛《文辨》，見於《滹南遺老集》卷第三十四。
[163] 王若虛《詩話》，見於《滹南遺老集》卷第三十八。
[164] 王若虛《詩話》，見於《滹南遺老集》卷第三十九。

蘇、黃輩曾不比數」，蓋「哀樂之真，發乎情性，此詩之正理也」；「山谷之詩」，「鋪張學問以為富，點化陳腐以為新，而渾然天成，如肺肝中流出者，不足也」；「古之詩人，雖趣尚不同，體制不一，要皆出於自得，至其詞達理順，皆足以名家，何嘗有以句法繩人哉」，「魯直開口論句法」，「豈詩之真理也哉」[165]。「文章自得方為貴」[166]，詩的「正理」和「真理」，乃是經驗性的自然、天真。

在推崇天真自然的方面，元好問（1190－1257）與王若虛有相近之處。元好問的論詩絕句大抵以天然之真為尊：「一語天然萬古新，豪華落盡見真淳」；「心畫心聲總失真，文章寧復見為人」；「慷慨歌謠絕不傳，穹廬一曲本天然」[167]。

元好問之所以稱賞東晉的陶淵明、北方的《敕勒歌》，只緣其「天然」、「真淳」，只緣其直接傳遞經驗之真而不偽飾，自然清新而不矯揉；元好問對潘岳的批評恰在於其偽飾和矯揉，在於其文與其心相悖，文章與人格兩分，文不再是心聲，不再是內心經驗的直接傳導，而成為人格修辭，通過修辭而將對著達官巨宦爭「拜路塵」的人格打扮得成「閒居」的「高情」，這也是劉勰所謂的「志深軒冕而泛詠皋壤，心纏幾務而虛述人外，真宰弗存，翩其反矣」[168]。於此

---

[165] 王若虛《詩話》，見於《滹南遺老集》卷第三八、三九、四十。

[166] 王若虛《山谷於詩每與東坡相抗，門人親黨遂謂過之，而今之作者亦多以為然，予嘗戲作四絕》（之四），見於《滹南遺老集》卷第四十五。

[167] 元好問《論詩三十首》，見於《遺山先生文集》卷第十一。據涵芬樓四部叢刊影印本。

[168] 劉勰《文心雕龍・情采》。

可見元好問與王若虛的差異：王若虛更重視直接、自然、一般性地傳遞內心之真、經驗之真，而元好問則在這種主張之上強調了人格風範之正，強調了端正的人格與端正的文風的統一，強調人格與文風統一於天然真率的抒寫，即以端正的「聲」抒寫端正的「心」，不使「失真」。

元好問也主外在的經驗之真，反對懸絕人生經驗而閉門寫作，故云，「傳語閉門陳正字，『可憐無補費精神』」，復云：「眼處心生句自神，暗中摸索總非真，畫圖臨處秦川景，親到長安有幾人」。元好問傾向於親歷、親見的經驗之真。

在天然真率和親歷、親見的經驗性真實之外，元好問也重視「誠」。元好問的「誠」乃是居於儒家的觀念系統之中，既指涉內心真誠、經驗之真，又關涉儒家的天理、倫理，企圖在經驗之真的直接抒寫與儒家之道的外在規範之間，即在「誠」的經驗性與真理性之間尋求統一，但他似乎並不成功：

詩與文特言語之別稱耳，有所記述之謂文，吟詠情性之謂詩，其為言語則一也。唐詩所以絕出於《三百篇》之後者，知本焉爾矣。何謂本？誠是也。古聖賢道德言語布在方冊者多矣，且以「弗慮胡獲，弗為胡成」，「無有作好」，「無有作惡」，「僕雖小，天下莫敢臣」較之，與「祈年孔夙，方社不莫」，「敬共明神，宜無悔怒」何異，但篇題句讀不同而已。故由心而成[169]，由誠而言，由言而詩也。三者

[169]考諸上下文，「成」當為「誠」之誤。

相為一。情動於中而形於言，言發乎邇而見乎遠，同聲相應，同氣相求，雖小夫賤婦孤臣孽子之感諷皆可以厚人倫、美教化，無它道也。故曰不誠無物。夫惟不誠，故言無所主，心口別為二物；物我邈其千里，漠然而往，悠然而來，人之聽之，若春風之過馬耳，其欲動天地、感神鬼，難矣。其是之謂本。唐人之詩，其知本乎，何溫柔敦厚、藹然仁義之言之多也！幽憂憔悴，寒饑困憊，一寓於時[170]，而共厄窮而不憫，遺佚而不怨者，故在也。至於傷讒疾惡，不平之氣不能自掩，責之愈深，其旨愈婉，怨之愈深，其辭愈緩。優柔饜飫，使人涵泳於先生之澤，情性之外，不知有文字，幸矣學者之得唐人為指歸也。[171]

在詩文寫作之域，元好問主張以「誠」為「本」，反對「言無所主，心口別為二物」的「不誠」。他的「誠」既包括「情動於中而形於言」所呈現的經驗性真實，也包括「古聖賢道德言語」中所蘊藏的可以「厚人倫、美教化」的儒家真理；既包括「小夫賤婦孤臣孽子之感諷」中所可能意味著的尖銳的真實，又包括「溫柔敦厚、藹然仁義」中所意味著的人倫的真理。經驗之真與人倫之真雖然都躲在語義不確定的「誠」的屋簷之下，但是其間可能存在的矛盾並未化解：如何能使「小夫賤婦孤臣孽子」的憤激語合乎「溫柔敦厚、藹然仁義」的規範？如何能在保證「溫柔敦厚、藹然仁義」的情況下做到對經驗性真實的無飾、無偽、無隱的真誠表達？這裏的矛盾也存在於元好問的另一段論議之中：

[170]求諸語境，「時」應作「詩」。

[171]元好問《楊叔能小亨集引》，見於《遺山先生文集》卷第三十六。

> 自「匪我愆期，子無良媒」，「自伯之東，首如飛蓬」，「愛而不見，搔首踟躕」，「既見復關，載笑載言」之什觀之，皆以小夫賤婦，滿心而發，肆口而成，見取於採詩之官，而聖人刪詩亦不敢盡廢。後世雖傳之師，本之經，真積力久而不能止焉者。何古今難易不相侔之如是耶？蓋秦以前，民俗醇厚，去先王之澤未遠，質勝則野，故肆口成文，不害為合理。使今世小夫賤婦，滿心而發，肆口而成，適足以汙簡牘，尚可辱采詩官之求取耶？故文字以來，詩為難；魏晉以來，復古為難；唐以來，合規矩準繩尤難。[172]

元好問認為其所引述的《詩》乃為「小夫賤婦，滿心而發，肆口而成」，充溢著有力的深摯的情感，這顯然合乎其天真自然的審美觀念。由於《詩》的經典性，由於「小夫賤婦，滿心而發，肆口而成」的合理性，這種自然真率的詩文寫作，這種無遮無蔽的經驗真實，理當成為後世的最高典範和應當踵武的抒情之路。但是，元好問擔心「小夫賤婦，滿心而發，肆口而成」的經驗性真實並不能合乎他所尊重的儒家倫理，所以，他在此對經驗之真的抒寫採用了雙重標準：《詩》中之詩可以是「小夫賤婦，滿心而發，肆口而成」，而「今世」如此抒寫則不可。理由是牽強的，充滿對歷史的美化和想像：前者處「秦以前，民俗醇厚」，雖出於「小夫賤婦，滿心而發，肆口而成」，亦「不害為合理」；後者則

[172]元好問《陶然集詩序》，見於《遺山先生文集》卷第三十七。

「適足以污簡牘」。這就意味著：《詩》可以是率性任情而為，可以是經驗性真實的自然抒寫，而「今世」之詩則必須接受儒家人倫真理的宰制，即便「尤難」，也必須「合規矩準繩」。元好問的思路在此已然真相大白：當「小夫賤婦孤臣孽子」的經驗之真與「溫柔敦厚、藹然仁義」的真理之真無法統合、無法得兼的時候，只能採用雙重標準分別對待歷史與現實，使「小夫賤婦，滿心而發，肆口而成」的經驗性真實隨歷史而遠行，成為不具有多少現實啟示、典範意義的「典範」、「經典」，又使「溫柔敦厚、藹然仁義」、「合規矩準繩」的儒家人倫之真成為真正的經典話語、成為規範、制約經驗性真實的絕對力量。作為信仰儒家教義的士大夫，元好問的誠論主張是可以理解的，但是他牽強的理論表述本身非但不能解決文學真實觀念的實質問題，反而會傷害他所主張的天然真率的文學真實觀念。

降及元代，王若虛、元好問曾經重視過的自然天真、經驗性抒寫也有所承傳，譬如方回，陳繹曾。

方回（1227－1307）推尊天然真率的寫作而並不執迷於儒家人倫真理的轄制，嘗謂「古之人雖閭巷子女風謠之作，亦出於天真之自然」，「而今人則反是，惟恐夫詩之不深於學問也，則以道德性命，仁義禮智之說，排比而成詩」，「愈欲深而愈淺，愈欲工而愈拙」[173]。在評價詩人之際，方回也以天然真率為貴，以為「靈運所以可觀者，不在於言景，而在於言情」，而情之自得於心，自然而然應之於手，

[173] 方回《趙賓暘詩集序》，見於《桐江集》。據商務印書館影印本。

故即便詩質綿密，終亦自然天真，「如『山水含清暉，林壑斂瞑色』及『天高秋月明，春晚綠野秀』，於細密之中時出自然」[174]，而謝靈運「池塘生春草」等詩句之美亦全由於其「天然混成」[175]。在方回那裏，自然也就是真率，尊重由心而發的感性，尊重情真，其評謝靈運的詩句「孤遊非情歡，賞廢理誰通」乃云「不以真情，形之歎詠……此理誰與通乎？意極哀惋，柳子厚永州諸詩多近此」[176]。

相似於方回，陳繹曾也主張情感之真，發於至情，自然成詩：「凡讀《三百篇》，要會其情不足性有餘處，情不足，故寓之景，性有餘，故見乎情」；「凡讀《騷》，要見情有餘處」；「凡讀漢詩，先真實，後文華」；「凡讀建安詩，於文華中取真實」；三國六朝樂府「猶有真意，勝於當時文人之詩」；蔡琰「真情極切，自然成文」；古詩十九首「情真，景真，事真，意真，澄至清，發至情」[177]。

陳繹曾也像元好問那般，在強調抒寫真情之際，重視人格對文品的自然貫注，即如其讚賞嵇康所謂的「人品胸次高，自然流出」[178]。實際上，由陳繹曾對「人品胸次」的重視，在古典中國的語境之中，乃可以合乎邏輯地推論出其在

---

[174]方回《評〈石壁精舍還湖中作〉》，見於《文選顏鮑謝詩評》卷第一。據文淵閣四庫全書影印本。

[175]方回《評〈登池上樓〉》，見於《文選顏鮑謝詩評》卷第一。

[176]方回《評〈於南山往北山經湖中瞻眺〉》，見於《文選顏鮑謝詩評》卷第一。

[177]陳繹曾《詩譜》，見於丁福保輯《歷代詩話續編》，中冊，前引書，第625－627頁。

[178]陳繹曾《詩譜》，見於丁福保輯《歷代詩話續編》，中冊，前引書，第628頁。

經驗之真以外也可能強調儒家的人倫真理：「《召南》，至誠諄恪，秋毫不犯」；劉琨、盧諶「忠義之氣，自然形見，非有意於詩也，杜子美以此為根本」；陶淵明「心存忠義，心處閒逸，情真景真，事真意真，幾於《十九首》矣，但氣差緩耳，至其工夫精密，天然無斧鑿痕跡，又有出於《十九首》之表者，盛唐諸家風韻皆出此」[179]。

陳繹曾勾畫的詩歌譜系，並不偏廢儒家「誠」與「忠義」所代表著的人倫真理，但相形之下，陳繹曾似更強調情真自然、經驗之真。

[179]陳繹曾《詩譜》，見於丁福保輯《歷代詩話續編》，中冊，前引書，第624、630頁。

5 經驗之真（二）——明清誠論

元明易代，漢人重得江山，帝國的統治者比前代更重儒家經典、更重「教化」，「要求天下都『講論聖道，使人日漸月化，以復先王之舊，以革污染之習』，因此，屬於漢族文明的程朱理學，在明代依然是權力擁有者建立合法性和合理性的政治意識形態，也依然是一般士人用來與權力進行交換的知識」[1]。降及清代，雖滿人稱帝，亦復如斯。故在明清兩代的文學寫作之中，儒家之道在官方或者立場近於官方的士人那裏，從來就被尊崇和強調。

不過，儒家之道在文論之域的貫徹並非始終一律，相反，對程朱教條的強調激起了哲學和文學領域的強勁反彈，在明朝初期以後，主張經驗性真實的文論潮流已經悄然形成並且逐漸在理論表述中蔚然成風。尤其是在明朝中後期王陽明的「心學」對「心即理也」[2]等命題的闡說中，程朱理學「天理」和「人欲」的緊張關係得到了很大緩解，人的「心」、「欲」雖然在理論上同樣不能夠違拗儒家的人倫真理，但經驗性的「心」和「欲」已然獲得了某種程度的話語

1 葛兆光《中國思想史》，第二卷，前引書，第398頁。

2 王守仁《傳習錄》（上），見於《王文成公全書》卷一。據涵芬樓四部叢刊影印本。

權，影響到文學真實論域，自然是在儒家人倫之真以外，經驗之真的強勢崛起和耀眼存在。

明清誠論的主流實為經驗之真。但是，明清的經驗之真不同於魏晉南北朝：魏晉南北朝經驗之真的哲學基礎主要歸於道家，而明清經驗之真的哲學基礎則主要是儒家心學——雖然心學的邏輯之中有佛老的影子，但畢竟義歸儒家。

第一節　明代前期誠論

這裏所謂的明代前期，大抵是指涉明嘉靖以前的歷史階段。在此期間，許多著名文人都有關乎文學真實的理論表述，但由於時代、立場和眼光不同，從宋濂、方孝孺以迄前後七子，乃由主要倡揚儒家人倫逐漸滑向主要陳說個人經驗。

1.明初誠論：「六經之文」與「明道立政」

立國之初，明代統治者尚實，不以虛禮為務[3]。同時，力倡儒教，「頒《五經》、《四書》於北方學校」[4]，「禮致耆儒，考禮定樂，昭揭經義，尊崇正學」[5]，「太祖高皇帝設科取士，專用程朱」，「成祖文皇帝詔諸儒作《五經大

---

[3] 朱元璋云：「所謂敬天者，不獨嚴而有禮，當有其實。」參閱張廷玉等《明史・本紀第三》，中華書局，1974年，第44頁。
[4] 張廷玉等《明史・本紀第二》，前引書，第36頁。
[5] 張廷玉等《明史・本紀第三》，前引書，第56頁。

全》，於是程朱之學益大明」[6]。而在文學真實論域，明初學者也大抵強調儒家之道、程朱之學的真理性，譬如被朱元璋「屢推為開國文臣之首」[7]的宋濂（1310－1381），即認為，「天地未判，道在天地，天地既分，道在聖賢，聖賢之歿，道在六經」，「皇極賴之以建，彝倫賴之以敘，人心賴之以正」，「後之立言者，必期無背於經，始可以言文」，「文之至者，文外無道，道外無文，粲然載於道德仁義之言者，即道也，秩然見諸禮樂刑政之具者，即文也，道積於厥躬，文不期工而自工」[8]。

宋濂的主張是以文貫道、以文載道、文道合一。道以宋儒周敦頤、二程、張載、朱熹「五夫子」為尊，而文也以此「五夫子」為尊，因為「五夫子之所著」乃是「六經之文」，具有不容置疑的真理性。明初推尊「五夫子」，尤其是程朱，是由於其道其文有利於重建元末明初天下大亂之後的人間秩序，重建「君臣父子之倫」。道的真理性在明初的文學真實論域居於核心地位，既是時勢造成，也是皇權需要。

宋濂也深知文章與經驗性真實的關係，但是在他指明文章出乎人心的同時，往往立即強調儒家人倫之真對人的心身的絕對轄制：「文者果何繇而發乎？發乎心也。心烏在？主乎身也。身之不修，而欲修其辭，心之不和，而欲和其聲」，「決不可致矣」。那麼，如何修身？「聖賢之心浸灌

---

6 錢謙益《新刻十三經注疏序》，見於《牧齋初學集》卷第二十八。據涵芬樓四部叢刊影印本。

7 張廷玉等《明史・宋濂傳》，前引書，第3787－3788頁。

8 宋濂《徐教授文集序》，見於《宋學士文集》卷第五十一。據涵芬樓四部叢刊影印本。

乎道德，涵泳乎仁義，道德仁義積而氣因以充，氣充，欲其文之不昌，不可遏也」[9]。這顯然是源於先秦兩漢誠中形外的誠論結構，且與唐人韓愈的氣盛言宜說有相似的邏輯：都主張以儒家的仁義道德充氣、修身、養心，以合乎儒家人倫之真的「心」宣之乎辭、發而為「文」，自然不違儒家人倫之真。故所謂「發乎心」者，其實也是「繇」乎儒家的人倫真理，「心」的經驗性在「修」和「養」的過程中已被置換成儒家之道的真理性。宋濂以儒家「發乎情止乎禮義」的既有模式節制、規範情感與人欲的經驗性表達，使之合度而歸於溫柔敦厚，中正而無害人間秩序，故宣判「桑間濮上，危弦促管，徒使五音繁會而淫靡過度者，非文也」，「情緣憤怒，辭專譏訕，怨尤勃興，和順不足者，非文也」[10]。

宋濂與方孝孺（1357－1402）有師生之誼，主張相近，鹹以儒家之道的真理性為尊。方孝孺認為，「凡文之為用，明道立政二端而已」，「聖人者出，作為禮樂教化刑罰以治之，修其五倫六紀天衷人極以正之，而一寓之於文」[11]。方孝孺表揚屈原，認為他「雖多悲憤詭異之辭，然終出於憂國愛君之意」，屈原的經驗誠然是「憤戚呼天」，但畢竟「忠厚介潔，得風人之義」，合乎儒道、不乖聖學[12]。方孝孺重道輕文，在他那裏，道的真理性重於文的經驗性，道為文章的內核，明道為文章的目的，根本觀念還是儒家風格的工具主

[9] 宋濂《文說贈王生黼》，見於《宋學士文集》卷第六十六。

[10] 宋濂《徐教授文集序》，見於《宋學士文集》卷第五十一。

[11] 方孝孺《答王秀才書》，見於《遜志齋集》卷第十一。據涵芬樓四部叢刊影印本。

[12] 方孝孺《與鄭叔度八首》，見於《遜志齋集》卷第十。

義：「藝芳盈畦可以飽乎？摛文充棟以明道乎？」「志將適楚能至趙乎？志在修辭能知道乎？鑿江浚河患無瀾乎？道明氣充患無文乎？」[13]

其實，宋濂或者方孝孺，並無新見，他們強調儒家之道的真理性，無非是接過了此前二千年儒家學者依序傳下的道統衣缽，以士大夫身份服務於明初重建文章楷式和人間秩序的現實需要。

當然，明初也有重視經驗性的學者，譬如宋濂的另一個學生高啟（1336－1374），他認為詩之「意」乃為「達其情」，「情不達，則墮於浮虛，而感人之實淺」[14]。在明初，這種聲音顯得微弱。不過，永樂之後，對經驗性真實的強調逐漸引人注目。

2.從李夢陽到謝榛：復古潮流之中的「真」

明初的動盪歸於承平，再過數十年，明帝國已建立了嚴整的秩序，儒家人倫教化之弦遂不再緊張如初。在詩論文論之域，儒家之道的表述也不再有現實的急迫要求，學者不再像宋濂、方孝孺等人那樣偏執於人倫之真。與此同時，經驗之真乃漸為學者、文人所重。茶陵派的李東陽（1447－1516）論詩宗唐，對經驗性真實較為重視，以為「詩在六經中別是一教」，「以陶寫性情，感發志意，動盪血脈，流通

[13] 方孝孺《雜問》，見於《遜志齋集》卷第六。

[14] 高啟《獨庵集序》，見於《高太史梟藻集》卷第二。據涵芬樓四部叢刊影印本。

精神，有至於手舞足蹈而不自覺者」[15]。不過，李東陽同時也主節制，「善用情者，無他，亦不失其正而已矣」[16]，所謂「不失其正」，正是「不失」儒家之道的規範。暨乎前後七子出，對經驗的重視乃漸次演為風尚。

明初以降，詩文委頓。前後七子為重振詩文，走上復古之途，「倡言文必秦漢，詩必盛唐」[17]。然而復古模擬，常常只能窮討辭章，未必能夠曲寫經驗。不能曲寫經驗，則必然與經驗性真實、與詩文的本質漸行漸遠。但實際情形並非如此簡單，倡導復古者恰恰也重視經驗性真實的抒寫。何況，「往者必復」，當力主復古的學者發現問題而明白復古道斷之時，則可能回頭看到經驗性真實的閃光。最有代表性的學者，即如李夢陽。

李夢陽（1473－1530）的觀念有明顯的道家邏輯，曾謂「真者，無所為而為者也」，其「真」乃為「由於中」的內心真誠[18]，是與儒家之道關涉不著的自然、天真。其對經驗性真實的偏重，從其一系列關乎詩論的序文之中對「情」、「情之真」的強調可以約略窺知[19]，而在其晚年的《詩集自序》之中，引用王叔武的話，更有深入的揭示：「夫詩者，

[15] 李東陽《麓堂詩話》，見於丁福保輯《歷代詩話續編》，下冊，前引書，第1369頁。

[16] 李東陽《麓堂詩話》，見於丁福保輯《歷代詩話續編》，下冊，前引書，第1384頁。

[17] 張廷玉等《明史・李夢陽傳》，前引書，第7348頁。

[18] 李夢陽《遵道錄序》，見於《空同集》卷第五十一。據文淵閣四庫全書影印本。

[19] 參閱李夢陽《結腸操譜序》、《林公詩序》、《張生詩序》、《梅月先生詩序》等，皆出自《空同集》卷第五十一。

天地自然之音也，今途咢而巷謳，勞呻而康吟，一唱而群和者，其真也，斯之謂風也」，「孔子曰，『禮失而求諸野』，今真詩乃在民間」，「真者，音之發而情之原也，非雅俗之辯也」，「夫途巷蠢蠢之夫，固無文也，乃其謳也，咢也，呻也，吟也，行口占而坐歌，食咄而寤嗟，此唱而彼和，無不有比焉興焉，無非其情焉，斯足以觀義矣，故曰，詩者，天地自然之音也」。在文學真實之域觀之，王叔武所表述且為李夢陽所贊同的觀念，實際上就是強調內在經驗的直接抒寫、自然抒寫，不必經過儒家人倫之真的過濾而「卒然而謠、勃然而訛」，由於真率自然，雖「途巷蠢蠢之夫」，「其謳也，咢也，呻也，吟也」，也比「文人學子」的作品可貴。詩之可貴在於「真」，而不是以儒家之道為衡量標準的「雅俗之辯」。

在詩歌領域垂意於「民間」，實質上就是在文人雕章琢句、刻意復古的時風之中選擇、肯定和推崇直接而自然的經驗寫作。「今真詩乃在民間」，大抵是對此時此刻民間的經驗性歌吟的肯定，可與元好問的觀念對照以觀。元好問雖然肯定《詩》中「小夫賤婦，滿心而發，肆口而成」的歌吟，但卻認為他的時代「小夫賤婦，滿心而發，肆口而成」的當下抒寫「適足以污簡牘」——如前所述，這是「雙重標準」，一方面主張經驗性的真誠抒寫，另一方面卻以「污簡牘」的猜想而拒絕當下的對經驗之真的抒寫。相形之下，「今真詩乃在民間」則態度明確而不自相矛盾，即便民間的經驗性寫作「其曲胡，其思淫，其聲哀，其調靡靡」，但是因為「真」，自有價值存焉。元好問的矛盾主張顯示了儒家維護人間秩序的深度關切，而王叔武、李夢陽「今真詩乃在民間」的主張則潛藏著道家自然、天真的思想中所必然指向的經驗性真實觀。

其時徐禎卿（1479－1511）雖屢言「風教」，但也關注經驗之真，其所謂「興懷觸感，民各有情，賢人逸士，呻吟於下裏，棄妻思婦，歌詠於中閨」[20]，「情者，心之精也」，「情無定位，觸感而興，既動於中，必形於聲，故喜則為笑啞，憂則為吁戲，怒則為叱吒」，「蓋因情以發氣，因氣以成聲，因聲而繪詞」[21]，「夫情能動物，故詩足以感人」[22]等等，都是以內心的經驗之真為「詩之源」[23]。

李夢陽、徐禎卿同屬「前七子」之列，乃「復古」一流人物。其時主張復古者尚有楊慎（1488－1559）[24]，但他所「復」之「古」也不廢性情之真，故雖以為「《三百篇》皆約情合性而歸之道德」，但畢竟承認「《詩》以道性情」[25]；也認為「唐人詩主情，去《三百篇》近，宋人詩主理，去

[20] 徐禎卿《談藝錄》，見於何文煥輯《歷代詩話》，下冊，前引書，第764頁。

[21] 徐禎卿《談藝錄》，見於何文煥輯《歷代詩話》，下冊，前引書，第765頁。

[22] 徐禎卿《談藝錄》，見於何文煥輯《歷代詩話》，下冊，前引書，第766頁。

[23] 徐禎卿《談藝錄》，見於何文煥輯《歷代詩話》，下冊，前引書，第765頁。

[24] 按：楊慎主要的文學活動乃是在嘉靖年間展開，然則考其主要觀念，則同於陽明心學展開之前的樣式，故將其附著於明代前期議論。下文所涉的謝榛、王世貞亦同此例。

[25] 楊慎《升庵詩話》，見於丁福保輯《歷代詩話續編》，中冊，前引書，第868頁。

《三百篇》遠」[26]，傾向於以詩言情，逼近性情之真。

「後七子」雖依然復古，但也有謝榛（1495－1575）等人注意於經驗之真。謝榛主張詩歌應當直書性情之真，以為「《三百篇》直寫性情，靡不高古」[27]，以為「今之學子美者，處富有而言窮愁，遇承平而言干戈，不老曰老，無病曰病，此摹擬太甚，殊非性情之真也」[28]，這也是傾向於經驗性真實而反對在復古摹擬之中墮入矯揉虛假。

從洪武到嘉靖，從宋濂到前後七子，明代文學真實觀念已經完成了從儒家人倫之真到個體經驗之真的潮流演化，此後便是明代後期的文人和學者對經驗性真實的繼續發展和突出了。

第二節　明代後期誠論：心學

程朱理學的一統格局在明代後期已經分崩離析，「心學」逐漸演為大端，在陽明「心學」於隆慶年間被官方承認並且王陽明也「從祀文廟」[29]之後，「篤信程朱，不遷異說者，無復幾人矣」[30]。「心學」在明朝後期的流行使文學真實

[26] 楊慎《升庵詩話》，見於丁福保輯《歷代詩話續編》，中冊，前引書，第799頁。

[27] 謝榛《四溟詩話》卷一，見於丁福保輯《歷代詩話續編》，下冊，前引書，第1137頁。

[28] 謝榛《四溟詩話》卷一，見於丁福保輯《歷代詩話續編》，下冊，前引書，第1165頁。

[29] 張廷玉等《明史・王守仁傳》，前引書，第5169頁。

[30] 張廷玉等《明史・儒林傳序》，前引書，第7222頁。

論域發生了深刻的變化，經驗性真實真正突破了儒家人倫真理的管轄，學者更加強調經驗性的性靈和情真，並使之合法化。

1.回顧嘉靖以前的「心」與「心學」

探討明代文學真實觀念，「心學」思潮不可回避。而探討明代「心學」，不但應當關注明代陳獻章、湛若水以及集宋明「心學」之大成的王守仁，而且也應對先秦以迄宋代關於「心」的觀念有所注意。

對「心」的追問，始於先秦。孟子云：「心之官則思，思則得之，不思則不得也。」[31]然其「心」指的是思維器官。孟子復有所謂「夫子之不動心」[32]云云，「心」則是經驗性的意志、情感。至於孟子所謂「仁義禮智根於心」[33]，則在將「心」作為儒家德行之源的時候，在「心」的經驗性之中植入了儒家仁義禮智的真理性，其所謂「惻隱之心」、「羞惡之心」、「辭讓之心」、「是非之心」[34]也兼有內心經驗性與儒家真理性。其時道家也曾言「心」，但是其所謂「心」不似儒家之「心」那種兼有經驗性和真理性的二元結構，而是以自然、無為的觀念為內核，在「心」的問題上主張「滌除玄覽」[35]、「致虛極，守靜篤」[36]，主張「無視無聽，抱神以

31 《孟子・告子上》。
32 《孟子・公孫丑上》。
33 《孟子・盡心上》。
34 《孟子・公孫丑上》。
35 《老子・第十章》。
36 《老子・第十六章》。

靜，形將自正」，「目無所見，耳無所聞，心無所知」[37]，排除雜亂的經驗和人倫教條，虛靜其心以觀道，「唯道集虛，虛者，心齋也」[38]。

先秦以降，「儒家思想與道家思想相互補充，造就了宋明理學，同時也為心學的形成開闢了道路」[39]。而在儒道二家之外，佛學對「心」也多有論列，甚至有學者認為「佛學即『心學』」，「佛學是『性靈之學』」[40]。不過，「佛教以『心』為佛法，這種思想只是在哲學思維上與儒家傳統的心性之學有暗合之處，因而在宋代被儒家所吸收，形成了理學和心學」，「佛教以『心』為本體所講的超越，其實是一種超離現實、超離人生倫理的空無境界」[41]。既然如此，則佛家之「心」，當然絕不會具備人倫真理性，但佛學的「本心」對陸王心學、對明代文學真實觀念卻大有影響。

「心學」，乃以「心」為本體、本原，這與程朱以理為世界的本原差異迥然。「心學」受到了禪宗「本心」的影響，但是其本質還是儒家之學，不出儒家仁義的軌範，只是不像程朱那般視仁義之「理」為先於人、外於人的本質，而是將仁義之「理」與「心」視為同一，譬如南宋陸九淵（1139－1193）的表述即為，「仁義者，人之本心也」[42]。陸

---

37 《莊子・在宥》。

38 《莊子・人間世》。

39 劉宗賢《陸王心學研究》，山東人民出版社，1997年，第8頁。

40 祁志祥《佛教美學》，上海人民出版社，1997年，第80頁。

41 劉宗賢《陸王心學研究》，前引書，第9頁。

42 陸九淵《與趙監》，見於《象山先生全集》卷第一。據涵芬樓四部叢刊影印本。

九淵的「本心」，其內在結構自然與禪宗的「本心」截然不同。陸九淵的「本心」乃是「仁義」，而將「仁義」直接視為「本心」，顯然來自孟子的「仁義禮智根於心」，從而其「本心」由儒家的人倫真理所建構和決定。所謂「本心」，就是具有人倫真理性的精神實體。陸九淵的其他表述也每申說此義，譬如所謂「皇極之建，彝倫之敘，反是則非，終古不易，是極是彝，根乎人心，而塞乎天地」[43]。關於「仁義者，人之本心也」，陸九淵的另一個著名表達是「心即理也」：「蓋心，一心也，理，一理也，至當歸一，精義無二，此心此理，實不容有二」[44]，「人皆有是心，心皆具是理，心即理也」[45]。陸九淵的觀念主要來自孟子，是以「心」統合人的內在經驗性和儒家的人倫真理性。

南宋學者楊簡（1141－1225），踵武陸九淵，倡「心學」，而其所謂「心」同樣兼有經驗性和真理性，所謂「道心大同」，「人心自善，人心自靈，人心自明」，「人皆有惻隱之心，皆有羞惡之心，皆有恭敬之心，皆有是非之心」，「人人皆與堯、舜、禹、湯、文、武、周公、孔子同」[46]——其「心」具備先驗的道德之「善」，或者說，儒家的人倫真理乃是溶解於經驗性的「心」中。

---

[43] 陸九淵《雜說》，見於《象山先生全集》卷第二十二。
[44] 陸九淵《與曾宅之》，見於《象山先生全集》卷第一。
[45] 陸九淵《與李宰》（二），見於《象山先生全集》卷第十一。
[46] 楊簡《二陸先生祠記》，見於《慈湖遺書》卷二。據文淵閣四庫全書影印本。

在陸九淵、楊簡之後的「二百五十年間」，也就是「自宋末以後」，以迄明代前期，「朱學勢力，逐漸增大」[47]，「原乎明初諸儒，皆朱子門人之支流余裔，師承有自，矩矱秩然」[48]。程朱理學在明代前期的觀念領域，居主流。然而隨著時代遷變，程朱之學一統天下的格局終被陳獻章、王守仁打破，「蓋自弘治、正德之際，天下之士，厭常喜新，風會之變，已有其所從來，而文成以絕世之姿，唱其新說，鼓動海內」[49]。這種「厭常喜新」的「風會之變」，乃時勢使然。明帝國在立國一百多年之後，已經危機四起、綱常淪喪，矯揉虛偽之風盛行，而習程朱之學者大抵也是為了功名科舉，將所學儒家的人倫真理作為「獵取聲名利祿的工具，其實心口是不一致的」[50]，並無真誠信仰和切實履踐。在此情形下，「記誦之廣，適以長其敖也；知識之多，適以行其惡也；聞見之博，適以肆其辯也；辭章之富，適以飾其偽也」[51]。於是，陳獻章、王守仁等學者遂內轉向心，糾正當世。

2.從陳獻章到湛若水：「率吾情盎然出之」與「言由中德而發」

陳獻章（1428－1500）是「江門心學」的開創者，其學以「心」為要，嘗謂「此心通塞往來之機，生生化化之

[47] 馮友蘭《中國哲學史》，下冊，前引書，第284頁。

[48] 張廷玉等《明史・儒林傳》，前引書，第7222頁。

[49] 顧炎武《日知錄》卷第十八。據文淵閣四庫全書影印本。

[50] 梁啟超《儒家哲學・二千五百年儒家變遷概略》（下），見於《王陽明全集・知行錄・點評王陽明》，紅旗出版社，1996年，第40－41頁。

[51] 王守仁《傳習錄中・答顧東橋書》，見於《王陽明全集・知行錄》，前引書，第59頁。

妙」[52]，「君子一心，萬理完具」[53]，「此心之仁，至大不可害，君子因是心，因制是禮」[54]。作為承繼孟子的儒家，陳獻章的「心」，當然與儒家的「仁」和「禮」、與儒家的人倫真理同一；又正因為這種同一，他的「任心」[55]主張，方能不違儒家真理。不過，從陳獻章「任心」的言述，依稀可見道家自然、無為的影子。而他所謂「大塊本無心，縱橫小兒狀，江門三兩詩，饒舌天機上」[56]，「萬化自然，太虛何說」[57]，「誰會五行真動靜，萬古周流本自然」[58]，凡此，更與道家之學相通，故有學者以為「白沙顯示的精神意態，甚似莊周」，「我們如譬之為新儒家中的莊周，亦無不可」[59]。

在誠論之域，陳獻章的「任心」、「天機」、「自然」，可以邏輯地引向這樣的主張：以「真」為原則，真誠地表達內心的經驗性真實。不過，陳獻章雖然頗受道家影響，畢竟是儒家學者，故在強調內心的經驗性真實的同時，也並不忽略儒家的人倫真理，其所「任」之「心」與儒家之道合一，「苟無是心，有文章足以收譽於眾口」，「皆偽而已」。陳獻章的無「偽」之「心」，乃兼綜情感真實和人倫真理，其所示例，乃是李密的《陳情表》：「嘗取李令伯

[52] 陳獻章《送李世卿還嘉魚序》，見於《陳白沙集》卷第一。據文淵閣四庫全書影印本。
[53] 陳獻章《論前輩言銖視軒冕塵視金玉》，見於《陳白沙集》卷第一。
[54] 陳獻章《仁術》，見於《陳白沙集》卷第一。
[55] 陳獻章《仁術》，見於《陳白沙集》卷第一。
[56] 陳獻章《八月二十四日颶作多溺死者》，見於《陳白沙集》卷第四。
[57] 陳獻章《示湛雨》，見於《陳白沙集》卷第四。
[58] 陳獻章《枕上漫筆》，見於《陳白沙集》卷第六。
[59] 林繼平《明學探微》，臺灣商務印書館發行，第43頁。

之《陳情表》讀之，有不感咽流涕、廢書以歎者乎？」而在陳獻章看來，《陳情表》之所以動人，正在於「孝」心的真誠表達，「夫孝，百行之源，通於神明，光於四海」，而「孝」、「忠」相連，所謂「君與親，一也」，「寧有篤於親而遺其君者乎？」[60]陳獻章論詩，不忘照顧儒家的人倫真理，主張「明三綱、達五常」，以為「必有至人能立至言」，「宋儒之大者，曰周、曰程、曰張、曰朱，其言具存，其發之而為詩亦多矣」[61]。既然不廢三綱五常、不廢宋代理學家及其「詩」，則陳獻章對儒家人倫真理的重視亦可知矣。

當然，在明初的理學高潮過去之後，陳獻章在文學真實論域更引人注目之處還是其對性情之真、對經驗之真的顧盼：「言，心之聲也，形交乎物，物動乎中，喜怒生焉，於是乎形之聲」，「聲之不一，情之變也，率吾情盎然出之，無適不可」[62]；「詩之發，率情而為之，是亦不可苟也已，不可偽也已」[63]；「醉則賦詩」，「積幾百餘篇，其言皆本於性情之真，非有意於世俗之贊毀」[64]；「大抵論詩當論性情」，「性情不真，亦難強說」[65]。

陳獻章著意肯定「心」、「情」、「性情」、「性情之真」在詩歌寫作中的決定性意義。所謂「率吾情盎然出

[60] 陳獻章《望雲圖詩序》，見於《陳白沙集》卷第一。
[61] 陳獻章《認真子詩集序》，見於《陳白沙集》卷第一。
[62] 陳獻章《認真子詩集序》，見於《陳白沙集》卷第一。
[63] 陳獻章《澹齋先生挽詩序》，見於《陳白沙集》卷第一。
[64] 陳獻章《送李世卿還嘉魚序》，見於《陳白沙集》卷第一。
[65] 陳獻章《與汪提舉》，見於《陳白沙集》卷第三。

之」，「其言皆本於性情之真」，凡此都可以看出先秦「率性」[66]、「形莫若緣，情莫若率」[67]、「不精不誠，不能動人」[68]等觀念的影子。但是，陳獻章對經驗性真實的重視卻有與先秦不同的意義：先秦儒道之學並立，儒家的人倫之真與道家「率情」導出的經驗之真共存；而在明代，陳獻章的出現卻使文學真實觀念的主流發生了深刻的嬗變，由以儒家人倫真理為主轉向具有道家色彩的以經驗性真實為主。雖然陳獻章的「真」具有人倫真理性和經驗真實性的二元結構，但在明代後期，他著意強調的「率情」必將使經驗性真實佔有愈來愈大的比例，而使儒家的人倫真理在詩歌抒寫之中黯然退居次席。

湛若水（1466－1560）承接陳獻章的「江門心學」統緒，將人倫真理與「心」視為同一的實體。但是湛若水比陳獻章更具儒家的正統立場，儒家的人倫真理在湛若水那裏更受關切，這就是湛若水所謂的「天理」：「所謂人道之序者非他也，天理也」[69]，「聖人制禮以教人也，蓋本之天理爾」[70]。既主「心學」，則湛若水也主張「心」與「天理」的同一，即所謂「心即理也，理即心之中正也，一而已矣」[71]。同時，中正的性情也與天理同一，「聖賢之學不過性

66 《禮記‧中庸》。
67 《莊子‧山木》。
68 《莊子‧漁父》。
69 湛若水《用人》，見於《格物通》卷第五十九。據文淵閣四庫全書影印本。
70 湛若水《立教興化》，見於《格物通》卷第四十八。
71 湛若水《正心》，見於《格物通》卷第二十。

情焉而已爾，性情者不過天理焉而已爾，仁義禮樂學問之功豈外此而別有所致力哉？」[72]既然「心」、性情與所謂「天理」同一，則由「心」而發的「言」必然合乎儒家的人倫真理，即合乎「天理」。故雖然湛若水屢屢主張「言動根於心也」，「言行出於心」，「人言皆本於心」[73]，但是其所本之「心」，原是「天理」，其重心原不在「心」的經驗性真實而在「天理」的人倫真理性：「言，心聲也，行，心跡也。言行由中則發皆天理，而動無不善。」[74]這是漢人「發乎情止乎禮義」的哲學表述。

湛若水也倡「真情」而疾作「偽」：「言不可以偽為也，有德者必有言也」，「言由中德而發者也」[75]；「心具生理故謂之性，性觸物而發故謂之情，發而中正故謂之真情，否則偽矣，道也者，中正之理也」[76]。在此，湛若水判斷真偽的標準不是經驗性的，而是儒家的人倫真理。其所謂「真情」，不是內心情感的經驗性真實，而是合乎儒家之「道」、合乎「天理」的「情」。

湛若水是比陳獻章更像「儒家」的學者，從對經驗性真實的重視程度而言，湛若水不如陳獻章。在「江門心學」的學統中，從陳獻章到湛若水，似乎有一個從經驗之真到儒家人倫之真的微妙轉折。不過，在與湛若水所處時代相近的王

---

[72] 湛若水《進德業二》，見於《格物通》卷第二十七。

[73] 湛若水《慎言動上》、《慎言動中》、《慎言動下》，見於《格物通》卷第二十三到二十五。

[74] 湛若水《進德業三》，見於《格物通》卷第二十八。

[75] 湛若水《慎言動上》，見於《格物通》卷第二十三。

[76] 湛若水《復鄭啟范進士》，見於《甘泉文集》卷第七。

守仁那裏，陳獻章和湛若水的主張都有體現，王守仁之「集大成」，其亦在此乎？

3.王守仁：「陽明心學」與經驗性真實

王守仁（1472－1529）之學被稱為「陽明心學」，以為「格物致知，當自求諸心，不當求諸事物」，「其為教，專以致良知為主，謂宋周、程二子後，惟象山陸氏簡易直捷，有以接孟氏之傳」，「學者翕然從之，世遂有『陽明學』云」[77]。

「陽明心學」的要義大抵是所謂「心即理也」、「知行合一」與「致良知」。由於「陽明心學使儒家倫理落實在日常生活人倫日用之間」[78]，從而具有明顯的經驗性特徵。其所謂「心即理也」，與陸九淵的觀念一樣，統合內心的經驗性和儒家人倫的真理性而為一個實體：「心即理也，天下又有心外之事、心外之理乎？」「此心無私欲之蔽，即是天理，不須外面添一分。以此純乎天理之心，發之事父便是孝，發之事君便是忠，發之交友治民便是信與仁。」[79]然而王守仁強調「只在此心」上求索，其實多少已經將理論重心移向了內心的經驗性。而王守仁所謂「知行合一」也可能在邏輯上通往經驗性真實：「知之真切篤實處，即是行；行之

---

[77] 張廷玉等《明史・王守仁傳》，前引書，第5168頁。

[78] 杜維明《陽明心學的時代意義》，見於《王陽明全集・知行錄・點評王陽明》，前引書，第83頁。

[79] 王守仁《傳習錄上》，見於《王陽明全集・知行錄》，前引書，第4頁。

明覺精察處，即是知，知行工夫本不可離。」[80]「知行合一」之論，在融會了真理性與經驗性的同時，實際上已較程朱之學遠為重視經驗性。至於所謂「致良知」，雖然是以孟子性善說為本原，認定「良知」與儒家人倫真理的同一性，但是其專注內心、「不假外求」的特徵也不妨礙通向個體的內心經驗性：「知得良知卻是誰？自家痛癢自家知。若將痛癢從人問，痛癢何須更問為？」[81]既然關乎「良知」之「痛癢」即是「自家」之「痛癢」，則其個體經驗性已然可知矣。而所謂「知是心之本體，心自然會知，見父自然知孝，見兄自然知弟，見孺子入井，自然知惻隱，此便是良知，不假外求」[82]云云，雖以儒家人倫真理為「心之本體」，但其實已經為率性、率情的經驗性外發奠定了邏輯基礎。

當然，作為一個由帝王批准而「從祀文廟」的儒家聖賢，王守仁不可能不是一個維護帝國秩序的學者，他不可能不重視儒家的人倫真理，也不可能不主張以人倫真理節制經驗性的衝動：「道心也者，率性之謂也，人心則偽矣。不雜於人偽，率是道心而發之於用也，以言其情則為喜怒哀樂；以言其事則為中節之和，為三千三百經曲之禮；以言其倫則為父子之親，君臣之義，夫婦之別，長幼之序，朋友之

[80] 王守仁《傳習錄中・答顧東橋書》，見於《王陽明全集・知行錄》，前引書，第45頁。

[81] 王守仁《答人問良知二首》（之二），見於《王陽明全集・靜心錄》，前引書，第712頁。

[82] 王守仁《傳習錄上》，見於《王陽明全集・知行錄》，前引書，第8頁。

信。」[83]

王守仁也注意「誠」，他的「誠」往往是儒家的人倫真理，即所謂「實理」[84]，「誠是實理，只是一個良知」[85]。王守仁嘗云：「仆近時與朋友論學，惟說『立誠』二字」，「殺人須就咽喉上著刀，吾人為學當從心髓入微處用力，自然篤實光輝」[86]。其所「立」之「誠」，大抵也是指涉內心固有的人倫之真、道德情感之「誠」表現出來的「篤實光輝」，而非一般經驗。但是，王守仁的「誠」又不僅是儒家的人倫真理，在另一些時候，其所謂「誠」確實也指涉過經驗性意義上的內心真誠：「凡作文字要隨我分限所及，若說得太過了，亦非修辭立誠矣」[87]；「凡作文惟務道其心中之實，達意而止，不必過求雕刻，所謂修辭立誠者也[88]。此間「修辭立誠」，大抵是對內心真實的表達，而非特指對儒家人倫真理的表述。「凡作文字要隨我分限所及」一語實際上別有意味，它表明：王守仁並不主張在「作文」中勉強拔高自身的境界，以合乎儒家的人倫真理，而是尊重內心的實際

---

[83] 王守仁《萬松書院記》，見於《王陽明全集・悟真錄》，前引書，第884頁。

[84] 王守仁《贈林典卿歸省序》，見於《王陽明全集・悟真錄》，前引書，第866頁。

[85] 王守仁《傳習錄下》，見於《王陽明全集・知行錄》，前引書，第114頁。

[86] 王守仁《與黃宗賢》（五），見於《王陽明全集・靜心錄》，前引書，第393頁。

[87] 王守仁《傳習錄下》，見於《王陽明全集・知行錄》，前引書，第103頁。

[88] 王守仁《與汪節夫書》，見於《王陽明全集・靜心錄》，前引書，第518頁。

狀態，貼近「心中之實」而發為真誠的文字。「立」經驗性的內心之「誠」是第一位的；而如果儒家的人倫真理超越了個體內心的實際刻度，則大可為了「修辭立誠」而不必對之曲為照顧。

在文學真實論域觀察王守仁，其學術淵源實際上兼取儒釋道，而核心就是傾向於經驗性真實。郭沫若曾經斷定其思想「是以禪理為本質而穿著儒家的衣裳，其實和莊子也別無二致」[89]，而王守仁自己在言及學術淵源之時，也坦承自己曾「究心於老釋，賴天之靈，因有所覺，始乃沿周程之說求之，而若有得焉」[90]，「夫禪之學與聖人之學，皆求盡其心也，亦相去毫釐耳」[91]。老釋之學，不以人倫真理為慮，且在超越人倫真理的路途上每每顯示出對經驗之真、本真的重視。王守仁承思孟「率性」之意，兼取老釋之學，故肯定經驗性真實、天真自然、本真性情，有時甚至也對儒家人倫真理有所超越，此等觀念，在其詩中尤為彰明：「竹裏藤床識懶人，脫巾山麓任吾真，病夫已久逃方外，不受人間禮數嗔」[92]；「詠歌見真性，逍遙無俗情」[93]；「行年忽五十，

[89] 郭沫若《創造十年續篇・學生時代》，見於《王陽明全集・知行錄・點評王陽明》，前引書，第46頁。

[90] 王守仁《別湛甘泉序》，見於《王陽明全集・悟真錄》，前引書，第862頁。

[91] 王守仁《重修山陰縣學記》，見於《王陽明全集・悟真錄》，前引書，第888頁。

[92] 王守仁《山中懶睡四首》（之一），見於《王陽明全集・靜心錄》，前引書，第656頁。

[93] 王守仁《登雲峰二三子詠歌以從欣然成謠二首》（之一），見於《王陽明全集・靜心錄》，前引書，第696頁。

頓覺毛髮改。四十九年非，童心獨猶在」[94]；「爾身各各自天真，不用求人更問人，但致良知成德業，謾從故紙費精神，乾坤是易原非畫，心性何形得有塵，莫道先生學禪語，此言端的為君陳」[95]。王守仁「不受人間禮數嗔」的率性之「真」、「真性」、「童心」、「天真」，不但表明此人對經驗性真實的重視，而且在文論、詩論的思路上、概念上都對明代後期的文人、學者產生了巨大影響。

第三節　明代後期誠論：情真

從陳獻章到王守仁，「心學」思潮改變了時代的精神。在明代後期的文學真實論域，到處可以看到「江門」與「陽明」的思想痕跡。從唐順之到袁宏道，不少學者皆主情真之論，而細探其學理，則往往與心學有密切關聯。

1.唐順之與徐渭的「率情而言」、「摹情彌真」

「唐宋派」的唐順之（1507－1560）受陳獻章等人「心學」影響，出入於儒道之間，主張率情、真心、天機。唐順之欣賞真率的「狂者」姿態，嘗謂「今之所謂狂者也，而豁豁磊磊，率情而言，率情而貌」，「言也，寧觸乎人而不肯違乎心」，「貌也，寧野於文而不色乎莊」，「其直以肆，

[94] 王守仁《歸懷》，見於《王陽明全集・靜心錄》，前引書，第704頁。

[95] 王守仁《示諸生三首》（之一），見於《王陽明全集・靜心錄》，前引書，第712頁。

則亦古之所謂狂者也」[96]。致力於「率情而言」，實際上已經閒置了儒家關於人倫真理的教條而近於道家的自然無為之論。當然，唐順之將道家的真率主張做了儒家的解釋，其所謂「真心」[97]，所謂「儒者於喜怒哀樂之發，未嘗不欲其順而達之」[98]，都是以儒家言述為門面，以道家精神為堂奧。

真率自然的風度反映在文學真實論域，當然是直寫胸臆：「直攄胸臆，信手寫出，如寫家書，雖或疏鹵，然絕無煙火酸餡習氣，便是宇宙間一樣絕好文字」，「即如以詩為諭，陶彭澤未嘗較聲律，雕句文，但信手寫出，便是宇宙間第一等好詩」[99]；「蓋文章稍不自胸中流出，雖若不用別人一字一句，只是別人字句，差處只是別人的差，是處只是別人的是也，若皆自胸中流出，則爐錘在我，金鐵盡熔，雖用他人字句，亦是自己字句」[100]；「近來覺得詩文一事，只是直寫胸臆，如諺語所謂開口見喉嚨者，使後人讀之，如真見其面目，瑜瑕俱不容掩，所謂本色，此為上乘文字」[101]。為文之「本色」，其實就是內心真實，以及對內心真實的「直寫」，使文章「自胸中流出」，在自然、直接甚至粗率（亦

---

[96] 唐順之《與兩湖書》，見於《荊川先生文集》卷第五。據涵芬樓四部叢刊影印本。

[97] 唐順之《與聶雙江司馬》，見於《荊川先生文集》卷第六。其文曰：「仆亦嘗謂『孔子嘗言心矣』。『出入無時，莫知其向』，此真心也，非妄心之謂也。出入本無時，欲有其時，則強把捉矣。其向本無知，欲知其向，則強猜度矣。無時即此心之時，無向即此心之向。」按：《孟子·告子上》引孔子之言曰「出入無時，莫知其向，其惟心之謂與？」

[98] 唐順之《中庸輯略序》，見於《荊川先生文集》卷第十。

[99] 唐順之《答茅鹿門知縣》之二，見於《荊川先生文集》卷第七。

[100] 唐順之《與洪方洲書》，見於《荊川先生文集》卷第七。

[101] 唐順之《與洪方洲書》，見於《荊川先生文集》卷第七。

即「疏鹵」）的表達中獲得「真精神」，而不流於「較聲律，雕句文」的匠人氣息。真實、天真乃為詩文的第一要義。

徐渭（1521－1593）與王守仁的門生王畿、錢德洪等心學人物，與唐順之等主「率情」的文人學者，均有交往，以老莊不受人間拘囿的「真我」為人的自然本性，而在文學真實論域，徐渭亦以「真我」為貴，崇真疾偽：「予惟天下之事，其在今日，鮮不偽者也，而文為甚」，「視必組繡，五色偽矣，聽必淫哇，五聲偽矣，食必脆醲，五味偽矣」，「夫真者，偽之反也，故五味必淡，食斯真矣，五聲必希，聽之真矣，五色不華，視斯真矣，凡人能真此三者，推而至於他，將未有不真者」[102]。這裏的「偽」，實近於文飾之意。而這裏的「真」，則大抵出於道家的審美觀念，近於平淡天真、本真。徐渭從五味、五聲、無色所體現出來的人心之真偽談論文之真偽，認為人心平淡、本然之真方可導致文之平淡和本真。

「本真」意味著直接、本然的真實情感，這對詩歌抒寫，乃有決定意義：「古人之詩本乎情，非設以為之者也，是以有詩而無詩人」[103]。徐渭反對「本無是情」而「設以為之」，重申「詩本乎情」，實無異於劉勰的「為情而造文」。只有情真宛然在胸，方有詩歌；倘無情真，則縱有詩人、縱有詩歌，而「詩之實亡矣」。非但詩本乎情，戲劇也以情為主：「人生墮地，便為情使」，「摹情彌真則動人彌

[102]徐渭《贈成翁序》，見於《徐渭集》，中華書局，1983，第908頁。
[103]徐渭《肖甫詩序》，見於《徐渭集》，前引書，第534頁。

易，傳世亦彌遠」[104]。然則如何達致「摹情」之「真」？徐渭傾向於「天機自動，觸物發聲」[105]，避免「矯真飾偽」[106]，妙傳經驗於真率之間。

2.李贄的「童心」與「發憤」

李贄（1527－1602）是明代後期最為著名的「異端人物」，受「心學」影響而又比前輩更為激進，出入老釋之間，主張順乎人性、真率自然，而不欲認同程朱理學對自然人性的警惕和遏制的態度。按照程朱之學，「修德之實，在乎去人欲、存天理」，「人欲不必聲色貨利之娛，宮室觀遊之侈也，但存諸心者，小失其正，便是人欲」[107]。然而「小失其正，便是人欲」的絕對要求，必令人在修省、舉止、言說之際謹遵「天理」顫慄惶恐、如履薄冰，務求矯正、克制而難以率性、率情。李贄反之，以真率自然為高，以為「自然之性，乃自然真道學」[108]，「蓋聲色之來，發於性情，由乎自然，是可以牽合矯強而致乎」，，「惟矯強乃失之，故以自然之為美耳」[109]。

李贄也主「誠」，但其「誠」乃與儒家的人倫之「誠」迥然有異：「《大學・釋誠意》即首言『如好好色，如惡惡臭』，蓋即此以比好惡之真實不欺處，使人知此是誠意，誠

---

[104]徐渭《選古今南北劇序》，見於《徐渭集》，前引書，第541頁。
[105]徐渭《奉師季先生書》，見於《徐渭集》，前引書，第458頁。
[106]徐渭《書草玄堂稿後》，見於《徐渭集》，前引書，第579頁。
[107]朱熹《與劉共父》，見於《晦庵先生朱文公文集》卷第三十七。
[108]李贄《篤義》，見於《初譚集》，中華書局，1974，第328頁。
[109]李贄《讀律膚說》，見於《焚書》，前引書，第369頁。

即實也。」[110]李贄的「誠」，重在內心的真誠無偽、真實不欺，不是儒家人倫真理的絕對主宰，而是人之性情的真率髮露，直而不掩，「如好好色，如惡惡臭」。李贄在解讀《金剛經》的時候也融通儒釋而謂「誠意之實，在毋自欺」[111]，其重心依然是個體內心的真誠而不自欺，與儒家人倫無甚關係。但是，這不意味著李贄拒絕了儒家的人倫真理，譬如，他曾說「自然發於性情，則自然止乎禮義，非性情之外復有禮義可止也」[112]，「蓋由中而出者謂之禮，從外而入者謂之非禮」，「天降者謂之禮，從人得者謂之非禮」，「由不學、不慮、不思、不勉、不識、不知而至者謂之禮，由耳目聞見，心思測度，前言往行，彷彿比擬而至者謂之非禮」[113]——凡此皆表明李贄並不徹底拒絕「禮義」、「禮」等儒家的人倫規定，而是循「心學」的邏輯認為這種規定應該是發於內心的，是天然、自然、合乎性情的，絕非外在的強制規定，而是內在心性的自覺，實際上也就是所謂「心即理也」。李贄只是將程朱理學「天理」與「人欲」的對峙轉換成了真誠與虛偽的對峙、「童心」與「假道學」的對峙。李贄所攻擊的只是「陽為道學，陰為富貴，被服儒雅，行若狗彘」[114]的「假道學」，而對真誠崇奉儒家真理的人物、包括小說人物（譬如對有「忠義」之心的水滸英雄），則持肯定

[110] 李贄《道古錄》（上卷），見於《李贄文集》，第七卷，社會科學文獻出版社，2000年，第366－367頁。
[111] 李贄《金剛經說》，見於《續焚書》，中華書局，1974年，第194頁。
[112] 李贄《讀律膚說》，見於《焚書》，前引書，第369頁。
[113] 李贄《四勿說》，見於《焚書》，前引書，第282－283頁。
[114] 李贄《三教歸儒說》，見於《續焚書》，前引書，第200頁。

的態度[115]。

在文學真實論域，李贄的《童心說》地位尊崇。李贄的「童心」，乃是自然真率、直而不矯、誠而不偽的內心狀態。童心說在邏輯上必然導致重個體的真情實感、經驗真實的率意抒寫，而輕儒家外在於人的倫理規定的剛性宰制：「夫童心者，絕假純真，最初一念之本心也，若失卻童心，便失卻真心；失卻真心，便失卻真人」，「夫學者既以多讀書識義理障其童心矣，聖人又何用多著書立言以障學人為耶」，「童心既障，於是發而為言語，則言語不由衷，見而為政事，則政事無根柢，著而為文辭，則文辭不能達」，「童心既障，而以從外入者聞見道理為之心也」，「夫既以聞見道理為心矣，則所言者皆聞見道理之言，非童心自出之言也，言雖工，於我何與」，「天下之至文，未有不出於童心焉者也」[116]。

李贄不是泛泛地反對「聞見道理」，而是強調尊重內心的本真，以為真誠地面對內心方能言語由衷、文辭能達，發於真心方能期待成為「至文」而不致淪為「童心既障」的「假文」。李贄「童心」、「真心」諸語之所指涉，也是本真、自然之心，是實而不虛、誠而不偽的真情、「至情」，而「言出至情，自然刺心，自然動人，自然令人痛哭」[117]。李贄所謂「凡人作文皆從外邊攻進裏去，我為文章只就裏面

[115]參見李贄《忠義水滸傳序》，見於《焚書》，前引書，第303－307頁。
[116]李贄《童心說》，見於《焚書》，前引書，第273－276頁。
[117]李贄《讀若無母寄書》，見於《焚書》，前引書，第391頁。

攻打出來」[118]，大抵也是不以外在的規範、真理為作文的理障，而是主張由內而外，發真情而為「至文」。

此外，李贄也稱頌先秦「發憤以抒情」、漢代「憤於中而形於言」的寫作傳統：「古之賢聖，不憤則不作矣，不憤而作，譬如不寒而顫，不病而呻吟也，雖作何觀乎」[119]，「且夫世之真能文者，比其初皆非有意於為文也，其胸中有如許無狀可怪之事，其喉間有如許欲吐而不敢吐之物，其口頭又時時有許多欲語而莫可所以告語之處，蓄極積久，勢不能遏，一旦見景生情，觸目興歎，奪他人之酒杯，澆自己之塊壘，訴心中之不平，感數奇於千載，既已噴玉唾珠，昭回雲漢，為章於天矣，遂亦自負，發狂大叫，流涕慟哭，不能自止」[120]。發憤寫作是強勁的悲愴破堤如瀑，是真實的經驗率意直書。

3「公安三袁」的「獨抒性靈」與「情真而語直」

明代後期，與李贄的觀念相呼應而主張情真、自然者，乃有湯顯祖以及「公安三袁」、馮夢龍等人。

湯顯祖（1550－1616）認為「世總為情，情生詩歌」[121]，解釋「詩言志」而云「志也者，情也」[122]，同時又認為文學

---

[118] 李贄《與友人論文》，見於《續焚書》，前引書，第16頁。
[119] 李贄《忠義水滸傳序》，見於《焚書》，前引書，第303頁。
[120] 李贄《雜說》，見於《焚書》，前引書，第271－272頁。
[121] 湯顯祖《耳伯麻姑游詩序》，見於《湯顯祖集》，上海人民出版社，1973年，第1050頁。
[122] 湯顯祖《董解元西廂題辭》，見於《湯顯祖集》，前引書，第1502頁。

「不真不足行」[123]，「填詞皆尚真色，所以入人最深」[124]。可知「情」與「真」是其文學真實觀念的核心。

晚明馮夢龍（1574－1646），也以「情」為要，認為「四大皆幻設，惟情不虛假」，「我欲立情教，教誨諸眾生」[125]。在馮夢龍的觀念之中，子對於父，臣對於君，並非儒家人倫規定的「孝」與「忠」，而是「子有情於父，臣有情於君」。「佛亦何慈悲，聖亦何仁義」[126]——「慈悲」云乎哉？「仁義」云乎哉？亦無非「情」而已。在馮夢龍看來，甚至記載儒家人倫真理的六經，也是以「情」為要義，故曰：「六經皆以情教也」[127]。馮夢龍推尊「情真」，乃有李夢陽所謂「今真詩乃在民間」的影子：「桑間、濮上，國風刺之，尼父錄焉，以是為情真而不可廢也」，「山歌雖俚甚矣，獨非鄭、衛之遺歟」，「且今雖季世，而但有假詩文，無假山歌，則以山歌不與詩文爭名，故不屑假，苟其不屑假，而吾藉以存真，不亦可乎」，「借男女之真情，發名教之偽藥」[128]。馮夢龍尊重情感之真而否決名教之偽，故不以「山歌」之「俚」為慮。在這一點上，「公安三袁」中的袁宏道與之相近。

---

[123]湯顯祖《答張夢澤》，見於《湯顯祖集》，前引書，第1365頁。

[124]湯顯祖《〈焚香記〉總評》，見於《湯顯祖集》，前引書，第1486頁。

[125]馮夢龍《情史序》，見於《馮夢龍詩文》，海峽文藝出版社，1985年，第84頁。

[126]馮夢龍《情史序》，見於《馮夢龍詩文》，前引書，第84頁。

[127]馮夢龍《情史序》，見於《馮夢龍詩文》，前引書，第86頁。

[128]馮夢龍《序山歌》，見於《馮夢龍詩文》，前引書，第1頁。

公安人袁宗道（1560－1600）、袁宏道（1568－1610）、袁中道（1570－1623）三兄弟以「性靈」說著稱晚明，而考「三袁」旨歸，也是對性情之真的強調，針對的是晚明文人的虛偽作風。在袁宗道看來，有動於中必宣之於形，故「大喜者必絕倒，大哀者必叫吼動地，發上指冠」，然而晚明文士則往往如「戲場中人，心中本無可喜事，而欲強笑，亦無可哀事，而欲強哭」，「浮浮泛泛，原不曾的然做一項學問，叩其胸中，亦茫然不曾具一絲意見」，卻「搦管伸紙，入此行市，連篇累牘，圖人稱揚」[129]。似此為文，無非「假借模擬」而盡失本真。

袁宏道論詩衡文的宗旨，不離內心的經驗之真，讚賞對經驗之真的率意直抒：「弟小修詩」，「大都獨抒性靈，不拘格套，非從自己胸臆流出，不肯下筆」，「今閭閻婦人孺子所唱《擘破玉》、《打草竿》之類，猶是無識真人所作，故多真聲，不效顰於漢魏，不學步於盛唐，任性而發，尚能通於人之喜怒哀樂嗜好情欲，是可喜也」[130]；「要以情真而語直，故勞人思婦，有時愈於學士大夫，而呻吟之所得，往往快於平時」，「夫非病之能為文，而病之情足以文，亦非病之情皆文，而病之文不假飾也，是故通人貴之」[131]。以「情真」為要，只為真切摹寫內心經驗，而嘉許「無識真人所作」，實亦「貴其真也」[132]。然則袁宏道不止尊重「情

[129] 袁宗道《論文下》，見於《三袁隨筆》，四川文藝出版社，1996年，第17頁。
[130] 袁宏道《序小修詩》，見於《三袁隨筆》，前引書，第97頁。
[131] 袁宏道《陶孝若夢中囈引》，見於《三袁隨筆》，前引書，第118頁。
[132] 袁宏道《諸大家時文序》，見於《三袁隨筆》，前引書，第96頁。

真」，而且推崇「語直」。對「語直」的追求，目的是拒絕對經驗的「假飾」，反對效顰於漢魏和盛唐，直接抵達，任性而發。由於唯恐「假飾」傷害「情真」，袁宏道甚至不惜為「太露」辯護：「大概情至之語，自能感人，是謂真詩，可傳也，而或者猶乙太露病之，曾不知情隨境變，字逐情生，但恐不達，何露之有？」[133]儒家詩道，乃以「樂而不淫，哀而不傷」的原則節制經驗直抒的氾濫無度，然而袁宏道為無所節制的「太露」辯護，已是遠棄儒道規約而獨尊經驗之真。

與袁宏道相似，袁中道也主「情真」：「出自胸臆，決不剿襲世人一語」，「輸瀉胸懷」，「惟其真耳」[134]。呼應其師李贄的「發憤」，袁中道復云：「夫修詞之道，古以為必窮而後工。非窮而後工，以窮則易工也。坎壈之士，內有郁而不申之情，外有迫而不通之境，直抒其意所欲言，而以若訴若啼，動人心而驚人魄矣。」[135]

不過，在「情真」的問題上，袁中道卻比袁宏道更有反思精神：「夫情無所不寫，而亦有不必寫之情，景無所不收，而亦有不必收之景，知此乃可以言詩矣」[136]；「凡胸中所欲言者，皆鬱而不能言，而詩道病矣，先兄中郎矯之，其意以發抒性靈為主，始大暢其意所欲言，極其韻致，窮其變化，謝華啟秀，耳目為之一新」，「及其後也，學之者稍入

[133]袁宏道《序小修詩》，見於《三袁隨筆》，前引書，第98頁。
[134]袁中道《成元岳文序》，見於《三袁隨筆》，前引書，第355頁。
[135]袁中道《西清集序》，見於《三袁隨筆》，前引書，第375－376頁。
[136]袁中道《蔡不瑕詩序》，見於《三袁隨筆》，前引書，第338頁。

俚易，境無不收，情無不寫，未免沖口而發，不復檢括，而詩道又將病矣」[137]。

袁中道的反思是在對文學史的觀察之中展開的，並不拘守一時一地一人，而有宏大的視野。袁中道以為詩歌的歷史就是「格套」與「性靈」遞相沉浮、互濟弊病、此起彼伏的歷史。「格套」乃是包括儒家詩教在內的關乎詩歌寫作的「法律」[138]、法則、規範、章法和制約，而「性靈」就是自由自在的內心、無拘無束的本真。袁宏道重「性靈」而輕「格套」，重「情真」而輕收拾，故有所謂「獨抒性靈，不拘格套」，有所謂「情真而語直」。但更有歷史感的袁中道則以為，「格套」與「性靈」各有功能，它們各有弊端而又可以互矯其弊，故不可取此舍彼、存此廢彼。沒有「格套」的限制和規範，則可能一任「性靈」的引導而墮入「情無所不寫，景無所不收」、「沖口而發，不復檢括」的氾濫和俚俗境地；而固執地拘守「格套」則可能導致「鬱不能暢」、「遏抑」不發，從而根本喪失文學寫作的意義。因此，袁中道既不贊同「性情之發，無所不吐」，也不贊同「法律之持，無所不束」[139]，雖不一定回歸漢人「發乎情止乎禮義」的儒家規則，但至少是傾向於「發」而有「止」、「之」而能「持」的寫作方式。當然，袁中道也承認，當時的文人在以古人的「詩法」為「格套」的沼澤之中已經陷得很深，甚至已近於「剽竊」古人，而其真性情則早已喪失殆盡，故開

[137]袁中道《阮集之詩序》，見於《三袁隨筆》，前引書，第340頁。
[138]袁中道《花雪賦引》，見於《三袁隨筆》，前引書，第338頁。
[139]袁中道《花雪賦引》，見於《三袁隨筆》，前引書，第338頁。

出藥方云：「今之剽竊，又將有主性情者救之矣。」[140]可知袁中道亦是以真性情拯救其所處身的時代之文學。不過，袁中道的主張較之袁宏道更顯中庸和理性。

「公安三袁」雖彼此之間略有不同，但矯正詩文寫作之域的復古模擬、虛假浮華之風，則立場一致；而他們的矯正之方，大抵是以抒寫真情真性而成就「真詩」、「至文」。

第四節　從明末清初到康熙年間的誠論

清代誠論源於晚明，既承其餘緒，也矯其偏頗。然觀其大略，清代誠論也走過了一條從六經的真理性到經驗的真實性這樣一條道路，直到晚清的王國維，乃與二十世紀的文學真實論接通，使傳統中國的「人倫真理－經驗真實」的演化模式被另一種結構相似而術語不同的新模式取代。

在明崇禎到清康熙的時代動盪中，誠論之域的實際情形乃是個體經驗之真的延續與儒家人倫之真的復歸。明代後期「心學」導出的情真之論延伸進了清代，但又因明清易代而與明代後期的格局有所不同。個體的經驗真實、儒家的人倫真理與民族情感、立場交織為一體，使明末清初的誠論表述顯得嘈雜，錢謙益、黃宗羲、顧炎武、王夫之皆有頗具時代特徵的深刻論議，其後的朱彝尊兼重人倫真理與經驗真實，乃為康熙年間誠論之域的代表人物。

---

[140]袁中道《花雪賦引》，見於《三袁隨筆》，前引書，第338頁。

1.錢謙益的「真好色」、「真怨誹」與「真詩歌」

錢謙益（1582－1664）是明清之際的大詩人，史稱「明季王、李號稱復古，文體日下，謙益起而力振之」[141]。在誠論之域，錢謙益承晚明風尚，以真情、真詩為論議之要；同時，在新的問題面前，錢謙益的「真詩」又向儒家人倫真理略作變通，從而與晚明的袁宏道諸人有所不同。

「真」為錢謙益檢視詩文的標準。在錢謙益看來，「文章途轍，千途萬方，符印古今，浩劫不變者，惟真與偽二者而已」。[142]而在「真」、「偽」之外，錢謙益又提出「有詩」、「無詩」的概念：「余常謂論詩者」當「先論其有詩無詩」，「所謂有詩者，惟其志意偪塞，才力憤盈，如風之怒於土囊，如水之壅於息壤，傍魄結轖，不能自喻，然後發作而為詩」，「如其不然，其中枵然無所以，而極其撏扯採擷之力，以自命為詩」，「剪采不可以為花也，刻楮不可以為葉也」，「其或矯厲矜氣，寄託感憤，不疾而呻，不哀而悲，皆象物也，皆餘氣也，則終謂之無詩而已矣」[143]。既以「志意偪塞，才力憤盈」為「有詩」，復以「不疾而呻，不哀而悲」為「無詩」，則其所謂「有」、「無」，乃是指有無真實的情感蘊蓄於內。在錢謙益的觀念之中，「真」與「偽」的問題，大約即是「有」與「無」的問題：「有詩」

[141]趙爾巽、柯劭忞等《清史稿・錢謙益傳》，中華書局，1977年，第13324頁。
[142]錢謙益《覆李叔則書》，見於《牧齋有學集》卷第三十九。據涵芬樓四部叢刊影印本。
[143]錢謙益《書瞿有仲詩卷》，見於《牧齋有學集》卷第四十七。

必然有情，有情方可謂「真」；「無詩」必然無情，無情則可謂「偽」。也可以說，有情則「真」，「真」則「有詩」；無情則「偽」，「偽」則「無詩」。

錢謙益重視古典詩學「憤於中而形於言」所意味著的力度，所謂「偪塞」、「憤盈」、「如風之怒於土囊，如水之壅於息壤，傍魄結轖，不能自喻，然後發作而為詩」等表達，大抵指向蘊蓄胸中、張力彌滿、強烈爆發而形諸詩歌的噴湧而出的情感：「古之為詩者，必有深情畜積於內，奇遇薄射於外，輪囷結轖，朦朧萌折，如所謂驚瀾奔湍，鬱閉而不得流，長鯨蒼虬，偃蹇而不得伸，渾金璞玉，泥沙掩匿而不得用，明星皓月，雲陰蔽蒙而不得出，於是乎不能不發之為詩，而其詩亦不得不工」[144]；「夫詩者，言其志之所之也，志之所之，盈於情，奮於氣，而擊發於境」[145]；「志足而情生焉，情萌而氣動焉，如土膏之發，如候蟲之鳴，歡欣噍殺，紆緩促數，窮於時，迫於境，旁薄曲折而不知其使然者，古今之真詩也」[146]。鬱積胸中的強烈情感發而為詩歌，自然是「不得不工」，自然是「真詩」。於是可知，這種「不能不發」的真實而強烈的情感，正是「真詩」之本原，誠如錢謙益所自道：「古之為詩者，有本焉。《國風》之好色，《小雅》之怨誹，《離騷》之疾痛叫呼，結轖於君臣夫婦朋友之間，而發作於身世逼側、時命連蹇之會，夢

[144]錢謙益《虞山詩約序》，《牧齋初學集》卷第三十二。

[145]錢謙益《愛琴館評選詩慰序》，見於《牧齋有學集》卷第十五。

[146]錢謙益《題燕市酒人篇》，見於《牧齋有學集》卷第四十七。

而謳，病而吟，春歌而溺笑，皆是物也，故曰有本。」[147]或所謂「詩不本於言志，非詩也」，「宣已諭物，言志之方也。」[148]

詩以真實而強烈的情感為「本」，並不意味著錢謙益主張如袁宏道那般任情直抒。實際上，由於對「情真」的不加選擇和節制的「直抒」，明代後期李贄、袁宏道等人的某些主張已經使不少追隨他們的文人的寫作俚俗不堪。而錢謙益在尚為明帝國大臣之時，曾對晚明學風有所批評，其批評顯然也有利於糾正文風之鄙俗：「胥天下不知窮經學古，而冥行擿埴，以狂瞽相師，馴至於今，輇材小儒敢於嗤點六經，呰毀三傳，非聖無法，先王所必誅，不以聽者，而流俗以為固然。生心而害政，作政而害事，學術蠱壞，世道偏頗，而夷狄寇盜之禍亦相挺而起。孟子曰：『我亦欲正人心，君子反經而已矣。』誠欲正人心，必自反經始。誠欲反經，必自正經學始。」[149]「今誠欲回挽風氣，甄別流品，孤撐獨樹，定千秋不朽之業，則惟有反經而已矣。」[150]錢謙益開出的「反經」處方，無非是要從儒家的經典之中借取人倫之真，以濟錢謙益等學者眼中的「心學」之偏、之窮。故在誠論之域，錢謙益一方面倡情真，一方面又回歸漢儒的詩學規定，兼取內心的經驗真實與儒家的人倫真理，並使二者重新統一於「發乎情止乎禮義」抒寫模式。錢謙益認為，「有真好

---

[147]錢謙益《周元亮賴古堂合刻序》，見於《牧齋有學集》卷第十七。
[148]錢謙益《徐元歎詩序》，《牧齋初學集》卷第三十二。
[149]錢謙益《新刻十三經注疏序》，見於《牧齋初學集》卷第二十八。
[150]錢謙益《答徐巨源書》，見於《牧齋有學集》卷第三十八。

色，有真怨誹，而天下始有真詩」，這固然與「根柢性情」的情真主張相關，但是錢謙益所謂「真好色」、「真怨誹」的「真」，卻絕非一味的經驗之真而已，「好色不比於淫，怨誹不比於亂」方可謂之「真」，亦即「所謂發乎情，止乎義理者也」[151]。

錢謙益「反經」，既是回歸「好色而不淫」、「怨誹而不亂」、「發乎情止乎禮義」的漢代傳統以矯正詩風，也是為了拯救晚明的文風、世風，甚至就是為了「救世」：「詩人之志在救世，歸本於溫柔敦厚」，「本詩教以救世，大哉斯言」[152]；「先儒有言，詩人所陳者，皆亂狀淫形時政之疾病也，所言者，皆忠規切諫，救世之針藥也」[153]。

儒家的「救世」關切導致錢謙益主張以節制的姿態面對內心經驗的抒寫，而儒家的人倫真理更使之不能在根本上違拗溫柔敦厚的詩教原則。從這個意義上看，晚明以來的文學真實觀念到了錢謙益這裏已經起了變化。這種變化是微妙的，因為錢謙益的表述並不昂揚突兀；然而這種變化又是重要的，不論是對於在明末扭轉士風、世風而言，還是對於開啟清初的新風尚、新局面而言。

2.黃宗羲、顧炎武、王夫之：「情真」與「以性正情」

明清易代之際，黃宗羲（1610－1695）、顧炎武（1613－1682）與王夫之（1619－1692）皆為抗清志士，三人皆「講求

[151]錢謙益《季滄葦詩序》，見於《牧齋有學集》卷第十七。
[152]錢謙益《施愚山詩集序》，見於《牧齋有學集》卷第十七。
[153]錢謙益《王侍禦遺詩贊》，見於《牧齋有學集》卷第四十二。

經世之學」[154]，重視儒家人倫真理並且躬身履踐。在誠論之域，三人持論雖有差異，但都是儒家風範。

「宗羲之學，出於蕺山，聞誠意慎獨之說，縝密平實。嘗謂明人講學，襲語錄之糟粕，不以六經為根柢，束書而從事於游談，故問學者必先窮經，經術所以經世。」[155]既重經世，必重儒家之道的真理性，並以儒家的人倫真理在天下擾攘之際恢復或者重建人間秩序。然而作為「心學」苗裔，黃宗羲以為「盈天地間皆心也，人與天地萬物為一體，故窮天地萬物之理，即在吾心之中」[156]。心統性情，既學宗「心學」，自然也重視詩文對性情之真的傳達，故黃宗羲多言「性情」，誠所謂「夫詩以道性情」[157]，「詩之為道，從性情而出」[158]。

黃宗羲在誠論之域的思路，一是以情真立論，這是晚明學風使然，二是將儒家的人倫真理貫徹為心之真、文之真，這是「心學」邏輯使然。

黃宗羲重視情真，以為不論男女、士民，情真方可能文至，故云：「凡情之至者，其文未有不至者也，則天地間街談巷語，邪許呻吟，無一非文，而游女、田夫、波臣、戍客，無一非文人也。」[159]這與李夢陽所稱賞的「真詩乃在民

---

[154]趙爾巽、柯劭忞等《清史稿・顧炎武傳》，前引書，第13166頁。

[155]趙爾巽、柯劭忞等《清史稿・黃宗羲傳》，前引書，第13105頁。

[156]黃宗羲《明儒學案・原序》。據文淵閣四庫全書影印本。

[157]黃宗羲《景州詩集序》，見於《南雷集》卷第一。據涵芬樓四部叢刊影印本。

[158]黃宗羲《陳葦庵年伯詩序》，見於《南雷集・撰杖集》。據涵芬樓四部叢刊影印本。

[159]黃宗羲《明文案序上》，見於《南雷集》卷第一。

間」、袁宏道所謂「勞人思婦」之「情真而語直」有相通之處。「情之至者」，無非指涉至真、至率的情之本然，發而為「街談巷語，邪許呻吟」，即是自然真率的「文」與「詩」。強調情真，就是強調臨筆之際對內心經驗的忠誠和真誠。不過，黃宗羲同時也強調另一種真誠，即真誠信仰儒家之道的真理性，並且本著救世、經世之心而宣之乎筆端。黃宗羲的真情、性情等概念，並非一般性的經驗真實，也非一般性的人倫真理，而是二者在「心」中的融合一體。在《馬雪航詩序》中，黃宗羲曾將一般性的經驗真實與融合了人倫真理的經驗真實做過區分：「蓋有一時之性情，有萬古之性情。夫吳歈越唱，怨女逐臣，觸景感物，言乎其所不得不言，此一時之性情也。孔子刪之以合乎興、觀、群、怨、思無邪之旨，此萬古之性情也。吾人誦法孔子，苟其言詩，亦必當以孔子之性情為性情。如徒逐逐於怨女逐臣，逮其天機之自露，則一偏一曲，其為性情亦末矣。」所謂「一時之性情」，實際上就是一般的經驗性真實，這種性情雖則天機自露、自然真實，但是並非高尚的性情，「末」、「偏」而且「曲」。而所謂「萬古之性情」則是合乎儒家人倫真理的溫柔敦厚、中正平和的性情，融合了理的正當性和情的自然性的「孔子之性情」。這樣，所謂「興、觀、群、怨、思無邪」的「萬古之性情」、「孔子之性情」，在本質上也就必然導向「發乎情止乎禮義」的寫作：「發乎情」乃是尊重一般性的經驗真實，「止乎禮義」乃是為了不使對一般性的經驗真實的抒寫越出儒家人倫真理劃定的價值框範，不使這種抒寫危及儒家理想的人間秩序或者妨礙這種理想秩序的建立。晚明之世所流行的寫作，其經驗性真實在黃宗羲看來大抵是「一時之性情」，故黃宗羲並不十分稱許，其所稱許的，乃是古人的性情及其抒寫：「古之人，情與物相遊而不能相舍，不但忠臣之事其君，孝子之事其親，思婦勞人，結不可解，即風雲月露，草木蟲魚，無一非真意之流通。故無溢言曼辭以入章句，無諂笑柔色以資應酬，唯其有之，是以似之。」[160]古人之情，有「忠」有「孝」且為「真意」，而其表達則無「溢言曼辭」、「諂笑柔色」，大抵是合乎儒家人倫真理的性情，是「孔子之性情」。

黃宗羲重視儒家的人倫真理，重視「載道」，這是針對兩種時風：第一自然是當時文人抒寫一般性的經驗真實而不及於儒家人倫真理的作風；第二則是不思「載道」但務虛飾的作風：「周元公曰，『文所以載道也』，今人無道可載，徒欲激昂於篇章字句之間，組織紉綴以求勝，是空無一物而飾其舟車也，故雖大輅艅艎，終為虛器而已矣，況其無真實之功，求鹵莽之效，不異結柳作車、縛草為船耳？」[161]實際上，批評「無道可載」即是批評文人的言辭虛飾之中儒家人倫真理的失落。黃宗羲不贊同在文學寫作中「徒欲激昂於篇章字句之間」的作風，是因為他在本質上並不是一個純粹的文人，而是一個擔當天下的學者、志士、大儒，他對經世救人的追求和對異族的抵制都要求他即便是在文學真實論域也必以儒家的人倫真理為論議的樞機，而不贊成文人的語詞藻飾，不贊成對經驗性真實、對「一時之性情」的任情直抒。

---

[160]黃宗義《黃孚先詩序》，見於《南雷集》卷第二。
[161]黃宗義《陳葵獻偶刻詩文序》，見於《南雷集》卷第二。

在誠論之域，顧炎武與黃宗羲有相同的立場，相近的思路，對儒家人倫真理尊崇不違，在其「積三十餘年而後成」的《日知錄》之中，「論治綜核名實，於禮教尤兢兢」，「謂風俗衰，廉恥之防潰，由無禮以權之，常欲以古制率天下」[162]。顧炎武注目於儒家禮教、儒家有關君臣父子的人倫真理對建構人間秩序的關鍵意義，認為三國之時魏國的變亂乃是儒家人倫真理被棄置的結果：魏人「棄經典而尚老莊，蔑禮法而崇放達，視其主之顛危若路人然」，於是「國亡於上，教淪於下，干戈日爭，君臣屢易」[163]，人間失序。顧炎武重視對儒家人倫真理的真誠信仰和無偽表達。明亡之後，顧炎武尊奉母命，「弗事二姓」[164]，不但信仰而且踐行了以「忠」、「孝」為核心的儒家人倫。以這樣的觀念和行為為基礎，顧炎武嚴厲批評了在他看來有違儒家人倫真理的謝靈運、王維，以為「古來以文辭欺人者，莫若謝靈運，次則王維」。「靈運身為元勳之後」，先是事晉，「宋氏革命」之後又事宋，「至屢嬰罪劾，興兵據捕」，卻又作詩稱「韓亡子房奮，秦帝魯連恥，本自江海人，忠義動君子」，以表明自己「效忠於晉」，然而既然晉亡之後謝靈運「不能與徐廣、陶潛為林泉之侶」，則其詩中的「忠義」並不真誠；而在顧炎武看來，當「安祿山陷兩都」之時，雖然是安祿山「迫」王維以「偽署」，但王維畢竟是失節了，「而文墨交遊之士多護王維，如杜甫謂之『高人王右丞』」，然「天下

---

[162]趙爾巽、柯劭忞等《清史稿・顧炎武傳》，前引書，第13168頁。
[163]顧炎武《正始》，見於《日知錄》卷第十三。據文淵閣四庫全書影印本。
[164]趙爾巽、柯劭忞等《清史稿・顧炎武傳》，前引書，第13166頁。

有高人而仕賊者乎」？顧炎武顯然並非僅僅針對古人而空發議論，他是有所指的：「今有顛沛之餘，投身異姓，至擯棄不容而後發為忠憤之論，與夫名汙偽籍而自托乃心，比於康樂、右丞之輩，吾見其愈下矣。」可知顧炎武之所疾，乃是詩文之域虛偽的「忠憤」表達，他所主張的，無非儒家之道的真理性，以及信仰與表達的和諧統一、真誠無偽。儒家之道的真理性與內心經驗的真實性在此融為一體。顧炎武否定「末世人情彌巧，文而不慚，固有朝賦《采薇》之篇而夕有捧檄之喜者」、「汲汲於自表，暴而為言」的虛偽習尚，因為那是既拋棄了儒家之道又違背了內心真實的虛偽表述。顧炎武所肯定的，則是「真」的作風：「《黍離》之大夫，始而搖搖，中而如殪，既而如醉，無可如何而付之蒼天者，真也。汨羅之宗臣，言之重、辭之復，心煩意亂而其詞不能以次者，真也。《栗里》之征士，淡然若忘於世而感憤之懷有時不能自止，而微見其情者，真也。」[165]顯然，提倡「詩主性情」[166]的顧炎武不專主「性情」之真，也不專主人倫之真，而是兼顧儒家人倫真理和個體的內心真誠，並且視二者為統一體。

在黃宗羲、顧炎武和王夫之三人之中，王夫之對經驗性真實最為重視。王夫之的經驗，既包括經歷，也包括情感。即對經歷的強調而論，嘗謂：「身之所歷，目之所見，是鐵門限。即極寫大景，如『陰晴眾壑殊』、『乾坤日夜浮』，亦必不逾此限。非按輿地圖便可云『平野入青徐』也，抑登

---

[165]顧炎武《文辭欺人》，見於《日知錄》卷第十九。

[166]顧炎武《古人用韻不過十字》，見於《日知錄》卷第二十一。

樓所得見者耳。隔垣聽演雜劇，可聞其歌，不見其舞；更遠則但聞鼓聲，而可云所演何出乎？前有齊梁，後有晚唐及宋人，皆欺心以炫巧。」[167]若不「欺心」而墜入虛偽，則必當效法杜甫，寫「身之所歷，目之所見」，這是真誠寫作的原則，是「鐵門限」。

王夫之重「情」，以為「詩以道情，『道』之為言『路』也」，「詩之所至，情無不至，情之所至，詩以之至」，「古人於此，乍一尋之，如蝶無定宿，亦無定飛，乃往復百歧，總為情止，卷舒獨立，情依以生」[168]。王夫之的「情」相通於王夫之的「意」：「無論詩歌與長行文字，俱以意為主」。考其「意」，乃是「己情之所自發」，惟有「自發」其「情」，方為得「意」，方為「真龍」而非「畫龍」[169]。其實，「己情之所自發」，正是指稱情感的獨特與真實。

「情」、「意」的重心都是內在的經驗之真。究心於經驗的真實以及對真實經驗的真切摹寫，王夫之遂對情、景自有理解：「『僧敲月下門』，祇是妄想揣摩，如說他人夢，縱令形容酷似，何嘗毫髮關心？知然者，以其沉吟『推敲』二字，就他作想也。若即景會心，則或推或敲，必居其一，因景因情，自然靈妙，何勞擬議哉？『長河落日圓』，初無定景。『隔水問樵夫』，初非想得。則禪家所謂現量

[167] 王夫之《薑齋詩話》卷第二，見於《薑齋詩文集》。據涵芬樓四部叢刊影印本。

[168] 王夫之，《船山全書》，第14冊，嶽麓書社，1998年，第654頁。

[169] 王夫之《薑齋詩話》卷第二，見於《薑齋詩文集》。

也。」[170]所謂「即景會心」、「因景因情」，大抵是直指此時此刻的經驗性真實。王夫之引入的佛家「現量」，也是直指直接、直覺、此時此際的真實：「現者，有現在義，有現成義，有顯現真實義。現在，不緣過去作影；現成，一觸即覺，不假思量計較；顯現真實，乃彼之體性本身如此，顯現無疑，不參虛妄。」[171]

然而「夫之論學，以漢儒為門戶，以宋五子為堂奧」[172]，在以儒家人倫真理建構內心和人間秩序的問題上，王夫之與黃宗羲、顧炎武持論相近。而在文學真實論域，王夫之自然也會在「情真事真」之上附加若干儒家人倫真理的規定。王夫之承接宋儒的觀念，區分了性、情，在性與情的關係上，以性為決定和核心，以性正情。所謂「性」，按照朱熹的解說，乃是「人生所稟之天理也」，「性即天理」[173]，性即儒家的人倫真理。於是，王夫之的「以性正情」就是以儒家的人倫真理節制、規範真實情感的表達，就是漢儒所謂「發乎情止乎禮義」，亦即王夫之所說的「發乎情，止乎理」[174]。王夫之解釋「詩以道性情」為「道性之情也」[175]，亦是說，詩之所道，無非符合天理、符合由天理推導出的人倫真理的情，相似於黃宗羲所謂「萬古之性情」。以此為本，王夫之乃稱許「程子」的「與聖經賢傳融液吻

[170]王夫之《薑齋詩話》卷第二，見於《姜齋詩文集》。
[171]王夫之，《船山全書》，第13冊，前引書，第536頁。
[172]趙爾巽、柯劭忞等《清史稿・王夫之傳》，前引書，第13107頁。
[173]朱熹《孟子集注・告子上》，見於《四書章句集注》，前引書，第325頁。
[174]王夫之，《船山全書》，第3冊，前引書，第324頁。
[175]王夫之，《船山全書》，第14冊，前引書，第1440頁。

合」[176]，而指斥李贄、袁中郎、焦竑等晚明文士不尊孔道而「信筆掃抹」的「俗陋」文字[177]。晚明的率意寫作，真則真矣，但在王夫之的觀念中，《三百篇》之作，乃是真而「有所止」，而晚明的詩文歌謠則脫落儒家人倫之真，流於純粹經驗的淫濫無度[178]，可討伐而不可為法。

3.從朱彝尊到陳廷敬：依然是「發乎情止乎禮義」

到了康熙年間，清帝國逐漸結束亂局，開始以儒家之道重建人間秩序。不論是皇帝愛新覺羅・玄燁（1554－1722）還是文人朱彝尊等輩，都認為應當在文學之域貫徹儒家人倫真理並以之為建構人間秩序的工具，譬如，在《御選唐詩序》中，玄燁嘗云：「古者六藝之事，皆以涵養性情而為道德之助也，而從容諷詠感人最深者，莫近於詩」，「孔子曰，『溫柔敦厚，詩教也』，是編所取，雖風格不一，而皆以溫柔敦厚為宗」，「其憂思感憤，倩麗纖巧之作，雖工不錄，使覽者得宣志達情，以范於和平，蓋亦用古人正聲感人之義」[179]。

顯然，玄燁的觀念比漢代更有政治色彩。作為帝國的統治者，玄燁首先考慮包括詩在內的「六藝」的工具性，令其融入建構帝國秩序的大略之中。在政治工具性的固有前提下，玄燁對於經驗性真實的態度是：必須「溫柔敦厚」，

---

[176]王夫之《薑齋詩話》卷第二，見於《姜齋詩文集》。

[177]王夫之《薑齋詩話》卷第二，見於《姜齋詩文集》。

[178]王夫之《薑齋詩話》卷第二，見於《姜齋詩文集》。

[179]愛新覺羅・玄燁《御選唐詩序》，見於陳廷敬等編注《御選唐詩》。據文淵閣四庫全書影印本。

「範於和平」。對於漢代以降一直綿延不絕的「憤於中而形於言」的傳統，玄燁自然是棄置不顧，即便是「憂思感憤」的真情抒寫，也「雖工不錄」。

在康熙年間，朱彝尊（1629－1709）也在儒家詩教的框範之內強調人倫真理的工具性價值，認為儒家的經典是「文之源」，「足以盡天下之情、之辭、之政、之心，不入於虛偽，而歸於有用」[180]。以儒家經典的真理性導出、貫穿、道盡、代替人間的經驗性（包括「情」、「心」等），這就是清初的工具性主張。而其所謂「不入於虛偽」，並非捍衛詩文表達的經驗性真誠，而是使表達不違拗儒家經典的真理性。

既然推尊儒家之道的真理性，按照朱彝尊的邏輯，則應當肯定理學家譬如朱熹的寫作：「南宋之文，惟朱元晦以窮理盡性之學出之，故其文在諸家中最醇，學者於此可以得其概矣。」[181]朱熹之文之所以「最醇」，在朱彝尊看來，乃是緣於「窮理盡性」之後所傳達的儒家人倫真理，故復云：「世之人重夫子，以道不以文。覽其文者，或以質直病之。不知夫子之文原本乎道，其辟二氏，崇經術，正人心，皆非得已。孟子曰，『予豈好辯哉，予不得已也』，夫惟不得已而為文，斯天下之至文矣。」[182]既得儒家之道，即便「質直」「不文」，也無礙其為「天下之至文」。

---

[180]朱彝尊《答胡司臬書》，見於《曝書亭集》卷第三十三。據涵芬樓四部叢刊影印本。

[181]朱彝尊《與李武曾論文書》，見於《曝書亭集》卷第三十一。

[182]朱彝尊《朱文公文鈔序》，見於《曝書亭集》卷第三十六。

朱彝尊崇尚儒家「詩言志」的傳統，而其「志」之所指，也是兼涉儒家人倫真理和個體經驗真實的傳統內涵：「《書》曰，『詩言志』，《記》曰，『志之所至，詩亦至焉』。古之君子其歡愉悲憤之思感於中，發之為詩，今所存三百五篇，有美有刺，皆詩之不可已者也。夫惟出於不可已，故好色而不淫，怨悱而不亂，言之者無罪，聞之者足以戒。後之君子誦之，世治之污隆，政事之得失，皆可考見，故不學者比之牆面，學者斯授之以政，使於四方。蓋詩之為教如此。魏晉而下，指詩為緣情之作，專以綺靡為事，一出乎閨房兒女子之思，而無恭儉好禮、廉靜疏達之遺，惡在其為詩也？唐之世二百年，詩稱極盛，然其間作者，類多長於賦景而略於言志，其狀草木鳥獸甚工，顧於事父事君之際或闕焉不講。惟杜子美之詩，其出之也有本，無一不關乎綱常倫紀之目，而寫時狀景之妙自有不期工而工者。」[183]

朱彝尊肯定「歡愉悲憤之思感於中，發之為詩」的「出於不可已」的詩歌抒寫模式，同時又將「好色而不淫，怨悱而不亂」的溫柔敦厚和用於「事父事君」的「綱常倫紀」作為裁判的準繩。於是朱彝尊也承續了漢代以降儒家文學真實觀念的大傳統，對詩歌抒寫持雙重標準：既反對「漫無所感於中」的缺乏經驗性真誠的寫作，也反對「不關乎綱常倫紀」的缺乏儒家人倫真理性的寫作。統一此雙重標準的，就是源於先秦的「志」——「志」作為詩的言說對象，既須不悖於個體的經驗真誠，也須不悖於儒家的人倫之真。在朱彝

[183]朱彝尊《與高念祖論詩書》，見於《曝書亭集》卷第三十一。

尊那裏，「志」的經驗性真誠的一面乃是「本」，此「本」要獲得表達的合法性，則須服從於人倫真理的主宰，即所謂「文之有源者，無畔於經，無窒於理，本乎自得，抒中心所欲言」[184]。內心經驗是基礎，儒家的「經」、「理」是原則。

實際上，朱彝尊的「志」有時也與「誠」有相近的意味。「誠」固有其直指內心經驗的一面，即言與心之間的真誠對應，也有其指向真理性一面：「《易》曰，『修辭立其誠』。故惟克實，而後光輝乃見，義之至則辭無不工。彼意在求工而後為之，誠之不立，雖屢變其體，以炫於人，吾見其偽焉耳矣。」[185]以「克實」、「義之至」確定「誠」的意義，就是指涉其源於儒家之道的真理性。而所謂「偽」，大抵亦指稱背離儒家人倫真理的「偽學」，而非背離內心真實的經驗性意義上的虛偽不真。朱彝尊的「立誠」、「去偽」，不可作字面上的經驗性理解，而應當照顧其「關乎綱常倫紀」的真理性主張。

然而，朱彝尊畢竟是康熙年間的著名詩人，深通詩道，故又在儒道關切之外，反覆申說經驗性真實的重要：「緣情以為詩，詩之所由作，其情之不容已者乎」，「情之摯者，詩未有不工者也」，「未有無情之言可以傳後者也，惟本乎自得者，其詩乃可傳焉」[186]；「夫作詩者，必先纏綿悱

---

[184]朱彝尊《秋水集序》，見於《曝書亭集》卷第三十七。
[185]朱彝尊《王築夫白田集序》，見於《曝書亭集》卷第三十六。
[186]朱彝尊《錢舍人詩序》，見於《曝書亭集》卷第三十七。

惻於中，然後寄之吟詠，以宣其心志」[187]；「吾言吾志之謂詩，言之工足以伸吾志，言之不工亦不失吾志之所存」，「乃旁有人焉，必欲進之古人之域，曰，『詩有格也，有式也』」，似此作詩，「於古人則合矣，是豈吾言志之初心哉」[188]。

在朱彝尊看來，個體的經驗性真實確為詩歌之「本」，也就是說，詩必須「本乎自得」，必須是「情之不容已」而作，必須「纏綿悱惻於中，然後寄之吟詠」，必須「吾言吾志」，這都是漢人「情動於中而形於言」的觀念。朱彝尊認定個體的經驗性真實關乎詩歌本質，主張「必情動乎中，不容已於言而後作」[189]，他以經驗性真實作為言說根據，反對詩壇不出前人矩矱的復古模擬之風，反對罔顧內心真誠的標新立異之習，反對與真情真性無涉的應時、應景、應制之作，以及拘拘於格式而失其「初心」的刻板之氣。

其時，陳廷敬所持論亦是方軌聖賢，認為「詩之為物，發乎情止乎禮義，其至者足以動天地而格神祇，窮性命而明道德」，「夫文以載道，詩獨不然乎？」[190]，大抵也是「發乎情止乎禮義」的東漢模式。

---

[187]朱彝尊《陳叟詩集序》，見於《曝書亭集》卷第三十八。
[188]朱彝尊《沈明府不羈集序》，見於《曝書亭集》卷第三十八。
[189]朱彝尊《王先生言遠詩序》，見於《曝書亭集》卷第三十八。
[190]陳廷敬《史蕉飲過江集序》，見於《午亭文編》卷第三十七。據文淵閣四庫全書影印本。

第五節　從乾嘉到同光年間的誠論

康熙年間，宋儒性理之學乃為學術主流。此後，曆雍正而至乾嘉，清帝國施行酷烈的「文字獄」以求控制思想，兼用其他法術，於是，海內學風乃逐漸從「窮究性理」演為「崇尚經術」，考據之學成為學者的避難所，也成為學術時尚，漢學取代宋學而成學術主流。但在文學真實論域，學術風尚的轉移並未帶來根本的變化，儒家人倫真理與個體經驗真實組成的二元結構依然存在，這是因為：不論宋學還是漢學，不論義理思辨還是經義考證，皆不出儒家之道的園囿，皆以儒家的人倫真理為話語內核，從而對文學真實而言，漢學替代宋學並非本質上的「革命」；至於詩文表達之中的經驗真實，更不會因學風轉移而變成異物，如同此前千載，清代任何有藝術經驗的學者都無法回避詩文寫作中的心、志、性、情諸問題，不論他在學術上是宗宋還是崇漢。

不過，從康熙到乾嘉，文學真實論域未有根本性的變化，乃是就大略而言，而就局部表述論之，則畢竟略有新變。至於嘉慶以迄同光，中國歷史由於鴉片戰爭而發生了深刻的變化，反映在文學真實論域，則是維繫人間秩序二千餘載的人倫真理的主宰性力量漸趨式微，而重視現實、重視內心本真的經驗性真實則愈形顯著，直到王國維對經驗真實的最後陳說和發揚，並引向轉折。

1.袁枚：「有性情而後真」，「千古文章，傳真不傳偽」

乾隆年間，在文學真實論域純粹的文人話語、經驗性話語有所反彈。徐增嘗云「詩貴自然」[191]，「詩到極則，不過是抒寫自己胸襟」[192]，這相近於袁宏道所謂「獨抒性靈」，以內心之真為抒寫對象。其時，黃子雲以「太極」論詩，認為「詩猶一太極也」，而所謂「太極」者，乃近於道家的自然。黃子雲認為詩「如天之生人，億萬耳目口鼻，方寸間自無有毫髮之類似者，究其故，一本之太極也」，「太極，誠也，真實無偽也」，「一日有一日之情，有一日之景，作詩者若能隨境興懷，因題著句，則固景無不真，情無不誠矣」[193]，其所主張的，也是尊重內心未被儒家倫理節度和改造的自然、真實，尊重此時此刻的經驗之真。此外，更有學者有針對性地斷言，道學方論禮義、論中節，而詩應當論性情，即所謂「詩本性情，固不可強，亦不必強」，「近見論詩者，或以悲愁過甚為非，且謂喜怒哀樂，俱宜中節」，「不知此乃講道學，不是論詩」[194]。其時，持經驗性話語最矚目的人物則是袁枚（1716－1798）。

袁枚終其一生，大抵是個江南才子，官方色彩並不濃厚，強調儒家人倫真理不多，而重性情：「須知有性情，便有格律，格律不在性情外。《三百篇》半是勞人思婦率意言

[191]徐增《而庵詩話》，見於丁福保編《清詩話》，上海古籍出版社，1978年，第432頁。
[192]徐增《而庵詩話》，見於丁福保編《清詩話》，前引書，第429頁。
[193]黃子雲《野鴻詩的》，見於丁福保編《清詩話》，前引書，第847頁。
[194]吳雷發《說詩管蒯》，見於丁福保編《清詩話》，前引書，第905頁。

情之事，誰為之格，誰為之律？」[195]而所謂「志」，實亦性情：「千古善言詩者，莫如虞舜，教夔典樂曰『詩言志』，言詩之必本乎性情也。」[196]袁枚復以「心」為要，嘗謂「詩如鼓琴，聲聲見心，心為人籟，誠中形外，我心清妥，語無煙火，我心纏綿，讀者泫然」[197]。考其「心」所指涉，亦無非性情而已。主張詩以性情為本，就是主張詩不受「格調」拘囿而「率意言情」，直抵經驗性真實。袁枚認為，以性情為對象的寫作才是「真」的寫作，性情是「真」的前提，誠所謂「詩難其真也，有性情而後真，否則敷衍成文矣」[198]。袁枚詩論，無非兩條：一曰真，二曰性情。

袁枚以經驗性的性情之「真」為最高價值：「鄙意以為得千百偽濂、洛、關、閩，不如得一二真白傅、樊川」，「以千金之珠易魚之一目，而魚不樂者，何也」，「目雖賤而真，珠雖貴而偽故也」[199]；「熊掌、豹胎，食之至珍貴者也，生吞活剝，不如一蔬一筍矣」，「牡丹、芍藥，華之至富麗者也，剪綵為之，不如野蓼、山葵矣」，「味欲其鮮，趣欲其真，人必知此，而後可與論詩」[200]。

---

[195]袁枚《隨園詩話》，卷第一，江蘇古籍出版社，2000年，第1－2頁。

[196]袁枚《隨園詩話》，卷第三，前引書，第67頁。

[197]袁枚《續詩品・齋心》，見於王英志主編《袁枚全集》，第一卷，江蘇古籍出版社，1993年，第420頁。

[198]袁枚《隨園詩話》，卷第七，前引書，第177頁。

[199]袁枚《答蕺園論詩書》，見於王英志主編《袁枚全集》，第二卷，前引書，第526頁。

[200]袁枚《隨園詩話》，卷第一，前引書，第15頁。按：郭沫若認為此則「實有語病」，「詩之『趣欲其真』，是也，剪綵花之『趣[亦]欲其真』，剪綵花亦猶詩耳。剪綵花有巧奪天工者，豈能一概抹殺，而以為野卉不如？如以為天然則美，人為則偽，則一切藝術活動均屬畫蛇添

「濂、洛、關、閩」五大宋儒所代表者，乃是對儒家人倫真理的堅守和表述；而「白傅、樊川」所指涉者，則是對性情、對經驗性真實的重視和抒寫。袁枚認為，倘若對儒家的人倫真理並無真誠的信仰，則付諸表達必是「偽濂、洛、關、閩」，其價值自不可與「白傅、樊川」真誠、真實、真切的性情抒寫相提並論。袁枚的核心語義，無非「真誠」而已。去偽存誠、黜假崇真，正是袁枚的理論基點。不論是在對儒家人倫真理的信仰方面，還是在經驗真實的表達方面，俱是如此。袁枚堅定地批判信仰之偽，並由此而及於對儒家「文以明道」、「文以載道」的真理性話語持否定態度：「三代後，聖人不生，文之與道離也久矣，然文人學士必有所挾持以占地步，故一則曰明道，再則曰明道，直是文章家習氣如此。而推究作者之心，都是道其所道，未必果文王、周公、孔子之道也。夫道若大路然，亦非待文章而後明者也。仁義之人，其言藹如，則又不求合而合者。若矜矜然認門面語為真諦，而時時作學究塾師之狀，則持論必庸，而下筆多滯，將終其身得人之得，而不自得其得矣。」[201]深入考論可知，袁枚更重視的乃是經驗性的「自得」而非在詩文之中往往流於「門面語」的人倫真理，也就是說，在人倫真

足，一切文化建設均為附贅懸瘤矣。」對於此則，「如稍加添改，即較圓滿無礙：『牡丹、芍藥，華之至富麗者也。剪綵為之，趣欲其真。不然，則不如野蓼、山葵。人必知此，而後可與論詩』。」郭沫若《讀隨園詩話札記》，見於《郭沫若論創作》，上海文藝出版社，1983年，第311頁。

[201] 袁枚《答友人論文第二書》，見於王英志主編《袁枚全集》，第二卷，前引書，第322頁。

理與經驗真實之間，袁枚顯然更偏重於強調性情之發、經驗之真，其所謂「得千百偽濂、洛、關、閩，不如得一二真白傅、樊川」，所謂「牡丹、芍藥」，「剪綵為之，不如野蓼、山葵」，固然對儒家人倫真理的信仰不誠有所指斥，然其間潛藏的尊個體經驗而抑人倫真理的價值立場，則顯而易見。關於這一點，比較袁枚與沈德潛對白居易的不同理解更可得知。袁枚同沈德潛一樣，都推尊白居易，但他們推尊白居易的原因則大相徑庭：沈德潛持官方話語，重視詩教，重視儒家理想的人間秩序的建構，故看重「樂天」的「忠君愛國」；袁枚持文人的經驗性話語，重視性情的真實抒寫，故看重「白傅」的「緣情」之「真」。由於兩人的話語體系不一樣，所以對白居易的看法或者選擇如隔天壤。袁枚強調個體的性情之真，個體的經驗性真實，而非儒家的人倫真理。

在給沈德潛的信中，袁枚嘗言：「至所云詩貴溫柔，不可說盡，又必關人倫日用。此數語有褒衣大祒氣象，仆口不敢非先生，而心不敢是先生。」[202]沈德潛所謂「詩貴溫柔」，「不可說盡」，「必關人倫日用」，大抵是以儒家人倫真理為內核，在「發乎情」與「止乎禮義」二端之間，強調「止」與「禮義」，以「禮義」的真理性宰制「情」的經驗性。而這正是袁枚所不以為然的：「且夫詩者由情生者也，有必不可解之情，而後有必不可朽之詩，情所最先，莫如男女」，「宋儒責白傅杭州詩憶妓者多，憶民者少，然則文王『寤寐求之』至於『輾轉反側』，何以不憶王季、太王

[202]袁枚《答沈大宗伯論詩書》，見於王英志主編《袁枚全集》，第二卷，前引書，第284頁。

而憶淑女耶」，「孔子厄於陳、蔡，何以不思魯君而思及門弟子耶」，「鄭夾漈曰，『千古文章，傳真不傳偽』，古人之文，醇駁互殊，皆有獨詣處，不可磨滅，自義理之學明，而學者率多雷同附和，人之所是是之，人之所非非之，問其所以是所以非之故，而茫然莫解」，「先有寸心，然後千古」[203]。

實際上，袁枚基於對時風的洞察，認為以文章傳達「義理」者，大抵不誠。非止於此，主張以儒家的「義理之學」為文為詩者，很可能會拒絕「情」、「男女」之情的真實抒寫。然而「詩由情生」，「千古文章，傳真不傳偽」，故「情」、「男女」之情，一切自然而然、絕假純真的情，都應當是詩歌抒寫的當然內容。

正是由於以性情之真為最高價值，袁枚對一切妨礙性情之真的寫作考慮皆持懷疑或者否定態度，譬如「修飾」、「學問」、「章法」、「師承」之類：「阮亭主修飾，不主性情，觀其到一處必有詩，詩中必用典，可以想見其喜怒哀樂之不真矣」[204]；「貌有不足，敷粉施朱，才有不足，徵典求書，古人文章，俱非得已，偽笑佯哀，吾其憂矣」[205]；「人有滿腔書卷，無處張惶，當為考據之學，自成一家，其次，則駢體文，盡可鋪排，何必借詩為賣弄」，「自《三百

---

[203] 袁枚《答蕺園論詩書》，見於王英志主編《袁枚全集》，第二卷，前引書，第527頁。

[204] 袁枚《隨園詩話》，卷第三，前引書，第60頁。

[205] 袁枚《續詩品・葆真》，見於王英志主編《袁枚全集》，第一卷，前引書，第418頁。

篇》至今日，凡詩之傳者，都是性靈，不關堆垛」[206]；「《三百篇》不著姓名，蓋其人直寫懷抱」，「今作詩，有意要人知有學問、有章法、有師承，於是真意少而繁文多」[207]。

袁枚在崇「真」之時，也留意於「雅」，以此而論，殆與崇「真」而疾「俚」的袁中道有相近之處：「太白斗酒詩百篇，東坡嬉笑怒罵皆成文章，不過一時興到語，不可以詞害意，若認以為真，則兩家之集，宜塞破屋子，而何以僅存若干」，「人安得恃才而自放乎」，「惟糜惟芑，美穀也，而必加舂揄揚簸之功，赤堇之銅，良金也，而必加千辟萬灌之鑄」[208]，「雖真不雅，庸奴叱吒，悖矣曾規，野哉孔罵」[209]。可知袁枚的「真」並非不加整飭的「真」，而是歷經「舂揄揚簸」、「千辟萬灌」的「真」，是「雅」而且「真」、「真」而且「雅」。袁枚的「雅」關乎學問，即所謂「詩難其雅也，有學問而後雅，否則俚鄙率意矣」[210]。儘管袁枚認為詩歌「都是性靈，不關堆垛」，但是為求詩「雅」卻終究乞靈於學問，此亦乾嘉之風乎？

2.章學誠：「舒其所憤懣，而有裨於風教」

乾嘉之世，「以考證訓詁講經學，風靡一時，洗膚受之疏陋，宏漢家之遺緒」；然而章學誠（1738－1801）「起

[206]袁枚《隨園詩話》，卷第五，前引書，第110頁。
[207]袁枚《隨園詩話》，卷第七，前引書，第169頁。
[208]袁枚《隨園詩話》，卷第七，前引書，第177頁。
[209]袁枚《續詩品・安雅》，見於王英志主編《袁枚全集》，第一卷，前引書，第419頁。
[210]袁枚《隨園詩話》，卷第七，前引書，第177頁。

於浙東，獨病其時『風氣徵實過多，發揮過少，有如蠶食葉而不能抽絲』」[211]，遂於考據、訓詁流行之時，「不甘為章句之學」[212]，獨究心於義理的闡述。章學誠重「文德」，以為前人論文，「未見有論文德者，學者所宜深省也」，「夫子嘗言『有德必有言』，又言『修辭立其誠』，孟子嘗論知言養氣本乎集義，韓愈亦言『仁義之途』，『詩書之流』，皆言德也」，「知臨文不可無敬恕，則知文德矣」[213]，其在孔、孟、韓愈的統緒之中強調所謂「文德」，反映於文學真實論域，即是強調寫作之中必須貫徹的儒家人倫真理。

誠然，章學誠也曾有所謂「閎中肆外，言以聲其心之所得」[214]，「夫立言之要，在於有物」，「古人著為文章，皆本於中之所見，初非好於炳炳烺烺，如錦工繡女之矜誇采色已也」[215]，凡此，似亦主張以「言」表述「心」中的經驗性真實。而其所謂「有所鬱而後從而宣之」[216]，「不得已而出之」[217]，亦如袁中道所謂「內有郁而不申之情，外有迫而不通之境，直抒其意所欲言」，或如錢謙益所謂「有深情畜積於內」，「不能不發」，似乎是一種主張經驗性真實的表述語式。但是，章學誠實際上是從史家的角度而非文人的角度審視寫作之域的真實性問題，從而其所謂「心之所得」、所

[211] 葉瑛《文史通義校注・題記》，見於《文史通義校注》，前引書，第3－4頁。

[212] 趙爾巽、柯劭忞等《清史稿・章學誠傳》，前引書，第13398頁。

[213] 章學誠《文史通義・文德》，見於《文史通義校注》，前引書，第278頁。

[214] 章學誠《文史通義・文理》，見於《文史通義校注》，前引書，第286頁。

[215] 章學誠《文史通義・文理》，見於《文史通義校注》，前引書，第287頁。

[216] 章學誠《文史通義・原道下》，見於《文史通義校注》，前引書，第139頁。

[217] 章學誠《文史通義・原道上》，見於《文史通義校注》，前引書，第119頁。

謂「有所鬱」者、「不得已」者，更重要的指涉並非「情」的真實性而是「道」、人倫之道的真理性。其實，作為史家，章學誠對寫作、尤其是歷史寫作之中寫作主體的經驗性投注、對寫作主體的「氣」、「情」等經驗性反應乃是持審慎的態度：「氣積而文昌，情深而文摯，氣昌而文摯，天下之至文也。然而其中有天有人，不可不辨也」，「氣合於理，天也，氣能違理以自用，人也」，「情本於性，天也，情能汩性以自恣，人也」，「夫文非氣不立，而氣貴於平」，「文非情不深，而情貴於正」[218]。

章學誠一方面承認「氣積而文昌，情深而文摯」，另一方面又「平」之「正」之。前者相似於文學寫作的一般共識，而後者所強調的，則為歷史寫作的「心術」。章學誠企圖排除歷史寫作主體的經驗性因素而走向絕對的理性，排除「人」的因素而逼近「天」、昭示「天」之道。身為史家的章學誠，並不重視個體的情感真實或者說經驗性真實。當然，章學誠認為「六經皆史」，認為「古人未嘗離事而言理」[219]，認為道不離器，「舍天下事物、人倫日用，而守六籍以言道，則固不可與言夫道矣」[220]，則真理性的「理」、「道」與經驗性的「事」（實際上是「史」）、「器」似乎同受重視。但是，在章學誠那裏，歷史、歷史背後的「理」都不是經驗性的，而是屬於客觀卻又超驗的真理。

---

[218]章學誠《文史通義・史德》，見於《文史通義校注》，前引書，第220頁。
[219]章學誠《文史通義・易教上》，見於《文史通義校注》，前引書，第1頁。
[220]章學誠《文史通義・原道中》，見於《文史通義校注》，前引書，第132頁。

章學誠尊崇儒家的人倫真理，而《詩經》、《離騷》、《史記》由於符合儒家之道，故也受其推重：「司馬遷曰，『《詩》三百篇，大抵賢聖發憤所為作也』」，「夫詩人之旨，溫柔而敦厚，主文而譎諫，言之者無罪，聞之者足戒，舒其所憤懣，而有裨於風教之萬一焉，是其所志也」[221]；「朱子嘗言，《離騷》不甚怨君，後人附會有過」，「吾則以謂史遷未敢謗主，讀者之心自不平耳，夫以一身坎軻，怨誹及於君父，且欲以是邀千古之名，此乃愚不安分，名教中之罪人，天理所誅，又何著述之可傳乎」，「《騷》與《史》，皆深於《詩》者也，言婉多風，皆不背於名教，而梏於文者不辨也」[222]。

章學誠所言，亦不出漢代詩教模式，即主張發於性情而歸於禮義，發於個體之「憤懣」而歸於儒家之「天理」。

3.「桐城派」與方東樹：重申「修辭立其誠」

方東樹（1772－1851）所處的時代較章學誠為晚，而在尊崇宋學的立場上則與之甚為接近。作為「桐城派」文人，方東樹師事姚鼐。「當乾、嘉時，漢學熾盛，鼐獨守宋賢說，至東樹排斥漢學益力」[223]，以程朱理學為尊。實際上，在文章製作之域，「桐城派」文人大抵重視儒家的人倫真理，譬如，方苞（1668－1749）認為「感人以誠，不以

---

[221] 章學誠《文史通義・言公上》，見於《文史通義校注》，前引書，第169頁。

[222] 章學誠《文史通義・史德》，見於《文史通義校注》，前引書，第221－222頁。

[223] 趙爾巽、柯劭忞等《清史稿・方東樹傳》，前引書，第13430頁。

偽」，而其「誠」來自傳統儒家教義，並非單純的內心真實、經驗真實，而是與植入了「天理」的至誠：「讀大誥而知聖人之心之公，審己之義，察人之情，壹稟於天理，而修辭必立其誠也。」[224]

在方苞看來，祭神、行政、為文，都應以植入了儒家天理人倫的「誠」作為根據，即所謂「應天以實，感人以誠，使無仁孝愨敬之實，則潔粢秉鬯不足以薦馨香，無恤民重穡之誠，則修禮設儀不足以通眾志」[225]。姚鼐亦主此說，其「義理」[226]，也是儒家的人倫真理，「義理」亦即為文者的「志」：「明道義、維風俗以詔世者，君子之志；而辭足以盡其志者，君子之文也。達其辭則道以明，味於文則志以晦」[227]。可知「桐城派」的文章觀念通乎宋儒周敦頤的「文以明道」。當然，「桐城派」也看到了「誠」的另一面，即人倫真理須出於個體內心的經驗性認同，「理正而皆心得，辭古而必己出」[228]，「蓋言本心之聲，而以代聖人賢人之言，必其心志有與之流通者，而後能卓然有立也」[229]。「桐城派」的文章觀念兼重儒家的人倫真理與個體的經驗真實，作文者必須用「心」體受聖賢的立言之本，方能使儒家的人倫真理發而為「心之聲」而不致流於虛偽矯飾。

---

[224]方苞《讀大誥》，見於《方望溪先生全集》卷第一。據涵芬樓四部叢刊影印本。

[225]方苞《聖主躬耕耤田頌》，見於《方望溪先生全集》卷第十五。

[226]姚鼐《述庵文鈔序》，見於《惜抱軒詩文集．文集》卷第四。據涵芬樓四部叢刊影印本。

[227]姚鼐《復汪進士輝祖書》，見於《惜抱軒詩文集．文集》卷第六。

[228]方苞《儲禮執文稿序》，見於《方望溪先生全集》卷第四。

[229]方苞《楊黃在時文序》，見於《方望溪先生全集》卷第四。

與「桐城派」其他文人一樣，方東樹在文學真實論域的立論基礎乃是「言中有物」[230]，而「言中有物」也無非是去空泛以尚充實，疾偽以存真而已。所謂「有物」，和「真」，乃是指涉「事真景真，情真理真」[231]。方東樹非但崇「真」，而且重「滿」，強調真性、真情、真理從內心深處的噴湧而出：「詩人感而有思，思而積，積而滿，滿而作」，「思積而滿，乃有異觀，溢出而奇」，「所謂滿者，非意滿、情滿即景滿」。在援毫臨篇之際，「滿」是一種充滿力量的性情之真：「詩之為學，性情而已」[232]，「詩道性情，只貴說本分語，如右丞、東川、嘉州、常侍，何必深於義理，動關忠孝，然其言自足自有味，說自己話也，不似放翁、山谷矜持虛矯也，四大家絕無此病」[233]。

方東樹重申「修辭立誠」、「詩以言志」的傳統，認為「修辭立誠，未有無本而能立言者」[234]，「詩以言志，如無志可言，強學他人說話，開口即脫節，此謂言之無物，不立誠」，「最要是一誠，不誠無物，誠身修辭，非有二道」[235]，「立誠則語真，自無客氣浮情、膚詞長語、寡情不歸之病」[236]。方東樹的「立誠」，一方面自然是反對「強

[230] 方東樹《昭昧詹言》，人民文學出版社1984年版，第1頁。
[231] 方東樹《昭昧詹言》，前引書，第98頁。
[232] 方東樹《昭昧詹言》，前引書，第1頁。
[233] 方東樹《昭昧詹言》，前引書，第330頁。
[234] 方東樹《昭昧詹言》，前引書，第3頁。
[235] 方東樹《昭昧詹言》，前引書，第2－3頁。
[236] 方東樹《昭昧詹言》，前引書，第381頁。

哀」、「強笑」[237]的虛假書寫，主張「情真意摯」[238]、「有真懷抱」[239]的真實發露，「各道其胸臆」[240]、「情詞芊綿真摯」[241]，真切表述個體內心的經驗性真實；而另一方面，方東樹的「誠」也直指道德和人倫真理，其所「直書」的「胸臆」本來就包含著儒家之道的涵詠工夫，不背儒家的人倫真理，如其稱賞陶潛、阮籍之時所言：「讀陶公詩，須知其直書即目，直書胸臆，逼真而皆道腴，乃得之」，「質之六經、孔、孟，義理詞指，皆無倍焉，斯與之同流矣，否則，止不過詩人文士之流」[242]，「如阮公、陶公，曷嘗有意於為詩，內性既充，率其胸臆而發為德音耳」[243]。

「胸臆」之發而為「德音」，則其「胸臆」非止於經驗之真，也義涉真理之真。顯然，方東樹的觀念是思孟誠論的餘緒，此尤見於「誠身修辭，非有二道」[244]的論調：「古人著書，皆自見其心胸面目。聖賢不論矣。如屈子、莊子、史遷、阮公、陶公、杜公、韓公皆然。偽者作詩文另是一人，作人又另是一人；雖其著書，大帙重編，而考其人之本末，另是一物。此書文所以愈多而愈不足重也。以予觀之，如相如、子雲、蔡邕，皆是修辭不立誠。」[245]

---

[237] 方東樹《昭昧詹言》，前引書，第8頁。
[238] 方東樹《昭昧詹言》，前引書，第3頁。
[239] 方東樹《昭昧詹言》，前引書，第13頁。
[240] 方東樹《昭昧詹言》，前引書，第52頁。
[241] 方東樹《昭昧詹言》，前引書，第108頁。
[242] 方東樹《昭昧詹言》，前引書，第97頁。
[243] 方東樹《昭昧詹言》，前引書，第98頁。
[244] 方東樹《昭昧詹言》，前引書，第3頁。
[245] 方東樹《昭昧詹言》，前引書，第82頁。

方東樹所重，乃是詩文對人格的真實呈現，對司馬相如等人「修辭不立誠」的否定，恰如元好問對潘岳「心畫心聲總失真」的批評。儒家講究「誠意正心」的人格修煉，而修煉之所據，也無非儒家之道，修而後發，方為「有道之言」[246]。

在儒家學統中，「誠」從來就兼指人倫真理與經驗真實，故方東樹的「立誠」也是既關涉以儒家之道「誠身」的真理性維度，也指向情真意摯的經驗性維度，不廢任何一端。

4.從龔自珍到況周頤：經驗之真的因襲與人倫之真的迴光返照

在嘉慶、道光年間，清帝國開始轉入衰頹，漸染末世氣象。不過，政治的盛衰更迭對於文學真實論域的觀念結構似無太大影響，即使在鴉片戰爭之後，文學真實觀念依然是在人倫真理與經驗真實組成的雙重結構之中呈慣性延伸，差異只在於各有側重而已。此期較之嘉道以前，更為偏向經驗性真實一維，這與末世儒家人倫真理的漸趨廢弛有關，也與求新求變的期待視野有關。

詩人龔自珍（1792－1841）在嘉道年間頗標新意，在文學真實論域偏重情真。龔自珍的學術資源大抵是前人融合佛老的自然之論、「童心」之說，其所謂「不似懷人不似禪，夢回清淚一潸然，瓶花帖妥爐香定，覓我童心廿六年」[247]，所謂「少年哀樂過於人，歌泣無端字字真，既壯周旋雜癡

---

[246] 方東樹《昭昧詹言》，前引書，第108頁。

[247] 龔自珍《午夢初覺，悵然詩成》，見於《龔自珍全集》，下冊，中華書局，1959年，第466頁。

黠，童心來復夢中身」[248]，大抵是對李贄「童心」、「真心」之論的學理承續。最初一念、未受外在義理規訓與制約的「童心」乃是自然天真之心，發為文字，方能「歌泣無端字字真」。然而「天下之子弟」，往往因「天下之父兄」的訓導而受縛於倫理教條，以至於「心術壞而義理錮」，「胸臆本無所欲言，其才武又未能達於言，強使之言，茫茫然不知將為何等言」[249]，遂流於不真不誠。龔自珍尊重「童心」，尊重情之自然與真實，反對儒家人倫真理對個體經驗性抒寫的宰制，這就是所謂「尊情」之說：「情之為物也，亦嘗有意乎鋤之矣；鋤之不能，而反宥之；宥之不已，而反尊之」[250]。

在龔自珍以前，清代學者常常尊崇漢代「發乎情止乎禮義」的詩教，在儒家人倫與個體性情之間取溫柔敦厚、中正無偏的態度，而龔自珍在「尊情」之際，則提出「發乎情，止於命」[251]，以與「發乎情止乎禮義」的主張相頡頏。命者，天命也，天賦人情，非關禮義，既不能「鋤之」而要「尊之」，則可知龔自珍注視經驗之真、性情之真，目中已無儒家人倫真理的管轄權。

與龔自珍同時的張際亮（1799－1843），以自然之真為「要」，而又不盡廢義理之「本」，故謂「大抵作詩以讀書窮理為本，而聲情色澤繼之，而其歸要於自然而已，真而

[248]龔自珍《己亥雜詩》，見於《龔自珍全集》，下冊，前引書，第526頁。
[249]龔自珍《述思古子議》，見於《龔自珍全集》，上冊，前引書，第123頁。
[250]龔自珍《長短言自序》，見於《龔自珍全集》，上冊，前引書，第232頁。
[251]龔自珍《尊命二》，見於《龔自珍全集》，上冊，前引書，第85頁。

已」[252]。

作為詩人，張際亮「遍遊天下山川，窮探奇勝，以其窮愁慷慨牢落古今之意，發為詩歌」[253]，他的寫作體現了經驗之真的關鍵作用，而他的詩論也常傾向於經驗之真：「凡余心有所幽憂憤快，勞思慷慨，皆於詩發之，身之所歷山川、風土、人情，事物萬變，皆以詩著之」[254]，「亮竊念非其時也，故目之所見，耳之所聞，身之所閱歷，心之所喜怒哀樂，口之所戲笑訶罵，一皆托諸詩」[255]。張際亮既重現實人生的閱歷，也重「幽憂憤快，勞思慷慨」、「喜怒哀樂」的情感，「托諸詩」，自然盡得經驗之真。

張際亮是道光年間的志士，倡揚「志士之詩」，認為「志士思乾坤之變，知古今之宜，觀萬物之理，備四時之氣，其心未嘗一日忘天下，而其身不能信於用也，其情未嘗一日忤天下，而其遇不能安而處也，其幽憂隱忍，慷慨俯仰，發為詠歌，若自嘲，若自悼，又若自慰，而千百世後讀之者，亦若在其身，同其遇，而淒然太息，悵然流涕也，益惟其志不欲為詩人，故其詩獨工而其傳也亦獨盛」[256]。顯然，「志士之詩」乃為鬱積胸中的經驗之真的強有力的發露，既是一般意義上的真切情感，更是拯濟天下的真實志向，故謂「余竊惟昔人於詩，其能傳之後世者，其志皆不徒

[252]張際亮《與建陽江秀才遠青札》，見於《張亨甫全集・文集》卷第三，同治刻本。

[253]趙爾巽、柯劭忞等《清史稿・張際亮傳》，前引書，第13428頁。

[254]張際亮《南來詩錄自序》，見於《張亨甫全集・文集》卷第二。

[255]張際亮《答潘彥輔書》，見於《張亨甫全集・文集》卷第三。

[256]張際亮《答潘彥輔書》，見於《張亨甫全集・文集》卷第三。

為詩人也，必將有所存於詩之先，與有所餘於詩之外焉，夫狂歌悲歎，何與於人，而人心為之飛動慘惻，是必有與人人相感之故矣，其不得已而托諸詩」[257]。

面對道光年間帝國的衰象，尤其是面對鴉片戰爭的失敗，張際亮所謂「志」實非單純的文人之「志」，也非一般文人的情真，而更是充滿儒家理想主義精神的救世之「志」。正是張際亮的儒家救世之精神導致他的主張也有通往儒家人倫真理的理路，故他在批評乾隆以降的詩壇失於「溫柔敦厚之教」、「失是非」、「喪禮義」、「久之而害於風俗人心」[258]的時候，遂對儒家人倫真理有所反顧。當然，這一點也無礙張際亮強調關注現實之真、重視經驗性真實的主導傾向，何況，道光年間的思潮正在發生變化，儒家的人倫真理本已不能支配、宰制、節度學者、詩人對現實之真、經驗之真的表達。

與龔自珍、張際亮的主導傾向不同，何紹基（1799－1873）仍舊以儒家禮義為根本。不過，由於儒家禮義必須經由性情方能發於詩文，故何紹基也主張培護詩文寫作之中的「真性情」，但是何紹基的「真性情」不同於李贄、三袁、袁枚的真性情，而是別有意味：「凡學詩者，無不知要有真性情，卻不知真性情者，非到做詩時方去打算也。平日明理養氣，於孝弟忠信大節，從日用起居及外間應務，平平實實，自家體貼得真性情，時時培護，字字持守，不為外物搖奪，久之，則真性情方才固結到身心上，即一言語一文字，

[257]張際亮《郭羽可詩序》，見於《張亨甫全集・文集》卷第二。
[258]張際亮《答潘彥輔書》，見於《張亨甫全集・文集》卷第三。

這個真性情時刻流露出來。……詩是自家做的，便要說自家的話，凡可以彼此公共通融的話頭，都與自己無涉。如說山水，便有高深底閒話，說古跡，便有感慨陳跡底閒話，說朋友，便有投分相思惜別底閒話，爾也用得，我也用得，其實大家用不著。……我常教子弟以不誠無物，若不是自家實心做出來，即入孝出弟，止算應酬；若是實心出來，即作揖問候，亦是自家的實事。試看誠心恭敬的君子，其作揖問候，氣象亦與人不同，況語言文字乎！」[259]

何紹基認同「詩為心聲」、「自家實心做出來」的真誠作風，其「真性情」具有無可懷疑的經驗性，但是，在經驗性的背後，卻蘊含著「孝弟忠信大節」，蘊含著儒家的人倫真理，這正是他與明清時期標榜性情之真的學者、文人的不同之處。但是，何紹基所強調的自出機杼的作風，多少也暗示了通往個體經驗性真實的可能性，因為，「孝弟忠信」的儒家義理畢竟不屬於「自家的話」而是「彼此公共通融的話頭」，而要真正實現「詩是自家做的」，「不消問人借貸」[260]，舍尊重個體的經驗性真實，豈有他途。

當時的陳偕燦論詩，則繼續偏重經驗之真：「詩欲其真，不欲其偽。最初為真，後起非真；信於己者為真，徇於人者非真；足於己者為真，襲於人者非真。是故讀書有真種子，作文有真血脈，而作詩有真氣骨。得其真，則一花一木，一水一石，一謳一詠，皆有天趣，足以移人。失其真，

[259]何紹基《與汪菊士論詩》，見於《東洲草堂文鈔》卷第五，上海古籍出版社，1995，影印本。

[260]何紹基《題馮魯川小像冊論詩》，見於《東洲草堂文鈔》卷第五。

則雖鏤金錯彩，累牘連篇，吾不知其中何所有也。古今論詩有二：曰性情，曰格調。性情真也，襲格調而喪其面目，偽矣。格調亦真也，離性情而飾其衣冠，偽矣。」[261]以「真」為價值內核，一任性情之真，立場、觀念有似於袁枚。

劉熙載（1813－1881）是道光到光緒年間的學者，他的《藝概》頗有眼光且抓住了中國文論的精神，但他大抵是搜羅前人的觀點，持論不標新異而力圖穩妥無偏。在文學真實論域，劉熙載乃歸於「發乎情止乎禮義」，兼綜「是」的真理性與「真」的經驗性：「六經，文之範圍也，聖人之旨，於六經觀其大備」[262]；「有道理之家，有義理之家，有事理之家，有情理之家」，「文之本領，祗此四者盡之，然孰非經所統攝者乎」，「使情不稱文，豈惟人之難感，在己先不誠無物矣」[263]；「蓋文惟其是，惟其真，舍是與真，而於形模求古，所貴於古者果如是乎」[264]；「詩可數年不作，不可一作不真，陶淵明自庚子距丙辰十七年間，作詩九首，其詩之真，更須問耶」[265]；「詩之所貴於言志者，須是以直溫寬栗為本」[266]；「詩之言持，莫先於內持其志，而外持風化從之」[267]；「不發乎情，即非禮義，故詩要有樂有哀，發乎

[261]陳偕燦《陳偕燦論詩》，見於王運熙主編《中國文論選》近代卷，上冊，江蘇文藝出版社，1996年，第213頁。
[262]劉熙載《藝概・文概》，前引書，第1頁。
[263]劉熙載《藝概・文概》，前引書，第38頁。
[264]劉熙載《藝概・文概》，前引書，第46頁。
[265]劉熙載《藝概・詩概》，前引書，第55頁。
[266]劉熙載《藝概・詩概》，前引書，第80頁。
[267]劉熙載《藝概・詩概》，前引書，第80頁。

情，未必即禮義，故詩要哀樂中節」[268]。

劉熙載既稱述關乎儒家人倫真理的「經」、「禮義」，又不廢「情」的經驗性真實；既主「言志」，又不忘「言志」之時的「直溫寬栗」、溫柔敦厚；既主「是」，又主「真」。總而言之，劉熙載是在漢人「發乎情止乎禮義」的結構之中規行矩步，在經驗真實和人倫真理之間行中庸之道。劉熙載的《藝概》是一個標本，它表明，即便進入帝國末世，中國文學真實觀念之中「人倫真理－經驗真實」的雙重結構依然牢不可破。

暨乎光緒年間，詞人況周頤（1859－1926）嘗言，「真字是詞骨，情真、景真，所作必佳」[269]，其持論甚至語式讓人遙想元人陳繹曾評說《古詩十九首》時所謂的「情真，景真，事真，意真」。只是陳繹曾偏於發露原初自然的內心真實，而況周頤雖不廢「肆口而成」的自然抒寫，但更重自然抒寫之前的涵養之功：「平昔求詞詞外，於性情得所養，於書卷觀其通，優而遊之，饜而飫之，積而流焉。所謂滿心而發，肆口而成，擲地作金石聲矣。情真理足，筆力能包舉之，純任自然，不假錘煉。」[270]雖言「理足」，但是考其大要，至少在詞學之域，況周頤是偏於情動、身歷的經驗性真實的：「吾聽風雨，吾覽江山，常覺風雨江山外有萬不得已者在。此萬不得已者，即詞心也。而能以吾言寫吾心，即吾詞也。此萬不得已者，由吾心醞釀而出，即吾詞之真也，非

---

[268]劉熙載《藝概・詩概》，前引書，第81頁。
[269]況周頤《蕙風詞話》，人民文學出版社，1960年，第6頁。
[270]況周頤《蕙風詞話》，前引書，第8頁。

可強為，亦無庸強求，視吾心之醞釀何如耳。吾心為主，而書卷為輔。書卷多，吾言尤易出耳。」[271]語涉「書卷」之益，乃是乾嘉以降重視學問的風尚使然，而況周頤論議的要旨乃是歷經「風雨」、歷覽「江山」的經驗性，乃是「萬不得已」不可遏制的內心之真，這也是「詞之真」。

考自龔自珍以迄況周頤的文學真實觀念，其架構自不脫「人倫真理－經驗真實」的傳統模式，然兩相比較，學者們偶有涉及的人倫真理不過是傳統觀念的迴光返照，而此期的重心乃是落在經驗性真實的一端。這種偏重尤其體現於帝國最後一個在文學真實論域做出重要表述的學者，他就是王國維。不過，王國維的學問已非純粹的中國古典體式，他的文學真實觀念應當歸屬二十世紀，故留待後文陳說。

[271]況周頤《蕙風詞話》，前引書，第10頁。

6 多歧互滲時代的「真」
——清末民初的文學真實論

這便到了清末民初，敘述對象從傳統中國的「誠論」一變而為「二十世紀中國文學真實論」。

所謂「二十世紀」，指的是從西元1901到西元2000年整整一百年的時間段落。對於中國文學真實觀念而言，「二十世紀」是機械的時間劃分，未必能夠對應觀念演進的確切時序。因此，這裏所謂「二十世紀」，也非精確的時間劃定，而帶有一定的模糊性，可能略前，可能略後。不過，應當承認，「二十世紀」的劃分畢竟也有「某種歷史的巧合」，因為「這一百年或一百年多一點的時間裏，中國的文論的確發生了與此前明顯不同的重要變化，即從古典形態的『詩文評』向現代形態的『文藝學』蛻變、轉化，這一百年左右是中國古典文論現代化的過程，是現代形態的文藝學萌芽、生長、發展的過程」[1]，也是中國文學真實觀念從古典中國的「誠論」演變為兼祖中外的「文學真實論」的過程。

---

[1] 杜書瀛《中國20世紀文藝學學術史・全書序論》，見於杜書瀛、錢競主編《中國20世紀文藝學學術史》，第一部，上海文藝出版社，2001年，序頁第6頁。

二十世紀中國的文學真實論脫胎於古典中國的誠論，同時在概念、思路以及各文體具體的真實觀念等方面都受到西方文學真實論的影響、建構甚至替換。但是，不論是古典中國的誠論，還是二十世紀中國的文學真實論，其結構大致都是「經驗之真－真理之真」，區別主要在於古典中國誠論結構之中的「真理之真」一維乃重在儒家的人倫真理，而二十世紀中國文學真實論中的「真理之真」一維則近於事物、社會的「本質」（或者被宣示、被確定為「本質」的「真理」）。這其間存在著深刻的歷史選擇和必然的話語轉換。

清末民初，舊的文學真實觀念似與新的時代齟齬不諧，然而影響尚存且徘徊不去，新的文學真實觀念則在國人頗為天真的進化論想像中精力彌滿，卻又在概念定名與理論演述方面稍顯生澀。這是一個新舊文學真實觀念犬牙交錯的時代，一個「雜語共生」的時代，學者們顯示出兼涉新舊、雜糅中西的「多歧互滲」[2]的特徵。

第一節 梁啓超：從工具與真理之真到審美與經驗之真

從晚清以迄民國初年，梁啟超（1873－1929）和王國維（1877－1927）對中國文論影響甚大。從理論邏輯考察，也

[2] 「多歧互滲」乃是「近代中國一個突出的時代特徵」。參閱羅志田《裂變中的傳承——20世紀前期的中國文化與學術》，中華書局，2003年，序頁第1頁。

可以發現二人對其後的中國文學真實觀念大有影響。他們是那個時代文學真實論域的人物標本。細審之，可知二人在清末民初文學真實觀念領域的影響各有側重：梁啟超由於時代風氣和個人影響，其最引人注目的是強調了文學的工具性，從而也強調了以文學承載新民、救國的「真理」的傾向，其文學真實觀念曾嚴重偏於真理之真；王國維則強調了文學作為一種「美術」的獨立自足，其重心不是工具性，而是生存和審美的經驗性，從而其文學真實觀念大抵偏重於經驗之真。

梁啟超是清末民初的政治活動家和學者。他在這一時期的文學觀念曾經服務於經世、新民的政治關切，顯示出某種程度的工具性執著。而欲令文學發揮經世、新民的作用，則文學本身也必須傳達出經世、新民的「真理」。於是，從學理上講，梁啟超的文學真實觀念偏重真理之真。

回顧十九世紀與二十世紀之交的真理之域可知，中國近代歷史的沉重壓力早已催生了新的觀念向度：古典中國的人倫真理、忠孝禮義的教條愈來愈處境尷尬，一方面固有人維護之、分析之、擇善取之，一方面也有人探討之、質疑之、貶之棄之。與之相映成趣的則是西方近代的科學真理觀，昂首直趨中國士人的內心，並在「天演」的推論之中時時準備取古典中國的人倫真理而代之。西人的科學真理觀在當時似乎並不僅僅在自然領地有效，而且在社會畛域有效；其功用並不限於揭示自然、社會的本質、規律，也可用以調整人倫關係，從而以新的人倫真理的面目替換古典中國的人倫真理。時人嘗言「中國舉動多偽，未始不由儒教之毒」[3]，中國欲生存於當世，「不在復古，而在革新，不在禮教，而在科學，不欲以孔孟之言行為表率，而欲奉世界偉人為導師」[4]，這些言論表明，古典中國的人倫真理面臨終結，真理之域開始辭舊迎新了。

不過，當時的梁啟超似乎並不一味貶斥古典中國的人倫真理，而是在「守舊不敵開新」之際，企圖從中學與西學之間覓取一條折中之路、綜合之途，故謂「捨西學而言中學者，其中學必為無用；捨中學而言西學者，其西學必為無本」[5]。在人倫之域，梁啟超粗分道德為公私二類，「人人獨善其身者謂之私德，人人相善其群者謂之公德，二者皆人生所不可缺之具也」。梁啟超認為古典中國的人倫真理，「私德居十之九，而公德不及其一焉」，「所謂溫良恭儉讓，所謂克己復禮，所謂忠信篤敬」，「所謂知止慎獨，戒欺求慊」，「所謂存心養性，所謂反身強恕」，儘是私德。「今試以中國舊倫理，與泰西新倫理相比較：舊倫理之分類，曰君臣，曰父子，曰兄弟，曰夫婦，曰朋友；新倫理之分類，曰家族倫理，曰社會（即人群）倫理，曰國家倫理」。在此新舊倫理的對舉中，梁啟超實欲以西人的公德濟古典中國的私德之窮，以成就「完全人格」。只有在私德之外「敢言」並「研究」所謂「公德」，才是「以熱誠之心愛群、愛國、

---

[3] 憂患餘生生《捫虱談虎錄》，載《新民叢報》1903年第25號。

[4] 藍公武《闢近日復古之謬》，載《大中華》1915年第1卷第1期。

[5] 梁啟超《西學書目表後序》，見於《梁啟超全集》，第一冊，北京出版社，1999年，第86頁。

愛真理者」[6]，而梁啟超所謂「真理」，取義為兼綜西人公德與古典中國私德的所謂「新道德」，屬於人倫真理的範疇，但又與古典中國的人倫真理大有區別。

在人倫真理之外，梁啟超的真理觀也包括一般所謂的科學真理，這種真理觀強調「科學精神」，也就是求真的精神，其實踐對象乃為真知：而梁氏所強調的正是「求真知識」，「知識是一般人都有的，乃至連動物都有」，「科學所要給我們的，就爭一個『真』字」；更進一步，梁啟超強調「求有系統的真知識」，「知識不但是求知道一件一件事物便了，還要知道這件事物和那件事物的關係，否則零頭斷片的知識全沒有用處」，「知道事物和事物相互關係，而因此推彼，得從所已知求出所未知，叫做有系統的知識」[7]。在這種科學觀的指引之下，梁啟超的真理觀顯然已經遠逾傳統的人倫真理的視野，而類同自然、社會的本質。明瞭此義，對梁啟超文學真實觀念的工具論一翼的敘述，方能有效展開。實際上，梁啟超的文學真實觀本就兼指西人的人倫真理與科學意義上的「真理」，包括西人發現或「制定」的自然與社會的本質、規律、規則。

在傳達、灌輸真理的意義上，梁啟超的文學真實觀首先體現為工具性關切。處身文化轉折之機、國運彷徨之際，梁啟超看到的是文學參與建構新的文化結構和新的人間秩序的

---

[6] 梁啟超《論公德》，見於《梁啟超全集》，第一冊，前引書，第661－662頁。

[7] 梁啟超《科學精神與東西文化》，見於《梁啟超全集》，第七冊，前引書，第4006－4007頁。

有力與有用，特別是在影響、改變人的觀念方面，梁啟超試圖利用文學的感性形式以建大功。在各種文體之中，從工具性的角度，梁啟超最重小說，他從「人情」與小說的特徵入手展開思索和論議：「凡人之情，莫不憚莊嚴而喜諧謔」，而小說屬「諧謔之品」，於是梁啟超引用康有為的話而稱「僅識字之人，有不讀『經』者，無有不讀小說者」，「故『六經』不能教，當以小說教之，正史不能入，當以小說入之，語錄不能喻，當以小說喻之，律例不能治，當以小說治之」[8]，「自元明以降，小說勢力入人之深，漸為識者所共認」，「蓋全國大多數人之思想業識，強半出自小說，言英雄則《三國》、《水滸》、《說唐》、《征西》，言哲理則《封神》、《西遊》，言情緒則《紅樓》、《西廂》」[9]。之所以小說入人也深，乃是因為小說不但「淺而易解」、「樂而多趣」，更兼有「薰」、「浸」、「刺」、「提」四種「支配人道之力」。既有此力，梁啟超隨即不無誇張地指陳此前中國小說衍生出的惡果：「吾中國群治腐敗之總根原，可以識矣。吾中國人狀元宰相之思想何自來乎？小說也；吾中國人佳人才子之思想何自來乎？小說也；吾中國人江湖盜賊之思想何自來乎？小說也；吾中國人妖巫狐鬼之思想何自來乎？小說也。」然而小說無非工具而已，既然可以挾舊思想而影響過去的國人，自然也可以載新思潮而取「新民」之效。而以新思潮載入小說，則顯然是實施「小說界革命」，

---

[8] 任公（梁啟超）《譯印政治小說序》，見於《梁啟超全集》，第一冊，前引書，第172頁。

[9] 梁啟超《告小說家》，見於《梁啟超全集》，第五冊，前引書，第2747頁。

一場以灌輸「真理」、改良「群治」的「革命」：「欲新一國之民，不可不先新一國之小說。故欲新道德，必新小說；欲新宗教，必新小說；欲新政治，必新小說；欲新風俗，必新小說；欲新學藝，必新小說；乃至欲新人心，欲新人格，必新小說。」[10]

梁啟超有失敗的小說《新中國未來記》，那是實踐其「小說界革命」主張的作品，其特徵也即其弊端正在於直接宣示西人的政治「真理」，誠所謂「著者欲藉以吐露其所懷抱之政治思想也」[11]。梁啟超內心深處的「真理」即是「歐洲之真精神、真思想」，他所竭力從事的，正是「輸入歐洲之精神思想，以供來者之詩料」[12]——其實豈止「詩料」而然，來自歐洲的「真理」也是梁氏心目中的「文料」、「小說料」。當然，在這一點上，梁啟超所言並不詳贍，但當時對文學作工具性理解的南社詩人高旭則言之甚白，而與梁啟超觀念頗有相通之處，可以曲盡梁啟超的心聲——「《小敘》曰：『發乎情，止乎禮義。』《記》曰：『溫柔敦厚，《詩》教也。』蓋詩之為道，不特自矜風雅而已。然『發乎情』者，非如昔時之個人私情而已，所謂『止乎禮義』者，亦指其大者、遠者而言，如鼓吹人權、排斥專制，喚起人民獨立思想，增進人民種族觀念，皆所謂『止乎禮義』而未嘗

---

[10] 梁啟超《論小說與群治之關係》，見於《梁啟超全集》，第二冊，前引書，第884－885頁。

[11] 新小說報社（梁啟超）《唯一之文學報〈新小說〉》，見於王運熙主編《中國文論選》近代卷，下冊，前引書，第343頁。

[12] 梁啟超《夏威夷遊記》，見於《梁啟超全集》，第二冊，前引書，第1219頁。

過也。」[13]這裏所謂的「鼓吹人權、排斥專制，喚起人民獨立思想，增進人民種族觀念」，正是梁啟超擬做「詩料」的「歐洲之真精神、真思想」。於是，古典中國的「禮義」順利地被近代西方的社會政治觀念所替換，被全新的「真理」所替換。這正是文學真實論域所體現出來的近代特徵。

梁啟超文學真實觀念的重要一翼，即是在工具論支配下以文學承載、灌輸「新民」、「改良群治」的真理，尤其是西人的社會政治思想。雖然其所指涉的真理不同於古典中國的人倫真理，但不脫傳統路數，即以文學宣示、灌輸人倫真理以建構理想的人間秩序。

但是，梁啟超的思想並不單純和靜止。梁啟超並不缺乏審美素養，從而也在文學的工具性之外注意到了文學的感性、經驗性，他的文學真實觀念也不是僅止於真理之真而不涉及經驗之真。尤其到了二十年代，梁啟超曾申論「真即是美」，「求美先從求真入手」，「真」是「觀察『自然之真』」[14]所得，而這正是經驗之真。

然而「觀察自然」而得的真實並非梁啟超理想中的文學真實，故他論及「寫實派」之時曾說：「寫實家所標旗幟，說是專用冷酷客觀，不攙雜一絲一毫自己情感，這不過是技術上手段罷了。其實凡寫實派大作家都是極熱腸的。因為社會的偏枯缺憾，無時不有，只要你忠實觀察，自然會引起你

---

[13] 高旭《願無盡廬詩話》，見於王運熙主編《中國文論選》近代卷，下冊，前引書，第441頁。

[14] 梁啟超《美術與科學》，見於《梁啟超全集》，第七冊，前引書，第3960－3962頁。

無窮悲憫。但倘若沒有熱腸，那麼他的冷眼也決看不到這種地方，便不成為寫實家了。」[15]可知在經驗性真實一翼，梁啟超所謂「真」，不但是指客觀之真，亦指主觀之真，作者的真誠、熱情、「心」與「性情」，或如其所謂「境者心造也，一切物境皆虛幻，惟心所造之境為真實」[16]，「其氣充乎其中，而溢乎其貌，動乎其言，而見乎其文」[17]，「南海先生不以詩名，然其詩固有非尋常作家所能及者，蓋發於真性情」[18]，云云。

晚年的梁啟超之所以重視真性情，是因為意識到「藝術是情感的表現」。他的工具性執著在晚年已不顯著，取而代之的是對審美的重視。梁啟超晚年尊杜甫為「情聖」，正是由於杜詩高妙的技巧所傳達出的情感之深、之真：「他的情感的內容，是極豐富的，極真實的，極深刻的，他表情的方法又極熟練」，「能像電氣一般，一振一蕩的打到別人的心弦上，中國文學界寫情聖手，沒有人比得上他，所以我叫他做情聖。」在梁啟超看來，杜詩不但寫情真摯，而且「三吏」、「三別」之類也是其所處時代「社會狀況最真實的影戲片」。杜甫是梁啟超所謂的「半寫實派」：「他處處把自己主觀的情感暴露，原不算寫實派的作法。但如《羌村》、《北征》等篇，多用第三者客觀的資格，描寫所觀察得來的

---

15 梁啟超《中國韻文裏頭所表現的情感》，見於《梁啟超全集》，第七冊，前引書，第3953頁。

16 梁啟超《惟心》，見於《梁啟超全集》，第一冊，前引書，第361頁。

17 梁啟超《煙士披里純》，見於《梁啟超全集》，第一冊，前引書，第376頁。

18 梁啟超《詩話詞話集》，見於《梁啟超全集》，第九冊，前引書，第5307頁。

環境和別人情感，從極瑣碎的斷片詳密刻畫，確是近世寫實派用的方法，所以可叫做半寫實」，「這類詩的好處在真，事愈寫得詳，真情愈發得透。我們熟讀他，可以理會得『真即是美』的道理。」[19]

當梁啟超領會到「真即是美」，歎賞杜詩「節節含著真美」[20]的時候，他的文學真實觀念也就最終完成了：從壯歲以文學傳達、灌輸真理的工具性真實觀，走到了晚景以文學的經驗之真、性情之真實現審美理想。

第二節　王國維：非工具化的經驗之真

在文學之域，王國維的一個重要觀念乃是借於席勒的「遊戲說」[21]，他以為：「文學者，遊戲的事業也」，是作家「對其自己之感情及所觀察之事物而摹寫之，詠歎之，以發洩所儲蓄之勢力」[22]，王國維認定：「以文學為職業，餔啜的文學也。職業的文學家，以文學得生活；專門之文學家，為文學而生活。今餔啜的文學之途，蓋已開矣。吾寧聞征夫思婦之聲，而不屑使此等文學囂然污吾耳也。」[23]關於文學的「遊戲」性理解和關於文學家的「非職業化」主張，乃是王

[19] 梁啟超《情聖杜甫》，見於《梁啟超全集》，第七冊，前引書，第3978－3981頁。

[20] 梁啟超《情聖杜甫》，見於《梁啟超全集》，第七冊，前引書，第3984頁。

[21] 王國維《人間嗜好之研究》，見於《王國維論學集》，前引書，第305頁。

[22] 王國維《文學小言》，見於《王國維論學集》，前引書，第310頁。

[23] 王國維《文學小言》，見於《王國維論學集》，前引書，第314頁。

國維在文學真實論域一切表述的理論基礎。

王國維所贊同的「遊戲說」疏離了傳統的「詩教」說和「文道」論背後的工具性關切，這是他與梁啟超的根本差異。「遊戲」的文學，不可能再去承擔傳承聖道、教化天下、調整人倫以建構理想的人間秩序的宏偉責任，而只能是「發洩」內心「所儲蓄之勢力」。這種尊重一己的經驗、「發洩」內心能量的文學理解，必使文學從儒家兩千多年的人倫真理之中脫身而出，走向對個體經驗性真實的真切表述。王國維嘗謂「人能於詩詞中不為美刺、投贈之篇，不使隸事之句，不用粉飾之字，則於此道已過半矣」[24]。「不為美刺、投贈」，這便取消了傳統士人附加於文學上的兩重極為重要的功能，尤其是取消「美刺」的功能，顯然已與傳統的「詩教」觀念分道揚鑣。「詩教」以及「詩教」背後的儒家人倫真理一旦如水退去，則個體的經驗性真實必如水中之石突兀而出。在疏離人倫真理、卸下建構人間秩序的現實責任之際，王國維反對「以文學得生活」，又在邏輯上離棄了以文學換取個人生活的工具性，離棄了汲汲於「餔啜」的文學動機。此外，王國維傾向於「為文學而生活」，也必然在邏輯上主張從「生活」的經驗性真實而走向「文學」的經驗性真實，而他所「寧聞」的「征夫思婦之聲」也屬於與宏偉的或者狹小的工具性執迷絕不相涉的經驗性抒發。

王國維走出儒家的人倫真理而走向個體的經驗真實，乃為其文學觀念的邏輯必然。以此為綱，則王國維關於「情

---

[24] 王國維《人間詞話》，見於《王國維論學集》，前引書，第332頁。

景」、「境界」、「隔」的議論的核心，也就必然指向個體的經驗真實。

王國維認為「文學中有二原質焉，曰景，曰情」，「前者以描寫自然及人生之事實為主，後者則吾人對此種事實之精神的態度也」。對於「客觀」的「景」，王國維強調要有深切的把握，即應當「觀物也深」、「體物也切」；而對於「主觀」的「情」，王國維也主張以「激烈之感情」為「直觀之對象、文學之材料」[25]。「觀物」、「體物」的深切與「感情」的「激烈」，必然意味著「景」與「情」的真實性，故云：「『燕燕於飛，差池其羽』，『燕燕於飛，頡之頏之』，『目見睆黃鳥，載好其音』，『昔我往矣，楊柳依依』，詩人體物之妙，侔於造化，然皆出於離人、孽子、征夫之口，故知感情真者，其觀物亦真」[26]；「大家之作，其言情也必沁人心脾，其寫景也必豁人耳目，其詞脫口而出，無矯揉妝束之態，以其所見者真，所知者深也」[27]。

王國維認為「一切景語皆情語也」[28]，然而不論「景語」還是「情語」，都應以「真」為尊，也就是說，「觀物」、「體物」與「寫景」，以及寫「情」，大抵以「真」為要義。王國維在學理上親近李贄、袁枚一路，推崇專注於內心經驗的原初真實的「赤子之心」、「性情」之真，而非儒家用以塑造理想的聖君賢臣、建構理想的人間秩序的人倫

---

[25] 王國維《文學小言》，見於《王國維論學集》，前引書，第311頁。
[26] 王國維《文學小言》，見於《王國維論學集》，前引書，第312頁。
[27] 王國維《人間詞話》，見於《王國維論學集》，前引書，第331頁。
[28] 王國維《人間詞話》，見於《王國維論學集》，前引書，第346頁。

真理，故謂「詞人者，不失其赤子之心者也，故生於深宮之中，長於婦人之手，是後主為人君之短處，亦即為詞人所長處」[29]，「客觀之詩人，不可不多閱世，閱世愈深則材料愈豐富、愈變化，《水滸傳》、《紅樓夢》之作者是也；主觀之詩人，不必多閱世，閱世愈淺則性情愈真，李後主是也」[30]。

王國維否定「襲其貌而無真情以濟之」，其稱賞屈原、陶潛、蘇軾，乃是由於他們「能感自己之感，言自己之言」；而他貶低漢之賈、劉和唐之韋、柳也是由於他們「感他人之所感，而言他人之所言」[31]，而無一己性情之真、經驗之真。王國維以為「詞乃抒情之作」[32]，「詩歌者，感情的產物也，雖其中之想像的原質（即知力的原質），亦須有肫摯之感情為之素地，而後此原質乃顯」[33]。所謂「肫摯」，亦即情真。王國維強調情真，尤其強調「歡愉愁苦之致，動於中而不能抑」[34]的情真：「『昔為倡家女，今為蕩子婦，蕩子行不歸，空床獨難守』，『何不策高足，先據要路津，無為久貧賤，轗軻長苦辛』，可謂淫鄙之尤，然無視為淫詞鄙詞者，以其真也」[35]。在此，王國維已將漢代以降的人倫真理放進括弧，即便是在儒家的人倫框範中顯得「淫鄙之尤」的詩歌，也因情感抒寫之「真」而在所不廢。王國維推尊「真」

[29] 王國維《人間詞話》，見於《王國維論學集》，前引書，第322頁。
[30] 王國維《人間詞話》，見於《王國維論學集》，前引書，第322頁。
[31] 王國維《文學小言》，見於《王國維論學集》，前引書，第312－313頁。
[32] 王國維《人間詞話》，見於《王國維論學集》，前引書，第344頁。
[33] 王國維《屈子文學之精神》，見於《王國維論學集》，前引書，第318頁。
[34] 王國維《人間詞話》，見於《王國維論學集》，前引書，第331頁。
[35] 王國維《人間詞話》，見於《王國維論學集》，前引書，第333頁。

詩而貶黜「游詞」，而「游詞」之病，也是不真：「詞人之忠實，不獨對人事宜然，即對一草一木，亦須有忠實之意；否則所謂游詞也。」[36]

王國維論詞，嘗言及「自然」，以及所謂「隔」與「不隔」：「納蘭容若以自然之眼觀物，以自然之舌言情，此由初入中原，未染漢人風氣，故能真切如此，北宋以來，一人而已」[37]；「陶、謝之詩不隔，延年則稍隔矣」，「東坡之詩不隔，山谷則稍隔矣」，「『池塘生春草』、『空樑落燕泥』等二句，妙處唯在不隔」[38]。

這裏的「自然」與「隔」，正是「真」與「不真」。「王氏把『自然』作為最高的審美標準，『古今之大文學，無不以自然勝』，這是涵蓋一切文學品種的判斷。而他所理解的自然，其核心內涵就是『真』。錢振鍠曾解釋王國維的觀點說：『案靜安言詞之病在隔，詞之高處為自然。予謂隔只是不真耳。真則親切有味矣，真則自然矣……』錢振鍠的闡述是深得王國維的本意的。」[39]王國維「自然」即「真」的觀念實際上也是傳統詩學的延伸，稍後的學者湯用彤兼涉中西而主張「天籟」，而「天籟」義出莊子，也是自然之真：「吾國謂詩窮而後工，西語亦謂多懊惱則詩工。二語雖不同，然其大意不過謂工詩不可無真性情，性情之真者，不必識字，不必讀書，不必繁徵博引，即可以為詩。如三百篇

[36] 王國維《人間詞話》，見於《王國維論學集》，前引書，第344頁。
[37] 王國維《人間詞話》，見於《王國維論學集》，前引書，第330頁。
[38] 王國維《人間詞話》，見於《王國維論學集》，前引書，第327頁。
[39] 蔡鍾翔《美在自然》，百花洲文藝出版社，2001年，第73－74頁。

中，文人學士之作自不少，而歌謠之出，傳自口碑者亦多，是所謂天籟也。」[40]

當然，王國維論詩詞最著名的概念是「境界」，曾說「言氣質，言神韻，不如言境界」，「有境界，本也，氣質、神韻，末也」，「有境界而二者隨之矣」[41]。然其所謂「境界」又是何物？王國維云：「境非獨謂景物也，喜怒哀樂，亦人心中之一境界。故能寫真景物、真感情者，謂之有境界。否則謂之無境界。」[42]

可知王國維的「境界」所關涉的是「真景物」、「真感情」，亦即目遇心感的經驗之真。對此，葉嘉瑩曾言：「《人間詞話》中所標舉的『境界』，其含義應該乃是說凡作者能把自己所感知之『境界』，在作品中作鮮明真切的表現，使讀者也可得到同樣鮮明真切之感受者，如此才是『有境界』的作品。所以欲求作品之『有境界』，則作者自己必須先對其所寫之對象有鮮明真切之感受。至於此一對象，則既可以為外在之景物，也可以為內在之感情；既可為耳目所聞見之真實之境界，亦可以為浮現於意識中之虛構之境界。但無論如何，卻都必須作者自己對之有真切之感受，始得稱之為『有境界』。」[43]王國維之「有境界」，即是「真」，並且其所指「並非僅是外在景物或情事實際存在的『真』，而

---

[40] 湯用彤《談助》，見於孫尚揚編《 湯用彤學術文化隨筆》，中國青年出版社，2000年，第34頁。

[41] 王國維《人間詞話》，見於《王國維論學集》，前引書，第336頁。

[42] 王國維《人間詞話》，見於《王國維論學集》，前引書，第320頁。

[43] 葉嘉瑩《王國維及其文學批評》，廣東人民出版社，1982年，第220－221頁。

是指的作者由此外在景物或情事所得的一種發自內心的真切之感受」[44]。

王國維所謂「境界」的疆域，正是經驗性真實的範圍。在清帝國的落日餘暉中，王國維對經驗性真實的理解和強調，既是西學的潛在影響所開出的中國之花，也是清帝國乃至整個中國傳統文學真實觀念中經驗性真實一翼的終結演說和精彩謝幕。

第三節
中國固有的小說真實觀念及其在清民之際的嬗變

當古典時代人倫真理的真理性逐漸褪色的時候，在詩歌領域裏強調真實，往往容易滑入對作為「人倫之真－經驗之真」結構中的情感真實、內心真誠一端的反覆強調、重複論述，在此無味的咀嚼、反芻中，新的學理創獲則至微至陋。不過，到了清民之際，詩歌在中國文學歷史上的「大宗」地位漸被曾為「小道」的小說取代，這是因為：不論從對芸芸眾生的傳播效果考慮，還是從承載西來「真理」的工具性「方便」觀之，小說都有詩所不備的優長。於是，小說真實觀念的嬗變，遂成為這個多歧互滲時代文學真實觀念遷流歷程的最重要標本，而清民之際小說之域的真實觀念相較於詩歌之域的真實觀念而言，似更有「新意」。

[44] 葉嘉瑩《王國維及其文學批評》，前引書，第334頁。

清末民初的小說真實觀念在結構上雖然承襲此前的中國古典小說真實觀念，但在概念上則漸染西風，這種概念的轉換實際上已使貌似不變的結構之下發生了深刻的觀念變異。

1.中國小說真實觀念的結構：人倫真理－經驗真實

古典時代，尊詩文，小說為瑣屑之言，兩漢之際的桓譚即曾斷言小說家乃是「合叢殘小語，近取譬論，以作短書」，此等「小語」存在的必要，全仗其「治身理家，有可觀之辭」[45]，而小說中服務於「治身理家」的「可觀之辭」，實際上是一種工具性言說，其要義在於表述了「治身理家」的倫理基礎，即傳達了古典時代的人倫真理。其後的班固與桓譚持論相近：雖然小說乃為「街談巷語，道聽塗說」，其真實性可疑，但小說之所以「弗滅」，只為此等「小道」乃有「可觀者焉」[46]，而所謂「可觀者」，自非其「道聽塗說」的可疑的經驗真實性，而是其傳達出的有助於和諧秩序、風化世俗的人倫真理性。宋人曾慥論及小說之時曾說：「小道可觀，聖人之訓也」，「可以資治體、助名教」[47]。可知，自漢而宋，小說存在的必要性、合法性就在於其工具性角色，在於其有助於承載、傳遞、推廣儒家的人倫真理。暨乎明代，庸愚子論及《三國志通俗演義》之時，強將其比附歷史，所謂「事紀其實，亦庶幾乎史」，從而具

[45] 桓譚《新論》，上海人民出版社，1967年，第69頁。

[46] 班固《漢書・藝文志》，前引書，第1745頁。

[47] 曾慥《類說序》，見於黃霖、韓同文選注《中國歷代小說論著選》，上冊，江西人民出版社，1982年，第60頁。

有《春秋》的功能，即所謂「合天理、正彝倫，而亂臣賊子懼」，認為這部小說「最尚者」乃是「孔明之忠」、「關張之義」[48]，這也是將小說的合法性建立在對儒家人倫真理的負載之上。

馮夢龍關於「野史」（小說）的真與贗，也有一段不悖儒家人倫要求的經典論議：「野史盡真乎？曰：不必也。盡贗乎？曰：不必也。然則，去其贗而存其真乎？曰：不必也。……人不必有其事，事不必麗其人。其真者可以補金匱石室之遺，而贗者亦必有一番激揚勸誘，悲歌感慨之意。事真而理不贗，即事贗而理亦真，不害於風化，不謬於聖賢，不戾於詩書經史，若此者其可廢乎！[49]

在馮夢龍看來，不管經驗性的真與贗如何，小說合法性的關鍵在於真理性的「理」：「理」必有利「風化」、不違「聖賢」及「詩書經史」，而此「理」正是儒家的人倫真理。其後凌濛初在指斥宋元「一種」小說家「廣摭誣造，非荒誕不足信，則褻穢不忍聞，得罪名教，種業來生」之時，也稱許馮夢龍「所輯《喻世》等諸言，頗存雅道，時著良規」，雖「其事之真與飾，名之實與贗，各參半」，甚至「文不足征」，然而「意殊有屬」，「總以言之者無罪，聞之者足以為戒，可謂云爾而矣」[50]。凌濛初顯然對馮夢龍所輯

[48] 庸愚子（蔣大器）《三國志通俗演義序》，見於黃霖、韓同文選注《中國歷代小說論著選》，上冊，前引書，第104－105頁。

[49] 無礙居士（馮夢龍）《警世通言敘》，見於黃霖、韓同文選注《中國歷代小說論著選》，上冊，前引書，第222頁。

[50] 即空觀主人（凌濛初）《拍案驚奇序》，見於黃霖、韓同文選注《中國歷代小說論著選》，上冊，前引書，第256頁。

小說的經驗真實性並不過分追究，而是對其體現儒家人倫真理的工具性頗為尊崇。

可知，從桓譚、班固，到馮夢龍、凌濛初，中國小說真實觀念的真理之真一翼的存在是顯而易見的。與此翼相對的是另一翼，那就是「發憤」和「逼真」，小說的兩種經驗性真實。

先看「發憤」。

從小說寫作的個體心理動因考察，小說不一定都是為了「存雅道」、「著良規」，而可能如同詩歌的「憤於中而形於言」那樣，屬於「發憤」之作。實際上，不論是詩歌還是小說，都與寫作者的內在衝動相關，恰如張竹坡所言：「總之，作者無感慨亦必不著書，一言盡之矣。」[51]而著小說的，尤其是著述洋洋長篇的，乃非一般的感慨，而常常是「憤」於胸臆。在中國古典小說觀念裏，「憤」既有一己之幽憤，也有道德之義憤。

一己之幽憤，發於性情，乃為經驗性的真誠所激揚，從寫作動因以觀，真切無偽，即李贄所謂「不必矯情，不必逆性，不必抑志，直心而動」[52]。李贄以《水滸》為「洩憤」[53]之作，而所泄之憤凝於紙面，不管其虛構了幾許、實錄了幾分，都是源於內心強有力的經驗性真實。

---

[51] 張竹坡《批評第一奇書金瓶梅讀法》，見於黃霖、韓同文選注《中國歷代小說論著選》，上冊，前引書，第375頁。

[52] 李贄《為黄安二上人三首・失言三首》，見於《焚書》，前引書，第228頁。

[53] 李贄《忠義水滸傳序》，見於《焚書》，前引書，第304頁。

張竹坡論《金瓶梅》，也以「發憤」目之：「此仁人志士，孝子悌弟，不得於時，上不能問諸天，下不能告諸人，悲憤嗚咽，而作穢言以泄其憤也」，「作者不幸，身遭其難，吐之不能，吞之不可，搔抓不得，悲號無益，借此以自泄」[54]。

在張竹坡看來，《金瓶梅》的出現，乃是源於作者的悲憤，「乃是作者滿肚皮倡狂之淚沒處灑落，故以《金瓶梅》為大哭地也」[55]。於是，《金瓶梅》成為一個象徵，成為「蘭陵笑笑生」的「苦悶的象徵」。周楫以小說的寫作而「發抒生平之氣，把胸中欲歌欲笑欲叫欲跳之意，盡數寫將出來，滿腹不平之氣，鬱鬱無聊，藉以消遣」[56]——這也是小說領域的「發憤」論，發一己之憤。

此外，李禎「兩涉憂患，飽食之日少」，遂以小說「豁懷抱，宣鬱悶」，這是「發憤」；艾納居士「收燕苓雞壅於藥裹，化嬉笑怒罵為文章」，寫作小說以發抒「滿腹不平」，這也是「發憤」；蒲松齡憑藉「孤憤」的《聊齋志異》，覓知音於「青林黑塞間」，吳璿「屢困場屋」，「命蹇時乖」，乃以「稗官野史」「自抒其窮愁閒放之思」，凡此，都是「發憤」[57]。作者的幽憤一發，小說的結撰乃成。

[54] 張竹坡《竹坡閒話》，見於孫菊園編《中國古典小說美學資料彙粹》，上海古籍出版社，1991年，第81－82頁。

[55] 張竹坡《批評第一奇書金瓶梅讀法》，見於黃霖、韓同文選注《中國歷代小說論著選》，上冊，前引書，第377頁。

[56] 周楫《西湖二集》，江蘇古籍出版社，1994年，第3頁。

[57] 此處所引李禎、艾納居士、蒲松齡以及吳璿之言，分別見於丁錫根編《中國歷代小說序跋集》，人民文學出版社，1996年，第604、848、976、1210頁。

然在古典中國，以小說發一己之幽憤，誠如以詩歌抒一己之情志，每與儒家倫理脫不得干係，故而詩有「發乎情止乎禮義」的規定，而以小說「發憤」，也未可全然不顧儒家的人倫真理，故有無名氏評吳敬梓《儒林外史》，一方面認同作者「發憤著書，一吐其不平之鳴」，一方面也申言「大凡學者操觚有所著作，第一要有功於世道人心為主，此聖人所謂修辭立其誠也」[58]。這是主張在發憤的同時兼顧儒家人倫真理以有功世道，在個體經驗與群體倫理之間尋找穩妥的地基。抒寫個體情懷的同時兼而照顧人倫真理，這種特別的文論思維形態有可能產生一種折中的「憤」的形態：既出於個體的內心，又合於儒家人倫真理的要求。即是酉陽野史論及《新刻續編三國志》時所謂「解悶於煩劇憂愁，以豁一時之情懷」，「以洩萬世蒼生之大憤」[59]，其間所「解」之「悶」、所「洩」之「憤」，既是一己的，也是天下的，既關乎個體經驗，也關乎道德義憤。陳忱更明確地以「發憤」之「憤」為激於儒家人倫真理的道德義憤，他在論及《水滸》及《水滸後傳》時嘗云：「《水滸》，憤書也」，「宋鼎既遷，高賢遺老，實切於中，假宋江之縱橫，而成此書，蓋多寓言也，憤大臣之覆餗，而許宋江之忠，憤群工之陰狡，而許宋江之義，憤世風之貪，而許宋江之疏財，憤人情之悍，而許宋江之謙和，憤強鄰之啟疆，而許宋江之征遼，

[58] 無名氏《臥閑草堂本儒林外史回評》，見於黃霖、韓同文選注《中國歷代小說論著選》，上冊，前引書，第473頁。

[59] 酉陽野史《新刻續編三國志引》，見於黃霖、韓同文選注《中國歷代小說論著選》，上冊，前引書，第171頁。

憤潢池之弄兵，而許宋江之滅方臘也」；「《後傳》為洩憤之書，憤宋江之忠義，而見鴆於奸黨，故復聚余人，而救駕立功，開基創業，憤六賊之誤國，而加之以流貶誅戮，憤諸貴幸之全身遠害，而特表草野孤臣，重圍冒險，憤官宦之嚼民飽壑，而故使其傾倒宦囊，倍償民利，憤世道之淫奢誑誕，而有萬慶寺之燒，還道村之斬也」[60]。

在此，「發憤」之「憤」，乃是以儒家的秩序設計和人倫真理為道德基礎或心理基礎，針對歷史（或許也隱喻現實）而激起和發抒的道德義憤。這是兼涉個體經驗性真實與儒家人倫真理的「憤」，既是「私憤」，更是「公憤」。

在「發憤」所體現的經驗性真實之外，再看另一種經驗性真實，「逼真」。

古人崇尚「逼真」，殆無疑義，所謂「《水滸傳》事節都是假的，說來卻似逼真，所以為妙」，所謂「咄咄逼真」[61]，所謂「形容一事，一事畢真」[62]，凡此都以「逼真」相尚。古典小說真實觀念中的「逼真」，實際上立足於兩點：一是寫作者的親歷，一是所謂「人情物理」。以現實人生的經驗為基礎，並對現實人生之中「人情物理」遵循不違，就會使小說質地呈現「逼真」之感。

---

[60] 樵餘（陳忱）《水滸後傳論略》，見於黃霖、韓同文選注《中國歷代小說論著選》，上冊，前引書，第312頁。

[61] 李贄《容與堂本李卓吾先生批評忠義水滸傳回評》，見於黃霖、韓同文選注《中國歷代小說論著選》，上冊，前引書，第188頁。

[62] 脂硯齋《脂硯齋重評石頭記批語》，見於黃霖、韓同文選注《中國歷代小說論著選》，上冊，前引書，第446頁。

關於「親歷」，古典小說觀念從來重視，即便「搜神」的幹寶，也歎其著作「蓋非一耳一目之所親聞睹也，亦安敢謂無失實者哉」[63]，其所感歎的，乃是沒能「親歷」而可能導致的「失實」，而據此反觀其理念，顯然是以親歷之真為貴。張竹坡評《金瓶梅》，嘗謂「作《金瓶梅》者，必曾於患難窮愁，人情世故，一一經歷過，入世最深，方能為眾腳色摹神也」[64]。脂硯齋評《紅樓夢》，屢言「非經歷過，如何寫得出」[65]，「寫得出，試思非親歷其竟（境）者，如何莫（摹）寫得如此」[66]。是皆推尊親歷基礎上的「逼真」表達，親歷本身的真實性在很大程度上保證了小說質地的逼真感。

然而，小說家的撰述，並非拘泥於親歷而不敢絲毫違拗，而且其所敘述的常常是不可能親歷的事情，比如所謂「歷史小說」。當敘述對象超越了親歷範圍之時，要保證小說質地的逼真，必須在親歷、在經驗的基礎上憑藉想像推及其餘，並以現實人生的常識、以古人所謂「人情物理」來衡量文字的結撰，其中與人情物理相合的，也可產生逼真之感。小說誠有虛構的本性，然則以「人情物理」為樞機，則虛而近實、贗中有真；如果盡與「人情物理」相違，則逼真效果將杳不可期。所以李贄曾說：「《水滸傳》文字不好處

[63] 干寶《搜神記序》，見於黃霖、韓同文選注《中國歷代小說論著選》，上冊，前引書，第20頁。

[64] 張竹坡《批評第一奇書金瓶梅讀法》，見於黃霖、韓同文選注《中國歷代小說論著選》，上冊，前引書，第376頁。

[65] 脂硯齋《脂硯齋重評石頭記批語》，見於黃霖、韓同文選注《中國歷代小說論著選》，上冊，前引書，第445頁。

[66] 脂硯齋《脂硯齋重評石頭記批語》，見於黃霖、韓同文選注《中國歷代小說論著選》，上冊，前引書，第451頁。

只在說夢、說怪、說陣處，其妙處都在人情物理上，人亦知之否？」[67]又說：「《水滸傳》文字原是假的，只為他描寫得真情出，所以便可與天地相終始。即此回中李小二夫妻兩人情事，咄咄如畫。若到後來，混天陣處，都假了，費盡苦心亦不好看。」[68]葉晝論《水滸》，其觀念與李贄相近，也是推尊基於「人情物理」之上的經驗性真實：「世上先有《水滸傳》一部，然後施耐庵、羅貫中借筆墨拈出。若夫姓某名某，不過劈空捏造，以實其事耳。如世上先有淫婦人，然後以楊雄之妻、武松之嫂實之；世上先有馬泊六，然後以王婆實之；世上先有家奴與主母通姦，然後以盧俊義之賈氏、李固實之。若管營、若差撥、若董超、若薛霸、若富安、若陸謙，情狀逼真，笑語欲活，非世上先有是事，即令文人面壁九年，嘔血十石，亦何能至此哉！此《水滸傳》之所以與天地相終始也。與其中照應謹密，曲盡苦心，亦覺瑣碎，反為可厭。至於披掛戰鬥、陣法兵機，都剩技耳，傳神處，不在此也。更可惡者，是九天玄女、石碣天文兩節，難道天地故生強盜而又遣鬼神以相之耶？決不然矣。讀者毋為說夢癡人前其可。」[69]

葉晝所言，無非是指作者的經驗視域之中本有《水滸傳》所涉的人物類型、情節類型，以及現實人生的常識、

---

[67] 李贄《容與堂本李卓吾先生批評忠義水滸傳回評》，見於黃霖、韓同文選注《中國歷代小說論著選》，上冊，前引書，第190頁。

[68] 李贄《容與堂本李卓吾先生批評忠義水滸傳回評》，見於黃霖、韓同文選注《中國歷代小說論著選》，上冊，前引書，第188頁。

[69] 懷林（葉晝）《〈水滸傳〉一百回文字優劣》，見於黃霖、韓同文選注《中國歷代小說論著選》，上冊，前引書，第186頁。

「人情物理」，作者以此為基礎敘述《水滸傳》中的人物、情事，自然「情狀逼真」。相反，所謂「九天玄女、石碣天文」，遠在經驗之外，既非「人情」，也非「物理」，故為「癡人說夢」，了無真趣。

脂硯齋評《紅樓夢》，每言「事之所無，理之必有」[70]、「按理論之」，「則是必有之事，必有之理」[71]，「一篇愚婦無理之談，實是世間必有之事」[72]，云云，率皆稱許其在奇幻的文字結撰中由於對人情物理的遵循不違，故能喚起「逼真」的閱讀效果。此外，馮鎮巒引述諺語「說謊亦須說得圓」，謂「說得極圓，不出情理之外」[73]，這也是主張以人情物理之常而通向逼真和「圓」。

概言之，中國固有的小說真實觀念，也有人倫真理、經驗真實兩端，人倫真理奠定了中國小說的合法性基礎，而經驗真實分為兩個方面，一個是小說創作的個體心理動因，即「發憤」，一個是小說的質地，即「逼真」。「發憤」有一己之幽憤，有道德之義憤；「逼真」既來源於作者之「親歷」，也依憑於「人情物理」。對儒家倫理的表述，「發憤」而作、追求「逼真」，就是中國固有的小說真實觀念的大致內容，這些內容同時也與詩論、文論一樣，大抵可以納

[70] 脂硯齋《脂硯齋重評石頭記批語》，見於黃霖、韓同文選注《中國歷代小說論著選》，上冊，前引書，第438頁。

[71] 脂硯齋《脂硯齋重評石頭記批語》，見於黃霖、韓同文選注《中國歷代小說論著選》，上冊，前引書，第445頁。

[72] 脂硯齋《脂硯齋重評石頭記批語》，見於黃霖、韓同文選注《中國歷代小說論著選》，上冊，前引書，第448頁。

[73] 馮鎮巒《讀聊齋雜說》，見於黃霖、韓同文選注《中國歷代小說論著選》，上冊，前引書，第534頁。

入這樣一個結構：「人倫真理－經驗真實」。

2.清民之際的雜語共生以及概念最初的西化

中國固有的小說真實觀念到了清末民初，呈現了這樣的特徵：依然沿襲了此前的結構，即所謂「真理之真－經驗之真」；在這個貌似穩定的結構之中，經驗之真一翼並無太多新變和創獲，而在真理之真一翼，則從概念到實質，都顯示出雜語共生的局面，並逐步西化。

在清民之際小說真實觀念的經驗之真一翼，代表中國固有真實觀念的「逼真」一語繼續大量用於理論表述和小說批評，所謂「情況逼肖」[74]，所謂「事事畢真」[75]，所謂「描寫逼真」[76]，云云。在此，「逼真」之義與此前並無不同，都是指涉小說文本質地所展露出的經驗性真實。此期強調經驗性真實的學者，其觀念未必超越李贄、葉晝等前人，譬如夏曾佑所云：「寫實事易，寫假事難。金聖歎云：最難寫打虎、偷漢。今觀《水滸》寫潘金蓮、潘巧雲之偷漢，均極工；而武松、李逵之打虎，均不甚工。李逵打虎，只是持刀蠻殺，固無足論；武松打虎，以一手按虎之頭於地，一手握拳擊殺之。夫虎為食肉類動物，腰長而軟，若人力按其頭，彼之四爪，均可上攫，與牛不同也。若不信，可以一貓為虎之代表，以武松打虎之方法打之，則其事不能不自見矣。蓋

[74] 林紓《〈不如歸〉序》，見於陳平原、夏曉虹編《二十世紀中國小說理論資料（第一卷）1897－1916》，北京大學出版社，1997年，第354頁。

[75] 李友琴《〈新上海〉序》，見於陳平原、夏曉虹編《二十世紀中國小說理論資料（第一卷）1897－1916》，前引書，第384頁。

[76] 夢生《小說叢話》，載《雅言》第1卷（1914年）第7期。

虎本無可打之理，故無論如何寫之，皆不工也。」[77]這都是刻意拘泥於一己的經驗性真實，摒棄了憑藉已有經驗而推論、想像並抵達文本「逼真」的可能性，較前人為落後。

關於經驗性真實，清民之際也如前代，一方面強調寫作者內在情感的真切和強烈，一方面也強調經驗性的事理之真，即中國固有小說真實觀念中所謂的人情物理。關於前者，有漱石生所評論的「固宜情真語切，紙上躍然，非憑空結撰者比」[78]，有劉鶚所自述的「吾人生今之時，有身世之感情，有家國之感情，有社會之感情，有種教之感情，其感情愈深者，其哭泣愈痛，此鴻都百煉生所以有《老殘遊記》之作也」[79]。凡此皆重小說寫作的內在真誠，一種源於內心的經驗性真實。關於後者，則猶如伯耀所云：「古之所謂著作家，捨情、理而外，固無文章也。即小說之支配於世界上，何莫不然哉！雖然，情者感人最深者也，理者曉人最切者也」，「小說之神髓，純乎情理，而情理之真趣，實具觀感」[80]，此處所指涉，恰是前人所謂「人情物理」，一種能夠通達文本質地逼真（所謂「觀感」）的經驗真實。

與經驗之真一翼不同的是，在清民之際小說真實觀念的另一翼，即真理之真一翼，則發生了關鍵的變化：古典中國

---

[77] 別士（夏曾佑）《小說原理》，載《繡像小說》1903年第3期。

[78] 漱石生《〈苦社會〉序》，見於陳平原、夏曉虹編《二十世紀中國小說理論資料（第一卷）1897－1916》，前引書，第152頁。

[79] 鴻都百煉生（劉鶚）《〈老殘遊記〉自敘》，見於陳平原、夏曉虹編《二十世紀中國小說理論資料（第一卷）1897－1916》，前引書，第222頁。

[80] 伯耀《小說之支配於世界上純以情理之真趣為觀感》，載《中外小說林》1907年第15期。

文學真實觀念之中的人倫真理開始面臨信任危機，並逐漸被來自西方的真理觀念取代。西方的觀念系統之中也有人倫真理，但是在文學真實論域取代中國固有的人倫真理的則並非西方的人倫真理，而是自然科學真理以及社會科學真理，科學之真開始成為降臨於中土文學真實論域的新真理。遭逢千年未遇的變局，舊的人倫真理已經無法維繫綱常，無法在新的時代建構理想的人間秩序，而近代西方的科學主義則帶著新的希望直接壓迫著文學真實觀念之中的人倫真理一翼，以毋庸置疑的姿態獲得正統地位，從而與傳統的經驗性真實一起形成新的「真理之真－經驗之真」的觀念結構。

新的概念拖著科學主義的影子潛入中國，譬如嚴復所謂的「公性情」：「凡為人類，無論亞洲、歐洲、美洲、非洲之地，石刀、銅刀、鐵刀之期，支那、蒙古、西米底、丟度尼之種，求其本原之地，莫不有一公性情焉。此公性情者，原出於天，流為種智。儒、墨、佛、耶、回之教，憑此而出興；君主、民主、君民並主之政，由此而建立。故政與教者，並公性情之所生，而非能生夫公性情也。何謂公性情？一曰英雄，一曰男女。」「非有英雄之性，不能爭存；非有男女之性，不能傳種也。六合之大，萬物之繁，其間境界，難以智測，其亦有勿具此二性者乎？」[81]嚴復以「英雄」、「男女」作為人類的「公性情」，也順理成章地以之為小說（所謂「說部」所指）所表達的「公性情」，這不是作為經驗性真實的個體的「性情」，其所謂「公」，乃是指涉一種

[81] 幾道、別士（嚴復、夏曾佑）《本館附印說部緣起》，載《國聞報》光緒二十三年（1897年）十月十六日至十一月十八日。

跨越民族、種族界限的普遍性，是以小說敘述的人類本質、科學意義上的「真理」，而非古典中國的人倫真理。嚴復的概念所傳達的正是那個時代的新精神：科學主義的精神，以及對科學主義的信任。觀念領域發生了深刻的變革，傳統的人倫真理作為舊的意識形態已然漸次枯萎，而新的意識形態將以「科學」、「本質」、「普遍」的面目和修辭而登堂入室，形成文學真實觀念結構之中的「真理之真」一維。

除了嚴復帶有社會學色彩的「公性情」概念以外，引人注目的還有以自然科學的真理作為文學真實觀念「真理之真」一維的論調：「科學進而宗教衰。以彼耶、佛、回、襖各教多創立於科學未明之世，而又必歸功於一尊，故萬不能不借此各種謬想，以錮蔽人之聰明。彼著小說者，適墮其術中，而為各教之功臣。惟科學則與此等謬想實為大敵，實有不容並立之勢。……物理學家之論物質，有不相入之公性。而俗誇遁甲術者，謂人能入地奔駛。夫地面無戶，地中無隧道，而曰奔駛，是兩物同時並在一處，何以解於物性不相入之理？又物體之重，少於同容積之氣體，則浮於空中。今俗稱龍為神物，能騰行空間，往來自如。然世俗所繪龍像，則又蛇身四足，無兩翼以鼓氣，是龍亦筋肉體，必較重於空氣，何以解於物體輕於氣體則浮之理？準此推之，以真理詰幻狀，以實驗搗虛情，雖舉國若狂，萬人同夢，而迎刃以解，渙然冰消。是故科學不發達則已，科學而發達，則一切無根據之思想，有不如風掃籜、如湯沃雪者哉？」「倘科學大進，思想自由，得以改良小說者改良風俗，則將合四萬萬同胞鼓舞歡欣於二十世紀之新中國也。」[82]論者顯然沒有注意到科學之真與文學之真、小說之真的區別，但是其意圖是明確的，就是要以科學作為稱量小說真實性的衡器，甚至徑以科學之真為小說之真，小說以前承載的人倫真理由於形同「宗教」而歸於掃除之列，就是小說的虛構和想像，也不再自由無拘而必須直面科學真理的解剖刀。科學成為一個宏偉的語詞，一個取代傳統人倫真理而重新結構中國文學真實觀念的新概念、新圖騰。

舊的人倫真理的真理性已經止步於新時代的門檻，而時人以為新的科學主義的真理觀念則有可能使一個民族實現近代化、建立近代富強的民族國家，這是真理的概念從人倫真理逐漸走向科學、走向科學真理的最終原因。

當然，在文學真實論域，由於這是一個新舊交替、多歧互滲的時代，新的概念遠未規範地確立起來，於是關涉小說真實觀念的概念頗顯混亂。譬如夏曾佑論及小說「五難」時，既稱「寫實事易，寫假事難」，復又稱「敘實事易，敘議論難」[83]，而一篇之中的兩個「實事」實有完全不同的指涉，前者指涉的是親歷的「實有之事」，而後者的語義則是與所謂「議論」相對的「敘述」、「敘事」，但是二者卻共用一個「實事」，這正是那個時代概念混亂的標本。與之相類的混亂還有管達如所謂「小說者，事實的而非空言的也。凡事空談玄理則難明，舉例以示之則易曉」，「小說者，理

---

[82] 《論科學之發達可以辟舊小說之荒謬思想》，載《新世界小說社報》1906年第2期。

[83] 別士（夏曾佑）《小說原理》，載《繡像小說》1903年第3期。

想的而非事實的也。小說雖為事實的，然其事實，乃理想的事實，而非事實的事實，此其所以易於恢奇也。夫人情於眼前習見之事物，恒不樂道；獨至罕見之物，難逢之事，則津津樂道之。」[84]這裏所謂「事實」，前者係指涉小說的敘述、形象性，後者則指涉實有之事而與概括、集中意義上的「理想性真實」相對。概念的含混和不規範，大約正是文化轉型時期的通例。

實際上，探討清末民初的小說真實觀念的時候，梁啟超曾經顯著表達過的工具論乃是一個不容繞過的話題。在工具論問題上，有堅決持守工具論的，有反工具論的，也有在工具論與反工具論之間首鼠兩端的，而三種傾向都在此期的小說真實觀念論域留下了未可忽略的論議。

持工具論甚為顯著的嚴復、夏曾佑，其著眼點不在於敘述經驗，而在於改造民性，故云：「有人身所作之史，有人心所構之史，而今日人心之營構，即為他日人身之所作。則小說者又為正史之根矣。若因其虛而薄之，則古之號為經史者，豈盡實哉！豈盡實哉！」[85]——「實事」或者真實並非要務，而培育「他日」健全的國民性方為結穴，為此目的，超越經驗性真實而不「盡實」的敘述，也屬合法。夏曾佑既以為「寫實事易，寫假事難」，並且認為「今日欲作小說，莫如將此生數十年所親見、親聞之實事，略加點化，即可成一

[84] 管達如《說小說》，見於陳平原、夏曉虹編《二十世紀中國小說理論資料（第一卷）1897－1916》，前引書，第406頁。

[85] 幾道、別士（嚴復、夏曾佑）《本館附印說部緣起》，《國聞報》光緒二十三年（1897年）十月十六日至十一月十八日。

絕妙小說」，但是這種敘寫經驗性真實的小說卻「不可以導世」。而所謂「導世」，正體現了他的工具論，這也是梁啟超以小說「新民」的流風。既然是借小說以「導世」，則需要塑造「第一流之君子」作為楷模，而「此君子必與國家之大事有關係」，且「謀大事者必牽涉富貴人」，由此「其事必為虛構」，「又不能無議論」——於是，「寫實事易，寫假事難」、「敘實事易，敘議論難」之中對經驗性真實及其表述的側重已被「導世」的工具論主張所顛覆。嚴復、夏曾佑的相關論議是不嚴密的，而他們超越經驗性真實而塑造一流君子作為人間楷模並期待以此而變易國民性的主張本身，則呈現了後來所謂的「典型性」、「理想真實」的最初面影。後世以所謂「理想真實」作為藉口而拒絕觸目所見的經驗性真實的表達，也在邏輯上與嚴復、夏曾佑如出一轍。在嚴復、夏曾佑之外，當時持論與之相彷彿的，還有所謂知新主人：「吾猶望能造時勢之英雄，亟作高尚小說以去社會之腐敗也。蓋社會與小說，實相為因果者也。必先有高尚之社會，而後有高尚之小說；亦必先有高尚之小說，而後有高尚之社會。」為了抵禦其虛設的「小說家描寫逼真之過」[86]，知新主人的「高尚之小說」也是拒絕經驗性真實的，其小說的「高尚」乃是著眼於導出「高尚之社會」，從而他的「高尚」，也就是「理想真實」，而非經驗之真。

[86] 知新主人《小說叢話》，載《新小說》1905年第20號。

王國維以文學為「美術」部類，大抵是以審美屬性為其根本屬性。這是現代學科分工在近代中國人觀念中的體現。這種觀念也見於清末民初的周作人、呂思勉等人的相關論議。周作人以小說為「藝術」，不同意梁啟超諸人的工具論主張，曾說：「今言小說者，莫不多立名色，強比附於正大之名，謂足以益世道人心，為治化之助。說始於《論小說與群治之關係》一篇。別有人論之曰，『夫立憲之國，期於人人有自治心。何以使人能自治，則唯投其心之所好而治之』。斯又將以小說範人心，代臥碑之用矣，可姑無論。夫小說為物，務在托意寫誠而足以移人情，文章也，亦藝術也。」[87]所謂「托意寫誠」，乃是抒寫經驗性的真實而非傳播工具性的真理。

呂思勉也認為小說乃是「美的制作物」、是「無目的」的，於是其小說真實觀念也就在反對工具論的時候側重於經驗性真實的敘述和概括：「小說有有主義與無主義之殊。有主義之小說，或欲借此以牖啟人之道德，或欲借此以輸入智識，除美的方面外，又有特殊之目的者也，故亦可謂之雜文學的小說。無主義之小說，專以表現著者之美的意象為宗旨，為美的製作物，而除此以外，別無目的者也，故亦可謂之純文學的小說。純文學的小說，專感人以情；雜文學的小說，則兼訴之知一方面。……近頃競言通俗教育，始有欲借小說、戲劇等，為開通風氣、輸入智識之資者。於是雜文學的小說，要求之聲大高，社會上亦幾視此種小說，為貴於純

[87] 獨應（周作人）《論文章之意義暨其使命因及中國近時論文之失》，見於王運熙主編《中國文論選》近代卷，下冊，前引書，第712頁。

文學小說矣。夫文學與智識，自心理上言之，各別其途；即其為物也，亦各殊其用。開通風氣，灌輸知識，誠要務矣，何必牽入於文學之問題？」[88]

呂思勉在此所言的「主義」，正是知識精英用以變革中國社會的社會科學真理，是工具。呂思勉所認同的是「純文學的小說」，以此推卸其傳播「真理」的功能而在邏輯上必然追求表達者個體的經驗性真實。而事實上呂思勉也強調了頗具傳統色彩的經驗性真實、內在情感的真誠，並以之為「作小說之根本條件」：「稽古說《詩》，曰『不得已』，豈必雅頌，皆由窮愁。不得已者，有其悲天閔人之衷，自有其移易天下之志；有其移易天下之志，自有其芳芬悱惻不能自言之情；發之詠歌，遂能獨絕千古。惟其真也，惟其善也，惟其美也。作小說亦由是也。無悲天閔人之衷，決不能作《紅樓夢》；無憤世嫉俗之心，決不能作《水滸傳》。胸無所有，而漫然為之，無論形式如何佳妙，而精神不存焉。猶泥塑之神，決不足以威人；木雕之美女，終不能以動人之情也。」[89]

除了嚴復和夏曾佑等人的工具論、周作人和呂思勉等人的反工具論，還有黃人等在工具論與非工具論之間的中庸論調或者矛盾論調，而這些論調也都關涉小說的真實觀念。黃人一方面認為，「小說者，文學之傾於美的方面之一種

[88] 成之（呂思勉）《小說叢話》（1914年），見於陳平原、夏曉虹編《二十世紀中國小說理論資料（第一卷）1897－1916》，前引書，第449－450頁。

[89] 成之（呂思勉）《小說叢話》（1914年），見於陳平原、夏曉虹編《二十世紀中國小說理論資料（第一卷）1897－1916》，前引書，第478頁。

也」，「屬於審美之情操，尚不暇求真際而擇法語也」，「求誠止善，……非吾《小說林》之事也」，另一方面又指出「不佞之意，亦非敢謂作小說者但當極藻繪之工，盡纏綿之致，一任事理之乖僻，風教之滅裂也」[90]。這種似很矛盾的主張頗有傳統遺風，隱約可見古典中國人倫真理的影子。黃人強調的真實，既有偏於審美的經驗性真誠，也有偏於求善的人倫真理，這在清民之際乃是代表半新半舊的知識份子的典型姿態，徘徊歧路，矛盾叢集：「語云，『文質相宣』，又云，『修辭立其誠』，則知遠乎真者，其文學必頗。又云，『文以載道』，『立言必有關於風教』，則知反乎善者，其文學必褻。……故從文學之狹義觀之，不過與圖畫、雕刻、音樂等，自廣義觀之，則實為代表文明之要具，達審美之目的，而並以達求誠止善之目的者也」，「不能求誠止善，而但以文學為文學者，亦終不能達其最大之目的也。[91]

黃人的論議有時偏於審美的非工具論，有時偏於導世的工具論：「我國社會之弊，莫大於不誠，一切事物，往往表裏絕殊，名實相反，而文學其猶甚者焉。」[92]文學「不誠」之病，「一由於佞」，「一由於誕」，「夫文學既我載道垂訓之具，而選導舉國以不誠，安望國民之有進步乎！」[93]然而

---

[90] 摩西（黃人）《〈小說林〉發刊詞》，載《小說林》1907年第1期。

[91] 黃人《中國文學史・總論》，見於王運熙主編《中國文論選》近代卷，下冊，前引書，第206－207頁。

[92] 黃人《中國文學史・總論》，見於王運熙主編《中國文論選》近代卷，下冊，前引書，第211頁。

[93] 黃人《中國文學史・總論》，見於王運熙主編《中國文論選》近代卷，下冊，前引書，第211－213頁。

黃人此處所說的「載道」似又不止於宣示傳統的人倫真理，而兼指涉認識社會的規律或者本質的科學真理，文學於是承擔了「知」的工具性功能，即所謂認識功能：「文學之能去不誠而立其誠者，則有所取鑒而能抉擇者也。天下事惟能知然後能行，有知而不行者矣，未有能不知而行者也。不知而行，謂之盲行，彼以欺售欺者，實以盲引盲耳。」[94]於是，黃人小說真實觀念中的「真」、「誠」，既是經驗之真，又是人倫之真，甚至也不妨是科學之真。但是，人倫之真在這個新舊交替的時代是經不起推敲和追問的，於是惲鐵樵指出：「西人之為小說，……要亦不背政教為宗旨」，「若吾中國則何有？將自附於經訓乎？則忠也孝也，或非今日所宜昌言。將取法於泰西乎？則泰西人人各有其信仰中心點，不如吾國之杌隉無定也。」[95]既然作為傳統的「忠」與「孝」之類已然不合時宜，則小說當如何體現人倫真理？惲鐵樵並不能解答，只好用「小說雖細，要不能無是非之心」一語將傳統的人倫真理這一維度敷衍過去。

不論是黃人還是惲鐵樵，都在清民之際左右為難，而在他們「杌隉無定」的議論中，中國的小說真實觀念以及整個中國文學真實觀念，都在醞釀進一步的轉型，結束在真理之真這一維度上的徘徊和猶疑。

「白話文運動」、「新文化運動」來臨之後，遂有劇變。

---

[94] 黃人《中國文學史・總論》，見於王運熙主編《中國文論選》近代卷，下冊，前引書，第213頁。

[95] 鐵樵《論言情小說撰不如譯》，載《小說月報》第6卷（1915年）第7號。

7 漢語、真理與經驗的轉折——文學革命期間的文學真實論

西元1917年，新的漢語開始取代古典漢語而初定天下，新的文學真實論正式取代舊的誠論而開出新局。雖然觀其大略，「經驗之真－真理之真」的結構一仍舊貌，但是在這個結構之下，語言變了，具體的觀念也變了，文學真實觀念正式從古典形態以及清末民初的雜語共生狀態蛻變為較為純粹的現代形態，學術資源、語詞、觀念各個層面都煥然一新。古典中國的誠論啞然失語，各種「主義」的外來話語迅速佔領中國文學真實觀念的演講台。

這是一個在文學觀念領域發生重大革命的時期，「從民六（一九一七）的發難到民十六（一九二七）的北伐」，「貫穿著『文學革命』的精神」[1]，而這種革命精神深刻地變更了中國文學真實觀念的話語模式，這次變更的深刻性，將在此後數十年逐漸顯現。

---

[1] 趙家璧《中國新文學大系·前言》，見於胡適編選《中國新文學大系·建設理論集》，上海良友圖書公司，1935年，序頁第1頁。

第一節　白話文學觀念背後的文學真實考慮

清末民初的文學真實觀念，一方面將重心朝著近代西方的文學真實觀念轉移（尤其是在真理之真這個維度上），另一方面又的確在新舊真實論之間徘徊不定。如果有較為宏大的歷史視野，則可以發現，這種徘徊猶疑的姿態，並非僅僅出於對西人觀念的警惕，而在更大程度上是由於自身的選擇和表達遇到了瓶頸。瓶頸非他，乃是士人所用的漢語本身。實際上，1917年開始的白話文運動，不單是一場以白話對抗和取代文言的語言工具論層面上、技術層面上的運動，更是一場打破表達瓶頸的觀念革命，對於中國文學真實觀念而言，這場運動指示了新路。當這條新路被指明以後，文學真實論域的徘徊猶疑遂如霧散去。

在1917年的白話文運動之前，中國文學真實觀念主要是以文言勾勒出來的，而其所指涉、所概括、所規範的對象，大抵是文言的詩文。回頭望去，清民之際文學真實觀念的徘徊猶疑，也很難說與文言本身不再適應新的表達要求和新的文化期待這個事實沒有關係。在新的時代，文學真實觀念結構之中的真理之真一翼已經並非既往的文言所能有效承載和廣泛傳播，正如胡適（1891－1962）所言：「時代變化的太快了，新的事物太多了，新的知識太複雜了，新的思想太廣博了，那種簡單的古文體，無論怎樣變化，終不能應付這個新時代的要求，終於失敗了」，「在那二三十年中，古文家力求應用，想用古文來譯學術書，譯小說，想用古文來說理論政，然而都失敗了」，「他們的失敗，總而言之，都在於難懂難學，文字的功用在於達意，而達意的範圍以能達到最大多數人為最成功。」[2]在陳舊的綱維、古典的人倫難以勝任建構新的時代所呼喚的民族國家之際，新的（或者說西洋的）社會真理必然堂皇地被請來填補遺缺。然則胡適等人不但發現文言在傳播新的社會真理之際捉襟見肘，而且以文言傳播的社會真理也很難為芸芸眾生所知悉和信仰——須知現代民族國家的建構必然要求社會的全面動員和廣泛參與。於是以更靈活多變、適應性更強、傳播效果更好的白話取代文言乃成為胡適等人採取並宣傳的新思維，白話理當成為一切口頭和書面表達的主流工具，自然也理當是文學所仰仗的主流工具，於是有了「胡適之陳獨秀一班人」[3]的《文學改良芻議》等文在1917年的發表，以及白話文運動的勃然大盛。實際上，胡適等人發動白話文運動，其基本動力是工具論的，其重要圖謀是用白話更好地傳遞西來的真理，以促成故國的進化：「從白話文學的介殼，跳到白話文學的內心；用白話文學的內心，造就那個未來的真正中華民國。」於是，在白話文學的宣傳背後，乃有對文學真實觀念的考慮，首先是潛藏著對真理之真的考慮，對真理效用的考慮，「所謂真白話

2 胡適《中國新文學大系・建設理論集・導言》，見於胡適編選《中國新文學大系・建設理論集》，前引書，第3頁、第5頁。

3 胡適《中國新文學大系・建設理論集・導言》，見於胡適編選《中國新文學大系・建設理論集》，前引書，第17頁。

文學」，「必須包含」「公正的主義」[4]。朱希祖曾說：「日本維新四十年，已與歐美並駕齊驅，而吾國社會依然如故，皆因用舊日文言束縛的緣故」，「文言的文只能偽飾貴族文人，至於社會全體的真相，非白話俗語，不能傳神畢肖，社會全體的真相不明，則文學家雖欲指陳他的利弊，而無從開口」，「文學最大的作用，在能描寫現代的社會，指導現代的人生，此二事，皆非用現代的語言不可」[5]。以「現代的語言」、以白話輸入外來的新語，開闢新思想進入中國的通途，指陳社會的真相和利弊，其背後所遵循的邏輯和內心的焦慮，都是為了使中國能像當時的日本那樣，被迅速建構為強大的民族國家。在白話工具性背後，居住著關鍵之物：西來的真理、社會的真相，這都可以歸入「經驗之真－真理之真」結構之中的真理之真一翼。這一翼實際上也是順承梁啟超的工具性運思而來，只是已經從梁啟超的「新文體」演而為「白話文」。

在白話文學的鼓吹和實踐背後，除了潛藏著對真理之真一維的關切之外，更有著對以白話真切傳達經驗之真的用心。胡適以為，白話文運動的「中心理論」之一乃是要建立「活的文學」[6]，而「活的文學」之所以「活」，乃是為了在「於理為順」的「以今人操今語」的常識中直抵經驗之

---

[4] 傅斯年《白話文學與心理的改革》，見於胡適編選《中國新文學大系・建設理論集》，前引書，第203－205頁。

[5] 朱希祖《白話文的價值》，見於鄭振鐸編選《中國新文學大系・文學論爭集》，前引書，第91－92頁。

[6] 胡適《中國新文學大系・建設理論集・導言》，見於胡適編選《中國新文學大系・建設理論集》，前引書，第18頁。

真，而「今人」所操的「今語」，即白話文運動的先驅所強調、所推尊的白話。胡適說：「文學者，隨時代而變遷者也」，「即令神似古人，亦不過為博物院中添幾許『逼真贗鼎』而已」，「吾每謂今日之文學，其足與世界『第一流』文學比較而無愧色者，獨有白話小說一項。此無他故，以此種小說皆不事摹仿古人，而惟實寫今日社會之情狀，故能成真正文學。其他學這個、學那個之詩古文家，皆無文學之價值也。」處身當時，以白話文學反對文言文學，就是憑藉白話對經驗的如實書寫反對在古文格局之中的摹仿前人，憑藉以白話傳達的經驗真實反對以文言製作的「逼真贗鼎」。於是在胡適那裏，白話相較於文言，乃有不容懷疑的優越性、合法性，在摹寫經驗性真實之際，便是這樣。其實在胡適提出的「文章八事」中，所謂「不摹仿古人」、「務去濫調套語」、「不用典」、「不講對仗」、「不避俗字俗語」[7]等條目，都是在語言層面上企圖確保對經驗性真實的抒寫。

胡適以為，用白話做小說，乃為傳統，在操作層面並無太大爭議，而其時懷疑白話功效的，大抵以為白話不能做詩，胡適遂親以白話為詩，企圖證明白話的全面有效，於是有了《嘗試集》。錢玄同序云：「用今語達今人的情感，最為自然；不比那用古語的，無論做得怎樣好，終不免有雕琢硬砌的毛病。」[8]於是，在新的時代，以白話寫詩，也被宣

---

[7] 胡適《文學改良芻議》，見於胡適編選《中國新文學大系・建設理論集》，前引書，第34－36頁。

[8] 錢玄同《嘗試集序》，見於胡適編選《中國新文學大系・建設理論集》，前引書，第105頁。

稱為比文言更能夠「自然」抵達情感真實。其間的論證邏輯實際上正是蔡元培所概括的：「白話是用今人的話，來傳達今人的意思，是直接的。文言是用古人的話，來傳達今人的意思，是間接的。」[9]「直接」、「間接」之別，揭示的恰是白話文運動的鼓吹者、支持者、響應者在那時的一個基本判斷：傳達今人的經驗之真，白話比文言更為有效。

其時的觀念進一步認為，不僅文言遠離今人的經驗之真，甚至文言的文學也被徑直宣判為虛假的淵藪：「華辭巧飾，自托含蓄」，「上者使人買櫝還珠，下者徒飾空櫝，竟無珠了」。相形之下，「白話的文」，卻能夠「把真面目刻露出來」，「作白話的文，照他的口氣寫出來，句句是真話，確肖其為人」，「中國文人多說假話，多裝點門面語，文章是全然靠不住的，所以文學之士，人家看起來，與倡優一樣」，「作白話的文不能裝點，比較起來，是真一點，文章譬如美人，白話的文是不裝點的真美人，自然秀美，文言的文是裝點的假美人，全無生氣」[10]。

在當年提倡白話文的學者那裏，有一個簡單化的判斷：白話近於真（包括真理之真和經驗之真），而文言則近於假。在白話文運動初戰告捷之後，實際上，以文學來傳播、傳遞真理之真、經驗之真的語言瓶頸已被強行突破。

9 蔡元培《國文之將來》，見於鄭振鐸編選《中國新文學大系・文學論爭集》，前引書，第97頁。

10 朱希祖《白話文的價值》，見於鄭振鐸編選《中國新文學大系・文學論爭集》，前引書，第91－94頁。

第二節　新文化運動中的真理之真與經驗之真

「白話文運動」與「新文化運動」大抵是同步的，所以二者常被並列提及，但它們的重心不同：前者是要「樹立起言文合一的大旗」，後者則是「對於舊文化、傳統的道德」的「反抗、破壞、否認、打倒」[11]；前者是指向「工具的革新」，是「要建立一種『活的文學』」，後者則是指向「文學內容的革新」，是「要建立一種『人的文學』」[12]。在文學真實論域，白話文運動在語言的工具性層面上確保了新的文學真實觀念的建立，新文化運動、新文學運動則明確了到底是什麼樣的文學真實觀念被建立，又是什麼樣的文學真實觀念被遺棄，以及什麼樣的文學真實觀念被有限地繼承。

1.新舊真理在文學真實論域的對峙與替換

真理本無所謂新舊。但是在新文化運動中，傳統人倫真理的確被目為舊物，且被迅速地非真理化；來自西方的社會科學、自然科學的原理與推導則被視為可以推動中國建立為強大的民族國家的真理保證，是建構新的符合人性自然與社會進步的人間秩序的價值基礎，是完全可以取代古典中國

---

[11] 鄭振鐸《中國新文學大系・文學論爭集・導言》，見於鄭振鐸編選《中國新文學大系・文學論爭集》，前引書，序頁第17頁。

[12] 胡適《中國新文學大系・建設理論集・導言》，見於胡適編選《中國新文學大系・建設理論集》，前引書，序頁第18頁。

的人倫真理的「新道德」、「新思想」、「新學」。時代的主題已經是驅逐舊的人倫真理，引進新的社會真理、科學真理，同時，這也是文學真實觀念之中真理之真一翼的主題。

1.1傳統人倫真理的遽然落幕

在新文化運動中，李大釗（1889－1927）、陳獨秀（1880－1942）等人斷然否定了中國既往的人倫真理。

李大釗嘗言：「餘信宇宙間有唯一無二之真理。孔子、釋迦、耶穌輩之於此真理，皆為近似得半，偏而弗全。故吾人今日與其信孔子、信釋迦、信耶穌，毋寧信真理。」[13]李大釗以二元對立的思維背景，強行將孔子諸人與真理對峙起來，實際上就是不由分說地取消了孔子等人言說的真理性。

在李大釗的否定背後，乃有流行於當時的兩大理論邏輯：其一是建立在達爾文的自然進化論基礎上的社會達爾文主義，其二是馬克思主義。這兩大理論邏輯有一個根本的相通之處，即是尊重時代演進。不同的時代籲求不同的價值，新文化運動之時，民國已經建立數年，時代已經有所演進，而時代的演進本身成為新的社會真理取代傳統的倫理之真的事實依據。作為在傳統中國建構人間秩序的綱維，孔子之道在新的時代遂被棄置不顧了：「孔子者，數千年前之殘骸枯骨也」，「孔子者，歷代帝王專制之護符也」[14]，當時間步入現代、帝王化為陳跡之際，似乎孔子及其學說也該正式退休了。陳獨秀當時對傳統人倫真理的批判也遵循同樣的邏

[13] 李大釗《真理之權威》，見於《李大釗選集》，人民出版社，1959年，第86頁。

[14] 李大釗《孔子與憲法》，見於《李大釗選集》，前引書，第77頁。

輯，認為時移世易，舊日倫常已失去存在的理由：「今日之社會制度，人心思想，悉自周、漢兩代而來，——周禮崇尚虛文，漢則罷黜百家而遵儒重道。——名教之所昭垂，人心之所祈向，無一不與社會現實生活背道而馳。」為了民族與國家的生存，固有的、不合時宜的舊倫理自當消滅：「固有之倫理，法律，學術，禮俗，無一非封建制度之遺，持較晰種之所為，以並世之人，而思想差遲，幾及千載……誠不知為何項制度文物，可以適用生存於今世。吾寧忍過去國粹之消亡，而不忍現在及將來之民族，不適世界之生存而歸消滅也。」[15]

舊的文學也伴隨著舊的倫理道德一起被陳獨秀宣判為不真不誠、應當廢黜的歷史殘留：「『不誠實』三字，為吾國道德文學之共同病根」，「舊文學與舊道德，有相依為命之勢，其勢目前雖不可侮，將來必與八股科舉同一命運耳。」[16]由於舊道德與舊文學的同體而生，舊道德及其維護者的不真不誠也便導致了舊文學的「不誠實」，這一點，周作人（1885－1967）也曾有相近的言說：「我們反對古文」，「實又因他內中的思想荒謬，於人有害的緣故，這宗儒道合成的不自然的思想，寄寓在古文中間，幾千年來，根深蒂固，沒有經過廓清，所以這種荒謬的思想與晦澀的古文，幾乎已融合為一，不能分離。」[17]舊的人倫之真已不再

---

[15] 陳獨秀《敬告青年》，見於《獨秀文存》，安徽人民出版社，1996年，第5－8頁。

[16] 陳獨秀《答張護蘭》，見於《獨秀文存》，前引書，第711頁。

[17] 周作人《思想革命》，見於胡適編選《中國新文學大系·建設理論集》，前引書，第201頁。

「真」。於是，曾經合法地構成過文學真實觀念之中真理之真一翼的舊倫常，在新時代的判決聲裏，自然也就從新的文學真實觀念之中被剝離了。

與清民之際對待傳統人倫之真的態度相較，新文化運動中的新派知識份子已經不再猶疑，而是其言鏗爾，其聲斷然。在文學真實論域，「古人所倡文以載道之『道』」，亦即「天經地義神聖不可非議之孔道」、「文章家必依附六經以自矜重」的「道」[18]，已經被宣佈為「非人」之「道」，而表現此「道」的文學亦被宣佈為「非人的文學」，「中國文學中，人的文學，本來極少，從儒教道教出來的文章，幾乎都不及格」[19]。既然如此，則將作為傳統人倫真理的舊道德從文學真實觀念之中摘除，亦自是斬釘截鐵、不容置疑的。從此，在文學真實觀念的結構中，傳統的人倫真理整體性地失語了。

1.2西來價值、真理的反客為主

在文學真實觀念的結構中，真理之真一翼不可能因為傳統人倫的消隱而變成空白。在傳統人倫真理被逐出結構之際，來自西方的近代價值和真理、推論順理成章地進入結構，迅速成為主流、主宰，並在反客為主之後決定了此後中國文學真實觀念的演進歷史。

自由、平等、民主、科學，在當時以高鼻深目的強勢的西方面目，取代了傳統中國安靜肅穆的忠孝仁義而成為了新

---

[18] 陳獨秀《答曾毅書》，見於《獨秀文存》，前引書，第681頁。

[19] 周作人《人的文學》，見於胡適編選《中國新文學大系・建設理論集》，前引書，第196頁。

時代的真理，在文學真實論域的除舊佈新之中所向披靡。

陳獨秀等針對傳統人倫價值中的不自由、不平等內蘊而援引西學予以猛烈鞭笞：「儒者三綱之說，為吾倫理政治之大原，共貫同條，莫可偏廢。三綱之根本義，階級制度是也。所謂名教，所謂禮教，皆以擁護此別尊卑明貴賤者也。近世西洋之道德政治，乃以自由平等獨立之說為大原，與階級制度極端相反。此東西文明之一大分水嶺也。」[20]他們針對傳統人倫的統治甚或「專制」而傾力籲求的「自由」（liberty），帶有解放的含義，矛頭直指傳統人倫的桎梏。陳獨秀又說：「儒者三綱之說，為一切道德政治之大原。君為臣綱，則民於君為附屬品，而無獨立自主之人格矣。父為子綱，則子於父為附屬品，而無獨立自主之人格矣。夫為妻綱，則妻於夫為附屬品，而無獨立自主之人格矣。率天下之男女，為臣，為子，為妻，而不見有一獨立自主之人者，三綱之說為之也。緣此而生金科玉律之道德名詞，曰忠，曰孝，曰節，皆非推己及人之主人道德，而為以己屬人之奴隸道德也。」不獨立、不自主，即是不自由，這與西人（即陳獨秀所謂「晰種」、「白晰人種」）的「兢兢於獨立自主之人格，平等自由之人權也」[21]正相反對。「孔子祖述儒說階級綱常之倫理，封鎖神州」，「於近世自由平等之新思潮，顯相背馳」，「吾恐其敝將只有孔子而無中國也」[22]。既然如此，則為了救國，理當驅逐孔子「階級綱常之倫理」，而

[20] 陳獨秀《吾人最後之覺悟》，見於《獨秀文存》，前引書，第41頁。
[21] 陳獨秀《一九一六年》，見於《獨秀文存》，前引書，第35－36頁。
[22] 陳獨秀《再答常乃悳》，見於《獨秀文存》，前引書，第649頁。

樹立「自由平等」的新觀念或者說新的「真理」。

其實，當時的自由、平等諸價值是整合進「民主」的總籲求之中的，因為民主的前提是自由與平等，所以籲求民主也就意味著對自由、平等的籲求。而在請進「民主」這位所謂「德先生」（Democracy）的同時，當時還請了本名「科學」的「賽先生」（Science）。陳獨秀在批評傳統觀念時曾說：「凡此無常識之思，惟無理由之信仰，欲根治之，厥維科學。夫以科學說明真理，事事求諸證實，較之想像武斷之所為，其步度誠緩；然其步步皆踏實地，不若幻想突飛者之終無寸進也。」[23]科學精神不單在一般的觀念中漸被認可，且由自然科學而推及社會科學、人文學科，而在文學真實論域，也很快立足並且隨即貌似主人：「夫葡萄既熟而落，事實也。而其落則真理也。常人只見事實，而不能窺測真理。惟科學家哲學家能知真理，文學家能表現真理。描寫人生即所以描寫人生之真理」，「小說不能憑空杜撰，故構作之先必有一番之觀察，搜集事實，以為小說之材料。其觀察務真，一如科學家之研究聲光化電然，雖毫釐微末之間，亦必辨析精確。此種科學家的精神，小說家所必備也」[24]。

當年移居中國的「德先生」和「賽先生」，在與中國傳統人倫和文化的角逐中，具有不容置疑的絕對優勢。在新文化運動的氛圍裏，中西的人倫與「真理」斷難兩立，誠如陳獨秀所云：「要擁護那德先生，便不得不反對孔教、禮法、貞節、舊倫理、舊政治，要擁護那賽先生，便不得不反對舊

[23] 陳獨秀《敬告青年》，見於《獨秀文存》，前引書，第9頁。
[24] 陳鈞《小說通義・總論》，載《文哲學報》第三期（1923年3月）。

藝術、舊宗教。要擁護德先生又要擁護賽先生，便不得不反對國粹和舊文學。」[25]價值與文學諸領域的中西之別實際上已經轉而為古今之別，進而古與今、中與西被表述為謬與真不能兩立的對壘，既然不能兩立，則自然會存今以廢古、援西以去中、皈真以黜謬。世事更變，時風陡轉，傳統中國的文人士大夫胸懷被新文化運動中現代知識份子的吶喊所取代，而「民主」、「科學」等價值已然構成中國知識精英心目中新的「人倫」與「格致」，並且隨著新文化運動、白話文運動中震撼人心的傾力鼓吹和傳播方便而漸漸向一般知識份子擴散。

於是，面對洶湧而來的時代大潮，在文學真實論域，舊人倫終於被輕輕抹去，知識精英認定「文學本質，固在寫現代生活之思想」，而「現代生活之思想」，也就是「民主」、「科學」——新的時代、新的文學決定以「民主」、「科學」的「新真理」來展開「覺醒斯世」[26]的宏大敘事。

2.經驗之真的因襲與變異

新文化運動之中，經驗之真在文學真實論域的重要性無庸諱言：一方面，新的時代要求新而且真的文學經驗；另一方面，新的真理也同樣指向新的經驗之真——科學精神建立在經驗之真的基礎上，而民主、自由、平等的理念則與真的文學經驗表達一樣，直指建構新的國民性的宏偉需要。新文

[25] 陳獨秀《〈新青年〉罪案之答辯書》，見於《獨秀文存》，前引書，第242－243頁。

[26] 李大釗《厭世心與自覺心》，見於《李大釗選集》，前引書，第35頁。

化運動中的經驗之真既有對古典真誠觀念的因襲，又在新的知識系統中有著微妙的變異。

2.1經驗之真源於心中之「誠」

傳統的文學真實觀念強調真誠，其內核大抵歸於經驗性真實。新文化運動中的陳獨秀、胡適等人在文學真實論域也同樣重視發於內心真誠的經驗之真。雖然他們對傳統多有批駁甚至顛覆，但是他們關於經驗之真的論議則大抵遵循傳統的思路，無有多違。

陳獨秀重視經驗性真誠，而且，其晚年的觀念似也不越古人，這從他晚年的詩中可以略窺一二：「小詩聊寫胸中意，垂老文章氣益卑」，「論詩氣韻推天寶，無那心情屬晚唐」，「敢將詩句寫閒愁」[27]，凡此，皆直指情緒經驗的真切性，與傳統表述並無二致。然而在新文學運動中，情形則與此不同。新文學運動中的陳獨秀是一個功利主義者，而不是一個詩人，在申張文學真實觀念的時候，即便是強調經驗性真實，也直指其「用」。由於「單獨政治革命」「不收若何效果」[28]，所以陳獨秀主張以文學等領域的革命來成其大功，這是其《文學革命論》的要義。在《文學革命論》中，核心是「三大主義」：「曰，推倒雕琢的、阿諛的貴族文學，建設平易的、抒情的國民文學；曰，推倒陳腐的、鋪張的古典文學，建設新鮮的、立誠的寫實文學；曰，推倒迂晦

[27] 陳獨秀《寄沈尹默絕句四首》之三、四，以及《寄楊朋升成都》，分別見於《陳獨秀詩存》，安徽教育出版社2003年，第26頁、27頁、127頁。
[28] 陳獨秀《文學革命論》，見於《獨秀文存》，前引書，第95頁。

的、艱澀的山林文學，建設明瞭的、通俗的社會文學。」[29]

「三大主義」直指經驗之真。陳獨秀以所謂「國民文學」反對「貴族文學」，即是以「平易的、抒情的」經驗性真實反對「雕琢的、阿諛的」虛偽寫作。不過，陳獨秀強調的是新時代的經驗性真實，這種真實的經驗不是貴族的，而是在現代國家或者憲政國家理念下的國民或者公民的經驗，這種經驗進入文學，能夠對古典時代的貴族寫作而產生革命性、顛覆性影響。因此，純粹從文學真實觀念本身視之，陳獨秀所主張的，就是書寫國民或者說公民的經驗性真實。同樣，陳獨秀主張以「社會文學」取代「山林文學」，也是企圖以現代國家理念下的國民、社會的寫作實現對現實有用的文學表達，其旨趣其實也是經驗性真實，將新經驗的抒寫投入到改造社會的宏偉行動之中。

陳獨秀以「寫實文學」取代「古典文學」，以「新鮮的、立誠的」寫作取代「陳腐的、鋪張的」寫作，自然也是強調經驗性真實。「新鮮的」是寫作者這個時代的甚至寫作者自身的真切經驗，而「陳腐的」則是不屬於這個時代也與寫作者杳不相涉的經驗，敘述與這個時代或者作者無關的經驗，那是虛偽的寫作，而敘述這個時代或者作者觸目所見的經驗，則是直面經驗性真實的寫作，也就是「立誠的」寫作，或云「修辭立其誠」。陳獨秀所謂「古典文學」本身，也並非指涉整體性的中國古代文學，而「是他所理解的『古典主義文學』——而且是在前面加上了『陳腐的』、『鋪張

---

[29] 陳獨秀《文學革命論》，見於《獨秀文存》，前引書，第95－96頁。

的』兩個定語的『古典主義文學』。不過為了字數相等、對得工整，他把『主義』兩個字省略掉了而已。確切一點說，陳獨秀『推倒』的是一種仿古文學」[30]。

陳獨秀的《文學革命論》是主張經驗性真實的，而其主張乃是服務於再造中國的大用。從邏輯上說，如果文學書寫缺乏經驗性真實，則以文學革命實現再造中國的偉大理想便形同迷夢，如果革命了的文學不是來源於真實，它的功用也必然落不到實處。這種功利性觀念與梁啟超當年以「詩界革命」、「文界革命」、「小說界革命」而實現「新民」的主張有著一致的思路。

在陳獨秀《文學革命論》發表之前，胡適的《文學改良芻議》在「精神上之革命」方面，其實也是主張書寫經驗性真實。胡適主張「言之有物」，而其所謂「物」，包括「情感」與「思想」。在「情感」方面，胡適所申論者，亦是古典文學真實觀念所謂的「情動於中而形於言」，即個體內在的經驗之真。同時，胡適的「思想」，也不是一種具有籠罩姿態、整頓天下的功能的人倫之真或者具有總體性的社會真理，而是屬於作家自身、作家個體的，是像「莊周之文，淵明、老杜之詩，稼軒之詞，施耐庵之小說」那樣傳遞出來的個體認識，其實也是來源於個體的經驗性真實。

胡適主張「不摹仿古人」，「而惟實寫今日社會之情狀，故能成真正文學」，也與陳獨秀所主張的「新鮮的、立誠的寫實文學」屬於同一軌轍，而他所謂的「不作無病之呻

[30] 嚴家炎《〈文學革命論〉作者「推倒」「古典文學」之考辨》，載《文學評論》2003年第5期。

吟」、「務去濫調套語」[31]，也是直指經驗之真。

周作人在新文學運動中，提出「人的文學」[32]、「平民文學」，其在文學真實論域，也是傾向於對經驗性真實的真切表達。其間尤其具有時代意義的，乃是用以反對「貴族文學」的「平民文學」主張，這與陳獨秀的「國民文學」庶幾近之。周作人的「平民文學」，著意於所謂「普遍」與「真摯」，即所謂「以普通的文體，記普遍的思想與事實」，「以真摯的文體，記真摯的思想與事實」。所謂普通、普遍，乃言「記載世間普通男女的悲歡成敗」，這也是觸目所見的經驗之真。在解釋「真摯」的時候，周作人認為「既是文學作品，自然應有藝術的美，只須以真為主，美即在其中，這便是人生的藝術派的主張」[33]。真摯即個體的經驗之真。

此外，劉半農主張「崇實」[34]、錢玄同批判「六朝的駢文，滿紙堆垛詞藻，毫無真實的情感」[35]、傅斯年所謂「宣達心意」[36]，也大抵指向經驗性真實。

---

[31] 胡適《文學改良芻議》，見於胡適編選《中國新文學大系・建設理論集》，前引書，第35－38頁。

[32] 周作人《人的文學》，見於胡適編選《中國新文學大系・建設理論集》，前引書，第193頁。

[33] 周作人《平民文學》，見於胡適編選《中國新文學大系・建設理論集》，前引書，第211頁。

[34] 劉半農《我之文學改良觀》，見於胡適編選《中國新文學大系・建設理論集》，前引書，第65頁。

[35] 錢玄同《嘗試集序》，見於胡適編選《中國新文學大系・建設理論集》，前引書，第108頁。

[36] 傅斯年《文學革新申議》，見於胡適編選《中國新文學大系・建設理論集》，前引書，第112頁。

2.2科學精神導致對經驗性真實的強調

在對經驗之真的尊重和表述中，新文學運動時期的陳獨秀、胡適等人的觀念有著非常明顯的傳統因數。但是，他們同時也有另一個方面，這就是在新的時代強調科學精神對文學寫作的貫注。不過，在文學寫作中貫注科學精神，並不只是試圖以新的科學真理直接楔入文學敘述，而且也要求文學寫作面對經驗性真實。陳獨秀批評「吾國之文」，「或懸擬人格，或描寫神聖，脫離現實，夢入想像之黃金世界」，都違背了科學精神，而「寫實主義、自然主義乃與自然科學實證哲學同時進步，此乃人類思想由虛入實之一貫精神也」[37]。那麼，與「自然科學實證哲學同時進步」的「寫實主義、自然主義」顯然就是革新「吾國之文」的重要希望，而「寫實主義、自然主義」，在當時被理解為遵循科學精神而基於經驗性真實的寫作。

胡適的觀念中更有顯著的科學精神、實證精神，他重視文學「集收材料的方法」：「（甲）推廣材料的區域　官場妓院與齷齪社會三個領域，決不夠採用。即如今日的貧民社會，如工廠之男女工人，人力車夫，內地農家，各處大負販及小店鋪，一切痛苦情形，都不曾在文學上占一位置。並且今日新舊文明相接觸，一切家庭慘變，婚姻苦痛，女子之位置，教育之不適宜……種種問題，都可供文學的材料。（乙）注重實地的觀察和個人的經驗　現今文人的材料大都是關了門虛造出來的，或是間接又間接的得來的，因此我們讀

---

[37] 陳獨秀《答張永言》，見於《獨秀文存》，前引書，第628頁。

這種小說，總覺得浮泛敷衍，不痛不癢的，沒有一毫精采。真正文學家的材料大概都有「實地的觀察和個人自己的經驗」做個根底。不能做實地的觀察，便不能做文學家；全沒有個人的經驗，也不能做文學家。（丙）要用周密的理想作觀察經驗的補助　實地的觀察和個人的經驗，固是極重要，但是也不能全靠這兩件。例如施耐庵若單靠觀察和經驗，決不能做出一部《水滸傳》。個人所經驗的，所觀察的，究竟有限。所以必須有活潑精細的理想（Imagination），把觀察經驗的材料，一一的體會出來，一一的整理如式，一一的組織完全；從已知的推想到未知的，從經驗過的推想到不曾經驗過的，從可觀察的推想到不可觀察的。這才是文學家的本領。」[38]

「集收材料」，正是在科學精神指導下關於經驗之真的準備。雖然胡適也重視想像（也就是胡適所謂的「理想」），但是想像也是以經驗材料的「集收」為基礎，從而也是源於經驗性真實。

2.3尊重經驗性真實是改良人性的必然要求

在新文化運動中，一直貫穿著以文學改良實現人性或者說國民性改良的關切，而不論是改良人性，還是主張人的文學，當時都重視對經驗性真實的書寫，並以之反映、研究和改良國民性。

李大釗認為，中國人有一種「遺傳性」，「就是應考的遺傳性」，「什麼運動，什麼文學，什麼制度，什麼事業，

---

[38] 胡適《建設的文學革命論》，見於胡適編選《中國新文學大系・建設理論集》，前引書，第136－137頁。

都帶著些應考的性質，就是迎合當時主考的意旨，說些不是發自本心的話，甚至把時代思潮、文化運動、社會心理，都看作主考一樣，所說的話、作的文，都是揣摩主考的一種墨卷，與他的實生活都不生關係」[39]。這種「應考的遺傳性」，在文學之域，則是寫作的不真誠。要改變這種不真誠的國民性，新文學應當有所承擔。在李大釗看來，新文學就是蘊藏著「真愛真美的質素」的文學，就是「為社會寫實的文學」[40]，其所強調的，亦無非以直面經驗性真實的寫作改良不真不誠的國民性。

陳獨秀曾主張以「現實主義」和「獸性主義」改良國人的人性。在「現實主義」方面，陳獨秀認為應當「訴之理性」，以「決其立言」之誠與不誠，認為現實主義「見之文學美術者，曰寫實主義，曰自然主義」，「一切思想行為，莫不植基於現實生活之上」，以文學對經驗的寫實，在國人精神中注入現實主義的新質。在「獸性主義」方面，陳獨秀在提倡「意志頑狠，善鬥不屈」、「體魄強健，力抗自然」、「信賴本能，不依他為活」之時，也強調「順性率真，不偽飾自文也」[41]，這也是直指文學寫作中的經驗性真實，其觀念不獨來自陳獨秀對西方人「獸性主義」的概括，也與中國道家的文學真實觀念遙相呼應。此外，陳獨秀認為「駢文用典，每易束縛性情，牽強失真」[42]，認為「浮詞

[39] 李大釗《應考的遺傳性》，見於《李大釗選集》，前引書，第246頁。
[40] 李大釗《什麼是新文學》，見於《李大釗選集》，前引書，第276頁。
[41] 陳獨秀《今日之教育方針》，見於《獨秀文存》，前引書，第16－20頁。
[42] 陳獨秀《答常乃悳》，見於《獨秀文存》，前引書，第640頁。

誇誕，立言之不誠也；居喪守節，道德之不誠也；時亡而往拜，聖人之不誠也」，「吾人習於不誠也久矣」[43]，等等，都必然要求文學寫作重視經驗性真實，因為這是改良國人不誠性情的手段。

新文化運動中的經驗性真實主張，不是一般的審美主張，而帶著「用」的色彩，「用」於真實地解讀和改造社會與時代，「用」於真切地反映和改造國人的「人性」，「用」於宏偉的政治理想。而這些「用」的考慮，都是在新的知識架構下產生的，對於傳統文學真實觀念中的經驗之真一維來說，這是深刻的變異。

3.「建設時代」的文學真實觀念：「文學研究會」、「創造社」，以及其他

1917年到1927年，被稱為新文學歷史上「偉大的十年」。按照鄭振鐸的理解，這十年可以分為前後兩期，「第一期是新文化運動和白話文運動」，「第二個時期是新文學的建設時代，也便是文學研究會和創造社的時代」[44]。在探討文學真實論域的經驗性真實觀念的時候，有必要專門考察以文學研究會和創造社為代表的「新文學的建設時代」的相關主張。文學研究會和創造社分別成立於1921年1月和同年6月，相較於胡適、陳獨秀等在新文化運動初期的觀念，「建設時代」文學研究會和創造社主要成員的文學真實觀雖承其

[43] 陳獨秀《我之愛國主義》，見於《獨秀文存》，前引書，第65頁。
[44] 鄭振鐸《中國新文學大系・文學論爭集・導言》，見於鄭振鐸編選《中國新文學大系・文學論爭集》，前引書，序頁第17、19頁。

脈絡，但已有更深入的學理探詢。

3.1文學研究會的小說真實觀念

文學研究會的成員大抵誠實深厚，不浮華，近於學者形象而非風流才子。在文學真實觀念上，偏於客觀，其在經驗之真這一維度的觀念也更重觀察而不像創造社那樣偏重心感。文學研究會在「建設時代」的經驗性真實主張，其實也服務於「用」，在理論邏輯上與梁啟超、陳獨秀一氣貫通。要有能夠落到實處的「實用」，就必然要求文學表現的「真實」，首先就是經驗之真。

文學研究會在「建設時代」，尊崇求實的科學精神，比如小說之域的真實觀念，文學研究會的主張就近於「科學的觀察，所以求現狀（actuality）也」，「小說不能憑空杜撰，故構作之先必有一番之觀察，搜集事實，以為小說之材料」，「其觀察務真，一如科學家之研究聲光化電然，雖毫釐微末之間，亦必辨析精確，此種科學家的精神，小說家所必備也」[45]。這與此前胡適重視科學精神實證精神和「集收材料的方法」以確保文學的經驗之真的主張大抵一致。但是，一致不是重複，在學理的細緻追問上，胡適、陳獨秀等人實際上已被「建設時代」的沈雁冰（1896－1981）、鄭振鐸（1898－1958）等人超越。

文學研究會的沈雁冰一向以真實為重，尤其是經驗性真實，認為「『美』『好』是真實（Reality），真實的價值不

[45] 陳鈞《小說通義・總論》，載《文哲學報》第三期（1923年3月）。

因時代而改變」[46]，他以「真」為武器，抨擊文學寫作中的虛偽傳統，包括「文以載道」的傳統寫作、「名士派」的遊戲、不真、不誠。

在沈雁冰的批評結構中，「道義的文學」或者「文以載道」是非法的寫作：「道義的文學界限，說得太狹隘了。他的弊病尤在把真實的文學棄去，而把含有道義的非純文學當作文學作品；因此以前的文人往往把經史子集，都看做文學，這真是我們中國文學掩沒得暗無天日了。」[47]沈雁冰構造了一個對立：載道的文學與真實的文學的對立。實際上就是宣判「文以載道」不是「真實的文學」。那麼，「真實的文學」又為何物？顯然，「真實的文學」是與「文以載道」追求的人倫之真或者說古典的真理之真截然相反的另一種文學，在很大程度上就是並不顧盼人倫之真或者真理之真而專注於表現經驗性真實的文學。沈雁冰認定「文以載道」的觀念「有毒」，中了此毒的小說家，「拋棄真正的人生不去觀察不去描寫，只知把聖經賢傳上朽腐了的格言作為全篇『注意』，憑空去想像出些人事，來附會他『因文以見道』的大作」[48]。可知在批判關切人倫之真的「文以載道」遺風之時，沈雁冰認同傳遞經驗之真的寫作，即觀察、描寫「真正的人生」的寫作。

---

[46] 沈雁冰《小說新潮欄宣言》，載《小說月報》第11卷第1期（1920年1月25日）。

[47] 沈雁冰《什麼是文學》，見於鄭振鐸編選《中國新文學大系・文學論爭集》，前引書，第153－154頁。

[48] 沈雁冰《自然主義與中國現代小說》，見於鄭振鐸編選《中國新文學大系・文學論爭集》，前引書，第378頁。

沈雁冰批判「名士風流」，認為名士派「蔑視寫真」，「如比干之墳，實在並沒有的，而偏要胡說，這真所謂有其文，不必有其事了（這兩句便是他們不注重真的供詞），所以他們詩文中所引用的禽獸草木之名，更加可以只顧行文之便，不必核實了」，「名士派的人物，往往穿得衣衫襤褸，做出種勤儉的樣子，作品中也常常長吁短歎的說得十分悲慘，而事實相反，可見名士的風流牢騷，全是假的」[49]。沈雁冰也指斥「遊戲」的小說觀念「有毒」，中毒者「本著他們的『吟風弄月文人風流』的素志，遊戲起筆墨來，結果也拋棄了真實的人生不察不寫，只寫了些佯啼假笑的不自然的惡札，其甚者，竟空撰男女淫欲之事，創為『黑幕小說』，以自快其『文字上的手淫』」[50]。「名士風流」以及「遊戲」的文學觀念之所以受到沈雁冰的猛烈抨擊，其要害正在於這種文學不關注現實人生的經驗性真相，且作風不誠。

在沈雁冰批判「文以載道」和「名士風流」、「遊戲」觀念之際，「新文學的寫實主義」性質也就被規定下來了，即是對經驗之真的崇尚和表述：「新文學的寫實主義，於材料上最注重精密嚴肅，描寫一定要忠實；譬如講佘山，必須至少去過一次，必不能放無的之矢」，「新文學的作品，大都是社會的，即使有抒寫個人情感的作品，那一定是全人類共有的真情感的一部分，一定能和人共鳴的，決不像名士派

[49] 沈雁冰《什麼是文學》，見於鄭振鐸《中國新文學大系・文學論爭集》，前引書，第156－157頁。

[50] 沈雁冰《自然主義與中國現代小說》，見於鄭振鐸編選《中國新文學大系・文學論爭集》，前引書，第378－379頁。

之一味無病呻吟可比」，「新文學是普遍的真感情」，「據我個人的觀察，這幾年來的新文學運動，都是向這個假上攻擊，而努力於求真的方面」。沈雁冰注重親歷之真、情感之真，以及經驗之真，並不是為了純粹的審美需要，而是因為經驗之真對於社會有用，書寫經驗之真是為了「用分析的方法來解決問題」，「得社會的同情、安慰和煩悶」，服務於起衰救弊的大用，與陳獨秀諸人有同樣的現實關切。這是他所理解的新文學的基本素質，亦即「新文學的寫實主義」[51]。

但是，沈雁冰所謂的「新文學的寫實主義」並不等同於後來成為「極則」的現實主義，而是來自法國的自然主義。自然主義是沈雁冰經驗性真實觀念的理論基礎。援用自然主義，是為補救當時的小說之偏：「不論新派舊派小說，就描寫方法而言，他們缺了客觀的態度，就採取題材而言，他們缺了目的」，「自然主義恰巧可以補救這兩個弱點」。然而，沈雁冰所理解的自然主義與法國左拉等人的自然主義並不等同，沈雁冰的重點不是左拉等人所重視的精神、遺傳等決定性因素，而只是一般意義上的「真實」，甚至就是經驗性真實，並且針對當時的文學風尚和弊端自作發揮：「我們都知道自然主義者最大的目標是『真』；在他們看來，不真的就不會美，不算善。他們以為文學的作用，一方要表現全體人生的真的普遍性，一方也要表現各個人生的真的特殊性，他們以為宇宙間森羅萬象都受到一個原則的支配，然而

[51] 沈雁冰《什麼是文學》，見於鄭振鐸編選《中國新文學大系・文學論爭集》，前引書，第156－157頁。

宇宙萬物卻又莫有二物絕對相同。世上沒有絕對相同的兩匹蠅，所以若求嚴格的『真』，必須事事實地觀察。這事事必先實地觀察便是自然主義者共同信仰的主張。實地觀察後以怎樣的態度去描寫呢？曹拉等人主張把所觀察的照實描寫出來，龔古爾兄弟等人主張把經過主觀再反射出的印象描寫出來；前者是純客觀的態度，後者是加入些主觀的。我們現在說自然主義是指前者。曹拉這種描寫法，最大的好處是真實與細緻。一個動作，可以分析的描寫出來，細膩嚴密，沒有絲毫的不合情理之處。這恰巧和前面說過的中國現代小說的描寫法正相反對……其次，自然主義者事事必先實地觀察的精神也是我們所當引為『南針』的。」

沈雁冰的自然主義「信仰」，其核心內容就是來自精細觀察的經驗之真，而其基礎則是科學精神：「自然主義是經過近代科學的洗禮的；他的描寫法、題材以及思想，都和近代科學有關係」[52]。由於科學代表當時最正面的價值，所以，自然主義在沈雁冰那裏，不單是號召尊重經驗之真的文學之風，而且也暗含這樣的企圖：以新的真理（尾隨自然主義、科學主義的精細觀察而來的「真的普遍性」、「真理」、「原理」和新的發現）徹底取代「文以載道」的「道」，取代古典的人倫真理。這是當年的主流趨向。

鄭振鐸與沈雁冰為文學研究會的同人，他們的文學真實觀念相通但不同。鄭振鐸也批判「娛樂派的文學觀」和「傳道派的文學觀」，認為前者「是使文學墮落，使文學失其天

---

[52] 沈雁冰《自然主義與中國現代小說》，見於鄭振鐸編選《中國新文學大系・文學論爭集》，前引書，第385－387頁。

真，使文學陷溺於金錢之阱的重要原因」，後者「則是使文學乾枯失澤，使文學陷於教訓的桎梏中，使文學之樹不能充分長成的重要原因」[53]。考其旨歸，無非批評「娛樂派的文學觀」缺乏經驗之真，而「傳道派的文學觀」則囿於人倫之真。其所倡揚的，無疑是經驗之真：「文學是人生的自然的呼聲。人類情緒的流洩於文字中的，不是以傳道為目的，更不是以娛樂為目的。而是以真摯的情感來引起讀者的同情的。」[54]但是，細審之，可以發現他與沈雁冰的差異。沈雁冰重視書寫經驗性真實，乃是為了更為宏大的「價值」和「目的」，而鄭振鐸則更傾向於書寫經驗之真本身純粹的審美功能，很少涉及籠罩其上的宏大敘事。鄭振鐸批評中國文學缺乏「真」的精神，而認同俄羅斯文學以「真」為「骨」，都是從藝術表現而非社會功能的角度探討：「我們中國的文學，最乏於『真』的精神，他們拘於形式，精於雕飾，只知道向文字方面用工夫，卻忘了文學是思想、情感的表現，所以他們沒有什麼價值。俄羅斯的文學則不然。他是專以『真』字為骨的，他是感情的直覺的表現，他是國民性格、社會情況的寫真，他的精神是赤裸裸的，不雕飾、不束格律的表現於文字中的，所以他的感覺，能夠與讀者的感覺相通，而能收極大的效果。」[55]

---

[53] 鄭振鐸《新文學觀的建設》，見於鄭振鐸編選《中國新文學大系・文學論爭集》，前引書，第161頁。

[54] 鄭振鐸《新文學觀的建設》，見於鄭振鐸編選《中國新文學大系・文學論爭集》，前引書，第161頁。

[55] 鄭振鐸《〈俄羅斯名家短篇小說集〉序》，見於嚴家炎編《二十世紀中國小說理論資料》，第二卷，北京大學出版社，1997年，第93頁。

鄭振鐸與沈雁冰的不同，也體現於鄭振鐸對文學的定義，他的定義沒有梁啟超、陳獨秀、沈雁冰式的工具性，而是尊重文學的藝術身份：「文學是人們的情緒與最高思想聯合的『想像』的『表現』，而他的本身又是具有永久的藝術的價值與興趣的。」[56]此間所謂「情緒」，乃是與沈雁冰的「觀察」所得不一樣的經驗性真實，是內在的，也是審美的。

在文學研究會，耿濟之的觀念更接近於後來的現實主義。耿濟之反對自然主義「用不渲不染的『真實』來描寫現有的生活，不加上什麼理想，也不有些微的剝損」。所謂「剝損」，乃是對經驗性真實的選擇，因為「文學決不能僅以描寫生活的真實，即為止境，應當多所別擇，把文學家的情感和理想寫在裏面，才能對於社會和人生發生影響」。雖然沈雁冰的觀念中也有以文學濟世的邏輯，有文學之外的「目的」，但是他在這個問題上與耿濟之乃是同歸而殊途：沈雁冰認同自然主義的所謂科學、客觀的傾向，而耿濟之則更強調主觀情思對客觀真實的滲入和選擇：「質言之，文學是不應當絕對客觀的，而應當參以主觀的理想」，「描寫固然應該真實，而同一真實裏不能不加以別擇，以完成文學的目的」，「文學一方面描寫現實的社會和人生，他方面從描寫的裏面表現出作者的理想，其結果，社會和人生因之改善，因之進步，而造成新的社會和新的人生，這才是真正文學的效用」。耿濟之的「效用」，當然也使他同鄭振鐸區別

---

56 西諦（鄭振鐸）《文學的定義》，載《文學旬刊》第一號（1921年5月10日）。

開來，鄭振鐸更接近於審美自足、以文學自身為目的，耿濟之則認為藝術和文學「如果只有他本身的目的，那也只是沒有用的藝術、文學」，而「人生的藝術、文學，才能算做真藝術、真文學」[57]。既有文學之外的目的，又有「主觀的理想」，則「客觀」的真實和經驗在進入文學敘述之前，必然面臨特別的非文學的選擇和編排。

沈雁冰、鄭振鐸和耿濟之的小說真實觀念是從一般的文學原則展開的，而文學研究會的陳望道和孫俍工則是從小說文體自身的特徵去看待經驗之真。

孫俍工從小說的定義、作者的經驗和「應注意的條件」等方面入手，突出了在他的理解中經驗性真實對於小說寫作的重要意義。孫俍工曾說：「小說底定義，或者以為是人及人底生活狀態底反映，或者以為是人間生活底描寫，或者以為小說之真諦，不僅是描寫人生，還有創造人生底第二個意義。由這三說看來，姑無論前兩說是屬於寫實派的見地，後一說是屬於理想派的見地，但所謂小說總是描寫人生，總是以人生為對象，這一點我們大家必得承認的。不過寫實派是描寫現實的人生，理想派是描寫想像的人生，有這樣一點差別罷了。」既然「以人生為對象」，自不可逃逸到人生的經驗之真以外而別作懸揣。

關於作者的經驗，孫俍工則注目於「觀察」、「實行」、「讀書」和「豐滿的生活」：「『個人的經驗，是一切真的文學的基礎』，作者材料底豐富或貧乏，表現力底堅

[57] 耿濟之《屠格涅夫〈前夜〉序》，見於嚴家炎編《二十世紀中國小說理論資料》，第二卷，前引書，第342－343頁。

強或是柔弱，都要視經驗底多少為準，這是業已經過大多數的著作家承認的」，「經驗底第一個條件，是觀察」，「經驗底第二個條件就是實行」，「讀書也是一種經驗」，「藝術家底生活，為葬身於全人類底生活，荒野的禁慾主義者，深山窮谷的隱士，與人間底生活隔絕的人，不能做成功一個藝術家，所以要想成功一個藝術家，必得時常同人類生活的大戰場相接觸，對於人類底日常生活必得加以最精密的觀察與領會」，「要成功一個小說家也是這樣，否則，所描寫的作品，必定要成為冷酷的，機械的，了無生氣的東西了」。

而關於小說寫作「應注意的條件」，孫俍工以為「第一件是真實」：「作品裏所描寫的事實，應當是作者底經驗、思想、情感、想像等底範圍以內的，不可虛偽。不可做假。因為完好的文藝作品，是有普遍性和永久性的；虛偽假造的作品，可以投合臭味相調的人，斷不能使一般的人感動，就是缺乏普遍性的緣故；可以流行於一個時代，斷不能通行永久，就是缺乏永久性的緣故；缺乏普遍性與永久性的作品，不得叫做完好的文藝作品。所以作者要想創作出完好的作品，第一件須注意真實。」[58]第一條件，亦不過經驗之真。

關於小說的描寫，陳望道認為：「小說重在描出『情狀』，不重敘些『情節』；重在『情狀真切』，不重『情節離奇』。情節只是殼子罷了，取譬荔枝，情節就像荔枝的殼，情狀才是荔枝的肉。而因文藝植根於真，故亦不貴乎離

[58] 俍工（孫俍工）編著《小說作法講義》，見於嚴家炎編《二十世紀中國小說理論資料》，第二卷，前引書，第327－342頁。

奇，而重在真切。」[59]「真切」是對經驗之真的敘述效果，相似於中國小說傳統觀念的所謂逼真。

3.2創造社的小說真實觀念

創造社的小說真實觀念，主要傾向與文學研究會略異。

創造社的成仿吾，提出一個概念，「真實主義」：「真實主義的文藝是以經驗為基礎的創造。一切的經驗，不分美醜，皆可以為材料，只是由偉大的作家表現出來，便奇醜的亦每不見其醜。真實主義與庸俗主義的不同，只是一是表現Expession而一是再現Represention。再現沒有創造的地步，惟表現乃如海闊天空，一任天才馳騁。」[60]顯然，成仿吾「真實主義」的基座依然是經驗之真，但不是觸目所見的瑣屑經驗從現實到紙面的原樣搬運，而是經過作家內心的感受和選擇，經過「創造」的「表現」。其基本的觀念結構是反對自然主義的，似與耿濟之的觀念相近，但卻有區別：耿濟之代表了文學研究會的主要傾向，其經驗性真實偏於外部經驗的真實，所以更重視對外在經驗的「多所別擇」；而成仿吾代表了創造社的主要傾向，其經驗性真實著重指涉內心的真實，故而更重視內心的「創造」。實際上，創造社與文學研究會在文學真實觀念上的最大區別的確在於對內外經驗的各有側重。

在創造社，對小說真實觀念表述得最深入、最系統的是郁達夫（1896－1945）。郁達夫的小說真實觀念來自他對文

---

[59] 曉風（陳望道）《「情節離奇」》，載《民國日報・覺悟》1923年6月19日。

[60] 成仿吾《寫實主義與庸俗主義》，見於鄭振鐸編選《中國新文學大系・文學論爭集》，前引書，第183頁。

學、藝術的基本認識。郁達夫認為藝術是一種內在衝動，源於內心經驗，而「藝術既是人生內部深藏著的藝術衝動，即創造慾的產物，那麼，當然把這內部的要求表現得最完全最真切的時候價值為最高」[61]，「藝術的價值，完全在一真字上」。這個「真」，主要是指內心之真，與傳統文學真實觀念有相近之處，那就是真誠、自然，反對「詐偽」，反對國家權力對文學藝術的「侵食」[62]和目的性徵用所可能導致的不真不誠。循此邏輯，郁達夫遂反對「目的小說」：「以宣傳道德為小說的任務的見解，就是現代所謂『目的小說』（The novel with purpose）的根據，照藝術的良心上講來是講不過去的」，「目的小說（或宣傳小說）的藝術，總脫不了削足適履之弊，百分之九十九，都係沒有藝術的價值的」，「何以『目的小說』，都會沒有價值的呢」，「就是因為它要處處顧著目的，不得不有損於小說中事實的真實性的緣故，原來小說的生命，是在小說中事實的逼真。」與沈雁冰根本不同的是，郁達夫警惕甚至反對外在目的性。沈雁冰等人重視小說的目的和功用，甚至也主張以小說揭示真理，儘管是以當時的科學真理取代傳統的人倫真理。郁達夫在反對「以宣傳道德為小說的任務」的「目的小說」之際，其所偏重的儘管也是經驗性真實，但已是以小說本身為目的，服務於、符合於小說藝術的「良心」的內在經驗性真實，不需要照顧外在目的而違反逼真的表現原則。

---

[61] 郁達夫《文學概說》，見於《藝文私見》，復旦大學出版社，2004年，第5頁。

[62] 郁達夫《藝術與國家》，見於《藝文私見》，前引書，第103－104頁。

關於小說中的「真實」，郁達夫有深入的辨析：「小說的生命，是在小說中事實的逼真」，「那麼記實的新聞，精細的帳目，說明科學的記載，從真實的一點上講來，當然配得上稱作小說，何以又沒有藝術的價值呢」，「這一個問題的發生，是在把現實（Actuality）與真實（Reality）弄錯了的原因，現實是具體的在物質界起來的事情，真實是抽象的在理想上應有的事情」，「真實與現實，若辨不清的時候，再以真理與事實來一比，就可以明白，真理（Truth）是一般的法則，事實（Fact）是一般的法則當特殊表現時候的實事」，「所以真實是屬於真理的，現實是屬於事實的，小說所要求的，是隱在一宗事實背後的真理，並不是這宗事實的全部，而這真理，又須天才者就各種事實加以選擇，以一種妙法把事實整列起來的時候才顯得出來，新聞記事，流水帳，科學書等所以沒有藝術價值的原因，是因為它們的事實還沒有經過選擇，整列的方法還不對的緣故，照相的價值，任憑你照得如何象，總沒有洋畫那麼大的原因，也是如此」；「總之小說在藝術上的價值，可以以真和美的兩條件來決定，若一本小說寫得真，寫得美，那這小說的目的就達到了，至於社會的價值，及倫理的價值，作者在創作的時候，盡可以不管」。所謂「事實的逼真」，強調的實際上是「可信」。而郁達夫比傳統逼真觀念更明確地從一般性、普遍性的角度作出要求，尊重一般的「真實」（Reality）而非特殊的「現實」（Actuality），這與亞理士多德論述詩與史的區別時有相同的邏輯。郁達夫認為「小說所要求的」，以及「小說所表現的」，「是人生的真理」，而其「真理」也無非是基於經驗性真實的選擇和表現，而且選擇和表現直指「逼真」。

從材料來源和表現方式看，斷然不出經驗性真實的畛域：「小說的表現，重在感情，所用的都是具體的描寫。」[63]郁達夫重視小說敘述的感情，與沈雁冰，與文學研究會，頗有區別——創造社和郁達夫的小說真實觀念的標誌本就是內心之真、情感之真。後來郁達夫說「文學是作者將真理真實拿來，加以一陣情感的外衣」，「並不是事實本身」[64]，「有情寫實」[65]，這也是他在創造社時期的一貫理念。由於尊重內在的真實，尊重內心真誠，所以，郁達夫的觀念是個人主義的，其真誠也是一己之內在真實，這在邏輯上當然拒絕外在目的的挾持，即使小說敘述本身在客觀上可能具備一定外在功能，產生某些外在效果。至少從觀念表述本身看去，郁達夫甚至創造社的小說真實觀念比文學研究會更重視個體的內心真誠而非外在目的，雖然，實際上創造社的大多數成員更關心外在的目的，尤其是革命目的，尤其是後期的創造社。

如果不在細節上糾纏，也不在目的上追究，則在新文學的建設時代，文學研究會和創造社都在小說寫作觀念上看到了經驗之真的重要。這大抵與五四之後的個人主義思潮有關，因為個人主義對個體本身的價值和主體性的尊重，必然在邏輯上和事實上通向小說寫作領域的經驗性真實，而真正的經驗性真實說到底，乃是基於個體聞見和感受。

---

[63] 郁達夫《小說論》，見於《藝文私見》，前引書，第50－53頁。
[64] 郁達夫《文學上的智的價值》，見於《藝文私見》，前引書，第190頁。
[65] 郁達夫《國防統一陣線下的文學》，見於《藝文私見》，前引書，第233頁。

3.3「建設時代」的詩歌真實觀念

較之小說，詩歌的真實觀念更形內在。在新文學的「建設時代」，詩歌真實觀念其實與傳統詩學的緣情說並無大別。此期的康白情反覆申說「詩起源於自己表見自己底藝術衝動」，「詩是主情的文學」，「沒有情緒不能作詩，有而不豐也不能作好，勿論緊張或弛緩，興奮或沉抑，而我們的感情上只有快不快，由是勿論我們底情緒為歡樂為悲哀，都可以引起我們底美底感興，而催我們作詩」，「甚且愈悲哀，在詩人底味上覺得愈美」，「沒有濃厚的情緒，甚麼詩也作不好的」。康白情強調的情感之有而且豐，乃與傳統詩學的「情動而言形」、「憤於中而形於外」同理同構。

情感、情緒是內在的經驗性，而內在的經驗之真源於外在經驗，心感來源於體受和聞見，故而康白情復謂有「三件事」可為：「第一是在自然中活動，作詩要靠感興，而感興就是詩人底心靈和自然底神秘互相接觸時感應而成的，所以要令他常常生感興，就不能不常常接觸自然」，這其實正是傳統物感說的白話翻譯；「第二是在社會中活動，感情裏最重要的元素是同情，而其最最重要的，更是對於人間底同情，同情是物理上底共鳴作用，是要互相接觸才能生的，而同情的深淺，又和互相接觸底次數成正比例」，所謂「同情」，乃是接引外在的經驗化而為內在的經驗，化而為情真；「第三是常作藝術底鑑賞，因為不過美底生活，不能免掉人生底乾燥，如音樂，如文學，種種藝術，非常事鑒賞，不足以高尚我們底思想，優美我們底感情」，在「真」之外加以「高尚」的要求，這在邏輯上與古典時代譬如袁枚的

「真」而且「雅」的主張略同。

在詩歌之域，內在的情真與外在世界的知識或者科學真理每相參差，康白情對此也曾注意：「感情和知識每每是不能並容的，我們底知識夠了，我們底感情就薄了」，「我想只好讓感情和知識各向偏方面發展而不取其調和，就是說，在科學上要痛用知識，而不摻入感情，在詩上要痛抒感情，而不必顧忌知識」，「科學給我們說花是生殖植物的器官，戀愛是獸類性欲的衝動，就人間種種精神上底動作，也不過是為生活底要求罷了，這麼一來，詩人就根本破產了，我們在這裏，只好佯作不知，任我們底衝動去做，衝動到了那裏，我們就做到那裏。」[66] 在當時，科學、知識引人注目，但是知識或者說近代的科學真理對小說和詩歌還是有不同意味。「建設時代」的沈雁冰等人重視以小說傳達真理和科學精神，而同一時期的康白情等人在詩歌領域則將科學與詩清晰區隔，可知文學真實觀念並不僅僅是發現一個統一的大原則便萬事大吉，其間文體之別所帶來的豐富性和差異性也未可忽略。對此，周無也有所注意：「詩是主情的，是想像的，是偏於主觀的。因主情，故不重形式；因是想像，故不病淩虛；因偏於主觀，故不期於及他的效果。小說雖亦屬於主情，但是僅僅主情不能成立，必得納情感於意識主見的中間，使他成一種混合的結果。小說的想像，不過是組織和關

[66] 康白情《新詩底我見》，見於胡適編選《中國新文學大系·建設理論集》，前引書，第327－338頁。

聯的地方的一種扶助品。至於小說，全是客觀方面偏重。」[67]

在「建設時代」，創造社時期的郭沫若（1892－1978）關於詩歌的基本觀念是情真：「要做新詩，便要力求自然，詩是表情的文字，真情流露的文字自然成詩，新詩便是不加修飾，隨情緒之純真的表現而表現的文字，打個比喻如像照相，舊詩是隨情緒之流露而加以雕琢，打個譬比如像畫畫」，「要有純真的感觸，情動於中令自己不能不『寫』，不要憑空白地去『做』，所以不是限題做詩，是詩成以後才有題」，「表現要力求真切，不許有一毫走碾」[68]。反對所謂舊詩的雕琢而主張「真情流露」與「自然成詩」，都不過是尊重「真情」、「真切」而已。不過，思路並未越過古人的藩籬。郭沫若的「真」，既是內在的情真，又比通常所謂情真更逼近於所謂「靈」，但是到底也是古典詩學所謂「情靈搖盪」的現代版：「我想我們的詩只要是我們心中的詩意詩境底純真的表現，命泉中流出的Strain，心琴上彈出來的Melody，生底顫動，靈底喊叫，那便是真詩，好詩，便是我們人類底歡樂底源泉，陶醉底美釀，慰安底天國。」[69]

創造社的郁達夫在言及詩歌真實觀念的時候，引用了《尚書・堯典》的「詩言志」，《詩序》的「在心為志，發言為詩，情動於中，而形於言」，《樂記》的「詩言其志

[67] 周無《詩的將來》，見於胡適《中國新文學大系・建設理論集》，前引書，第343頁。

[68] 郭沫若《郭沫若同志青年時期談詩歌創作》，載《四川文藝》1978年第8期。按：此係郭沫若1922年12月15日從日本寄回的家書。

[69] 郭沫若《論詩三箚・致宗白華》，見於郭沫若《文藝論集》，人民文學出版社，1979年，第208頁。

也」，並且與英國詩人華滋華斯的觀念並列，認為「詩是熱情感發於人心的真理」，「是不能自已的感情的流露」，其所關切者，亦與康白情相若，無非情真而已。實際上，創造社不論在小說還是詩歌領域，其真實觀念都是偏於內心，偏於衝動、情志、情真，即所謂「內部真情的直接流露」[70]。

關於詩歌真實觀念，當時還有羅家倫所謂「絕對的誠實」，「音節出乎『天籟』」，其觀念也無別於傳統詩學的「真誠」與「自然」，雖然他說「絕對誠實，即所謂Poetic Truth也是新詩的特質」[71]。

新文學「建設時代」的詩歌真實觀念，大體是古典「情真」之說的延續。不過，在接下來的時代，詩歌的情真主張將要受到真理的再度轄制，因為，即使詩歌這種文體有其特殊性，也不能從「經驗之真－真理之真」的大結構中逃逸而去。

---

[70] 郁達夫《詩論》，見於《藝文私見》，前引書，第117－119頁。

[71] 羅家倫《駁胡先驌君的中國文學改良論》，見於鄭振鐸編選《中國新文學大系・文學論爭集》，前引書，第121－122頁。

8 「政治之真－經驗之真」——革命與救亡背景下的文學真實論

從新文化運動的風起雲湧、除舊佈新走向此後的革命與救亡，從對民主、科學的抽象談論和一般追求走向具體的政治立場選擇和明確的政治觀念表達，乃屬當年中國知識份子的必然走向。現實政治強硬地決定了當時的文化進程。在1927到1949年這一充滿劇變和緊張、戰爭和死亡的時段，革命和救亡成為國人空前清晰的生存背景，以及文化背景。學者和文人，不管左翼、右翼或者「第三種人」，不分文學工具性論者和文學自主性論者[1]，都只能在此背景下展開言說，或者發表演說。文學真實觀念當然也不能自外於這個背景，而必須由這一背景提供合法性、合理性，提供解釋和引申。

之所以在時間劃分上明確1927和1949這兩個年號，乃是由於1927年之前的文學觀念的主潮基本還處於文學革命階段，即使是上文所謂的「建設時代」，也屬於「文學」之內

---

[1] 有學者認為：「五四新文學理論是一種混雜著文學工具性立場和文學自主性立場的理論。」這大抵符合事實。參閱余虹《20年代新文學自主論及其與革命文學理論的衝突》，載《新疆大學學報》（社會科學版）2000年第1期。

的一般性「革命」，而1927年之後，「文學革命」的急流演變為「革命文學」的「赤潮」，且成為文學思潮的主流，延伸下去，則構成了此後數十年左翼文學的精神傳統。當然，當時還有其他的文學傾向（包括寫作風度和思想立場）的強大存在，比如自由主義文學思潮。但是，在1949年之後，隨著中國大陸的政治統一，革命與救亡的背景自動拆除，文學領域開始以大一統的意識形態實施大規模的一元化整合，從二十年代開始的左翼文學傳統此後成為唯一合法的正統，並且在相當長的時間裏愈趨整一和板結。1949年之前與之後的不同，正如1927年之後與之前的迥然。因此，相對地劃出1927年到1949年之間的時間段落，以考察文學真實觀念的一段歷史，應當是合理的。

這一段歷史，突兀地呈現了「政治之真－經驗之真」的結構，這個結構既來源於中外文學真實觀念的雙重傳統，也來源於具體時代革命與救亡的現實背景，並且超越了具體時代的革命與救亡背景，以強大的新傳統的面目，一舉決定了此後的文學真實觀念。「政治之真－經驗之真」結構，亦即「真理之真－經驗之真」結構，在革命與救亡背景下，文學真實論域的真理常常不過是政治意識形態的真理，故「真理之真」與「政治之真」的概念在這一歷史時期可以通用。

第一節
革命文學論爭時期的「政治之真－經驗之真」

新文化運動主要是一場文化運動，帶著某種超然的色彩。然而緊隨其後的1926年「北伐」，則是為建立統一和現代的民族國家而展開的一場具體的政治軍事行動，是「國民革命」。革命在政治現實和觀念領域都攪動了大波巨瀾，於是，這時以及此後的文學觀念隨之也出現了迥異於新文化運動或者文學革命時期的新取向、新立場和新表述，比如「革命文學」，「無產階級文學」，等等。文學的概念、觀念在當時出現了嚴重分歧，甚至已經不僅僅是學理的矛盾，而標誌著政治選擇的差異和鬥爭。在文學真實論域，也同樣出現了深刻的差異、矛盾和鬥爭。二十年代中後期關於「革命文學」的論爭，同時也是在「政治之真－經驗之真」的框架中展示大時代文學真實觀念豐富形態的一場話語角逐。

1.「論爭」之前關於革命文學真實觀念的表述

在二十世紀中國，「革命」一詞代表著最正面最崇高的價值，所謂「巍巍哉，革命也」、「皇皇哉，革命也」，所謂「革命者，天演之公例也，革命者，世界之公理也，革命者，爭存爭亡時代之要義也，革命者，順乎天而應乎人也，革命者，去腐敗而存良善者也，革命者，由野蠻而進文明者也，革命者，除奴隸而為主人者也」[2]。「革命文學」，則是服務於革命並且反映革命的文學。因為「革命」對於建立一個強大的民族國家而言，顯得必要而崇高，故「革命文學」對於「革命」而言，也顯得崇高而必要。在新文化運動之後，相互競爭的國共兩黨都提倡「革命文學」[3]，都以之服務於「革命」，各「革」其「命」而又針鋒相對，不過，共產黨人很快取得「革命文學」的主導權和解釋權。

1923年10月，共產黨知識份子在上海創辦《中國青年》，其間一些文字涉及革命文學真實觀念。有「秋士」撰文云：「文學是表現人生的，像中國現在這種說不出的痛苦，難堪的人生，我們很少看見從文學中表現出來」，這是「文學家的恥辱」，「俄國的革命」雖然「終應歸功於列寧等實行家」，但「真正的文學家，如屠格涅夫等，於社會改造事業實有重大的助力」[4]。鄧中夏也批評了當時的「新詩人」冰心、朱自清等「今日出一本繁星，明日出一本雪朝」，但卻「不研究正經學問不注意社會問題」，「專門做新詩」[5]。以職業革命家的身份，鄧中夏首先確認，「儆醒人

---

[2] 鄒容《革命軍》，見於周永林編《鄒容文集》，重慶出版社，1983年，第41頁。

[3] 按：此間所論，主要是以馬列主義意識形態為觀念核心的「革命文學」。實際上，當年國民黨也是提倡「革命文學」的，「如一九二七年間在廣州出現的所謂『革命文學社』，出版《這樣做》旬刊，第二期刊登的《革命文學社章程》中就有『本社集合純粹中國國民黨黨員，提倡革命文學……從事本黨的革命運動』等語」。參閱魯迅《革命文學》，上海《民眾旬刊》第5期，1927年10月21日。

[4] 秋士《告研究文學的青年》，載《中國青年》第5期（1923年11月）。

[5] 鄧中夏《新詩人的棒喝》，載《中國青年》第7期（1923年12月）。

們使他們有革命的自覺，和鼓吹人們使他們有革命的勇氣，卻不能不首先要激動他們的感情」，「激動感情的方法，或仗演說，或仗論文，然而文學卻是最有效用的工具」。在將文學視為革命可以借重的「激動感情」的「最有效用的工具」的前提下，鄧中夏批評了當時的詩人，認為「他們對於社會全部的狀況是模糊的，對於民間的真實疾苦是淡視的；他們的作品，上等的……是不問社會的個人主義，下等的，便是無病而呻，莫明其妙了」。於是，鄧中夏建議新詩人「多做描寫社會實際生活的作品，徹底露骨的將黑暗地獄盡情揭露，引起人們的不安，暗示人們的希望」，以達到「改造社會的目的」。甚至，鄧中夏更建議新詩人「從事於革命的實際活動」，「如果一個詩人不親歷其境，那他的作品總是揣測或幻想，不能深刻動人」，「如果你是坐在深閣安樂椅上做革命的詩歌」，「人家知道你是一個空嚷革命而不去實行的人，那就對於你的作品也不受什麼深刻的感動了」[6]。鄧中夏的表述，有兩點對於共產黨人的文學真實觀念很重要：第一，文學服務於革命大業；第二，從事革命文學者應當參加革命的實際活動。後者強調了革命文學中經驗性真實的至關緊要，而前者所包含的工具性含義則必然要求這種進入革命文學的經驗性真實服從「儆醒」、「鼓吹」和「激動感情」的革命需要。那麼，為了革命的需要，為了最好的「效用」，經驗性真實在進入文學表述的過程中，是否有著被修葺或者打扮甚至違背其本來面目的可能呢？這正是革命

[6] 鄧中夏《貢獻於新詩人之前》，載《中國青年》第10期（1923年12月）。

文學真實觀念中當然存在而又必須回答的關鍵問題，這個問題正好處於「政治之真－經驗之真」的結構之中。

其時，惲代英探討了「革命的感情」：「詩人是由於他的情感自然成功的」，「要先有革命的感情，才會有革命文學的」，「倘若你希望做一個革命文學家，你第一件事是要投身於革命事業，培養你的革命的感情」[7]。不論是鄧中夏的「革命的實際活動」，還是惲代英的「革命的感情」，都注目於革命文學家投入革命實踐而後得的經驗之真。

其實，在「革命」的外在要求與「經驗」的內在體受之間，蘊涵著革命文學真實觀念的結構性緊張。不過，在革命文學稍後展開的大規模論爭之前，「革命文學」這個片語背後的意識形態含義或者說「真理」一維並不盛氣凌人，當時的樸素觀念主要是要求革命文學的作家獲取從事革命文學的真實的底層經驗。蔣光慈稱讚寫作《女神》的郭沫若為「革命的文學家」，同時指斥當時的冰心、俞平伯等人為「市儈派」，認為「自從文學革命以來，所謂寫實主義一名詞，漫溢於談文學者的口裏」，「我們以為文學是社會生活的反映，當然不反對寫實主義，並且以為寫實主義可以救中國文學內容空虛的毛病，不過我們莫要以為凡是寫實的就是好文學，都是我們所需要的文學，中國現在市儈派的小說家的一些作品，不能不說近於寫實主義，但是這些作品有價值嗎」，「他們所描寫的不過是『祖母之心』，他們的主人翁不過是市儈，他們所熟悉的不過是市儈的生活」。在蔣光慈

[7] 按：這是惲代英致「秋心」的一封信，載《中國青年》第31期（1924年5月）。

看來，革命文學應該具備何種素質？「誰個能夠將現社會的缺點、罪惡、黑暗……痛痛快快地寫將出來，誰個能夠高喊者人們來向這缺點、罪惡、黑暗……奮鬥，則他就是革命的文學家，他的作品就是革命的文學」[8]。那麼，「革命的文學家」怎樣才能寫出「現社會的缺點、罪惡、黑暗」？郭沫若應聲接上：「你們應該到兵間去，工廠間去，革命的漩渦中去」[9]，以此獲得底層經驗，獲得革命的經驗性真實，從而成就「革命文學」。

2.「論爭」的外來影響和理論根據，及其與文學真實觀念的深層關聯

如果說在1927年之前，鄧中夏、惲代英等人有關革命文學的觀念還是他們作為革命者的直覺表達的話，那麼到了1927年之後，關於革命文學的最有力量、且有意識形態的堅實根據的文章便相繼出現了，這不但體現了時代的風雲際會，也顯示了馬列主義意識形態的強大影響，不論這種影響是來自蘇俄，還是來自日本。在理論的追問與撻伐的過程中，革命文學真實觀念中的「真理之真－經驗之真」或者說「政治之真－經驗之真」的結構才算真正搭建完成。

1927年，曾經參加國民革命的郭沫若、成仿吾等創造社締造者重現文學江湖，他們與從日本歸國的馮乃超、李初梨等後期創造社成員一起，力倡無產階級革命文學。隨後蔣光

---

8 光赤（蔣光慈）《現代中國社會與革命文學》載，《民國日報・覺悟》1925年1月1日。

9 郭沫若《革命與文學》，載《創造月刊》第1卷第3期（1926年5月）。

慈、錢杏邨等人成立太陽社，同樣傾力鼓吹革命文學。後期創造社與太陽社都是在馬列主義意識形態的框範下陳述理論和展開論爭，他們都強調革命文學的工具性，都偏重革命文學的真理之真、政治之真。

當時共產黨陣營的部分文人有一個斷言，即所謂的革命文學就是指無產階級革命文學，正如李初梨所云：「革命文學，不要誰的主張，更不是誰的獨斷，由歷史的內在的發展——連絡，它應當而且必然地是無產階級文學。」[10] 實際上，不論是後期創造社還是太陽社，都是在馬列主義的理論系統裏展開歷史預期，在理論和歷史的旗號下斷言當時中國革命的性質，從而也斷言當時中國革命文學的性質。這是理論的假定，而非對經驗本身的概括，是在風雲變幻的時代，在政治之真與經驗之真的結構中偏向政治意識形態真理而非經驗性真實的一個象徵性姿態。當然，從表面上看，他們似乎也尊重社會實情、經濟基礎：「中國一般無產大眾的激增，與乎中間階級的貧困化，遂馴致智識階級的自然生長的革命要求，這是革命文學發生的社會根據」，「中國的文學革命，經了有產者與小有產者的兩個時期，而且因為失了他們的社會根據，已經沒落下去了」[11]，接下來，按照歷史發展的時序，自然就是無產階級的革命文學了。但是，這種對「社會實情」、「經濟基礎」的「援引」，對於大多數革命

[10] 李初梨《怎樣地建設革命文學》，載《文化批判》第2號（1928年2月）。

[11] 李初梨《怎樣地建設革命文學》，載《文化批判》第2號（1928年2月）。

文學家而言，其實更近於主觀虛構，而非不是來自經驗性的調查研究。他們中的許多人剛從日本歸國，甫一發言，也不過是在自以為然的真理之真而非經驗之真上做文章。這更進一步顯示了在真理之真與經驗之真的結構中，政治意識形態真理是一端獨大。

李初梨等人在日本受過福本和夫主義的影響。福本和夫主義是日本共產黨在二十年代的一種建黨思想，要義即是所謂「分離－結合」，強調思想鬥爭和理論批判。李初梨等人也承續了這樣一種鬥爭基因，回國以後即在其所宣傳的「革命文學」理念上與魯迅等人展開激烈論爭。在文學真實觀念上，影響過李初梨等人的福本和夫主義值得考察：「福本主義存在致命的謬誤，福本主義的理論鬥爭——所謂批判的方法，完全是觀念性的。它不去分析日本無產階級面臨的具體的任務和歷史賦予的解決方法，而是從想像的觀念出發。它不去努力理解現實的關係，而是僅僅埋頭於理論原則的發展和運用。這樣，福本主義只對純粹性的意識方面過分地強調，在階級鬥爭中偏重知識份子而忽視勞動者階級的領導權，從而招致與群眾相隔離。」[12]所謂「不去努力理解現實的關係，而是僅僅埋頭於理論原則的發展和運用」，這不僅是福本和夫主義的問題，也是其後李初梨等中國革命文學家的問題，按照李初梨的設想，「假若他真是『為革命而文學』的一個，他就應該乾乾淨淨地把從來他所有的一切布爾喬亞意德沃羅基完全克服，牢牢地把握著無產階級的世界觀

[12] 按：這是山田清三郎的話，轉引自靳明全《李初梨與福本和夫主義》，山東文藝出版社，1993年，第198頁。

——戰鬥的唯物論，唯物的辯證法」[13]，而在文學真實論域，這就必然導致偏向真理之真而忽略當時大多數有著「布爾喬亞意德沃羅基」的小資產階級作家所心感體受的經驗之真。

如果說福本和夫主義主要是在政治觀念上規定了李初梨等人的文學選擇的話，那麼日本無產階級文學陣營的青野季吉的觀點則無疑是他們文學觀念的直接來源。青野季吉認為：「無產階級所要求表現的，如果僅僅是無產階級的生活，那是一種個人的滿足」，「並不完全是階級的行為」，「只有自覺地認識到無產階級的鬥爭目的，才能成為階級的藝術，就是說，只有在階級意識的引導下才能成為階級的藝術」，「正因為如此，無產階級文學運動應是向自然生長的無產階級的文學移植目的意識的運動，從而成為參加無產階級整個運動的運動」[14]。在此，所謂「自然生長」，必然導致對自身經驗性真實的尊重，而所謂「目的意識」，則意味著以無產階級的「階級意識」（抽象的階級意識實際上是由抽象的政治意識形態理論所推論的，是源於無產階級陣營的作家和理論家所信奉的真理之真，而不是源於社會及階級狀況的實際調查和研究）來選擇、整理、編輯作家（其中絕大多數實際上是所謂的小資產階級作家）心感體受的經驗性真實。從「自然生長」走向「目的意識」，就是從對經驗之真的偏重走向對真理之真的傾斜。青野季吉的「目的意識」，

[13] 李初梨《怎樣地建設革命文學》，載《文化批判》第2號（1928年2月）。

[14] 按：這是青野季吉《自然生長與目的意識》一文的表述，轉引自靳明全《胡風對青野季吉的超越》，載《文學評論》2004年第1期。

通過李初梨等人而對中國當年的革命文學理論產生了影響。按照常理，無產階級革命文學自然要「寫出無產階級的理想，表現他的苦悶」、「描寫革命情緒」——這是經驗性真實，也應當是無產階級革命文學的當然內容。但是，李初梨遵從青野季吉從「自然生長」到「目的意識」的主張，否定了無產階級文學抒寫經驗性真實的合法性，而認定無產階級文學是「為完成他主體階級的歷史使命，不是以觀照的——表現的態度，而以無產階級的階級意識，產生出來的一種鬥爭的文學」[15]。「階級意識」作為真理之真的另一種說法，在李初梨那裏已經覆蓋了小資產階級革命作家的經驗性真實敘述。與李初梨同屬創造社成員的沈起予也持與之相似的觀念：「普羅列搭利亞藝術，自然是普羅列搭利亞特底意識之表現，我們只要獲得普羅列搭利亞特底意識，而成為一個普羅階級底意識形態者，即可製作普羅藝術了。」按照沈起予的表述，真理之真當然也是壓倒經驗之真的。不過，沈起予比李初梨更多地照顧了經驗之真，所以他又指出「這種藝術，並不是千篇一律的政治論文，亦不是解釋社會主義底說教文章」，必須「結合大眾底感情」[16]。同樣是偏重真理之真，但沈起予不如李初梨偏執。

與後期創造社的理論資源有所不同，太陽社成員的重要主張乃是源於蘇聯波格丹諾夫的「組織生活論」和日本藏

[15] 李初梨《怎樣地建設革命文學》，載《文化批判》第2號（1928年2月）。

[16] 沈起予《藝術運動的根本概念》，載《創造月刊》第2卷第3期（1928年10月）。

原惟人的「新寫實主義」。從文學真實觀念上看，藏原惟人的主張是對青野季吉所謂「目的意識」的超越，因為藏原惟人在強調無產階級的階級意識、真理之真的同時，也重視客觀的生活。客觀的生活是如何可能的呢？最終必然落實到作家主體的經驗。藏原惟人認為：「普羅列搭利亞作家對於現實的態度，是徹頭徹尾地客觀的現實的。他不可不離去一切的主觀的構成來觀察現實，描寫現實。在這種意味，他應該是個寫實主義者，也唯有站在漸漸抬頭的階級的立場，他始成為現在的寫實主義的唯一繼承者。」這裏，他所反對的「主觀」，並非經驗性，而是離開經驗到的真實生活之後，假借真理之名對概念、理論的主觀運用。他的核心是在「徹頭徹尾」的「客觀的現實」，也就是「沒有什麼主觀的構成地，主觀的粉飾地去描寫的態度」。最終也只能是經驗性的真實。當然，藏原惟人同時也認為：「普羅列搭利亞作家，不可不首先獲得明確的階級的觀點」，「所謂獲得明確的階級的觀點」，是指「不可不用普羅列搭利亞前衛的『眼光』觀察這個世界而把他描寫出來」。這一點，顯然又在照顧真理之真。因此，藏原惟人的文學觀念，從而其背後的文學真實觀念，帶著調和性質，力圖處理好經驗性真實與真理性真實之間的平衡關係：「第一，用著普羅列搭利亞前衛的『眼光』去觀察世界；第二，用著嚴正的寫實主義者的態度去描寫它——這就是唯一的到普羅列塔利亞寫實主義之路。」[17] 是為「新寫實主義」。藏原惟人一直試圖保持經驗性與真理

---

[17] （日）藏原惟人《到新寫實主義之路》，林伯修譯，載《太陽月刊》停刊號（1928年7月）。

性之間的平衡關係。在後來的一篇文章裏，他承接蘇聯波格丹諾夫、布哈林等人的「組織生活論」，主張「藝術是把感情和思想『社會化』的手段，同時又由它組織生活」，「因此，一切的藝術，在本質上，必然是宣傳和鼓動」，同時又沿襲沃隆斯基「藝術是對生活的認識」的觀念，認為藝術應該是「現代生活之客觀的『敘事詩的』展開」[18]。在此他把文學的工具性與認識性做了調和處理，這反應到文學真實觀念上，自然也導致真理之真與經驗之真的平衡而非過分的偏執。

藏原惟人的「新寫實主義」被太陽社成員譯介到中國，其觀點也被太陽社成員直接用於革命文學的批評和論爭，尤其是林伯修，不但翻譯過藏原惟人的《到新寫實主義之路》，更在其文字間對藏原惟人的觀念多有運用，在論及「大眾化」問題時，林伯修認定：「第一，作家自身的生活便應該普羅化，這樣一來，他才能真地把握到普羅的意識」，「第二，作家應該細心地去接近及觀察他所要描寫的對象」[19]。這顯然是對藏原惟人「新寫實主義」觀念的發揮和運用，注意到了普羅意識所關涉到的真理之真，而更重要的是通過所謂「普羅化」、「接近」、「觀察」等表述直指經驗之真。

---

[18] （日）藏原惟人《作為生活組織的藝術和無產階級》，轉引自艾曉明《中國左翼文學思潮探源》，湖南文藝出版社，1991年，第127頁。

[19] 林伯修《1929年急待解決的幾個關於文藝的問題》，載《海風週報》第12期（1929年3月）。

不過，在革命文學陣營，當年從現實要求、文學品質等各方面援引「新寫實主義」並且對文學真實觀念多有涉及的，當屬勺水的《論新寫實主義》。勺水確認「新寫實主義」就是「無產的寫實主義，或者無產寫實主義」，後又指出：「有一種作家，專把無產運動理論上的公式，編入作品之內」，「這樣的作品，往往也僭稱為新寫實派的作品」，「這種作品，已經有一個很好的名稱，叫做宣傳的文學，或傳單式的作品」，偏執於真理之真的，並非真正的「新寫實派」。「真正的新寫實主義的作品」，是兼有真理之真與經驗之真。從經驗之真的角度看，勺水認為，「新寫實派的作品，應該是富於情熱的」，「新寫實派作品所描寫的，應該是真實的，縱然有時萬不得已，要利用一些想像力，那種想像，也應該是根據事實的想像」。當然，作為「無產寫實主義」，「新寫實主義」必然具有無產階級革命的目的性，即所謂「應該是有教訓的目的的」，經驗之真進入新寫實主義的寫作，「還要看他合不合一定的目的，合一定目的才描寫，不合一定目的的，只好丟下」，「這個一定目的」，「應該是和廿世紀的無產大眾應有的人生觀社會觀相符合的東西」，「應該是一種光明的東西」，「高爾基說得好，描寫的東西，固然要真實，然而，真實的東西，卻不必盡可以描寫」，「新寫實派的態度，也是如此」[20]。顯然，勺水、林伯修等人的「新寫實主義」觀念如同藏原惟人一樣，兼顧了經驗寫照與目的意識。比較之下，在文學真實論域，太陽

[20] 勺水《論新寫實主義》，載《樂群月刊》第1卷第3期（1929年3月）。

社的觀念比李初梨等人為代表的後期創造社的觀念要圓通一些，雖然他們在無產階級革命文學的理念上，從未忽略而是非常強調政治意識形態，強調革命文學的真理之真。

3.「論爭」的理論基礎與經驗現實——文學真實觀念結構的嚴重傾斜

馬列主義的政治意識形態構成無產階級革命文學陣營所有表述的理論基礎。革命文學的鼓吹者對歷史階段的解釋和判斷，無不從馬列主義的歷史唯物論、從經濟基礎決定上層建築的基本原理著手。他們從馬列主義當之無愧、信之不疑的真理性推導出無產階級革命文學的正當性。但他們對馬列主義的理解以及在文學領域的運用，本身又顯得機械和幼稚。

革命文學陣營認為，文學是上層建築之一，其性質決定於所處時代的社會、經濟基礎；革命文學的性質決定於革命時代的社會構成以及經濟基礎；而無產階級革命文學的性質以及合法性，自然也必須由無產階級的革命現實基礎和必然性決定。成仿吾當時即認為：「文學在社會全部的組織上為上部建築之一」，「我們要研究文學運動今後的進展，必須明白我們的社會發展的現階段」，「資本主義已經發展到了最後的階段（帝國主義），全人類社會的改革已經來到目前」，「在整個資本主義與封建勢力二重壓迫下的我們，也已經曳著跛腳開始了我們的國民革命」，「我們今後的文學運動應該為進一步的前進，前進一步，從文學革命到革命文學」，「努力獲得辯證法的唯物論，努力把握唯物的辯證法的方法，它將給你以正當的指導，示你以必勝的戰術」，

「克服自己的小資產階級的根性，把你的背對向那將被奧伏赫變的階級，開步走，向那齷齪的農工大眾」，「以明瞭的意識努力於你的工作，驅逐資產階級的『意德沃羅基』在大眾中的流毒與影響，獲得大眾，不斷地給他們以勇氣，維持他們的自信，莫忘記了，你是站在全戰線的一個分野」[21]。成仿吾就是這樣層層推演，從文學的上層建築性質，到現實社會性質的判斷，再到無產階級革命文學作家的意識形態歸依和革命文學的責任。其背後隱藏的，正是馬列主義的理論邏輯，所有表述都是馬列主義理論的邏輯延伸而未必是經驗現實的真實概括。純粹的理論熱情和單純的革命願望也可能與當時的社會現實、文學現實方枘圓鑿。但是，由於他們自恃手握利器，獨斷文學現實，並對魯迅等富於批判精神的作家展開撻伐：「在幾個老作家看來，中國文壇似乎仍然是他們的『幽默』的勢力，『趣味』的勢力，『個人主義思潮』的勢力，實際上，中心的力量早已暗暗的轉移了方向，走上了革命文學的路了。」[22]當時至少反對舊道德、舊專制的歷史任務依然可以成為文學主題，「文學革命」並非與「革命文學」勢同水火，但革命文學陣營卻對之相煎太急，這與他們對馬列主義意識形態的確信和片面理解大有干係。

革命文學陣營的許多人把時代、現實按照理論和願望進行改裝，於是要求革命文學不僅「反映」他們所虛構的「現實」，而且要暗示「出路」：「資本主義已到了崩潰的時

[21] 成仿吾《從文學革命到革命文學》，載《創造月刊》第1卷第9期（1928年2月）。

[22] 錢杏邨《死去了的阿Q時代》，載《太陽月刊》三月號（1928年3月）。

期，階級的衝突已沒有調和的可能，一般勞動者，大都已從壓迫之下覺醒過來，他們再也不受資產階級的欺騙，再也不受溫情的改良主義的籠絡，他們要自己解放自己，並不求任何人的憐憫，他們要從敵人手裏奪回自己的東西，而不肯以一點的賜與為滿足」，「這社會背景在文藝上的影響，便形成了我們今日的革命文學——無產階級文學——它不但要抓住現代社會的現象，坦白的將這時代反抗的情感表露出來，而且要盡他本身的使命，擴大自己的戰線，在作品裏給人暗示一條出路」。暗示「出路」，就意味著與文學革命時期沈雁冰等人的「自然主義」、「寫實主義」不同，必須具有革命意識形態的真理性：「出路，出路，這便是與自然主義不同之點，正因為作者是以無產階級的意識，去觀察社會，所以才有這麼一個出路，它不但是寫出病狀，還要下藥，這『暗示的出路』便是革命文學的活力，沒有這個活力，便不成其為革命文學，這裏面雖然不能脫離主觀的色彩，但也仍是自然的，因為時代已到了這裏，時勢的需要已把出路明示在許多人眼前，不得不走這條路」，「就拿描寫時的態度來說，革命文學的作家是一樣的忠實，他不要學自然主義作家口口聲聲要忠於事實而反求不到，他卻是要忠於他所認識的，把他如真的表現出來，他們是要從現實裏建築未來的世界，但絕對不是從空想裏幻化出理想的天國，他們對社會的認識，雖然根據他們自己的見解，實際上代表的是覺悟的無產階級的意識，如此，如此，才是二十世紀的革命文學，而不是十九世紀的自然主義」[23]。「中國自『五四』開始了第一期文化運動以來，文學上所收的效果，很明顯地只是封建勢力支配下的傳統文學，進而為布爾喬亞汜的個人主義的文學，所謂『藝術是超階級的』，『藝術完全是真情的流露』，被一時的文學家當作了金科玉律」，「時代是突進了，社會的階級性已尖銳化了，這種『中間的』，以快要被『揚棄』的階級為主體的，以它的意德沃羅基（Ideologie）為內容的文藝，必然地也要被『揚棄』，而新的於是產生」[24]。從文學真實觀念的角度看，顯然，對經驗之真的推尊由於「自然主義」嫌疑，本身已經被要求退居次要地位，而舊的意識形態，也要求被新的意識形態所取代。新的真理之真，以馬列主義作為堅實的理論基礎，成為革命文學真實觀念的主體建築。

於是，呼喚文學性、經驗之真的聲音，在革命文學陣營，似已成為弱勢的嘶鳴：「有模型的文字只能做主義宣傳品，決不能產生文學，如果能夠，也決不是真實的文學。恰巧我們對於文學的第一個條件便是真實！而且我們要求真實的文學家來寫真實的文學，而且要求一切從事於文學者要先從事於真情的修養，隨便玩玩的名士氣委實是對文學的老大侮辱，我們的時代裏需求內心的迫切的衝動而不得不寫的文學作品，於是一切商品式的東西我們應該完全排斥，遊閑階級式的東西我們應該完全排斥。我們要求那些站在人生戰陣的前鋒者的文學，我們要求在及其旁邊作工的勞工小說家，

[23] 芳孤《革命文學與自然主義》，載《泰東月刊》第1卷第10期（1928年6月）。

[24] 丁東《中國文藝運動的新趨向》，載《青海》創刊號（1928年11月）。

我們要求負著槍為民眾流血的戰士的文學家，我們要求提著鋤頭在綠野裏耕種的農民詩人。總之我們要求從事於文學的人有熱情的素養，而從事於爭鬥的人有文學的素養。」[25]這樣的主張，顯然對經驗之真有著明辨和側重，但資料顯示，如此主張者，所占的比例遠遠不及對真理之真的強調者。真理之真的分量壓倒性地超過經驗之真，在「經驗之真－真理之真」的結構中造成了嚴重傾斜，這正是革命文學陣營文學真實觀念的真相。

4.革命文學真實觀念中的集體經驗、個體經驗以及主體真誠

革命文學實際上不可能真正回避經驗書寫，因為文學的質地必須是經驗，否則，文學必然與政治常識讀本別無二致。在革命文學陣營，真理之真壓倒了經驗之真，但是不可能排除經驗之真。那麼，在革命文學鼓吹者的視域，其間的經驗之真到底是一種什麼經驗呢？考察可知，經驗在革命文學陣營內部，實際上有著不同的指涉。一種是指作家的個體經驗，一種則是集體經驗、階級經驗。但是小資產階級作家作為個體如何能夠把握無產階級的集體經驗呢？作家個體所把握到的，到底是無產階級的整體經驗還是關於無產階級革命的意識形態圖解？實際上，集體經驗對於當時的小資產階級作家而言，是一種虛妄，其背後依然是真理之真。從而，個體經驗與集體經驗的並列，仍舊是經驗之真與真理之真的並列。

[25] 長風《新時代的文學的要求》，載《洪水》半月刊第3卷第27期（1927年2月）。

郭沫若要從事革命文學者接近一種聲音，集體、階級的聲音，並消泯個體經驗而摒棄自我，誠所謂「要你接近那種聲音」，「要你無我」，如果不是這樣，「那沒有同你說話的餘地，只好敦請你們上斷頭臺」[26]。「無我」的寫作，實為集體敘事、階級敘事，而非個體經驗的真切抒寫。個體經驗之真在郭沫若的絕對化表述中，只能「上斷頭臺」，不具合法性。「無我」的寫作是有目的的，那就是做真理的「留聲機器」：「真理是主觀上的判斷，但是是主觀的內容和客觀的現實完全一致了的判斷」，「留聲機器是真理的象徵，當一個留聲機器便是追求真理」，「在有產者或者小有產者的我們的敵人，他們或者會罵我們是Marx-Engels的留聲機器罷，這個我是樂於承受的，凡是一個辯證法的唯物論者都應該是樂於承受的」[27]。在此，郭沫若雖言「主觀的內容和客觀的現實」的完全一致，但是其核心要義並不通向個體經驗，而是通向對真理的簡單複製，所謂「留聲」，無非「留」（複製）真理之「聲」。因此，「無我」的集體敘事，也就是真理的留聲，也就是說，集體敘事，就是對真理之真的圖解。

其時蔣光慈也強調集體敘事而否定個體敘事：「革命文學應當是反個人主義的文學，它的主人翁應當是群眾，而不是個人；它的傾向應當是集體主義，而不是個人主義。所謂個人只是群眾的一分子，若這個個人的行動是為著群眾的

[26] 麥克昂（郭沫若）《英雄樹》，載《創造月刊》第1卷第8期（1928年1月）。

[27] 麥克昂（郭沫若）《留聲機器的回應》，載《文化批判》第3號（1928年3月）。

利益的，那嗎當然是有意義的，否則，他便是革命的障礙。革命文學的任務，是要在此鬥爭的生活中，表現出群眾的力量，暗示人們以集體主義的傾向。頹廢的，市儈的享樂主義的，以及什麼唯美主義的作品，固然不能算在革命文學之列。就是以英雄主義為中心的作品，也不能算作革命文學。在革命的作品中，當然也有英雄，也有很可貴的個性，但他們只是群眾的服務者，而不是社會生活的中心。」[28] 黃藥眠也主張革命文學是一種「非個人主義的文學」[29]。以革命階級的集體主義反對作家書寫時候的小資產階級個體性、個體經驗之真，這體現的正是革命政治意識形態的真理性。對這種集體敘事背後的真理性進一步強調，就必然導致李初梨式的偏執：「一切的藝術，都是宣傳，普遍地，而且不可逃避地是宣傳，有時無意識地，然而常是故意地是宣傳」，「一切的文學，都是宣傳，普遍地，而且不可逃避地是宣傳，有時無意識地，然而常是故意地是宣傳」，「文學，與其說它是自我的表現，毋寧說它是生活意志的要求」，「文學，與其說它是社會生活的表現，毋寧說它是反映階級的實踐」。「自我的表現」依據的個體經驗之真被徹底否定，文學自然只能是對真理的「宣傳」，只能是真理的「留聲機器」。而作為「宣傳」與「留聲機器」的文學，已經不再是審美文本，而是工具，也就是李初梨直陳的：「我們的文學家，應該同時是一個革命家。他不是僅在觀照地『表現社

[28] 蔣光慈《關於革命文學》，載《太陽月刊》第2號（1928年2月）。

[29] 黃藥眠《非個人主義的文學》，見於《「革命文學」論爭資料選編》，人民文學出版社，1981年，第773－777頁。

會生活』，而且實踐地在『變革社會生活』。他的『藝術的武器』同時就是無產階級的『武器的藝術』。所以我們的作品，不是……什麼血，什麼淚，而是機關槍，迫擊炮。」[30]「血」、「淚」、「社會生活」所可能賴以進入文學敘述的個體經驗之真完全臣服於革命實踐所必須的工具性承諾、集體性表述，這體現了革命時代的必然要求，但是終究也與文學的特殊性有些齟齬。即使在革命時代，文學書寫也不應只是「機關槍，迫擊炮」，不應回避、否定個體的、血淚的經驗之真。

李初梨等人對個體經驗性真實的實質性否定，在當時引起了強烈反彈，甘人批駁道：「李君說，文學是宣傳，又說，文學是階級的武器，又說文學應有使命，是極是極。然而他的負有使命的階級之武器的宣傳的文學，卻並不是真情的流露。去了真情的武器的文學，遂完全成了宣傳，所以，宣傳即文學了」，「然而宣傳這樣東西，老實人是做不來的，那裏面的主要手段，常要借用誇大，蒙蔽，捏造等等」，「我知道革命家必大膽地承認，苟利革命，無所不可，然而請李君認得那是宣傳，不是文學」，「現在即使許多人發一個心願，大做其革命的文學，滿口機關槍，迫擊炮，無奈都是浮囂之言，引不起人們的共鳴共感，莫說文學，就是宣傳也未見得成功」[31]。這樣的反彈，並非否定革

[30] 李初梨《怎樣地建設革命文學》，載《文化批判》第2號（1928年2月）。

[31] 甘人《拉雜一篇答李初梨君》，載《北新》半月刊第2卷第13期（1928年5月）。

命文學的合法性，而是在把革命文學也視為文學的前提下，傾向於「真情的流露」的個體經驗性，而反對革命的工具性執著所可能導致的「誇大，蒙蔽，捏造」等違反經驗之真的「宣傳」。

與甘人一樣，署名豈理者也曾以個體經驗之真反對純粹的真理之真：「一篇作品，僅有作者的思想，只是一種知識，只有理智的活動，這不能叫做文學」，「文學是不但是使人知的東西，它最大的職能是使人『感』，但要人『感』，必須作者自己是用情極真摯的人，所以一句話說完，文學是以『同情』為基礎的，換言之，同情是文學的根本精神」，「不是僅僅在文學底赤裸裸的頭上加上『革命』兩個字就夠了，或是僅僅在文面上多用些『炸彈手槍，幹幹幹幹』等花樣就算是革命文學了，我只希望我們有志於文學的青年男女，努力地去生活，努力把自己的生命力擴大起來，對於民眾的深沉的苦痛，要透徹地去觀察，對於社會的真實的要求，要加以充分的體驗，有了徹底的瞭解，有了相當的涵養，自然就可以創作出最好的最偉大的文學」，「反之，如果我們在創作之前，眼光只拘束於表面，頭腦只羨慕時髦的名詞，是把文學獨立的，上進的，內在的精神通通都給埋煞了，這樣，決不會寫出好的作品來，不過只是些不真實的，淺薄的，不能感人的文字罷了」[32]。實際上，在革命文學陣營，站在文學本位立場，反對集體敘事、真理之真的過分偏重，一直作為清醒的校正失誤的聲音，綿綿不絕。

---

[32] 豈理《論文學》，載《流螢》月刊創刊號（1930年3月）。

當時，也有不少論者一方面尊重「革命文學」中的「文學性」，堅持個體經驗之真，另一方面也尊重「革命文學」中的「革命性」，不廢階級敘述、集體敘述、真理之真。芳孤即是這樣，要求「灌注下熱烈豐富的情感」，「有熱烈的感情，銳敏的眼光，看清了我們今日所處的時代，感受到時代的痛苦，更發現那痛苦的根源，同時不要怯懦，不要退避，要有一直革命的反抗熱情，將這種熱情，用生花的妙筆，傳佈在文字裏，那樣你就成功了一篇有時代價值的作品」，「我們今日所需要的文藝，便是本著人類社會活動的『不斷的反抗』的精神，準著適合現代的思想，而產生的具有革命性的文藝，真正的文藝永遠是對於現實一切舊的腐敗的壓迫勢力施以反抗，永遠代表著不平之鳴、弱者的呼聲，而且因為這個原故，文藝便與社會相聯繫的走上進化的大道」[33]。這實際上兼顧了革命文學的經驗性與工具性、經驗之真與真理之真，屬於持平之論。

黃香谷、顧鳳城等人則主張以革命者寫革命文學，或者從事革命文學者投身於革命，以此解決作家身份、立場問題，解決集體敘事與個體敘事的矛盾問題。黃香谷云：「我們已經知道文藝是真實情感的表現，用不著一毫做作，如果內心裏本來沒有這麼一回事，偏要裝模作樣，做出像煞有介事的樣子，結果必定是無病呻吟，或者堆砌些手槍炸彈，殺，打，喊，鬧的字面而已」，「文藝是要求於情感的，同時又注重事實，沒有事實不足以引起情感，沒有情感不足以

[33] 芳孤《革命的人生觀與文藝》，載《泰東月刊》創刊號（1927年9月）。

舒寫事實，試問一個人，無論他口裏天天『革命，革命』喊得非常的厲害，但是倘若他終日只知道悶坐家中，我問他革的是什麼命，能激起幾何情緒」，「我們今日應當從新覺悟，腳踏實地的去革命」[34]。以革命的實踐作為革命文學的基礎，其實是企圖一舉獲得革命文學的革命性與文學性，調和個體經驗與革命的集體經驗。顧鳳城則認為：「我們在這樣的時代裏」，「所需要的，就是代表第四階級說話的作家，和描寫第四階級真實生活的作品」。按照顧鳳城的策略，如果這種書寫「第四階級」集體經驗的作家，同時也是「第四階級」的一分子，潛入「第四階級」的苦難，參加「第四階級」的革命，那麼，他們的書寫豈不是能夠圓滿解決個體經驗與集體經驗之間可能存在的問題？於是，顧鳳城指出：「我們需要鄉村裏的農民詩人，把農民受到地主等的壓迫，和心裏的苦悶，用藝術的手腕描寫出來」，「革命的文學家到鄉村去」；「我們需要都會中的勞工作家」，「許許多多的大煙突內關閉了無數的可憐的機械的奴隸，他們終日在黑黢黢的機器房裏，一天做十餘小時的工作，偶一不慎，就須受工頭和資本家的毒罵或致開除」，「走到工廠裏去拿他們的實生活記錄下來，這就是你負了時代的使命了」；「我們需要親身參加革命的實在的記錄，和種種心理的變化」，「在這樣的時候，我們要把捉住自己的生命，也就是認識整個的時代」。雖然顧鳳城最後也指出「一切個人主義，自然主義……等，已是歷史上的陳列品，我們所需要的，就是非

[34] 香谷《革命的文學家到民間去》，載《泰東月刊》第1卷第5期（1928年1月）。

個人主義的集體的以群眾的意志為意志底模型的文學」[35]，這同樣是以集體經驗為重，但是由於他主張的集體經驗是通過個體的體驗和實踐傳達出來的，因此，從學理上看，這也是調和個體經驗與集體經驗的持平之論，比李初梨等人的主張更為理性。

以革命者而書寫革命文學，或者從事革命文學者投身於革命，這實際上是「修辭立其誠」的現代回聲，強調的是文學書寫的主體真誠。正如傳統文學真實觀念中強調的「誠」帶著一定的道德要求一樣，現代文學史上關於「革命文學」的主體道德也有相關的表述，因此，統合個體生存經驗與集體革命經驗的「真實」，就既包括了真實的心感體受，也包括了真實的道德境界。

在革命文學論爭大規模展開之前，有署名王少船者嘗云：「文學是社會生活的表現，文學家是真理和正義的前驅者，負著全人類——至少也是一民族——的新生的使命」，「文學家必須有一種真實的純正的生活，能夠冷靜的徹底的觀察著社會的生活，才能談到創作那表現社會生活的作品」，「文學革命是要破壞那虛偽的浮淺的文學，是要打倒那淫樂的低級趣味的文學，是要再真實一步，再徹底一步」[36]。這是強調「文學革命」階段寫作主體的責任和真誠，而在成仿吾宣佈從「文學革命」進入「革命文學」階段以後，從事「革命文學」者顯然比從事「文學革命」者應

---

[35] 顧鳳城《文學與時代》，載《泰東月刊》第1卷第7期（1928年3月）。

[36] 王少船《文學革命的商榷》，載《洪水》半月刊第3卷第34期（1927年9月）。

當有更高的道德境界，他們不應當局促於個體狹隘的經驗，而應該面對更為廣闊更有深度的現實人生，面對「第四階級」的苦難與革命實踐，秉持真理之真與承擔精神，而他們的個體經驗必須與他們帶著集體、階級意義的宏大經驗和諧為一，這樣，才既是「革命」的，又是「真誠」、「真實」的。甘人就是以此立論，並且針對創造社前後期的轉變可能存在的「虛偽」和魯迅寫作的真誠，或貶或褒：「假使文學真是時代的呼聲，那末我們瘡痍滿目的社會，決不該有唯美派與頹唐派的文藝，而應該是血與淚的文藝，但是我此地還得聲明，我的血與淚的文藝，是與趨時的文藝家所口口聲聲提倡的血與淚的文藝有些異趣。他們竟可以從自悲自歎的浪漫詩人一躍而成了革命家，昨天還在表現自己，今天就寫第四階級的文學，他們的態度也未嘗不誠懇，但是他們的識見太高，理論太多，往往在事前已經定下了文藝應走的方向，與應負的使命。無奈文藝須完全是真情的流露，一有使命，便是假的，以第一第二階級的人，寫第四階級的文學，與住在滿目瘡痍的中國社會裏，製作唯美派的詩歌，描寫浪漫的生活一樣的虛偽。魯迅從來不說他要革命，也不要寫無產階級的文學，也不勸人家寫，然而他曾誠實地發表過我們人民的苦痛，為他們呼冤，他有的是淚裏面有著血的文學，所以是我們時代的作者。」[37]創造社從「唯美」、「頹廢」的前期一變而為「革命」的後期，不一定就是虛偽，故而甘人的批判略似誅心之論，但他對革命文學主體的經驗與道德真誠的

---

[37] 甘人《中國新文藝的將來與其自己的認識》，載《北新》半月刊第2卷第1期（1927年11月）。

強調，的確對創造社的革命文學論者有強大的衝擊力，所以李初梨等人對甘人的論議多有回擊（譬如李初梨的《建設的革命文學論》），並且是以偏執於真理之真的方式回擊，而非宣示自身的真誠。

魯迅當年也強調革命文學主體的身份以及真誠，他認為「根本問題是在作者可是一個『革命人』，倘是的，則無論寫的是什麼事件，用的是什麼材料，即都是『革命文學』。從噴泉裏出來的都是水，從血管裏出來的都是血，『賦得革命，四言八韻』，是只能騙騙盲試官的」[38]。潘漢年則以一個成熟的馬克思主義者的立場和理論修養更理性地指出：「世界資本主義發展的過程，到今日正遇著Proletarian的抬頭，由這一個矛盾，無產階級是有它獨立的，不同於其他階級的觀念形態，因此亦就有它本階級的藝術，所以要分別什麼是普羅文學，就應當看他創作的立場是不是以普羅自身階級的觀念形態而出發，而不是離開了這一基點，只是拿創作的題材是否寫普羅生活為標準」，「與其把我們沒有經驗的生活來做普羅文學的題材，何如憑各自所身受與熟悉一切的事物來做題材呢？至於是不是普羅文學，不應當狹隘的只認定是否以普羅生活為題材而決定，應當就各種材料的作品所表示的觀念形態是否屬於無產階級來決定」[39]。潘漢年抓住了關鍵，那就是主體對「無產階級的觀念形態」的把握，以及「憑各自所身受與熟悉一切的事物來做題材」，這既保證

[38] 魯迅《革命文學》，見於《魯迅全集》，第1冊，前引書（新疆版），第802頁。

[39] 潘漢年《文藝通信》，載《現代小說》第3卷第1期（1929年10月）。

了主體的「革命性」，又保證了寫作的「真誠」，在學理上與魯迅的觀念同構。

革命文學的真實性，並不是一個單純的經驗問題，也不是一個單純的真理問題，而是在集體經驗與個體經驗之間，在真理之真與經驗之真之間尋找一個合適的結合點的問題。這個問題不是其他，就是真誠。「誠」是傳統文論真實觀念的核心，也是革命文學真實觀念的關鍵。

第二節　三十年代左翼與自由主義者的文學真實觀念

二十年代後期的革命文學論爭，並無十分深刻的理論表述，但是，在這場論爭中，革命文學陣營的觀念模式開啟了一條貫通歷史的線索，這條線索一直延伸到了七十年代。論爭也揭示了一種精神，在無產階級投入階級革命和追求階級正義的過程中，文學的所有特性都被革命的政治性、工具性所改造，文學在犧牲自身特性的同時，被賦予了一種實踐精神、承擔精神，而文學真實觀念也一直在「真理之真－經驗之真」或者說「政治之真－經驗之真」的結構中呈現出不平衡狀態，於是，文學真實觀念的結構成為名副其實的「偏正結構」：「正」者為政治意識形態的真理性，「偏」者為個體經驗的真實性。

革命文學論爭喧囂甫息，1930年成立了「中國左翼作家聯盟」，魯迅、瞿秋白、周揚等左翼作家、批評家都成為「左聯」成員。「左聯」是有政治綱領的，而他們的文學真實觀念，也有強烈的政治意識形態色彩。但總的來看，由於三十年代左翼批評家對馬列文論、對蘇聯文論有更加深入和準確的瞭解，革命文學論爭時期的武斷和淺薄已很少見，馬列文論框架下的文學真實觀念已經大略成形，直到四十年代被正式確定。

而在左翼批評家與所謂「新月」派、「自由人」、「第三種人」等自由主義知識份子的論爭中，每個批評家或者批評家群體，都真實地表達了各自的文學真實觀念。檢閱三十年代不同的不同理論敘述，可以更準確地把握中國現代文學真實觀念的內在問題。

1.左翼文學真實觀念

「左聯」是有政治傾向的作家組織，「是中國無產階級革命文學運動的幹部，是有一定而且一致的政治觀點的行動鬥爭的團體，而不是作家的自由組合」[40]。「左聯」幾乎沒有明確、具體的文學真實觀念表達，但是，「左聯」的政治屬性及其一般文學理念卻決定了其文學真實觀念的選擇和重心。

「左聯」在孕育期的綱領就已經決定了其以文學服務於革命宣傳、革命實踐的性質，而傳統的「表現」、「反映」觀念則並非「左聯」文學觀念的要義，因為文學最重要的任務乃是「新社會底理想底宣傳及促進新社會底產生」[41]。宣

---

[40] 《中國無產階級革命文學的新任務》，載《文學導報》第1卷第8期（1931年11月）。

[41] 《上海新文學運動者底討論會》，載《萌芽月刊》第1卷第3期（1930年3月）。

傳、實踐的性質必然規定了其文學觀念上對政治意識形態使命的側重，強調具有意識形態功能的真理之真，而非站在經驗性真實的一端，遵從樸素的「表現」、「反映」的文學套路。

馮乃超論及「中國無產階級文學運動及左聯產生之歷史的意義」，有明顯的青野季吉「目的意識」的觀念影子，從馬克思主義真理的目的性、實踐性到革命文學的目的性、實踐性依序推導：「馬克思主義雖然是現代資本主義社會的產物，雖然是資產階級和無產階級的尖銳的對立中的產物，然而，不是工人的本能的鬥爭，自然生長的產物，它卻是整個人類社會變革的科學，也是人生觀世界觀，也是理論，也就是實踐的方略，它是無產階級解放鬥爭的目的意識性的產物」，「所以『哲學在無產階級裏面找到新的內容』，而無產階級卻在哲學裏面找到最良的武器」，「文學領域上的革命鬥爭就是無產階級文學運動」[42]。此間所重，不是無產階級自發的、「自然生長」的經驗性，而是馬克思主義的真理性，而馬克思主義的真理性所意味著的就是目的性、實踐性。

左翼作家當年掀起的無產階級文學運動，本質上是革命鬥爭，不是文學本身的自然嬗變和凝結。實際上，「左聯」的文學活動大抵可以視為革命活動。1930年8月「左聯執委會」通過的《無產階級文學運動新的情勢及我們的任務》，是從世界革命形勢到中國革命形勢的分析，以此而論及無產階級文學形勢、任務，實際上突出的正是其工具性、功能性：「目前中國無產階級文學運動已經從擊破資產階級文學

[42] 馮乃超《中國無產階級文學運動及左聯產生之歷史的意義》，載《萌芽月刊》第1卷第6期（1930年6月）。

影響爭取領導權的階段轉入積極的為蘇維埃政權而鬥爭的組織活動的時期」，「『左聯』這個文學的組織在領導中國無產階級文學運動上，不允許它是單純的作家同業組合，而應該是領導文學鬥爭的廣大群眾的組織」[43]。其後的《中國左翼作家聯盟在參加全國蘇維埃區域代表大會的代表報告後的決議案》[44]、《中國左翼作家聯盟為國民黨屠殺大批革命作家宣言》[45]、《中國無產階級革命文學的新任務》[46]等文件，都是根據具體的革命形勢而做出的政治表達，並非文學觀念的本體性陳述。文學是革命的分支，「左聯」的無產階級革命文學，作為有「任務」的文學，在文學真實觀念上自有特點：「作家必須從無產階級的觀點，從無產階級的世界觀，來觀察，來描寫。作家必須成為一個唯物的辯證法論者。中國無產階級革命文學的作家，指導者及批評家，必須現在就開始這方面的艱苦勤勞的學習。必須研究馬克思列寧主義，研究一切偉大的文學遺產，研究蘇聯及其他國家的無產階級的文學作品及理論和批評。同時要和到現在為止的那些觀念論，機械論，主觀論，浪漫主義，粉飾主義，假的客觀主義，標

43 《無產階級文學運動新的情勢及我們的任務》，載《文化鬥爭》第1卷第1期（1930年8月）。

44 《中國左翼作家聯盟在參加全國蘇維埃區域代表大會的代表報告後的決議案》，載《文化鬥爭》第1卷第2期（1930年8月）。

45 《中國左翼作家聯盟為國民黨屠殺大批革命作家宣言》，載《前哨》第1卷第1期（1931年4月）。

46 《中國無產階級革命文學的新任務》，載《文學導報》第1卷第8期（1931年11月）。

語口號主義的方法及文學批評鬥爭。」[47]在此，「無產階級世界觀」及「馬克思列寧主義」構成了左翼文學真實觀念的真理維度，但是他們的觀念本身也並非固著於真理之真而板結無趣，他們在反對「觀念論，機械論，主觀論，浪漫主義，粉飾主義，假的客觀主義，標語口號主義」之際，也表明了對經驗之真的注意。

不過，就「左聯」認定文學必須服從、服務於「革命」、「任務」而論，其文學真實觀念基本上依然偏重於真理之真，順承了此前革命文學論爭中創造社、太陽社激進論議的革命遺風。這樣的文學真實觀念，在三十年代的左翼文學陣營，乃是常規。不過，「左聯」成員的文學觀念、文學真實觀念與「左聯」作為一個組織的理念表述並不完全一致，而常常互有軒輊、參差多態，魯迅即與馮乃超等「左聯」綱領的制訂者大有不同，而瞿秋白、周揚等人也有各自的表達。

1.1革命性、獨立性與專業性：魯迅的文學真實觀念

魯迅（1881－1936）當年被視為「左聯」的旗幟，但是他的文學觀念與「左聯」的基本理念是有區別的。魯迅對左翼所尊奉的馬列主義意識形態真理和文學觀念有更深刻的瞭解，曾經翻譯了盧那察爾斯基的《藝術論》、《文藝與批評》，普列漢諾夫的《藝術論》，以及蘇聯的《文藝政策》，等等，但是，作為一個有成就的文學家，魯迅在很多方面並不機械，在文學真實論域，自有其立場、觀念和論

[47] 《中國無產階級革命文學的新任務》，載《文學導報》第1卷第8期（1931年11月）。

述。魯迅在階級性問題上，大抵贊同馬克思主義，在革命文學陣營內部，他的革命性也無可置疑。但他與部分左翼文人的偏執論議有明顯差異，他指出，「有些作者，意在使階級意識明瞭銳利起來，就竭力增強階級性說，而別一面就也容易招人誤解」，「在我自己，是以為若據性格、感情等，都受『支配於經濟』（也可以說根據於經濟組織或依存於經濟組織）之說，則這些就一定都帶著階級性」，「但是『都帶』，而非『只有』」[48]。既然魯迅不拘執於階級性一端，那麼，在文學真實論域，他就不會機械地偏執真理之真。

從二十年代到三十年代，魯迅一方面對文學有一定程度的工具性考量，另一方面，對文學的經驗之真、對主體真誠有更多的論議，這是出於一個作家的專業敏感和本位立場。在革命文學方面，魯迅尤重經驗之真，以此補救革命文學陣營的偏頗主張：「我們需要的，不是作品後面添上去的口號和矯作的尾巴，而是那全部作品中的真實的生活，生龍活虎的戰鬥，跳動著的脈搏，思想和熱情，等等。」[49]「口號化」、「公式化」的書寫曾經是革命文學陣營的癥結，而魯迅所重視的，則是革命書寫的經驗性，真實、有力、充滿激情的經驗應當構成左翼文學的當然內容。在魯迅看來，如果革命書寫不能做到主體真誠，或者缺乏革命體驗，則不如書寫一般經驗，而不必強「革命」而為之：「現在有許多人，以為應該表現國民的艱苦，國民的戰鬥，這自然並不錯的，

[48] 魯迅《文學的階級性》，見於《魯迅全集》，第2冊，前引書，第60頁。
[49] 魯迅《論現在我們的文學運動》，見於《魯迅全集》，第3冊，前引書，第59頁。

但如自己並不在這樣的漩渦中，實在無法表現，假使以意為之，那就決不能真切，深刻，也就不成為藝術。所以我的意見，以為一個藝術家，只要表現他所經驗的就好了，當然，書齋外面是應該走出去的，倘不在什麼漩渦中，那麼，只表現些所見的平常的社會狀態也好。」[50]作為一個黑暗社會的批判者，魯迅的立場無可懷疑，而他也主張有真理之真，不過，他將文學視為「藝術」，從藝術的角度看，他總是強調其經驗之真，強調勇敢、真誠、真切地表達具有革命性的經驗真實：「中國人向來因為不敢正視人生，只好瞞和騙，由此也生出瞞和騙的文藝來，由這文藝，更令中國人更深地陷入瞞和騙的大澤中，甚而至於已經自己不覺得。世界日日改變，我們的作家取下假面，真誠地，深入地，大膽地看取人生並且寫出他的血和肉來的時候早到了；早就應該有一片嶄新的文場，早就應該有幾個兇猛的闖將。」[51]

對經驗之真，魯迅主張有所選擇，而其選擇性後面，埋伏著的是目的性，也就是服務於揭露問題、以便療救的目的：「我的取材，多采自病態社會的不幸的人們中，意思是在揭出病苦，引起療救的注意」，「所寫的事蹟，大抵有一點見過或聽到過的緣由，但決不全用這事實，只是採取一端，加以改造，或生發開去，到足以幾乎完全發表我的意思為止」[52]。從根本上說，魯迅是一個對改良社會比文學經營

[50] 魯迅《致李樺》，見於《魯迅書信集》，前引書，第746頁。
[51] 魯迅《論睜了眼看》，見於《魯迅全集》，第1冊，前引書，第113頁。
[52] 魯迅《我怎麼做起小說來》，見於《魯迅全集》，第2冊，前引書，第325－326頁。

更加熱衷的人，所以，文學在他的手裏具有顯而易見的工具性。他有自己的真理認同，這就是所謂的「意思」，他將經驗之真作了選擇和組接，以服務於「意思」的表達。不過，由於魯迅本身對敘事的深入體察，故而其小說中選擇性敘述出來的經驗之真並不支離失當，而是渾然一體，真切逼人。

魯迅專門思考過藝術真實與歷史真實的區別：「藝術的真實非即歷史上的真實，我們是聽到過的，因為後者須有其事，而創作則可以綴合，抒寫，只要逼真，不必實有其事也。然而他所據以綴合，抒寫者，何一非社會上的存在，從這些目前的人，的事，加以推斷，使之發展下去，這便好像豫言，因為後來此人，此事，確也正如所寫。」[53]魯迅注目於「逼真」，而且是符合社會發展規律的真實，近於某種「客觀」的真理或者本質，故而稱之為「豫言」。而重要的是，魯迅的經驗真實，並非歷史性的「真實經驗」。但是經驗真實乃是基於真實經驗，所以魯迅嘗言：「作者寫出創作來，對於其中的事情，雖然不必親歷過，最好是經歷過。詰難者問，那麼，寫殺人最好是自己殺過人，寫妓女還得去賣淫麼？答曰，不然。我所謂經歷，是所遇，所見，所聞，並不一定是所作，但所作自然也可以包含在裏面。天才們無論怎樣說大話，歸根結蒂，還是不能憑空創造。描神畫鬼，毫無對證，本可以專靠了神思，所謂『天馬行空』似的揮寫了，然而他們寫出來的，也不過是三隻眼，長頸子，就是在常見

[53] 魯迅《致徐懋庸》，見於《魯迅書信集》，前引書，第465頁。

的人體上，增加了眼睛一隻，增長了頸子二三尺而已。」[54]真實經驗構成文學藝術經驗真實的基礎，即使畫鬼，也只是對真實經驗的改造而已。寫作最好是有真實經驗即有所謂「經歷」的，包括「所作」，也包括「所遇，所見，所聞」。

實際上，魯迅從作家的專業敏感引出的創作方法思索，也是其文學真實觀念的重要內容，比如對「白描」，魯迅所認可的「秘訣」，就在於真實、自然：「有真意，去粉飾，少做作，勿賣弄而已。」[55]

對「諷刺」，魯迅也認為其要義無非真實而已：「一個作者，用了精煉的，或者簡直有些誇張的筆墨——但自然也必須是藝術的地——寫出或一群人的或一面的真實來，這被寫的一群人，就稱這作品為『諷刺』」，「『諷刺』的生命是真實，不必是曾有的實事，但必須是會有的實情，所以它不是『捏造』，也不是『誣蠛』，既不是『揭發陰私』，又不是專記駭人聽聞的所謂『奇聞』或『怪現狀』，它所寫的事情是公然的，也是常見的，平時是誰都不以為奇的，而且自然是誰都毫不注意的，不過這事情在那時卻已經是不合理，可笑，可鄙，甚而至於可惡，但這麼行下來了，習慣了，雖在大庭廣眾之間，誰也不覺得奇怪，現在給它特別一提，就動人」[56]。文學中諷刺的力量，正在於書寫對象的經驗性真實，所謂「直寫事實」而已，「現在的所謂諷刺作品，

[54] 魯迅《葉紫作〈豐收〉序》，見於《魯迅全集》，第2冊，前引書，第672頁。

[55] 魯迅《作文秘訣》，見於《魯迅全集》，第2冊，前引書，第373頁。

[56] 魯迅《什麼是「諷刺」》，見於《魯迅全集》，第2冊，前引書，第719－720頁。

大抵倒是寫實，非寫實決不能成為所謂『諷刺』」[57]。

郁達夫寫過文章《日記文學》，「大略是說凡文學家的作品，多少總帶點自敘傳的色彩的，若以第三人稱來寫出，則時常有誤成第一人稱的地方，而且敘述這第三人稱的主人公的心理狀態過於詳細時，讀者會疑心這別人的心思，作者何以會曉得得這樣精細，於是那一種幻滅之感，就使文學的真實性消失了」，「所以散文作品中最便當的體裁，是日記體，其次是書簡體」[58]。而魯迅認為「體裁似乎不關重要」，「只要知道作品大抵是作者借別人以敘自己，或以自己推測別人的東西，便不至於感到幻滅，即使有時不合事實，然而還是真實，其真實，正與用第三人稱時或誤用第一人稱時毫無不同，倘有讀者只執滯於體裁，只求沒有破綻，那就以看新聞記事為宜，對於文藝，活該幻滅，而其幻滅也不足惜，因為這不是真的幻滅，正如查不出大觀園的遺跡，而不滿於《紅樓夢》者相同，倘作者如此犧牲了抒寫的自由，即使極小部分，也無異於削足適履的」。魯迅從讀者與作者的互動中去考察創作方法上的真實性問題。文學的真實是在文學的規則系統裏存在的，不必遷就部分讀者的真實性（閱讀感覺上的真實經驗而非經驗真實）期待，也與體裁上是否逼近真實經驗無關。文學常常是虛構的，特別是小說，如果像紀曉嵐那樣，「要使讀者信一切所寫為事實，靠事實來取得真實性」，也就是靠裝扮「真實經驗」而謀取讀者認可，那

[57] 魯迅《論諷刺》，見於《魯迅全集》，第2冊，前引書，第697－698頁。
[58] 魯迅《怎麼寫——夜記之一》，見於《魯迅全集》，第2冊，前引書，第12－13頁。

麼，「一與事實相左，那真實性也隨即滅亡」[59]。由此，魯迅指出，讀者對真實性產生「幻滅」之感，「不在假，而在以假為真」，魯迅自身的經驗是：「我寧看《紅樓夢》，卻不願看新出的《林黛玉日記》，它一頁能夠使我不舒服小半天」，「幻滅之來，多不在假中見真，而在真中見假，日記體，書簡體，寫起來也許便當得多罷，但也極容易起幻滅之感，而一起則大抵很厲害，因為它起先模樣裝得真」。魯迅在此維護的是文學的話語規則，也就是虛構的合法性。他並不主張拘執於表面的真實經驗，尤其反對打扮成真實經驗者。魯迅進一步談及散文寫作的真實性問題，他認為：「散文的體裁，其實是大可以隨便的，有破綻也不妨。做作的寫信和日記，恐怕也還不免有破綻，而一有破綻，便破滅到不可收拾了。」所謂破綻，乃是對真實經驗表像的撕裂，而魯迅的灼見在於：「與其防破綻，不如忘破綻。」[60]魯迅的文學真實觀念並不拘泥，在忘卻真實經驗之際，於文本經營中獨得經驗真實。

在左翼文人和「左聯」組織中，魯迅的文學真實觀念最深入創作的實際，相對獨立，也相對專業。

1.2馬恩的回聲：瞿秋白的文學真實觀念

瞿秋白（1899－1935）在「左聯」甚至在當時的中國都是最有馬克思主義素養的人之一，兼為革命領袖和文學批

---

[59] 魯迅《怎麼寫——夜記之一》，見於《魯迅全集》，第2冊，前引書，第13頁。

[60] 魯迅《怎麼寫——夜記之一》，見於《魯迅全集》，第2冊，前引書，第14頁。

評家。由於瞿秋白對馬克思主義有精深的理解，並且曾經系統地翻譯和介紹了馬克思、恩格斯、列寧、普列漢諾夫、高爾基等人論文藝的論著，故而在文學真實論域，瞿秋白的論述最符合馬克思主義文學真實觀念的經典含義，在一定意義上，可以視為對馬恩觀念的準確轉述，但也有自己的理解。實際上，文學真實觀念恰恰是瞿秋白文學觀念中最核心的部分，且對其後的左翼文學真實觀念的建構，產生了重要影響。

在《馬克斯、恩格斯和文學上的現實主義》[61]一文中，瞿秋白深入介紹了馬克思、恩格斯關於真實性與傾向性的觀念。作為一個革命家，瞿秋白在文學上有著明顯的工具論意識，從而關切馬恩對傾向性的表述，在介紹了恩格斯致哈克納斯的信之後，他指出，並不是「馬克斯和恩格斯反對文藝之中的『傾向性』，不是的，他們只反對表面的空洞的傾向性，反對那種曲解事實而強姦邏輯的『私心』」，「他們所贊成的是『客觀現實主義的文學』」，「客觀的現實主義的文學，同樣是有政治的立場的，——不管作家自己是否有意的表現這種立場，因此，如果把『有傾向的』解釋成為『有政治立場的』，那麼，馬克斯和恩格斯不但不反對這種『傾向』，而且非常之鼓勵文學上的革命傾向」。不過，通過馬恩致拉薩爾的信件，瞿秋白也注意到了馬恩的傾向性與所謂「塞勒化」（現在一般所謂的「席勒化」）的區別，也就是與「主觀的抽象的『思想』的號筒」的區別。他認為馬克斯和恩格斯反對「塞勒化」是主張「對於事實上的階級鬥爭，

[61] 靜華（瞿秋白）《馬克斯、恩格斯和文學上的現實主義》，載《現代》第2卷第6期（1933年4月）。

廣大群眾的歷史鬥爭的現實主義的描寫」。這樣的理解，也就是主張在歷史經驗與政治傾向之間保持必要的張力。

在馬恩的理論中，歷史經驗並不是一個單純的經驗性真實問題，歷史唯物主義的解釋隱藏著的是馬恩理論系統裏的真理之真。因此，對歷史經驗的最好書寫，必須同時兼具馬克思主義理論所要求的經驗之真與真理之真，而且這種真實書寫必須是動態的，隨著歷史的推進，資產階級革命有其歷史性的經驗之真與真理之真，無產階級革命也有新的經驗之真與真理之真。瞿秋白注意到了這一點，所以，雖然恩格斯在致哈克納斯的信件裏讚揚了巴爾扎克「的確能夠暴露資產階級和資本主義發展的內部矛盾」，「是資產階級的革命的現實主義的最高的表現」，「比過去的，現在的，將來的一切左拉都要偉大得多」，「然而恩格斯並沒有叫無產階級作家去完全模仿巴爾扎克」，「恩格斯清楚地指出來，巴爾扎克所描寫的，所瞭解的，只是資產階級和貴族社會之間的階級鬥爭」，「資產階級性的現實主義不能夠描寫真正的工人階級的鬥爭」，「資產階級的作家，意識上抵抗著辯證法的唯物論」，「這是他們的階級意識上的根本的障礙，使得他們不能夠進一步的徹底瞭解社會發展的將來的趨勢」，「無產作家應當採取巴爾扎克等等資產階級的偉大的現實主義藝術家的創作方法的『精神』，但是，主要的還要能夠超越這種資產階級現實主義，而把握住辯證法唯物論的方法」[62]。把握住所謂「辯證法唯物論」，就是把握歷史本質，也就是

[62] 靜華（瞿秋白）《馬克斯、恩格斯和文學上的現實主義》，載《現代》第2卷第6期（1933年4月）。

在馬克思主義的文論框架中，把握住文學真實論域的真理之真。把握歷史本質，還因為經驗性真實有兩種，正如高爾基所說的，「一個是臨死的，腐爛的，發臭的，另外一個是新生的，健全的，在舊的『真實』之中生長出來，而否定舊的『真實』的」[63]。高爾基的劃分為瞿秋白所讚賞。在這樣的理論表述中，只有把握代表歷史前進的「新生的」真實，才能在歷史經驗的書寫中真正融入馬克思主義的真理之真。

但是，瞿秋白並不在真理之真這個維度上往而不返，偏執不歸。即便是著眼於「宣傳」的工具性效果，瞿秋白也並未忽略經驗性真實甚至「事實」的重要性，在論及綏拉菲摩維支的《鐵流》時，瞿秋白就認為「事實的本身是最有力的宣傳，任何故意宣傳鼓動的小說詩歌，都沒有這種真實的和平心靜氣的記事來得響亮，來的雄壯，——這是革命的凱旋歌」，「這就可以瞭解，歷史往哪一方面走著」[64]。瞿秋白反對不尊重經驗性真實的寫作:「文藝作品應當經過具體的形象，——個別的人物和群眾，個別的事變，個別的場合，個別的一定地方的一定時間的社會關係，用『描寫』、『表現』的方法，而不是『推論』、『歸納』的方法，去顯露階級的對立和鬥爭，歷史的必然和發展」，「這就須要深切的對於現實生活的瞭解」。[65]正是這種既重視工具性、真理

[63] 瞿秋白《高爾基論文集‧寫在前面》，《瞿秋白文集》，第7卷，人民文學出版社，1954年，第1719頁。

[64] 瞿秋白《〈鐵流〉在巴黎》，見於《瞿秋白文集》，第3卷，前引書，第333頁。

[65] 瞿秋白《普羅大眾文藝的現實問題》，見於《瞿秋白文集》，第3卷，前引書，第868頁。

性，又強調經驗性真實的主張，使得左翼文學陣營關於文學真實的聲音更加符合馬克思主義的本然。雖然就其整體傾向來看，瞿秋白比魯迅更加重視工具性和馬克思主義的真理之真，但是相對於「左聯」中的馮乃超等人，瞿秋白已經是比較中正合度的了，至少在文學真實論域如此。

1.3政治的正確與文學的真實：周揚的文學真實觀念

在「左聯」，年輕的周揚（1908－1989）有銳利的文學真實觀念，帶著革命者堅定的政治意識和文學批評家的專業性理解。周揚的文學真實觀念大抵是在三十年代「左聯」與「第三種人」等的論爭中闡發的，而他的理論本身源於蘇聯的馬列文論以及文藝政策，具有顯而易見的政治性、政策性、工具性特徵。周揚也並未真正忽略文學作為藝術的特徵，所以他在政治真理之外也重視經驗真實，但他對經驗性、藝術性的重視不是基於文學本位立場，而是為了現實政治效果。周揚的文學真實觀念，深刻地影響了後來中國文學真實論域的風雲變幻，並在權力的支持下幾乎決定了相當長一段時間關於文學真實的理解。

作為一個投身於政治革命的活動家，周揚文學真實觀念的重心在於真理，這種真理是政治意義上的所謂客觀真理，但有著信仰的特徵，從而又是客觀真理與主觀真誠的結合；周揚明快地將文學真實與政治真理視為一物，而最正確的、最接近於客觀的真理，周揚認為就是無產階級、無產階級政黨所把握到的馬克思主義真理，以及實踐所出的馬克思主義認識——這是政治真理，也是文學應當表現的真理。周揚承認真理的黨派性，但是並不認為黨派性妨礙真理的客觀性：

「我們承認客觀真理的存在，但我們反對超黨派的客觀主義。無產階級的階級性，黨派性不但不妨礙無產階級對於客觀真理的認識，而且可以加強它對於客觀真理的認識的可能性。因為無產階級是站在歷史的發展的最前線，它的主觀的利益和歷史的發展的客觀的行程是一致的。所以，我們對於現實愈取無產階級的，黨派的態度，則我們愈近於客觀的真理。」真理召喚立場，「『你假使真是一個前進的戰士』，你就一定要站在無產階級的立場，百分之百地發揮階級性，黨派性，這樣，你不但會接近真理，而且只有你才是真理的唯一的具現者」[66]。由於在信念上認定「無產階級是站在歷史的發展的最前線，它的主觀的利益和歷史的發展的客觀的行程是一致的」，從而在邏輯上就必然導出無產階級的利益、真理與無產階級文學真實性完全一致的推論。

周揚對文學真實性的正面闡述是在與蘇汶論戰的文章《文學的真實性》[67]中實現的。周揚認為：「文學，和科學，哲學一樣，是客觀現實的反映和認識，所不同的，只是文學是通過具體的形象去達到客觀的真實的。文學的真實，就不外是存在於現實中的客觀的真實之表現。」這裏所謂「客觀的真實」實際上就是社會的本質，而「具體的形象」則通向經驗性真實。本質如何把握，特定時期的社會本質如何被真切認識到，這從屬於馬克思主義的真理性，以及馬克思主義政黨的政策性，這在周揚的論述裏已不是問題，故

[66] 周起應（周揚）《到底是誰不要真理，不要文藝？》，載《現代》第1卷第6期（1932年10月）。

[67] 周起應（周揚）《文學的真實性》，載《現代》第3卷第1期（1933年5月）。

而輕輕放過。在周揚的理論視野裏，關鍵的問題在於，這種文學所要表現的「客觀的真實」是否與階級性、黨派性緊密相關——這關係到周揚文學真實觀念的立論基礎。在周揚看來，文學的真實性並不是「超階級、超黨派」的，並不能與「政治的『正確』」對立。周揚認為，蘇汶「不主張階級的，黨派的文學，反對政治干涉文學，都是為了恐怕『階級』，『黨派』，『政治』這些東西會『損壞文學的真實』的緣故」。而蘇汶的癥結，在周揚看來，就是「把文學的真實性和文學的階級性分開這一個事實」，「這是蘇汶先生的一切錯誤的根源」。按照馬克思主義的理解，「人的本質是社會關係的總和」，作家和所有人一樣，都處於具體的階級關係之中，從而不可能超越階級。而「客觀現實之文學的反映，是因作家的歷史的，階級的條件而異的」，所以文學也不可能超階級，「不是超階級的鏡子的反映，而是為作家的歷史的，階級的條件所限制的反映」。但這樣一來，文學主體的階級性就容易被質疑為主觀性，從而與周揚所宣稱的客觀性真實產生齟齬。於是周揚指出，「文學的真實」，並非「只帶著主觀的（階級的）性質，而沒有客觀的性質」，「雖然受著歷史的，階級的條件的限制，一個作家，在某種特定的客觀條件之下，是可以獲得對於全體的社會現實的若干程度的正確的認識的。這樣，他的作品，就不但反映著某個特定的階級的意識形態，而同時也反映著全體的客觀的真實。至於他反映客觀的真實，正確到什麼程度，這就要和他的時代的歷史的限制，及他的階級的發生，發展，沒落的過程聯繫起來說明了。這個客觀的真實之文學的反映的程度，就是文學的真實性的程度。文學的真實性之客觀的標準，即在於此。所以，只有在對於文學作品的階級性的具體分析中，看出它所包含的客觀的真實之反映的若干要素，這才是對於文學的真實性之正確的理解」。按照這樣的邏輯，在諸階級中，只有最先進的階級才能最接近於「客觀的真實」，而最先進階級的文學，才具有最高的真實性，即「只有站在歷史發展的最前線的階級，才能最大限度地反映和認識客觀的真理，換句話說，就是才能最大限度地發揮文學的真實性」，「在現在，能夠最真實地反映現實，把握住客觀的真理的，就只有無產階級」，「無產階級是一個將根本消滅階級對立，並消滅階級本身的階級，是一個如馬尼柯夫斯基所說，『在自己的前進運動中集中社會全體的歷史的前進運動，在自己的「主觀的」認識中表現客觀的真理』的階級，這裏，就有無產階級的特殊地位和歷史使命的特質在，同時也就有無產階級文學歷史地優於過去一切文學的地方在」。周揚反復強調「無產階級的主觀是和歷史的客觀行程相一致的」，在這樣的邏輯認定之下，也就必然得出關於文學真實、關於無產階級文學真實的帶著強烈政治性、工具性、階級性、黨派性的判斷：「作為無產階級文化之一部分的無產階級文學，並不是以隱蔽自己的階級性，而是相反地，以徹底地貫徹自己的階級性，黨派性，去過渡到全人類的（無階級的）文學去的。這樣，則愈是貫徹著無產階級的階級性，黨派性的文學，就愈是有客觀的真實性的文學。」當時的馮雪峰在這一點上與周揚完全一致，可知這是尊奉馬克思主義政治真理的左翼文壇形成的共識：「要真實地全面地反映現實，把握客觀的真理，在現在則只有站在無產階級的階級立場上才能做到。」[68]這樣，無產階級文學的真實性也就與無產階級黨派的政治性、真理性綁定了。

所謂「黨派性」，容易被理解為政治操作、偏見，從而與真理的客觀性毫無關係，周揚遂引用列寧的相關主張，重新界定黨派性的指涉，以堵住語義和邏輯的漏洞：「『黨派性』這個名詞的意義」，不等於「狹義的宗派性」，「『黨派性』云者，實際就是『階級性』更發展了的，更深化了的思想和實踐，列寧對於文學的黨派性的規定，可以說是對於文學的階級性的更完全的認識，也可以說是關於階級社會中意識形態的階級的性質的馬克思、恩格斯的命題之更進一步的發展和具體化」。既然無產階級的階級性在那個時代就代表著社會的客觀真理，那麼無產階級政黨的黨派性自然也意味著客觀真理性，從而與偏離客觀真理的「偏見」無關。無產階級政黨的黨派性本身就意味著真理性，因此，周揚籲請「不要把黨派的文學誤解成為『因著政治的目的而犧牲真實』的，只『可以替代一張標語或一張傳單』而毫無『藝術價值』的文學」，「我們認為政治的正確和文學的真實性並不是對立的，而是統一的，如果這政治真算得上正確的話」，「我們也並不否認一張標語或一張傳單的宣傳鼓動的作用，但我們需要更大的藝術的效果」，「所以，在我們，

---

[68] 丹仁（馮雪峰）《關於「第三種文學」的傾向與理論》，載《現代》第2卷第3期（1933年1月）。

黨派的文學，就非同時是真實的，藝術的文學不可」[69]。

政治的正確和文學的真實雖然被視為可以統一的概念，但是，政治的正確本身卻是功利性的「正確」，而政治正確的功利性很可能會歪曲、偏離真實。在此，周揚繼續為無產階級革命政治的正確性與真實性、真理性辯護，他認為「革命的政治」不會是「只顧於目前有利，而無暇討論什麼真理不真理的」權宜之計，而是「一種從現實出發，適應現實，並革命地轉變現實的，建築在科學的基礎之上的政策，列寧說，『只顧目前的利益而忘記主要的觀點，只為暫時的成功而鬥爭，毫不想到將來的後果，放棄將來而注重現在——這一切是……最危險的機會主義』」，「約瑟夫也說，『無論何時，革命者是不懼怕真理的』」，「從這些話看來，則革命的政治家是怎樣反對目前主義，功利主義，而愛好真理，就不言而喻了」。周揚在此力圖洗去革命政治的功利主義色彩，繼續將政治性與真理性綁定。

綁定政治正確與文學真實，其邏輯基礎是：文學為政治服務，也就是周揚所謂「在廣泛的意義上講，文學自身就是政治的一定的形式，關於政治和文學的二元論的看法是不能夠存在的」，「我們要在無產階級的階級鬥爭的實踐中看出文學和政治之辯證法的統一」，「作為理論鬥爭之一部的文學鬥爭」，「非從屬於政治鬥爭的目的，服務於政治鬥爭的任務之解決不可」，「同時，要真實地反映客觀的現實，即階級鬥爭的客觀的進行，也有徹底地把握無產階級的政治的

[69] 周起應（周揚）《文學的真實性》，載《現代》第3卷第1期（1933年5月）。

觀點的必要」。周揚的結論是：在無產階級的文學和革命領域，「文學的真理和政治的真理是一個，其差別，只是前者是通過形象去反映真理的，所以，政治的正確就是文學的正確，不能代表政治的正確的作品，也就不會有完全的文學的真實」。

視文學真理和政治真理為一物，這是周揚文學真實觀念的核心內容。其邏輯基礎和論證模式，基本來自蘇聯，而又深刻影響著接下來延安的文學真實觀念。但是周揚並未在強調文學真理與政治真理的同一性之際，固執地漠視文學的特殊性以及文學的經驗性真實。實際上，在當年蘇聯文藝界以所謂「社會主義的現實主義」清算「拉普」（普羅作家同盟）「唯物辯證法的創作方法」之時，周揚已經注意到了其實質內涵：「『拉普』的批評家們常常用『唯物辯證法的創作方法』這個抽象的煩瑣哲學的公式去繩一切作家的作品。他們對一個作品的評價並不根據於那作品的客觀真實性，現實主義和感動力量之多寡，而只根據於作家的主觀態度如何，即，作者的世界觀（方法）是否和他們的相合。他們所提出的藝術的方法簡直就是關於創作問題的指令，憲法。」[70]「拉普」的「唯物辯證法的創作方法」，實際上就是以機械的「真理」決定文學的敘述，而與實踐中的經驗性真實（即周揚所謂「客觀真實性」）遙隔萬里，周揚尾隨蘇聯文藝界的新潮流，認為：「藝術作品並不是任何已經做好了的，在許久以前就被認識了的真理的記述，而必須是

[70] 周起應（周揚），關於「社會主義的現實主義與革命的浪漫主義」——「唯物辯證法的創作方法」之否定，《現代》第4卷第1期，1933年11月。

客觀的現實的認識。藝術家是從現實中，從生活中汲取自己的形象的。所以，決定藝術家的創作方向的，並不完全是藝術家的哲學的觀點（世界觀），而是形成並發展他的哲學，藝術觀，藝術家的資質等的，在一定時代的他的社會的（階級的）實踐。」單純的真理之真，並不能夠包辦無產階級文學的全部事宜，因為無產階級文學終歸也是文學，於是周揚指出，「真正使大眾感動的」，「是被描寫的深刻的，活生生的現實」，「要在形象的形式中，描畫出現實的完全的真實的光景，作家就有通過現實的社會的實踐去和勞動階級結合，把勞動階級的世界觀變成自己的世界觀的必要」。這裏的真實，顯然是經驗性的真實，實踐性的真實。而在周揚強調「世界觀」的轉換背後，則是「真誠」的傳統路徑，從先秦孟子的誠論到潘漢年的表述，都屬於一種模式。重視世界觀的真誠，實際上就是要在經驗性真實與真理性真實之間尋找交集。

在周揚傾力表達所謂「文學的真理和政治的真理是一個」的時候，他並沒有深刻意識到對馬克思主義真理、世界觀的強調所可能導致的問題，但是在「拉普」受到批判時，他似乎有所察覺，於是說道：「舊作家……雖然還沒有獲得『百分之百的馬克思主義的世界觀』，但他們卻願意正確地看取現實，並有藝術地表現這個現實的專門能力。但是，『拉普』的批評家們卻並不向這些作家要求社會主義發展的事實之真實的藝術的表現，而只向他們要求『百分之百的馬克思主義的世界觀』，好像不先有完備的世界觀就決不能產生好的作品似的。其實，世界觀這個東西是在作家的努力及其社會的全實踐中發展的。他們沒有率先強調他們的作品的真實的部分，而單單為了辯證法的唯物論沒有徹底，就一筆抹殺那作品的全部價值。」顯然，周揚承認即使不具備「百分之百的馬克思主義的世界觀」，同樣可以產生「真實的」、「好的」作品。這是在真理性之外對經驗性真實的必要照顧。只是周揚作為革命者，並不願意真正地轉過去強調經驗性真實，所以在經驗性的「看取現實，並有藝術地表現這個現實」這樣的表達之前，加上了「正確地」三個字。而所謂「正確」，當然是政治正確和真理之真。

這種兼顧真理之真與經驗之真的文學主張，就是當時蘇聯的「社會主義的現實主義」。對於當時蘇聯的新生事物「社會主義的現實主義」，周揚引用了吉爾波丁的表述，即「在肯定和否定的契機中生活的豐富和複雜，及其發展之勝利的社會主義的根源之真實地描寫」。這裏所謂的「真實」描寫，當然帶著經驗性真實，但是所謂「社會主義的根源」，則是關於社會本質的真理性認識。也就是說，「社會主義的現實主義」就是經驗之真與真理之真的混合物，也可能是化合物。盧那察爾斯基所謂「不瞭解發展過程的人永遠看不到真實，因為真實並不像它的本身，它不是停在原地不動的，真實在飛躍，真實就是發展，真實就是衝突，真實就是鬥爭，真實就是明天，我們正是要這樣看真實」[71]，周揚也引用過，而其間所謂「真實就是發展」，正與吉爾波丁的「發展」同樣道理，實際上都是直指政治意識形態對社會的

[71] （蘇）盧那察爾斯基《社會主義現實主義》，見於盧那察爾斯基《論文學》，蔣路譯，人民文學出版社，1983年，第55－56頁。

本質規定，是一種超越了現實或者穿過了現實而被懸為標準答案的本質真實、真理之真。對此，周揚的理解是，「只有不在表面的瑣事（details）中，而在本質的、典型的姿態中，去描寫客觀的現實，一面描寫出種種的否定的肯定的要素，一面闡明其中一貫的社會主義革命的勝利的本質，把為人類的更好的將來而鬥爭的精神，灌輸給讀者，這才是社會主義的現實主義的道路」。其實，周揚所謂「描寫客觀的現實」，這是經驗性真實，而所謂「在本質的、典型的姿態中」去描寫，則又指涉真理性真實。他引用了拉金關於「事實的總和」與「事實的綜合」這種說法，而實際上，事實的總和更多的就會傾向於經驗性真實，顯得蕪雜，事實的綜合則對革命者而言，必然指涉真理性真實，導致對經驗性真實的選擇——從屬於政治功利性和意識形態真理性的選擇。

在三十年代，蘇聯的「社會主義的現實主義」給周揚留下的，更多的是對文學真實的觀念性的理解，而非對當時蘇聯文藝政策的理解。周揚當時的理解不是策略性的，而是理論性的。他所理解的文學真實由於「社會主義的現實主義」的影響，而在實際上走向了馬克思主義文論中所謂的「典型」的真實觀，一種兼顧真理性真實和經驗性真實而又以前者為重心的真實論。周揚後來常常引用恩格斯致哈克奈斯的信件，以最終確定他的文學真實觀念，或者說，最終使自己的文學真實觀念定型為標準的馬克思主義形態：「現實主義者藝術家必須努力於現實之最真實的典型的表現。『現實主義是要在細目的真實性之外正確地傳達典型環境中的典型的性格。』這句古典的名言不但說明了現實主義的本質，而且指出了過去一切偉大作品的力量的根源。藝術作品不是事實的盲目的羅列，而是在雜多的人生事實之中選出共同的，特徵的，典型的東西來，由這些東西使人可以明確地窺見人生的全體。這種概括化典型化的能力就正是藝術的力量。」[72]

三十年代周揚的文學真實觀念，是左翼文學真實觀念的最終表達，也成為延安文學真實觀念最重要的資源。

2.二三十年代自由主義文人的文學真實觀念

二三十年代，自由主義作家、批評家，在文學真實觀念上與左翼文學陣營截然兩分，並且論戰不斷。這是由於左翼陣營與自由主義者的政治觀念、文學觀念根本不同，而他們的政治觀念、文學觀念的不同，其核心因由則是他們在人性論、階級論問題上的各執己見、各言其是。

其實自由主義文學觀念幾乎貫穿「五四」以後直到1949年的整個文學史。在現代中國，自由主義思潮與共產主義思潮都有巨大影響。從二十年代開始，革命文學陣營崇奉共產主義世界觀，主張「文學是宣傳」，以文學宣傳無產階級革命、階級鬥爭和共產主義真理。自由主義者則反對革命文學的理論基礎，反對任何政治對文藝的干涉。革命文學陣營的階級論和宣傳觀念，對於自由主義者而言，不但威脅人的思想自由，也威脅文學的獨立性。革命文學陣營有階級論的文學真實觀念，而自由主義者則有與之相對的人性論的文學真實觀念。

---

[72] 周揚《現實主義試論》，載《文學》第6卷第1號（1936年1月）。

二十年代自由主義的「新月」派，在文學真實論域的理論基礎就是人性論。在文學真實的結構中，「新月」派的人性論在真理之真的維度與革命文學陣營的階級論正相反對。持人性論的「新月」派對民間疾苦有同情心，但他們中的多數人實際上是遠離下層人生的，過著稍為優裕的生活。而且他們對民間疾苦的同情與左翼對勞工、對無產階級的同情是不同的，他們止於人性的惻隱，而左翼則醉心於革命性的整體解決。「新月」派提出「不妨害健康的原則」，以及「不折辱尊嚴的原則」，主張「理性」，認為「感情不經理性的清濾是一注惡濁的亂泉」，應以理性、理智「澄清我們的感覺」，「辨別真實和虛偽」，而他們所反對的「功利派」、「訓世派」、「攻擊派」、「偏激派」、「熱狂派」、「標語派」、「主義派」則與當時的革命文學陣營深有關係，甚至就是指涉革命文學陣營。實際上，「新月」派頗有些古典主義的靜態特徵，主張中庸無偏、合乎常態的以理（理性）節情，故對革命激情和革命理論都持懷疑、警惕和排斥的態度，對革命文學陣營的階級鬥爭以及為了階級鬥爭而做的文學宣傳，亦持否定態度：「我們不崇拜任何的偏激，因為我們相信社會的紀綱是靠著積極的情感來維繫的，在一個常態社會的天平上，情愛的分量一定超過仇恨的分量，互助的精神一定超過互害與互殺的動機。我們不願意套上著色眼鏡來武斷宇宙的光景。我們希望看一個真，一個正。」[73]這裏的「真」和「正」，反映在文學真實觀念上，則是面目模糊的

[73] 新月社《〈新月〉的態度》，載《新月》第1卷第1號（1928年3月）。

人性之真或者是道德真理、道德尺度，以道德的健康即所謂「真」和「正」節制情感經驗的表達，這樣的觀念與革命文學陣營以政治之真、真理之真決定經驗性真實的書寫，雖為兩種思潮，卻都源於漢代「發乎情止乎禮義」的結構，只是在真理一維有不同的內容而已，而其結構本身，並無差別。

值得注意的是當年林語堂的文學真實觀念。林語堂是一個自由主義者，而他的文學真實觀念與具有古典傾向、重視「健康」的「新月」派有所不同。林語堂推尊經驗性真實，與傳統性靈派是一路，認為「文學本無新舊之分，惟有真偽之別」[74]，由此而提倡性靈寫作：「性靈派文學，主『真』字」，「發抒性靈，斯得其真，得其真，斯如源泉滾滾，不舍晝夜，莫能遏之，國事之大，喜怒之微，皆可著之紙墨，句句真切，句句可誦」，「學文無他，放其真而已」，這是主張對經驗性真實的自由書寫，但同時卻又以自由書寫性靈、經驗的主張批評當時革命文學陣營的觀念：「今日中國幾萬個作者，人人意見雷同，議論皆合聖道，誠為咄咄怪事。」[75]林語堂以對經驗之真的側重反對革命文學陣營對真理之真的偏執。

三十年代的胡秋原、蘇汶等所謂「第三種人」的文學真實觀念大抵也是自由主義的，而其理論邏輯則分別與「新月」派和林語堂有相近之處。二三十年代自由主義文人、

---

[74] 林語堂《新舊文學》，見於《林語堂批評文集》，珠海出版社，1998年，第31頁。

[75] 林語堂《論文・下篇・性靈無涯》，見於《林語堂批評文集》，前引書，第50－51頁。

「第三種人」在文學真實論域的論述，可以梁實秋、蘇汶為代表。

2.1經驗與理性：梁實秋的文學真實觀念

梁實秋（1903－1987）的文學真實觀念，有古典主義特徵，以人性的真理節制經驗的書寫，以所謂「普遍的人性」迎戰共產主義的世界觀和階級論。之所以認定梁實秋的文學真實觀念是自由主義的，是因為他反對文學為政治服務，企圖以普遍的人性為號召，在一般的意義上爭取文學的獨立、自由和尊嚴。梁實秋主張以「理性」節制「經驗」，這是「文學的紀律」，也是其文學真實觀念的核心。

「新月」派的「真」與「正」，其要義正是梁實秋所推尊的「普遍的人性」，是用以否定無產階級革命及其文學的理論基礎，即否定階級鬥爭學說，否定階級論。「新月」派、梁實秋認定「偉大的文學乃是基於固定的普遍的人性，從人心深處流出來的情思才是好的文學，文學難得的是忠實，——忠於人性」，「至於與當時的時代潮流發生怎樣的關係，是受時代的影響，還是影響到時代，是與革命理論相合，還是為傳統思想所拘束，滿不相干，對於文學的價值不發生關係」，「人性是測量文學的唯一的標準」[76]。在認定「普遍的人性」是文學的唯一標準的時候，革命文學陣營的意識形態真理之真也就被「新月」派否定了。用「普遍的人性」取代「階級性」的合法地位（所謂「文學是沒有階級性的」），也就是在「普遍的人性」與文學本位的主張之

[76] 梁實秋《文學與革命》，載《新月》第1卷第4期（1928年6月）。

下否定了革命文學陣營階級性、真理性背後的工具性，並且以「普遍的人性」作為文學的真理之真，以取代政治意識形態的真理之真，認為「文學所要求的只是真實，忠於人性，凡是『真』的文學，便有普遍的質素」，「『真』的作品就是普遍的人性經過個人滲濾後的產物」。但「普遍的人性」是一個模糊的概念，不像馬列主義意識形態那般具有明確的真理形態和斷言特徵。故以「普遍的人性」為尺規的「新月」派以及梁實秋，在很大程度上是在文學本位的立場下強調經驗性，他們認可的只有「革命前的文學」和「革命時期中的文學」，並無「革命的文學」，這也是在否定「革命的文學」所依據的真理之真和所意味著的工具性之時，強調「革命前」與「革命時期中」的經驗性：「尤其是在苦痛的時代，文學家所受的刺激格外的親切，所以慘痛的呼聲也就分外的動人。因為文學家是民眾的先知先覺，所以從歷史方面觀察，我們知道富有革命精神的文學，往往發現在實際的革命運動之前。革命前之『革命的文學』，才是人的心靈中的第一滴的清冽的甘露，那是最濃烈的、最真摯的、最自然的。」即便是在「革命時期中」，經驗之真同樣難得而重要，「人性的反覆深奧，要有充分的經驗才能得到相當的認識，在革命的時代不見得人人都有革命的經驗（精神方面情感方面的生活也是經驗），我們決不能強制沒有革命經驗的人寫『革命的文學』」，「在革命時期中的文學家，和在其他時期中一樣，唯一的修養是在認識人性，唯一的藝術是在怎樣表現這個認識，創作的材料是個人特殊的經驗抑是一般人的共同生活，沒有關係，只要你寫得深刻，寫得人性，便是文學」[77]。以「人性」否定「階級性」，以文學本位否定革命文學的工具屬性（「假如『革命的文學』解釋做以文學為革命的工具，那便是小看了文學的價值」，「把文學當做階級爭鬥的工具而否認其本身的價值」乃是一種「錯誤」[78]），實質上企圖否定革命文學陣營所持守的馬列主義意識形態在文學領域的真理性。而在否定了馬列主義真理的同時，強調了經驗性真實。不過，革命文學陣營也有強調經驗性真實的論議，而梁實秋與之不同之處乃在於，前者是強調一種無產階級的集體經驗，而後者在突出作家的「天才」和個體性的前提下，更偏重於作家的個體經驗。

梁實秋對經驗之真從未忽視，語涉小說，認為「人是情感的動物」，「假使作者沒有情感蘊於胸中，或作者情感沒到必欲一洩的猛烈的程度，或作者的情感沒有表露在作品上的誠意，那麼，他最好是別發表作品」，「如必欲牽強敷衍，矯揉造作，也必是人工的，不自然的，不動人的」，「寫實小說的妙處並不在社會黑暗之慘鬱的描寫，是在作者之一片誠意，與一派冷峻的筆」[79]。梁實秋所關切的，正是情感的真實，以及作家的真誠。但是，經驗性真實具有自然的特徵，而人性則有著節制的傾向，梁實秋的主張是人性論的，所以，對經驗性真實就持一種符合所謂普遍的人性的節

[77] 梁實秋《文學與革命》，載《新月》第1卷第4期（1928年6月）。

[78] 梁實秋《文學是有階級性的嗎》，載《新月》第2卷第6、7號合刊（1929年9月）。

[79] 清華小說研究社《短篇小說作法》，見於嚴家炎編《二十世紀中國小說理論資料》，第二卷，前引書，第149－150頁。按：此處所引出自《短篇小說作法》第九章，作者為梁實秋。

制的態度。梁實秋曾在美國師事人文主義者歐文・白璧德，而白璧德恰好就認為人生乃有「三種境界」，「一是自然的，二是人性的，三是宗教的」，「自然的生活，是人所不能缺少的，不應該過分擴展」，「人性的生活，才是我們應該時時刻刻努力保持的」，「宗教的生活當然是最高尚，但亦不可勉強企求」[80]——顯然是在主張以人性和宗教節制人的自然性。在文學上，梁實秋以《文學的紀律》[81]一文傳承白璧德的思想，同時表述了他的文學真實觀念。

梁實秋「根據西洋文學史上的事實說明新古典派與浪漫派的勢力消長的來由」，認為「這兩種勢力永遠是存在的，有時在一國的文學裏，在一時代的文學裏，甚至在一個人的文學裏，都可以看出一方面是開擴的感情的主觀的力量，一方面是集中的理性的客觀的力量，互相激蕩」，「純正的古典觀察點，是要在二者之間體會得一個中庸之道」。這種中庸之道，實際上就存在於文學真實觀念中「真理之真－經驗之真」的結構之中。梁實秋認為「文學裏可以不要規律，但是不能不要標準」，標準「便是文學的紀律的問題」。而所謂標準、紀律，正是用來節制經驗性真實的「普遍的人性」。梁實秋斷言，「文學的目的是在藉宇宙自然之種種的現象來表示出普遍固定的人性」，此人性「就在我們的心裏，純正的人性在理性的生活裏得以實現」。「文學的

---

[80] 梁實秋《關於白璧德先生及其思想》，見於梁實秋等編著《關於白璧德大師》，臺灣巨浪出版社，1977年，第5頁。

[81] 梁實秋《文學的紀律》，見於《梁實秋批評文集》，珠海出版社，1998年，第95－110頁。

研究，或創作或批評或欣賞」，「在於表現出一個完美的人性」，「文學的活動是有紀律的，有標準的，有節制的」。完美的人性要求經驗受到節制，而表現完美人性的文學也必須節制經驗性真實的書寫，「文學的力量，不在於開擴，而在於集中；不在於放縱，而在於節制」。

最關鍵的問題是：用什麼節制經驗。梁實秋認為「所謂節制的力量，就是以理性（Reason）駕馭情感，以理性節制想像」。這顯然是古典主義的觀念，而梁實秋的文學真實觀念的確是古典主義的，不單是西方古典主義，也接近於中國的傳統誠論要求的以理節情：「古典主義者要注重理性，不是說把理性作為文學的唯一的材料，而是說把理性作為最高的節制的機關。浪漫的成分無論在什麼人或是什麼作品裏恐怕都不能盡免，不過若把這浪漫的成分推崇過分，使成為一種主義，使情感成為文學的最高領袖的原料，這便如同是一個生熱病狀態，以理性與情感比較而言，就是以健康與病態比較而言。」理性在梁實秋的觀念裏，是塑造健康藝術的人性的真理，這一真理必然要求情感之真、經驗之真接受其規範和節制，以求合度，「偉大的文學者所該致力的是怎樣把情感放在理性的韁繩之下」，「文學本身是模仿，不是主觀的，所以在抒泄情感之際也自有一個相當的分寸，須不悖於常態的人生，須不反乎理性的節制」，「這樣健康的文學，才能產出倫理的效果」，「偉大的文學的力量，不藏在情感裏面，而是藏在制裁情感的理性裏面」，「在理性指導下的人生是健康的常態的普遍的，在這種狀態下所表現出的人性亦是最標準的，在這標準之下所創作出來的文學才是有永久價值的文學」。

以理性節制情感的抒寫，這種節制在梁實秋看來是「內在的節制」，這相似於中國傳統文學真實觀念中對儒家人倫真理的真誠遵守。梁實秋反對文學的外在規定，所以對外在於文學的階級論持否定態度。他以模糊的理性或者「普遍的人性」，對抗無產階級革命文學陣營清晰的階級論和共產主義世界觀，這在當時的文學工具論語境中是沒有力量的，因為所謂「普遍的人性」 並無直觀效果，面對中國社會急迫的現實需要，顯得迂遠不切實際。不過，這種以理性節制情感，以人性的內在真理節制經驗性真實的觀念，是中西古典文學真實觀念在現代中國的回聲，雖然同樣處於「真理之真－經驗之真」的固有結構之中，但畢竟也在革命文學真實觀念之外，顯示了另一種自有道理的態度、立場和主張，使文學真實論域不至於呈現單調和獨尊的景致。

2.2主義之外的經驗性真實：蘇汶的文學真實觀念

三十年代左翼與胡秋原（1910－2004）、蘇汶（1907－1964）等「自由人」、「第三種人」的文學論爭，涉及對文學的根本理解，也涉及文學真實觀念的根本結構，也就是對經驗與主義的打量，對文學本體性與文學工具性的權衡。

胡秋原與蘇汶在文學真實觀念上有邏輯相似，而在與左翼的論爭中，也有事實關聯，在敘述蘇汶的文學真實觀念之前，不妨略涉胡秋原。胡秋原認定「藝術只有一個目的，那就是生活之表現，認識與批評」，而表現生活，首先面對的正是生活的經驗性，所以又指出「藝術者，是思想感情之形象的表現」，以藝術表現內在的思想感情，而且是「形象的表現」，代表著對經驗性的尊重，對自由書寫的尊重，於是胡秋原接下來就認為「文學與藝術，至死也是自由的」。面對當時國共雙方政治對文學的強行干預、介入甚至主宰，胡秋原認為：「藝術雖然不是『至上』，然而決不是『至下』的東西。將藝術墮落到一種政治的留聲機，那是藝術的叛徒。藝術家雖然不是神聖，然而也決不是叭兒狗。以不三不四的理論，來強姦文學，是對藝術尊嚴不可恕的冒瀆。」[82]胡秋原批評所謂「不三不四的理論」對文學經驗性的侵犯，隱藏著對企圖組織文學經驗的外在理論的否定，雖然胡秋原此論當時主要是針對國民黨的「民族文藝運動」、「三民主義文藝」，但其鋒芒顯然也刺入了左翼革命文學陣營的觀念肌體，因為左翼正是以文學、文學的經驗性服從於、服務於政治真理性。這也是左翼對之展開激烈批判的原因。胡秋原的確反對將政治主張（在片面的信仰中則為政治真理）楔入文學經驗，反對「有某種政治主張的人」，「將他的政見與文藝結婚，於是乎有A主義文藝，X主義文藝，以至Z主義文藝，五光十色，熱鬧得很」，認為「沒有高尚情思的文藝，根本傷於思想之虛偽的文藝，是很少存在之價值的」[83]。胡秋原的觀念是在有意識地排除文學的政治性，而不只是排除虛偽的思想。胡秋原對工具性、政治性的排斥勢必通向對文學經驗性真實的尊重。

胡秋原反對文學的工具化，必然導致對國民黨的民族主義文學和共產黨無產階級革命文學的同時否定，所以馮雪峰

[82] 胡秋原《阿狗文藝論》，載《文化評論》創刊號（1931年12月）。
[83] H.C.Y（胡秋原）《勿侵略文藝》，載《文化評論》第4期（1932年4月）。

當時即認為胡秋原是「以『自由人』的立場，反對民族主義文學的名義，暗暗地實行了反普洛革命文學的任務」[84]。而蘇汶在觀察胡秋原與左翼的論爭之時，也與胡秋原取相近的視點，蘇汶辨析了「左翼文壇」到底是純粹的馬克思主義還是馬克思列寧主義，而這一辨析顯然也是指向對左翼文學工具性的批判：「其實，我們單說左翼文壇是馬克思主義者似乎還是不恰當；我們應當說他們是『馬克思列寧主義者』。這其間的分別就是在他們現在沒工夫來討論什麼真理不真理，他們只看目前的需要。是一種目前主義。我們與其把他們的主張當做學者式的理論，卻還不如把它當做政治家式的策略，當做行動；而且這策略，這行動實際上也就是理論。目前的需要改變了，他們的主張便也隨之而變；這才是，『辯證』。」蘇汶此論，是企圖以一種政治策略式的理解消解左翼文壇的政治真理，同時又在政治策略的理解中取消了左翼文學對經驗性真實的尊重。周揚在駁斥蘇汶的時候，認為「能夠最真實地反映現實，把握住客觀的真理的，就只有無產階級」，在文學領域也就只有無產階級革命文學。其實客觀而論，蘇汶與周揚的論戰核心是理性抉擇的差異，也是信仰的差異。周揚信仰馬克思主義，所以並不認為最先進階級的革命文學會違背真理和真實，甚至其工具性、黨派性都無損於無產階級革命文學對真理和真實的把握。蘇汶無此信仰，而是在信仰之外憑自由主義者的直覺判定，任何政治策略性的介入，都只是為了服務於需要並且考慮到效果，從而

[84] 洛揚（馮雪峰）《「阿狗文藝」論者的醜臉譜》，載《文藝新聞》第58號（1932年6月）。

可能導致對真理和真實的不尊重。

依照蘇汶的理解，其實胡秋原是「知識階級的自由人」，屬於「學院式的馬克思主義者」，並不完全等同於自由的作家；而左翼文人則是「不自由的，有黨派的」文人。在這兩者之外，則是所謂「作者之群」，即所謂「第三種人」，多少帶著「死抱住文學不肯放手的氣味」[85]。「第三種人」在蘇汶那裏，的確有些自由主義文人的意味，但是，蘇汶認為恰恰是「第三種人」才能尊重真理和真實，因為他們不服務於左的或者右的政治，沒有工具性約束。基於對文學本體性的關注，對真理性與真實性的關注，蘇汶批評左翼文壇的工具化，批評他們「太熱忱於目前的某種政治目的」，「他們是如此其『積極』，他們不但不肯承認即使非武器的文學也有它消極的作用（例如表現生活的文學，只要所表現的是真實的人生），甚至還要『肅清』非武器的文學」。蘇汶認為，「只要作者是表現了社會的真實，沒有粉飾的真實，那便即使毫無煽動的意義也都決不會是對於新興階級有害的，它必然地呈現了舊社會的矛盾的狀態，而且必然地暗示了解決這矛盾的出路在於舊社會的毀滅，因為這才是唯一的真實」。

與此同時，蘇汶也強調真誠，這又必然地指向經驗性真實：「每一個作家的環境各各都不同，因此他們能接受左翼文壇的理論的容量也各各不同。能接受的時候，盡可能地接受吧；即如『克服』，也盡可能地『克服』。但如接受不

---

[85] 蘇汶《關於〈文新〉與胡秋原的文藝論辯》，載《現代》第1卷第3期（1933年7月）。

了，『克服』不了的時候，卻不能勉強，因為這一勉強，便會使你只能寫一些騙人的不真實的東西來的。我們需要效果，同時也需要真實。只有在這種誠懇的寫作態度下，我們才能創造真實的東西，創造一些『屬於將來的東西』。……不要以為做不成真正無產作者就灰心了，這個，我們是在本質上就做不成的，除非是冒牌貨；但同時也不要因為別人說你是資產階級的作者就死心塌地去做資產階級的作者，甚至於果然出賣自己。」[86]這依然是為「第三種人」的寫作傾向辯護。

總的來看，蘇汶所謂「第三種人」在文學上的取向，從文學真實的角度觀察，無非兩個方面：第一是反對政治策略化和工具化，以不太容易做到的獨立姿態面對真理；第二是真誠、誠懇地面對生活，以此逼近經驗性真實。

蘇汶的觀念中的確也存在一定的問題。即使不從信仰的角度看，當時周揚對他的某些批評還是正確的，比如周揚認為蘇汶的文學真實傾向「可以說是一種經驗主義（Empiricism）的傾向」，至少，「不和某種程度的理智結合的純粹的感覺是不存在的」[87]。純粹的經驗性真實是否存在，這是一個根本問題。按照蘇汶的理解，那是存在的；但是在周揚看來，則不存在。在這一點上，周揚比蘇汶深刻。如果作家的經驗必然會體現某種「理智」或者說政治觀念，那麼按照周揚的理解，則必須體現最能接近於真理的政治觀念。周揚的觀念是由馬克思主義理論總體統攝的，而對社會

[86] 蘇汶《「第三種人」的出路》，載《現代》第1卷第6期（1933年10月）。
[87] 周起應（周揚）《文學的真實性》，載《現代》第3卷第1期（1933年5月）。

真實、本質真實的認識，周揚認為馬克思主義最能夠實現最切近的把握。周揚以及整個三十年代的左翼文壇，由於逐漸成熟地把握了馬克思主義的觀念，在理論本身的系統和自洽方面遠遠超過任何一種自由主義的經驗式解釋和辯護，這導致了自由主義的文學真實觀念並不能在學術論辯上佔據話語優勢。左翼文壇對真理的把握，最終也擠壓了文學的經驗性真實所應有的空間，而這個空間正是自由主義者、經驗主義者所珍視的。

從二三十年代自由主義文人的表述可以看出，經驗性真實的確是他們關注的要點；從他們在革命時代的學理論辯中不佔優勢，則又可以看出經驗性真實是如何被忽略的。這時候，問題已經不可避免地成形了，後來左翼文學發展下去，到了七十年代片面追逐所謂真理（實則是政策、策略）的潮流，殆與對經驗性真實的長期忽略深有關係。而文學，從來是內心自由的表達，也從來離不開、反而極其需要經驗性真實作為其情感和想像的肌質。

第三節　四十年代的文學真實觀念

四十年代最引人注目的重大事件是戰爭。戰爭成為文學觀念的背景，文學真實觀念也被戰爭所決定和結構。戰爭、政治較量、社會動盪中的文學真實觀念，具有粗線條特徵。不論是所謂解放區還是大後方，在文學真實論域，都以對戰爭和政治本身的關注為核心，對政治性、工具性、主觀性等問題展開原則性的論議和交鋒，顯得大是大非涇渭分明。四十年代文學真實觀念的結構依然是「政治之真－經驗之真」，而重心依然偏向政治之真一維。這一方面是戰爭以及政治對文學的必然要求，另一方面則是二三十年代文學真實觀念的歷史性延伸。另外，如同二三十年代，自由主義文人在戰爭歲月依然表達了他們獨立的文學真實觀念；與二三十年代一樣，他們的表達也被左翼或者共產黨文人集團嚴厲批判。戰爭與政治的合理性、正義性、真理性強勁地楔入了文學真實觀念的結構，甚至本身就成為文學真實觀念結構中的真理性一維，致使這個論域尊重文學性、尊重個體經驗性的所有獨立表達都面臨質疑。歷史的整體性要求蕩平了個體的經驗性依戀，而在戰爭結束以後，文學真實觀念的既成結構儘管帶著明顯的偏頗，卻也慣性地在既成的軌道上滑行多年。這大約就是文學真實論域的「路徑依賴」。

1.抗戰時期的文學真實觀念：解放區

抗日戰爭時期的文學觀念，大抵是工具性的，在延安等共產黨控制的解放區（或根據地）尤其如此。共產黨的領袖人物認定，「我們的一切工作都是為了打倒日本帝國主義」[88]，「歡迎任何文化人使用他的文化武器（如文學、藝術、科學等）為抗戰直接服務」，「在文化人中發展文化應

[88] 毛澤東《文化工作中的統一戰線》，見於《毛澤東選集》，第3卷，人民出版社，1991年，第1011頁。

該服從於抗戰、服從於政治的思想」[89]，「藝術——戲劇、音樂、美術、文學是宣傳鼓動與組織群眾最有力的武器」[90]。文學既然是工具、武器，那麼文學真實必然被賦予作為武器的規定性。實際上，解放區的文學真實觀念與三十年代「左聯」、左翼的文學真實觀念一脈相承，這不僅因為理論上都是尊奉馬克思主義文論並且一以貫之，而且因為理論的建構者和闡釋者都是前後貫通的，比如周揚。從三十年代到四十年代，從左翼的文學真實觀念到延安等解放區、根據地的文學真實觀念，其工具性一維從未變更。在抗戰時期，延安的文學真實觀念與民族解放戰爭相糾纏，同時，也繼續與共產主義意識形態和無產階級的革命事業相扭結。

戰爭開始之後，陝甘寧邊區文藝曾經呈現出真實性匱乏的狀態，其表現不是政治之真的缺失，而是經驗之真的貧困，「能深刻描寫真實的日常鬥爭的作品還少，能創造真正現實的新典型的作品還少，能配合每一具體政治任務供應前方需要的東西更少」，「其原因是由於……我們的藝術工作者和現實的鬥爭生活還接觸得不夠，雖然我們也派遣多次的藝術工作團體，然而大都還沒有能夠親身深入體驗民族戰鬥的實際生活」[91]。而此間所謂真實生活，雖然是經驗性的，但最終目的是配合具體的政治任務以供所需，於是工具性的

---

[89] 洛甫《抗戰以來中華民族的新文化運動與今後任務》，載《解放》第103期（1940年4月10日）。

[90] 《魯迅藝術學院創立緣起》，見於《延安文藝叢書‧文藝理論卷》，湖南人民出版社，1984年，第781頁。

[91] 艾思奇《抗戰中的陝甘寧邊區文化運動》，載《中國文化》第1卷第2期（1940年4月）。

考慮就無法避免，而經驗性真實也就不僅是寫作主體純粹的經驗性。

對經驗性真實問題，當時有軍隊將領，比如聶榮臻（1899－1992），憑著樸素的直覺，認為：「如果你要在軍隊中真正從事文藝工作，那末，就必須參加與瞭解真實的戰爭生活，在烽火彌漫的戰場上去豐富自己的生活材料，如果關起門來寫東西，是不能很好地反映戰爭現實的真實的」，「我們今天希望有創造能力的同志到連隊上去生活一個時期，真正體驗一下戰鬥生活，在必要時也扛起槍桿，跟戰士們一起戰鬥，那一定和今天的生活大不相同，會寫出很真實的東西來」，「我們今天處在偉大的民族革命戰爭的烽火中，但寫出來的東西卻不象真實的戰鬥，這說明我們的生活，與戰場是隔膜的」。聶榮臻對經驗性真實的強調在當時顯得特別，這是為了解決當時的文學作品缺乏經驗性質地的實際問題，所以聶榮臻對寫作主體在真理之真、政治之真的維度抱持相對寬容的態度：「批評作品總是『一無所成』或『失卻立場』，這也是不好的，固然有些問題，嚴格地講起來是立場的問題，但我們決不嚴格的批評，因為這不是作者主觀上故意這樣作的」，「我們知道，同志們多是小資產階級出身，還沒有經過長期的鍛煉，如果這樣過度的批評」，「如果開口就是『政治問題』，閉口就是『原則問題』，這將使許多文藝工作者戰戰兢兢，不敢動手了」[92]。

聶榮臻對寫作主體的立場問題、小資產階級出身問題的

---

[92] 聶榮臻《關於部隊文藝工作諸問題——在晉察冀軍區文藝工作會議上的講話》，載《群眾》第9卷第2期（1944年1月）。

相對寬容，是為了抗戰文藝的順利生產，而他的表述注重的是文學的效果，從對人直接產生的效果來看，抗戰文學的經驗性真實大約比文學寫作主體的階級屬性和立場更顯重要。何況就立場而言，至少抗戰文學的作者持抗戰的立場，這在當年，似已足夠。

與聶榮臻在經驗性真實問題上的樸素理解不同的則是周揚的觀念。周揚是專業的文學批評家，在抗戰時期，依然延續了三十年代左翼革命文學的觀念模式，重視階級性以及對小資產階級的改造，以此達到文學敘述的真誠：「文藝工作者是富於感情的，問題是革命的文藝工作者必須有革命的無產階級的感情。但是我們文藝工作者差不多都是知識份子出身的，他們大部分對於革命、對於無產階級的認識是抽象的，他們多少保留了個人知識份子的情感。他們有過自己特殊的趣味、愛好，他們有過自己狹小的感情世界。他們沒有體驗過什麼大的群眾鬥爭的緊張和歡喜。個人情感常常成為一種太大的負擔。」[93]細察可知，周揚的表述背後隱藏的是階級鬥爭話語，而不是民族解放戰爭時期的一般表述，這與聶榮臻不同。周揚的「情感」，顯示的是階級立場的規定性。而情感經驗的合法性，來自於「群眾鬥爭」、來自於無產階級的階級屬性，並不是單純的個體經驗性。

實際上，在共產黨控制的解放區，文學真實論域甚至整個文學觀念領域，都有兩種政治話語在起作用，一是民族解放戰爭話語，一是無產階級革命鬥爭話語。前者對文學工

[93] 周揚《馬克思主義與文藝》，載《解放日報》1944年4月8日。

具性的要求，就是認定文學必須服務於抗戰的需要，服務於民族解放的需要；後者則要求文學服務於無產階級革命的需要，符合馬克思主義意識形態的要求。因此，在解放區的文學真實觀念結構之中，既可能有民族解放戰爭的宣傳效果考慮，也可能有無產階級革命鬥爭的意識形態考慮。聶榮臻與周揚的區別，正在於他們觀念的側重點不一樣。而他們兩種觀點的存在，恰好表明兩種政治話語對解放區文學真實觀念的結構性影響。

朱德（1886－1976）在總結抗戰時期華北宣傳戰的時候，認為：「一個好的藝術家，應當同時是一個政治家，在階級社會裏，藝術是為一定階級服務的，絕對不能超然」，「所以必須學馬列主義」。這就是在抗戰時期堅持著三十年代國內革命時期的無產階級革命的政治之真、馬列主義的真理之真。與此同時，朱德也重視經驗性真實：「藝術家應當參加實際鬥爭，體驗生活」，「應當是參加實際鬥爭的戰士，只有這樣，才能深入生活，創作出好的作品」[94]。朱德的表述是穩重的，因為他兼顧了政治之真與經驗之真。文學真實論域的政治之真與經驗之真，在哲學上則體現為一般原則與具體問題的辯證關係，用劉少奇的表述就是：「當我們解釋一般的原則之時，就應該與現實生活中的具體問題聯結起來，當我們解釋現實生活中的具體問題之時，就要提高到

[94] 朱德《三年來華北宣傳戰中的藝術工作》，見於《延安文藝叢書・文藝理論卷》，前引書，第106頁。

原則的高度。這樣才能使一般原則與具體問題統一。」[95]在這樣的哲學指導之下，文學的真理性與經驗性自然也應當統一起來。

在解放區，文學真實觀念中的真理之真，可以視為政治正確。艾思奇（1910－1966）認為：「文藝的戰鬥任務，要求作者有這樣的正確態度，『愛恨分明』。文藝必須鼓勵對於敵人的堅強打擊，和對於友人同志的友愛團結。在自己的友人同志中間可以批判缺點，但那批評的態度，與對敵人罪惡的打擊態度是完全不同的。以對敵人的態度攻擊自己營壘中的缺點，在事實上是幫助了敵人，這不但有悖於自己的立場，而且也歪曲了真理。因為所謂真理，正是說明敵人之應該被恨和友人之應該被愛，而不是其他。」顯然，「真理」也有「立場」，服從於政治需要，服務於「文藝的戰鬥任務」。因此，在政治層面上考察，真理是前定的，而非產生於經驗本身，一種巧妙的表述就是：「不是在生活的豐富體驗已經完成，才自流地創造正確反映現實的作品，而是在生活體驗的過程中，就掌握馬克思列寧主義的科學明燈，隨時正確地觀察和理解事實，隨時為必要的戰鬥任務而展開自己的工作。」[96]經驗性的事實需要「馬克思列寧主義的科學明燈」燭照，同時又服務於「戰鬥任務」的需要，經驗之真也就被政治正確所框範、約束和選擇了。

---

[95] KV（劉少奇）《把一般的原則與現實生活中的具體問題聯結起來》，載《火線》第63期（1936年10月）。

[96] 艾思奇《談延安文藝工作的立場、態度和任務》，載《穀雨》第1卷第5期（1942年6月）。

當時解放區有黨性的作家，曾將真理或者政治正確具體化為立場、方法問題，誠如丁玲（1904－1986）所言：「共產黨員的作家，馬克思主義者的作家，只有無產階級的立場，黨的立場，中央的立場」，「假如我們有堅定而明確的立場，和馬列主義的方法，即使我們說是寫黑暗也不會成為問題的」，「假如這一個問題只限於取材上去爭論，那必將陷於什麼真實不真實，看不看見等的瑣碎中，而得不到正確的結論的」。這是用黨的立場和馬列主義的方法處理題材領域和經驗領域的真實性問題，在此，黨的立場和馬列主義的方法，通向文學真實觀念中的真理之真、政治正確，同時規範個人立場、約束個體經驗的表述，使個體的經驗性真實向規定的立場和方法妥協，如同左翼文學一貫的傳統，形成重心偏向真理之真的文學真實觀念結構。丁玲傾向於以集體的情感經驗取代主體的個人經驗，「要能把自己的感情溶合於大眾的喜怒哀樂之中，才能領略、反映大眾的喜怒哀樂。這不只是變更我們的觀感，而是改變我們的情感，整個的改變這個人」[97]，改造個體的經驗模式，以適應政治需要。在此情況下，政治之真、真理之真也就從集體、立場、方法等方向施加壓力，迫使個體經驗在抒寫中做出改變。由於這種改變符合民族解放戰爭和階級革命的需要，從而獲得由政治頒發的許可證。

同樣身處解放區的艾青（1910－1996），從三十年代左翼革命文學的觀念出發，認為「文藝和政治的高度的結合，

[97] 丁玲《關於立場問題我見》，載《穀雨》第1卷5期（1942年6月）。

表現在文藝作品的高度的真實上，愈是具有高度真實性的文藝作品，愈是和一定時代的政治方向一致，因為愈是具有高度的真實性的文藝作品，就愈加明顯地反映了一定時代的階級與階級之間的矛盾，各個階級的本質，合理與不合理之間的嚴重的對立，以及改革制度的普遍和迫切的需要，和一定的行動之不可避免」。這和三十年代的周揚持相同的邏輯：文學真實即政治正確。文學真實關涉經驗，而經驗性真實未必總是「政治正確」，所以艾青區別了「現實」與「現象」，提出要「忠實地反映現實（不是現象）」，「客觀地（即根據唯物辯證法）描寫現實」，「所謂作品的價值的高低，就是從那作品反映現實的真實與否所下的估價」，「寫真實的社會生活——卻不是生活現象」。現象是經驗性的，作家可以直接把握到；而現實如何把握？作為處於被改造地位的小資產階級，作家把握的「現實」只能是政治意識形態所規定和給予的「現實」，實際上屬於意識形態層面上的真理性範疇，亦即政治性範疇。即便是這種被政治意識形態化的現實，艾青依然更進一步地提出了真理性的要求，即敘述這種現實的作品必須向政治理論宣誓效忠：「所謂藝術價值，即是指那作品所包含的形象的豐富與真實——這是每一個真正的藝術家所曾經使自己痛苦和快樂的基本的東西，也是他用來使自己效忠於他的政治理論的東西。」讓經驗性真實效忠政治理論，也就是在經驗之真與真理之真、政治之真的結構中，確定了主從關係，經驗性真實必須服從、服務於政治之真、真理之真。當然，艾青也暗示，這種真理之真實際上也是一個立場問題，由此而使對這種真理之真的妥協獲得了正義：「目前中國文藝作者應有的立場，當然是抗日民族統一戰線的立場，這是每個中國人民所應該共同堅持的立場。」[98]立場問題是文學真實中的重大問題，「立場是文藝作品的基本點」，「一個作家根本立場錯了，我看是很難談真正與現實結合的」[99]。由此，文學的經驗性真實、真理性真實都與立場勾連。

抗日民族統一戰線的立場，在一定程度上決定著政治之真、真理之真，而政治之真、真理之真則制約、選擇著經驗之真。這就是抗戰時期解放區文學真實觀念的核心旨趣。

2.政治性與真實性：《講話》與文學真實觀念

敘述解放區的文學真實觀念，不能繞過毛澤東（1893－1976）1942年5月《在延安文藝座談會上的講話》（簡稱《講話》）。在中國歷史上，毛澤東是具有重大影響力的政治人物，他的《講話》作為具有重大影響力的歷史文獻，對文學觀念、文學真實觀念的影響，是結構性的、決定性的。政治人物發表文藝見解，最核心的論議往往離不開文藝與政治的關係；而發掘其文學真實觀念或者考察其對文學真實觀念的影響，自然也必須注目於這個觀念結構中政治之真、真理之真與經驗之真的特別關係。很難說《講話》在文學真實論域有何特別的見解，因為《講話》在文學真實觀念上的重要淵

[98] 艾青《我對於目前文藝上幾個問題的意見》，載《解放日報》1942年5月15日。

[99] 劉白羽《對當前文藝上的諸問題的意見》，載《穀雨》第1卷5期（1942年6月）。

源是三十年代左翼革命文學陣營的表述，比如周揚的《文學的真實性》，而其基本的理論框架也是既往觀念歷史的順暢延伸、展開或者深化。

《講話》分為《引言》（1942年5月2日）和《結論》（1942年5月23日）兩部分。《引言》劃定了「座談」的論題，《結論》則是闡述各論題，並且確立解放區文學的話語規則。

實際上，《引言》本身對諸多問題的設計和涉及，已經包含了不需要「座談」就必然得出的「結論」。在《引言》部分，毛澤東所指陳的戰線問題、「立場問題」、「態度問題」、「工作對象問題」、「工作問題」和「學習問題」，無一不涉及和影響文學真實觀念。

毛澤東指出，「在我們為中國人民解放的鬥爭中，有各種的戰線，就中也可以說有文武兩個戰線，這就是文化戰線和軍事戰線」，文學屬於「文化戰線」，應當「成為整個革命機器的一個組成部分，作為團結人民、教育人民、打擊敵人、消滅敵人的有力的武器，幫助人民同心同德地和敵人作鬥爭」[100]。文學作為「機器」和「武器」的性質必然給延安的文學真實觀念打上二三十年代革命文學的工具性烙印，這是左翼革命文學最頑強的傳統。在文學的工具性要求背後，是立場問題，也就是說，是文學作為誰的工具的問題。毛澤東不容置疑地認定「我們是站在無產階級的和人民大眾的立場，對於共產黨員來說，也就是要站在黨的立場，站在黨性

[100]毛澤東《在延安文藝座談會上的講話》，見於《毛澤東選集》，第三卷，前引書，第847－848頁。

和黨的政策的立場」，而立場問題對文學真實觀念的影響是通過所謂態度問題實現的，毛澤東指出：「隨著立場，就發生我們對於各種具體事物所採取的具體態度。比如說，歌頌呢，還是暴露呢？這就是態度問題。」[101]毛澤東為了革命和抗戰的需要，區分了「三種人」，「一種是敵人，一種是統一戰線中的同盟者，一種是自己人」。對這三種人在不同情況下分別採取暴露、批評、讚揚、反對等不同的態度。各種態度本身不是指向表現真實、描述真實，而只是在政治疆域內的工具性打量、功利性權謀。以這樣的態度而要求真實，必然是在政治疆域內的有限真實，而非樸素的經驗性真實。

《引言》涉及了「工作對象問題」，也就是「文藝作品給誰看的問題」。毛澤東所界定的「工作對象」，是指「文藝作品在根據地的接受者」，即「工農兵以及革命的幹部」。解放區文學並不在一般意義上視作品的接受者為「讀者」，而是把他們視為「工作對象」，即「教育」的對象，於是文學本身的審美功能必然是第二位的，而第一位的只能是政治教育功能。如果注重政治教育功能，則文學的真實性也就不會以經驗性真實為第一位，而是以政治性真理作為凌駕於經驗性真實之上的決定性因素。當然，文學的經驗性真實是無法驅逐的現實，否則文學將不再是文學。毛澤東既然認為「文藝工作的對象是工農兵及其幹部」，那麼接下來自然就是要求「瞭解他們熟悉他們」，「而為要瞭解他們，熟悉他們，為要在黨政機關，在農村，在工廠，在八路軍新四

---

[101]毛澤東《在延安文藝座談會上的講話》，見於《毛澤東選集》，第三卷，前引書，第848頁。

軍裏面，瞭解各種人，熟悉各種人，瞭解各種事情，熟悉各種事情，就需要做很多的工作」[102]。「瞭解」、「熟悉」和「工作」，自然是為了儲備經驗。但是儲備的經驗應當繞過純粹的審美觀照而在政治意識形態真理的打量和選擇之後進入文學，以實現其政治教育功能。

教育群眾是解放區文學家的工作，而實施這種教育所依據的，顯然是意識形態真理，以及政治所確定的真理。因此毛澤東談及了學習問題，首先就是學習政治意識形態的真理，學習馬克思列寧主義。毛澤東指出，「一個自命為馬克思主義的革命作家，尤其是黨員作家，必須有馬克思列寧主義的知識」，「比如說，馬克思主義的一個基本觀點，就是存在決定意識，就是階級鬥爭和民族鬥爭的客觀現實決定我們的思想感情」，「就說愛吧，在階級社會裏，也只有階級的愛，但是這些同志卻要追求什麼超階級的愛，抽象的愛，以及抽象的自由、抽象的真理、抽象的人性等等」，「這是表明這些同志是受了資產階級的很深的影響」，「應該很徹底地清算這種影響，很虛心地學習馬克思列寧主義」。馬列主義的意識形態真理是政治層面的，其真理性在解放區形同其政治性。毛澤東也強調學習社會，「這就是說，要研究社會上的各個階級，研究它們的相互關係和各自狀況，研究它們的面貌和它們的心理」[103]。毛澤東用「學習」和「研究」

[102]毛澤東《在延安文藝座談會上的講話》，見於《毛澤東選集》，第三卷，前引書，第850頁。

[103]毛澤東《在延安文藝座談會上的講話》，見於《毛澤東選集》，第三卷，前引書，第852頁。

作為謂語，而非「體驗」之類語詞，這就表明所謂「學習社會」並不是一般性地獲取經驗性真實，而是要挖掘經驗後面的本質、真理，在延安解放區，這種真理就是意識形態，就是政治——因為所謂本質，不過是政治的解釋、引申甚至規定。

在《結論》部分，毛澤東力圖解決文學為群眾和如何為群眾的問題。而這些問題都在話語層面上涉及文學真實觀念。

文學為什麼人服務的問題，毛澤東在《引言》裏的說法是「工作物件問題」。「服務」即是「工作」，而不論是「服務」還是「工作」，都不是真正的審美行為、創造行為，而是政治行為、工具行為。毛澤東主張的服務對象是「占全人口百分之九十以上」的「人民大眾」，「我們的文藝，第一是為工人的，這是領導革命的階級，第二是為農民的，他們是革命中最廣大最堅決的同盟軍，第三是為武裝起來了的工人農民即八路軍、新四軍和其他人民武裝隊伍的，這是革命戰爭的主力，第四是為城市小資產階級勞動群眾和知識份子的，他們也是革命的同盟者，他們是能夠長期地和我們合作的」，「這四種人，就是中華民族的最大部分，就是最廣大的人民大眾」[104]。在毛澤東劃入「人民大眾」的四種人中，前三者又被歸為一個大類，即所謂「工農兵」，而作為「第四」的小資產階級，由於其「個人主義」的階級屬性，是「不可能真正地為革命的工農兵群眾服務的」，但是作家、藝術家這個特殊人群在延安的意識形態劃分中恰恰大

[104]毛澤東《在延安文藝座談會上的講話》，見於《毛澤東選集》，第三卷，前引書，第855－856頁。

抵是歸屬於小資產階級的知識份子，於是，延安的政治也就必然要求他們放棄自己的小資產階級立場，經過改造，真正「站在無產階級的立場上」從事為工農兵服務的文藝事業。其實，這裏涉及的問題並非如此簡約。且不說小資產階級能否真正站到無產階級的立場上，單說文學自身的傳統本身就問題成堆。新文學傳統是尊重內在經驗的真實表現的，這裏的真實，不單指涉經驗內容本身的現實性、真實性，而且指涉表現這種經驗真實的內在真誠。當延安的作家、藝術家在另行選擇或者說置換了所謂階級立場的時候，他所表現的真實到底是經驗性的還是政治性的？他表現真實的時候，是充滿主觀真誠的還是遠離、背離主觀真誠的？小資產階級的作家、藝術家被指「對於工農兵群眾，則缺乏接近，缺乏瞭解，缺乏研究，缺乏知心朋友，不善於描寫他們，倘若描寫，也是衣服是勞動人民，面孔卻是小資產階級知識份子」——但是作品中出現「衣服」與「面孔」的分離、割裂，恰恰顯示了小資產階級作家、藝術家在抒寫經驗之真的審美要求與宣傳政治之真的工具要求之間無所適從、尷尬緊張的內心狀態。實際上，只要作家、藝術家對個人的內心經驗還能真誠審視和有所照顧，那麼他就只能無所適從和尷尬緊張。解決這個問題的辦法，關鍵還是立場問題，「一定要把立足點移過來，一定要在深入工農兵群眾、深入實際鬥爭的過程中，在學習馬克思主義和學習社會的過程中，逐漸地移過來，移到工農兵這方面來，移到無產階級這方面來」。其實這就是用一種現實政治要求和意識形態真理重新結構作家、藝術家的內心及其經驗，在消滅其個人性的內心經驗的同時，製造出「真正為工農兵的文藝，真正無產階級的文藝」。如果服從置換立場的現實政治要求，那麼就必然要付出經驗性真實和內心真誠被編輯和重構的代價。

作家、藝術家應當轉變自己的立場，服務工農兵大眾。在文藝為工農兵大眾服務的問題解決之後，接下來就是如何去服務的問題，這一問題同樣涉及文學真實觀念。毛澤東重點論述的是「普及」與「提高」的辯證關係，而論證的過程涉及藝術的來源問題。從唯物主義的角度看，藝術自然是來源於生活經驗。其實，更準確地說，是來源於作家、藝術家的生活經驗。但是，解放區的文學是二三十年代革命文學的順暢延伸，其服務於無產階級革命的性質決定了這裏的生活經驗並不是作家、藝術家個體的，而是無產階級和人民大眾「集體」的，所以，毛澤東指出，「革命的文藝，是人民生活在革命作家頭腦中的反映的產物」，「人民生活中本來存在著文學藝術原料的礦藏，這是自然形態的東西，是粗糙的東西，但也是最生動、最豐富、最基本的東西，在這點上說，它們使一切文學藝術相形見絀，它們是一切文學藝術的取之不盡、用之不竭的唯一的源泉」，「這是唯一的源泉，因為只能有這樣的源泉，此外不能有第二個源泉」，「中國的革命的文學家藝術家，有出息的文學家藝術家，必須到群眾中去，必須長期地無條件地全心全意地到工農兵群眾中去，到火熱的鬥爭中去，到唯一的最廣大最豐富的源泉中去，觀察、體驗、研究、分析一切人，一切階級，一切群眾，一切生動的生活形式和鬥爭形式，一切文學和藝術的原始材料，然後才有可能進入創作過程」[105]。這裏的關鍵字「革命的文藝」、「革命的文學家藝術家」表明了延安文藝對革命文學傳統的主動繼承和自覺發揚。而所謂「人民生活」，則強調了革命文藝來源的集體性，也是革命文藝表現物件的集體性，這不是作家、藝術家的個體經驗及其表現。但是，集體經驗並無經驗的實在性，而往往是一種政治概括（這是因為工農兵大眾作為一個集體被提到，常常是抽象的、概念化的，表白他們的經驗性質的，也不是這個被抽象、被概念化的集體本身，而是代表他們或者宣示代表他們的政治力量），同時，表現集體經驗的並非集體，並非全體的工農兵群眾，而是作家、藝術家個體，那麼，作家、藝術家個體在表現集體生活、集體情感的時候，就必然在個體經驗與集體經驗，在經驗之真與政治之真的關係中徘徊、躑躅，或者捐棄個體經驗而失去真誠，或者尊重個體經驗而有足夠的經驗性、個人性，但卻不夠「集體」、不夠「革命」。如果承認文學是從個體經驗通向普遍經驗，是從特殊通向一般，那麼就應該承認作家、藝術家真誠表現個體經驗性真實的合法性；但是革命文學的集體敘事，則秉有意識形態認可的當然合法性。於是，在文學的一般規律與政治要求之間，在個體的經驗真誠、經驗真實與集體敘事之間，產生了強大的張力，這種張力在作家、藝術家內心深處形成矛盾、焦慮。緩解張力、解決問題的唯一辦法，只能是作家、藝術家個體向工農兵大眾的集體徹底、深入而真誠地歸附，

[105]毛澤東《在延安文藝座談會上的講話》，見於《毛澤東選集》，第三卷，前引書，第860－861頁。

脫胎換骨地實現立場置換，使個體敘事與集體敘事、個體經驗之真與集體政治要求之間的矛盾得以消弭。正是基於這樣的邏輯，延安文藝界才會一直強調立場問題。

立場問題屬於政治問題，在文藝問題上強調政治立場，這不是文學本位主義，而是革命功利主義。毛澤東認定「我們是無產階級的革命的功利主義者，我們是以占全人口百分之九十以上的最廣大群眾的目前利益和將來利益的統一為出發點的，所以我們是以最廣和最遠為目標的革命的功利主義者，而不是只看到局部和目前的狹隘的功利主義者」，「任何一種東西，必須能使人民群眾得到真實的利益，才是好的東西」[106]——文藝自然也是如此。文藝是否符合革命的功利主義要求，是否「能使人民群眾得到真實的利益」，這是政治判斷。毛澤東強調了列寧主義的重要思想，著重論述了「黨的文藝工作和黨的整個工作的關係問題」。毛澤東在論證邏輯上層層推進，首先認定「一切文化或文學藝術都是屬於一定的階級，屬於一定的政治路線的」，然後指出「無產階級的文學藝術是無產階級整個革命事業的一部分，如同列寧所說，是整個革命機器中的『齒輪和螺絲釘』」，然後按照他一貫的辯證法話語方式指出，「文藝是從屬於政治的，但又反轉來給予偉大的影響於政治」。說文藝從屬於政治，這基本取消了文藝的獨立性；說文藝能夠反過來影響政治，這又保留了文藝存在的必要性。文藝從屬於政治，在喪失了自身的獨立性之際，獲得了政治認可的合法性。既然文藝從

[106]毛澤東《在延安文藝座談會上的講話》，見於《毛澤東選集》，第三卷，前引書，第864－865頁。

屬於政治，文藝的真實性也必然不再是樸素的真實，而決定於、從屬於政治需要。事實上，毛澤東的觀念正是如此。毛澤東是從無產階級政治的性質出發展開論證的：

我們所說的文藝服從於政治，這政治是指階級的政治、群眾的政治，不是所謂少數政治家的政治。政治，不論革命的和反革命的，都是階級對階級的鬥爭，不是少數個人的行為。革命的思想鬥爭和藝術鬥爭，必須服從於政治的鬥爭，因為只有經過政治，階級和群眾的需要才能集中地表現出來。革命的政治家們，懂得革命的政治科學或政治藝術的政治專門家們，他們只是千千萬萬的群眾政治家的領袖，他們的任務在於把群眾政治家的意見集中起來，加以提煉，再使之回到群眾中去，為群眾所接受，所實踐，而不是閉門造車，自作聰明，只此一家，別無分店的那種貴族式的所謂「政治家」，——這是無產階級政治家同腐朽了的資產階級政治家的原則區別。正因為這樣，我們的文藝的政治性和真實性才能夠完全一致。[107]

毛澤東所提出的「政治性和真實性」完全一致，在論證方式上與周揚三十年代的《文學的真實性》不太一樣。周揚是依據馬克思主義意識形態，先驗地、概念性地認定無產階級是人類歷史上最先進的階級、無產階級政黨是最能夠接近於客觀真實的政黨，而無產階級文學服從於無產階級革命鬥爭和無產階級政黨政治的需要，自然也最能夠接近於客觀真實，由此得出結論，認為「文學的真理和政治的真理是一

[107]毛澤東《在延安文藝座談會上的講話》，見於《毛澤東選集》，第三卷，前引書，第866頁。

個」，「政治的正確就是文學的正確」。而毛澤東則不是強調馬克思主義意識形態先驗的真理性，並直接視這種真理性為文學的真實性；毛澤東是從共產黨的政治性質出發的，他指出共產黨的政治是「階級的政治、群眾的政治」，這種政治來自於群眾並且要回到群眾，從而這種政治及其「意見」也就在實踐的層面上有了真理性——因為這種政治及其「意見」是真實的。而在工農兵大眾的立場上，文藝也是來自於群眾並且回到群眾的，這與共產黨的政治不論是立場上還是實際的操作程序上都是一致的，於是毛澤東的推論就是：「我們的文藝的政治性和真實性才能夠完全一致」。表面觀之，這在邏輯上問題不大。但實際上這裏存在著相當大的邏輯問題：文藝與政治並非同一之物，把文藝的經驗性過程與政治的「意見」提取和檢驗過程簡單類比顯然不恰當，由此得出政治性與真實性完全一致的推論也是可以質疑的。當然，儘管毛澤東與周揚的論證過程有一些差異，但他們的結論是一樣的，都主張將政治的真理性與文藝的真實性視為同一之物或者「完全一致」。

從二三十年代左翼革命文學的粗糙論證，到毛澤東《講話》的全面總結，文學的真實性最終化約為政治的真理性，中國的無產階級革命文學真實觀念最後成形。這是政治領袖做出的總結，也就是說，「政治性和真實性」完全一致的革命文學真實觀念，已經不再是二三十年代「群言紛披」的論爭意見中的一種，而是四十年代的政治結論，在未來的歲月具有整合文學、整頓文論的強大能量。

3.大後方的文學真實觀念

抗戰時期，共產黨控制的解放區和國民黨控制的大後方雖有同樣的戰爭背景，但卻有不同的政治生態。以延安為中心的解放區在政治上高度統一、高效運轉，而在文化領域，也便只有整風和鬥爭，而很少針鋒相對的對等論爭。以重慶為中心的大後方則另有文化景觀，一方面，延續了一直存在的國共兩種意識形態勢同水火的對峙，另一方面，大後方還有在延安不可能明目張膽地生存的自由主義文人群體、文學思潮。與在解放區的情形相比，大後方的文學觀念、文學真實觀念顯得更豐富、複雜、自由、喧囂，更顯參差，更有張力。

在嚴峻的歷史時刻，文學與抗戰自然會糾結一體，而關於文學的爭論，關於文學真實觀念的理解，也與這個糾結密不可分。根據大後方文學歷史的特徵，敘述其時其地的文學真實觀念，不妨從兩場論爭著手。

3.1「無關」的論爭與文學真實

戰爭初期，情勢危殆，民族存亡繫於一發，抗戰成為最正當最急迫的文學主題，於是大後方主流的文學敘述和抒情幾乎都與抗戰「有關」，文學被認為必須追隨抗戰的現實、服從抗戰的需要、成為抗戰的宣傳。郭沫若在中華全國文藝界抗敵協會成立之際就曾經指出：「『文藝的本質就是宣傳』，美國作家辛克萊曾經說過這樣的話，在平時頗有一部分人不肯相信，甚且加以抨擊，但到了戰時卻愈見顯示著是道破了一片真理。」[108]以文學為宣傳，這是左翼文學觀念的重要傳統：在革命文學論爭期間，文學用來宣傳無產階級的革命鬥爭；在抗戰時期，文學則用來宣傳中華民族的禦侮、戰鬥和解放。不過，同樣的「戰時」背景下文學的工具性規定，並未使得大後方的文學真實觀念呈現出與解放區相同的形態，實際上，解放區文學真實觀念中馬克思主義的真理之真一維，在大後方只是一家之言。戰爭期間的大後方群集了難民一般的作家，戰爭豐富了他們書齋之外的經驗，使得他們的經驗之真一維充分顯露，而在真理之真一維，最顯要的，無非是抗戰這個壓倒一切的最大「真理」，而不像解放區那樣，除了抗戰的政治話語之外，還有階級鬥爭的政治話語在強韌地主宰著文學真實觀念。

大後方的文學真實觀念在抗戰與文學的關係中，突出了經驗性真實的地位。抗戰初期的許多主張都帶有絕對性、緊張感，比如以群的表述：「每一個文藝寫作者，都必須密切地接近變動著的現實社會和變動著的現實生活，而不能躲避在自己的狹窄的個人生活的範圍內求『安靜』」，「我們假使要做一個忠於現實的文藝寫作者」，「當一種震撼全民族、全社會的事變突發的時候，我們應該毫不躊躇地投身在廣大民眾爭取生存的戰鬥隊伍中，做他們當中的一員，與他們共同地生活——共同地笑，共同地哭，共同地悲哀，共同地愉快，共同地受苦，共同地享樂……經驗他們的經驗，感

[108]郭沫若《文藝與宣傳——為慶祝「中華全國文藝界抗敵協會」的成立》，見於《中國抗日戰爭時期大後方文學書系》第二編《理論・論爭》，第一集，重慶出版社，1989年，第6頁。

覺他們的感覺」，「我們應該毫不躊躇地立刻參加在廣大民眾的抗敵救亡的隊伍中，敏捷地以我們的作品反映急激的事變，擴大抗敵救亡的運動」[109]。大後方作家個體的經驗性真實，具有一個民族在戰爭時期的群體性特徵，具有時代的整體性特徵，因此，反映抗戰在文學中的經驗性真實，在一定意義上也是呈現特殊時期的社會本質。

然而，在大後方，一般的意識形態並不像在解放區那般整齊劃一，即便是在時勢艱危、接接敗退的抗戰初期，也有自由主義作家從文學的一般立場出發，對抗戰時期的文學發表另一種看法或期望。在一切與抗戰相關的時代氛圍中，梁實秋從經驗本身出發，認為也可以寫作和發表與抗戰「無關」的作品：「現在抗戰高於一切，所以有人一下筆就忘不了抗戰。我的意見稍為不同，於抗戰有關的材料，我們最為歡迎，但是與抗戰無關的材料，只要真實流暢，也是好的，不必勉強把抗戰截搭上去。至於空洞的『抗戰八股』，那是對誰都沒有益處的。」[110]梁實秋的本意是可以理解的，因為：第一，自由主義文人本來就並不願意將文學視為宣傳，即使是視為抗戰的宣傳；第二，梁實秋是從文人立場、文學本位出發看問題，重視的是文學經驗性的真實和充實，試圖糾正初期抗戰文學中的概念化和八股氣。在梁實秋的觀念中，與抗戰有關的文學未必真實，與抗戰無關的文學未必無益，只要真實而不空洞。梁實秋的「無關」一說，是從對文

---

[109]以群《反映急激的事變》，見於《以群文藝論文集》，上海文藝出版社，1983年，第3、4、8頁。

[110]梁實秋《編者的話》，載《中央日報・平明》1938年12月1日。

學的一般性理解提出的，但在當時，文學卻很難卸下民族大義而作「無關」的徜徉，因此「無關」之說甫出，立即受到孔羅蓀的批評，而批評的焦點，首先也是在「真實」：「一個忠實於現實的寫作者，他是不應該也不能忘掉『真實』的，但在今日的中國，要使一個作者既忠實於真實，又要找尋『與抗戰無關的材料』，依我笨拙的想法也實在還不容易，除非他把『真實』丟開，硬關在自己的客廳裏去幻想吧」，「在今日的中國，想找『與抗戰無關』的材料，縱然不是奇蹟，也真是超等天才了」[111]。這是釜底抽薪，認定現實中根本就沒有與抗戰「無關」的材料，哪裏又能夠覓得梁實秋所徵求的與抗戰「無關」而具有經驗性真實的作品呢？從戰爭對時代生活的整體性影響而言，這種反駁是有力量的。當時的陳白塵也認為不存在與抗戰「無關」的經驗，但同時又建設性地要求作家「看見」時代的「真實」經驗，指陳了經驗性真實對於抗戰文學的重要，以期避免梁實秋所針對的空洞「八股」：「如果看得見抗戰以來整個社會的動態的，他的抗戰文章並不會成為『八股』。這個動態是千變萬化，是用著無量數的形象在出現而搬演著的。只要你抓得住它，便是真實，也便是『有關抗戰』的東西，而且是不至於成為『八股』。」[112]

實際上，梁實秋的「無關」是一種學科理解，而對無關的批判則是一種道義要求。在那樣一個大時代，抗戰的大道理與個體的經驗性其實是能夠輕易統合的，也就是說，在

[111]羅蓀《「與抗戰無關」》，載《大公報》（重慶）1938年12月5日。
[112]陳白塵《地瓜與抗戰》，載《國民公報・星期增刊》1938年12月11日。

民族的整體經驗與作家的個體經驗之間，並無劃然可辨的鴻溝，因此，民族抗戰的「真理」與個體經驗的「真實」可以在文學作品中兼得。

與抗戰「無關」的論爭之後，在抗戰的相持階段，另一個自由主義文人沈從文也從文學本位、文學真實和文學真誠出發，一般性地批評文學與商業資本和政治派別的關聯：「談及文學運動，分析它的得失時，有兩件事值得我們特別注意，第一是民國十五年後這個運動最先和上海商業資本結了緣，新文學作品成為大老闆商品之一種，第二是時間稍後這個運動又與政治派別發生了關係，文學作家又成為在朝在野工具之一部」，「如從表面觀察，必以為活潑熱鬧，值得令人樂觀，可是細加分析，也就可看出一點墮落傾向」，「這墮落傾向起始是對於問題的探討，失去了應有的素樸，而多了點包庇性，持論的牽牽絆絆，即遠不如五四初期的勇敢天真，其次是寫作態度，從無報償的玩票身份，轉而為職業或事業，自然也不能再保持那點原來的誠實」，「一個作家在拿筆時既得兼顧『商業作用』與『政治效果』，文學運動的逐漸墮落，可說是必然的，無可避免的」，「事無是非真偽，惟以發生作用為成功」[113]。沈從文從文學運動的歷史看到了文學在商業資本與政治派別之間的工具性角色，他認為這種注重現實效果的工具性本身，危及文學的真實和作家的誠實。而在抗戰的相持階段提出這樣的論點，其效果相似於抗戰初期梁實秋的「無關」論——抗戰是當時最大的政

[113]沈從文《文學運動的重造》，載《文藝先鋒》第1卷第2期（1942年10月）。

治，而在抗戰時期強調文學與政治無關，顯然是在維護文學的獨立性、文學的經驗性真實和主體性真誠的同時，將文學與政治的聯繫同文學向商業資本獻媚相提並論，這實質上是以文學本體的名義、以反對功利主義的名義質疑甚至否定文學在特殊歷史時期的道義承擔。

沈從文的觀念在當時受到持馬克思主義意識形態的左翼陣營的批判，左翼陣營依循三十年代的理論邏輯，認為文學與某一個政治派別緊密結合不但不會歪曲真實，反而會更為真實，因為在無產階級及其政黨那裏，經驗真實與政治真理並不矛盾，政治的功利並不妨礙文學的真實，因為二者在更高的層面上是統合為一的，楊華指出，「沈從文先生說『學術的莊嚴是求真』，這是我們完全同意的」，「然而，我們決不因此認為藝術必須是『超功利觀』的」，「一個藝術家，只要他忠實現實，對現實有一定的見解，一定的看法，那末他也一定能接近當代最進步的政治的真理，而與當代的前進的政治家有著共同的關於社會的認識和見解」，「因為真實的藝術底一個不可或缺的條件，就是對於現實的忠誠——不掩蔽現實，不粉飾現實，而以表現現實底真實為自己底任務」，「真實即是真理，真正的藝術必須以反映現實底真實為條件，因而真正的藝術家由於他對於現實底真實的忠誠，也必然易於接近社會的真理」，「對於現實的忠實，是藝術作品之生命底源泉，因此，真摯的藝術家，不論他原來的立場和觀念如何，只要他不放棄對於藝術和現實的忠誠的態度，就終有接近政治的真理的一天，反之，如果只有一個架空的政治觀念，而沒有對於現實生活的逼真的認識，那是必然產生不出真實的藝術作品來的」[114]。其實，就對真實的主張本身而言，沈從文與楊華的觀念有一致的地方。只是沈從文在維護文學的獨立性，認定政治理念如同商業資本一樣，一旦介入文學，就會傷及文學真實。而楊華則認為有一種政治、有一種政治理念、有一種意識形態真理不但不會使文學背離真實和誠實，反而會使與之相繫的文學更接近真實。這是三十年代左翼文學陣營與自由主義陣營論爭的延伸，實質上也是信仰之爭，是政治信仰與學科信念之間的觀念衝突。

從梁實秋的與抗戰「無關」，到沈從文的與政治「無關」，自由主義文人在抗戰時期的主張有其真誠的一面，真誠地堅持學科的內在要求；也有其迂執的一面，將一般的文學理解強加到特殊時代的歷史呈現上，顯得不合時宜。他們的主張不乏學科的合理性，但在具體的時代氛圍裏缺乏政治的正確性。而就文學真實而論，他們注意到了個體經驗的真實性，而未注意到個體的經驗性真實在大時代完全可能與時代的本質、時代的整體真實相合為一。

3.2《華威先生》的論爭與文學真實

大後方的文學真實觀念不但體現在「有關」與「無關」的論爭中，也體現在歌頌與暴露的矛盾中——這是政治效果與文學真實之間的齟齬。在解放區，按照毛澤東《在延安文藝座談會上的講話》，歌頌與暴露的問題是一個立場問題，而毛澤東強調的立場，主要不是民族的整體立場，而是人民

---

[114] 楊華《文學與真實——文藝時論之三》，載《新華日報》1943年2月18日。

大眾、工農兵的階級立場。在大後方，歌頌與暴露的爭論實際上也圍繞著一個立場問題，但主要不是階級立場，而是民族立場。文學領域關於歌頌與暴露的爭論，其實也就是關於文學的政治效果與文學的經驗真實的爭論，其間最矚目的是圍繞張天翼的小說《華威先生》展開的觀念對撞。

《華威先生》不是歌頌抗戰英雄，而是借華威先生這個官僚、黨棍的所作所為，暴露抗戰之際大後方的黑暗。小說發表以後，很快就被翻譯到敵國日本。對此，有人認為，「『華威先生』這種可鄙的人物」，「出現在日本讀者的面前，會使他們更把中國人瞧不起，符合著法西斯主義的宣傳，而增強了他們侵略的信念」，「固然在神聖的民族解放的戰爭中，在許多可歌可泣的悲壯的故事中，也有一些可鄙可夷的人物，但無論如何，頌揚光明方面，比之暴露黑暗方面，是來得占主要的地位的」[115]。從宣傳效果本身考察，《華威先生》及其寫法，似乎應被批判，何容的反問就是：「社會上如果有黑暗，把它暴露出來，於抗戰有益嗎」，「暴露了黑暗，足以引起一般人的失望，悲觀，灰心，喪氣」，「於抗戰無益反倒有害」，「有人說，這近乎『諱疾忌醫』，不過，依我想，『忌醫』是不對的，『諱疾』有時候卻是對的」。而對是否忠於現實的問題，何容以為：「如果所謂黑暗與光明可以機械的劃分，而文藝作者們竟把黑暗也寫成光明，那才叫不忠實，只寫光明而不寫黑暗，不應該算是不忠實」，「假設暴露黑暗的作品可以比作藥石，表現

[115]林林《談〈華威先生〉到日本》，載《救亡日報》1939年2月22日。

光明的文藝作品就可算是滋補品吧，醫生不也常說『三分藥石七分養』嗎」[116]。

與批判的態度相形，更多的文字乃是為《華威先生》的暴露辯護。冷楓認為，「我們這次抗戰，是為求民族上進的，所以我們不怕承認自己的弱點，如我們不諱疾忌醫是同一道理的，絕不是像敵人處處掩飾自己，處處欺騙民眾，抹殺正義真理」，「華威先生是在抗戰初出現的，但他在抗戰中滅亡，新階段的新工作的環境中，絕對不能容許他存在，他經天翼先生提出來，就是叫我們『驗明正身』把他槍斃了，我們不怕敵人嘲笑我們的死屍」[117]。大後方存在黑暗，這是可以隨時經驗到的現實、真實，「這種其黑如漆的事實，所在皆有，這明明是於抗戰有害的，而世界上原不少掩耳盜鈴的人，以為誰也沒有知道他的秘密，只要作家能如實的把他暴露出來，他自己也就有幾分竦懼」[118]。吳組緗也認為，「對於那些蒙著眼睛兩腳不著地的理想主義的樂觀家，必得把真正的現實送在他面前，請他看個明白」，「唯有承認並認識其病根缺點的存在，並能逐步加以克服掃除者，方是向上的，前進的，同時也是必然勝利的」，「唯有能夠真實地反映全部現實的文藝，才是今日所需要的文藝」[119]。張天翼自己也指出，「只有勇於自我批判的人，才會有真進

[116]何容《關於暴露黑暗》，載《文藝月刊・戰時特刊》第3卷第7期（1939年7月）。

[117]冷楓《槍斃了的華威先生》，載《救亡日報》1939年2月26日。

[118]鄭知權《論暴露黑暗》，載《文藝月刊・戰時特刊》第3卷第10、11期（1939年9月）。

[119]吳組緗《一味頌揚是不夠的》，載《新蜀報》1940年1月22日。

步」，而暴露真實的《華威先生》則是「為要我們自身更健康，故不諱自身上的疾病」，「我們決不懼怕真實」[120]。於此可知，為《華威先生》辯護的文字同批判《華威先生》的文字一樣，雖然對作家所見的真實及其表現持論殊異，卻都是基於同樣的估計：暴露黑暗可能會對抗戰產生怎樣的政治效果。

周行則從文學本身的要求去理解《華威先生》，認為它「代表一種創作的方向」，「便是暴露現實的黑暗面」。他認為問題的關鍵「不僅僅在於現實生活中尚有無華威先生型的人物的問題，而且更應該是天翼怎樣創造這個形象，這個形象是否創造得真實的問題」。周行顯然持「七月」派的觀點，強調一種強大的經驗性的把握，主張「要向生活肉搏，不旁觀，不淺嘗輒止」，「要作主體的（階級的）把握、批判」，「要從黑暗中看出光明」，以此抵達暴露對象的真實，同時又「不把悲觀絕望的情緒傳染給讀者」。周行認為，「作者一定要究明所『暴露』的事物的社會的根源，越能夠發掘其發生的內在原因，越徹底地把那一副醜臉相照明，使讀者一眼看來就『如見其肺肝』，則這作品的教育意義就越大，同時也就越能加深讀者對舊事物的憎恨，從而新的憧憬新的夢想跟著就越發要強烈起來」，「加深光明面與黑暗面的對照」，「諷喻之外還須盡情鞭」，但「不能因此破壞了主題的真實性」。周行的觀念核心，其實兼顧了經驗真實與抗戰需要，在討論了暴露文學的基本問題之後，他在

[120]張天翼《關於「華威先生」赴日——作者的意見》，載《救亡日報》1939年3月15日。

一定程度上肯定了《華威先生》，認為「既然是真實的作品，能夠給自己看，自然也可以讓人家（就算是敵人罷）看，讓人家知道我們怎樣勇於自我批判，怎樣勇於改正錯誤，並不是壞事，因為只有有前途的人才敢於正視一切，不事掩飾」[121]。於是周行最終也從政治效果的角度評價了《華威先生》的暴露問題。

爭論《華威先生》的暴露問題，從文學真實觀念來看，沒有更多的理論創獲，只是加深了我們的一個印象：抗戰時期的文學真實觀念，以民族大義要求著文學真實，以政治立場要求著表現真實。民族大義與政治立場，就是絕對真理，是文學的經驗性真實及其表達所不可超越的思維限度。

4.胡風等人的文學真實觀念

在抗戰期間，以及抗戰之後，身處所謂國統區或者大後方的胡風（1902－1985）等左翼作家，儘管在意識形態和組織上都屬共產黨系統，但是他們的文學觀念卻與延安周揚、毛澤東的正統理解存在分歧。在文學真實論域，胡風等人的觀念也甚為耀眼並且引起了爭論，而爭論的核心就在於他們的「主觀論」潛藏著某些相對於左翼和延安正統文論的異質因素。這種異質因素不是體現在文學的功能上，因為胡風等人與周揚、毛澤東同樣承認文學的工具性，同樣重視文學的階級性、重視文學對意識形態真理的表現，也就是說，如果

[121]周行《關於「華威先生」出國及創作方向問題》，載《七月》第4集第4期（1939年12月）。

從文學真實觀念的結構看，他們同樣重視文學的真理之真。胡風與左翼正統文論異質的關鍵在於，他比周揚等人更重視文學的經驗性真實這一維度，而他的重視在一定程度上可能威脅真理之真的優先地位，並且在邏輯上可能偏離意識形態真理的絕對命令。

胡風強調主觀、強調主觀戰鬥精神，而他是「七月」派的靈魂人物，於是他的強調就不僅是個人理論取向，也是流派特徵，這種強調同時也深刻地結構了「七月」派的文學真實觀念。在哲學上，「七月」派重視主觀作用，舒蕪在「七月」派的哲學表述《論主觀》[122]一文中，特意論證主觀作用並不威脅對於「真實」的把握和維護。作為將一般理論觀念作工具性理解的左翼文人，舒蕪並不否認其理論的功利傾向，「用主觀作用為工具以研究客觀事象，誠然是以我們自己的利害為歸，是要利用此客觀事象來為我們自己興利除害」，但問題的實質在於：「主觀的利害是否即會影響到客觀的真偽是非？塗改那些不利的客觀真實，是否即於自己有利？承認了那些不利的客觀真實，是否即於自己有害？」對此，「七月」派具有風格特徵的答案是：「我們自己的利益，就建立在客觀事象之全部真實上，連那些看似於自己極端有害的都在內」，「只有那些已經妥協於社會勢力之下，喪失了主觀作用的力量，對於制用萬物失去信心，因而對於他自己的前途亦然失去信心的人，才會蒙蔽客觀事物的真象，過分誇大那於己有利的部分，而把那於己有害的加以塗

[122]舒蕪《論主觀》，載《希望》第1卷第1期（1945年1月）。

改。」有強勁主觀力量並且自認為代表時代方向的人，比如「七月」派，他們相信自己的主觀戰鬥、主觀表達與客觀真實同在，這一觀念體現於文學領域，則是經驗性與真實性的結合，這直接構成了他們對經驗之真這一維度的理解。而在文學真實論域的真理之真這一維度，舒蕪的哲學表述同樣規定了理解的方向。舒蕪在《論主觀》的結尾，認為現成的教條、思想，乃是「完成」了的主觀作用，而要反對這種「完成」了的主觀作用，「只有發揚不『完成』的主觀作用」——其實就是用主觀戰鬥的經驗性真實檢驗甚至代替「完成」的、靜態的以真理面目存在的教條和思想。在這個意義上，「七月」派的觀念深處就潛存著高揚經驗之真而相對弱化「完成」了的真理之真的可能性。

胡風本人在表述所謂主觀作用的時候，實際上是將主觀精神與客觀真實結合起來論證的。他認為「作家底主觀作用依然免不了只是對於現實的追隨」，而「文藝的發掘現實，組織現實的力量，就並不能突過經驗世界而前進」，在此，胡風承認文學表達的基礎是「現實」，是直接的經驗世界，是外在於主體的經驗之真。但文學還涉及主觀性，或者說「非現實性」，胡風認為這種「非現實性」是主體的觀念、思想、理想，只是這種觀念、思想未必是一種指定的意識形態教義、教條，而更應該是作家自己的主觀概括、理想化。成功的文學形象「應該是現實的一面和非現實的一面的統一體」。文學所塑造的人物帶著作家賦予的「非現實的一面」，而「非現實的一面，正是從現實的一面裏面來的，它的通過作家底主觀作用的產生，正是由於作家對於現實底深知，對於現實底活的生命的深刻的把握，決不是駕著概念的飛機在現實的上空騰雲駕霧」。於是，胡風所謂的「現實的一面」是指外在的經驗性真實，而「非現實的一面」也是作家基於現實的主觀把握，這在根本上是傾向於經驗之真的主張。他所謂的主觀作用，與舒蕪的哲學論述一樣，不是現成的教義和教條，而是內心強大的經驗性，是「情緒的飽滿」和「主觀精神作用的燃燒」，而「所謂情緒的飽滿，是作為對於現實生活底反應的情緒的飽滿，所謂主觀精神作用的燃燒，是作為對於現實生活底反應的主觀精神作用的燃燒」[123]。這是真正的胡風式表述，其內核是主客觀碰撞、燃燒而出的感性經驗，是詩人和革命者強勁、動感、戰鬥的經驗之真。

胡風的經驗之真，實際上服務於工具性目標，即以文學本身的強勁經驗實現政治目的，在此情形下，真理之真（即所謂「思想」）也被整合進了戰鬥性的經驗之真內部：「離開了現實的人生或廣大人民底生活和奮鬥，民族怎樣解放，戰爭又怎樣勝利？而且，思想只要是為了或有益於民族底解放，戰爭底勝利，只有從現實的人生裏面能夠得到血肉的內容，豐富的生命，健康的發展。」[124]胡風所強調的經驗性真實，不是通過靜觀默察而得到的「客觀」真實，而是躍動著革命者的戰鬥意志的「主觀」真實。胡風指出，「在我們，文藝的對於讀者的力量，是真實，是在相稱的飽滿的藝術

---

[123]胡風《一個要點的備忘錄》，見於《胡風全集》，第2卷，湖北人民出版社，1999年，第634頁。

[124]胡風《現實主義在今天》，見於《胡風全集》，第3卷，前引書，第41頁。

力量裏面的真實」[125]，「藝術活動的最高目標是把捉人的真實」，「這需要在作家本人和現實生活的肉搏過程中才可以達到，需要作家本人用真實的愛憎去看進生活底層才可以達到」[126]。

作家經由與現實的「肉搏」所抵達的真實，是具有沛然氣勢和勃然生機的經驗之真。而在面對這種由主客觀激烈碰撞而生成的經驗之真的時候，在胡風的觀念裏，政策層面的、意識形態的、外在的真理之真實際上已經處於從屬地位，正如胡風在飽受批判的《置身在為民主的鬥爭裏面》[127]一文中所言，「如果說，真理是活的現實內容底反映，如果說，把握真理要通過能動的主觀作用，那麼，只有從對於血肉的現實人生的搏鬥開始，在文藝創作裏面才有可能得到創作力底充沛和思想力底堅強」。作為詩人和評論家，胡風表達了左翼最深刻、最強勁的關於革命藝術的真實觀點：「一方面要求主觀力量底堅強，堅強到能夠和血肉的對象搏鬥，能夠對血肉的對象進行批判，由這得到可能，創造出包含有比個別的對象更高的真實性的藝術世界，另一方面要求作家向感性的對象深入，深入到和對象的感性表現結為一體，不致自得其樂地離開對象飛去和不關痛癢地站在對象旁邊，由這得到可能，使他創造的藝術世界真正是歷史真實在活的感性表現裏的反映，不致成為抽象概念底冷冰冰的繪圖演

[125]胡風《上海是一個海》，見於《胡風全集》，第3卷，前引書，第320頁。
[126]胡風《張天翼論》，見於《胡風全集》，第2卷，第39頁。
[127]胡風《置身在為民主的鬥爭裏面》，見於《胡風全集》，第3卷，前引書，第185－191頁。

義。」值得注意的是，胡風的表述本身隱含著對作家主體性的強調，這種強調帶著與《在延安文藝座談會上的講話》根本不同的氣質。突出作家的主體性，就是對作家主觀戰鬥精神的崇尚，就是對作家主觀戰鬥力量的確信，而作家作為主體與客觀世界的搏鬥所造就的文學真實，就帶著作家主體之為歷史主體的輝煌印記。而延安的觀念系統所強調的則不是作家這種主體精神的高揚，而是小資產階級作家的立場改造、轉換問題，在面對革命、面對改造世界的宏圖偉業的時候，作為小資產階級的作家，並不是胡風語言背後所意味著的那種生龍活虎的歷史主體和創造者，而是帶著階級問題、階級原罪的必須改造好了才能提供有效服務的工具性存在。在延安的觀念系統中，作家作為有待改造的小資產階級知識份子，在面對政治政策層面的真理之真的時候，實際上只能處於被動接受的地位。而在胡風看來，作家則是帶著強大的主體意志和主觀戰鬥精神與現實搏鬥，獨立發現、取得經驗性真實，並展開文學性的表達。在胡風的觀念裏，作家是革命者，但是同時卻又似乎內在地、深刻地帶著某種自由主義的痕跡，是革命家與自由主義知識份子的奇怪結合，因為作家主體意識的高揚本身就意味著對個人、個體意識的突出，也意味著對革命組織統一的、高度整一的政治意識形態真理之真的否定可能，至少胡風的觀念所造就的作家並不會像在延安講話和列寧主義觀念規約之下那麼馴服和工具化。胡風認為，作家「不管他掛的是怎樣的思想立場的標誌，如果他只能用虛偽的形象應付讀者，那就說明了他還沒有走進人民底現實生活」——可知胡風首先強調的並非思想立場問題，而是作家個體、作家主體直接進入歷史的戰鬥性的主觀性的經驗之真：「在對於血肉的現實人生的搏鬥裏面，被體現者被克服者既然是活的感性的存在，那體現者克服者的作家本人底思維活動就不能夠超過感性的機能。從這裏看，對於物件的體現過程或克服過程，在作為主體的作家這一面，同時也就是不斷的自我擴張過程，不斷的自我鬥爭過程。在體現過程或克服過程裏面，對象底生命被作家的精神世界所擁入，使作家擴張了自己；但在這『擁入』的當中，作家的主觀一定要主動地表現出或迎合或選擇或抵抗的作用，而對象也要主動地用它底真實性來促成、修改，甚至推翻作家底或迎合或選擇或抵抗的作用，這就引起了深刻的自我鬥爭。經過了這樣的自我鬥爭，作家才能夠在歷史要求底真實性上得到自我擴張，這藝術創造底源泉。」胡風視為「源泉」的不是一般意義上的深入生活和生活體驗，而是存在於對生活的主體性「擁入」、「擴張」中，存在於對歷史真實的直接性的、動態的、主客激烈交融的把握中，存在於主觀思想被歷史真實的修正中，存在於歷史真實的強有力的感性呈現中，帶著比延安論點更有主動性、主體性、主觀性的突出特徵。在這樣的觀念中勾畫出來的文學真實，就既不是自由主義文人力圖卸除政治承擔的經驗性真實，也不是延安表述中那樣的在意識形態真理之真約束下的工具性真實，而是既有工具性又有主體性、戰鬥性的強勁的偏重主觀的經驗性真實。

胡風的觀念不是左翼革命陣營的正統觀念，只是「七月」派的主流觀念，在「七月」派的表述中，處處可見胡風文學真實觀念的影子，比如項黎所云：「真實的藝術無非就是突入現實生活中，受到強烈的沖激與反撥而對理想不斷地追求的表現。因此我們所要求的藝術品的創造也就只有從那密切地關心人民，堅持地執著於現實生活，而又不為眼前功利所局限，敢於收索現實發展的遠景的生活態度才能產生。這就是我們所需要的真實的生活態度，真實的藝術態度。」[128]在「生活」這個賓語前面，延安用的謂語是「深入」，「七月」派用的謂語是「突入」，而由此也可看出他們的「真實」是具有不同風格特徵的真實，「七月」派的真實，的確是更為強勁更為主動的經驗性真實。

「七月」派的「異質」，站在延安正統立場的批評家邵荃麟曾經敏銳地指出過：「所謂『主觀精神』是一個抽象的名詞，各個人的『主觀精神』是具有他一定的社會內容的，固然，在主觀精神與客觀環境的搏鬥中，也就批判和改造了一個人的主觀，但是階級的限制往往不是很容易突破，這需要在全部的生活鬥爭中和與人民在一起的政治鬥爭中，進行著徹底的思想改造。這所以要求我們的藝術家要有明確的思想方向和立場，而且把這些放到實際鬥爭中去發展，才能使我們的主觀精神達到『飽滿與有力』，因此無論藝術家或藝術，政治傾向的強調仍是首要；只有在強調政治傾向這個前提下去強調主觀與客觀的緊密結合，才能使我們對於現實獲得正確的認識，才能使現實主義獲得其堅實的基礎。」[129]邵

---

[128]項黎《論藝術態度和生活態度》，載《中原》第1卷第3期（1944年3月）。

[129]邵荃麟《略論文藝的政治傾向》，見於《邵荃麟評論選集》，人民文學出版社，1981年，第86－87頁。

荃麟意識到了胡風以及「七月」派的王戎等人觀念中強調主觀戰鬥精神而忽略「思想方向和立場」的理論特徵，而在文學真實論域，他的批評本身則顯然是試圖將胡風等人的強勁的經驗之真的主張扭向對真理之真的偏重。邵荃麟認為：「縱然胡風先生聲明了『感性的對象，不但不是輕視了或放鬆了思想的內容，反而是思想內容更尖銳的更活潑的表現』，但實際上，確實把思想的作用貶抑到感性作用以下去了。作家不是借思想與思想方法去具體研究他的對象，而是憑藉其感性機能去感受萬物，而所謂批判的意義，也貶降為僅僅是作家『同感精神的肯定與反感精神的否定』了。因此，對於作家所要求的，主要不是思想的改造和對群眾關係的改變，而是強烈的感性機能；主要不是在實踐中從觀察、比較、研究去具體認識他的周圍世界，而只是借這種精神力量去進行所謂『血肉的搏鬥』，而這種力量，也即是所謂精神突擊力。」[130]如果從延安的正統立場上考察，可以發現邵荃麟抓住了胡風觀念中帶著「反骨」的要旨，因為胡風等人對感性、對主觀精神的強調本身的確具有對政治意識形態真理的潛在威脅，而在文學真實論域，經驗之真本來就有天然的顛覆性。不過，從文學的學科性、學術性而非從政治需要的角度去看，胡風的觀念顯然更為深刻。

在共產黨革命全面獲勝前夕，1949年7月，中華全國文學藝術工作者代表大會在北平召開，茅盾做了關於「十年來國統區革命文藝運動」的報告，茅盾在報告中要求「解決」

[130]邵荃麟《論主觀問題》，見於《邵荃麟評論選集》，前引書，第227頁。

胡風等人的「主觀」問題：「問題的實質是，文藝作家當然不能採取『純客觀』的態度對待生活，但文藝創作上之所以形成種種偏向究竟是因為我們的作家們態度太客觀了呢，還是作家太多地站在小資產階級的主觀立場上面？如果事實上正是小資產階級的觀點思想與情調成為障礙我們作家去和人民大眾的思想情緒打成一片的根本因素，那麼問題的解決就不應該是向作家要求『更多』的主觀。這不是主觀的強或弱的問題，更不是什麼主觀熱情的衰退或奮發的問題，什麼人格力量的偉大或渺小的問題，而是作家的立場問題，是作家怎樣徹底放棄小資產階級的主觀立場，而在思想與生活上真正與人民大眾相結合的問題。」[131]幾年以後，在批判胡風的時候，茅盾繼續指出：「『主觀精神』是指作家的立場、思想、情感，而立場是根本的問題和原則的問題。作家是站在什麼階級的立場上從事寫作的，也就決定了他的作品為什麼人服務。然而胡風的所謂『主觀精神』，恰恰是抹煞了作家的立場問題。他還用了迂迴曲折的詭辯，力圖『證明』小資產階級出身的作家本來就和人民結合，因而他們的立場本來就是工人階級的立場。胡風的這個說法，和毛主席的《在延安文藝座談會上的講話》的指示是完全相反的。他從作家要不要獲得共產主義世界觀的問題上、從作家深入工農兵的問題上，頑強地堅持他那種超階級的主觀精神的理論，來反對作家取得共產主義世界觀，反對作家應該進行思想改

[131]茅盾《在反動派壓迫下鬥爭和發展的革命文藝》，見於《茅盾選集》，第5卷，四川文藝出版社，1985年，第367頁。

造。」[132]茅盾將問題的實質歸於立場問題、世界觀問題、思想改造問題，而這些問題的背後實際上是意識形態的真理之真的問題，這樣，胡風的主觀戰鬥精神所導致的經驗之真不管多麼強勁有力，都缺乏延安正統的氣質、精神和血脈，是缺乏政治正確的異端存在，從而其後來被徹底否定也就勢所必然。政治話語與文學的學科話語是不同的，而真理之真與經驗之真在不同的話語體系裏也就有不同的權重。胡風是革命者，但是顯然有著更為強烈也可以說更為天真的學科意識，從而其主觀戰鬥精神、其主觀戰鬥精神意味著的強大的經驗之真，在他的學科話語裏是於理當然，在後來天下一統的政治話語裏則是「異端」、「刀子」和「毒草」。

1949年的「文代會」在全國範圍內而不是僅僅在延安等地確立了毛澤東文藝思想的支配性地位和決定性影響，而文學真實論域的各種分歧也將被收拾為嚴整的狀態，並且在強調政治意識形態的真理之真的時候愈發激進，直到「文革」結束，經驗之真才在爭論之中被重新打量和隆重接納。

[132]茅盾《必須徹底地全面地展開對胡風文藝思想的批判》，《茅盾評論文集》，上冊，人民文學出版社，1978年，第48頁。

結語及其他

一切冗長的歷史敘述似乎都應該歸於一則簡短的結語，「一言以蔽之」，挑明敘述的意義。

但是，由於歷史尚未終結而此間對中國文學真實觀念的敘述又止步於西元1949年，也由於一切歷史記憶和歷史敘述都必然是選擇性的，所以，也就不可能有完整、完備、完美的歷史敘述，從而也不可能有終極意義上的結案陳詞，故而此間關於中國文學真實觀念的「結語」不過是一則偏於一得之見的「小結」，相似於趕了一段偏僻的長路之後在路邊樹蔭下的小憩，以及小憩之際的些許感想和反思——此感想此反思只能在一定程度上對已經走過的征程負責，而未必能夠適用於前路，未必能夠成為對前路的預期、瞻望甚至斷言。

需要一提的是，對1949年之後的中國文學真實觀念，我也有所觀察，而這些觀察顯然不能籠統放在關於先秦到1949年中國文學真實觀念的「結語」之中草草了「結」，故製作標題時謹在「結語」之尾碼以「及其他」，以示準確。

1.誠論的歷史與結構諸問題

從先秦到晚清的誠論歷史，就是人倫真理與經驗真實、真理話語與經驗話語相互頡頏而又共生共存的歷史。而以英美新批評（New Criticism）的劃分策略觀之，有關文學真實的一切談論，包括中國誠論之中的所謂「人倫真理」以及所謂「經驗真實」，都屬於「外緣研究」而不是「內部研究」，非關文學的本質而永遠是隔靴搔癢。但是，必須承認，從古至今的一切文學表達都需要有「內容」；倘無「內容」，則新批評的一切形式分析、一切有關張力、反諷、悖論的解讀都將失去物件而陷入「無物之陣」。因此，文學的「內容」乃是文學寫作、文學理論應當關注的基礎而未可須臾忽焉，即便「隔靴」，也必須「搔癢」。而構成文學「內容」的，正是作為文學寫作質地、內核的經驗之真和真理之真。考慮到文學寫作的展開方式，即以誠論之中的經驗真實與人倫真理論之，如果不拘格套地移用新批評的術語，則對經驗之真的研究倒是屬於「內部研究」，因為文學要宣洩、陶冶或曰淨化（catharsis），首先面對而又不容回避的，就是寫作主體所心感體受的經驗性真實；同時，文學對人倫真理的表述或者喻示，則近於對倫理、政治、哲學、宗教等領域的侵略，其所指向的不是內在的catharsis的需要，而是外在的大功利，從而對文學之中的人倫真理的研究，似乎應歸屬所謂的「外緣研究」。這種劃分略顯牽強，但是卻能夠說明一些問題，譬如古典中國誠論的形態和理論遷流問題。

先秦儒家究心於對人間秩序的改造或重建，以臻於他們理想之中的大同，從而其寫作邏輯幾乎從來就是以他們所宣示的用於改造人間秩序的人倫真理鍛造君子人格，並宰制經驗性真實的抒寫，使之溫柔敦厚中正平和，使之不至於激人之偏而擾亂嚴整和諧尊卑有則的人間秩序。儒家的理論關乎人間秩序，儒家的內心有政治功利的設計存焉，從而其人倫真理實際上就是一種工具性話語，一種權力話語、政教話語（以「教」、以道德話語為面目的政治話語）。這種話語對其他話語包括作為文學學科話語的經驗真實的擠壓、控制乃勢所必然。道家的理論同樣有其真理性關懷甚至有其關乎人間秩序的政治思考，但是對其自然之道的真誠踐行（而非僅僅視為策略）則必然使人疏離儒家形態的人倫真理，而在疏離儒家的人倫真理之後，依循其自然、天真的邏輯，則必然在文學之中形成對經驗性真實、對「赤子之心」的無所羈勒的抒寫。按照徐復觀的說法，道家的老子和莊子「本無心於藝術，卻不期然而然地會歸於今日之所謂藝術精神之上」[1]，而其邏輯也是「不期然而然」地直指藝術話語、文學話語、經驗性真實的話語，或者說直指上文所謂的「內部研究」。與之相形的儒家觀念則可目為「外緣研究」。至於兩漢時期，道家與儒家的誠論觀念此起彼伏，兩種話語相對抗而又相糾纏，兩種表述的典範即是「憤於中而形於外」和「發乎情止乎禮義」。「憤於中而形於外」直通道家憤激、天真的抒寫特徵，乃屬「內部研究」、經驗話語。而「發乎情止乎禮義」則以政教話語宰制經驗話語，從而差可視為「外緣研究」。以後各代的誠論俱是這兩種話語纏繞而成。

考誠論歷史可知，在一般所謂的「文的自覺」時期，即魏晉南北朝，經驗之真備受強調，其中緣由自然並不單一，但與經驗性真實歸屬上文所謂「內部研究」乃大有干係。凡

[1] 徐復觀《中國藝術精神》，前引書，第30頁。

是末世與亂世，如魏晉南北朝，再如晚唐五代，或如晚明、晚清，對經驗之真的認同便往往會凸現。而在結束亂世，新的強大帝國草創之初，則往往更為重視人倫真理，譬如漢初，譬如唐初，譬如宋、明、清各朝之初，大抵如此。此亦無他，只因末世與亂世綱紀廢弛，人間「禮崩樂壞」，無復嚴整的「秩序」可言，而士人無可兼濟，遂或頹放或憤激，退而為「窮而後工」之業，或者在性情抒寫之中流蕩忘歸，其倡揚直書經驗性真實乃是自然而然，而於人倫真理的絕對宰制則有所忽略。同樣，開闢之初，帝國要重建人間秩序，治者要鞏固權威、地位，於是自然強調儒家周孔以降的「道統」、強調文學書寫以「君君、臣臣、父父、子子」、仁義禮智的人倫真理為內核，以服務於、服從於「治統」的需要[2]。

在任何時代，治者和有兼濟之志的士大夫都更傾向於強調人倫真理，而純粹的文人、詩人則更垂意於經驗性真實。中國文學本非一般所謂的literature，而是功能繁複的載體，「緣情」與「載道」、經驗真實與人倫真理的界限模糊不清，於是誠論兩端保持著持續的緊張——這種緊張既是政教話語與文學學科話語之間的緊張，也是強調人倫真理的治者與沉醉經驗真實的文人之間的緊張；既是儒家與道家的人生觀之間的緊張，也是道家與儒家的藝術觀之間的緊張；既是

[2] 治者對人倫真理的強調，往往以「道統」標榜，而在道德話語背後隱藏的則是政治話語。愛新覺羅・玄燁嘗云：「朕惟天生聖賢，作君作師，萬世道統之傳，即萬世治統之所繫也。」參閱喇沙里、陳廷敬等編《日講四書解義》之《御制日講四書解義序》。據文淵閣四庫全書影印本。

人倫真理的工具性與經驗真實的審美性之間的緊張，也是具體的文人士大夫內心兩種取向的緊張。誠論的所有表述都是在這些緊張關係中展開的，而誠論的整個歷史就是在這些緊張關係中時左時右、時偏頗時溫和地滑行的軌跡。

要而言之，我認為古典中國的文學真實觀念即誠論；誠論之中存在著經驗真實與人倫真理兩端；而中國文學真實觀念亦即誠論的理論遷流就是在這兩端之間的滑行。

2.文學真實論的歷史與結構諸問題

清末民初，古典中國的誠論逐漸面臨深刻的威脅，而威脅的主要方面，乃是西來的現代價值對真理之真這一維度的反思和重構企圖。誠論在二十世紀的中國頹然淡出，而文學真實論則淡入以代。二十世紀初葉的價值輪替在「五四」新文化運動時期顯得激越，在大部分現代知識份子那裏，儒家的人倫真理被徹底清洗而不再是「真理」；同時，古典中國誠論的範疇和表述方式，不論是經驗真實一維還是人倫真理一維，都被西學範疇和西學表述所取代，誠論曾經擔負的闡釋和批評功能也被全新的文學真實論所接管，「憤於中而形於外」不再時髦，而「發乎情止乎禮義」則幾乎徹底失效。既然如此，則「人倫真理」、「經驗真實」的劃分和論議是否也已徹底失效？考較其實，並非如此，至少「經驗之真－真理之真」的誠論的結構依然在二十世紀綿延，誠論之中曾經有過的緊張關係在二十世紀依然緊張。學術範疇變了，但是學理結構甚至內在精神未曾大變：

「五四」的學者在「文學革命」時期，大抵重視文學自身的價值，重視個體的經驗之真。譬如「文學研究會」的沈雁冰、鄭振鐸所謂「文學是人生的反映，須要忠實的描寫人生，乃有價值，即如個人抒情寫懷，亦必啼笑皆真，不為無病之呻，然後其作品乃有生命」[3]，「血與淚的文學」，「尤其必要的是要有真切而深摯的『血』與『淚』的經驗與感覺」，「虛偽的浮淺的哀憐的作品，不作可以」[4]。又譬如「創造社」的郭沫若認為「詩的本質專在抒情」，是「純真的表現，生命源泉中流出來的Strain，心琴上彈出來的Melody，生之顫動，靈的叫喊，那便是真詩，好詩」[5]，詩非「做」出，而是「心坎中流出來的」[6]；郁達夫強調經驗性的「真」對於小說的價值[7]——儘管表述與誠論略有差別，但是其經驗性真實一維實際上繫於一線，此理甚明。

到了「革命文學」時期以及之後，隨著革命者對救國之途的探尋和對政治真理的把握，隨著文學「外緣研究」的崛起，工具性的突出強調，作為政治話語的「真理」一維乃愈形凸現，成為文學真實的要旨，並且從此以後與「階級性」、「立場」、「社會本質」等真理性範疇緊密結合，譬如三十年代周揚在與蘇汶論爭之時即曾斷言「愈是貫徹著無產階級的階級性、黨派性的文學，就愈是有客觀的真實性的文學」，「無產階級的主觀是和歷史的客觀行程相一致的」，「這是真理」，「文學的真理和政治的真理是一個，

[3] 沈雁冰《中國文學不能健全發展之原因》，載《文學週報》第4卷第1期。
[4] 西諦《無題》，載《文學旬刊》第44期。
[5] 郭沫若《論詩三札》，見於《文藝論集》，前引書，第208－215頁。
[6] 郭沫若《雪萊的詩・小序》，載《創造季刊》第4號。
[7] 郁達夫《藝術與國家》，見於《藝文私見》，前引書，第104頁。

其差別，只是前者是通過形象去反映真理的」，「政治的正確就是代表文學的正確」，「只有站在革命階級的立場，把握住唯物辯證法的方法，從萬花繚亂的現象中，找出必然的，本質的東西，即運動的根本法則，才是到現實的最正確的認識之路，到文學的真實性的最高峰之路」[8]。於此可知，在三十年代的左翼文人那裏，真理之真已經越過了「五四」時代的經驗之真而成為文學真實的主軸、主宰。

從「文學革命」時期的經驗之真到「革命文學」時期的真理之真，從個體的經驗真實性到群類的政治真理性，其間的結構性緊張和主次轉換與古典中國誠論的「經驗真實－人倫真理」的結構緊張和遞相通變何其相似。顯然，用誠論的邏輯觀察二十世紀中國的文學真實論，依然有效。

三十年代周揚的「文學的真理和政治的真理是一個」到了四十年代則轉換成領袖人物的「政治性和真實性」的「完全一致」[9]，而從邏輯上推測，其實這種「完全一致」中依然蘊含著政治真理性與經驗真實性之間的緊張。按照領袖人物的設計，對「真實」（不是個體經驗到的真實，而是反映社會生活本質的「真理」）的把握經過了這樣的「意見」反映和「集中」、「提煉」的鏈條：「群眾」——「群眾政治家」——「無產階級政治家」（即「千千萬萬的群眾政治家的領袖」）；而經過「無產階級政治家」提煉之後的「意見」還要「回到群眾中去」由群眾「接受」和「實踐」。顯

[8] 周起應《文學的真實性》，載《現代》第3卷第1期。

[9] 毛澤東《在延安文藝座談會上的講話》，見於《毛澤東選集》，第三卷，前引書，第866頁。

然，這種把握本質「真實」的方式不是作家所能輕易為之的。領袖的論述只是在強調程序正確無誤的同時強調「無產階級政治家」所提煉出來的真理的正確性。而對於作家而言，沒有理由不反映這種真理，何況「文藝服從於政治」。那麼，可以提出這樣的問題：假設作家的個體經驗真實與「無產階級政治家」提供的真理方枘圓鑿、南轅北轍了，將何以抉擇？在此，個體的經驗真實與政治真理的緊張在理論上應該是存在的。在觀念上解決這種緊張關係不是我的任務，但是指出這種緊張關係，則是歷史敘述的必然要求。

3.1949年之後

此前敘述的是從先秦到1949年中國文學真實觀念的歷史和結構。之所以敘述止步於1949年，是因為一切歷史研究都需要一定時間的沉澱，也需要「水落而石出」的等待。

三十年代左翼文人曾經宣揚過當時蘇聯的「社會主義現實主義」，而五十年代，「社會主義現實主義」則作為創作原則被確定下來。考論蘇聯作家協會章程中對「社會主義現實主義」的定義，即「要求藝術家從現實的革命發展中真實地、歷史地和具體地去描寫現實」，「同時，藝術描寫的真實性和歷史具體性必須與用社會主義精神從思想上改造和教育勞動人民的人物結合起來」[10]——其間顯然也有這樣的含義，即把作為政治「真理」的「社會主義精神」與經驗性的真實「結合起來」，但是，這種「結合」之中依然會存在政

[10] 轉引自胡風《三十萬言書》，湖北人民出版社，2003年，第111頁。

治真理與經驗真實之間的緊張，正如白先勇談到「主義與文學」時所謂「主義都是抽象觀念」，「與真實人生不一定符合」[11]。胡風對經驗性真實與「主義」、「思想」、「立場」等干涉政治意識形態真理的關係，早已有過這樣的表達：「從對於血肉的現實人生的搏鬥開始，就正是為了思想鬥爭的要求，而且是為了在最真實的意義上執行這個要求，對於作家，思想立場不能停止在邏輯概念上面，非得化合為實踐的生活意志不可。」[12]在此，儘管胡風有所謂「為了思想鬥爭的要求」一說與某種真理性相通，但是其對經驗性真實的重視乃是顯而易見的。然而隨著對胡風的批判，以及此後對秦兆陽、黃秋耘、劉紹棠等實質上偏離政治「真理」而偏向經驗性真實的主張[13]的一系列批判，個體的經驗性真實的合法性實際上已被政治正確驅逐出文學之境，政治話語的真理性主導了從五十年代到七十年代大部分時間的中國文學真實論。檢閱從五十年代到七十年代大量存在的學理不通的批評、批判，以及大量存在的「概念化」的虛偽寫作，可以斷言：正是政治話語、被宣稱的政治真理的強行楔入和絕對主宰，以及經驗性真實的被忽略和放逐，才使得那一段時期的文學顯得黯然。

[11] 白先勇《白先勇自選集》，花城出版社，1996年，第450－451頁。

[12] 胡風《置身在為民主的鬥爭裏面》，見於《胡風全集》，第3卷，前引書，第187頁。

[13] 即秦兆陽的《現實主義——廣闊的道路》（《文藝學習》1956年第6期）、《寫真實》（《人民文學》1957年第3期），黃秋耘的《刺在哪裏》（《文藝學習》1957年第6期）、《不要在人民的疾苦面前閉上眼睛》（《人民文學》1957年第9期），劉紹棠的《我對當前文藝問題的一些淺見》（《文藝學習》1957年第5期）。

在二十世紀七十年代末的另一次「解放」之後，在中國，文學的學科話語也因為現代的學科建制的彼此區隔和當代西學日益強勁的影響而愈形突出，「文的自覺」又導致對經驗性真實的愈來愈強勁的重視。經過七十年代末八十年代初在《紅旗》、《人民日報》、《光明日報》、《北京文學》等報刊上展開的一系列關於文學真實的討論，經驗之真（「真實的感受，真實的感情」[14]）曾經被真理之真驅逐的合法性重歸手中。而從八十年代「新詩潮」、「後新詩潮」、「先鋒派」、「新寫實主義」對個體的內心真實的深切關注和深刻表達，強調內心真誠，強調對未加概括和提取的「現實生活原生形態」[15]的真實抒寫，到九十年代以降的個體感性真實在文學中的大規模復甦和觀念表述，經驗的大潮伴隨著中國文學的全新可能性洶湧而來，卻也讓人在單向度申張經驗真實的潮流中隱約想起關於節制[16]和「止」[17]的命題——這也許是歷史理性，也許是路徑依賴。

二十世紀的中國文學真實論大體是在個體的經驗之真與被宣稱的真理之真兩端之間，在文學真實的經驗性和工具性

---

14 王蒙《漫話小說創作》，載《小說選刊》1989年第4期。

15 參見《鍾山》1989年第3期「新寫實小說大聯展・卷首語」，原話為「新寫實小說的創作方法仍以寫實為主要特徵，但特別注重現實生活原生形態的還原，真誠地直面現實，直面人生」。

16 也許，在任何時代，在文學之域，感性之外都應該有理性的位置，經驗性真實的抒寫都應該有所節制，正如梁實秋所言：「文學裏可以不要規律」，但是不能不要「標準、秩序、理性、節制的精神」。梁實秋《文學的紀律》，見於《梁實秋批評文集》，前引書，第97－98頁。

17 實際上，「止」不但是強調人倫真理的框範和節制，也是確保藝術價值的需要。關於這一點，錢鍾書有過論議，參閱錢鍾書管錐編（第一冊），中華書局1986年版，第57－58頁。

（政治性、真理性）之間游移。而關於二十世紀中國文學真實論的一些重要議題（譬如「藝術真實與生活真實」、「細節真實與本質真實」、「局部真實與整體真實」、「真實性與傾向性」等），考其內涵，大抵也可以在誠論的「經驗之真－真理之真」的結構之中展開論議。

真理與經驗不是天然矛盾的，但是，在文學和生活中，真理的問題宏大而複雜，不像經驗那麼單純，而真理本身的複雜性使文學中的經驗敘述變得複雜和惝恍迷離，並且顯得必要甚至必然。我相信，「真理之真」與「經驗之真」組成的緊張結構及其微妙遷流基本可以概括中國文學真實觀念的歷史演變。「經驗之真－真理之真」的結構來源於歷史的情境和理性，而非先驗的玄想和設計。

文學是自由的，文學的自由是在經驗與真理之間的不確定游移。

文學是真實的，文學的真實是在經驗與真理之間的敞開或遮蔽。

文學視界65　PG1169

中國文學的真實觀念

作　　者/姜　飛
主　　編/蔡登山
責任編輯/邵亢虎
圖文排版/陳姿廷
封面設計/秦禎翊

發 行 人/宋政坤
法律顧問/毛國樑　律師
出版發行/秀威資訊科技股份有限公司
114台北市內湖區瑞光路76巷65號1樓
電話：+886-2-2796-3638　傳真：+886-2-2796-1377
http://www.showwe.com.tw
劃撥帳號/19563868　戶名：秀威資訊科技股份有限公司
讀者服務信箱：service@showwe.com.tw
展售門市/國家書店（松江門市）
104台北市中山區松江路209號1樓
電話：+886-2-2518-0207　傳真：+886-2-2518-0778
網路訂購/秀威網路書店：http://www.bodbooks.com.tw
國家網路書店：http://www.govbooks.com.tw

2014年9月BOD一版
定價：580元

國家圖書館出版品預行編目

中國文學的真實觀念 / 姜飛著. -- 一版. -- 臺北市 : 秀威資訊科技, 2014.09

面； 公分. -- (文學視界 ; PG1169)

BOD版

ISBN 978-986-326-285-5 (平裝)

1. 中國文學 2. 文學評論

820.7 103016270

讀者回函卡

感謝您購買本書，為提升服務品質，請填妥以下資料，將讀者回函卡直接寄回或傳真本公司，收到您的寶貴意見後，我們會收藏記錄及檢討，謝謝！如您需要了解本公司最新出版書目、購書優惠或企劃活動，歡迎您上網查詢或下載相關資料：http:// www.showwe.com.tw

您購買的書名：________________________________

出生日期：________年________月________日

學歷：□高中（含）以下　□大專　□研究所（含）以上

職業：□製造業　□金融業　□資訊業　□軍警　□傳播業　□自由業
　　　□服務業　□公務員　□教職　□學生　□家管　□其它____

購書地點：□網路書店　□實體書店　□書展　□郵購　□贈閱　□其他

您從何得知本書的消息？

□網路書店　□實體書店　□網路搜尋　□電子報　□書訊　□雜誌
□傳播媒體　□親友推薦　□網站推薦　□部落格　□其他________

您對本書的評價：（請填代號　1.非常滿意　2.滿意　3.尚可　4.再改進）

封面設計____　版面編排____　內容____　文／譯筆____　價格____

讀完書後您覺得：

□很有收穫　□有收穫　□收穫不多　□沒收穫

對我們的建議：________________________________

____

____

____

請貼
郵票

11466
台北市內湖區瑞光路 76 巷 65 號 1 樓
秀威資訊科技股份有限公司 收
BOD 數位出版事業部

（請沿線對折寄回，謝謝！）

姓　　名：________________　年齡：________　性別：□女　□男

郵遞區號：□□□□□

地　　址：________________________________

聯絡電話：(日) ________________ (夜) ________________

E-mail：________________________________